JN136328

新典社研究叢書312

続・王朝文学論

――解釈的発見の手法と論理――

圷　美奈子　著

新　典　社　刊　行

目 次

Ⅲ篇　物語を読み解く

☆『源氏物語』

☆『伊勢物語』

序にかえて

未知なる「思想」

古典文学の「本文」を読み解くためには、既存のどのような「主義」も「理論」も、それだけでは、何の役にも立たない。むしろ、そうした借り物の理屈は不要ですらあるだろう。なぜなら、それはもちろん、古典文学そのものに、私たちにとって未知なる、それぞれの「主義」(主張)や「理論」(知恵)が内包されているからである。

未知なる「思想」を読み解くための既存の「思想」など存在せず、理論武装など不要なのだ。古語といえども、この国の言葉を読み解く力のほかに、鍛え、携えるべき手段はない。特に西洋近代ないし現代の「主義」や「理論」をあてがって眺めてみても、日本の古典文学を読み解くための鍵は見つからず、古典の本文は扉を閉ざしたままである。いまこれは、現代語に訳された物語をどう論ずるかという話ではない。

本文に先立つ読みの「方法」などないのであるから、私たちは怖れず'丸腰'で、立ち向かうべきなのだ。このとき、読み解きを阻む壁は、ほかでもない、私たち自身の中に積み上げられてしまった先入観、「知識」という名の偏見である。

先入観を排し、古典の本文にただひたすら寄り添うことで見出された、私たちにとって新たな「論理」(思考の筋道・方法)は、言語・地域の相違を超えた普遍的な知恵と繋がっているはずである。『伊勢物語』の和歌一首の意味を新しく読み解き、また、『枕草子』の章段一つを貫く新しい論理が見出されたとき、それらがもし妥当なものであるならば、私たちはそれら発見の成果を真に「懐かしい」ものとして受け止め、自ら体験的に理解することになるだろう。

意味をあてがって読むのではなく、眼前の文脈から唯一現れ起こる、独自の新しい意味を読み取るのである。

古典文学の読解とは、私たちが長い間に忘れかけてしまった民族の記憶を取り戻す作業である。その記憶は、人類の英知として、世界中のあらゆる文化と結び合っているに違いない。

作品の「形」にまつわる書誌学的な関心も、千年の時の流れに打ち勝って現代に伝えられた「意味」の解明に寄与するものとして、培われてきたはずのものである。何を読んでいるのかということも分からずに、〝自由な読み〟を展開することなど不可能なのではないだろうか。

ジャンルを超え、時代を超えて見出される、新鮮かつ普遍的な「意味」に到達するためにこそ、私たちはきょうも、この国の古典を繙くのである。

解釈的発見の手法と論理

本著の副題に掲げた「解釈的発見の手法と論理」について、その「手法」というのは、作品の本文と「向き合うこと」にほかならない。古典本文との「向き合い方」すなわち「論理」について、具体的に示したものが各章の論ということになる。

それぞれ独自の手法を有し、一つ一つ論理的な構造物である古典作品を対象とした解釈研究の「手法」は、和歌の用例調査や用語の分析その他、大学院で学ぶような伝統的な研究手法や古典の知識を基本としながらも、個々の作品に応じた「論理」によって新しく編み出されるものでなければならない。「論理」とは、作品のあらゆる「要素」に対応しつつ作品の構造に沿って組み立てられていくものである。

本著、三本の柱と「和歌」

論考掲載の順序は、各篇各章のテーマごとに、基本的にはほぼ発表の年次に従う形になった。扱うテーマや作品が異なる論考において、幾つかの主要なテーマが引き継がれていっていることが分かる。登場人物による機知応酬の意味を読み解く『枕草子』の章段解釈や、また、「紫草」をめぐる問題に加え、「端午節」「七夕」など年中行事と関わる『源氏物語』のプロットについて、それらは、第一著書『新しい枕草子論—主題・手法 そして本文—』（新典社 二〇〇四）以来継続して追究してきたものである。特に『伊勢物語』に関しては、前著（第二著書）『王朝文学論—古典作品の新しい解釈—』（新典社 二〇〇九）において初めて提示した事柄（『伊勢物語』の物語手法等）をめぐり、より多くの章段ならびに和歌について検討していくことになっている。同じく前著『王朝文学論』（二〇〇九）において示した和歌における「見立て」の手法の問題は、第一著書『新しい枕草子論』（二〇〇四）の内容（「蒲生野贈答歌」の新しい解釈等）をその基礎とし、本著『続・王朝文学論—解釈的発見の手法と論理—』において大きく展開したものでもある。本著には、次の三つの柱を設け、全体で十二章分の論考を収めている。

Ⅰ篇　『枕草子』の世界を読み解く
Ⅱ篇　和歌を読み解く
Ⅲ篇　物語を読み解く

『枕草子』の章段解釈と、『伊勢物語』の章段解釈をそれぞれ進める過程では、和歌表現及び『源氏物語』に関する研究にも継続的に取り組むことになった。和歌の特性や詠歌の手法、また解釈の問題について論じた本著、**Ⅱ篇　和**

歌を読み解く　のみならず、各篇の論考においては、いずれも「和歌」の読解が重要なポイントになっている。和歌的類型の枠内には収まりきれない感覚をもって、新しい文章の創造に向かった清少納言の『枕草子』を理解するためにも、和歌に対する理解は欠くことができない。一方、清少納言の和歌について考えるときに、「五・七・五・七・七」に整った形だけ見ていたのでは不足である。結局のところ、「和歌」の読み解きがままならないとき、この時代の文学を十分に読み解くことができないということになるのだろう。歴史についても、同様のことがあるかもしれない。

日本の文学や歴史の基礎に、王朝期にかけて整えられた和歌表現の伝統があるとすれば、漢籍摂取の実態を含め、それは、現代に至る、その後の文学や歴史を読み解くことにも通じているわけである。然るに、和歌解釈における従来一般的な用例重視によるアプローチ法も、それだけでは、和歌一首一首の新しい意味を汲み取るためには不足であるし、同じく、詞書や歌物語の筋書きなど「付帯説話」の内容に依拠するような方法では、和歌そのものの構造に肉薄する解釈は望みようもない。これは、「題詠」ないし「題詠歌」なるものの意味について考える起点でもある。私たちは、和歌の構造、すなわち「文脈」を読み解く作業と努力を根気よく継続していくしかないのである。

和歌解釈の手法

そのとき例えば、業平詠について、一首の和歌の前半と後半（上の句と下の句等）の間に、実は、必然的に読み取られるべき部分（従来読み取られていない部分）が存しており、その上で、一首全体の構成（文脈）から導き出される「核心」があるということなど、本著では、和歌の構造をめぐって、読解のための新しい手法についても示している（Ⅱ篇　第二章　在原業平の和歌―『古今集』仮名序「古注」掲載歌三首の解釈―）。

また、著者が《歌の言葉を文字通りに場面化する手法によって、歌そのものとは異なる、新たな主題を持つ物語を創出する》ものと定義づける『伊勢物語』の、その作中歌と物語地の文の関係について分析することは、詠歌それ自体の成り立ちと意味について考える上で有効である。従来、手付かずになっている、物語の筋書きを離れた、『伊勢物語』作中歌の本格的な読解について目を向け、検討するための端緒となり得るだろう。すでに述べた通り、『伊勢物語』の章段解釈については、和歌の新しい解釈を軸に、これも前著『王朝文学論』（二〇〇九）において提示し、その後論を重ね継続的に取り組んでいる事柄の一つである。本著では、**Ⅲ篇　物語を読み解く**　ほか、全編にわたって関連の考察を展開している。

特に、和歌解釈をめぐって

・本著、Ⅰ篇の論考

Ⅰ篇　『枕草子』の世界を読み解く　は、「清少納言の機知」「定子の機知」「『枕草子』と定子・一条天皇の歴史」という三つの内容を含み、日記的章段の中でも特に謎めかしい、その意味で難解と言える章段を選んで読み解きを行っている。

和歌をめぐってここでは、解釈的発見としての章段解釈の内容にも触れつつ、幾つか例を挙げれば、まず第一章　野の草と「つま」―『枕草子』「僧都の君の御乳母、御匣殿とこそは」の段の機知―　では、火事で焼け出されたという男に清少納言が与えた歌の、「野焼き詠」としての特色に注目し、従来読み取られてこなかった「機知応酬」の意義について明らかにしている。第二章　春日遅遅―『枕草子』「三月ばかり物忌しにとて」の段の贈答歌―　では、定子にひどく〝憎まれる〟ことになった清少納言の答歌の問題点について、従来、読み取られてこなかったテーマたる「春愁」の情をめぐって論じた。古来、歌に詠み継がれてきた「春日遅遅」の思いをめぐり、主従二人の応答の成立の仕方について明らかにしている。第三章　定子の「傘」と『枕草子』の話型―『枕草子』「細殿にびんなき人なむ、暁にかささせて出でけるを」の段の解釈―　では、清少納言の初出仕間もないころに交わされた、「傘」と「雨」の絵に添えた主従合作の短連歌を取り上げ、清少納言の窮地を救った定子の機知をめぐり、その内容と働きについて明らかにしている。第二章及び第三章で取り上げた章段については、いずれも場面を動かし、意味づける定子の機知のありように注目している。

そして、第四章　雪山の記憶―『枕草子』「雪山」の段を読み解く―　は、『枕草子』と定子・一条天皇の歴史」に関わる論考として、定子後宮の文化的営為とその評価をめぐって考察を進めたものである。本章においては、特に「詠まれなかった和歌」について考えるところから、いわゆる「雪山」の段をめぐり、論中初めて『古今集』歌「君をのみ思ひこしぢのしら山はいつかは雪のきゆる時ある」（雑下・九七九・宗岳大頼）について引用を行ったものである。特に当該「雪山」の段の読解に際し、「詠まれなかった和歌」の内容について想定して論じる方法は、著者独自のものである。用例については、悉皆的な調査を目指す方法があるにせよ、ここでその発想がなければ、当該の和歌（白山詠）についても、章段解釈に寄与するものとして指摘し得ないはずである。

「うめき誦じつる歌」ながら、披露されることのない、『枕草子』に記されることがなかったその歌の、すなわち「詠まれなかった」理由こそ、本章段における主従の応酬の核心と深く関わるものであったのだ。『枕草子』に記されていないのであれば、考察の対象にすることが難しいということなのであろうが、解釈上の「盲点」は、このようなところにこそあると言えよう。それは、描かれていない「できごと」を物語（『源氏物語』等）の一齣として想像する行為とは異なるのである。

「まことの山」を作ろうという定子後宮の発想は、皆の心を一つに捉え結ぶ新しい行事「雪山作り」の創出に繋がったのである。本章では、天皇のもとで人心を掌握し、大きな仕事を成し遂げ得る后（中宮）が存在したという事実について、『枕草子』がいかに語り伝えようとしているか、長大な本話全文の構成を読み解くことから明らかにしている。

本文の読解は、常に章段全文の構成の中で検討されることであり、『枕草子』の場合は、特に主たる両系統の本文、能因本と三巻本を併読することによって考究する必要がある。これは、第一著書『新しい枕草子論』（二〇〇四）以来変わらぬ、研究に対する著者の基本的な考え方であり、本篇各章の論においても、具体的な手法について詳細に示している。その方法なくして解釈的発見の得られぬことは、言うまでもないことである。

また、一条天皇の辞世歌については、定子の辞世歌をめぐって考察した第一著書『新しい枕草子論』（二〇〇四）以来、前著『王朝文学論』（二〇〇九）に収めた「一条天皇の辞世歌『風の宿りに君を置きて』―「皇后」定子に寄せられた《御志》―」（二〇〇四、初出）等、関連の論考を重ねてきている。本著、Ⅰ篇　第五章　一条天皇の辞世歌―『権記』記載の本文を読み解く―　では、著者がこの件で、『権記』の本文に注目することになったきっかけや、藤原行成が書き取った辞世歌の対象を「皇后」定子とみる、その私見発表後の学界における反応等について、あらためて触れることになった。

・**本著、Ⅱ篇の論考**

Ⅱ篇　和歌を読み解く　には、多く実際の地理と結びつけて説明され、理解されている「歌枕」について、和歌的表現世界における「名所」としてのその意義と機能について考察した第一章〈歌枕〉の歴史―「紫草」の生い出でる場所として―と、業平詠の特徴について論じた前述の第二章　在原業平の和歌―『古今集』仮名序「古注」掲載歌三首の解釈―、及び、従来、〈昔男〉と定子それぞれの歌のテーマとしてまったく読み取られてこなかった「花」（躑躅）と、「死」のありようとについて読み解いた第三章　知られざる「躑躅」の歌と、定子辞世「別れ路」の歌―平安時代の〝新しい和歌〟をめぐる解釈―　の三編の論考を収めている。

第一章では、『伊勢物語』や『源氏物語』の歌のほか、「百人一首」歌を取り上げ、それぞれの歌の主旨をめぐり、歌枕について和歌の文脈の中で有機的に働く言葉として捉えた、新しい解釈を提示している。例えば、歌枕「逢坂の関」を詠み込む歌に述べられていたのは、「会者定離」の無常観に対立する概念であり、また初夏、持統天皇が眺めていたものは、人間の着衣ではなく、天女の羽衣に見立てられた「天の香具山」にたなびく山霞であったのだ。大和三山に守られた新しい都、藤原京にあってその世に君臨した女帝が見定めたものは、「天の香具山」に降り立つ天女の奇瑞である。

従来の和歌解釈の見直しとともに、「歌枕」や「見立て」など、和歌の修辞に関する「定義」についても、いまあらためて、大胆かつ明解な内容における見直し（変革）が必要になっている。研究史的に見ても、解釈研究の状況については、近年、ある行き詰まりの様相を呈していると言わざるを得ない。解釈の軽視による研究の停滞ないし固定化については、これまでの研究成果について検証し、従来的な「定義」づけをはじめとした様々な点の見直しによって打開、払拭してゆかねばならない。

この国の文芸の根幹にある和歌、そして『枕草子』や『伊勢物語』、また『源氏物語』などの主要な作品をめぐって、古典研究の基礎に関わる抜本的な改革が進み、解釈研究の可能性が広がれば、古典教育の問題に及んで新たな展開が期待されることにもなるだろう。『古今集』や『伊勢物語』の歌のうち、人口に膾炙し、知らぬ人のない用例の中にも、解釈を一変する可能性のあるものが数多く存している。辞書的な説明や用例主義的な方法ではまっとうし得ない、自分の力で「言葉」を読み解く行為、すなわち解釈行為における「不確実性」を懼れて手を拱いているばかりではなく、積極的な取り組みによる活発な議論をより多く積み重ねていくことが重要であるのだ。

・本著、Ⅲ篇の論考

Ⅲ篇　物語を読み解く　には、『源氏物語』や『伊勢物語』の作品的な構造に注目した論考を収めている。第一章『源氏物語』と『枕草子』の〈七夕〉―「朝顔」「夕顔」と「玉鬘」― は、『源氏物語』第一部のプロットにおける二本柱として、「五月」の「端午節」に象徴される〝世継ぎ譚〟としての論理構造のほかにもう一つ、朝顔の姫君及び夕顔、玉鬘母娘にまつわる、「七夕節会」に象徴される恋愛譚としての筋道について、新たに見定めた論考である。和歌については、例えば、源氏詠に因むとされる「玉鬘」の名をめぐり、ほかならぬ、「恋ひわたる身はそれなれど玉かづらいかなるすぢを尋ね来つらむ」という歌の読解から、「夕顔」の娘であるからこその「玉鬘」なのであるという意味内容が導かれることを明らかにし、当該歌の新しい解釈を示している。研究史的に、歌の文脈から、「玉鬘」という呼称の意味を読み取る方法は示されておらず、つまりは、そうした考え方自体がなかったということなのである。

「七夕」は、『枕草子』において、一条天皇と定子との繋がりを示す大変重要な機会である。それは、王朝物語における〝「長恨歌」引用〟という従来的な見方に対し、むしろ「長恨歌」的表現世界の前提となる節会（機会）として捉えるべきものであり、『枕草子』や定子の辞世歌を経て、『源氏物語』の創出とその構造にも影響を与えている。王朝の文学と「七夕」をめぐる問題は、Ⅰ篇　第四章及び第五章においても扱っている。

第二章から終章、第四章にかけては、『伊勢物語』に関する論考である。第二章　『伊勢物語』の手法―「夢」と「つれづれのながめ」について（二段「西の京」と一〇七段「身を知る雨」、及び六九段「狩の使」をめぐる考察）―　また、第三章『伊勢物語』一一九段「男の形見」―絵と物語の手法をめぐって―　は、いずれも前述《歌の言葉を文字通りに場面化する》『伊勢物語』の物語手法をめぐり、前者は、それぞれ王朝和歌における主要なテーマである「夢」や「つれづれのながめ」を詠み込む和歌の読解と、さらに章段相互の関係性、後者は、各種の「伊勢物語絵」を取り上げ、物語絵を材料に、『伊勢物語』独特の手法と構造の問題に及んで考察するものである。前者で扱った六九段「狩の使」については、従来〝「鶯鶯伝」（元稹）の翻案〟という見方が支持され、研究史的にもこれがすでに定着しつつある。

だが、作中、

（女）君や来しわれやゆきけむおもほえず夢かうつつか寝てかさめてか

（男）かきくらす心のやみにまどひにき夢うつつとは今宵さだめよ

という一組の贈答歌について、王朝和歌の伝統と類型に則って考え、女の贈歌が、うつつ（現実）のできごとではなく、夢路の逢瀬について詠んだものであり、これに応じた男の返歌が、（昨夜は果たされなかった逢瀬について）今宵の逢瀬を誓うものであるということを理解するとき、従来の「定説」については、根本的なところからの見直しを迫られることになるだろう。

本章においては、また「〝語られぬ和歌〟の存在」を踏まえ、『伊勢物語』の章段相互の関係と、作品の構造についても論じている。和歌や秀句（機知的な言葉）を中核とする『枕草子』の日記的章段は、ある意味実録的な歌物語と言うこともできよう。前述『枕草子』の「雪山」の段にも、「詠まれなかった和歌」というものがあったが、『伊勢物語』と『枕草子』には、作品として互いによく似た要素が存している。『伊勢物語』の歌物語としての虚構性と、『枕草子』に描かれているできごとの歴史性ないし事実性については、いずれも従来、十分に理解されぬまま多く見過ごされ、見誤られている部分でもある。

本著の終章ともなる、Ⅲ篇　第四章　物語の創出と機知的表象をめぐる考察―『伊勢物語』の和歌と、定子の言葉―は、「忘れては夢かとぞ思ふおもひきや雪ふみわけて君を見むとは」という一首（『伊勢物語』八三段「小野」／『古今集』雑下・九七〇・在原業平）が、従来信じられている通りの「雪」ではなく、「雪」のごとく降り積もる「春の落花」の光景を詠んだ「桜」の歌であるという新しい解釈を示し、これを謂わば〝主旋律〟としながら、総計二十首を超える『伊勢物語』作中歌について、すべて新しく読み解いたものである。それは、物語の筋書きに拠らず、歌そのものの構造を読み解く、従来とはまったく異なる解釈である。

その上で、本章においては、業平と定子の（血縁に拠らない）関係性についても述べた。

今後に向けて

本著における取り組みを経て、今後はこれまで進めてきた『枕草子』と『伊勢物語』の読解研究を全うする必要ももちろんあるが、『源氏物語』に先行するこの二つの作品について研究を進める過程では、また「同時代」の作品でもある『源氏物語』と『枕草子』の関係をめぐり、歴史的事実に及んで解明されるべき事柄もあるだろう。本著に収めた十二の論考は、そのための足掛かりとして、今日までに豊かに培われ、営々と受け継がれてきた先学諸氏の業績を辿りながら著者自身が開墾し、開拓した新しい研究の地平である。

各論の冒頭、論の口火となるいわゆる導入の執筆にあたっては、第一著書『新しい枕草子論』(二〇〇四)、第二著書『王朝文学論』(二〇〇九)に続き、今回、さらに心を砕いた部分でもある。本著も、一般向けの入門書等とは異なる「専門書」ではあるが、古典文学を新しく読み解く「研究書」として、その内容については、専門の時代や分野を超えて、また「研究者」のみならず、広く一般の読者にとっても理解され、人々の興味を惹く内容であるべきだと考えている。本著の内容がそのようなものとしてこそ生かされるよう願いつつ、序にかえていささか言葉を添え、いままた新たな研究に向けた作業を始めたところである。

Ⅰ篇　『枕草子』の世界を読み解く

第一章　野の草と「つま」

――『枕草子』「僧都の君の御乳母、御匣殿とこそは」の段の機知――

＊『日本古典文学全集』（小学館）二九三段、『新編日本古典文学全集』（小学館）二九四段

第一節　はじめに――章段の新しい解釈

みまくさをもやすばかりの春のひによどのさへなど残らざるらむ

これは、『枕草子』の日記的章段の一つ、「僧都の君の御乳母、御匣殿とこそは」の段（二九三）[1]に掲げられた、清少納言の歌である。火事に遭って焼け出されたと訴える「をのこ」（下男）に与えたものであったが、「をのこ」はそれを下賜品の〈目録〉だと思い込んだ。

本段について、例えば、『枕草子講座　第三巻』（有精堂　一九七五）では、

この段は、諸評にもあるように、一種の歌語りであって、無教養な男を嘲笑したものである。このことに異論が

あるまい。

（「枕草子鑑賞」湯本祐之、二六七頁）

などと言われているのであるが、果たして、その読み取りは〈正当な〉ものであろうか。『全集』[2]の章段評に、「作者を含めた女房たちの、下衆男に対する態度をうかがわせる叙述として注目される」（小学館　一九七四、頭注欄）とあり、『新編全集』[3]もこれを受け継いで、「軽蔑するというよりは、住む世界を異にするものに対する笑いである。もとより男は作者の歌を解するべくもない」（小学館　一九九七、頭注欄）と付け加えるが、こうした階級差別的な意識や態度こそが、当該の章段から読み取られるべき〝核心〟なのであろうか。

清少納言が詠んだ「みまくさを」の歌には、

みまくさ→「草」
もやす　→「燃やす」―萌やす　＊掛詞
春のひ　→「火」―日　＊掛詞
よどの　→「野」（淀野）―夜殿　＊掛詞

と分析し得るごとく、「草」「燃やす」「火」「野」と、「野焼き」詠の類型が見て取れる。縁語の説明はともかく、現行の諸注に指摘がない点である。古注以来、この歌を中核とする当該段の解釈において、「野焼き」詠との関係が十分に追究されることはなかったのである。

一首は、「をのこ」の愁訴、「うれへ申し」をきっかけに、これに即応して詠み出されたものである。つまり、「をのこ」のその〈口上〉に、「みまくさを」の歌を導く要素がすべて含まれていた（揃っていた）とみるべきなのである。「をのこ」の言葉を耳にして、そうと直感するセンスと、反応の速さ見事さこそ、清少納言たち、定子のもとに参集した女性たちの真面目である。

章段の新しい解釈について、いま端的に言えば、万葉以来の伝統的な「野焼き」詠こそ、大いなる「うれへ申し」の歌であったということである。定子方に仕える女房を相手になされた「をのこ」の愁訴は、和歌史上の一大テーマ「野焼き」詠に対する、清少納言の「答歌」を導いたことになるのだ。

少し大げさな言い方をすると、それは、数百年の時を越えて、ついに成就した〈贈答〉歌であった。清少納言の歌は、板敷のもとの「をのこ」に与えられたものであると同時に、遠い昔に投げ掛けられた「野焼き」詠の訴えに答える、言わばアンサーソングでもあったのである。

・『万葉集』（一四「東歌」・三四五二）[4]

おもしろき野をばな焼きそ古草に新草まじり生ひは生ふるがに

・『古今集』（春上・一七・よみ人知らず）

かすがのはけふはなやきそわか草のつまもこもれり我もこもれり

・『伊勢物語』（一二段「盗人」）

武蔵野は今日はな焼きそ若草のつまもこもれりわれもこもれり

⇔

・清少納言の歌

みまくさをもやすばかりの春のひによどのさへなど残らざるらむ

もちろん、章段の語り自体に示されるように、パロディー的なエピソードではあるが、「古草」も「新草」も、そして、「若草のつま」も「われ」もこもる「野」を、どうかせめて今日は焼かずにいてほしいという訴えに対し、清少納言の歌は、せめて「よどの」ばかりは残らぬことがあろうかと答える体である。ここで「よどの」は、歌枕として、「野」の名（淀野）であるとともに、〃人間の営み〃の象徴であるとも言えるのである。

清少納言が、妻とともにかろうじて焼け出されたという「をのこ」に与えた一首は、自然と人間の営みに終わりがないことを告げ知らせる「答歌」として、本章段のエピソードにおいて機能しているのである。「住む世界を異にするもの」（前掲、『全集』）の愁え訴え（「うれへ申し」）に潜む普遍的な命題を読み取って、また一つ新たな歌を生み出した。ここには、その瞬間が描き取られているのである。

本段における「御匣殿」こと隆円僧都の乳母「まま」が、「をのこ」の愁訴を聞いて、すぐさま「いみじう」笑ったのも、清少納言が書いた和歌を見て、みなが「笑いののし」る大騒ぎになったのも、定子の御前に、一同、急ぎ「笑ひまどひて」参上し、ことの次第を報告して「また笑ひさわぐ」のも、すべて、そのような「をのこ」の口上に導かれてこそ、おもしろい歌が生まれたという奇跡に出合ったがゆえのことである。決して、「無教養な男を嘲笑した」というようなできごとではないのである。それは、定子による総評「などかく物ぐるを（ほ）しからん」という言葉に示される通りの一件である。

本章では少々大胆な始め方をしたが、清少納言の「みまくさ」詠は、あくまでも、まず眼前の「をのこ」の言葉をきっかけに、生み出されたものである。「をのこ」の、「歌」ならぬ、くだくだしい「うれへ申し」の口上（『全集』の頭注、「うれふ」の項「愚痴をこぼす」）がきっかけとなって、〝「よどの」は「残る」であろう〟という歌が生まれた。「夜殿に寝ていた妻があやうく焼け死ぬところだった」という「をのこ」の言い分に対し、清少納言の歌は、「わずかな火種で、どうして、淀野（夜殿）までもが焼けてしまったりするのだろうか」と問い返している。

「野焼き」詠の類型をなぞってパロディー的なこの歌は、万葉以来の「野焼き」詠の〝「おもしろき野」を、「春日野」を、「武蔵野」を、どうか焼いてくれるな〟という訴えとも、自ずとかかわってくることになるのである。若草を萌え出させるための「野焼き」の火によって、どうして、全世界――そこに生きる者たちを含めた「春日野」（あるいは「武蔵野」）が燃え尽きたりするのであろうか。「淀野」（夜殿）までもが、どうして燃え尽きようか、と。「など……らむ」と、疑問を投げ掛ける文脈において、〈反論〉する形である。

「野焼き」詠の代表といえば、まず『古今集』の「かすがのは」の歌だが、いま、『万葉集』及び『伊勢物語』の歌もあわせて、三首の表現と、清少納言の歌を比べてみる。〈野焼きの行為〉は、清少納言の歌においては、「みまくさをもやすばかりの春のひ」の部分に対応して表わされることになる。

おもしろき野をばな焼きそ
かすがのはけふはなやきそ
武蔵野は今日はな焼きそ
} みまくさをもやすばかりの春のひに

そして、「古草」に「新草」がまじり生う世界、「若草のつま」も「われ」もともに生きる世界は、「人間の営み」

の謂として「よどの」の語に象徴的に表わされることになる。『古今集』の歌と『伊勢物語』の歌の違いは初句の歌枕（野の名）のみである。

古草に新草まじり生ひは生ふるがに
わか草のつまもこもれり我もこもれり
若草のつまもこもれりわれもこもれり
｝よどのさへなど残らざるらむ

清少納言の歌の「春のひ」は、『古今集』歌に詠み込まれる「かすがの」「けふ」などの言葉と響き合い、歌中、上の句と下の句の「日」と「夜」（殿）が対になる仕組みである。

清少納言の「みまくさを」の歌が、壬生忠見の詠、

やかずともくさはもえなんかすが野をただはるのひにまかせたらなむ

などの表現を踏まえたものであることは、北村季吟『枕草子春曙抄』（延宝二、巻一二）にもすでに指摘のあるところである。忠見の歌は、『古今和歌六帖』第六「草」の項、「春草」題に収められている（三五五〇番歌）。『和漢朗詠集』下巻「草」にも入る（四四二番歌）。

「物いくらばかり」（物をどれだけ下さると書いてあるのか）と期待した「をのこ」にとっては、さぞかし不満なことであろうが、定子方の女房が「何をか思ふ」と言う通り、確かに、彼以外、ほかに誰も得ることのできない「さばかり

めでたきものを得」た男なのである。

第二節　「野の草」の系譜

平安期の和歌や物語において、「野の草」の種々は、それぞれ欠かすことのできない主要な景物として群をなす。『源氏物語』五十四帖の巻名にも、「夕顔」「若紫」「末摘花」「葵」「蓬生」「朝顔」「若菜上」「若菜下」「早蕨」など、「野の草」あるいは「草の花」の名が見える。

中で例えば、『源氏物語』における「若紫」が、（幼少期の）「紫の上」を象徴する景物であるとするとき、この物語における「若菜」が、「若菜」巻（上下両巻）の主人公である「女三の宮」を象徴する景物であるという見方があってもよいはずである。

巻名については、玉鬘主催の光源氏四十賀における源氏詠「小松原末のよはひに引かれてや野辺の若菜も年をつむべき」によるとされるが、これに先立ち、年頭の場面に、あらためて描かれているのは、女三の宮降嫁の決定と準備の次第である。

> 年も返りぬ。朱雀院には、姫宮、六条院に移ろひたまはむ御いそぎをしたまふ。……（「若菜上」四 - 五四頁）

「若紫」と「若菜」は、ある共通性を持つものとして、この物語において対比的に描かれているのである。二つの景物が、平安和歌における歌題としてそれぞれ重要なものであることは言うまでもないが、両者の関係については、いかに見定めるべきであろうか。「若菜」については、まず、「春日野」の「若菜」が詠まれる。前節に見た「野焼き」詠（一七番歌）に続く歌群である。

かすがののとぶひののもりいでて見よ今いくかありてわかなつみてむ　（『古今集』春上・一八・よみ人知らず）

歌たてまつれ、とおほせられし時、よみて、たてまつれる

かすがののわかなつみにや白妙の袖ふりはへて人のゆくらむ　（『古今集』春上・二二・紀貫之）

「若紫」についても、それは初め、「春日野」において見出されたものであった。『伊勢物語』初段「初冠」の舞台である。

春日野の若むらさきのすりごろもしのぶの乱れかぎりしられず

「紫」（紫草）は、「武蔵野」に生うものとして、平安和歌の世界に登場した景物である。『伊勢物語』四一段「紫」に「武蔵野の心なるべし」と言う、その歌である。

紫のひともとゆゑにむさしのの草はみながらあはれとぞ見る　（『古今集』雑上・八六七・よみ人知らず）

「紫草」は、まず、《禁野の草》であった。大海人皇子は、兄帝に近侍して活躍する額田王を、「標野」の紫草に喩えて讃えた。天智即位年の端午節に披露された贈答歌である。額田王の歌に、大海人皇子が即応した。

天皇、蒲生野に遊猟したまふ時、額田王の作る歌

あかねさすむらさき野行き標野行き野守は見ずや君が袖振る

（『万葉集』一・二〇・額田王）

皇太子の答へましし御歌

紫草(むらさき)のにほへる妹を憎くあらば人妻ゆゑにわれ恋ひめやも

（二一・大海人皇子）

《禁野の草》として歌に詠まれた「紫草」は、平安期、武蔵野世界を明るく照らす存在として、新しく、和歌の景物となる。前掲、『古今集』「雑上」の歌である。

紫のひともとゆゑにむさしの の草はみながらあはれとぞ見る

歌中の「あはれ」について、和歌史的には、『万葉集』の次のような詠みぶりを参照すると分かりやすい。前節に掲げた「野焼き」の歌である。

おもしろき野をばな焼きそ古草に新草まじり生ひは生ふるがに

（『万葉集』一四・三四五二）

この歌の「おもしろき野」については諸注、『大系』[5]「眺めのいい野」（岩波書店　一九六〇）、『全集』[6]「すばらしい野」（小学館　一九七三）などと解す。『新大系』[7]は「趣のある野」（岩波書店　二〇〇二）と解し、『おもしろき野』が、どのような『おもしろき野』なのか、分明でない」と述べる。『集成』[8]（新潮社　一九八二）が、「味わいのある冬枯れの野」の意と捉え、「山野愛惜の情を述べた歌」と解す一方、多田一臣『万葉集全解』『古草』に老人、『新草』に若者の寓意がある」（筑摩書房　二〇〇九）とする見方もある。「おもしろき」の意味に関して、鴻巣盛広『万葉集全釈』（広文堂書店　一九三三）など、漢語「可怜」を挙げるものがある。

ここで、注目すべきことは、「紫草」や「新草」など、かけがえのない「草」の生い育つ野が、「あはれ」なるもの、「おもしろき」世界として表現されていることである。「可怜」は、「あはれむべし」ということで、「おもしろき野」とは、慕わしく美しい、愛すべき景色として把握された世界なのである。「分明でない」（『新大系』）とされるが、下の句に言う「古草に新草まじり生ひば生ふる」野としてこそ、「おもしろき野」なのであることは、歌の構造上、明らかである。歌中に詠み込まれた「おもしろき」「あはれ」などの意味についても、一首の表現に寄り添って読み取っていく必要がある。

「野の草」として、先に触れた「若菜」は特に重要なものであり、これはまた、「標野」において摘み取られる《禁野の草》でもあった。

次は、「百人一首」にも採られて、最もよく知られた若菜詠である。

仁和のみかど、みこにおましましける時に、人にわ

かなたまひける御うた

君がため春ののにいでてわかなつむわが衣手に雪はふりつつ　（『古今集』春上・二一・光孝天皇）

赤人詠には、「標めし野」が詠み込まれている。

明日よりは春菜（わかな）採まむと標めし野に昨日も今日も雪は降りつつ　（『万葉集』八・一四二七・山部赤人）

次の歌には、いずれも春の行事である「若菜摘み」と「野焼き」がともに詠み込まれている。『拾遺集』に人麻呂詠として入る（春・一八）。

あすからはわかなつむとかたをかの朝の原はけふぞやくめる　（『拾遺集』春・一八・柿本人麻呂）

天皇近侍の額田王を讃えて《禁野の草》と称した「紫草」詠以来、「紫」は、唯一至高の存仕たる女性を象徴する景物となったが、「紫」の生い出でる場所は、「禁野」という限定を越えて表現されることになった。それが、「紫のひともと」生う「武蔵野」であり、これもまた『古今集』に入る形の「野焼き」詠、

かすがのはけふはなやきそわか草のつまもこもれり我もこもれり　（『古今集』春上・一七・よみ人知らず）

における「春日野」なのである。『万葉集』の「野焼き」詠にごく近い形ながら、「おもしろき野」の名は、ここでは「春日野」ということになる。『伊勢物語』における舞台は、「武蔵野」である（一二段「盗人」）。

　　武蔵野は今日はな焼きそ若草のつまもこもれりわれもこもれり

兄帝の苑にあって生きる「人妻ゆゑに」、唯一至高の存在として称揚された「紫草」は、やがてその存在ゆえに、「武蔵野」世界を「あはれ」なるものとして意味づけるかけがえのない「草」として、歌に詠まれることになった。その「武蔵野」も、愛すべき「おもしろき」野を焼くなと詠まれた「春日野」も、いずれも人間の営みが繰り広げられる舞台としての、「この世」を象徴するものとして捉えてよい。

「民謡的」な歌として「野に隠れて愛し合う男女」（片桐洋一『全評釈（古今集）』〈講談社　一九九八、下巻〉）のイメージを背景に置きつつ、しかし、「つま」も「われ」もこもる野とは、すなわち、人々が生きる「この世」にほかならないのである。「今日」、その永遠なることを願う歌としてこそ、「春日野は」の一首は成立している。『伊勢物語』一二段で、それは虚構的世界における一つの舞台として、「武蔵野は」と表現されることになる。

さて、気の利いた会話のやり取り——秀句の応酬を中核とする『枕草子』のある章段の主旨が、明確に読み取られていないとするとき、筋書きのある『源氏物語』の部分の意味も、なお不分明のままであるのかもしれない。『枕草子』の一つの段の解釈をめぐる本章の考察もまた、『源氏物語』における問題と無関係ではないのである。本節では、『源氏物語』の謎から考え始めてみた。「女三の宮」と「若菜」の関係である。

「蒲生野贈答歌」を基点に、古代端午節と『源氏物語』のプロットについては、すでに述べたが[9]、物語第三部の主人公たる「匂宮」と「薫」の造形についても、「蒲生野」の歴史に立ち戻って考えるべきであろう。「人妻ゆゑに」「ひともとゆゑ」にと詠まれた「ゆかり」の「紫草」は、まず、「にほへる」存在として詠み込まれている。従来、指摘がないが、光源氏の孫宮を「匂」、頭中将の孫（柏木の子）を「薫」として〝設定〟した理由も、そこにある。

本章では、「みまくさ」（飼葉）を詠み込む、清少納言の「野焼き」詠をめぐって考察を進める。「駒・馬」に関わる、「まくさ」（馬草・秣）の件をめぐる話であることも、『枕草子』らしい一段である。(10) 以下に、できごとの詳細とともに、当該段の構成について見ていく。

第三節　章段の本文

本節では、『枕草子』における「野焼き」詠の逸話として捉えた当該段、「僧都の君の御乳母、御匣殿とこそは」（二九三）について、あらためて検討する。短い章段であるが、いま、内容の展開に沿って場面を分かち、見出しを付した形で全文を掲出する。本文は、能因本系統「三条西家旧蔵本」に拠り、三巻本の異同箇所について傍記して示す（適宜、表記を改める）。

1 「をのこ」の登場

僧都の〔（ナシ）〕君の御乳母〔御乳母のままなど〕、御匣殿とこそは聞こえめ、〔（ナシ）〕ままの局〔御局〕にゐたれば、

2 「をのこ」の「うれへ申し」

をのこ、ある、板敷のもと近く寄り来て、

〈男〉「からい目を見さぶらひつる。たれにかはうれへ申しさぶらはむとてなむ」

と、泣きぬばかりのけしきにて言ふ。

〈清少納言〉「何事ぞ」

と問へば、

〈男〉「あからさまに物へまかりたりし間に、きたなき、侍る所の焼けはべりにしかば、日ごろはがうなのやうに、人の家どもに尻をさし入れてなむさぶらふ。馬寮のみくさ積みて侍りける家よりなむ出でまうで来て侍るなり。ただ垣をへだてて侍れば、よどのり寝て侍りける童べの、ほとをと焼けはべりぬべくてなむ。いささか物も取うではべらず」

など言ひをる、御匣殿聞きたまひて、いみじう笑ひたまふ。

3　清少納言の応答（和歌）

〈清少納言〉

みまくさをもやすばかりの春のひによどのさへなど残らざるらむ

と書きて、

〈清少納言〉「これを取らせたまへ」

とて、投げやりたれば、笑ひののしりて、

〈女房たち〉「そこらおはする人の、家の焼けたりとて、いとほしがりて給ふめる」

とて取らせたれば（取らせたればひろげてうち見て）、

4 「をのこ」の反応

〈男〉「何の（これは何の）御たんじやう（短冊）にかはべらむ。物いくらばかりにか」

と言へば、

〈女房たち〉「まづ（ただ）よめかし」

と言ふ。

〈男〉「いかでか。しもめ（片目）もあきつかうまつらでは」

と言へば、

〈女房たち〉「人にも見せよ。ただいま召せば、とみにてうへへまゐるぞ。さばかりめでたき物を得ては、何をか思ふ」

とて、みな笑ひまどひて（ナシ）のぼりぬれば、

5 定子への報告と「笑い」（結び）

〈乳母〉「人にや見せつらむ。さと（里に行き）聞きて、いかに腹立たむ」

など、御前にまゐりて、ままの啓すれば、また笑ひさわぐ。御前にも、

〈定子〉「などかく物くるをし（ほ）からん」

と笑はせたまふ。

両系統本の異同の傾向としては、冒頭の一文の状態をはじめとして、やはり、三巻本のほうに、より〈整った〉印象があるものの、「をのこ」の「うれへ申し」の部分を中心に、能因本の形では、一層その「滑稽」さが伝わるようである。

わが住処について、わざわざ「きたなき……」（能因本）と言い、「日ごろは」（能因本）やどかりのように、他人の家「ども」（能因本）に尻をさし入れてしのいでいるのだと話す。火元について説明して、ここは両系統本とも、「（火が）出て参って来たのでございます」と、慇懃極まりない。「家よりなむ出でまうで来て侍るなり」の「なむ」（三巻本・前田家本にない）について、田中重太郎『全注釈』（角川書店　一九九五　※ただし、田中氏の注釈は、二八一段まで。当該段については、鈴木弘道氏の注釈稿による）は、結びが「終止形『なり』」となっていることを生かすと、この『なむ』は、ない方が文法的に正しい」と言及するが、これは、「出でまうで来て、、、侍るなり」と続けたために、結びが流れたものと考えられるところであろう。

「侍り」一辺倒の「うれへ申し」であるほか、能因本本文で読んだとき、「をのこ」の訴えについては、強意の助詞「なむ」を多用する傾向があることも特徴的である。「愁訴」申し立ての件、「宿借り」暮らしの件、出火の件、妻が焼けそうになった件と、みな「なむ」付きの文脈で語られている。

「なむ」については、文意を強めるものとして、真実味を加える効果もあるところ、語られていることが真実そのものかといえば、必ずしもそうとばかりは言えない。『竹取物語』や『伊勢物語』など、物語の地の文にも多く用いられる。「泣きぬばかりのけしきにて」語り始めた話も、妻について、「すんでのところですっかり焼けてしまいますところでして」と言う部分では、「ほとほと」（能因本「ほとをと」）などという言葉を用いて感情がこもる。

……夜殿〈に〉寝て侍りける童べの、ほと〈を〉と焼けはべりぬべくてなむ。

という文脈であるが、『全集』は、「夜殿」について、「歌語的な」言葉とみている（語注。後掲、第四節）。田中『全注釈』は、『日本書紀』や『和名抄』などに用例が見られることから、「にわかに納得しがたい」と述べる。

しかし確かに、「夜殿」などは、歌によく詠み込まれて、歌語的と言える言葉である。清少納言の応答（歌）にあるように、歌枕「淀野」と掛け響かせることが多い。端午節の「あやめ草」を詠み込む季節詠が主である。

ある女のもとに、五月四日にまかりて、また日（ママ）いひつかはしし

けさこそはきみをみぬまのあやめぐさよどのをこふるほどのわりなさ

（『兼澄集』Ⅰ二五・Ⅱ五五）

「あやめ草」をめぐって、「ねや―つま」あるいは「よどの―つま」と詠む類型がある。後者の例を掲げる。

五月

夏くればよどのにねざすあやめぐさむべこそ人のつまと見へけれ

（『高遠集』三四二）

あやめぐさよどのながらのねならねどあれたる宿はつまとこそみれ

しのびてくる人の、つとめて、人のあらはれぬる事

（『和泉式部集』Ⅰ三三四）

といふに、おなじ五日

ひけばこそのきのつまなるあやめ草たがよどのにかねをとどむらん　（『和泉式部集』Ⅰ七三四）

清少納言の歌と同様、「夜殿」と掛けて「みまくさ」を詠み込む例もある。

よどのへとみまくさかりにゆくひともくれにはただにかへるものかは　（『後拾遺集』恋二・六八五・源重之）

また、「僧都の君の御乳母」について「御匣殿」と称して始める文脈は、能因本のものである。本段は、前田家本にもある。この部分は「僧都のきみの御めのとみくしけとのとこそきこえめまゝのつほねにゐたれは」という形であり、能因本との異同は、傍線部の「とこそは」の有無のみである（前田家本「は」なし）。能因本に近い状態ながら、清少納言の歌については、結句が「のこらさりけん」と過去形になっている。

先（第一節）に、この一件がパロディー的であると述べたが、三巻本の本文によれば、「をのこ」の口上を聞いて「いみじう笑ひたまふ」……というのは、定子の妹「御匣殿」の行為ということになる。

三巻本の本文状況によって読む場合、冒頭に掲げられた人物「僧都の御乳母のまま」が、語られている事件にほとんど関与していないということになる。能因本を底本とする従来の解釈も同様で、冒頭一文の「御匣殿」については、「場所を述べたものとあえて解する」（『全集』頭注）ということであるが、その後の「御匣殿」については、定子の妹として解している。

a　「まま」が「御匣殿」の局にいて、そこに清少納言が来合わせている。

〈能因本〉　　　　　　　　　〈三巻本〉
「御匣殿」＝「まま」の局　⇕　「御匣殿」＝定子の妹

b　局の板敷のもとに、「をのこ」がやって来て「うれへ申し」をする。

〈能因本〉　　　　　　　　　〈三巻本〉
「まま」（＝「御匣殿」）が笑う　⇕　定子の妹「御匣殿」が笑う

c　清少納言が、和歌で応酬し、みなで定子のもとへ参上する。

〈能因本〉　　　　　　　　　〈三巻本〉
「まま」が、定子に報告する　⇕　「まま」が、定子に報告する

d　定子が女房たちの「物ぐるほし」さを笑う

「僧都の君の御乳母」の局について、「御匣殿」と申し上げよう……と述べて始まる能因本のほうでは、当該段における「事件現場」の女主は、「僧都の君の御乳母」すなわち「まま」であるという前提が打ち出されていることになる。三巻本の形は、もっと平板に〝「僧都の御乳母」である「まま」〟などが、「御匣殿」の局にいるという状況が説明されるのみである。

『枕草子』の冒頭語は、「山は」「草は」など、また「うつくしきもの」「にくきもの」など、「は」型・「もの」型のいわゆる「題詞」的な類聚章段の例に限らず、章段の主題と関わって重要な「見出し項目」として機能している。

その点、冒頭に掲げられた「僧都の君の御乳母」が、一段通して役割を持つ能因本本文の形こそ、従来、読み取ら

れてこなかった章段の「意味」と密接に関わるものであるとも考えられるのである。能因本の本文状況によれば、このとき、定子の妹がまだ「御匣殿」ではなかったことが推察される。

第四節　従来の解釈

『枕草子』「僧都の君の御乳母、御匣殿とこそは」の段（二九三）の解釈においては、本章第二節で見てきた「野の草」と「野焼き」の歌の類型が踏まえられなければならないが、従来、そうした視点による読解はなされていない。当該段のエピソードの核心は、下男と清少納言の応酬にある。

前節（第三節）に見た、「をのこ」の「うれへ申し」におけるある種の「過剰」さ滑稽さについては、『全集』の頭注に多く指摘されている。

・以下、男のばか丁寧でこっけいな表現を写している。（「うれへ」頭注）
・自分の家を謙遜したつもりで言ったもの。（『全集』「きたなき」頭注、『新編全集』「侍る所」頭注）
・「まうで来」は中古の特殊な謙譲語。あらたまった気持の会話に用い、自己側のものの「来る」動作を謙譲していう。「火」について用いるのはやや異常であろう。（『新編全集』「…やや異常か。」）
・「夜殿」は、寝所とする殿舎の意であるが、この時代の物語類にはあまり見られないから、歌語的な、あるいはこの男としては身分不相応な言い方なのであろう。
・妻の謙称とする説に従う。（「童べ」頭注）

・中古中期に補助動詞「つかうまつる」を自分の動作の謙譲に用いるのは稀であり、また、用いても尊者の（『新編全集』「貴人の」）利益となるように尊者の（『新編全集』「貴人の」）ために御奉仕申しあげるという原義のにおいがかなり濃い場合にほぼ限られるようである。やはり異常な使い方であろう。（『新編全集』「ここは異常な使い方と見る」）（「片目も…」頭注）

三巻本による『新編全集』の注も同様と言えるが、いずれにしても、当該段に描かれた清少納言らの言動については、自分たちとは「住む世界を異にする」（前掲、本章第一節）下衆男への嘲笑として把握されることになっている。第一節に抜粋した『枕草子講座』の評価について、その全文を掲げる。

この段は、諸評にもあるように、一種の歌語りであって、無教養な男を嘲笑したものである。このことに異論があるまい。

しかし、女房たちの嘲笑とは別に、人間の住む世界の違いを如実に知らされる段でもある。不意の災難を素朴に嘆くこの男の住む世界と、宮廷女房の住む世界とは、次元が全く異なっている。

歌が社交の具となった『古今集』時代以後の宮廷社会では、歌に託された趣をすっきりと理解し、すぐに反応できる感受性が教養として求められていた。歌ごころを理解することが人間の美しさでもあった。これが平安宮廷文学の伝統となっていく。

このような宮廷社会ばかりが人の世ではない。女房たちから嘲笑された男の住む世界も、確かに存在した人の世である。宮廷文学の孤立性を考えさせられ段（ママ）でもある。

「無教養な男を嘲笑したもの」として受け止められる本段の評価は、そのまま「宮廷文学の孤立性」等、作品そのものに対する評価にも影響しているところである。

萩谷朴『枕草子解環　第五巻』（同朋舎出版　一九八三）は、章段の内容について、次のように述べている。

長保二年の史実として、既に十九歳成人の御匣殿すらが、他人の不幸に同情することなく笑うとは、その愚直な下人の話しぶりが余程おかしかったからではあろうが、また、当時の社会の階級差の甚だしさが、卑賤の困窮者に対する同情心を、さほど呼び醒まさなかったからであろう。（三一六頁・語釈「いみじう笑ひ給ふ」の項）

『全集』も、「この気の毒な話を女房たちがおもしろがったのは、臆面もなく妻や寝所のことを言いだしたからであろう」（「童べ」頭注）と言及している。「おもしろがった」理由は、この一件について描く章段全文の構成から、必然的なこととして読み取られなければならない。

読解の鍵は、ほかでもない、章段の核心部分に置かれた清少納言の和歌である。一首は、「野焼き」詠の類型を用いた応答であり、これによって、前段の「をのこ」の訴えが、あるパターンを持つ〈口上〉であることに気づかされるのである。

加藤磐斎『清少納言枕双紙抄』（延宝二、一四巻）は、当該段について、類聚的章段「うちとくまじきもの」（『全集』二八六段）の並びの巻として捉える形であるが、内容の理解においては、下男の「打ちとけぬ」（気を許せない）思いを読み取っていこうとしている。

金子元臣『枕草子評釈』（明治書院　一九二四、下巻）は当該段の「評」に「清少の歌も茶化したまでゝ、同情はしていない」「散々翻弄した挙句、突放していつてしまふ若女房達の人のわるさ、それに引換へ、中宮からは何時も御同情の深いお詞を拝承する」とする。「極めて軽い座談的の記事で、苦もなく筆が運んでいる。そしてその会話にその態度に、各人各様の性格が、くつきりと現れて、洵に面白い」と述べて、随想としての描写の巧みさを評価する態度が見られる。同じく、「春曙抄」本（能因本系統の校訂本）を底本に用いた栗原武一郎『三段式　枕草子全釈』（広文堂　一九二七）は、「評」において、「少納言らが火災に罹つた人を茶化して笑つたといふので、少納言は婦人には似合はない冷酷な心を持つた女だと批難するものがあるが、それは一種の偏痴奇論と云はねばならぬ」などと述べ、清少納言たちの言動について「罪もないイタヅラ」と捉えて〈擁護〉しようとしている。

ほかに、池田亀鑑『全講枕草子』（至文堂　一九五七、下巻）も、「このような記事から、作者が男まさりで傲慢な女であつたとする見かたに、強く反対したい」（「要説」）と述べるが、いずれも、「をのこ」の口上をきっかけに生み出されたものとしての、清少納言の詠歌の意味について、追究するものはないのである。ただし、池田『全講』が本段に付した「夜殿の火」という「題目」は、章段の主題とかかわって、たいへんふさわしいものであるように思われる。なお、「みまくさを」の歌について、「草の萌え出る春のま昼に、夜殿が焼けるとはこれいかに、との洒落がある」（「釈義」、傍点-圷）と指摘している。

事件年時としては、萩谷『解環』が指摘する長保二年（一〇〇〇）正月四日の記事「西京左馬寮辺有火事」（『権記』）、「戌時許西京有火事」（『御堂関白記』）が該当するとすれば、出火の時刻は夜間であったことになるが、昼（日）と夜の対比については、歌の構造として注目すべき点である。

第五節　おわりに ――「野焼き」の歌と「紫草」

『枕草子』における「野の草」は、「草は」（六七段）、「草の花は」（七〇段）など、いずれも作品を象徴する章段の素材として、豊かに描き尽くされている。「草」の名は、さらに「歌の題は」（六九段）にも多く挙げられている。「野は」の段には、「飛火野。しめし野」「春日野。紫野」と、「野焼き」や「若菜」と関わって注目すべき野の名が挙がる。

野は　嵯峨野さなり。いなび野。こま野。粟津野。飛火野。しめし野。そうけ野こそ、すずろにをかしけれ。などさつけたるにかあらむ。あべ野。宮城野。春日野。紫野。（一九六段）

一方、「紫の物語」たる『源氏物語』がプロットに直結する「紫野」の名を用いぬことも、興味深いことではある。『枕草子』では、ほかにも「木の花は」（四四段）の卯の花の項に、「祭りのかへさに、紫野のわたり近き」と見える。『枕草子』中、「若菜」については、正月七日の記事があり、身近な風物・習慣と結びついた行事として描き出されている。

七日、雪間の若菜摘み青やかに、例は、さしも、さるこの目近かからぬ所に、もてさわぎ、……（「正月一日は」三段）

「七日の若菜を」（一三四）の段は、前日六日のできごとを写し取ったもので、「見も知らぬ草」をいろいろと持ち寄って見せる子どもたちと、清少納言のやり取りが描かれている。次は、清少納言が詠んだ歌。

つめどなほ耳無草こそつれなけれあまたしあれば菊もまじれり

『伊勢物語』における「野焼き」の話、一二段「盗人」の本文を掲げる。

むかし、男ありけり。人のむすめを盗みて、武蔵野へ率てゆくほどに、ぬすびとなりければ、国の守にからめられにけり。女をば草むらのなかに置きて、逃げにけり。道来る人、「この野はぬすびとあなり」とて、火つけむとす。女わびて、

武蔵野は今日はな焼きそ若草のつまもこもれりわれもこもれり

とよみけるを聞きて、女をばとりて、ともに率ていにけり。

初句の「野の名」のみ変わる『古今集』歌「かすがのはけふはなやきそわか草のつまもこもれり我もこもれり」は、「春上」に入る季節詠である。「武蔵野は」の一首が、和歌として、本来、「ぬすびと」を拿捕するために火を放つ〈野焼き〉について詠んだようなものでないことは明らかである。

「歌物語」としての『伊勢物語』の手法をめぐり、歌と物語（地の文）の関係については、明らかにされていない

ことが多い。例えば、夢路の逢瀬を詠む歌が、〈現実〉の通い路の話の中に置かれているものなど、物語の展開に沿った詠歌として理解されている。五段「関守」の歌「人しれぬわが通ひ路の関守はよひよひごとにうちも寝ななむ」や、六九段「狩の使」の贈答歌「君や来しわれやゆきけむおもほえず夢かうつつか寝てかさめてか」「かきくらす心のやみにまどひにき夢うつつとは今宵さだめよ」などである。《歌の言葉を文字通りに場面化する手法によって、歌そのものとは異なる、新たな主題を持つ物語を創出する》『伊勢物語』の物語手法については、これまでにも、複数の段について論じ重ねてきている。[11]

ただし、中でこの一二段などは、「歌に基づいて空想的な虚構をほしいままにした一編の物語」（『石田穣二　伊勢物語注釈稿』[12]）として受け止められているものである。また、「歌によりかかって物語が作られているという点、この段の性格は六段に似る」ともみなされるところであるが、「歌によりかかって」という理解については、歌そのものの読解と関わって問題が残る。

「雪山」の段として知られる、『枕草子』「職の御曹司におはしますころ、西の廂に」（九一段）にも、〈物を乞う尼〉「常陸の介」が登場する。口上もひどく達者で、俗謡を歌ったり滑稽な舞を披露したりするなど、幾つかの芸を持ち合わせていた。厚遇されて「仲よく」している噂を聞いてのことであろう、もう一人、品のいい別の「尼なるかたゐ」が出て来て、着物を与えられる。これに嫉妬した「常陸の介」は、その後、「雪山」にさまよいこむ体の芝居を演じるが、欲張った尼には、もはや得るものがなかった。後の「瘤取り爺さん」の話柄などとも似た要素がある由、二九三段で「板敷」のあたりに現れた火事の「をのこ」も、よくしゃべる闖入者であった。

野焼き詠には、愛する者が住まう世界を慈しみ、その永遠なることを願う主題がある。下衆たる「をのこ」の「うれへ申し」こそは、この「野焼き」詠のテーマを具現化したものであったわけだが、男の望みは「下賜の品物」であったのだ。「野焼き」詠のテーマとしては、夜殿が焼け残り、妻が息災であったなら、それ以上の望みはないことになる。清少納言たちは、下男に対し、その〈格付け〉に徹して遇したことになる。

それを評して定子は「物ぐるほし」と言ったのである。従来、「気違いじみている」(『全集』)、「調子はずれ」(『新編全集』)などと訳出されてきている言葉であるが、少なくても、『枕草子』中の用例に照らしてみれば、それは端的に「物好き」「物好きな人物」ということになるであろう。

「御匣殿」が、男の口上を聞いてすぐにひどく笑った(「いみじう笑ひたまふ」)のは、ただその「臆面のなさ」に反応したものではない。

その切実な体験談こそ、男自身が意識していないながら、文学の一大テーマをめぐるものであったからである。半分は、「感心」したとも言える。

従って、「男が知りえぬ」ものは、書かれた文字――清少納言の和歌ではなく、「野焼き」詠の「心」であったのだ。和歌の主題としては、「つまごめ」[13]の昔にさかのぼる問題であったと言えるかもしれない。

男は、「いささか物も取うではべらず」と言って締めくくるが、定子後宮の女房たちは、これに当然続くはずの「ですから、どうぞ何か下さって……」という要求を十分承知した上で、男の口上にあえて切り結ぶものを与えたのである。「家の焼けたりとて、いとほしがりて給ふめる」というのも、嘘ではない。男の口上を真に受ける体で応対しているのである。

清少納言の歌は、「わか草のつまもこもれり我もこもれり」と詠み継がれてきた「野焼き」詠の「訴え」に応えるものであったのである。

はからずも、その〈偉業〉は、一下男の「うれへ申し」をきっかけになし得たものであったのだ。「さばかりめでたき物を得ては、何をか思ふ」と言うゆえんである。みなで急ぎ、定子のもとへ赴くのも、このように解すれば納得のいくことである。

唯一至高の存在を意味する「紫」のその根は、与謝野晶子の短歌に至って絶えることなく、詠み継がれている。晶子には、また、次の名唱がある。

ああ皐月仏蘭西の野は火の色す君も雛罌粟われも雛罌粟

（『夏より秋へ』[14]）

「野の草」と「つま」の歌を〈女〉の詠として用いたのは、『伊勢物語』一二段の設定である。そして、『源氏物語』で光源氏が「つま」として得たものは、朱雀院が献じた「若菜」であったということにもなろう。「若紫」（紫の上）と対照的な存在として、「女三の宮」を表象する「草」である。

また、「こがる」「もゆ」「やく」などの言葉が、「思ひ」の「火」と結びついて、恋の情熱を詠む歌に多く用いられるものであるのは周知のことである。「百人一首」に、定家自身が選び取った歌も、そうした詠作であった。

こぬ人をまつほのうらの夕なぎにやくやもしほの身もこがれつつ

（『新勅撰集』恋三・八四九・藤原定家／「百人一首」九七）

次は、有島武郎の辞世である。

世の常のわが恋ならばかくばかりおぞましき火に身はや焼くべき　（「有島武郎の絶筆」[15]）

「野焼き」の風習のごとく、この世の営みにおいて、生と死がつねに表裏一体、かつ連続する一つのものであることを、あらためて、思い知るのである。

注

（1）本著における『枕草子』の段数の表示は、特に断らない限り、能因本底本『全集』本（小学館）の通りとする。本文の引用については、能因本系統「三条西家旧蔵本」によって、表記を改めるなどした。適宜、諸系統本の本文状況について示し（詳細は各章の論に記す）、能因本・三巻本両系統本併読の見地に立つ解釈を提示する。
当該段（能因本の二九三段、「僧都の君の御乳母、御匣殿とこそは」）の所在について、三巻本では、『新編全集』本（小学館）の二九四段「僧都の御乳母のままなど」、石田穣二訳注『新版　枕草子（下）』（角川ソフィア文庫）の二九八段「僧都の君の御乳母のままなど」にあたる。

（2）松尾聰・永井和子校注『日本古典文学全集　枕草子』（小学館　一九七四）

（3）松尾聰・永井和子校注・訳『新編日本古典文学全集　枕草子』（小学館　一九九七）

（4）本著における和歌の引用については、特に断らない限り、私家集の例は『私家集大成』（「新編私家集大成ＣＤ－ＲＯＭ版」）、その他、勅撰集・私撰集等の例は『新編国歌大観』（角川書店）によることとする。ただし『万葉集』歌の所在は旧番号、訓読については主として『大系』（岩波書店）による。表記等、一部改めて用いた。また、『源氏物語』や『伊勢物語』の本文は、『新編全集』本（小学館）により、後者については、本書の各段「題」も添えている。

（5）高木市之助・五味智英・大野晋校注『日本古典文学大系　万葉集（3）』（岩波書店　一九六〇）

（6）小島憲之・木下正俊・佐竹昭広校注『日本古典文学全集　万葉集（3）』（小学館　一九七三）

（7）佐竹昭広・山田英雄・工藤力雄・大谷雅夫・山崎福之校注『新日本古典文学大系　万葉集（3）』（岩波書店　二〇〇二）

（8）青木生子・井出至・伊藤博・清水克彦・橋本四朗校注『新潮日本古典集成　万葉集（4）』（新潮社　一九八二）

（9）拙著『新しい枕草子論―主題・手法 そして本文』（新典社　二〇〇四）、Ⅰ篇　第二章 ii 〃世継ぎ〃のための端午節―蒲生野贈答歌から『源氏物語』明石の姫君の五十日へ―　また、同『王朝文学論―古典作品の新しい解釈―』（新典社　二〇〇九）、Ⅱ篇　第四章　「紫草」の表現史―『源氏物語』「紫のゆかり」をたずねて―　など。さらに、『枕草子』『源氏物語』両作品について考える上で、端午節とともに重要な節会である七夕の問題も併せて、『源氏物語』と『枕草子』の〈七夕〉―「朝顔」「夕顔」と「玉鬘」―（『古代中世文学論考　第25集』新典社　二〇一一）において論じている。→Ⅲ篇　第一章

「紫草」詠ほか、歌枕をめぐる問題については、別稿（「〈歌枕〉の歴史―「紫草」の生い出でる場所として―」〈『日本文学風土学会紀事』36　二〇一二・三〉）において論じている。→Ⅱ篇　第一章

（10）清少納言の名なども あるいは関わる可能性がある、作品中の鍵語。

（11）前掲注（9）拙著『王朝文学論』（新典社　二〇〇九）、Ⅱ篇　第一章『伊勢物語』二十三段「筒井筒」の主題と構成―「ゐつつ」の風景と見送る女の心―　及び、同、第二章『伊勢物語』二十二段「千夜を一夜」の主題と構成―贈答歌の論理―　及び、同、第三章　古典教育における〈知識〉の〈伝授〉をめぐって―教材『伊勢物語』を例に考える―。拙稿『伊勢物語』の手法―「夢」と「つれづれのながめ」をめぐって（二段「西の京」と一〇七段「身を知る雨」、および六十九段「狩の使」）―」（『和洋国文』45　二〇一〇・三）→Ⅲ篇　第二章　及び、「『伊勢物語』一一九段「男の形見」―絵と物語の手法をめぐって―」（『和洋国文』46　二〇一一・三）など。→Ⅲ篇　第三章（また、Ⅱ篇　第二章・第三章、Ⅲ篇　第四章　＊本章の初出論文以後の論考）

（12）石田穣二『石田穣二　伊勢物語注釈稿』（竹林舎　二〇〇四）、一八九頁・評釈

（13）「やくもたついづもやへがきつまごめにやへがきつくるそのやへがきを」。『古今集』仮名序に素戔鳴詠として〈和歌の初め〉とする。記紀歌謡筆頭の詠。

（14）与謝野晶子『夏より秋へ』（金尾文淵堂　一九一四）、「中の巻」

（15）　足助素一編「有島武郎個人雑誌　泉」（叢文閣）の終刊「有島武郎記念号」（一九二八・八）。当該歌は、絶筆となった短歌十首中の一首目。

第二章　春日遅遅

――『枕草子』「三月ばかり物忌しにとて」の段の贈答歌――

＊『日本古典文学全集』（小学館）二八〇段、『新編日本古典文学全集』（小学館）二八二段

第一節　章段の中核――贈答歌

『枕草子』「三月ばかり物忌しにとて」の段（二八〇）[1]は、春、三月ごろの「物忌」の折に材を取って綴られている。章段の核心は、退出先の清少納言と後宮の主（あるじ）・定子との間に交わされた一対の贈答である。定子による贈歌は、「仰せ言」の形で、近侍の女房・宰相の君からの文（ふみ）として届けられた。

（定子）**いかにして過ぎにし方を過ごしけむ暮らしわづらふ昨日今日かな**

宰相の君の私信として、「**今日しも千年の心ちするを、暁にだにとく**」と添えてあった。

定子の言葉（歌）を伝える文がもたらされたとき、「いとうれしくて見る」と、大変に喜んだ清少納言であったが、

このとき、どういうわけか返歌に窮し、「啓せむ事はおぼえぬ」（お返事として申し上げるべきことが思いつかない）状況であったという。それでも、何とか、

（清少納言）**雲の上も暮らしかねつる春の日を所がらともながめけるかな**

と詠んだ。宰相の君に宛てて「**今宵のほども、少将にやなりはべらむずらむ**」と添え、丸二日の物忌を終えて、急ぎ、暁に帰参した。私信に「今宵のうちにも少将になってしまいそう……」と述べる部分については、「少将」というのが何（誰）であるか分かっていない。宰相の君の「暁にだにとく」（せめて明け方には急いで……）という言葉に呼応して、今すぐにでも馳せ参じたい気持ちを表現したところと解されるが、従来、『枕草子』解釈の中で、数少ない大きな謎の一つ」（萩谷朴）[2]などと言われている。

『枕草子』の未解明の部分といえば、文学としての主題や手法の問題にはじまり、各段・各場面の解釈をめぐって決して「数少ない」とは言えぬにせよ、ここもよく知られた「謎」の一つではある。

本段の贈答は、『千載集』にも採られ、『枕草子』に記しとどめられた主従の贈答として特に注目されてきたものであるが、不明の点も多い。

　一条院御時、皇后宮に清少納言はじめて侍りける比、三月ばかり二、三日まかでて侍りけるに、かの宮よりつかはされて侍りける

いかにしてすぎにしかたをすぐしけんくらしわづらふ昨日けふかな　（『千載集』雑上・九六六・藤原定子）

御返事

雲のうへもくらしかねける春の日をところがらともながめつるかな　（九六七・清少納言）

詞書に初出仕ごろの贈答（「皇后宮に清少納言はじめて侍りける比」）とするのは、まず、歌の内容によるところが大きい。北村季吟『枕草子春曙抄』（延宝二）は、この詞書を引いて、次のように解している。

此始て侍けるといふに心を付べし。二三日清少の侍らぬさへさびしきに、其前は何としてくらせしぞと也　（一一巻）

『清少納言伝記攷』（新生社　一九五八）を著した岸上慎二氏は、『枕草子講座　第一巻』（有精堂　一九七五）の巻頭「清少納言研究への招待」において、特に当該の贈答を取り上げて論じている。この点については、やはり、次のように、和歌の内容を根拠としている。

右の贈答歌は千載集雑歌上に収められているが、少納言の宮仕の初期のことと考えた詞書をつけている。定子の和歌によってそのような考えが生じる根拠がある。

このときの主従のやり取りは、これでしまいではない。章段の末尾には、暁に参上した清少納言に対する、定子の言葉が記されている。

「昨日の返し、『暮らしかねける』こそ。いとにくし。いみじうそしりき」

清少納言の寄越した返歌のまずさをあげつらって、大変な「憎み」ようであるが、本人もそれを認めて「いとわびしう、まことにさる事も」と締めくくる。しかし、清少納言の返歌が、「失敗」作であるとして、その失敗の内容や理由（原因）については、従来、必ずしも明らかになっていない。

本章では、一話の中核を成す、和歌贈答の解釈をめぐって問題の多い当該段を取り上げ、従来読み取られてこなかった、主従の応酬の主題について明らかにしたい。

第二節　章段の本文

前節において掲出した本文箇所、すなわち本段の中核を成す和歌贈答の部分についても、主たる両系統「能因本」と「三巻本」の間には幾つかの異同が存する。まず定子詠・贈歌「いかにして」については、第三句、「過ごしけむ」（能因本）と「過ぐしけむ」（三巻本）の違いがある。清少納言詠・答歌「雲の上も」については、二箇所、第二句と結句における助動詞「つる」と「ける」が入れ替わった形になっている。さらに注解付きテキストのレベルにおいては、清少納言の歌の第四句について、「所がら」（能因本・三巻本）と「所から」（三巻本）等の相違も見られるが、底本の問題ではなく、ここは現代語訳（後掲、第三節）などにも影響が出ていない。

ほかに、三巻本には、清少納言がこのときの返歌に窮したという部分、「啓せむ事はおぼえぬこそ」がない。以下に、章段の全文を能因本系統「三条西家旧蔵本」に拠って掲げる。三巻本の異同箇所について傍記して示す（適宜、表記を改める）。

1　三月ばかり物忌しにとて、かりそめなる人の家に行きたれば、木どもなどはかばかしからぬ中に、柳といひて、例のやうになまめかしくはあらで、葉ひろう見えてにくげなるを、「あらぬものなめり」と言へば、「かかるもあり」など言ふに、

（清少納言）さかしらに柳のまゆのひろごりて春のおもてを伏さる宿かな

とこそ見えしか。

2　そのころ、また、同じ物忌しに、さやうの所に出でたるに、二日といふ昼つかた、いとどつれづれまさりて、ただいまもまゐりぬべき心ちするほどにしもあれば、いとうれしくて見る。浅緑の紙に、宰相の君いとをかしく書きたまへり。

（定子）「**いかにして過ぎにし方を過ごしけむ暮らしわづらふ昨日今日かな**」

となむ。わたくしには、「今日しも千年の心ちするを、暁にだにとく」とあり。この君ののたまはむだにをかしかるべきを、まして仰せ言のさまには、おろかならぬ心ちすれど、啓せむ事はおぼえぬこそ。

（清少納言）「**雲の上も暮らしかねつる春の日を所がらともながめけるかな**」

わたくしには、「今宵のほども、少将にやなりはべらむずらむ」とて、暁にまゐりたれば、「昨日の返し、『暮らし

かねける』こそ(ナシ)。いとにくし。いみじうそしりき」と仰せらるる、いとわびしう(ナシ)、まことにさる事も(なり)。

類纂系統の「前田家本」では、先に注目した箇所のうち、定子詠・贈歌「いかにして」の第三句は、三巻本と同様の「過ぐしけむ」であるが、清少納言詠・答歌「雲の上も」の結句は、能因本と同様の「ながめけるかな」である。また、能因本の第二句「暮らしかねつる」は、「三条西家旧蔵本」のみの形で、「富岡家旧蔵本」ほか版本に至る諸本はみな、「暮らしかねける」である。このとき、一首は、次の形で前田家本と同様になる。

雲の上も暮らしかねける春の日を所がらともながめけるかな

能因本による注解付きテキストでは、底本（「三条西家旧蔵本」）の第二句「暮らしかねつる」を諸本の「暮らしかねける」によって校訂し、清少納言の返歌については、前田家本と同様の形で読むことになっている。これによって、歌の本文は、定子による批判の言葉に引用された形「暮らしかねける」と一致することになる。しかし、「三条西家旧蔵本」の場合、清少納言の歌と定子による引用の形が、「かねつる」（歌）→「かねける」（引用）と、一致していないのである。興味深いことに、前田家本の場合も、定子による批判の言葉は、歌の本文通りではない。引用された形は「暮らしかねけむ」であり、「かねける」（歌）→「かねけむ」（引用）と、歌本文と引用の言葉はやはり、一致していないのである。なお、『千載集』の和歌本文（前掲、第一節）は、三巻本と同様。

また、〝返すべき事柄が思いつかない……〟という、三巻本にない部分「啓せむ事はおぼえぬこそ」は、前田家本にもあって、能因本と同様である。

当該「三月ばかり物忌しにとて」の段をいま、新しく読み解くにあたって、次の三点が課題となるだろう。本文系統の相違を越えて考え、把握すべきことである。

・1の場面（「物忌」1）と2の場面（「物忌」2）の関係性について、一つの章段としての有機的な繋がり。
・2の場面の贈答の趣旨とともに、答歌の「失敗」を語る意味。
・章段末尾、定子による批判の矛先（対象）と本質。

さらに、見てきたように、本文異同の問題もある。特に、「啓せむ事」が思いつかなかったという部分と、定子による清少納言詠の批判・引用のあり方は、贈答歌の意義を読み解く上で重要である。主従の贈答の趣旨を明確に捉えることによってはじめて、本段の主題も明らかになると言える。

第三節　従来の解釈

「三月ばかり物忌しにとて」は、未解明の事実も多いながら、「定子後宮における清少納言の地位を占う文章」（前掲、第一節・岸上）として注目され、重要視されている一段である。これまで、どのような解釈と評価が与えられてきたのであろうか。

本節では、贈答歌の解釈を中心に、当該段をめぐる従来の諸説について見ていく。従来の『枕草子』と作者・清少納言観について知る上でも基礎となるところであるので、少し長くなるが、まず、岸上氏による解釈について引用する。

定子のお側に少納言が存在しないことが「暮らしわづらふ」原因につながるとすると、少納言は定子にとって実に重要な人物であるという評価になる。宮仕に出仕して間もなくのこととて、少しの割引はして考えなくてはならぬだろうが、少納言の宮仕場における重さは十分考えられる。これに対して少納言は迂闊にも「雲の上も暮らしかねける」と表現してしまった。この表現の出すぎた点を厳しく定子方は捉えて非難したのである。「暮らしわづらふ」と「暮らしかねける」とでは淋しく「暮らす」状態に大きな差があるのである。召仕人として主人に対する心のあり方に、有頂天があると感じられる表現になっている点をいましめられたのであろう。春曙抄の注(圷注・後掲)が正当であろう。定子にとって少納言は必要な人物であったが、主人と召仕との関係については厳しい態度を持たれていたことを示すもので、言葉に対して敏感の筈の少納言も失敗を犯していることの述懐である。さてこのところでもう一つ附加しておくべきことは、当時の後宮生活にとって「暮らしわづらふ」「暮らしかねける」という精神状態はもっとも忌むべきものであったということである。情趣尊重時代の後宮のもっとも追求したものは「物のあはれ」であったとすれば、「手もち無沙汰に一日を暮らしかねける」ことは軽蔑されることで、そのようなことのないように、有能な才女が多く後宮に集められていたわけで、枕草子もそれらの中における定子後宮での一人の女房の所産であったわけである。

引用文中、傍線を付したが、和歌の解釈(一重傍線部)と、そこから推し測った定子後宮における清少納言の宮仕えのありよう(二重傍線部)とが示されている。その宮仕えのありようは、さらに王朝の世、「情趣尊重時代」の美意識（波線部）と関わるものとして捉えられ、その上で、作品『枕草子』の意義について「一人の女房の所産」とみなす、この部分の結論が示されている。なお、『清少納言伝記攷』では、本段の事件年時について「初宮仕を正暦四年冬と解釈する立場上、ここは正暦五年三月と見たい」（四七八頁）としている。日記的章段の中でも、本段は何か特別な事件について扱うものではなく、随想的な一段とも言えるが、[3]『枕草子』研究上、その内容については、あらためて考察すべき意味が十分にあると言える。

『春曙抄』の注」は、「清少を待かねて后宮のくらしかね給ふと（圷注‐清少納言自ら）いへるやうなるを、あまりうけばりたる事とたはふれの給也」（一一巻）というものである。

主従の贈答について、『大系』本（池田亀鑑・岸上慎二校注、一九五八）の解釈は次の通りである。以下、諸注における段数表示も併記する。

定子「いかにして」　いったいどのようにして過去の月日を送ったのでしょう、昨日今日はどうくらしてよいか本当に困っています。（三〇一段、三二二頁・頭注二）

清少納言「雲の上も」　宮中でもお暮らしになりかねた春の日でございますのに、私はまあ田舎のせいでわびしいのかと思いました。（三二二頁・頭注六）

定子詠にいう「過去の月日」（本文「過ぎにし方」）については、‚清少納言の出仕前‘のこととして捉えていると思われる。『大系』は、事件年時について次のように述べている。

宮仕の初期であることはその和歌の贈答ぶりから考えられ、又、〔九九〕に、中宮が清少納言の和歌から遠ざかることを許された記事（圷注－いわゆる「詠歌御免」の一件）があるが、それより以前であろう。正暦五年の三月ごろと思われる。

（三六〇頁・補注二四八）

その後、定子詠については、'清少納言の不在' が直接、現代語訳に反映されてくることになる。次は、『全集』本（松尾聰・永井和子校注・訳、一九七四）の現代語訳である。

定子「**いかにして**」　いったいどういうふうにして過去の月日を過ごして来たのであろう。そなたが退出してから、日を暮らすのに苦労するきのうきょうであるよ

清少納言「**雲の上も**」　中宮さまが、雲の上でもお暮らしかねあそばしたのだった春の日を、私は、私の今居りますさびしい場所のせいで暮らしかねるのだと思って物思いにふけっていたことでございましたよ

（二八〇段）

三巻本を底本とする『新編全集』本（松尾聰・永井和子校注・訳、一九九七）の現代語訳（二八二段）も、この点、表記以外、変わるところがない。清少納言の返歌のほうだけ、第二句「暮らしかねける」の訳が、『全集』「お暮らしかねあそばしたのだった（春の日を、……）」から、『新編全集』「お暮らしかねあそばした（春の日を、……）」に変わっている。本文の異同は、むしろ結句の「けるかな」（能因本）と「つるかな」（三巻本）に見られたはずであるが、ここは「（～でございました）よ」の有無の違いしかない（三巻本底本『新編全集』の現代語訳に末尾の「よ」なし）。旧『全

集』本が、「三条西家旧蔵本」による第二句「暮らしかねつる」を、諸本によって「暮らしかねける」に訂していることは、すでに見た。定子の批判の言葉における引用と合致していることになる。

田中重太郎氏『枕冊子全注釈　五』（能因本底本、角川書店　一九九五）では、『全集』の「退出」云々にあたる部分の解釈がさらに詳しくなる。

定子「いかにして」　昨日今日のたった二日間そばにいないだけでも、時間が長く退屈でしかたがないが、そなたが宮仕えをするまで、どうして毎日を送って来たのであろうか。

清少納言「雲の上も」　中宮さまのいらせられる雲の上の貴いところでも日の暮れるのを待ち遠しく思い、退屈あそばしたそうでございますが、この春の日長をわたくしは、自分がいまいる環境がひとりなのでこんなに日が長く、暮れにくいのだと思って嘆いていたことでございます。

（二八〇段、一九四頁・語釈）

‚清少納言の不在‘に触れて無聊の理由とすることは、金子元臣『枕草子評釈』（明治書院　一九二四、下巻）にさかのぼって同様である。定子詠の第二句「過ぎにし方を」について、清少納言の‚宮仕え前‘と解すのである。

定子「いかにして」　どうして従来は過して来た事だらう、お前が退出してから、退屈で暮しかねたこの日頃であるよ

清少納言「雲の上も」　禁中で中宮様が、お退屈で暮しかねたと仰しやる程の長い春の日を、自分はこの所柄かうも退屈なのかと思つて詠めたことよ

（二五八段）

「清少の居らぬ故物寂しくて、昨日今日の僅か一日二日すら、かく暮しかぬるを、如何にして清少の宮仕せぬその以前は、過し来りしことならんと也」と説明している（一〇三頁・釈）。

萩谷氏の解釈は、次の通り。やはり、定子詠については、'清少納言の不在'を一首の核心として捉えている。

定子「いかにして」　どのようにしてそなたが出仕する以前の昔は一日一日を過ごしていたのかしら、そなたがいなければ一日一日が退屈で過ごしかねる今日この頃ですよ

（『枕草子解環　五』〈同朋舎出版　一九八三〉、二八二段・現代語訳）

さらに、「そなたが出仕する以前の昔は（一日一日を）」というのに加えて、「そなたがいなければ（一日一日が）」と訳出するのが特徴的である。清少納言の返歌のほうは、

清少納言「雲の上も」　宮中でも過ごしかねていらっしゃるそうな退屈な春の日永を、私は場所が場所だからかと思ってぼんやり過ごしていたことです

と訳出している。「暮らしわづらふ」「暮らしかねける」という主従の歌ともに、金子『評釈』・田中『全注釈』・萩谷『解環』はみな、「退屈」な春の日をめぐる詠歌として捉えている。『大系』本や新旧『全集』本では、その点「困っている」「わびしい」また「苦労する」などと訳出している。

増田繁夫氏『枕草子』（和泉書院　一九八七）も、定子詠については、〝清少納言の不在〟を中心にして訳出する。頭注に掲げた『千載集』の詞書を主な根拠とするものと見える。

定子「いかにして」　あなたと会わない以前は、どうしてつれづれを慰めていたのでしょう、の意。
（二八六段、二二四頁・頭注一二）

清少納言「雲の上も」　宮中でも、くらしかねけるとおっしゃる春の日ですから、ましてこんな所では当然と。
（二二五頁・頭注一）

石田穣二氏『新版　枕草子』（角川ソフィア文庫　一九八〇）も、補注に『千載集』の詞書を掲げ、初出仕の時期について「作者の出仕を正暦四年の冬とすれば、その翌年正暦五年の春であろう」と記す（下巻、二四四頁・補注二七四）。定子詠の趣旨について「退屈」とする解釈である。

定子「いかにして」　あなたの出仕前はどうして過ごしていたのでしょう、退屈でしかたのない昨日今日です。

清少納言「雲の上も」　雲の上でも（中宮も）暮しかねていた春の日の所在なさをさびしい場所柄のせいとばかり思っていました。
（二八六段、一五四頁・脚注一及び五）

以上、まず定子の贈歌について、諸注の解釈はみな、「暮らしわづらふ昨日今日」に対する「過ぎにし方」について、〝清少納言と会う前〟のこととして捉えるものであった。また、定子詠・清少納言詠それぞれの「暮らしわづらふ」「暮らしかねける」という状態について、「退屈」と訳出するものが目立った。しかし、これらは、果たして歌の本文から読み取り得ることであったのだろうか。

——いかにして過ぎにし方を過ごしけむ

というのは、あくまでも「暮らしわづらふ昨日今日」以前のことである。「暮らしわづらふ昨日今日」、清少納言が不在であることはその通りであるが、「過ぎにし方」について、'清少納言の出仕前'と解す必然性はないのではないだろうか。そのように解することによって、肝心の歌の趣旨が読み違えられてしまっているのではないか。従来、言及のない所である。

主従の贈答の趣旨は、従来考えられていることのほかにあるのだ。これまでの解釈においては、言わば〈盲点〉となっている事柄である。

第四節　贈答の趣旨 ——「暮らしわづらふ」をめぐって

これまで読み取られてこなかった贈答の趣旨とは、実は、本章のタイトルとして掲げた「春日遅遅」の思いである。「暮らしわづらふ」精神状態について、「もっとも忌むべきものであった」（前掲、第三節・岸上）と捉えてしまっては解し得ない〝思い〟である。定子の贈歌は、すなわち、

〝春の日というものが、こんなにも切なく過ごし難いものであったとは――！〟

という告白なのである。清少納言の不在について直接言ったものではない。「春日遅遅」の思いを述べる歌として清少納言のもとに届けられてはじめて、歌に籠められた、清少納言を求める定子の心が伝えられることになる。「私はいったいどのようにして過ぎた日々を暮らしてきたのだろうか」というのは、今このときの生き難さ、苦しさをもって述べたものである。「過ぎにし方」というのは、暮らし難いこの春の日を知らずに過ごした日々のことであって、しかも、その〝思い〟は突然にやってきた。

清少納言の不在によって〝気づく〟こととなった思いであるが、その思いは、春の日の〝特別な思い〟なのである。歌の本文には詠まれていない、その宮仕え期に及んで解することにより、従来は、肝心の歌の趣旨について捉え損ねてしまっていたのではないだろうか。歌の現代語訳としても、解説としてもこの点に触れた注釈はこれまでにない。定子詠「**いかにして過ぎにし方を過ごしけむ暮らしわづらふ昨日今日かな**」の、「春日遅遅」の切実な思いをもたらすことになったのは、清少納言の存在とその不在であるが、表現として、一首の核心は思いそのものにある。もちろん、清少納言が居なくて退屈だ――だから、その存在が重要だというだけのことではない。

従来の解釈では、「春日遅遅」の思いを受けたものとして成り立つ清少納言の「**雲の上も暮らしかねつる春の日を所がらともながめけるかな**」という返歌の趣旨も明らかにはならない。贈歌の表現の単なる〝反復〟ではない。これは、ただ「春の日長」ということや「所在なさ」という程度のものでもない。どうしようもなく、じりじりと胸に迫る生き難さである。

それは例えば、『古今集』「恋三」の冒頭に置かれた、在原業平の、

やよひのついたちより、しのびに、人にものらいひ
てのちに、雨のそほふりけるに、よみて、つかはし
ける
おきもせずねもせでよるをあかしては春の物とてながめくらしつ
（『古今集』恋三・六一六）

という歌に詠まれた思いである。これは『伊勢物語』二段にもある。(4)
和歌の例としては、「春日」を詠むものを見るとなお分かりやすい。「春の日」を詠む名歌といえば、まず『古今集』春部の友則詠、

桜の花のちるをよめる
久方のひかりのどけき春の日にしづ心なく花のちるらむ
（『古今集』春・八四・紀友則）

であるが、恋の歌としては、業平の「おきもせず」の歌と同じ「恋三」に、春の日長を詠む歌が見える。

あはずしてこよひあけなば春の日の長くや人をつらしと思はむ
（『古今集』恋三・六二四・源宗于）

『後撰集』「春下」には次の歌が入る。

女につかはしける
春の日のながき思ひはわすれじを人の心に秋やたつらむ
（『後撰集』春下・八六・よみ人知らず）

同趣の歌は、すでに『万葉集』に見える。次の例などは、定子が清少納言に詠み贈った歌とも、表現の面で似通うところがある。

（霞に寄す）
恋ひつつも今日は暮しつ霞立つ明日の春日（はるひ）をいかに暮さむ
（『万葉集』一〇・一九一四）

「長き―春日」と詠むのは、『万葉集』中、巻一の次の歌が初出である。

讃岐国安益郡に幸（いでま）しし時、軍王の山を見て作る歌
霞立つ　長き春日の　暮れにける　わづきも知らず　村肝の　心を痛み　鵼子鳥　うらなけ居れば　玉襷　懸けのよろしく　遠つ神　わご大君の　行幸の　山越す風の　独り居る　わが衣手に　朝夕に　還らひぬれば　大夫と　思へるわれも　草枕　旅にしあれば　思ひ遣る　たづきを知らに　網の浦の　海処女らが　焼く塩の　思ひそ焼くる　わが下ごころ
（『万葉集』一・五）

春の日に、胸に迫って払い得ぬ丈夫の望郷の情を詠む。反歌には妻を恋う思いが述べられている。

　　反歌

　山越しの風を時じみ寝る夜おちず家なる妹を懸けて偲ひつ　（一・六）

次は、大伴家持の代表作の一つであるが、ここに歌われているのは、まさしく「春日遅遅」の、孤独な春愁の情そのものと言えよう。二月の詠である。

　　二十五日、作る歌一首

　うらうらに照れる春日に雲雀あがり情（こころ）悲しも独りしおもへば　（『万葉集』一九・四二九二）

左注に、「鶬鶊」（高麗鶯）啼く「春日遅遅」の情調――春の日にひとり悲しむ「悽惆の意」を述べた歌であると言う。

　春日遅遅にして、鶬鶊正に啼く。悽惆の意、歌にあらずは撥ひ難し。よりて此の歌を作り、式（も）ちて締緒（の）を展ぶ。

　春日遅々鶬鶊正啼。悽惆之意非レ歌難レ撥耳。仍作二此歌一、式展二締緒一。

『詩経』小雅「出車」に「春日遅遅　卉木萋萋　倉庚（圷注‐鳥名）喈喈　采蘩祁祁」、豳風「七月」に「春日遅遅　采蘩祁祁　女心傷悲　殆及公子同帰」と見える。

集中、ほかにも、巻十「春雑歌」に次の歌がある。

（月を詠む）

朝霞春日の暮れば木の間よりうつろふ月を何時とか待たむ　（『万葉集』一〇・春雑歌・一八七六）

同じく巻十「春相聞」には、先に挙げた「恋ひつつも」（一九一四）の歌のほかに、「春日」、特に「長き春日」の形で詠み込むものが多く見られる。

（霞に寄す）

さにつらふ妹をおもふと霞立つ春日も暗（くれ）に恋ひ渡るかも　（『万葉集』一〇・春相聞・一九一一）

（草に寄す）

おぼぼしく君を相見て菅の根の長き春日を恋ひ渡るかも　（一九二一）

（別れを悲しぶ）

朝戸出の君が姿をよく見ずて長き春日を恋ひや暮さむ　（一九二五）

相思はぬ妹をやもとな菅の根の長き春日を思ひ暮さむ　（一九三四）

相思はずあるらむ児ゆゑ玉の緒の長き春日を思ひ暮さく　（一九三六）

「春雨」の景によって思いを述べる歌もある。

春雨の止まず降る降るわが恋ふる人の目すらを相見しめなく　（一九三二）
吾妹子に恋ひつつ居れば春雨のそれも知る如止まず降りつつ　（一九三三）

「長き春日」は、思いが叶わずただ独り暮す、やるせなく切ない恋の思いと密接に関わって詠まれるものであった。

あらたまの　年は来去きて　玉梓の　使の来ねば　霞立つ　長き春日を　天地に　思ひ足らはし　たらちねの
母が養ふ蚕の　繭籠り　息衝きわたり　わが恋ふる　心のうちを　人に言ふ　ものにしあらねば　松が根の　待
つこと遠く　天伝ふ　日の闇れぬれば　白木綿（しろたへ）の　わが衣手も　通りて濡れぬ
（『万葉集』一三・相聞・三二五八）

「春」という季節は、「うら悲しき」「もの悲しき」ものとして詠まれる。

（中臣朝臣宅守と狭野弟上娘子との贈答の歌）
春の日のうらがなしきにおくれ居て君に恋ひつつ現（うつ）しけめやも　（『万葉集』一五・三七五二・娘子）
春まけて物悲しきにさ夜更けて羽振き鳴く鴫誰が田にか住む　（『万葉集』一九・四一四一・大伴家持）
わが背子と……八峰には　霞たなびき　谿辺には　椿花咲き　うら悲し　春の過ぐれば　霍公鳥（ほととぎす）　いや頻き鳴き
ぬ　独りのみ　聞けばさぶしも……　（『万葉集』一九・四一七七・大伴家持）

二十三日、興に依りて作る歌二首

春の野に霞たなびきうら悲しこの夕かげに鶯鳴くも

（『万葉集』一九・四二九〇・大伴家持）

右の歌の「二十三日」は二月。「わが屋戸のいささ群竹吹く風の音のかそけきこの夕べかも」（一九・四二九一）も同日の詠。「春日遅遅」の思いを述べた前掲「二十五日」の「うらうらに」（一九・四二九二）の歌とともに「春愁三首」と称され、家持の叙情歌として名高い。

一方、平安期の和歌では、「秋」こそ「悲しき」季節として詠まれるようになる。「おく山に」の歌は、「百人一首」に猿丸大夫の歌として入る。

これさだのみこの家の歌合によめる

月見ればちぢに物こそかなしけれわが身ひとつの秋にはあらねど

（『古今集』秋上・一九三・大江千里）

おく山に紅葉ふみわけなく鹿のこゑきく時ぞ秋は悲しき

（『古今集』秋上・二一五・よみ人知らず）

王朝の表現として、「春日遅遅」の憂愁の情は、前掲『後撰集』「春下」の歌、「春の日の長き思ひ」（八六番歌）の、この表現に集約されると言えるだろう。

秋の夜長をより一層長く、春の日長をいよいよ切実に長く思わせるものは、恋しい人の不在であった。また次は、『枕草子』中の表現とも関わりの深い『白氏文集』「長相思」（一二・五八九）詩冒頭の部分である。

九月西風興　月冷霜華凝　思君秋夜長　一夜魂九升
二月東風来　草折花心開　思君春日遅　一日腸九廻
（九月西風興り、月冷やかにして霜華凝る。君を思うて秋夜長し、一夜魂九升す／二月東風来り、草折けて花心開く。君を思うて春日遅し、一日腸九廻す）

正暦五年（九九四）二月二十日に行われた「積善寺供養」（二五六段）の前、二条の宮から一旦里に下がった清少納言は、定子の「花のころ」の問いかけに対し、あえて秋の表現に拠りつつ、「よにこの度なむのぼる心ちし侍る」（三条西家旧蔵本）と答えた。(5) 次は、同じく白楽天の「驪宮高」（四・一四五）詩中の句で、『和漢朗詠集』（上・夏・蟬・一九二）に採られた部分である。「悽惘」の情とは異なるが、「春日遅遅」の景を詠む。同詩による表現は、作品中、後宮のありようと関わって特に重要な場面に見られる。

遅遅兮春日　玉甃暖兮温泉溢　嫋嫋兮秋風　山蟬鳴兮宮樹紅
（遅遅たる春日には、玉甃暖かにして温泉溢れ、嫋嫋たる秋風には、山蟬鳴いて宮樹紅なり）

「春日遅遅」の情とともにあるのは、男女の恋愛に限らず、主従、朋輩の関係も含め、人を恋うる気持ちである。(6) 次のようにも詠まれている。

冬の日を春よりながくなす物はこひつつくらす心なりけり
（『千載集』恋三・七九六・藤原忠通）

暮れの春における定子の詠、「いかにして過ぎにし方を過ごしけむ暮らしわづらふ昨日今日かな」も、まず、「暮らしわづらふ」春日遅遅の情を核心としてこそ、清少納言の存在を求める歌として成立しているのである。言葉として花鳥も月も恋もなく、思いそのものを謳った名歌と言えよう。

さて、帰参後の定子たちによる'批判'の実情は、本段をめぐる難問の一つに挙げられる。

（定子）「昨日の返し、『暮らしかねける』こそ。いとにくし。いみじうそしりき」

『全集』本の注（四三〇頁・頭注一）に次のように述べるのは、『春曙抄』や金子『評釈』以来の解釈に則ったものである。

わかりにくいが、中宮の歌を、真正面からうけとめて、「中宮が少納言を待ちかねて暮らしかねたのだった」（暮らしかねける。「ける」は、今はじめて気がついたの意をあらわす）とよんだのが、少納言の自信過剰で、ひどすぎるとたわむれていましめたもうたものとみておくが、中宮が少納言の退出でさびしがって暮らしかねたのだったことを今はじめて気がついたとは、察しがなさすぎるの意とみる説もある。

しかし、これも、定子の贈歌の趣旨について明確に捉えて解すとき、新たな読みが可能となるところである。すなわち、今、このときの暮らし難さ苦しさを述べる歌に対し、清少納言の返歌「雲の上も暮らしかねつる春の日を所がらともながめけるかな」は、確かに「暮らしかねつる」「ながめける」などと、全く「過去」のできごととして表現した形になってしまっているのだ。定子が、今まさに「春日遅遅」たる、わが切情について詠み贈ったところ、（効果覿面、）そのとたんにすっかり心癒され救われてしまった清少納言からは、実に間延びした答えが返ってくることになった。

能因本（三条西家旧蔵本）の本文によれば、清少納言の歌の言葉「暮らしかねつる」が、定子の引用では「暮らしかねける」に変じられた形になって、そこに「こそ」も付き、何が気に入らなかったのかは、一層明らかだ。暢気な表現になった相手のミス、温度差を強調したもの言いである。贈歌によって訴えた「昨日今日」の生き難さは、清少納言からの返事を待つ定子にとって、決して「過去」のできごとではないのだ。だがこれは、定子の「切実なご心中を十分に察」（萩谷『解環（五）』二三八頁・問題点）し得なかったための失敗ではないのである。

従って、「いみじうそしりき」「いとにくし」と言いながら、この結末をもって主従の応酬の成功は証し立てられる仕組みである。「春日遅遅」の憂いを晴らす主の思いを真っ直ぐに受け止めた清少納言であった。このときの主従の応酬は、言葉を越えて通じ、交わされたものであったと言えるかもしれないが、実際、それ以上の言葉は浮かんでこなかったのである。「いとわびしう、まことにさることなり」と、自身、省みる通りである。なお、三巻本の和歌引用の形は、典拠に忠実なこの系統の特徴ともみられよう。

第五節　清少納言の秀句

『枕草子』には、清少納言が、さまざまな人と交わした言葉の数々が記しとどめられている。「日記的章段」各場面の中心は「会話」――「対話」であり、その機微をいかに読み解くかということが、清少納言の「秀句」（ウィットに富んだ思いがけない言葉）の意味を捉えるための鍵となる。

『枕草子』に記された清少納言の対話の相手は実に多様である。まず、主家中関白家の人々。「秀句」巧者の関白道隆や、その子息伊周・隆家兄弟との応酬。中宮定子とのやり取りは、この作品中、一層重い意味を持つものとなる。殿上の名立たる貴公子たちとの応酬は、「才気煥発で勝気」な清少納言像のもとともなった。かつての夫・橘則光とのやり取りも記されている。そして、定子後宮に集い、ともに過ごした同僚女房たち。怪しげな芸を見せる闖入者――女法師や、また、表で遊び回る子らと交わした言葉などもみな、『枕草子』中に生き生きと写し取られている。

場面の展開に沿う、新しい読み解きが必要となる。和歌による応酬や漢籍摂取の手法などを含め、清少納言の発話のスタイル、「秀句」の特徴について見出されてくるのは、従来の清少納言像とは随分と異なる個性だ。「当時の男たちにとってはどうということもない作者の漢籍の知識」をひけらかし、「中宮の女房ということで殿上人たちからもてはやされ、対等にやり取りし得たことで、上流貴族の一員になり得たかのような錯覚をもった」[7]などという見方は、例の紫式部の口吻「清少納言こそ、したり顔にいみじうはべりける人……」（『紫式部日記』）の延長線上にあるものである。

誰もが想像すらしなかった思いがけない展開に、まず驚かされるのであるが、相手の心に即応し、その言葉の可能性を最大限に生かした清少納言の応答が、皆の心を一つにする。「ズレ」などという言葉では片付けられない応酬の核心を読み取っていかねばならない。

本章で取り上げた「三月ばかり物忌しにとて」の話は、清少納言による応答の「失敗」をもって終わるが、「失敗」こそ、このときの応酬の「成立」と真（まこと）とを証し立てるものであったのだ。従来は、章段の中核に置かれた主従の応酬（和歌贈答）をめぐり、その点の読みが十分ではなかった。

本段「三月ばかり物忌しにとて」の贈答歌の解釈をめぐっては、従来、定子の贈歌「**いかにして過ぎにし方を過ごしけむ暮らしわづらふ昨日今日かな**」について、「春日遅遅」の情が読み取られてこなかった。「暮らしわづらふ」という表現の必然について、ただ、清少納言の不在のみをもって解し、「あなたと会わない以前は、どうしてつれづれを慰めていたのでしょう」（前掲、第三節・増田）、「あなたの出仕前はどうして過ごしていたのでしょう、退屈でしかたのない昨日今日です」（同・石田）などと、一瞬一瞬を「暮らしわづらふ」人間の心情の深さ切実さに思い及んでいなかった。

前節に見た「春の日」「春の物」を詠み込む「春日遅遅」の歌の類型に照らして解すとき、従来の現代語訳のままでは、あたかも、定子の生涯の〈春〉すべてを「つれづれなるもの」――無聊であるのが当たり前として捉えるようなことになってしまって、おかしなことになる。事件年時に関する、従来の、宮仕え初期（中関白家盛時）という推定とも矛盾することになる。

本段に描かれた主従の心の交流そのものは、必ずしも、年時が限定されなければならない（理解できない）ものではないだろう。自明の政治的背景を根拠としてこの作品を読むこれまでの手法は、万全なものではない。

さて、見過ごされてきた〝思い〟は、添えられた宰相の君の私信「**今日しも千年の心ちするを、暁にだにとく**」にも重ねて述べられていた事柄である。定子からの文（ふみ）がもたらされたときの、清少納言の「いとうれしくて見る」という感動も、これまで十分に理解されていたであろうか。それは、「春の日」を詠み込む清少納言の返歌「**雲の上も暮らしかねつる春の日を所がらともながめけるかな**」に明らかに示されていたのである。ここのみ「春の日長」と訳しても、贈答の主題を解するには至らないのである。「そこに中宮の仰言は優曇華の花だ」（金子『評釈』・評）ということには違いないが、「春の日長」の表現的背景こそ、さらに丁寧に探られるべきことであった。従来、本段の和歌についても、内容・表現ともにむしろ、「新奇」かつ「特異」なものとして捉えられがちである。

そして、定子からの文を得た瞬間、清少納言の「春日遅遅」たる憂いは跡形もなく吹き消えてしまったのであり、その結果、贈られて来た文と心を一にする意味では、もはや「啓せむ事はおぼえぬ」となるのである。

前半部（「物忌」1）の「さかしらに柳のまゆのひろごりて春のおもてを伏さる宿かな」のように、誹諧的な機知による歌であれば口をついて出てくるものを、かくも強い感動（喜び）は、歌の修辞にはるかに余ることがある。例えば、「長徳の変」時、「故殿などおはしまさで、世ノ中に事出で来」（一四六）の段における〝古歌の忘却〟も、「山吹の花びら」に託された、そのときの主従の対話が見事に成功したことを証し立てるものであった。[8] 物忌先の家に生う「にくげなる」柳の葉にまず目がゆくのも、対極にある「なまめかし」き「柳眉」の世界を思うがゆえと言えよう。前半部分は、後半の高潮部を控えた、前奏曲的なスケッチとして構成されている。

今、文を得た清少納言の心を占めるのは、宰相の君に宛てた私信にある通り、「**今宵のほども、少将にやなりはべらむずらむ**」という思いであった。心は、早くも定子のもとに飛び立ち、すでに寄り添っていたのである。それこそ、二条の宮の定子に捧げたのと同じ（本章第四節）、「魂昇る」思いであった。主従の心魂の交響詩とも言うべき一段である。

さらに、「少将」の問題であるが、「なほ世にめでたきもの　臨時の祭のおまへばかりの事」（一四五）の段には、「ゆゆしうせちに物思ひ入れ」た結果、ついに（願い叶って）その所に居つく幽霊となった「少将」（能因本「良少将」。三巻本、前田家本ではそれぞれ「頭中将」、「在五中将」）の噂が見える。

良少将といひける人の、年ごとに舞人のにて、めでたきものに思ひしみにける、亡くなりて、上の御社の、一の橋の下にあんなるを聞けば、ゆゆしうせちに物思ひ入れじと思へど、なほこのめでたき事をこそ、さらにえ思ひ捨つまじけれ。

（能因本「三条西家旧蔵本」による）

従来、思い叶わず絶命する「深草少将」の話柄などが引き合いにされているが、作品の中で解すとすれば、清少納言の私信の言と関わるのは、ここ、一四五段の「少将」であろう。

注

（1）当該段（能因本の二八〇段、「三月ばかり物忌しにとて」）の所在について、三巻本では、『新編全集』本の二八二段「三月ばかり物忌しにとて」、石田穣二訳注『新版　枕草子（下）』（角川ソフィア文庫）の二八六段「三月ばかり、物忌しにとて」にあたる。

（2）萩谷朴『清少納言全歌集　解釈と評論』（笠間書院　一九八六）、一八五頁・評

（3）類聚「は」型・「もの」型、日記、随想と、内部ジャンルによって冊を分ける前田家本で、本段は日記的章段を集めた一冊中に収められている。日記的章段群を欠く堺本に本段はない。

（4）『伊勢物語』の物語設定をそのまま一首の解釈の拠り所とする従来の解釈には、なお疑義が存しよう。この点については、拙稿「『伊勢物語』の手法—「夢」と「つれづれのながめ」をめぐって（二段「西の京」と一〇七段「身を知る雨」、および六十九段「狩の使」）—」（『和洋国文研究』45　二〇一〇・三）。→Ⅲ篇　第二章

（5）『枕草子』の漢籍摂取の表現については、拙著『新しい枕草子論—主題・手法　そして本文—』（新典社　二〇〇四）、Ⅲ篇　枕草子の本文—典拠引用における能因本と三巻本の表現差—。

（6）中西進氏に、家持歌の「独りしおもへば」（一九・四二九二）について、橘諸兄を対象とした表現とみる説がある（中

西『万葉と海彼』角川書店　一九九〇、等)。

(7)　増田繁夫「枕草子の日記的章段」(『枕草子講座　一』有精堂　一九七五)

(8)　前掲注(5)拙著『新しい枕草子論』(新典社　二〇〇四)、Ⅰ篇　第一章「長徳の変」関連章段の解釈

第三章　定子の「傘」と『枕草子』の話型

――『枕草子』「細殿にびんなき人なむ、暁にかささせて出でけるを」の段の解釈――

＊『日本古典文学全集』（小学館）二二五段、『新編日本古典文学全集』（小学館）二二二段

第一節　『枕草子』の歌語り――「鳥のそら音」、「草の庵」の段など

『枕草子』に記された中で、最も知名度の高い歌の話から始める。

夜をこめて鳥のそら音ははかるとも世に逢坂の関はゆるさじ

歌中、「鳥のそら音」というのには故事がある。斉の公族孟嘗君が命を狙われて逃げるとき、同行した食客の〝鶏の鳴き真似〟によって函谷関を開き、夜中に無事脱出したという。函谷関は、日没とともに閉門し、朝は鶏鳴によって開門する決まりであったのだ。歌は、――そんな甘い関所と違って、こちら、「逢坂の関」は簡単にだまされたりしませんよ、という意味である。

「百人一首」にも入り、世に知られた清少納言の名歌だ。しかし、『枕草子』に、この歌の詠まれたいきさつが記されていることは、あまり知られていない。一首の「知名度」の高さは、専ら「百人一首」によるものと言える。『枕草子』の話が「知られていない」というのは、清少納言自ら語るその「歌語り」の意味がよく理解されていないということでもある。

『枕草子』の「歌語り」の特徴は、何より、その展開の意外性にあると言えるが、できごとの核心部分について「説明」されることはないのである。一つの歌が詠まれ、生まれた現場に自分もいて、人々の心の動きを自ら体感するように読むのでなければ、肝心な部分は読み取れない。

「夜をこめて」の一首は、得意の漢籍知識で相手の男性を言い負かしたものと解され、男勝り、才気煥発ぶりが清少納言らしいとも考えられている。

だが、「逢坂の関」は、「函谷関」と違って、鶏鳴とは無関係の関であるから、「鳥のそら音」が「はかる」（謀る）というのもおかしいし、はじめから「ゆるさじ」も何もないのではあるまいか。――もちろん、そんな揚げ足取りのような批判は不要で、普通は、「逢坂」すなわち「男女関係」の、その最後の一線を意味する「逢坂の関」をめぐり、「関」は「関」でもこちら、私のほうの「逢坂の関」の守りは固いのだ、と宣言したものとして理解する。

「鶏鳴」によって、二つの関を結びつけた手並みは、実に鮮やかである。天下の難所、「史記列伝」世界の「函谷関」にも劣らぬものとして、本邦「逢坂の関」の存在を高らかに歌い上げる。「函谷関」のほうは、例の孟嘗君のニセの「鶏鳴」で、わが方「逢坂の関」の「鶏鳴」は、男女後朝の、別れの時を告げ知らせるものである。「鶏鳴無関係」の関について、「鳥のそら音」（偽の鶏鳴）でだまそうとしても無駄だと詠む〈矛盾〉は、和歌に詠まれる「逢坂の関」の意味を踏まえて解せば、〈矛盾〉などではなくなるのである。

いつもの当意即妙の受け答えで、この歌も直ちに詠み返したというが、そう簡単に詠める歌ではない。知識も機転も要る、難易度の高い歌である。それが一分の隙もなくゆるぎなく仕立てられている……。そう思うと、「和歌」や「古典」や作者清少納言の存在が、堅苦しく難解で、近寄りがたいものに感じられてしまうかもしれない。

しかし、このような大名歌こそ、知識をふりかざし、ただ相手を打ち負かすためのものとして、生まれ得たのではなかったのである。藤原行成とのやり取りの中、ついうっかり、相手の言葉に引かれて「鶏鳴無関係」の関におけるニセの鶏鳴、「鳥のそら音」の問題を詠んでしまった。この歌は、実は、清少納言の失敗作として、この世に生み出された一首なのであった。

ことの発端は、行成からの手紙である。行成は、職御曹司に伺候する清少納言を訪ね、天皇の物忌に従うため、深夜、内裏の詰め所へ戻って行った。翌朝、手紙を寄越したが、「鶏の声にもよほされて」（一番鶏の鳴き声にせかされて）後ろ髪引かれる思いで出て参りましたと、恋文めかした文（ふみ）である。

早速、清少納言が、「そんな夜深く鳴いたそうなのは、きっと孟嘗君の（偽の鶏鳴）ですね」と言って返すと、行成から折り返し、「関」は「関」でもおっしゃる「函谷関」ではなく、「逢坂の関」の話なのですよ、と返事があった。不用意に、「鶏の声にもよほされて」などと（作りごとを言って）気取ったところ、その実の無さを指摘された行成は、あくまで二人の間の愛情の問題として言い募り、弁解しようと必死だった。

清少納言は待っていましたとばかり、それこそ「逢坂の関」であれば、「函谷関」と違って……と、かの名歌を詠み返すが、とたんに行成から、

逢坂は人越えやすき関なれば鳥も鳴かぬにあけて待つとか

という、清少納言のうっかりミス、歌の失敗を指摘する歌が届いたのである。

その関は、鳥も鳴かぬに（開いている関）……。「ゆるさじ」どころか、かく宣言なさったあなたは、「人越えやすき関」ということになりましょうか、さあどうです？　というわけである。

従来は、清少納言の女性としての節操を問題にした歌として解されているが、むろん、そうしたことではない。行成のこの歌も、あくまで、二人の「鶏鳴」をめぐるやり取りの中でこそ詠まれ、生まれたものである。

行成とのやり取りは、すべて、「頭弁の、職にまゐりたまひて」（一三九　＊段数表示、能因本底本『全集』）の段に綴られていることであり、非常に高尚な歌を得々と詠み出だしたように誤解されているとすれば残念だ。一首は、長い詞書を伴って『後拾遺集』に取られている（雑二・九三九）。だが勅撰集の詞書については、それがときに、和歌詠出の現場の実態から遠ざかる、異なる意味を付与するものであることも知っておかねばならない。『枕草子』には、ここに読み解いた名歌誕生のいきさつがすべて書き記されていたのである。(1)

『枕草子』の日記的章段の中核には、和歌や秀句（ウィットのある言葉）がある。この段の話のように、優れた歌や胸打つ言葉の生まれたいきさつが、臨場感あふれる筆致で生き生きと綴られている。失敗から生まれた名歌の話など、思いもよらぬ展開を持つ一つ一つの章段は、日々の生活の中の、それゆえかけがえのない〝奇跡〟を記し留めた実録「歌徳譚」と言うべきものかもしれない。従来は、清少納言の「自賛譚」と呼ばれているものである。

清少納言は、行成との応酬に勝とうとして、その結果、彼が弁解のために持ち出した「逢坂の関」をめぐり、この世に永く語り伝えられる名歌を一つ生み出すことになったのである。相手の言葉と心にまっすぐ、深く向き合う行為が、「夜をこめて」の歌の誕生につながった。

これも、きっかけとなった相手の言葉の可能性を最大限に生かし、引き出して成立する清少納言の秀句等、表現の本質がよく表われた一件である。

思いもよらぬ幸運が舞い込む話――清少納言の場合は、言葉によって呼び込むのであるが、『枕草子』の日記的章段は、「歌徳譚」的話型を持つと言える。話型としての「歌徳譚」とは、「名歌の徳によって神仏が感応し、和歌を詠出した人間にとって好ましい状況が出現する、というパターン」[2]である。

『古今集』仮名序に言う歌の効用、

> 力をも入れずして天地を動かし、目に見えぬ鬼神をもあはれと思はせ、男女の仲をも和らげ、猛き武士の心をも慰むるは、歌なり。

これこそ、まさしく歌の徳そのものであり、また「詠歌により不利な状況が好転すると言う事」[3]も、「歌徳譚」の一類型である。

『枕草子』にも、一方的に憎まれて、険悪な関係だった藤原斉信と意外な形で和解し、大団円となった話がある（「頭中将のそぞろなるそら言にて」八六段）。清少納言のあだ名ともなって世に知られた「草の庵」の一件である。相手の非を無理にも認めさせようと企てた斉信自身が、公然と謝り出た結果になるという話で、ただ見事な歌を詠んで人を感心させた、という類のものではない。この句の続きは何か？　と問う相手の求めに応じて返事をすれば、「あなたに相手にされなくて寂しい」と、折れて出る格好になるところ、清少納言は、それを斉信からの文（ふみ）の片隅に書き添えて返し、中途半端に書いて寄越した斉信の文を完成させ、謝罪の文句を、斉信自身の言葉としたのである。その行

為が、漢詩句の続きを尋ねる斉信自身の求めに応じたものであったことは、ほかならぬ斉信の文が証明してしまっていた。(4)

それぞれ決して〈予定調和的〉な筋書きではないので、簡潔に記された言葉をすべて生かした、文脈に寄り沿う読解が求められる。『枕草子』の歌語りにおいては、「当意即妙の機知」で、ただその場にふさわしい歌を詠んだり、気の利いた言葉を発したりするという筋書きはあてはまらないのである。(5)

第二節　「細殿にびんなき人なむ、暁にかささせて出でけるを」の段の本文

『枕草子』に記された清少納言の秀句や和歌には、定子の言葉がきっかけとなって生まれ、意味づけられて完成するものが多い。

本章では、特に、定子の歌句に、清少納言が歌句を付け続けて完成した「短連歌」をめぐり、従来読み取られてこなかった、『枕草子』独特の「歌徳譚」的な意味合いについて考察する。

ここでは、主従合作の短連歌が一話の中核となっている章段、「細殿にびんなき人なむ、暁にかささせて出でけるを」（二二五段）(6)の話を取り上げてみていく。できあがった歌は、

みかさ山やまの端明けし朝より（定子）
雨ならぬ名のふりにけるかな（清少納言）

というものであるが、一首は、自らの状況について詠む清少納言の言葉として成立している。一人はそれぞれ絵も描いているので、併せて読み解き、味わうことになる。

・定子　「大傘」の絵と、「**みかさ山やまの端明けし朝より**」の句
・清少納言　「大雨」の絵と、「**雨ならぬ名のふりにけるかな**」の句

あるときのこと、内裏の細殿（登華殿の廂の間）のあたりに上がり込んでは不都合な人物が、暁方、従者の差す傘に隠れて出て行ったという噂が立った。よく聞けば、自分のことが取り沙汰されているのであったが、清少納言にとっては、的外れな中傷だった。するとそこへ定子から、〃人の姿は見えず、手だけに大傘の柄を握らせた〃ユーモラスな絵に添えて、歌の一部（上の句）が届けられてきた。「すぐに返事を」とのことで、清少納言は、別の紙にあらためて〃大雨の絵〃を描き、「雨ならぬ」の句を添えて返したのだった。

いまこの短い章段について、内容の展開に沿いつつ場面を分かち、見出しを付した形で全文を掲出する。本文は、能因本系統「三条西家旧蔵本」に拠り、三巻本の異同箇所について傍記して示す（適宜、表記を改める）。

1 「傘をささせて」出て行った男の噂

細殿にびんなき人なむ、暁にかささせて［さして］出でけるを［と］言ひ出でたるを、よく聞けば、わが上なりけり。地下などいひても、目やすく、人にゆるされぬ［る］ばかりの人にもあらざなるを、「あやしの事や」と思ふほどに、

2　定子からの手紙（「大傘の絵」と歌の「上の句」）

うへより御文持て来て、「返事ただいま」と仰せられたり。何事にかと思ひて見れば、大かさのかたをかきて、人は見えず。手の限りかさをとらへさせて、しもに、

みかさ山やまの端明けし朝より

と書かせたまへり。

3　清少納言の返事（「大雨の絵」と歌の「下の句」）

なほはかなき事にても、めでたくのみおぼえさせたまふに、はづかしく、心づきなき事は、いかでか御覧ぜられじと思ふに、さるそら言などの出で来るは苦しければ、をかしうて、こと紙に、雨をいみじう降らせて、しもに、

「雨ならぬ名のふりにけるかな

さては、濡れ衣にははべらむ」と啓したれば、

4　大団円（定子の「語り」と「笑い」）

右近の内侍などに語らせたまひて、笑はせたまひけり。

異同の傾向

以上、本段について、能因本と三巻本、主たる両系統間の本文の異同は、比較的少なく、話の展開・構成も同様と言える。しかし、かえって少ない異同の中にこそ、両者の違いや傾向が顕現化すると言えそうだ。

まず、[1]の場面の二例三箇所。

・暁にかささせて（①さして）出でけるを（②と）言ひ出でたるを、

・人にゆるされ（③る）ぬばかりの人にもあらざなるを、

①については、男が恋人の女のもとを訪れる際、従者に「傘をささせて」（能因本）やって来るのは、いかにも王朝の恋の場面としてふさわしい風情。ここは、男が出て行くときに、清少納言方から貸したものである。内裏の「細殿」における密会事件として取り沙汰されたようだが、実際の恋人関係ということではないのであろう。このときはあくまでも、身分の問題として、③「確かに殿上人ではないが、出処風体に難なく、人に許されぬ（人にとやかく言われる）ような人物ではない」（能因本）と、本人としては納得がゆかない。②は、「〈暁に傘を差させて出て行ったの〉を言い立てている」（能因本）という文脈と、「～と言っている」（三巻本）という直接話法の違いである。能因本では、文中に「を」が繰り返されることになる。③の部分、三巻本の「人にゆるさるばかり……」という形の場合は、「人にかろうじて許容されるといっただけの人でもないのに」ということになろうか。分かりにくい部分として解釈が定まっていない箇所である。『新編全集』は、出て行った男のことではなく、噂を言い立てている人物についてのこととして解す。

[2]及び[3]の場面については、三巻本に二箇所、能因本にない強調表現、「ただ」の語を付す例が見える。

・手の（ただ手の）限りか（ナシ）さをとらへさせて、（[2]）

・めでたく（ただめでたく）のみおぼえさせたまふに、（3）

一方、三巻本になくて、能因本にあるのは、次の、①の「〜と思って見る」の部分と、③・④の二箇所「嘘の噂などが生まれる（の）は苦しい」の部分。

・何事にかと思ひて①（ナシ）見れば、（2）

・さる②（かかる）そら言③（ナシ）などの出で来るは④（ナシ）苦しければ⑤（ど）、をかしう⑥（く）て、（3）

⑤の「苦しければ」（能因本）と、「苦しけれど」（三巻本）については、意味の違いが、やや大きくなる箇所である。

清少納言は、定子からの手紙を得て、〝こうして、なにごとにおいても、ひたすら優れて完璧でいらっしゃる定子様に対して、自分自身の醜聞などは、間違ってもお耳に入れたりするまいと考えていたのに、こんな心ない中傷などが出て来るのはとても苦しい（つらい）ことなので、（このときの定子の趣向が）すばらしく、別の紙に、絵と続きの句を書いてお返事申し上げた〟というのが、能因本の文脈である。

一方、三巻本の文脈では、とても苦しい（つらい）ことだけれど、（このときの定子の趣向が）すばらしいので、返事をした……ということになる。

定子の行為が、清少納言の日ごろの思いと、このときの状況及び心理状態に対して、どのように働きかけ、意味を持つものであったかという点が、大きく違っているのである。

ほかには、②の「さる」（能因本）と「かかる」（三巻本）の違いなど。⑥の「をかしう」（能因本）と「をかしく」

（三巻本）については、このように、音便化する場合としないのと、両本間で逆転する例は多い。

3の場面には、さらに次の二箇所、「さては」（能因本）と「さてや」（三巻本）、「はべらむ」（能因本）と「なりはべらむ」（三巻本）の違いがある。

・さては（や）、濡れ衣にははべらむ（なりはべらむ）

二人のやり取りの締めくくりとなる清少納言の言葉として、「では、濡れ衣であるようです」（能因本）というのと、「では、濡れ衣ということになるでしょう（か）」（三巻本）との違いも、決して小さくはない。

異同の傾向として、全体に三巻本のほうが、締まって整う印象があるだろうか。しかし、先に触れたように、1の能因本本文、「傘させて出でける」の部分について、傘を差す主体が示されない文脈から想像される映像のほうが、より豊かであると言えるかもしれない。また、この部分の三巻本の本文の形は、次の場面（2）における、定子の絵の問題とも関わってくる。

本段の異同として、最も問題となるものは、2及び3の場面に展開する、定子と清少納言のやり取りに関わる部分である。

「短連歌と絵」の部分の異同

本段のできごとの中心である、主従合作の短連歌及び、描き交わした絵について表現する本文部分にも、異同が存する。

定子からの手紙

・能因本

【絵】「大傘」

人の姿は見えず（描かない）、

手だけ描いて傘を持たせる。

【上の句】

みかさ山やまの端明けし朝より

清少納言の返事

・能因本

【絵】「大雨」

異なる紙に描いて、

雨をひどく降らせる。

【下の句】

雨ならぬ名のふりにけるかな

（さては、濡れ衣にははべらむ。）

・三巻本

【絵】「大傘」

人の姿は見えず（描かない）、

手だけ描いて傘を持たせる。

【上の句】

……山の端明けし朝より

・三巻本

【絵】「大雨」

異なる紙に描いて、

雨をひどく降らせる。

【下の句】

……ならぬ名の立ちにけるかな

（さてや、濡れ衣にはなりはべらむ。）

二人が描いた絵そのものの図様に違いはないと言える。

両系統本の異同が現れるのは、歌の言葉の部分で、一重の傍線及び破線（空欄）で示した箇所の有無と、下の句の波線部、「ふり」（能因本）と「立ち」（三巻本）の異同ということになる。

能因本によれば、主従二人のやり取りによってできあがった短連歌は、

みかさ山やまの端明けし朝より雨ならぬ名のふりにけるかな（能因本）

というものである。一首としての意味は次のようになろう。

〝夜明けの傘の一件があったその朝以来、雨ではなくて、浮名がすっかりふるくなってしまったことですよ〟

三巻本によれば、定子の言葉（上の句）と清少納言の言葉（下の句）は、それぞれ初めの部分、「みかさ山」と、「雨」の語を欠くことになるが、それは、絵が補って表わしているという、少し珍しい例になる。『枕草子』中、絵に和歌を添えて贈る趣向は、「御乳母の大輔の、今日の」の段（九九）における、定子下賜の餞別の扇にも見える。『後撰集』「恋五」に収められた女性どうしのやり取り（一条・九〇九、伊勢・九一〇）や『紫式部集』に、「鬼」や「物の怪」の絵に書き添えた諧虐的な贈答の例がある（Ⅱ四四・四五）。『紫式部集』は、ほかにも「紅涙」を意味して「朱」の点を散らした文（ふみ）（Ⅱ三一）など、宣孝から贈られた「歌絵」（Ⅱ三〇）の例を収める。

三巻本で、この短連歌は、絵と歌句の組み合わせによってはじめて一首としての〈形〉を成すものとなる。

絵（大傘）…………やまの端明けし朝より

絵（大雨）…………ならぬ名の立ちにけるかな（三巻本）

定子の「大傘」の絵は、その朝男が差して出た「傘」のことであると同時に、和歌の初句「みかさ山」のいわば〝絵文字〟として解すことになるのである。意味は、

〝夜明けの傘の一件があったその朝以来、雨のせいではない名――（濡れ衣による）浮名が立ってしまったことですよ〟

ということである。

奈良は春日の「三笠山」の名は、「笠」に似たその姿に由来し、歌語としての「三笠山」は、「御笠」（貴人に差し掛ける天蓋）の謂となる。「傘」の絵だけで、「三笠山」の意と解くとみること自体に無理はなかろう。さらに、「傘」の縁で「雨」を詠み込むのも類型的な形である。

しかし、三巻本の場合、絵に描かれた「大傘」と歌の初句たる「三笠山」は、いずれも、専ら「細殿にびんなき人」と噂された某男の存在を指し示すものとして見られることになる。そこから、定子の「絵と歌句」による趣向の意図は、「傘の柄にかけた手だけを描いて人を描かぬ所に謎の訪問者を寓し」た、「機智諧謔」[7]という解釈になるのである。

「大傘」の絵と「三笠山」の句を、同じ紙に記しながらも、「傘」の絵が、歌を復元するための〈部品〉としてでは

なく、独立して鑑賞できる形をとる能因本の場合、その「絵」に、重要な意味と機能が与えられていることに気づくことになる。従来読み取られてこなかった事柄である。

第三節　従来の解釈

本段の「絵手紙」贈答をめぐる従来の解釈は、能因本の形と三巻本の形の違いを反映したものではないため、この部分については、使用本文による解釈の相違がほとんどないと言ってよい。

それこそ、本文の「形」の上から、定子の句と清少納言の句について、それぞれ、能因本のほうが「補った」とみなされやすいということがあろう。

通説として、次のように解されることになっている。

能因本は初句に「三笠山」を補って上の句を完成させているが、既に説かれているように（山岸徳平『校注枕草子』上に描かれた大傘の絵が「三笠山」を意味しているのである。清少納言の返事についても同様で、雨の絵の下に「ならぬ名のたちにけるかな」と書いたのは、下の句の最初の「あめ」の二文字を絵で表していることになる。すなわち連歌は、絵と文字を合わせることによって「三笠山山の端あけし朝より　雨ならぬ名のたちにけるかな」と完成されるのである。（『枕草子大事典』勉誠出版　二〇〇一、四六八頁・赤間恵都子）

定子の句については、早く、山岸徳平『校註日本文学大系　清少納言枕草子』（国民図書　一九二五）に、「雨は絵に譲りて略せるなり」（六四五頁・頭注）とする。『枕草子』の校注書として底本に初めて三巻本を採用した本であり、歌句に欠落のない能因本系統本による読みにおいては、これまで〈あり得なかった〉見解が示されることになっている。

それより以前、春曙抄本による金子元臣『枕草子評釈』（明治書院　一九二四、下巻）では、定子の句について「『三笠』に笠さゝせたる意を寓せ」たものと注し、この点は、能因本（「三条西家旧蔵本」）底本の松尾聰・永井和子校注『全集』本にまで受け継がれている。

「三笠」に「傘」の意をこめる。あなたの所から男が傘をさして暁方に出た、その朝から、の意であろう。

（三五八頁・頭注一五）

しかし、問題は、定子の手紙の意味するところについて、両系統本の注釈書ともに、「いろいろとうわさをしているけれど、いったいどうしたのか、と中宮が作者にたずねられたもの」（三巻本底本の『新編全集』本、能因本底本の『全集』本とも同文の注を付す）と捉えることにあるのである。

これは、江戸期の古注に、

・みかさ山　后宮の御連歌なるべし。彼笠さゝせて出たる朝より。さま〳〵人のいふ事あるを仰せらるゝなるべし

（北村季吟『枕草子春曙抄』延宝二、九巻）

・彼びんなき人。傘をさゝせて朝に出し故を仰られん為に。みかさ山のはあけし朝よりと。絵と詞とにことはり述（ノベ）

て。少納言かたへ仰下されたる義也。

（加藤磐斎『清少納言枕双紙抄』延宝二、一二巻）

とするところから変らぬ見方である。だが、定子の意図は、果たして本当にそのような「問い」にあったのであろうか。右、『磐斎抄』の「山」が二つ重ならない形、「みかさ山のは」は、慶安刊本の歌句本文に同じ。

論者が、「絵と短連歌」をめぐって述べる新しい解釈は、贈答された「傘」の絵と「雨」の絵の意味にあらためて注目し、読み解くものである。その点で、三巻本と能因本、いずれの本文の形にも適応可能な解釈と言えよう。三巻本の本文によってしか成立しない解釈には、それだけ問題も多くなるのである。『枕草子』研究の歴史には、能因本系統から三巻本系統へという、使用本文の切り替えとともに、それまで受け継がれてきた読みの形が置き去りにされ、新たな解釈の可能性までも切り捨てられてしまった経緯が存する。

「能因本・前田本・流布本が『みかさ山』の句を補っているのは、折角の絵文字の趣向を台なしにした心ない所業である」[8]とみなし、三巻本と異なる本文状況について「無用なさかしら」と断ずることが行われる一方、本段については、その「叙事の進行」[9]のスピード感など、能因本系統の伝本から読み取られ、評価されてきた、随想『枕草子』の特長も多いのである。

ここに、従来的な解釈についてまとめておく。

・傘の絵

「三笠山**やまの端明けし朝より**」という歌句を前提に、その「三笠山」の部分をあえて「傘とそれを持つ手」の絵にすることで示されるのは、朝、清少納言の傘を借りて出て行った男の存在に対する興味と、「見えない」その正体についての問いかけということになろう。

・雨の絵

「雨ならぬ名の立ちにけるかな」という歌句を前提に、その「雨」の部分をあえて「大雨」の絵にすることで示されるものは、「濡れ衣」のひどさということになろうか。その上で、「さてや、濡れ衣にはなりはべらむ」とするのは、重複ともなり、さすがにくど過ぎるようではある。

第四節　新しい解釈――絵解き

まず、定子からの手紙に描かれていた絵について。専ら、謎の男が傘を差して出て行った姿を描いたものとみられている。だがしかし、

大かさのかたをかきて、人は見えず。
手の限りかさをとらへさせて、

という条件で描かれる図様は、自分で傘を差す様ではなく、誰かに傘を差し掛ける、あるいは、差し出す姿ではなかったかということである。

三巻本の章段冒頭で、男が「かさして出でける」とあったことと直接結びつけてしまいやすいところであるが、この形の本文でも、能因本の本文「かささせて出でける」のいずれであっても、男が〝傘を使って〟出て行ったと

いう意味で解すことは可能である。

「人は見えず」とあることについて、そこに描かれているのは、誰かが傘に隠れて見えなくなっている状態の絵ではなく、「大きな傘」と、「その柄をとらえ摑む手」の絵なのである。『磐斎抄』の注に、次のように述べる。

　人は見えずとは。かざす人も持人も。かゝぬ也。

　実際に描いてみると一層明らかになるだろう。すなわち、「手の限りかさをとらへ」る人物の姿は、わがために傘を差す姿ではない可能性が高いのである。大傘の絵は、『源氏物語絵巻』「蓬生」巻の絵、末摘花邸を訪れた光源氏を描く画面などでもお馴染みである。源氏は、従者に後ろから傘を差し掛けられて歩み、大傘を持つ従者の姿はちょうど画面から外れて描かれていない。ほかに「伊勢物語絵」などでも、大きな傘の柄を両手で支え持って、主人公に差し掛ける従者の姿がしばしば描かれている。開いたまま板敷きに置き、従者が横になって待つ間、隔ての目隠しとなる様子も描かれる。

『枕草子』当該段の場合は、清少納言自身が否定するところであるが、「大傘」は、恋の場面に縁のある品物と言えそうである。細殿の訪問者が誰であったかということについては、後に述べる。

　次に、添えられた歌句と絵の関係だが、定子による上の句の末尾は、「朝より」となっている。昨夜の一件は、「やまの端明けし」過去のことである。

（能因本）**みかさ山やまの端明けし朝より**

（三巻本）**やまの端明けし朝より**

清少納言としては、これに付け続けて「その朝以来」の状況について詠むことになる。絵が、〝今このとき〟における「傘」の状況を表わす可能性については、従来、考えられたことがない。

ここで大事なのは、定子自ら、「ひどい濡れ衣なのですよ」と述べる機会を清少納言に与えたことである。主（あるじ）たる定子の、聡明にして心優しい人柄が伝わる。では、清少納言は、なぜ、「濡れ衣です」と言えたのであろうか。

通説としては、『あやしくも我がぬれ衣を着たるかな三笠の山を人に借られて』（拾遺・雑賀　藤原義孝）によって『ぬれ衣』ではないのか、の意と見る」（『新編全集』三五七頁・頭注二二）とするが、致平親王が、近衛少将である義孝の名（三笠山は、近衛の異称）を騙って義孝の恋人のもとを訪れたという話（一一九一番歌・詞書）は、本段の状況とあまりに乖離している。

何より、今この状況における問題に沿う趣向になっていなければならない。ほかに、増田繁夫氏は、手だけを描いて姿の見えない図様から、『もる目のみあまた見ゆればみ笠山知る知るいかがさしてゆくべき』（後撰集・恋六）を意味したものか」（『枕草子』〈和泉書院　一九八七〉、一八三頁・頭注八）とするなど、説が定まっていない。「監視の目があって通えない」という当該歌（一〇三〇番歌）に拠るとすれば、定子の趣向について、通説より一層、揶揄的な意味で捉えることになる。従来は、清少納言が、短連歌の完成をもって最後になぜ「濡れ衣です」と述べ得ることになったのか、その点について、まったく論じられてこなかったのである。それこそ、肝心の、このときの主従の応酬の形である、短連歌の仕組みから読み取るべき事柄である。

二人の手紙について、仮に再現してみることにする。イラスト部分は、圷研究室本年度（※平成二十二〈二〇〇九〉

年度。初出論文の表記のまま）ゼミ生の関根朋子氏・柳町佳也乃氏両名にご担当頂いた。

定子からの手紙　（イメージ）

清少納言の返事　（イメージ）

定子のアイディアは、まことに卓抜であった。清少納言は、定子から届いた傘の絵の手紙に返事をするだけで、自ずと身の潔白、すなわち、この件が「濡れ衣」であるということについて宣言することになるのだ。

それこそ、「返事(かへりごと)ただいま」との仰せに驚きつつ、実際にその手紙を見た彼女が「をかしうて……」と感じ、了解し、下命に即応しているゆえんである。

すなわち、傘さえあれば、清少納言が雨に濡れることはなかったのである。傘を貸すようなことをしなければ、濡れ衣を着るようなこともなかったと言っているのではない。「雨に濡れる」ということ自体すでに、ほかでもない、この一件が「濡れ衣」であることを意味する。

人に傘を貸してしまって、傘を持たない清少納言のもとに、定子が傘の絵を届け、清少納言は、その傘の絵を受け取って「こと紙」（異なる、別の紙）にあらためて大雨の絵を描いて返す。定子の「傘」は、清少納言に降りかかった災難から、清少納言を守り、庇い、救うためのものであった。

「返事をするだけで……」といっても、従来のように、定子の意図についてまず「事情説明をもとめたもの」とみなし、「事実だとしたらどう返してくるかしら」[10]などというように、清少納言について「試す」主旨のものと捉えてしまっては、初めから生まれ得ない、主従合作の短連歌である。

「さては、濡れ衣にはべらむ」

とは、定子の「傘」を受け取って応じた結果、それ以外に何の「弁解」も「説明」も要せずして、「濡れ衣です」と申し上げることになった、そのことを言ったものである。

贈答の意図と短連歌の主旨

	定子からの手紙	清少納言の返事
絵		
歌句	三笠山 やまの端あけし 朝より	雨ならぬ名の ふりにけるかな
贈答の意図	今、傘がなくて、お困りでしょうね？	本当に、まったくひどい降りようで、難儀致しておりました！
短連歌の主旨	清少納言は、傘を貸してしまって（傘がないために）、いやいや、雨に濡れることになった。すなわち、この一件は、「濡れ衣」であるということ。	

第五節　章段解釈のまとめと『枕草子』の話型

そして、「便なき人」とは、やはり、昇殿前の元夫、橘則光だったのではあるまいか。やがて殿上では、清少納言の「お兄さん」（兄人(せうと)）として知られるようになる。「兄妹分」（いもうとせうと）の関係は、一条天皇までご承知置きになることであったと、例の「草の庵」の段（「頭中将のそぞなるそら言にて」八六）に記されている。

定子が登花殿や、清涼殿の上の御局を御座所としているころであること、また、〈登場人物〉としてのふるまいや吐露されている心情等、清少納言の様子に新参らしい、遠慮や気負いが見られることなど。出仕後間もないころのことであればなおさら、その後もずっと、宮中で活躍する清少納言のことを見守っていた彼以外にはないであろう。『枕草子』には、ほかに則光が登場して活躍する段もあるが、ここは、一話の主題が異なるのである。主従の贈答という章段の核心を描き取る文章に、男の個人名はあえて不要と言える。

則光は、長徳元年（九九五）正月、「地下」である所雑色から、蔵人となる。清少納言は、正暦四年（九九三）の歳末に内裏に上がり、明けて翌五年（九九四）の新春から本格的な宮仕えが始まった。新参意識は、「積善寺供養」などの晴儀が催されたその年、正暦五年中の記事に見られる特徴でもある。[11]

連歌の異称「筑波の道」は、日本武尊と火ともしの翁の片歌の問答に由来するものであり、上岡勇司氏は、その「連歌の起源説話に歌の徳が見えるのは歌徳説話の発生を考えるのには示唆的な事柄である」[12]とする。また、連歌や歌謡と、歌徳説話の関係について、渡部泰明氏は「ある特定の場における、一回的な〈うたう〉営みが、歌のもっていた本来の力を呼び起こす、といった観念と無縁ではないのだろう」[13]と述べるが、『枕草子』の日記的章段に記された「歌語り」ほど、その「一回的」な営みの〝奇跡〟についてよく表現されたものはないのではなかろうか。

多種多様な材料をめぐって展開する『枕草子』の「話型」分析は、早く、「は」型・「もの」型の類聚的章段、日記的章段、随想的章段という、内部ジャンルによって冊を分けて編纂された「前田家本」の形に示されていると言える。『枕草子』は、初の随想文学として当時孤例の作品であり、他との比較が容易でないため、話型の問題は、『源氏物語』の場合のように中心的な研究テーマにはなりにくい面がある。しかし、『枕草子』は、「蟻通明神」の歌徳譚（「社は」二二五段）や「猿沢の池」の入水譚（「池は」四五段）を紹介するばかりではないのである。

秀句や、和歌・歌句の贈答を一話の中核とする「歌語り」は、歌徳譚的意味を持つと言えるであろうし、未だ発掘されていない話型も少なくない。例えば、かの橘則光が主人公として、ここは実名で登場する一段「里にまかでたるに」（八八）では、藤原斉信も登場して三角関係の様相を呈するが、最後は、入水ならぬ、山崩れで川のほうが埋もれてしまうお話になっている。

次は、清少納言が、大の和歌嫌いの則光に宛てて最後に詠んだ歌である。

くづれするいもせの山の中なればさらに吉野の川とだに見じ

地下から殿上人に昇り、六位蔵人として「修理亮」（八六段）や「左衛門尉」（八八段）等に任じ、御所で活躍した則光だったが、長徳四年（九九八）、叙爵して殿上を下り、遠江の権守となったころ、清少納言とも疎遠になった。最後ばかりは「とほたあふみの介」（八八段）と、一段低い職位で記す。その名「とほたあふみ」は、行成との間で言い交わしたものであった（「職の御曹司の立蔀のもとにて」五七段）。

八六段「草の庵」の「歌徳譚」では、斉信からの手紙について、能因本で、

青き薄様に、真名にいと清げに書きたまへるを、……

と説明しつつ、「蘭省の花の時の錦の帳のもと」と、漢字仮名交じりの訓み下した形で記す。三巻本では、「真名に」の部分がなく、手紙の文句も、漢詩句そのままの形で「蘭省花時錦帳下」と表記する。漢籍摂取の用例など、能因本と比較して原典主義的傾向が強い三巻本においては、〈重複〉や〈不整合〉が避けられ、整った印象が強くなる。

当該「細殿にびんなき人なむ、暁にかささせて出でけるを」の段の場合も、定子の手紙について、「大かさのか

たをかきて」その下に、傘を意味する「みかさ山」、そして「やまの端…」と歌句を添える形は重複的ではある。同様に、清少納言の返事についても、「雨をいみじう降らせて」その下に「雨ならぬ名のふりにけるかな」と添える形は確かに重複に見える。

しかし、今回、定子と清少納言二人による「歌句と絵」の贈答をめぐって見てきた上では、「絵」と「歌句」は、互いに補完し合いながらも、それぞれ別の働きを担っていたことが明らかになった。

最も重要なのは、定子から清少納言に差し掛けられた「傘」の存在である。〝傘がないので、大雨に遭って濡れるということ――すなわち、傘を貸したために「濡れ衣」を着たのだという真理と、細殿の一件は「濡れ衣」であるのだという事実が証明されたのであるが、それは、歌句のみの通常の形の連歌では成立しない、特別な仕組みのものである。

贈られてきた「手の限りかさをとらへさせ」た大傘の絵の意味をまず解さなければ、清少納言自ら「濡れ衣です」と宣言する必然も謎のままとなる。「三笠山」と「雨」の語が記されない三巻本の歌句の形では、「絵手紙」贈答の瞬間の強い印象や感動が伝わりにくくなる憾みがあるものの、「傘」を贈り、「雨」で応える絵がある限り、ここに提示する新しい解釈はいずれの本文にも適応し得るのである。

定子と清少納言二人、主従息の合ったところは、こうした短連歌の形に最もよく端的に表われていると言えるだろう。(14)「傘」の愛情もひとしおである。主従の意識の「ずれ」や語られている内容における「中心の空洞化」(15)を指摘しても、『枕草子』独特の話型について理解するには至らないのである。

『枕草子』の解釈においては、話型研究の視点を導入することによって、章段の構造や主題に関わる発見がもたらされることになる。形式・内容ともに独自性の高い『枕草子』という作品の分析を通し、「話型」をめぐって、時代やジャンルをつなぐ新たな可能性を見出すことになるだろう。

一方、「異類」の物語としては、『枕草子』中に、〝人間の言葉を解し、泣く〟犬の登場する一段がある。有名な「うへに候ふ御猫は」（七段）の主人公「翁まろ」の話である。必ずしも本人の責任とばかり言えない愚かしい行為（猫の世話係の命令に従って、一条天皇の愛猫に吠えかかったこと）の罰として、散々に打擲され、犬島へ流されてしまう。「翁まろ」の悲運は、明から暗へあっという間に転じた定子の兄弟の身の上、特に長徳二年（九九六）の流罪事件と重ね合わせて読まれることも多い。しかし、清少納言に同情された犬が「ふるひ鳴き出で」る珍しい話は、『枕草子』の中でも、また特別な印象を残すものである。人間の言葉を聞き分け（人間のほうでは犬の言葉を解さない）、逃亡し、舞い戻り、涙を流すこの不思議な犬の話については、時代を経て、芥川龍之介の作品「白」と重なる部分がある。本段の話型に、普遍的な童話の要素が含まれていることに気づくのである。

〝定子の笑い〟とともに、ここは、ちょうどまた「濡れ衣」の話と同様、天皇付きの「右近の内侍」に対する〝語り〟によって、「翁まろ」が勅勘を解かれ、大団円を迎えるという「話型」を持つ。『枕草子』に記された一つ一つの「歌徳譚」について、定子たちが語ったように人に語り、笑うことができるか否か、私たち自身の読解にかかっているのである。その意味づけについては、いわゆる「説話文学」に見られるような教訓的な結末とは異なる、最も自由な行為として、読者にゆだねられた「型」であったと言えよう。

第六節　『枕草子』の新しさ――受け継がれ、読み解かれるできごと

「たとしへなきもの」

『枕草子』に、「短くてありぬべきもの」（二一〇）という章段がある。

短くてありぬべきもの　とみの物縫ふ糸。燈台。下衆女の髪、うるはしくて、短くてありぬべし。人のむすめの声。

〝短くてこそ、あるもの〟ということであるにも拘わらず、読者は、列挙された事物を見て、「なぜ、（長いより、）短いほうがよいのか」と考えてしまいがちである。普段、私たちが、より「大きい」ものや「長い」もののほうに価値があると単純に思い込んでいることに気づかされる。夕顔・玉鬘母娘に仕えた三条など、『源氏物語』にも登場する下仕えの女性たちは「下衆女」と呼ばれるが、その「うるはしくて」（きちんとしていて）短い髪に続いて、章段の最後に挙がるのは、「人の娘の声」である。確かに、〝出し惜しみ〟してこそのものと言えそうだ。「短い＝美しい」という事実が端的に示されている。

また、「たとしへなきもの」（七二）という章段がある。

たとしへなきもの　夏と冬と。夜と昼と。雨降ると、日照ると。若きと老いたると。人の笑ふと腹立つと。黒と白と。思ふとにくむと。藍ときはだと。雨と霧と。同じ人ながらも心ざし失せぬるは、まことにあらぬ人とぞおぼゆるかし。

「比べようのないもの」ということであるが、キーワードは、「同じ」ということである。「同じ人ながらも心ざし失せぬるは、まことにあらぬ人とぞおぼゆるかし」と結ばれる章段には、「夏と冬と」などとともに、「黒と白と」も挙がる。それは、人間についても同じことである。「社会的比較」は、「類似した他者との間で行われる」（フェスティンガー）という。いま仮に、肌の色の問題として考えてみればどうだろう。正反対の、まったく相容れないもののように感じるのは、「違っている」からではなく、実は、本質的に「同じ」ものであって、だからこそ、「比べようもない」ということなのかもしれない。(16)

王朝の世の都の奥深く、時代を超えた普遍性を有する、高度に知性的な文化が、定子の周辺には息づいていた。あらゆる物事について、理知的に追究して見事に解き明かす。それが、「春はあけぼの」に始まる『枕草子』の新しさである。「春」という季節は、「あけぼの」という美しいひとときのうちに象徴される。主役は、その一刻を一刻を紡ぎ出す、生きとし生けるものの命である。仏教的無常観に支配された時代にあって、そう言い切ってみせたのが、自由闊達な女性たちが集う、定子後宮の文化が育んだ『枕草子』であった。

歌と物語の緊密な関係は、優れた「歌物語」でもある『源氏物語』の特徴の一つだ。しかし、歌物語の嚆矢たる『伊勢物語』の場合は、必ずしもそうではない。歌に添えられた物語は、歌の意味を裏切り、ときにもどきながら、独自の新しい風景を描き出しているのである。

『枕草子』の享受史における問題と似通うが、『伊勢物語』のその特性も、『源氏物語』のフィルターを通して眺めていたのでは、捉えにくくなるのである。かえって、「昔男」業平と、二条の后や斎宮恬子との恋という、章段中に用いられている和歌の意味とは異なる「虚構」のストーリーが、『源氏物語』においては物語取りの手法によって何度も何度も反芻され、「問題化」してくるのである。

しかし、物語は、歌の言葉を文字通りに場面化した、おかしな贈り物を喜んだり、四十の賀に、主旨として「老いを厭う」、身も蓋もない歌を贈られたりする時の権力者、藤原良房・基経親子の話も用意しているのである。『伊勢物語』の手法は非常に特殊なもののように思える。だが、例えば、古歌などの一部を変えて表現する機知は、『枕草子』にも数多く見え、当時の人々の得意とするところであった。

『伊勢物語』九八段（「梅の造り枝」）で、「男」は、藤原良房と思しき人物に対し、「九月ばかりに、梅の造り枝に雉をつけて奉る」のであるが、それは、「わが頼む君がためにと折る花は時しも分かぬものにぞありける」という歌に詠み込まれた「時しも分かぬもの」という部分を、文字通りに場面化した「季節外れ」の贈り物である。一首の主旨は、四時君を思う、「時しも分かぬ思い」であり、「時節にかかわりなく、年中花が咲く」[17]という拵えではない。

「時分かぬ思ひ」によって、あらゆる「花」は「君」に見立てられ、時節に限りのある種々の花を、総体としてはじめて「時しも分かぬもの」と詠む。『古今六帖』に載る形「限りなき君が形見と」（五・雑思「形見」・三一三八）に拠れば、手折った花を思慕する相手の「形見」とする意となり、『古今集』に採られた歌も、初句は「限りなき」である（雑上・八六六・よみ人知らず）。物語は、念入りに四句目「ときしも」に引っ掛けて「雉」まで添えているが、物語の手法に気づけば、このちぐはぐな贈り物を喜ぶ人物の姿は、愚かしく、滑稽なものにも見えてくる。九七段、基経四十賀の歌は「桜花散りかひ曇れ老いらくの来むといふなる道まがふがに」。『古今集』賀歌に業平詠として入るところ（三四九番歌）、必ずしも先後関係の問題としてでなく、その詞書が、『伊勢物語』通りの経緯であることには注意を要する。いずれにしても、『伊勢物語』のありようについては、歴史や、和歌本文をめぐる一義的な解釈に対するアンチテーゼとして捉えられるであろう。

清少納言は、それを「あやしき」物語として理解していた可能性があり[18]、自らの作品には、『伊勢物語』にも伝わる業平と母とのやり取りを巧みに要して、それぞれの切情に思いを寄せている（『枕草子』「また、業平が母の宮の」二八九段）。「母」と「子」の「さらぬ別れ」の歌[19]は、『源氏物語』における引歌として、作品中、源氏、朱雀院、明石の入道の言葉に見える。

兄道隆亡きあと、中関白家の勢力を殲滅し去った道長は、まもなく「この世をばわが世とぞ思ふ[20]」その野望を果たすことになる。道長が『源氏物語』によって誇示しようとした世界は、道長の手によってその芽を摘み取られ、大きく花開くことのなかった「ある一つの文化」の未来を乗り越え、塗り替えてそれに代わるほどのものでなければならなかった。華麗で長大な物語は、消滅し継承されなかった文化の（代替物、あるいは）パラレル・ワールドのようである。

しかし、「言葉」は、読み継がれ、読み解かれながら、その命を保ち、また新しく蘇り続けてきた。新しい文化の結実たる『枕草子』は、今も私たちの目の前にある。作品の成立と作品どうしの繋がりに関わる重要な問題は、歴史的事実をめぐる「准拠」や、和歌・物語の「引用」という直接的な関係ではない部分にも存在しているのではないか。『源氏物語』前夜の作品には、未だ読み解かれていない真実が数多く眠っているはずである。古典研究の方法そのものにも、既存の枠組みを超えた試みが求められているのかもしれない。

「わがせしがごとうるはしみせよ」――親から子へ

『源氏物語』「若菜下」巻の序盤で、光源氏と紫の上の親密な関係は、次のように表現されている。

年月経るままに、御仲いとうるはしく睦びきこえかはしたまひて、……　（「若菜下」四‐一六六頁）

しかし、続く文脈では紫の上自身の出家の意志が語り出され、この場面は、長年連れ添った一組の夫婦の、仲睦まじく理想的と思えた関係に綻びが生じ始める、その明確な転換点となっている。紫の上をして「この世はかばかりと見果てつる心地」に至らしめた直接のきっかけは、女三の宮の降嫁、光源氏の「結婚」であった。物語はここから、紫の上の「死」という悲劇へ向かって、もはや後戻りできない形で進んでいくことになる。

「年を経て……うるはしみせよ」と詠む歌がある。「弓」の名を列ね、「つき弓」と掛け重ねて、「歳月の経過」について詠み出だす。

梓弓真弓槻弓（つき）年を経てわがせしがごとうるはしみせよ

〝末永く、大切に慈しんで暮らしなさい。これまで私がしてきたように〟ということである。誰がいつ、どんな相手に詠み与えたものであろうか。

例えば、任地「陸奥国」へ旅立つ、道綱母の父、藤原倫寧は、婿となった藤原兼家に宛てて次のように詠み置いた。娘夫婦の契りの、行く末永くあれかしとの祈りが籠もる。

君をのみ頼むたびなる心には行く末遠く思ほゆるかな

（『蜻蛉日記』上巻・天暦八年〈九五四〉十月）

『後拾遺集』に採られ（別・四七一）、倫寧の歌としては、勅撰集にこの一首のみ入る。

「梓弓」詠も、父や母が、結婚する娘のために詠んだものとすれば、いつの世も変わらぬ親の思いを述べた歌として、受け止められることになるだろう。「出典」の『伊勢物語』では、三年ぶりに帰って来た男が、その夜、ほかの男と枕を交わすと告げた女に対して詠んだ歌ということになっている。有名な「梓弓」（二四段）の話である。しかし、その「新枕」の歌、

あらたまの年の三年を待ちわびてただ今宵こそ新枕すれ

というのも、歌そのものは、待ちかねた今宵の結婚を喜ぶ男の歌である。『源氏物語』では、七年越しの思いを成就させ、ついに雲居雁との結婚を許された夕霧が、次のように詠んでいる。下の句に「花の紐解く折」とするのが、「あらたまの」詠でいえば、「新枕」にあたる部分と言える。

幾かへり露けき春を過ぐしきて花の紐解く折にあふらん　（「藤裏葉」三‐四三九頁）

『伊勢物語』は、古歌の言葉を文字通り（歌の意味の通りということではない）に場面化する手法[21]によって、まったく別の、新しいストーリーを描き出す。詠歌直前の地の文「歌をなむ、詠みて出だしたりける」という表現など、むしろ虚構のサインとも言えるのだが、読者は、「新枕」の歌について、上の句の相手と、下の句の「新枕」の相手が異なる、「三年待ちわびたりける」女の悲嘆の籠もる歌であると信じて疑わない。

「新枕」ならぬ、「手枕の袖」を、女と男の愛の証として描き出したのは、『和泉式部日記』である。『源氏物語』にも「新手枕」の語が見え、光源氏と紫の上の「新枕」の折にのみ用いられている。

『源氏物語』には、紫式部の曾祖父、藤原兼輔の歌に拠る「心の闇」「子の道の闇」「子を思ふ道」「親子の道の闇」等の表現が多く見られる。『後撰集』に採られ、『大和物語』四五段では、娘の桑子を「内（醍醐天皇）に奉りたまひけるはじめ」の歌とする。

人の親の心は闇にあらねども子を思ふ道にまどひぬるかな
（『後撰集』雑一・一一〇二・藤原兼輔）

『源氏物語』は、子の行く末に心を砕く「親」の姿をさまざまに描き出し、それは物語の主要なテーマの一つとなっている。桐壺帝にも「父」としての和歌がある。最愛の皇子光君と葵の上二人の、夫婦「長き世」を願って、加冠役たる左大臣に詠みかけた。

いときなき初元結に長き世を契る心は結びこめつや
（「桐壺」一 - 四七頁）

しかし、鍾愛する女三の宮を源氏に託した朱雀院の例然り、「わがせしがごとうるはしみせよ」という親の思いは、ときに、儘ならぬものなのであった。[22]

『枕草子』という作品については、それ自体、後に遺された定子所生の御子三人にとって、よく生きよというメッセージとして受け止められるかもしれない。能因本の奥書にあたる部分には、「先の一条院の一品の宮（脩子）の本とて見しこそ、めでたかりしか」というくだりが引いてある。『枕草子』中、定子後宮最後の記事は、懐妊中の《まだ見ぬ御子》に思いを馳せる、端午節の一段（「四条の宮におはしますころ」二二六段）である。

古代端午節は、《世継ぎのための賜宴》であった。『万葉集』巻一に収められた「蒲生野贈答歌」は、「袖振る」世継ぎの舞を披露した皇太弟、大海人皇子に対し、もと妻の額田王が詠みかけ、皇子が答えたものである。『源氏物語』において一世一代の舞「青海波」を舞い、藤壺と「袖振る」歌を贈答した光源氏は、「あかねさす……君」になぞらえられようし、「紫の上」、また「匂宮」などの名もこの贈答に結びつく。国と言葉（和歌）の歴史を遡るルーツがここにある。(23)

あかねさすむらさき野行き標野行き野守は見ずや君が袖振る
（『万葉集』一・二〇・額田王）
紫草（むらさき）のにほへる妹を憎くあらば人妻ゆゑにわれ恋ひめやも
（二一・大海人皇子）

家々にあっては、次代を担う「子ども」の節句にほかならなかったその日、『枕草子』は、「姫宮・若宮」にかしづく後宮の人々の姿を描き出す。長保二年（一〇〇〇）五月五日、脩子内親王五歳（長徳二年〈九九六〉十二月生）、敦康親王二歳（長保元年〈九九九〉十一月生）当時のことである。定子はこのとき、第三子の妊娠三ヵ月目であった。

菓子「青ざし」を献上した清少納言の思いに応えて、定子は次の歌を詠んだ。御子たちに捧げられた「薬玉」に対し、定子に捧げられた「菓子」は、懐妊中の御子への贈り物となろう。三人目の御子は、この年の十二月十五日に誕生する媄子内親王である。定子は、最後の御子を産み落として、翌日、世を去った。二十四歳のことである。

みな人の花や蝶やといそぐ日もわが心をば君ぞ知りける（定子）

「花・蝶」として生い育つ二人の御子と、もう一人、端午節の今日この日に、母たる定子の「わが心」を占める存在がある。当時、新生児の生誕儀礼の日にちが端午節に重なることは吉瑞とされたが、節会の趣旨に深く根ざし、《懐妊中の御子》を予祝する定子後宮の新しい営為は、彰子懐妊中の五月五日、道長が催行した法華講会に影響を与え、明石の姫君の誕生五十日の設定など、『源氏物語』の筋書きにも取り入れられている。

法華三十講五巻の日が、ちょうど五月五日に巡り合うという「奇跡」が演出されたのは、寛弘五年（一〇〇八）の端午節のことであった。九月、彰子は敦成親王を出産し、十一月には、『源氏物語』の製本作業が進められている。

かつて、父道隆が、うら若き中宮定子に与えた言葉は、後宮に集う「家々の娘」たちの身の上を深く思い遣るものであった。並み居る女房たちを見て「一人、わろき人なしや。……あはれなり」と胸打たれ、定子に対して「よく顧みてこそ、さぶらはせたまはめ」（まず、あなたがよく面倒をみて、お側仕えさせなさるのがよいでしょう）と諭している。中関白家が理想とした世界についてうかがい知る言葉である。このとき、「われは、生まれさせたまひしより、いみじうつかうまつれど、まだ下ろしの御衣一つ給ばぬぞ」（私など、お生まれになったときから大変よくお仕え申し上げているが、宮はまだ、お古のお召し物一つ下さらぬぞ）と、得意の冗談で皆を笑わせているのも、道隆らしい。「積善寺供養」の段（「関白殿、二月十日のほどに、法興院の」二五六段）に綴られている。

清少納言が、亡き父清原元輔に言い及んで、表現者としてのわが道のありようについて宣言するのも、五月五日の記事に始まる「詠歌御免」の一段（「五月の御精進のほど、職に」一〇四段）である。ほかにも、「蓑虫」の逸話（「虫は」五〇段）にうかがう「捨て子」の悲哀や、随所に見られる「幼な恋」「幼な心」をめぐる描写、また、「中将なりける人」が世の「老父母」を救い出す、前出「蟻通明神」の縁起説話（「社は」二二五段）など、『枕草子』における「親」や「子」の描かれ方は実に多様である。興味深い題材を扱って、それぞれ新鮮な筆致ながら、昔話や童話に接したときのような懐かしさもある。

さて、「元輔がのち」というのは、曾祖父、深養父以来の優れた歌詠みの孫子たる、清少納言に貼られたレッテルである。しかし、「期待通りの（場にふさわしい）歌を詠んで当然」というその〈意味〉は、定子と清少納言、主従息の合った贈答によって、大きく転換されることになる。

元輔がのちと言はるる君しもや今宵の歌にはづれてはをる（定子）
その人ののちと言はれぬ身なりせば今宵の歌はまづぞ詠ままし（清少納言）

故人たる父元輔の「後」、すなわち「次」に、「今宵の歌」が詠み得ようか。それは、「元輔がのち―今宵の歌」と詠みかけた定子の機知に即応して生まれた〝答え〟である。

従来は、「元輔がのち」という言葉について、文字通り、「元輔の後継者」という意味でのみ解し、〝父元輔への遠慮〟という、読解における発見のない、言うべきことを言っていない、そのような歌として解してしまっている。〝父の娘として私は、「今、このとき」の言葉を紡ごう〟というのが、まったく新しい作品、『枕草子』を世に生み出した清少納言の決意であった。それこそが、本当の「元輔がのち」の意味である。『枕草子』は、千年後の現代においても色褪せることのない、鋭い観察と鮮やかな描写によって、随筆文学の魁となった。

注

（1）当該段（「頭弁の、職にまゐりたまひて」一三九段）の解釈については、拙著『王朝文学論―古典作品の新しい解釈―』

（新典社　二〇〇九）、Ⅰ篇　第三章「鳥のそら音」の名歌誕生―清少納言会心の“失敗”作―　で論じた。

（2）島内景二『源氏物語の話型学』（ぺりかん社　一九八九）、二八七頁

（3）志村有弘・松本寧至編『日本奇談逸話伝説大事典』（勉誠社　一九九四）、「歌徳説話」の項・上岡勇司氏

（4）当該段（「頭中将のそぞろなるそら言にて」八六段）の解釈については、拙著『新しい枕草子論―主題・手法　そして本文―』（新典社　二〇〇四）、Ⅱ篇　第二章「頭中将のそぞろなるそら言にて」の段―「草の庵たれかたづねむ」の意味―　で論じた。

（5）その意味で、『枕草子』全体を「一種の『歌語り・打聞き』の集成」として捉えようとする下玉利百合子氏の言及（雨海博洋編『歌語りと説話』〈新典社　一九九六〉、「枕草子」の項）は示唆に富むと言える。

（6）当該段（能因本の二一五段、「細殿にびんなき人なむ、暁にかささせて出でけるを」）の所在について、三巻本では、『新編全集』本の二二二段「細殿にびんなき人なむ」、石田穣二訳注『新版　枕草子（下）』（角川ソフィア文庫）の二二四段「細殿に、便なき人なむ」にあたる。

（7）萩谷朴『新潮日本古典集成　枕草子（下）』（新潮社　一九七七）、一三四頁・頭注

（8）萩谷朴『枕草子環解　四』（同朋舎出版　一九八三）、三八二頁・語釈。なお、前田家本にこの段はない。

（9）金子元臣『枕草子評釈』（明治書院　一九二五）、合本八八八頁・評

（10）竹村信治「『枕草子』「細殿に便なき人なむ」段」（『国語教育研究』51　二〇一〇・三）

（11）出仕の年時等については、前掲注（4）拙著『新しい枕草子論』（新典社　二〇〇四）、Ⅰ篇　第三章「南の院の裁縫」の条の事件年時　で論じた（二一四頁・注（20））。

（12）上岡・前掲、注（3）の項

（13）渡部泰明「歌徳説話の和歌」（小島孝之編『説話の界域』笠間書院　二〇〇六）

（14）短連歌としては、ほかに、「五月の御精進のほど、職に」の段（一〇四）の「郭公」と「下蕨」をめぐる例があり、「三条西家旧蔵本」の本文に拠れば、定子の歌句をきっかけに、小旅行の目的や和歌に対する思いなど、清少納言の本音が吐露される部分となる。

(15)　三田村雅子『枕草子　表現の論理』(有精堂　一九九五)、二章4

また、家永三郎『上代倭絵全史　改訂重版』(名著刊行会　一九九八)などは、「この時代に珍しくない遊戯的な機知競べに過ぎぬが、絵を以て互に意を示したのは頗る興味が深い」(四〇四頁)と評す。従来、その「機知競べ」の意図及び内容をめぐる解釈や章段の主題について、必ずしも明らかになっていなかった。

(16)　能因本の「藍ときはだと」の項目について、「藍」と「きはだ」の二色は、それぞれ「補色」の関係にある。反対色として互いに引き立て補い合う、関係の深い色相である。色に関して二件目となる本項目は、一見重複的にも感じられるが、「たとしへなきもの」という章段の主題について考える上では、段中、重要な項目の一つとなっている。この〈重複的〉な項目は、三巻本の本文に存在せず、代わりに能因本にはない「火と水と。肥えたる人痩せたる人。髪長き人と短き人と」(六九段《『新編全集』》)という三項目を連ねた部分が加わる形である。

一方、先に掲げた「短くてありぬべきもの」をめぐる一段については、「下衆女の髪」に関して能因本本文に見える「うるはしくて、短くてありぬべし」という部分が、三巻本にはない。「髪長き」ことが女性の美しさの条件でもあった時代、「下衆女」の短い髪について肯定的に評価する「うるはし」という言葉については、一見分かりにくく感じるところでもあろうか。だが、「短くてありぬべきもの」という章段の主題をいかに捉えるかということをめぐっては、やはり、特に意味のある部分と言えよう。

これらは、分かりにくく、重複的な部分がある本文と、それらを持たない〈整った〉本文と、両系統の本文の特徴がよく表われた例である。『枕草子』の章段の読みを深めるためにも、〈読みやすい〉本文に偏る方法ではなく、まずは、両系統本の本文を併せ読むことが重要である。

(17)　福井貞助校注・訳『新編日本古典文学全集　伊勢物語』(小学館　一九九四)、一九九頁・頭注一五(引用は同注、二〇〇頁)。『古今集』の歌としても、一首は、「造花」など、「季節の区別なくいつでも咲いている花」に添えて詠んだ歌として考えることになっている。

(18)　第一節(前掲注(4))で触れた「草の庵」の応答で名高い、『枕草子』「頭中将のそぞろなるそら言にて」(八六段)には、斉信との'歌物語'をめぐって「あやしく『いをの物語』なりや」とある。三巻本二類「いせの物語」。草仮名の

「せ」（世）と「を」（越）が似る。

(19)『伊勢物語』八四段「さらぬ別れ」における作中歌は、「老いぬればさらぬ別れのありといへばいよいよ見まくほしき君かな」（母）、「世の中にさらぬ別れのなくもがな千代もといのる人の子のため」（昔男）というもの。『古今集』「雑上」に入る形では、「老いぬれば」詠（九〇〇番歌）の第二句「さらぬ別れも」、「世の中に」詠（九〇一番歌・業平　詞書「返し」）の第四句「千世もとなげく」。

(20)藤原実資の『小右記』に記された、道長一世一代の自讃の詠歌「この世をばわが世とぞ思ふ望月のかけたることもなしと思へば」（寛仁二年〈一〇一八〉十月十六日条）。かつて、わが日記に一条天皇の辞世歌について記すこととなった道長は、他者の記録に書きとどめられて後世にまで伝わり広まる歌の効果を十分に知っていたのではなかろうかとさえ思われる。一条天皇の辞世歌については、本篇第五章。

(21)前掲注（1）拙著『王朝文学論』（新典社　二〇〇九）、Ⅱ篇　第一章『伊勢物語』二十三段「筒井筒」の主題と構成―「ゐつつ」の風景と見送る女の心―　及び、同、第二章『伊勢物語』二十二段「千夜を一夜」の主題と構成―贈答歌の論理―　及び、同、第三章　古典教育における〈知識〉の〈伝授〉をめぐって―教材『伊勢物語』を例に考える―。拙稿『伊勢物語』の手法―「夢」と「つれづれのながめ」をめぐって（二段「西の京」と一〇七段「身を知る雨」、および六十九段「狩の使」）―」（『和洋国文』45　二〇一〇・三）→Ⅲ篇　第二章　及び、『伊勢物語』一一九段「男の形見」―絵と物語の手法をめぐって―」（『和洋国文』46　二〇一一・三）→Ⅲ篇　第三章（また、Ⅱ篇　第二章・第三章、Ⅲ篇

第四章　＊本章の初出論文以後の論考）

「傘」にまつわる話について、例えば『伊勢物語』一二一段「梅壺」の贈答歌二首（「うぐひすの花を縫ふてふ笠もがなぬるめる人に着せてかへさむ」「うぐひすの花を縫ふてふ笠はいなおもひをつけよほしてかへさむ」）も、歌そのものの意味としては、本章で扱った『枕草子』「細殿にびんなき人なむ、暁にかささせて出でけるを」（二二二段）同様、「濡れ衣」をめぐる詠歌である（本著、600頁・注記（49）掲載の研究発表、圷『伊勢物語』作中歌の解釈―六十五段「在原なりける男」ほか、『古今集』との関係をめぐって―」〈「和歌文学会関西例会」平成二十九年四月二十二日、立命館大学〉の資料中に掲出した新しい解釈の一つ）。

（22）　また、「家ゆすりて取りたる婿の来ずなりぬる、いとすさまじ」というようなこともある。『枕草子』「すさまじきもの」（二二）の段に挙がる項目である。「すさまじきもの」とは、さて、常に何かに期待し続け、儘ならぬ、「人の心」にほかならない。その意味で、書き連ねられた「すさまじき」事物は、人の世の人の世たるゆえんを象徴するシーンであるとも言えるのである。「冬の月」をめぐって、光源氏に「すさまじき例に言ひおきけむ人の心浅さよ」（「朝顔」二‐四九〇頁）と批判せしめた『源氏物語』であるが、『枕草子』について考えるならば、「すさまじきもの」をめぐる清少納言の筆は、「浅く」はなかったということである。

「すさまじきもの」等、〈感情語彙〉によって成る「もの」型類聚章段の読み解きについては、前掲注（4）拙著『新しい枕草子論』（新典社　二〇〇四）、Ⅰ篇　第六章　〝題〟の草子―『枕草子』など。『源氏物語』「朝顔」巻と『枕草子』「すさまじきもの」の段の関係については、本著のⅡ篇第三章にも述べた（第二節「一条天皇と定子、二人の辞世と『源氏物語』」の項）。

（23）　前掲注（4）拙著『新しい枕草子論』（新典社　二〇〇四）、Ⅰ篇　第二章　ⅱ　〝世継ぎ〟のための端午節―蒲生野贈答歌から『源氏物語』明石の姫君の五十日へ―　など。

第四章　雪山の記憶
――『枕草子』「雪山」の段を読み解く――

＊『日本古典文学全集』（小学館）九一段、『新編日本古典文学全集』（小学館）八三段

第一節　はじめに――一条朝の「雪の山」

ここにのみめづらしと見る雪の山ところどころにふりにけるかな

これは、〝雪山の段〟として知られる『枕草子』「職の御曹司におはしますころ、西の廂に」（九一段）[1]に記された、清少納言の和歌である。長徳四年（九九八）の師走十日（本文「十よ日」）、大雪が降ったその日、一条天皇の御使として職御曹司を訪れた源忠隆は、次のように語った。

「今日の雪山作らせたまはぬ所なむなき。御前の壺にも作らせたまへり。中宮、弘徽殿にも作らせたまへり。京極殿にも作らせたまへり」

そこで清少納言の詠んだ歌が、「ここにのみ」の一首である。忠隆によれば、「今日の雪山は、どこでもお作らせにならないところはない」ということで、具体的には、①御前の壺、②中宮、③弘徽殿、④京極殿の四箇所を挙げている。「京極殿」は道長の邸第（土御門殿）である。

雪山の造営

		人物	立場	御座所・邸第	本文
①		一条天皇	天皇	清涼殿	御前の壺
②	能因本	藤原定子	中宮	職御曹司	中宮
②	三巻本	居貞親王	東宮	東宮御所	春宮
③		藤原義子	女御	弘徽殿	弘徽殿
④		藤原道長	左大臣	京極殿	京極殿

②の「中宮」は、三巻本の本文では「春宮」であり、雪山が作られた場所として、当時東宮であった居貞親王（後の三条天皇）の御座所を指すことになる。③の「弘徽殿」は、女御義子の御座所であった。内大臣藤原公季の娘で、長徳二年（九九六）七月、長徳の変後の後宮にいち早く参入している。「雪山」の段当時、一条天皇の後宮には、ほかに女御元子（右大臣藤原顕光女）、御匣殿別当として尊子（故関白藤原道兼女）がいた。

「雪山」の段には、職御曹司の雪の山をめぐって、長徳四年（九九八）の暮れから、長保元年（九九九）の初春にかけてのできごとが描き取られている。道長の娘彰子は、その長保元年の十一月に十二歳で入内し、翌長保二年（一〇〇〇）二月には、定子に代わって新しい「中宮」となる。いわゆる一帝二后並立の事態であり、定子は「皇后」と称されることになる。「雪山」の段は、すでに政治の全権を掌握する道長にとって、天皇の外祖父になる道が開かれようとするころの、こうした歴史的な事情を背景に持つ一段でもある。

『枕草子』中、弘徽殿女御・義子の存在に触れる記述は、この忠隆の話のほかに、藤原斉信の任参議前後のできごとに取材する「宰相中将斉信、宣方の中将と」（一六六）の段の最後にもある。長徳二年（九九六）の四月二十四日、定子の兄弟である伊周と隆家の左遷が決定し、道長方の人物である頭中将斉信は参議に進み、宰相中将に任じている。弘徽殿方に仕える「うち臥しといふ者のむすめ」とのことで、清少納言が源中将宣方と応酬する場面には、政変関連章段のキーワードとも言うべき「方人」という言葉も見える。

なお、忠隆の報告の言葉について、三巻本の本文は、「春宮・弘徽殿」についてのみ、雪山を「作らせたまふ」という形を取らない。「春宮にも、弘徽殿にも作られたり」とある。「お作りになっている」ということだが、従来、三巻本の注解付きテキストでは、「作らせたまふ」を、二重敬語として訳出し、表現上、敬意の程度に差があるものとして解している。ただし、『新編全集』[2]は、能因本を底本とした旧『全集』本と変わらず、「作らせたまふ」という形については、「お作らせになる」という意味の、〝使役（「す」）＋尊敬（「たまふ」）〟として解す。

さて、従来、清少納言の「雪山」詠は、「ここだけで珍しいと思って作った雪の山だが、方々でお作りになっていて特別目新しいことでもなかったのですね」（『新大系』）という意味のものとして解されている。端的に言えば、「拍子抜けした気持ち[3]」を詠んだと考えられているのであるが、「ふりにけるかな」という歌句は、やはり、「驚き」や「感動」を表現する言葉として捉えられるものであろう。

大変珍しいと思って見ているものが、あっという間に、世間でありふれたものになるという事実について詠んでいるのであり、〝もともと珍しくも何ともなかったのだ〟と言っているわけではない。

一条天皇の「御使」の言葉として、定子以外の后妃の存在に触れ、さらに左大臣（道長）邸の様子に言い及ぶ意味についても考えてみなければならない。それが、大変「珍しい」ことであるからこそ、忠隆は「今日の雪山作らせたまはぬ所なむなき」状況について話題にしているのである。本段には、後半、当代の文化を領導する斎院選子も〈登場〉し、定子のもとに、新年を寿ぐ祝いの歌を寄せている。

清少納言の雪山詠については、従来の解釈によれば、上の句の「ここにのみめづらしと見る」というのは、他所の様子について知らなかった清少納言たちによる誤解――〝思い込み〟でしかなかったのだということになる。雪の山は、実は、職御曹司で作られたのと同時に、あるいはそれよりも前に、この日、あちこちで作られていたのだと捉えられているのである。そうした考え方は、大正十年（一九二一）刊、金子元臣の『枕草子評釈』（明治書院）にも述べられている。

> 雪山は禁秘抄に、「一条院以後の事」とあるが、諸方で申合はせたやうに作つたことを思ふと、夙くからこの行事が禁中及び貴族の間にあつたことが推定される。
> （合本四三三頁・評）

「雪山」の段の読解を通し、この日の雪山について、「諸方で申合はせたやうに作つた」ものと捉えた上で、「雪山作り」が、当時、「行事」として定着していたと「推定」しているのである。

清少納言たちが、職御曹司の雪山について、「ここだけの珍しいもの」と思って見ていたのは確かなことである。

それほど、職御曹司の雪山が、特別な趣向であったということである。そのような雪山が、なぜ、その日「ところどころ」に作られて、「古りにける」ものになってしまったのであろうか。

　ここにのみめづらしと見る雪の山ところどころにふりにけるかな

この歌については、「雪の山」を（「降る」ものではなく）、「古りにける」ものとして表現したところに、清少納言らしい機知が光り、その点がまた、一首の眼目にもなっている。「雪」ならば、「むら消え」はあっても、「ところどころに降る」ことはないとも考えられるわけである。しかし従来は、下の句の「ふり」について、「降り」と「古り」の両方の意を訳出することになっている。

　ここだけで作って珍しいと見る雪の山は、方々に降った雪のために、方々にできて古くさいものとなってしまったのでしたね　（『新編全集』）

一首の主旨として、〝雪山が方々にできたのは、雪が方々に降ったからだ〟と述べた歌として捉えることになっている。前掲①〜④の範囲について、「方々に降った」と言うとは考えにくいが、当該歌の掛詞に関して、そのように訳出することになってしまっているのだ。例えば、『万葉集』に収められた大伴家持の雪の日の歌には「大宮の内にも外にも光るまで降らす白雪見れど飽かぬかも」（一七・三九二六〈天平十八年正月〉）、「大宮の内にも外にもめづらしく降れる大雪な踏みそね惜し」（一九・四二八五〈天平勝宝五年正月十一日〉）という表現が見られるところ、清少納言詠の中心は「雪山」である。雪山が方々に作られたのは、ただ、大雪が降ったからではない。

行成の『権記』によれば、この大雪の日の朝、役所において政務や雑事を担当する官吏・下官たちが参集せず、公卿らも、皆ことごとく差し障りを申して内裏に参上しなかったことが知られる。午後二時過ぎ、「未三剋」に至っても、事態は変わらなかった。


大雪、参結政、官吏掌等不参、仍直参内、時辰三点、頃之召弁候連滝仰参由、至未三剋、上卿不参、召下記重忠、問上卿参否之案内、皆有障云々、即奏事由、令内豎遣召之間、内大臣自北陣参入、依勅着陣、行事卜事、（初宿衣被参、而今依仰束帯被行也、）此間内豎申諸卿皆有障、左大弁候陣、上卿不被参之間、仰外記重忠、令勘申参議奏行御卜事之例、（依仰也、）

（長徳四年〈九九八〉十二月十日条）


天皇の「御体御卜」を執り行うべき上卿が参上しないための措置が講じられていて、左大臣道長・右大臣顕光ともに不参であったことが分かる。

しかし、当日、こうした状況を大きく転換させるできごとがあったということである。その証が、『枕草子』に記されている、定子の仰せ言によって造営された職御曹司の「雪の山」である。歌に詠むなら、その日の都はまさに、「忘れては夢かとぞ思ふおもひきや雪ふみわけて君を見むとは」（『古今集』雑下・九七〇・在原業平／『伊勢物語』八三段）という事態であった。『伊勢物語』の話柄を離れて解釈し得る歌である。(4)

この日、弘徽殿方や道長までも巻き込んで、「今日の雪山作らせたまはぬ所なむなき」という状況になった。天皇のもとで人心を掌握し、大きな仕事を成し遂げ得る后（中宮）が存在したということである。これは「雪山作り」であるが、皆の心を捉え、一つに結ぶ新しい行事が創出されたのだ。

『枕草子』の研究史上、主要な問題の一つである、章段中に「にはかに三日内へ入らせたまふべし」と記された、定子の入内を導いたものが何であったかと考えるのであれば、それは「古りにけるかな」という雪山の流布によって証明された、定子後宮の資質・ありようであったということになるだろう。

一条朝における、長徳四年師走の有名な「雪山作り」は、清少納言ら定子後宮の女性たちの発案に始まり、定子の「仰せ言」に従って着手され、完成後、内裏の内外――清涼殿や弘徽殿、また道長邸における造営にまで拡散したものであった。それは、「ここにのみめづらしと見る雪の山ところどころにふりにけるかな」という、清少納言の雪山詠の読みから新しく導き出された事柄である。

第二節　『枕草子』における清少納言の和歌

職御曹司を訪れた一条天皇の使者「忠隆」の話を聞き、清少納言は「ここにのみ」の歌を詠んだ。俗謡を除くと、これが章段中筆頭の詠であり、清少納言の作として記された唯一の歌である。定子後宮のできごとに取材する日記的章段において、清少納言の発した一言（秀句）や和歌は、事件の中核として重要な意味を持ち、章段読解の鍵となるものである。

いま、清少納言の和歌が記された段について列挙すると次のようになる。贈答の形によるものは、その両方を掲げる。

①「宮の五節出ださせたまふに」（九四段）　正暦五年（九九四）十一月
　贈　あしひきの山井の水はこほれるをいかなる紐の解くるなるらむ（実方）
　答　うす氷あはに結べる紐なればかざす日かげにゆるぶばかりを（清少納言）
②「五月の御精進のほど、職に」（一〇四段）　長徳四年（九九八）五月〜七月
　贈　元輔がのちといはるる君しもや今宵の歌にはづれてはをる（定子）
　答　その人ののちといはれぬ身なりせば今宵の歌はまづぞよままし（清少納言）
③「頭弁の、職にまゐりたまひて」（一三九段）　長徳三年（九九七）六月以降、長保元年（九九九）七月ごろまで
　夜をこめて鳥のそら音ははかるとも世に逢坂の関はゆるさじ（清少納言）
④「宮にはじめてまゐりたるころ」（一八二段）　正暦五年（九九四）初春
　贈　いかにしていかに知らましいつはりを空にただすの神なかりせば（定子）
　答　薄さ濃さそれにもよらぬはなゆゑに憂き身のほどを知るぞわびしき（清少納言）
⑤「御前に人々あまた、物仰せらるるついでなどに」（二五五段）　長徳二年（九九六）秋ごろ
　かけまくもかしこき神のしるしには鶴のよはひになりぬべきかな（清少納言）
⑥「僧都の君の御乳母、御匣殿とこそは」（二九三段）　長保二年（一〇〇〇）正月ごろ
　みまくさをもやすばかりの春のひによどのさへなど残らざるらむ（清少納言）

ここで、贈答歌の形式になっていない⑤「御前に人々あまた、物仰せらるるついでなどに」の段や、⑥「僧都の君の御乳母、御匣殿とこそは」の段の例も、前者は里居中に定子の仰せ言を受けて啓上した歌であり、後者は「をのこ」

の陳情に対して詠み与えたものである。

⑤「御前に人々あまた、物仰せらるるついでなどに」の段には、『紫式部日記』に描かれた『源氏物語』の製本作業に先立つ「草子作り」のシーンがあり、『枕草子』を育んだ定子後宮の意志についてうかがい知る上でも、重要な一段である。定子は、このとき、里居先の清少納言に「めでたき紙を、二十包み」に分け包んで届けている。「二十包み」という形式は、『古今和歌集』など勅撰集の巻数に等しく、清少納言の『枕草子』が、定子後宮の言わば「撰書」として期待され支援されていることを示す。清少納言が、定子の下問に対し、「枕にする」と答えて、伊周献上の草子を賜ったときの会話にも、「古今」（集）のことが見える。『枕草子』は、中国の『史記』とも、国風の象徴たる『古今和歌集』とも一線を画す作品として発想されたものであったのだ。(5)

宮の御前に、内の大殿の奉らせたまへりける草子を、「これに何をか書かまし」と、「うへの御前には史記といふ文をなむ、一部書かせたまふなり。古今をや書かまし」などのたまはせしを、「これ給ひて、枕にしはべらばや」と啓せしかば、「さらば得よ」とて給はせたりしを、持ちて、里にまかり出でて、御前わたりの恋しく思ひ出でらるる事あやしきを、こじや何やと、つきせずおほかる料紙を書きつくさむとせしほどに、いとど物おぼえぬ事のみぞおほかるや。（能因本「長跋」）

新しい紙の包みについて、仰せ言には、『寿命経』を書くほど良い紙でもなさそうだが……」とあった。定子は、「世の中が嫌になったときも、白い紙を得ると、このまましばらく生きていてもよいという気持ちになる」などと話した清少納言の言葉を覚えていたのである。清少納言の歌の「神」には「紙」が掛けられている。「あまりにや」という言葉を添えたが、「鶴のよはひ」まで寿命が延びるというのでは「長過ぎましょうか」ということである。

⑥「僧都の君の御乳母、御匣殿とこそは」の段の清少納言詠は、『万葉集』以来詠み継がれてきた「野焼き詠」に応じる形のものであった。火事に遭って焼け出されたという下男の「うれへ申し」がきっかけとなって成立したものである。また、「百人一首」にも採られて、清少納言の代表歌となった、③「頭弁の、職にまゐりたまひて」の「夜をこめて」詠については、やり取りの相手である行成から折り返し歌が届くが、清少納言の歌は、もともと行成からの文に応じたものである。行成が詠んだ「逢坂は」の歌は、清少納言の歌の〝失敗〟――その関は、「鶏鳴」と無関係に開いている――について指摘するものであった。清少納言の代表歌は、失敗から生まれた名歌だったのである。

このときの両者の応酬は次のように展開している。まず、天皇の御物忌に伺候するため、夜更けに出て行った行成から文が届く。

「後のあしたは、残りおほかる心ちなむする。夜とほして、昔物語も聞え明かさむとせしを、鶏の声にもよほされて」（行成・文）

「いと夜深くはべりける鳥の声は、孟嘗君のかや」（清少納言・文）

「『孟嘗君、鶏函谷関をひらきて、三千の客わづかに去れり』といふ。これは逢坂の関の事なり」（行成・文）

「夜をこめて鳥のそら音ははかるとも世に逢坂の関はゆるさじ」（清少納言）

「逢坂は人越えやすき関なれば鳥も鳴かぬにあけて待つとか」（行成）

「後のあしたは、……」と言って始まる行成の文は、後朝の文として仕立てられたものである。あるいは、この日が、七夕の「後のあした」であったということも考えられるかもしれない。七月八日の朝を詠む「七夕後朝」の趣向である。『枕草子』には、ほかにも、長徳元年（九九五）の「故殿の御服のころ」（一六五）や、長徳二年（九九六）の「宰相中将斉信、宣方の中将と」（一六六）の段など、長徳元年以降、一条天皇と定子が離れ離れに過ごした「七夕」の日の記事がある。本段「鳥のそら音」の事件年時は未詳ながら、例えば、長保元年（九九九）の七月八日は、天皇の御物忌であった（『小右記』『権記』）。

次の歌は、彦星の立場で、「鶏鳴」について詠む。『万葉集』巻十に収められた人麻呂歌集所出歌、「七夕」歌群の一首である。「鶏声」は、道真の七夕詩にも詠み込まれている（「七月七日、代牛女惜暁更、各分一字、応製」）。

遠妻と手枕交へてさ寝る夜は鶏はな鳴きそ明けば明けぬとも　（『万葉集』一〇・秋雑歌・二〇二一）

三巻本に「後のあした」という言葉はなく、行成の文は「けふ（今日）は、残りおほかる……」と始まりつつ、後朝を装う主旨は同様である。清少納言の応答によって、話題は「逢坂の関」の問題に移るが、二人のやり取りのきっかけとして、「七夕」という機会があったと考えることもできようか。

これらの例を見ても、清少納言の和歌が、自ら積極的に人に詠みかけていくようなものではなく、相手からの問いかけに応じて「答歌」として詠まれたものであることが分かる。①「宮の五節出ださせたまふに」の例は、実方への返歌に窮する若手の女房「小弁」のために代作し、「弁のおもと」に託して伝えたものである。小忌衣の「紐」（飾り結びにした赤紐）を詠み込んで、このときの定子後宮の新しい趣向と関わる贈答である。定子は、舞姫たちが身にまとうのと同様の衣裳を、介添え役の女房や童女・下仕えの女性たちの分まですべて揃えて用意したのである。「豊明節会」の当夜は、さながら、天女の集団が空から舞い降りたように見えたことであろう。驚嘆した上達部や殿上人らは、彼女たちを「小忌の女房」と称した。問いかけに即応したり、ときには助け舟を出したり、他者の思いを汲み取って言葉にする、それは、清少納言の秀句についても同様である。

ほかに、里下がり中の記事で、章段の前半と後半に一首ずつ清少納言の歌を載せる章段もある。

⑦「里にまかでたるに」（八八段）　長徳三年（九九七）以降、長徳四年（九九八）正月ごろまで

（前半）かづきするあまのすみかはそこなりとゆめいふなとやめを食はせけむ（清少納言）

（後半）くづれするいもせの山の中なればさらに吉野の川とだに見じ（清少納言）

⑧「三月ばかり物忌しにとて」（二八〇段）　正暦五年（九九四）三月ごろ

（前半）さかしらに柳のまゆのひろごりて春のおもてを伏さる宿かな（清少納言）

（後半）贈　いかにして過ぎにし方を過ぐしけむ暮らしわづらふ昨日今日かな（定子）

答　雲の上も暮らしかねつる春の日を所がらともながめけるかな（清少納言）

⑦「里にまかでたるに」の例は、二首とも、和歌嫌いのもとの夫、橘則光に対してあえて歌を詠んで応じたものである。両者のすれ違う気持ちや、別れに至る経緯など、則光と清少納言との関係性について語る一段である。⑧「三月ばかり物忌しにとて」の場合、前半、章段導入部の一首は物忌先での独詠で、後半の一首は、また別の物忌の折に定子と贈答したその答歌であり、章段の構成としても主要なものである。清少納言の歌については、定子詠の、〝今、このとき〟の「暮らしわづらふ」思いを、「暮らしかねつる」とあたかも過去のできごとであるかのように表現した

ことが批判の対象になった。定子は、「暮らしかねける」と書いてきたことが憎らしいと、問題の点について強調して非難している。定子の歌は、清少納言の不在によって知った「暮らしわづらふ」春の憂愁について告白するものであったのだ。一方、清少納言が抱えていた「春日遅遅」たる憂いは、定子からの文を得て、瞬時に跡形もなく吹き消えてしまったのである。間延びした歌を返すことにもなったゆえんであるが、清少納言の,失敗‘は、両者の心が確かに通い合っていたことの証である。

清少納言が、古歌の一部を変えて応答した例もある。

⑨「清涼殿の丑寅の隅の」(二〇段)　正暦五年(九九四)春

年経ればよはひは老いぬしかはあれど花をし見れば物思ひもなし

といふことを、「君をし見れば」と書きなしたるを、(清少納言)

もとの歌は、『古今集』に入る藤原良房の春の一首(春上・五二)。定子が、居並ぶ女房たちに、記憶している古歌を色紙に書くよう命じたときの、清少納言の,答え‘である。娘明子(染殿の后)に喩えた「花」の語を「君」に変え、皆の心を代表して言い表わす、今このときにふさわしい歌として蘇らせた。

その他、物詣や七草の折など、清少納言の日常を寸描した歌語り的な短い章段の例もある。

⑩「菩提といふ寺に」(四一段)

もとめてもかかる蓮の露をおきて憂き世にまたは帰るものかは(清少納言)

⑪　「七日の若菜を」（一三四段）

　つめどなほ耳無草こそつれなけれあまたしあれば菊もまじれり（清少納言）

この類としては、息子則長に係るものともみられている代作の例（「ある女房の、遠江の守の子なる人を語らひてあるが」二九七段）など、歌とその「詞書」のような形の章段が、雑纂系の伝本（能因本、三巻本とも）の巻末近くに存する。定子の詠歌が章段の中核に置かれている例もある。

⑫　「御乳母の大輔の、今日の」（九九段）

　あかねさす日に向ひても思ひ出でよ都は晴れぬながめすらむと（定子）

⑬　「四条の宮におはしますころ」（二二六段）　長保二年（一〇〇〇）五月五日

　みな人の花や蝶やといそぐ日もわがこころをば君ぞ知りける（定子）

『枕草子』中には、定子と清少納言による短連歌も見える。前掲②、「五月の御精進のほど、職に」（一〇四）の段における「下蕨」をめぐる例があり、「細殿にびんなき人なむ、暁にかささせて出でけるを」の段の例は、絵をまじえたやり取りである。いずれの場合も、定子が詠みかけ、清少納言が答える形で和歌一首を完成させている。

⑭　「五月の御精進のほど、職に」（一〇四段）　長徳四年（九九八）五月〜七月

　下蕨こそ恋しかりけれ（定子）

郭公たづねて聞きし声よりも（清少納言）

⑮ 「細殿にびんなき人なむ、暁にかささせて出でけるを」（二二五段） 正暦五年（九九四）ごろ

みかさ山やまの端明けし朝より〈絵・大傘を差し掛ける手〉（定子）

雨ならぬ名のふりにけるかな〈絵・大雨〉（清少納言）

殿上の貴公子たちとの合作もある。清少納言は、公任による漢詩の翻案句「少し春ある心ちこそすれ」に上の句を付けるという出題にも即応し、見事に一首を完成させている。その「二月つごもり、風いたく吹きて」の段には、緊張のあまり震えながら下の句を書き記す様子が描き取られている。また、和歌ではないが、「草の庵」の段として知られる「頭中将のそぞろなるそら言にて」では、斉信が書いて寄越した漢詩句に、続きの文句を添えて返している。これも、従来考えられているように、相手をただ圧倒して打ち負かすようなものではなく、あくまでも斉信の求めに応える形で、両者合作の和解文書を成立させてしまうことになる、清少納言ならではの機知であった。

⑯ 「二月つごもり、風いたく吹きて」（一一〇段） 長徳元年（九九五）以降、長保二年（一〇〇〇）までの二月末

少し春ある心ちこそすれ（公任）

空寒み花にまがへて散る雪に（清少納言）

⑰ 「頭中将のそぞろなるそら言にて」（八六段） 長徳元年（九九五）二月末ごろ

蘭省花時錦帳下（斉信）

草の庵たれかたづねむ（清少納言）

各章段に描き取られた事件では、いずれも、清少納言の和歌や言葉が重要な役割を果たしているのであるが（⑫・⑬の中心は定子詠）、今回取り上げる「雪山」の段における清少納言詠については、従来、そうした意味のあるものとして検討されたことがなく、章段の読解と関わって、見過ごされてしまっていることが多い。

「雪山」の段には、和歌が三首、ほかに俗謡も記されている。

常陸の介の俗謡　「まろはたれと寝む、常陸の介と寝たる肌もよし」「男山の峰のもみぢ葉、さぞ名は立つ立つ」

清少納言の和歌　「ここにのみめづらしと見る雪の山ところどころにふりにけるかな」

常陸の介の和歌　「うらやまし足もひかれずわたつうみのいかなるあまに物たまふらむ」

斎院選子の和歌　「山とよむをののひびきをたづぬればいはひの杖の音にぞありける」

多様な歌を採録するその一方、本段では、天皇の使いの忠隆が、清少納言に対する返歌を憚ったり、清少納言が、選子に対する定子の返歌を把握していなかったり、賭けに勝って啓上するつもりでいた清少納言の歌が披露されずに終わったりと、'記録されなかった和歌'の存在も複数示唆されている。その点、章段の主題と関わって、必要な和歌が選択的に採用され、構成されているとみることもできよう。

章段中、清少納言の歌は、本章冒頭にも掲げた「ここにのみ」の歌一首だけである。一条天皇の御使として職に参上した忠隆の話に即応して詠んだ和歌であり、話題の「雪の山」を詠み込む清少納言のこの一首が、章段全体の読解と関わって特に重要な意味を持つことは言うまでもない。

さて、俗謡も含め、章段に記載された右の四例については、景物としての「山」が、一つの共通項になっていると言えよう。俗謡中の「男山」、清少納言詠の「雪の山」、選子詠の「山とよむ」、また、常陸の介は「うらやまし」の歌を詠んだあと、「雪の山」に〝入山〟する体のしぐさを演じるが、「山」の枕詞「足ひきの」ならぬ第二句「足もひかれず」以下、「わたつうみ」の「海女（尼）」を詠み込む歌に仕立てている。

定子の仰せ言によって展開した雪山作りは、職御曹司の庭に「まことの山」を作ろうという試みであったのだ。章段に記された清少納言の「雪山」詠については、自明な事柄について詠んだだけのものという固定的な見方があると思われる。しかし、他の『枕草子』中の清少納言詠について鑑みても、それはまったく考え難いことであったはずである。

「雪山」の段をめぐっては、特に、章段中に記された定子の「三日入内」の件を取り上げて、従来さまざまに論じられてきているが、この問題についても、章段中の清少納言詠と結びつけて考えられることはなかった。定子後宮における清少納言の役割及び個性についての誤解や先入観も影響していることであろう。『枕草子』という作品や定子後宮の営為に対する理解のあり方にも関わる問題である。

第三節　「雪山」詠をめぐる解釈

清少納言の雪山詠「ここにのみめづらしと見る雪の山ところどころにふりにけるかな」は、章段の核心に関わる一首である。だが、従来、『枕草子』中の歌としての注目度は低く、平易かつ自明なものとみるためか、解釈を省く注釈書もある。〈大雪が降って、雪山を作ること〉について、同じ日に各所で行われても何ら不思議はない、とみる先入観が存しているのであり、それが、職御曹司の雪山について「特別目新しいことでもなかったのですね」と述べたものと解す、従来の「読み」を基礎づけていると言えよう。

しかし、「雪の山」について、上の句でまず「めづらし」と述べ、下の句で、それが珍しくもなくなった――「ふりにけるかな」と展開することの意味について、考えてみる必要があるのだ。

すなわち、雪山は、清少納言が「めづらし」と見た職御曹司の例を魁として、あっという間に方々で作られ、世間に広がり、そのため、ここにのみ、世にも珍しいものと見る雪の山が、すっかりありふれたものになってしまったということなのである。

清少納言の雪山詠は、言葉通りに解せば、歌意は、「ここにだけあって珍しいものと見る雪の山は、あちらにもこちらにも作られて、すっかり古いものになってしまったのですね」ということである。

第二句の「めづらし」に対する言葉として、結句中の「古り」には、「雪」の縁語「降り」が掛けられているのであるが、大切なのは、必ずしも、和歌的技巧そのものではない。当該の一首から読み取り得ることは、この日、あちこちで一斉に行われた雪山作りが、ほかでもない、定子後宮発信の風雅であったということである。

端午節や豊明節会など、伝統的な年中行事についても、新鮮な趣向をもって宮廷社会に蘇らせてきた、定子後宮の面目躍如というべき一件である。例えば、端午節に《まだ見ぬ御子》を予祝する、定子後宮における新しい祝儀の形は、彰子懐妊中の五月五日、道長催行の法華講会に影響を与え、また、『源氏物語』の筋書きにも取り入れられている。(6) 忠隆の報告に「弘徽殿」や「京極殿」が挙げられていることにも、その意味での理由があるのである。

本章第一節において触れたところであるが、『枕草子』の注解付きテキストにおける解釈は、従来、

① ここだけで作って珍しいと見る雪の山は、方々に降った雪のために、方々にできて古くさいものとなってしまったのでしたね。（『新編全集』）

というように、傍線部の意を補って解すのである。しかし、「ところどころにふる」ものは、「雪」ではなく、「雪の山」である。さらに、

② 雪の山は此処だけに作ったと思いましたら、さては方々で作られ、一向珍しくもなかったのですね。（『大系』）

③ ここだけで珍しいと思って作った雪の山だが、方々でお作りになっていて特別目新しいことでもなかったのですね。（『新大系』）

というように、「雪の山」について、そもそも珍しいものなのではなかったのだ、という意味で解すものも目立つ。定子方の「雪の山」など、「一向珍しくもなかった」（②）、「特別目新しいことでもなかった」（③）と述べた歌だということになる。また、「ところどころ」について、「どこにもここにも」と訳す例もある。

④ ここだけのめずらしいものと見る雪山が、実はあちこちでありふれた―どこにもここにも降った―ものだったんですね。（萩谷『解環』）

雪の山は、なぜ、「ところどころにふりにける」――あちこちにあるありふれたものになったのだろうか。従来は、

雪があちこちに降ったから、雪山もあちこちにできたものと解す。結句「ふりにけるかな」の「古り」の掛詞「降り」の意による解釈である。「雪の山」について、「雪」のようにただ「降り積って」できたものとして解すものもある。

⑤　雪の山はこの中宮御所しかなくて珍しいと思っていたら、もうほうぼうの御殿に降り積もつて目新しくないとはまあ。　（塩田『評釈』）

前掲、④の萩谷氏は、⑤塩田氏の解釈に対し、「ここにのみ」について、『ふり』にかかると解してはならない。まさか雪がここにだけ降ると考えるはずがない」と批判している。雪が「ここにのみ」降るなどと、詠み手が考えるはずもないというわけで、萩谷氏の解釈では、下の句「ところどころにふりにけるかな」の意味も、「どこにもここにも降った―ものだったんですね」と訳出することになっているのである。しかし，至るところに降る，という意味で訳出してみても、大きな違いはないようである。ただし、次のように、「中宮御所にだけ雪が降っ」たと述べたものとして解すのは、いかにも極端であろう。

⑥　この中宮御所だけに雪が降って、わたくしどもが珍しいとみている雪の山なのに、（そんなに）あちらこちらに降って、（別に）雪山は珍しくもなかったのですねの意。　（田中重太郎『全注釈』、一六六頁・語釈）

田中氏は、本章段の注釈に大変長い評文を加え、「香炉峰の雪」の件と並べ掲げて、「御簾を上げて才女とうたわれた清少納言は、『雪の山』でもその才媛ぶりを発揮している」（一九三頁・評）と述べてもいるが、当該の場面のやり取りについて、定子の下問に応じた機知として検討するようなことはなされていない。

近年の諸論を含む現代の注は、大筋で古注以来の考え方を踏襲するものであり、岡西惟中『枕草紙旁註』（天和元年〈一六八一〉）に、「后宮にのみとおもひしに、あまた所にふりしよと也」（五巻）とし、加藤磐斎『清少納言枕双紙抄』（延宝二年〈一六七四〉）には、「こゝにのみとは。中宮の御かたのみ。此雪の山はあるとおもひしにと也」「ふりにけるとは。雪の降（フル）事をいひて。雪山をかなたこなたに作らせ玉ひて。ことふりたるといふの義を。もたせたり。哥の心はあきらか也」（五巻）とある。

金子『評釈』は、

何がな事あれかしの女房達が叩いたお太鼓に、忽ちまことの雪山が出現することゝなり、女の業くれは一転して、男の大仕事となつた。（合本四三三頁・評）

などと、この後の論考に継承されていく見解を述べている。

園山千里氏は「雪山」の段の定子の「仰せ言」をめぐって、「定子の命令という権力を笠に着て、男性連中をたくみに指示」「公的な要素が高まり、女房たちの言動は雪山作りを盛事としての体裁に取り繕うかのように思われる」「公的な行事のように仕立てて躍起になる」とみている。深澤三千男氏も、「中宮の命令という事にして、〈公務〉扱いで」「不参者への休暇三日減の罪という強圧手段で、強引に召集して完成」などと述べて、清少納言の雪山詠については、なおこの時の異常な大雪に際しては、到る所で雪山が造り興ぜられ、主上の御使忠隆からその事を知らされた著者が、中宮御在所だけの珍趣向と思っていたのに、全くのマンネリズムだった旨の歌を詠みかけている。[7]と解している。雪山不参者に対する「強圧手段」というのは、召集の口状について「同じ数とどめむ」とある三巻本本文の理解に拠る。能因本は「同じ数にとどめよ」であり、分かりにくいようであるが、年末の特別手当（褒美）は頂けないということである。

「今日この山作り人には禄給はすべし。雪山にまゐらざらむ人には、同じ数にとどめよ」（能因本）
「今日この山作る人には日三日給ぶべし。またまゐらざらむ者は、また同じ数とどめむ」（三巻本）

雪山詠について、『新編全集』の現代語訳は、旧『全集』本と変わらず、萩谷朴『集成』・石田穣二『新版』・増田繁夫『枕草子』などは、通釈を示していない。増田『枕草子』は、下の句に注を付す（「あちらこちらでも雪山が作られて、珍らしくもなくなったのですね」七四頁・頭注四）。『集成』『新版』は、ともに縁語・掛詞の指摘のみである。

「ところどころに」という表現は、和歌において多用されるものではないが、漢詩句としては、『和漢朗詠集』にも例があり、いずれも「春興」の項に「歌酒家々花処々　莫空管領上陽春」（上・春・二〇・白楽天）、「笙歌夜月家々思　詩酒春風処々情」（上・春・二四・菅原道真）の摘句を収める。

清少納言はほかにも一首、「ところどころにふる」という表現を用いた歌を詠んでいる。宮仕え辞去後の歌とおぼしく、『清少納言集』に見える。

衛門のをとどのまいるとききて
あらたまるしるしもなくておもほゆるふりにしよのみこひらるるかな　（『清少納言集』Ⅱ二四）
かぜのまにちるあはゆきのはかなくてところどころにふるぞわびしき　（Ⅱ二五）

「衛門のをとど」なる女房の動静に触れて詠む歌に続く一首で、かつての仲間が、今は散り散りになって暮らす様子を嘆く主旨とみる。「かぜのまに」詠の「ふる」は、「経る」と「降る」の掛詞になっている。「あらたまる」詠にも「ふり」の語が詠み込まれている。この場合は、「古りにし世」ということだが、二首並べて見れば、こちらにも「雪—降る」の類型が暗示されていると考えることができるかもしれない。そのとき、「あらたまるしるし」については、定子生前のできごととして、「雪山」の段に描かれた大雪の一件が想起されるのではないだろうか。後掲（第四節）、『後撰集』の白山詠に「荒玉の年」（冬・四八二）が詠み込まれている。「あらたまの」は、「年」や「月」の枕詞であるが、歌の用例における「改まる」「新たし」などの意と響き合う。

長徳四年（九九八）師走の大雪の日から、明けて長保元年（九九九）の立春にかけて、職御曹司に作られた定子後宮の雪の山は、天変・炎旱災による改元が行われた新しい時代の始まりを見守ったのである。長保元年の立春は正月十二日、定子が雪山を撤去させたのは、清少納言が雪山存続の期間として予言した十五日の前日、十四日の夜のことであった。

清少納言の雪山詠は、例えば、「わが里に大雪降れり大原の古りにし里に落らまくは後」（『万葉集』一・一〇三・天武天皇）とまで主張するものではないが、「ここにのみ」の歌の表現と少し似た例としては、次の『拾遺集』の歌などがある。

はつ雪をよめる

宮こにてめづらしと見るはつ雪はよしのの山にふりやしぬらん　（『拾遺集』冬・二四三・源景明）

今、都で見る新鮮な初雪は、寒い吉野山にあってはとっくに古びてしまっているだろう……ということで、結句「ふりやしぬらん」の「古り」には、「雪」の縁語「降り」が掛かっている。『拾遺抄』に入る形では、第二句「めづらしくみる」、第三句「はつ雪を」、第四句「吉野の山は」となっている。

宮こにてめづらしくみるはつ雪を吉野の山はふりやしぬらむ　（『拾遺抄』冬・一四七・源景明）

この歌は、『和漢朗詠集』にも採られていて、初句が「都には」であり、第三句は『拾遺抄』と同様に「はつ雪を」である。逆接の「を」で繋ぐことにより、上の句と下の句の内容的な対比が、より明確になっていると言えよう。

都にはめづらしとみるはつ雪を吉野の山にふりやしぬらむ　（『和漢朗詠集』上・雪・三八一）

「都で珍しいと思って見る初雪は、吉野山ではもう何度も降っているので、今となっては古びてしまったことになっているのではなかろうか」（『（新大系）拾遺和歌集』(8)）、「今日、都で珍しいと心を躍らせて見ている初雪だが、あの吉野山ではだいぶ前から降り積っていて、もう見馴れてしまったことだろう」（『(集成) 和漢朗詠集』[9]）などと訳出されるが、都に初雪が降るころ、奈良の吉野山にすでに雪が降っているかどうか分からぬということはないのであり、今、都で見る「初雪」は、吉野山においては「古る」ものであるので、歌の表現「ふりやしぬらむ」の「ふり」の意味としては、あくまで「古り」が主体である。

『源氏物語』中の和歌にも、「雪」をめぐって「ふりにける」という言葉を詠み込む例がある。

ふりにける頭の雪を見る人もおとらずぬらす朝の袖かな（源氏）（「末摘花」一－二九六頁）

『新編全集』の頭注に『ふり』は『経る』と『降る』をかけ、『頭の雪』は白髪の意を含める」（二九六頁・頭注八）とするが、「経（ふ）」は、下二段に活用する動詞であるため、「ふり」に掛かるとするのはいかがか。「ふり」の掛詞として「経り」と記載する同様の解説は、諸注に散見するところである。

例えば、「降り」と「古り」の掛詞としては、『古今集』に次のような例がある。

あらたまの年のをはりになるごとに雪もわが身もふりまさりつつ（『古今集』冬・三三九・在原元方）

をしむらむ人の心をしらぬまに秋の時雨と身ぞふりにける（離別・三九八・兼覧王）

今はとてわが身時雨にふりぬれば事のはさへにうつろひにけり（恋五・七八二・小野小町）

「雪」や「時雨」を詠み込んで、年古る「わが身」の嘆きを歌う。『(新大系) 古今和歌集』[10]は、三九八番歌について、『経（古）る』と『降る』』（一一三番歌・「ふる」語注）の掛詞として解している。現代語訳に「秋のしぐれが『降る』、その『ふる』ということばの通りに、わが身は時を経ていたずらに老いてしまいました」とする。同書によれば、小町詠「花の色はうつりにけりないたづらにわが身世にふるながめせしまに」（春下・一一三）の例と同様であるという考え方であるが、しかし、「経（ふ）」の語について、「経り」という形は考えられない。この点の問題については、『後撰集』の次の歌、

春さめの世にふりにたる心にも猶あたらしく花をこそおもへ　（『後撰集』春中・七四・よみ人知らず）

などについても、例えば、片桐洋一校注『（新大系）後撰和歌集』（岩波書店　一九九〇）が、「経（ふ）り」という形で考えている。

「ふりにたる」は「降りにたる」と「経（ふ）りにたる」を掛ける。「経りにたる」は人が年経て古くなること。（七四番歌・「春雨の」語注）

その上で、第四句の「あたらしく」については、『ふりにたる』の『経る』『古』と対応させて新しいと言っている」と述べる。工藤重矩校注『後撰和歌集』（和泉書院　一九九二）も、『新大系』と同様に、「あたらし」は『ふる（古）』と対語」ということも述べている（七四番歌・補注、三一四頁）。

次の歌の「時雨ふりふりなば」というのは、「時雨が降って古びてしまったならば」ということであるが、

時雨ふりふりなば人に見せもあへずちりなばをしみをれる秋はぎ　（『後撰集』秋中・二九七・よみ人知らず）

『（新大系）後撰和歌集』は、これも『古りなば』『経りなば』の意を持たせて『私が歳を重ねたら』の意も併せて暗示した」（二九七番歌・「時雨ふりふりなば」語注）と解している。工藤『後撰和歌集』（和泉書院）も、『降り、経りなば』の意に解した」とした上で、『降り』を重ねて強調とし、しばしば降りなばの意とも解しうるか」と述べている（二九七番歌・補注、三二二頁）。

和歌で、「降る」の語には、「経る」や「古る」を掛けて用いることが多い。「ふり」の掛詞については、典型的な例と言えるが、歌ごとに説が定まっておらず、解釈上の問題も未整理である。

第四節　章段の構成――'詠まれなかった和歌'の存在

「雪山」の段の一件は、『源氏物語』などにも反映されている。内裏においては花山朝の事例[11]もあるが、方々で同時に、これほど大掛かりに行われたのは本章段に描かれたときのことが初めてで、故実書に特筆されることになるなど（『禁秘抄』「雪山」）、当時の貴族社会に強い印象を残したできごとであった。

章段が扱うのは、長徳四年（九九八）の暮れから明けて長保元年（九九九）正月二十日（十三日改元）までのことで、雪山の状態を関心事として、「師走の十よ日ほど」の「大雪」以下、『枕草子』には珍しく、日付と天候を記した日次記的な形を取る。日付を追って詳細な話素表が作成できる、緻密な構成を持つ。

「雪山」の段の話素分析

場所	年月日	気象・場面等 トピックス	気象	場面〈書き出し〉	登場人物 定子後宮・一条天皇		その他	雪山の状態
職御曹司	長徳四年（998）①某日	「常陸の介」登場		不断の御読経〈職の御曹司に〉			法師	
				〈二日ばかり〉	清少納言			
	②二日後			尼の芸〈若き人々〉	女房たち		老いたる女の法師（常陸の介）【俗謡】「まろはたれと寝む、常陸の介と寝たる肌もよし」「男山の峰のもみぢ葉、さぞ名は立つ立つ」	
					定子			
	③後			〈後ならひたる〉	小兵衛 右近の内侍（天皇付き）		常陸の介	
	④その後			〈その後〉			尼なるかたゐ 常陸の介	
	⑤師走の十よ日 ※『権記』十日	雪山作りと雪山の賭け	降雪（大雪）	動機〈師走の十よ日〉	女房たち 清少納言 定子	「同じくは、庭にまことの山を作らせはべらむ」とて、		
				雪山作り〈…侍召して〉		侍召して仰せ言にて言へば、あつまりて作るに、…	侍・主殿司 / 宮司・所衆・主殿司・里なる侍	・いと高く作りなす。・言加へ、ことに作れば、…
				禄の下賜〈作り果てつれば〉		作り果てつれば、宮司召して、絹二ゆひ取らせて…	宮司	
				雪山の賭け〈これいつまで〉	定子	「これいつまでありなむ」「いかに」		
					清少納言	「正月の十五日までは候ひなむ」		

				女房たち	「十よ日はありなむ」「年のうち、つごもりまでもあらじ」		
			⑥の条中、挿話 御使〈さてその〉	清少納言	【歌】ここにのみめづらしと見る雪の山ところどころにふりにけるかな	式部丞（源）忠隆 ＊返歌せず	（御前の壺・弘徽殿・京極殿にも作らせている）
				定子	「いみじくよくとぞ思ひつらむ」		
⑥二十日のほど		降雨	雪山〈二十日のほどに〉	清少納言	「白山の観音、これちやさせたまふな」と祈るも物ぐるほし。 ＊白山の観音に祈願		雨など降れど、消ゆべくもなし。たけぞすこしおとりもて行く。
⑦つごもりがた			雪山〈つごもりがたに〉	女房たち 清少納言 右近の内侍		常陸の介 【歌】うらやまし足もひかれずわたつうみのいかなるあまに物たまふらむ	・すこし小さくなるやうになれど、なほいと高くてあるに、 ・雪山はつれなくて、年も返りぬ。
⑧（正月）ついたちの日	斎院との交流	降雪（大雪）	a卯杖〈うへにて〉	清少納言	うへにて局にいととうおるれば、	侍の長なる者	
				斎院	【歌】山とよむをののひびきをたづぬればいはひの杖の音にぞありける	御使	
				定子	＊返歌未詳		
			⑧aに先立つ記載 b雪山〈ついたち〉	定子	「これはあいなし。はじめのをば置きて、今のをばかき捨てよ」		「うれしくも降り積みたるかな」と思ふに、
⑨（二日）	定子入内		雪山〈雪の山は〉	清少納言	勝ちぬる心ちして、いかで十五日待ちつけさせむと念ずれど、		雪の山は、まことに越のにやあらむと見えて、消えげもなし。黒くなりて、見るかひもなきさまぞしたる。 ＊「越」の白山
				女房たち	「七日をだにえ過ぐさじ」		

	⑩		⑪	⑫	⑬	⑭			⑮			⑯
内裏												
長保元年（999）												
	⑩三日（定子入内）		⑪七日（七日の御節供）	⑫十日のほど	⑬十三日 ※十二日立春 ※十三日改元	⑭十四日			⑮十五日			⑯二十日
				早朝	夜	早朝	夕方		早朝	仰せ言		
雪山の状態と結果												
	清少納言、供奉			清少納言、里下がり								
					降雨							
	定子入内〈…にはかに三日〉	雪山〈いみじうくちをし〉	雪山〈そのほども〉	雪山〈里にても〉	雪山〈…十三日の〉	雪山〈人の起きて〉	⑯aにおける定子の告白 雪山〈残雪の撤去〉〈御前なる〉		雪山〈…まだ暗きに〉	雪山〈をかしうよみ〉		a清少納言の報告
	定子	清少納言	清少納言	清少納言	清少納言	清少納言	定子	一条天皇	清少納言	定子	清少納言	清少納言
	にはかに三日内へ入らせたまふべし。	「…十五日まで候はせよ。…」	そのほどもこれがうしろめたきままに、…絶えずいましめにやり、七日の御節供のおろしなどをやりたれば、拝みつる事など…	（里にても、明くるすなはち、これを大事にして見せにやる。）	「これにぞ消えぬらむ」「いま一日も待ちつけで」	「いつしか明日にならば、いととう歌よみて、物に入れてまゐらせむ」 ＊勝ちわざ（歌）の準備	（「…侍どもやりて取り捨てさせしぞ。…」）	（「いと思ひよりがたくあらがひたり」）	「これに白からむ所、ひと物入れて持て来。きたなげならむは、かき捨てて」	「さて雪は今日までありつや」	「…昨日の夕暮まで侍りしを、…今日までは、あまりの事になむ。…」	物の蓋に小山うつくしう作りて、
		こもりといふ者	おほやけ人・すまし・をさめなど こもり				侍 翁（こもり） 左近の使	殿上人	下衆			
				「五六尺ばかりあり」		「円座ばかりになりて侍る。…『明日明後日までも候ひぬべし。…』…」	「…『いと高くておほくなむありつる』…げに二十日までも待ちつけ、ようせずは、今年の初雪にも降り添ひなまし。…」		「はやう失せはべりにけり」			

清少納言、参内	と定子の告白〈さて二十日〉		白き紙に歌いみじく書きてまゐらせむとせし事など啓すれば、…
		定子	「…侍どもやりて取り捨てさせしぞ。…」
	b 詠歌の下命と拒否〈…さてもその歌を〉	定子	「…さてもその歌を語れ。今は、かく言ひあらはしつれば、同じ事、勝ちにたり。語れ」
		清少納言	「何せむにか、さばかりの事をうけたまはりながら啓しはべらむ」
		一条天皇	「まことに年ごろは、おぼえの人なめりと見つるを、あやしと思ひし」
	c 一条天皇とのやり取り〈いで、あはれ〉	清少納言	「いで、あはれ。いみじき世の中ぞかし。後に降り積みたりし雪をうれしと思ひしを、『それあいなし』とて、『かき捨てよ』など侯ひし」
		一条天皇	「げに勝たせじとおぼしけるならむ」と、うへも笑はせおはします。

清少納言は、十二月中旬に作られた雪山の雪が、年を越して、さらに正月十五日までは残るに違いないと言い切ってみせた（⑤）。一方、定子が用意した結末は、さらに意外なものであった（⑭・⑯）。登場人物それぞれの立場から描き出す手法は、「草の庵」の段（八六）などにも見られる。

章段の読みの「壁」となっているのは、公の記録に残らず、三巻本の勘物に「入内之事無所見、若密儀歟」とする正月三日の定子入内の件であるが、章段の構成から読み解く方法もあるだろう（⑨・⑩）。

一条天皇の使者「忠隆」の話に対して、清少納言が雪山詠で応じる当該の部分は、雪山作り当日の「師走の十よ日」

の条ではなく、話が進んだその後の「二十日」の記事中、挿話的に語られていて、章段の構成にも注目すべきである(⑤・⑥)。雪山作りの日の記事には、「雪いと高う降りたるを、女房どもなどして、物の蓋に入れつつ、いとおほく置くを、『同じくは、庭にまことの山を作らせはべらむ』とて……」という、定子方における雪山造営の動機が綴られているのだ(⑤)。

一条天皇は、雪山流行の震源地について、心中、思い当てていたのであろう。常に驚くべき発想によって一条朝の文化をリードしてきた彼女たちである。「まことの山」を作ろうという思いつきは突飛で、いわば酔狂でもあるのだが、瞬時に広く受け入れられた。

定子の仰せ言を受けて、侍や主殿司、職直属の宮司らが雪山の造営に携わった。蔵人所の所衆も加わり、主殿司は総勢二十人ほどにもなった。宮司が指示を出したり、非番の侍まで馳せ参じたり、大層、愉快な仕事であった。完成したところで、褒美の下賜も行われた(⑤)。忠隆は返歌を憚り、「御簾の前にて人に語りはべらむ」と言っている(⑤・⑥)。

中世の作だが、白描『枕草子絵巻』「雪山作り」の図には、男性官人たちが、それぞれ雪玉を作ったり、山を築き上げたり、童心に返ったように、一心に雪の庭で作業をしている姿が描かれている。今、私たちは、定子の「仰せ言」に応じて男性官人たちが行った「雪山作り」という「仕事」について想像して、難行苦行の労役のように捉えてしまっているのかもしれない。

雪山は、中宮(三巻本「春宮」)のほか、一条天皇、女御義子、道長の居所でも作られている(⑤・⑥)。職御曹司での作業は、これらの雪山作りと平行して、あるいはその後から、大々的に行われたものであろうか。経緯に照らしても、それは不自然なことであるようだ(⑤)。

雪山作りは、大雪の恒例行事ではなかったのにも拘わらず、この日に限って、職以外の所々で競うように行われているのである。なお、道長の対応については、この後八月、定子の生昌邸行啓を妨害した件が知られている。定子はそこで十一月、第一皇子敦康親王を出産する。本章段に記された入内が、御子懐妊の機会となった。入内に際してなお、「雪山の賭け」の結果に心を傾け続けた定子と清少納言である（⑩）。主従の交流の深さ緊密さとともに、職御曹司の雪山が、かけがえのない先駆的な趣向であったことを示している。

清少納言の和歌については、もう一つ、〝詠まれなかった和歌〟についても考えてみる必要がある。定子は、自らの問いかけに対し、来たる年の立春十二日をも過ぎることになる「十五日」と答えた清少納言の思いについて、即座に理解したに相違ない（⑤）。

定子を含む後宮の人々皆が、雪山の残存期間について語り合っている様子が記されている部分、

「これいつまでありなむ」と、人々（も定子も）、のたまはするに、

という場面で、清少納言はひとり黙ったままでいるのである。そう話し合う皆の気持ちは、比喩的な表現としてではなく、できることなら、こうして作った雪の山がいつまでも消えずにあってほしいと願うものであったのだ。「香炉峰の雪」の段（二七八）でも、清少納言の行動は、定子の御前に集う人々の気持ちに即応するものであった。清少納言は、そのとき、御簾を「高く」揚げるというただ一つの動作によって、皆の「思うことなき」心情を鮮やかに表現したのである。白楽天の草堂の簾は下ろされた状態で、雪山も、寝たまままわずかに撥ね上げて見遣るだけだったのであり、清少納言の行動は、「香鑪峯下」詩の意味を大きく転換する〈応答〉であった。[12]

今、「雪山」の雪は、年を渡って残り続け、年を越して永く消えぬものとして歌に詠まれる『白山の雪』にも比況されているのである。

荒玉の年を渡りてあるがうへにふりつむ雪のたえぬしら山　（『後撰集』冬・四八二）

しら山にふるしら雪のこぞのうへにことしもつもる恋もするかな　（『古今六帖』一「雪」・六九四）

ここも、清少納言ならではの機知応酬の場面だ。そうであれば、「いつかは雪のきゆる時ある」などと答えるべきであったのかもしれない。

むねをかのおほよりが、こしよりまうできたりける時に、雪のふりけるを見て、「おのがおもひは、このゆきのごとくなむつもれる」といひけるをりに、よめる

君が思ひ雪とつもらばたのまれず春よりのちはあらじとおもへば　（『古今集』雑下・九七八・凡河内躬恒）

返し

君をのみ思ひこしぢのしら山はいつかは雪のきゆる時ある　（九七九・宋岳大頼）

しかし、これは「賭け」なのである。清少納言は「白山の観音」に祈願し⑥、正月二日、「まことに越のにやあ

らむ」と見て頼もしく思っている(⑨)。なお、詩歌の題材としても欠かせぬ「残雪」は、春の兆しそのものである。「雪きゆる時なし」(『能因歌枕』「越前国」)とされる「越の白山」であるが、和歌的虚構や比喩を越えて、これぞ真に、清少納言の思いの籠もった「消えせぬ」白山の雪であるというならば、ぜひとも、最初の雪だけで証明させねばならないし――清少納言としては、降り加えを否定されるのはわびしいところ――、日を限って残ったとしても、それを「勝ち」とするわけにはいかない。定子は「十五日」を待たず、その前日、残っていた雪を密かに取り捨てさせた(⑭・⑯)。人々が、〈雪山の消失〉を見ることはなくなったのである。清少納言〝独り勝ち〟の突出を避け、戒めるためというのが、従来の見方である。

「消えない雪」を演出し、雪消の行方とともに、清少納言の勝ちを奪った定子であるが、「まことの山」に賭けた主従互いの思いは十分に理解されたのである。清少納言の勝わざとして、白山詠が披露される必要はすでになかった(⑯)。千年前、職御曹司に作られた雪山は、人々の記憶の中で、永遠に消えることのない、まことの「白山の雪」となった。中宮定子の雪山は、人の歴史と心の中に確かに刻みつけられて、いつまでも存在し続けるであろう。

第五節 おわりに ――『源氏物語』の「雪の山」

『枕草子』には、ほかにも、定子後宮における雪の日のできごとが印象的に描き出されている。「降るものは 雪」(二二六段)と言い、作品中、雪の風情を好む表現は、「正月寺に籠りたるは」(一一四段)、「成信中将は、入道兵部卿宮の御子にて」(二七一段)、「ただ朝は、さしもあらざりつる空の、いと暗うかき曇りて」(二七三段)など、随所に見える。雪を主題とする随想的章段に「雪高う降りて、今もなほ降るに」(二四三段)、「雪のいと高くはあらで」(一七九段）などがあり、聞書きによる「村上の御時、雪のいと高う降りたるを」（一八〇段）は、漢詩の言葉「雪月花」を和文脈の中に定着させた。日記的章段の「雪のいと高く降りたるを、例ならず御格子まゐらせて」（二七八段）は、「香炉峰の雪」の段として知られる。「二月つごもり、風いたく吹きて」（一一〇段）や、「宮にはじめてまゐりたるころ」（一八二段）にも、雪の日のできごとが描かれている。

『源氏物語』にも、美しい雪景色は描かれているが、登場人物の中で、雪と特別に結びつきの深い女性といえば、末摘花である。「かろうじて」夜を明かした源氏が、自ら格子を上げるその傍らには、雪を背景に、赤鼻の末摘花が控えている。彼女の醜さや滑稽さ、その哀れさは、常に雪とともに描き出されていた。

清少納言が「白山の観音」に祈願したり、「こもり」に番をさせたりしながら必死で守り、人々が皆、想像し得なかったほど長い期間残存した奇跡の「雪山」を、『源氏物語』は、末摘花邸の庭にいとも簡単に、まったく歓迎されないものとして出現させてしまうのである。『源氏物語』が「越の白山」に言い及ぶのは、末摘花邸のこの場面のみである。

「雪の山」をめぐって、テーマごとに、二つの作品の表現を対照してみる。

『源氏物語』と『枕草子』の「雪の山」

『枕草子』	「香炉峰の雪」の段（278）	
	「香鑪峯下」詩	
	雪のいと高く降りたるを、例ならず御格子まゐらせて、炭櫃に火おこして、物語などしてあつまり候ふに、「少納言よ。香炉峰の雪はいかならむ」と仰せらるれば、御格子上げさせて、御簾を高く上げたれば、笑はせたまふ。人々も「みなさる事は知り、歌などにさへうたへど、思ひこそよらざりつれ。なほこの宮の人にはさるべきなめり」と言ふ。（全文）	【雪山作り】 師走の十よ日のほどに、雪いと高う降りたるを、女房どもなどして、物の蓋に入れつつ、いとおほく置くを、「同じくは、庭にまことの山を作らせはべらむ」とて、侍召して仰せ言にて言へば、あつまりて作るに、主殿司の人にて、御きよめにまゐりたるなども、みな寄りて、いと高く作りなす。…「今日この山作り人には禄給はすべし。**雪山**にまゐらざらむ人には、同じ数にとどめよ」など言へば、聞きつけたるは、まどひまゐるも
『源氏物語』	「須磨」巻	「蓬生」巻
	「香鑪峯下」詩	越の白山
	御前にいと人少なにて、うち休みわたれるに、独り目をさまして、枕をそばだてて四方の嵐を聞きたまふに、波ただここもとに立ちくる心地して、涙落つともおぼえぬに枕浮くばかりになりにけり。（二―一九九頁）	霜月ばかりになれば、雪、霰がちにて、外には消ゆる間もあるを、朝日夕日をふせぐ蓬、葎の蔭に深う積もりて、越の白山思ひやらるる雪の中に、出で入る下人だになくて、つれづれとながめたまふ。はかなきことを聞こえ慰め、泣きみ笑ひみ紛らはしつる人さへなくて、夜も塵がましき御帳の中もかたはらさびしくもの悲しく思さる。…まして、その人はまだ世にやおはすらむとばかり思し出づるをりもあれど、たづねたまふべき御心
	光源氏の須磨退去	末摘花の窮状
	「香鑪峯下」詩	

「雪山」の段（91）

雪の山（越の白山）

あり。

【雪山の賭け】

「これいつまでありなむ」と、人々、のたまはするに、「十よ日はありなむ」ただこのころのほどをある限り申せば、「いかに」と問はせたまへば、「正月の十五日までは候ひなむ」と申すを、御前にも、「えさはあらじ」とおぼしめしたり。

【白山の観音】

二十日のほどに、雨など降れど、消ゆべくもなし。たけぞすこしおとりもて行く。「白山の観音、これちやさせたまふな」と祈るも物ぐるほし。

【雪山詠】

さてその山作りたる日、式部丞忠隆、御使にてまゐりたれば、褥さし出で物など言ふに、「今日の**雪山**作らせたまはぬ所なむなき。御前の壺にも作らせたまへり。春宮、弘徽殿にも作らせたまへり。京極殿にも作らせたまへり」など言へば、

ここにのみめづらしと見る**雪の山**ところどころにふりにけるかな

ざしも急がであり経るに、年かはりぬ。（二一‐三四三頁）

「朝顔」巻

「香鑪峯下」詩

雪のいたう降り積もりたる上に、今も散りつつ、松と竹のけぢめをかしう見ゆる夕暮に、人の御容貌も光りまさりて見ゆ。「時々につけても、人の心をうつすめる花紅葉の盛りよりも、冬の夜の澄める月に雪の光りあひたる空こそ、あやしう色なきものの身にしみて、この世の外のことまで思ひ流され、おもしろさもあはれさも残らぬをりなれ。すさまじき例に言ひおきけむ人の心浅さよ」（源氏）とて、御簾捲き上げさせたまふ。月は隈なくさし出でて、ひとつ色に見え渡されたるに、しをれたる前栽のかげ心苦しう、遣水もいといたうむせびて、池の氷もえもいはずすごきに、童べおろして雪まろばしせさせたまふ。…

「総角」巻

雪のかきくらし降る日、ひねもすにながめ暮らして、世の人のすさまじきことに言ふなる十二月の月夜の曇りなくさし出でたるを、簾捲き上げて見たまへば、向かひの寺の鐘の音、枕をそばだてて、今日も暮れぬとかすかなるを聞きて、

おくれじと空ゆく月をしたふかなつひにすむべきこの世ならねば（薫）

風のいとはげしければ、蔀おろさせたまふに、四方の山の鏡と見ゆる汀の氷、月影にいとおもしろし。…

雪の山

恋ひわびて死ぬるくすりのゆかしきに**雪の山**にや跡を消なまし（薫）

半なる偈教へむ鬼もがな、ことつけて身も投げむと思すぞ、心きたなき聖心なりける。（五‐三三二頁）

薫による大君追慕

雪山童子	
【残雪の撤去】 「みなきこえつ」（「身は投げつ」三巻本）とて、蓋のかぎりひきさげて持て来たりつる法師のやうにて、すなはちまうで来たりしが、あさましかりし事、…」	【越の白山】 雪山はつれなくて、年も返りぬ。 …… 雪の山は、まことに越のにやあらむと見えて、消えげもなし。

雪の山
「ひと年、中宮の御前に雪の山作られたりし、世に古りたることなれど、なほめづらしくもはかなきことをしなしたまへりしかな。…」 （源氏）　（二‐四九〇頁）

雪山童子

『源氏物語』における「雪山作り」は、亡き藤壺の事跡として「朝顔」巻で語られる。二条院の前庭で雪まろばしに興じる童女らの姿を眺めつつ、源氏が、紫の上を相手に女性評を展開する場面である。非常に美しいシーンとしても有名である。藤壺の「雪山作り」が、『枕草子』に描かれた定子後宮（職御曹司）の雪山作りに発想を得ているらしいことも、よく知られたことである。

『源氏物語』には、〈二つ〉の雪山が描かれている。まず、「朝顔」巻において語られる藤壺の雪の山であるが、巻全体にわたって、『枕草子』中の描写や表現と関わる部分が指摘されている。

「雪の山」という言葉は、「総角」巻の薫の歌にも見える。

恋ひわびて死ぬるくすりのゆかしきに雪の山にや跡を消なまし　（「総角」五‐三三三頁）

亡き大君をしのんで詠んだものだが、「朝顔」巻の場面を彷彿する、よく似た表現が用いられている。

雪のかきくらし降る日、ひねもすにながめ暮らして、世の人のすさまじきことに言ふなる十二月の月夜の曇りなくさし出でたるを、簾捲き上げて見たまへば、向かひの寺の鐘の音、枕をそばだてて、今日も暮れぬとかすかなるを聞きて、

おくれじと空ゆく月をしたふかなつひにすむべきこの世ならねば

風のいとはげしければ、蔀おろさせたまふに、四方の山の鏡と見ゆる汀の氷、月影にいとおもしろし。（中略）

恋ひわびて死ぬるくすりのゆかしきに雪の山にや跡を消なまし

半ばなる偈教へむ鬼もがな、ことつけて身も投げむと思すぞ、心きたなき聖心なりける。

（「総角」五 - 三三二頁）

「半偈投身」の話が引き合いに出されているが、「雪山童子」説話の引用は、『枕草子』「雪山」の段においても指摘されているところである。十五日の早朝、使いに遣った下衆は、肝心の「身」（雪）はなく、「蓋のかぎりひきさげて」戻って来る。三巻本では「身は投げつ」とあって、典拠との関係が分かりやすくなる。

さらに、本章第三節で触れた「末摘花」巻の源氏詠は、「ふり」に「古り」と「降り」を掛けるものであったが、これも、『枕草子』「雪山」の段の清少納言の雪山詠に対応するものとして考えられるのではないか。末摘花邸の窮状について、門番親娘の様子を通して哀れに、そして滑稽に描き尽くした部分である。

御車出づべき門はまだ開けざりければ、鍵の預り尋ね出でたれば、翁のいといみじきぞ出で来たる。むすめにや、孫にや、はしたなる大きさの女の、衣は雪にあひて煤けまどひ、寒しと思へる気色ふかうて、あやしきものに火をただほのかに入れて袖ぐくみに持たり。翁、門をえ開けやらねば、寄りてひき助くる、いとかたくななり。御供の人寄りてぞ開けつる。

「ふりにける頭の雪を見る人もおとらずぬらす朝の袖かな

幼き者は形蔽れず」とうち誦じたまひても、鼻の色に出でていと寒しと見えつる御面影ふと思ひ出でられて、ほほ笑まれたまふ。頭中将にこれを見せたらむ時、いかなることをよそへ言はむ、常にうかがひ来れば、いま見つけられなむ、とすべなう思す。

（「末摘花」一－二九六頁）

源氏の言葉には、『白氏文集』の「秦中吟」詩（第二首「重賦」〈一・七六〉詩、「幼者形不蔽」句）の引用まで添えられている。源氏が末摘花の住む常陸宮の邸内をのぞき見する場面に、老女房の「飛び立ちぬべくふるふ」（一－二九〇頁）様子を描き、「いとど愁ふなりつる雪かきたれいみじう降りけり」（一－二九一頁）などという表現も見え、末摘花の醜貌露見に至る場面には、「かろうじて明けぬる気色なれば、格子手づから上げたまひて、前の前栽の雪を見たまふ」と、「朝顔」巻や「総角」巻で繰り返される「香鑪峯下」詩の引用部分と似たしぐさが描かれている。『枕草子』には「御格子上げさせて、御簾を高く上げたれば」（「香炉峰の雪」の段〈二七八〉）とあった。「雪山」の段では、清少納言らは、実際に、御簾を掲げて仰ぎ見るような「まことの山」を作ろうとしたのである。

「……すさまじき例に言ひおきけむ人の心浅さよ」（源氏）とて、御簾捲き上げさせたまふ。

世の人のすさまじきことに言ふなる十二月の月夜の曇りなくさし出でたるを、簾捲き上げて見たまへば、
（「朝顔」二 - 四九〇頁）
（「総角」五 - 三三二頁）

『源氏物語』に登場する醜貌の姫君「末摘花」の不幸な前半生の中でも、「蓬生」巻の冬について綴る作者の筆は、もっとも容赦なく、源氏に顧みられず、世間からも完全に忘れ去られた孤独で悲惨な生活ぶりが描き出される。明くる年の夏卯月になって、ようやく源氏との再会が果たされることになるものの、物語は、その年の春を描かない。極限まで追い詰められ、消えない雪に埋もれたまま、末摘花邸に春が訪れることはなかったのである。

霜月ばかりになれば、雪、霰がちにて、外には消ゆる間もあるを、朝日夕日をふせぐ蓬、葎の蔭に深う積もりて、越の白山思ひやらるる雪の中に、出で入る下人だになくて、つれづれとながめたまふ。はかなきことを聞こえ慰め、泣きみ笑ひみ紛らはしつる人さへなくて、夜も塵がましき御帳の中にもかたはらさびしくもの悲しく思さる。
（「蓬生」二 - 三四三頁）

それだけに、蓬の露を踏み分けて訪れる源氏との対面も一層しみじみと感動的になる由であるが、「末摘花」巻での容貌露見も雪の朝のことであり、末摘花については、その滑稽さも窮状も、冬の雪とともに象徴的に描き出されていた。

特に、右に引用した「蓬生」巻の冬については、同様に「越の白山」を引き合いに出すあたり、『枕草子』「雪山」

の段の消えない雪山の逸話と比較してみると、両者の対照的なありように気づくのである。冒頭部の「雪、霰」も、『枕草子』では興趣あるものとして描かれるものであり〈「うち局は」〈七八段〉、「降るものは」〈二二六段〉など〉、いずれも同じ景物を扱って印象的な書きぶりながら、大きな隔たりがある。必ずしも、『源氏物語』の表現が和歌的類型に沿っているということではない。

和歌的な景物として、雪は消えやすく、はかないものの謂であるが、白山の雪は「消え果つる時しなければ」と詠まれ、『枕草子』の本段では、「消えない雪」をめぐる人々の思いが描き出される。一方の『源氏物語』には、辛苦の象徴としての「消えない雪」が描かれているのであった。

こしのくにへまかりける時、しら山を見てよめる
きえはつる時しなければこしぢなる白山の名は雪にぞありける
（『古今集』羇旅・四一四・凡河内躬恒）

清少納言は、定子の御前に築かれた職御曹司の雪の山が消えぬようにと「白山の観音」に祈りを捧げ、予言通りまず年を越した雪山について、本当の越の白山のようだと見ている。雪山は、師走の十日ごろの大雪の日に作られた。

二十日のほどに、雨など降れど、消ゆべくもなし。たけぞすこしおとりもて行く。「白山の観音、これちやさせたまふな」と祈るも物ぐるほし。
つごもりがたに、すこし小さくなるやうになれど、なほいと高くてあるに、昼つかた縁に人々出でゐなどしたるに、常陸の介出で来たり。（中略）雪山はつれなくて、年も返りぬ。

雪の山は、まことに越のにやあらむと見えて、消えげもなし。　（九一段）

『源氏物語』における末摘花の造形については、『枕草子』の初宮仕え章段で、雪の日の朝、定子から「葛城の神もしばし」と呼びかけられた清少納言をもどいているようでもあるし、末摘花邸（常陸宮邸）の門番の翁と「煤けまどう娘の様子は、「雪山」の段の常陸の介を彷彿する。「葛城の神」は、恋歌においては、恥じらう者の謂であり、定子の発言の真意もむろんそこにあって、清少納言の気持をほぐすものであったのだが、当該のシーンは従来、〝醜貌の神〟になぞらえたものとして解されてきた。

藤壺礼賛の場面に現われた『源氏物語』における「雪山」は、あくまでも〝死者の事跡〟として描かれたものである。やはりどこか暗く重々しく、末摘花をめぐるシーンも含め、ときに、悲惨なイメージと結びつけられている。一方、『源氏物語』より後の『狭衣物語』が、源氏の宮の「雪山作り」を描く場面で、女房たちに「同じうは、富士の山にこそ作らめ」「越の白山にこそあめれ」と言わせているのは印象的である。『枕草子』の雪の山は、「同じくは、庭にまことの山を作らせはべらむ」と言って造営されたものであった。

長保元年（九九九）正月、職御曹司の「雪の山」は、人々の記憶に刻みつけられた「雪の山」であった。その年の十一月には、待ちに待たれた一条天皇の第一皇子敦康親王が誕生し、一年後、長保二年（一〇〇〇）の十二月十六日、定子は第三子媄子内親王の出産によって落命する。十二月二十七日、定子葬送の日の鳥辺野には、雪が降り敷いて、霊屋はまたたくまに雪に埋もれたという。『栄花物語』「とりべ野」に、定子の兄弟たちの歌が伝わる。

誰もみな消えのこるべき身ならねどゆき隠れぬる君ぞ悲しき（伊周）

白雪の降りつむ野辺は跡絶えていづくをはかと君をたづねむ（隆家）

故里にゆきも帰らで君ともに同じ野辺にてやがて消えなん（隆円）

（『新編全集』一 - 三三〇頁）

一条天皇の歌にも、行幸と掛けて、この日の雪（深雪）が詠み込まれている。

のべまでに心ひとつはかよへどもわがみゆきとはしらずやあるらん

（『後拾遺集』哀傷・五四三・一条天皇）

『源氏物語』の「雪の山」が、記憶の中の「雪の山」として、源氏による藤壺回想のシーンで語られることになるのも、発想源と目される、一条朝における「雪の山」の事実と関わっていよう。

「ひと年、中宮の御前に雪の山作られたりし、世に古りたることなれど、なほめづらしくもはかなきことをしなしたまへりしかな。……」（源氏）

（「朝顔」二 - 四九〇頁）

しかるに、「世に古りたることなれど」という源氏の言葉は、翻って今、清少納言の雪山詠「ふりにけるかな」の意味の捉え方に影響を与えていると思われるのである。「めづらし」という言葉も重なる。『源氏物語』の『枕草子』引用は、確かに、『枕草子』の素直な理解を阻む原因の一つになっている。また、『紫式部日記』に記された有名な清少納言評も、やがて定子後宮に対する批判として働くように作られているだろう。

金子『評釈』に、「何がな事あれかしの女房達」（前掲、第三節）という表現があったが、『紫式部日記』の清少納言評に見る「艶になりぬる人は、いとすごうすずろなるをりも、もののあはれにすすみ、をかしきことも見すぐさぬほどに」等という書きなしも、清少納言らによる雪山の事跡とおそらく無関係ではない。

源氏による、藤壺の雪山回顧の場面だけでなく、末摘花邸の〈雪山〉（「越の白山」）を描き出す場面にも、「はかなきこと」という言葉が用いられていた。

はかなきことを聞こえ慰め、泣きみ笑ひみ紛らはしつる人さへなくて、夜も塵がましき御帳の中にもかたはらさびしくもの悲しく思さる。

（「蓬生」二-三四三頁）

作品として、塵汚れを雪ぎ清める「雪」の寓意等にも検討の余地があると思われるが、「雪」によるのではない「白」一色の世界を描き出した『紫式部日記』との対比も可能であろう。彰子の産褥に関わるシーンである。

一向に着物を「白め」ず、「煤け」姿で現れる「常陸の介」の歌舞については、その猥雑さにばかり目がゆきがちであるが、物乞いの尼にとって、それは自身のＰＲソングであると同時に、いわゆる縁起ものを演じたつもりであったのだろう。「笑ひにくみ」ながら、褒美を取らせて帰していることや、のちにその様子を女房「小兵衛」に再現させたり、天皇付きの右近がいたく興味を示したりしているのもおもしろい(13)。

『枕草子』は、聖と俗、斎院との交流も、向寒の都で芸を売って物乞いをする老尼の姿も、いずれも新鮮な筆致でリアルに描き出す。行事の根源的な部分に注目する描き方は、定子後宮の営為に通じるものである。年が明け、「山」に事寄せた和歌とともに、斎院方から届けられた「卯杖」の贈り物も、豊穣・繁栄の願いと無縁でない。

加えて、『枕草子』については、犬の「翁まろ」と、芥川の短編「白」との類似等、童話的な要素にも注目したい。

「瘤とり爺さん」にも似た「雪山」の段における二人の尼の存在など、「読み」の可能性が広がる。「御仏名の朝」（八五段）に描かれた、「隠れ臥したりしも起き出でて」笑われる清少納言のエピソードは、高校古典の教材として馴染みの深い『宇治拾遺物語』の「稚児のそら寝」にも似ている。『枕草子』は、確かに、興味深い話柄や話型の宝庫である。

清少納言の雪山詠を鍵として、定子後宮の姿勢と、天皇・中宮の心の結びつきについて描き出す「雪山」の段では、類型的な白山詠を越えた主従の思いが描き取られている。『枕草子』の解釈については、さらに、各場面・要素の有機的な結びつきを十分に活かした「読み」が模索されなければならない。

定子の雪山の記憶――衝撃は、一年後、長保二年（一〇〇〇）の『御堂関白記』正月十日条の書き出し「雪大降一尺二三寸許」にも反映されていよう。彰子の「中宮」冊立を急ぐころの道長が、塗抹し残した、天候に関する冒頭部である。

『源氏物語』は、『枕草子』との関係において、歴史的・政治的な背景を持つ作品であり、それは、例えば、宮廷行事としての端午節や七夕（乞巧奠）、豊明節会に関する描き方にも反映されている。その意味においても、『枕草子』の表現を積極的に摂取し、利用し、筋書きや主題性においても深く関わる「物語」の読みを先入観とせずに、作品と向き合うことが必要である。

注

（1）当該段（能因本の九一段、「職の御曹司におはしますころ、西の廂に」）の所在について、三巻本では、『新編全集』本の八三段「職の御曹司におはしますころ、西の廂に」、石田穣二訳注『新版　枕草子（上）』（角川ソフィア文庫）の八三段「職の御曹司におはしますころ、西の廂に」にあたる。

（2）松尾聰・永井和子校注・訳『新編全集』（小学館　一九九七）。以下、『枕草子』の注釈書については、本章掲出順に、松尾聰・永井和子校注・訳『全集』（小学館　一九七四）、渡辺実校注『新大系』（岩波書店　一九九一）、池田亀鑑・岸上慎二校注『大系』（岩波書店　一九五八）、萩谷朴『枕草子解環　二』（同朋舎出版　一九八二）、塩田良平『三巻本枕草子評釈　上』（学生社　一九五四）、田中重太郎『全注釈　二』（角川書店　一九七五）、萩谷朴校注『集成　上』（新潮社　一九七七）、石田穣二訳注『新版　上』（角川ソフィア文庫　一九七九）、増田繁夫校注『枕草子』（和泉書院　一九八七）。

（3）園山千里「『雪山』をめぐる覚書―『枕草子』と『源氏物語』を中心に―」（「立教大学大学院日本文学論叢」4　二〇〇四・六）

（4）「忘れては」詠の新しい解釈については、本著のⅢ篇　第四章（初出は、拙稿「『伊勢物語』の和歌と、定子のことば―機知的表象をめぐる新しい解釈―」《『古代中世文学論考　第33集』新典社　二〇一六・八》）。その下の句、「雪ふみわけて君を見むとは」と詠まれる「雪」は、散り積もる「花」の見立てであり、《歌の言葉を文字通りに場面化する手法》によって、雪に埋もれて隠棲する惟高親王との邂逅シーンが創出された。

（5）各章段解釈の詳細については、拙著『新しい枕草子論―主題・手法　そして本文―』（新典社　二〇〇四）及び、拙著『王朝文学論―古典作品の新しい解釈―』（新典社　二〇〇九）ほか、拙稿「春日遅遅―『枕草子』「三月ばかり、物忌しにとて」の段の贈答歌―」（和洋女子大学紀要50　二〇一〇・三）**→Ⅰ篇　第二章**、同「定子の「傘」と『枕草子』の話型―「細殿にびんなき人なむ」の段の解釈―」（和洋女子大学紀要51　二〇一一・三）**→Ⅰ篇　第三章**、同『枕草子』僧都の君の御乳母、御匣殿とこそは」の段の機知―野の草と「つま」―」（和洋女子大学紀要52　二〇一二・三）**→Ⅰ篇　第一章**、同「『源氏物語』と『枕草子』の〈七夕〉―「朝顔」「夕顔」と「玉鬘」―」（『古代中世文学論考　第25集』新典社　二〇一一）**→Ⅲ篇　第一章**　など。

（6）前掲注（5）拙著『新しい枕草子論』（新典社　二〇〇四）、Ⅰ篇　第二章　ii　〝世継ぎ〟のための端午節―蒲生野贈答歌から『源氏物語』明石の姫君の五十日へ―　など。

（7）深澤三千男「枕草子余滴―雪山の段の謎ないしは神秘、あるいは定子中宮の〈陰謀〉？―」（「人文論集」26-1・2

一九九〇・一二)

(8) 小町谷照彦校注『新日本古典文学大系　拾遺和歌集』(岩波書店　一九九〇)

(9) 大曽根章介・堀内秀晃校注『新潮日本古典集成　和漢朗詠集』(新潮社　一九八三)

(10) 小島憲之・新井栄蔵校注『新日本古典文学大系　古今和歌集』(岩波書店　一九八九)

(11) 『小右記』寛和元年(九八五)正月十日条「於後涼殿前南壺、忽被作雪山」。「春雪呈瑞」題による詩宴を催している。

(12) 前掲注(5)拙著『新しい枕草子論』(新典社　二〇〇四)、Ⅲ篇　第三章。その意味で、後代、御簾を高々と掲げる清少納言の図像は、『枕草子』当該章段のできごとをよく反映していると言える。作品享受の実相は、男性貴人の図像と対になった入江長八(伊豆長八)の鏝絵「春暁の図」(明治期)などにも表われる。

(13) 常陸の介が披露した即興歌舞についても、「男やある」という女房たちの問いかけに応じて「まろは誰と寝む」と歌い始める形になっている。従来は、「まろ」を男性の自称、「常陸の介」を尼の自称として解す。

付記　「白山」詠に関する指摘

本章の論の初出は、拙稿「雪山の記憶―『枕草子』「雪山の段」の新しい読み解き―」(『古代中世文学論考　第28集』新典社　二〇一三・三)。新見を提示する論の核心部分については、本章の第四節において指摘した〝詠まれなかった和歌〟としての「白山」詠(「君をのみ」の歌)を含め、拙稿「読む『枕草子』「雪山の段」を読み解く―和歌をめぐる新しい解釈―」(「日本文学」62　二〇一三・一)にも述べている。本著のⅢ篇　第四章「付記　解釈的発見とその扱いをめぐって」(1)参照。

第五章　一条天皇の辞世歌
――『権記』記載の本文を読み解く――

第一節　新見のあらましと発表の経緯

露の身の風の宿りに君を置きて塵を出でぬることぞ悲しき

右は、『権記』に記載された一条天皇の辞世歌である。「風の宿り」に「置き」残されるものは、「露」であり、一条天皇が、死に臨んで自らを「露の身」と表現したゆえんも、ここにある。自身「露の身」となるがゆえに、地上に置く「露」を残して世を去ることになるのである。「君」すなわち、「風の宿り」に置く「露」は、今は亡き、中宮定子にほかならない。

これは、歌の本文からのみ導き出される解釈である。己の死も、詠歌の対象たる者のありようも、すべて歌の言葉として表現され尽くしていたと言える。

しかし、藤原行成が歌意（「其の意」）について、「指して知ること難し」と記したように、死者をあたかも生者のごとく感知して別れを惜しむその思いは、余人の想像を超える感覚と言えるであろう。定子を喪ったとき、「血の涙」を流し、定子を愛惜した一条天皇である。彼は定子葬送のその瞬間でさえ、定子の応答を求めたのである。

『栄花物語』「とりべ野」に伝わる二人の詠歌からうかがい知られる事実である（後掲・拙稿2、一条天皇の辞世歌をめぐって新しい解釈を提示した、初出の論考〈二〇〇四・一二〉）。

・よもすがら契りしことを忘れずは恋ひん涙の色ぞゆかしき（定子）

・野辺までに心ばかりは通へどもわが行幸とも知らずやあるらん（一条天皇）

いずれも『後拾遺集』「哀傷」に採られている（定子詠、五三六番歌。一条天皇詠、五四三番歌、第二句「心ひとつは」、第四句「わが行幸とは」）。

一条天皇は、その後十一年間、わが命の尽きるときまで、「露」となった定子がこの世に置き残した「心」を確かに感じつつ、自らも生きてきたのである。

平成十六年（二〇〇四）四月刊行の拙著、1『新しい枕草子論―主題・手法 そして本文―』（新典社）において、『権記』記載のこの一条天皇の辞世歌が、自らの土葬を示唆した「定子の『煙とも』の歌の真意を知る者として、これを踏まえたもの」（七九頁）とみる私見に触れ、一条天皇の辞世歌が、十一年前に世を去った定子に宛てられたものであることに言及した。「煙とも」の歌は、四首伝わる定子の辞世歌のうちの一首である。

煙とも雲ともならぬ身なりとも草葉の露をそれとながめよ

私見の詳細については、同年（二〇〇四）十二月刊行の古代文学会の論文集、津田博幸編『〈源氏物語〉の生成―古代から読む―』（武蔵野書院）収載の拙稿、2「一条天皇の辞世歌『風の宿りに君を置きて』―「皇后」定子に寄せられた《御志》―」に著した。

定子の辞世歌においては、「草葉の露」が、類型的にただ〈はかなく消え去るもの〉としてではなく、日ごと永遠に結び続ける命の化身として捉えられていることに注目し、一条天皇の辞世歌をめぐって「定子の死の形にその謎を解く鍵を求め、歌意について一つの新しい解釈を提示した」ものである。

一条天皇の辞世歌を、藤原道長の『御堂関白記』の記述通り、中宮彰子宛てとみて疑うことのない歴史認識の一端について問題を提起するべく、翌平成十七年（二〇〇五）五月十五日の「中古文学会春季大会」では、辞世歌の新しい解釈をめぐって研究発表も行った。当該の研究発表、3「一条辞世歌異伝考証―「風の宿り」と「草の宿り」をめぐって―」では、『御堂関白記』記載の辞世歌に見られる「草の宿り」という表現も、「露」と結びついて、死者の在り処としての「墓所」を指し示すものになることなど、和歌の用例を加えて述べた。

一条天皇の辞世歌の対象を「定子」とみることにおいて論者の新見と同じ結論を持つ論考として、例えば、平成十八年（二〇〇六）、山本淳子『『権記』所載の一条院出離歌について』［山本ａ　※後掲、付記］（「日本文学」55-9　二〇〇六・九）などが発表される。

しかし、研究発表（3）における質疑応答の際の発言はみな、「一条天皇の辞世歌は、絶対に定子宛てではあり得ない」というものであった。理由としては、「道長の『御堂関白記』に彰子宛てだと書いてあるのだから」ということを挙げる質問者もいたが、この件をめぐって象徴的な見解であろう。

　このときは、降壇ののちも熱心な質問を受け続けた。中で、一条天皇の辞世歌が、「定子宛てでよいとして、それならなぜ、行成は、〝意味が分からない〟と言っているのか」と尋ねられたことについて、論者は「彰子宛ての辞世であれば、そのように記すこともなかったのではないか」と答えている（付記1）。

　まさしく、定子宛ての辞世に示された一条天皇の思いは、〝余人の想像を超える感覚〟なのである。通常自明の内容を詠む歌ばかりが、人々の共感を得、胸を打つとは限らないのだ。

　平成二十一年（二〇〇九）五月刊行の拙著、④『王朝文学論―古典作品の新しい解釈―』（新典社）には、初出の論考②「一条天皇の辞世歌『風の宿りに君を置きて』―「皇后」定子に寄せられた《御志》―」を収載した（Ⅲ篇　第四章）。加えて、中古文学会における研究発表及び資料（③）の内容を反映し、新たに、定子所生の一条天皇第一皇子（敦康親王）の処遇等、『権記』記事の問題に係る私見も提示した。

　右掲拙著・④（二〇〇九年刊行）の注（四〇六頁・注（1））に、私見発表直後の状況について、一旦、整理したが、この点については、あらためて、平成二十二年（二〇一〇）六月二十二日、本学（和洋女子大学　※初出論文の表記のまま）「日本文学・文化学会」において行った研究発表、⑤「一条天皇の辞世歌―歴史の嘘（うそ）と真（まこと）について新しく読み解く―」で、私見発表後の諸氏の論考に触れ、この時点での研究状況の総括を行っている。

　『権記』が書き取った歌の解釈とはむしろ乖離する形で、一条天皇の辞世歌が定子に宛てたものである可能性が云々される状況になっているが、しかし、『権記』記載の「皇后」を定子とみなすためには、同じく『権記』記載の辞世歌にいう「風の宿り」にある「君」を、定子その人として読み解く必要があるのである。当該の発表では、あらためて、論者がかつて提示した、一条天皇の辞世歌をめぐる新しい解釈の基点について確認した。

第二節　父院の辞世歌

今来むと言ひだに置かで白露の仮の宿りを別れぬるかな

右は、一条天皇の父、円融院が、「四条の宮」遵子に詠み贈った歌である。歌意は、

〝「すぐ来よう」と言い置くこともせず、白露のようにはかない命の私は、（このまま）あなたと今生の別れとなってしまうことです〟

というもので、辞世に等しい一首と言えよう。その詞書には「おほん心ちいとおもくおはしましけるに、四条の宮にきこえさせ給ひける」（『円融院御集』六一）とある。

詠歌は、次のように、上の句から下の句まで、言葉をつなぐ表現上の構成を持つ。

今来むと言ひだに置かで白露の仮の宿りを別れぬるかな

「置く」（「置か」）「宿り」は「白露」の縁語。さらに「宿り」と縁のある「別れ」は、初句の「来む」と対応する形

になっている。

一首は、『続拾遺集』「雑下」に採られている（一二八一・詞書「御心ちれいならずおはしましける時、四条太皇太后宮にたてまつらせ給うける」）。円融院は、正暦二年（九九一）二月十二日、三十三歳で円融寺にて崩じる。円融院の「今来むと」の歌は、言うまでもなく、今その場にはいない、遵子に宛てて、病床より詠み贈ったものである。

そして、父院の崩御から二十年後の寛弘八年（一〇一一）、六月二十一日の夜（亥の刻）、一条天皇は、やはり、今その場にはいない、「皇后」定子に宛てて、最後の歌を詠み贈ったのである。

翌二十二日、一条天皇の言葉は念仏のみとなり、正午、意識を失い崩御の時を迎えた（道長の記録によれば、これより早く、「巳時」に崩じたと記す。なお、一条天皇は、十九日に剃髪、出家し、入道〈法王〉となっている）。

露の身の風の宿りに君を置きて塵を出でぬることぞ悲しき

一条天皇が辞世の歌を詠み贈った相手、定子は、このときすでに今生の人ではなかった。一条天皇の崩じる十一年前の長保二年（一〇〇〇）十二月十六日、二十四歳の若さで、第三子の出産により崩じたのである。

それは、辞世詠出のその場に居るにもかかわらず、「几帳下」に座して隔てられた「中宮」彰子に詠み与えたものなどではなかったのではあるまいか。

しかし、道長の記録は、その位置関係・状況をこそ、一条天皇による辞世詠出の理由としているのである。その場にいたはずの彰子は、一条天皇に対して、そのとき、いかなる言葉を返したのであろうか。この日の記録にその点の言及はない。

一条天皇の辞世歌について考察するとき、その異伝の形だけでなく、父円融院が残した一首も加え、類似する幾つかのパターンを取り並べて検討する必要がある。表現について分析した表と用例本文を掲げる。

・円融院辞世歌

①　今来むと言ひだに置かで白露の仮の宿りを別れぬるかな　（『権記』）

・一条天皇辞世歌

②　【露の身】の風の宿りに【君】を置きて塵を出でぬることぞ悲しき　（『御堂関白記』）

③　【露の身】の草の宿りに【君】を置きて塵を出でぬることをこそ思へ

④　【露の身】の仮の宿りに【君】を置きて家を出でぬることぞ悲しき　（『栄花物語』「いはかげ」）

例ならぬこと重くなりて、御髪おろしたまひける日、

上東門院、中宮と申しける時、つかはしける

⑤　秋風の露の宿りに【君】を置きて塵を出でぬることぞ悲しき　（『新古今集』哀傷・七七九）

⑥　【露の身】の風の宿りに【君】を置きて遠く出でぬることをしぞ思ふ　（『古事談』三・三九）

⑦　浅茅生の露の宿りに【君】を置きて塵を出でぬることぞ悲しき　（『河海抄』）

・『源氏物語』の歌

⑧　浅茅生の露の宿りに【君】を置きて四方の嵐ぞ静心なき　（「賢木」・源氏）

・定子辞世歌

⑨　よもすがら契りしことを忘れずは恋ひん涙の色ぞゆかしき

⑩　知る人もなき別れ路に今はとて心細くも急ぎたつかな

⑪　［煙とも雲ともならぬ身］なりとも［草葉の露］をそれとながめよ

⑫　亡き床に枕とまらば誰か見て積もらん塵をうちも払はん

（『栄花物語』「とりべ野」、⑫異本系）

・『清少納言集』の歌

清水に籠りたるころ、月いと明かきに大殿の宿直所より

⑬　思ひきや山のあなたに【君】を置きてひとり都の月を見んとは

（Ⅱ七・Ⅰ六〈道長〉）

一条天皇の辞世歌について、「風の宿り」（②・⑥）や「草の宿り」（③）、あるいは「仮の宿り」（④）ではなく、「露の宿り」（⑤・⑦）である場合は、一条天皇自身を指す言葉が詠み込まれないことになる。②・③・④・⑥の例の「露の身」にあたる部分である。源氏詠における「露の宿り」（⑧）同様、その場合、「君」は、「露」に比況されるものとして受け止められることになる。

また、「風」（②）や「草」（③）ではなく、「仮の宿り」（④）を詠む形においても、初句「露の身」によって、「君」は、「仮の宿り」に残し置かれる存在として、これも「露」と相擬えられるものとなる。

一条天皇が、死に臨む自らを指して「露の身」と言うのは、円融院の辞世歌（①）で「白露の」と言うのにあたる。

一条天皇の辞世歌の特徴は、「露の身」を主語とし、それが「置き」残して行く対象としての「君」を詠み込む点にある。

一条天皇の辞世歌においては、「露の身」ではなく、「露の宿り」（⑤・⑦）という表現が用いられている場合も含めて、一条天皇自身のみならず、「君」もまた、「露」たる存在として規定される構造になっているのである。

異伝と類歌の表現分析

円融院辞世歌		①	来む	言ふ	置く	白露	仮	宿り	別れ
定子辞世歌		⑪	煙	雲	身	草葉	露	ながむ	／
		⑫	床	枕	誰か	積もる	塵	払ふ	／
一条天皇辞世歌	『権記』	②	露	身	風	宿り	君	置く	塵
	『御堂関白記』	③	露	身	草	宿り	君	置く	塵
	『栄花物語』	④	露	身	仮	宿り	君	置く	家
	『新古今集』	⑤	秋風		露	宿り	君	置く	塵
	『古事談』	⑥	露	身	風	宿り	君	置く	遠く
	『河海抄』	⑦	浅茅生		露	宿り	君	置く	塵
『源氏物語』源氏→若紫		⑧	浅茅生	露	宿り	君	置く	四方の嵐	／
『清少納言集』道長→清少納言		⑬	山	君	置く	ひとり	都	月	／

第三節 「露・塵」と「風」

一条天皇は、自らの死について表現して、なぜ「塵を出でぬること」と詠んだのであろうか。

あらためて問われるべくもなく、従来は、常識的に「出家」を意味する表現として理解されている。ここは死に臨む出家（臨終出家）であり、「塵を出でぬること」は、すなわち「死」の謂となる。

しかし、初句「露の身の」で始まる例では、‘臨終出家’の場面における詠歌であるという事実を前提としなくても、「露の身」たる詠者（一条天皇）と置いてゆかれる「君」との関係性は明らかである。

言い換えるならば、「露の身」たる者と「君」との関係は、‘臨終出家’の場面に限定されず、それ以前からの関係であったということである。その点も、「露の身の」を初句に持つ例、『権記』②・『御堂関白記』③・『栄花物語』④・『古事談』⑥の特徴と言える。

『新古今集』「秋風の露の宿り」⑤、『河海抄』「浅茅生の露の宿り」⑦では、「塵を出でぬることぞ悲しき」（⑤・⑦とも）という出家を意味する下の句によって死が暗示され、特定の場面状況における詠歌であるということになる。『源氏物語』の例⑧で「四方の嵐ぞ静心なき」というように、下の句が異なれば、一首は、辞世歌にはならないのである。物語の筋書きとして、そのとき、詠者たる源氏に出家の願望があったとしても、である。

再び、一条天皇は、なぜ、自らの死について表現して「塵を出でぬること」と詠んだのであろうか。慣用的な表現であるとしても、一首の歌の言葉として「塵」は自ずと「風」の語と響き合う表現となる。「塵」は「風」の縁語なのである。もちろん、初句「露の身の」の「露」も、「風」の縁語と言える。「露」や「塵」は、一条天皇の辞世歌と定子の一連の辞世歌中に共通して詠み込まれている言葉である。

次は、『枕草子』「にくきもの」の段中、「ものうらやみ」に関する条である。本文は、能因本系統「三条西家旧蔵本」に拠り、三巻本の異同箇所について傍記の形で示す（適宜、表記を改める）。

> ものうらやみし、身のうへなげき、人のうへいひ、露ばかりの事もゆかしがりきかまほしがりて、いひしらぬをばえんじそしり、又、わづかに聞わたる事をば我もとよりしりたる事のやうにことく人に語しらべいふもいとにくし。
>
> （「にくきもの」二五段）

三巻本には、ここに「露ちり」の用例が見える。前田家本は「つゆばかりの事」。堺本の本条にあたる部分に、この表現はない。

> 又、身のうへなげくもきゝにくし。物うらやみなどするはいとにくし。人のきかせぬことゆかしりがり、あながちにとひたづねきゝて、わがもとしりたることのやうにむかふ人ごとにかたり、人のうへもあつかひなどする人、にくしとはをろかなり。

「又、身のうへなげくもきゝにくし。物うらやみなどするはいとにくし」と始まる堺本の本文（「吉田本」〈古典文庫刊、田中重太郎『校本枕冊子』の堺本底本、「高野辰之旧蔵本」〉ほか）では、能因本の「人のうへいひ」以下の部分は、傍線部「人のきかせぬことゆかしがり、……むかふ人ごとにかたり」を挟んで、そのように「人のうへもあつかひなどする」

人物に対する批判としてよくまとめられた格好である。

いずれにしても、ここで「露塵」（つゆちり）の用例がみとめられるのは、三巻本のみということになる。『広辞苑』や『日本国語大辞典』、また『古語大辞典』（小学館）など、一般的な国語辞書・古語辞典において初出の例として引かれるが、本例については、漢籍摂取の表現が増える三巻本らしい部分とも言える。

『御堂関白記』に記された歌の形では、一条天皇自らを指す「露の身」の「露」と、「草の宿り」の「草」とが縁語であるということになる。この場合は、しかし、上の句から下の句にかけて、「宿り」「出でぬる」のほかに、一首を貫いて繋ぐ和歌表現上の修辞はみとめられない。

『権記』と『御堂関白記』にそれぞれ記された辞世歌の異同をめぐり、「君」の居場所として、「風の宿り」か「草の宿り」かという問題がある。しかし、どちらの場合にも共通して言えることとして、一条天皇がそこに「置きて」と詠んだ「君」は、初句の「露の身」と同様、また「露」となったものであることが分かるのである。

それは、ほかでもない、死後のわがありようとして、定子自身が言い残して逝ったその姿である。

煙とも雲ともならぬ身なりとも草葉の露をそれとながめよ

「風」は、「露」を吹き払うものとして歌に詠まれる。

ものおもふことありけるころ、はぎを見てよめる

おきあかしみつつながむるはぎのうへのつゆふきみだるあきのよの風

（『後拾遺集』秋上・二九五・伊勢大輔）

「露」と「草」とは縁語関係にあるが、「露」と「風」もまた縁語として歌に詠み込まれている。清少納言の歌にも例がある。

くら人おりて、うちわたりにて、ふみえぬ人々にふみとらすときゝて、かぜのいたくふくひ、はなもなきえだにかきて

ことの葉（は）つゆかくべくもなかりしをかぜにしほるとはなをきくかな

（『清少納言集』Ⅱ二）

右は、異本系の本文であるが、一首は流布本系の歌集にも第二句「かく」→「もる」、第四句「しほると」→「散りかふ」の形で伝わっている（Ⅰ二）。ここで「つゆ」（副詞）は、「露」の掛詞として、「葉」や「風」「花」の縁語となっている。

一条天皇の辞世歌の初句「露の身」は、命尽きようとしている一条天皇自身のありようを示す。「露の身」とは、ここでは、亡くなってすでに「露」と化した定子に宛てた歌の言葉として、選ばれた表現である。「草の宿り」（『御堂関白記』）にある「君」、あるいは「風の宿り」（『権記』）にある「君」こそ、「草葉の露をそれとながめよ」と自ら言い置いて亡くなった、「露」としての定子なのであった。

「露」こそは、日ごと永遠に結び続ける命の化身なのである。それは、十一年前に鳥辺野の地に葬られた「定子」であり、最後の瞬間まで一条天皇を支え続けたのは、定子の残し置いた心であった。一条天皇は、風吹き、草覆う地

上に「君」を置いて行くことを、愛する者との永遠の別れとして「悲し」んだのである。一条天皇にとって定子は確かに〝生きて〟いたのだと言えよう。

歌意は、初出の論考（前掲、第一節・2論）に示した通り、

〝この身は消え行くはかない露の身として、風の宿るところ（すなわちこの地上）に君（定子）を残し、（今、死に臨んで）この俗世を出て行くことのなんと悲しいことよ〟

というものである。

一首の構造からは、「君」の存在をめぐって、今は、自身も命散りゆく「露の身」となる者が、置いて行く「露」である……という文脈を読み取らねばならない。

一条天皇の辞世歌における「君」が、すでに「露」たるものであったことは、従来、「君」を生者としての彰子と捉えてきた歴史においては、言わば盲点となる事柄であった。これを定子に宛てた辞世歌として捉え直そうとするときも、まず、歌の意味から到達するのでなければ、「君」＝「露」の構造は看過されてしまう。

歌の言葉に沿って考えるならば、「露の身」＝「君」ではない。今ははかない「露の身」になろうとしている私が、「君」を「風」吹くところ、あるいは「草」生う場所に「置き」残して行くのが「悲しい」と言っているのである。

ここで、詠者が「露の身」となること、すなわち死ぬことによって置き残される存在は、「露」たる「君」の存在である。

露の身の風の宿りに君を置きて塵を出でぬることぞ悲しき　（『権記』）
露の身の草の宿りに君を置きて塵を出でぬることをこそ思へ　（『御堂関白記』）

「露」と「置く」も縁語である。「草」に置き、「風」に吹き散らされる「露」は、「わが身」に比況されて多くの歌に詠み込まれてきた。

やよひばかりに、物のたうびける人のもとに又人まかりつつせうそこすときて、つかはしける
露ならぬ心を花におきそめて風吹くごとに物思ひぞつく　（『古今集』恋二・五八九・紀貫之）

身まかりなむとて、よめる
つゆをなどあだなる物と思ひけむわが身も草におかぬばかりを　（『古今集』哀傷・八六〇・藤原惟幹）

秋の夜をいたづらにのみおきあかす露はわが身のうへにぞ有りける　（『後撰集』秋中・二九〇・よみ人知らず）

中宮かくれたまひての年の秋、御前の前栽につゆのおきたるを、風のふきなびかしけるを御覧じて
秋風になびく草葉のつゆよりもきえにし人をなににたとへん　（『拾遺集』哀傷・一二八六・村上天皇）

一方、相手を直接「露」に擬えることは稀である。「露の身」という場合も、いずれも人の世の、はかない命という意味で用いられる。

「露の身」は、多く、まず自らの身の上を指して歌に詠まれる。

をとこのやまひにわづらひて、まからで、ひさしく
ありてつかはしける
今までもきえで有りつるつゆの身はおくべきやどのあればなりけり
（『後撰集』恋五・九二二・よみ人知らず）
返し
事のはもみな霜がれに成りゆくはつゆのやどりもあらじとぞ思ふ
（九二三）

次は、京に置き残された「むすめ」の歌である。わが身を頼りなくはかない「露の身」として詠み込む。

京に侍りける女子を、いかなる事か侍りけん、心う
しとて、とどめおきて、いなばのくにへまかりけれ
ば
打ちすてて君しいなばのつゆの身はきえぬばかりぞ有りとたのむな
（『後撰集』離別・一三一〇）

はかない命の「露の身」と似て、「塵の身」といえば、これもはかない身の、いくばくの重さもない命の謂である。

風のうへにありかさだめぬちりの身はゆくへもしらずなりぬべらなり
（『古今集』雑下・九八九・よみ人知らず）

一条天皇の辞世歌においては、「君」を「露」に比況されるものとしてでなく、まさしく「露」そのものとして詠む点に類型の枠を打ち破る新しさがある。定子後宮における言語営為とも一致する特徴である。

また、定子の辞世歌のうち、「枕」をめぐる一首には、「塵」が詠み込まれていた。

亡き床に枕とまらば誰か見て積もらん塵をうちも払はん

「枕」「塵」は、「床」の縁語である。

露の身の風の宿りに君を置きて塵を出でぬることぞ悲しき

二つながらはかないものの象徴である「露」「塵」は、いずれも「風」の縁語である。

次は、『源氏物語』「葵」巻で、源氏が葵の上の死後に書き残した和漢の歌詩である。「長恨歌」における貴妃追慕の表現を「題」にして、葵の上を偲ぶ歌を詠む。

「旧き枕故き衾、誰と共にか」とある所に、

亡き魂ぞいとど悲しき寝し床のあくがれがたき心ならひに

また、「霜の華白し」とある所に、

君なくて塵積もりぬるとこなつの露うち払ひいく夜寝ぬらむ

（「葵」二－六五頁）

また、「臺頭有酒鶯呼客　水面無塵風洗池」（臺頭に酒有て鶯客を呼ばふ　水面に塵無くして風池を洗ふ）とは、『千載佳句』「春興」や『和漢朗詠集』「鶯」（上・六六）にも採られた、『白氏文集』の詩句（六七－三三五二「奉和思黯自題南荘見示。兼呈夢得」詩の頸聯）である。

定子詠「亡き床に」は、自分の死後、この世に残りとどまった「枕」を誰かが「見て」、積もってしまった「塵」がうち払われることを期待する歌である。「床―枕―塵」という、恋歌の類型に拠りつつ、「枕」には『枕草子』が暗示されているとみるが（前掲、第一節・拙著1）、一条天皇の辞世歌も、「塵」について詠むものであった。

定子と一条天皇がともに辞世に詠み込んだこの世の「塵」とは、「風の宿り」に残りとどまった定子の心を〈生きた証〉として、作品『枕草子』によってもやがて打ち払われるべきものである。

「塵」については、例えば『古今集』真名序の「詞人才子。慕風継塵」（詞人才子、風を慕ひ塵を継ぐ）等、必ずしも否定的な意味に限られるものではないのであるが、定子や一条天皇の死後、長い時間をかけて積もってしまった歴史の「塵」を打ち払うためには、さらに長い時間が費やされなければならないだろう。

釈教歌としては、次のような例がある。

太皇太后宮、東三条にわたりたまひたりけるころ、
そのみだうに宇治前太政大臣のあふぎの侍りけるに、
かきつけける

つもるらんちりをもいかではらはましのりにあふぎの風のうれしさ　　（『後拾遺集』雑六・一一八四・伊勢大輔）

この場合は、仏法との結縁によって心の塵――罪穢れが取り除かれる喜びを歌う。

「露」となった定子が一条天皇に置き残されてなお、「風の宿り」で待ち続けたものは、すべての「塵」が打ち払われる世界の到来であろうか。

定子の辞世歌に詠み込まれた「露」（草葉の露）は、ただはかなく消え去るものの謂ではなかったが、それはまた、『古今集』真名序の表現、「譬猶払雲之樹。生自寸苗之煙。浮天之波。起於一滴之露」（譬へば雲を払ふ樹の、寸苗の煙より生り、天を浮ぶる波の、一滴の露より起るが猶し）などと通じるものと言えるかもしれない。

「露・塵」と「風」は、互いに深いつながりを持って、一条天皇の辞世歌に詠み込まれるべき景物であったのだ。

第四節　寛弘八年六月二十一日の記録

一条天皇の辞世歌が、生者に宛てられたものではないということ、これが、論者が提示した新見であった。道長の娘彰子に宛てられたものとする従来の理解を大きく転じる見解であったが、拙論の発表直後から、結論を同じくする――すなわち、辞世詠出の対象を死者たる「皇后」定子と結論づけた論考が複数重ねられ、「定説」は、考えていたよりも容易に翻ってしまった格好である。

いずれの論考も、先行する拙論の引用を行わないため、拙稿とは無関係になされたものであるということのようであるが、歴史的事実と文学（和歌）の解釈史にとっては、少し珍しいことであるかもしれない。しかし、『権記』記載の一条天皇の辞世歌について、定子に宛てたものとみるその結論のみを同じくすることは、実は筋の通らないことであるはずなのである。

まず、『御堂関白記』であるが、道長は、これをわが娘、「中宮」彰子宛てのものとして記録している。死者に宛てたものと解すことの可能性は、ひとえに、藤原行成の日記『権記』の記録に存しているのだ。

露の身の風の宿りに君を置きて塵を出でぬることぞ悲しき

行成は、右の歌を書き取って、「その御志、皇后に寄するにあり」と明言する。この「皇后」は、当時「中宮」たる彰子ではなく、故「皇后」定子である可能性が出てくるものである。もし、『権記』のこの日の記録がなければ、一条天皇の辞世歌について、死者に宛てた文――和歌と解す者は現われなかったかもしれないのだ。

そして、ここからが肝心なところなのだが、行成が書き取った辞世歌にいう「風の宿り」にある「君」が、ほかでもない、定子を指すということ以外に、一条天皇の辞世歌が、定子に宛てられたものであったとする根拠は存在しないことになるのである。すなわち、『権記』記載の一条天皇の辞世歌における「君」が、定子を指すということを認めない限り、その結論は主張し得ないものであるのだ。

『権記』に記載された辞世歌の表現を措いて、日記本文に見える「皇后」の称号のみを取り上げて論を成すことのできる問題ではないのである。「皇后」という言葉の用例調査をもって「論拠」とし得ないゆえんである。

倉本一宏氏は、称号の「使い分け」について、行成は日記の中で「中宮」彰子と「皇后」定子をきちんと使い分けており、一条が辞世を詠んだ対手を定子と認識しているのである。

（『一条天皇』〈吉川弘文館　二〇〇三〉、二〇一頁）

とみ、あくまでも行成の認識として「君」＝「定子」であったと判断しているが、問題の辞世歌については、

歌意からは、「この世に君を置いて俗世を出ていくことが悲しい」というのであるから、「君」はまだ生きていて、しかもこの歌を聞いている彰子のこととしか考えられない。

（二〇一頁）

と述べている。かつて、藤本一恵氏は、「御製の意からすれば、『風の宿り』では意が通じない」（「一条院出離歌考―中古の歌の記載にふれて―」〈「女子大国文」43　一九六六・一二〉）と述べ、「君」について「彰子中宮を指すと見ておきたい」との判断を示した。倉本氏の見解も含め、これが、一条天皇の辞世歌をめぐる従来の理解なのである（付記2）。一条天皇の辞世歌の対象は彰子にほかならないというのが、論者の研究発表（第一節掲、3）当時においても、つまり、ゆるぎない「定説」であったのである。いずれの見解も、まず初出の拙稿（第一節掲、2論）に引いて紹介している。

昨年（※平成二十二年〈二〇一〇〉。初出論文の表記のまま）刊行された同テーマによる論考、贄裕子氏の「一条院詠歌の受容と『源氏物語』」（「古代文学研究第二次」19　二〇一〇・一〇）は、一連の論考中、初めて拙稿に言及したものであるところ、贄氏が、

圷は「皇后」という表記から、一条院の詠歌を「皇后」であった亡き定子にあてたものと解釈して、『御堂関白記』の中宮彰子にあてたとする記事を疑っている。

と述べているのは、和歌表現の新しい解釈を提示することによってはじめて新見を述べた拙稿の実情とは異なっている。拙稿の「論拠の根底には」称号の使い分けに関する「倉本一宏の言説があるようだ」としているのも、事実ではない。

辞世歌の解釈は、一首の文脈をどう解すかに懸かっているのだ。辞世歌の対象を「定子」とみるということは、まず、歌の本文から導き出されることなのである。「風」ないし「草」の「宿り」にある「君」を、定子とみる解釈が成立しなければならないのだ。初出の論考からすでに述べてきていることである。

この部分の判断を措いて、行成が記録した「皇后」の文言をめぐって、あるいはまた和歌の文脈と離れて、辞世歌の意味について想像を逞しくしても、定子宛ての辞世歌とみる『権記』の記述を記述通りに支持する論拠にはならないのではあるまいか。

第五節　おわりに

さて、論者が、一条天皇の辞世歌について、それがすでに亡き、皇后定子に宛てたものであったと考えるようになったきっかけは、「几帳下」の彰子を描出しようとした、その道長自筆の記録を実見した体験によるのである。

平成十五年（二〇〇三）、この年の中古文学会の秋季大会では、陽明文庫と冷泉家の見学があった。三日目の陽明文庫では、人波に押されて気がつけば、私は『御堂関白記』の、ちょうどその日の記録の前で止まって動けなくなっていた。大変な混雑であったのだ。

偶然なのである。しかし、展示されている部分を見て、すぐに気づいたことがあった。そこに施された同じ手らしい傍書による書き込み、書き加えの〝必然性〟についてである。この日の記録における「中宮」という称号は、後から整えられたものであり、道長は最初ただ「宮」とのみ記していたのである。

道長は、なぜ、わが娘彰子についていつも通り、「宮」とだけ書いて済ませていたところに、後からあえて「中」の字を加えて〝正式な〟称号「中宮」としたのであろうか。その動機は何か。この部分の表現の訂正を要した道長の懸念、目的は何であったのだろうか。

そもそも、書き直し、書き改め（書き重ね）の少なくない道長の記録であるが、天皇臨終の場面で娘の称号にこだわる道長のこの書き加えは、確かにある違和感を抱かせる種類のものであった。

一条天皇の辞世詠出に接した悲しみのせいなのであろうか、他と比べ、筆勢に少し弱々しいところのある同日の記録には、彰子に関する部分に、「中」の文字とともに「依」の文字も書き加えられていて、ある迷いのようなものさえ感じられた。これはあくまでも感覚の問題であったわけだが、同日の他の記録（『権記』の記録）についてもあらためて検証する必要があると思うきっかけとなった。（見学の当日、その場で試みた会話――論者による問いかけ――により、誤字や書き直しが散見する道長の記録の「荒っぽい」側面、よく言えば「おおらかな」執筆態度と関わって、これまで「中」の字の書き加えの件が注目されず、問題が見過ごされている可能性についても認識した。）

行成の『権記』は、寛弘八年（一〇一一）六月二十一日の記事において、一条天皇の辞世詠出の対象を、「皇后」と明記しているのである。

『御堂関白記』における「中宮」の表記が、同日の記録ないし事実としての『権記』の「皇后」と対立するものであり、事実をめぐる証言の相違が起きていたのである。その相違は、和歌本文にも生じることになる。問題の本質に関わる異同である。

行成は、歌の本文を

露の身の風の宿りに君を置きて塵を出でぬることぞ悲しき

と書き取り、次いで、

その御志、皇后に寄するに在り。
但し、その意指して知ること難し。
この時、近侍の公卿・侍臣・男女道俗、これを聞く者、このために涙を流さざるはなし。

と記している。

行成が、一条天皇の辞世歌を「皇后」宛てであると理解したその理由は、辞世歌本文に求められるものなのである。そしてまた、行成が、この日の記録に書きとどめた「皇后」が誰を指す称号であるのかということも、実は、歌本文の読解にゆだねられ、そこからのみ導き出されるものなのである。記録は、そのように綴られているのである。

そのときはじめて、一条天皇の愛の形が、世のひと通りの思いをはるかに超えるものであったことも、彼の歌が、聞く者すべての胸を打つものであった理由も素直に了解されるのである。それは、身分に拠らず「公卿」も「侍臣」も、「男」も「女」も、また、「道」に従う者も、「俗」界の者も、これを聞く者みながまっすぐに理解する「悲しみ」――〝亡き人を恋うる歌〟であったのだ。

左の拙論(1)の発表後、『権記』記事中の「皇后」を定子とみる、同じ結論で発表された諸論について列挙しておく。(2)～(5)のすべての論考に、拙稿についての言及はない。

(1)　圷「一条天皇の辞世歌『風の宿りに君を置きて』―「皇后」定子に寄せられた《御志》―」（前掲、第一節・2論）

(2)　山本淳子「『権記』所載の一条院出離歌について」［山本a　※後掲、付記］（「日本文学」55・9　二〇〇六・九）

（津田博幸編『〈源氏物語〉の生成―古代から読む―』〈武蔵野書院　二〇〇四・一二〉）

右(2)は、定子生前の呼称「中宮」「皇后」の使用例を比較して、これを主たる論拠とする論考である。

(3)　山本淳子『源氏物語の時代―一条天皇と后たちのものがたり―』［山本b　※後掲、付記］（朝日選書〈朝日新聞出版〉二〇〇七・四）

右(3)は、(2)の論の主旨を結論とする同氏の著作。

(4)　繁田信一編『ビギナーズ・クラシックス日本の古典　御堂関白記　藤原道長の日記』（角川ソフィア文庫　二〇〇九・六）

右(4)は、「行成の『権記』は、これを、上皇の最愛の妃であった故皇后藤原定子への想いを吐露したものとして理解しているのである」と断定した上で、「一条天皇の辞世を復元することなど、もはや全く不可能なのかもしれない」（「一条上皇の辞世」・三一二頁）とする。

(5)　土方洋一「一条天皇の辞世—あるいは逝ける后妃のためのパヴァーヌ—」（「日本文学」58-9　二〇〇九・九）

右(5)は、論者の初出論文（前掲、第一節・2論）と同様、「中」の字の書き加え等にも言及している。和歌について、「詠まれる状況や、受容される場によって意味を変じるものである」とみ、「引用される和歌は、文脈に応じて変容する」と述べる。

必ずしも、歌本文の文脈ではない「文脈」を重視する考え方は、和歌の解釈をめぐってむしろ常道と言える。しかし、添えられた「詞書」や、物語や日記における前後の文脈（地の文）では説明し尽くされない本意が、歌にはあるとみるべきではないだろうか。

土方氏は、道長と行成の記録の「どちらが正しいのか、という方向へ考察を進めるのは、あまり生産的ではない」とも述べているが、和歌の解釈において、言葉と言葉が緊密な繋がりを持って成立している歌の文脈を読み解くことは、一首一首、すべて〝意味〟の発見であり、是非の判断とは異なるのである。そのことにおいて、和歌の読解には、歴史に関わる一つの「答え」に到達し得る鍵が隠されているとも言えるのである。

山本氏については、氏の(3)の著書のあと、本年（※平成二十三年〈二〇一一〉。初出論文当時）十月刊行の著書、山本淳子『私が源氏物語を書いたわけ―紫式部ひとり語り―』［山本c　※後掲、付記］（角川学芸出版）において、

ただ、この歌には十一年前に故定子様の詠まれた辞世の一首を思い出させるところがある。そのことから、この「君」は中宮様ではない、定子様だと解釈する向きもあったようだ。私もちらとそれを思わないこともなかった。だが、いや、それは考えまい。（二二六頁）

と述べるくだりがある。あくまでも紫式部に語らせている設定であるが、論者とは、和歌一首に対する解釈の手順・方法が異なるものとみる。

その一言一句も無駄にせず、和歌の言葉と文脈に寄り添って解釈を行うとき、私たちは、「露の身の」で始まる一条天皇の歌が、ほかでもない「露」たる「君」に宛てて、この世に置き残すことの「悲しみ」を詠むものであったと知るのである。

そこには歌の本文のほかに、何の説明も、予備知識となるような前提条件も一切不要である。だが、一条天皇の辞世歌は、確かに、十一年前に詠み遺された定子辞世歌の言葉と響き合うものとして、生まれたものであったのである。

「中宮」彰子宛ての辞世歌として記す、その日の道長の記録は、道長にとってあるべき事実の記録であったと言えようが、しかし、そこに書き取られた和歌は、なお、死によって置き残される「露」に宛てた詠歌として存在しているのである。

露の身の草の宿りに君を置きて塵を出でぬることをこそ思へ

彰子に宛てた和歌としてみる場合、死に行くわが身を「露」に喩えた一条天皇が、後に残される彰子をも同じくはかなく消え行く命、死の象徴である「露」に擬えて詠んだことになる。〝置いてゆきたくない〟という思いを詠むものである以上、これもまた、余人の理解を超えた思いが表出された歌として捉えられることになる。

彰子に対する一条天皇の思いは、そのようなものであったのだろうか。

自己の死について表現した部分がない――その一部が欠ける形、

秋風の露の宿りに君を置きて塵を出でぬることぞ悲しき
浅茅生の露の宿りに君を置きて塵を出でぬることぞ悲しき
浅茅生の露の宿りに君を置きて四方の嵐ぞ静心なき

これら、『新古今集』『河海抄』、そして『源氏物語』における源氏詠の場合は、そのある種〝異常性〟は回避、ないし存在しないことになる。しかし、辞世歌としては、辞世歌であるという前提条件を必要とし、生者に宛てたものとしては、まさしく、『源氏物語』の場面のような状況で詠まれた歌だということになる。

一度、和歌という一つの文脈に結ばれた表現が持つ力について、あらためて思いを致さざるを得ない。異伝も含め、三十一文字の和歌の文脈に籠められたメッセージはおそらく永遠に、この世に残り生き続けるものなのである。歌の力とは、そのようなものなのである。

付記1　〝『源氏物語』が書かれたわけ〟（本章第一節、178頁）

初出の論考（本章前掲、第五節・⑴圷「一条天皇の辞世歌『風の宿りに君を置きて』―「皇后」定子に寄せられた《御志》―」〈津田博幸編『〈源氏物語〉の生成―古代から読む―』武蔵野書院　二〇〇四・一二〉）に続いて、論者は学会での口頭発表（前掲、第一節・③）を行っている。

あらためて記せば、その学会発表当日、平成十七年（二〇〇五）五月十五日、登壇前から困惑させられることがあり、それについては最もあるまじきことと考えているが、降壇後の論者に対し、『権記』の「指して知ること難し」（「難指知其意」）という部分をめぐって、「（辞世歌が）定子宛てでよいとして、それならなぜ、行成は、〝意味が分からない〟と言っているのか」と尋ねたのは、山本淳子氏（及び同伴者一名）である。翌年、平成十八年（二〇〇六）九月刊行の山本氏の初出論文（前掲、第五節・⑵山本『『権記』所載の一条院出離歌について」［山本ａ］）には、その冒頭「はじめに」の項中、

だがその場合、ひとり『権記』では、②「但し指して其の意を知ることは難し」の意味が通らない。「其の意」（歌の意味）は、「君」＝彰子への惜別であると容易に知られ、知り難いとは言いにくい。

と書かれている。

論者がその折、山本氏の問いかけに対し、結果的な問題として「彰子宛ての辞世であれば、（行成が）そのように記すこともなかったのではないか」と答えたことと、一致する内容である。片や、論者の一連の論考における核心は辞世歌の解釈にあるのであり、右掲、山本氏が述べるごとく「歌の意味」について、「彰子への惜別であると容易に知られ」る（ので、彰子宛てであれば行成が「指して知ること難し」と記すこともない）などという話を、立論の前提や根拠にしたことは、当初より一度もない。本件［山本ａ］がこの部分の注記に引く藤本一恵氏のもの（前掲、第四節）を含め、それぞれの論考の内容を正確に踏まえた上で比較する、そのような方法で研究史を精査すれば、事情は明らかである。

この点、二〇一三年刊行の倉本一宏『藤原道長の権力と欲望―「御堂関白記」を読む―』（文春新書）においても、『権記』

の記述をめぐって「さて、行成はこの歌を、『その御志は、皇后に寄せたものである。ただし、はっきりとその意味を知ることは難しい』と、定子に対して詠んだものと解している」（一二八頁、傍線・波線・圷）とある。傍線部について、定子宛ての歌と判断する条件として捉えているようであるが、倉本『一条天皇』（吉川弘文館 二〇〇三）では、「重要なのは、行成がこの歌を『其の御志、皇后に寄するに在り』と、定子に対して詠んだものと解していることである」（二〇一頁）とあったところだ。後者、倉本『一条天皇』（吉川弘文館）については、本章の第四節でも取り上げている。その部分、倉本氏の初出の論考の形は、「歌意からは、『この世に君を置いて世俗を出ていくことが悲しい』というのであるから、「君」はまだ生きている彰子のこととしか考えられない（彰子はこの歌を聞いているのであるし）」（倉本「一条天皇最期の日々」〈『日本文化研究』4 二〇〇二・三〉というもの。

さて論者は、『権記』に記された一条天皇の辞世歌について初めて、亡き「皇后」定子に宛てられた歌として読み解くことを行った。新しい解釈を提示した初出の論考の結びに、かつて次のように記した。

　平安時代の中心を生きた天皇の死をめぐり、二つの異なる記録が存している。道長はなぜ「日記」を書き始め、後代に残さねばならなかったのであろうか。そしてまた『枕草子』や、『源氏物語』などの作品はなぜこの時代に書かれ、それぞれこの時代の何を伝えようとしているのであろうか。なおなお考え続けていくことが、現代に生きる享受者たる私たちに求められているのである。一条の辞世歌は、その身をもって真実のためのくさびとならんという定子の意志を知る者の歌であった。私たちは、勝者対敗者の図式で、勝者の言葉と論理とによって語られる歴史というものが、決して歴史の真実そのものでないことにあらためて思いを致さねばならない。

（圷「一条天皇の辞世歌『風の宿りに君を置きて』—「皇后」定子に寄せられた《御志》—」〈津田博幸編『〈源氏物語〉の生成—古代から読む—』武蔵野書院 二〇〇四年十二月 所収、右引用文・二一八頁〉）

学会での研究発表（「中古文学会」二〇〇五年五月。前掲、第一節・③）を終えると、「辞世歌の相手は定子ではあり得ない」と反論した質問者の一人から、右掲拙稿の〝『源氏物語』が書かれたわけ〟についても、その「答え」を求められたことが印象に残っている。この問題について、近時、『源氏物語』作者の〝気持ち〟に関して山本淳子氏自身が出した結論は、「白居易が楊貴妃を『長恨歌』という作品に昇華させたように定子を作品に昇華させたいという衝動を心に抱いた」（山本『源氏物語』

の準拠の方法―定子・楊貴妃・桐壺更衣―」［山本e］〈小山利彦・河添房江・陣野英則編『王朝文学と東ユーラシア文化』武蔵野書院　二〇一五　所収〉、二四四頁）等というものである。

だがこれは、論の前提及び根拠となっている和歌解釈をめぐって本著、Ⅱ篇　第三章にも述べた通り、賛同できる内容ではない。論者が当時その場で答えなかった〝『源氏物語』が書かれたわけ〟の一つについて、拙稿「わがせしがごとうるはしみせよ―受け継がれ、読み解かれるできごと―」（原岡文子・河添房江編『源氏物語　煌めくことばの世界』翰林書房　二〇一四　所収）には、自身、考えるところに触れて少し述べた部分がある（論文の内容については、あらためて、テーマごとに本著、Ⅰ篇　第三章の第六節及び、Ⅲ篇　第一章の第五節に反映している）。それはつまり、「道長が『源氏物語』によって誇示しようとした世界は、道長の手によってその芽を摘み取られ、大きく花開くことのなかった『ある一つの文化』の未来を乗り越え、塗り替えてそれに代わるほどのものでなければならなかった」ということであり、彰子に仕えた紫式部に課された命題は、中関白家・定子サロン文化の『枕草子』に対し、道長のために、御堂関白家の『枕草子』を書きあげることであった。『源氏物語』の創出である（物語の「構想」に関しては、拙著『新しい枕草子論』〈新典社　二〇〇四〉以来、「端午節」や「紫草」をめぐり論じてきている。本著では、Ⅱ篇　第一章、258頁掲載の表などにも反映。全編にわたって関連の考察を行っている）。

『源氏物語』がまさに同時代の作品として、これほど『枕草子』に近接するのは、そのためである。仮に、『源氏物語』における歴史の〈捏造〉などといったことがあるとすれば、それは、一条天皇の辞世歌とかかわって行われることになるだろう。辞世歌の対象が「定子」であると主張する各氏の論に、この点について考慮するものが皆無であるのは、不自然でもある。

「蛍」巻における光源氏の「物語論」に見るごとく、物語として描き出された事実にこそ、歴史記録以上の道理が存するということになるのかもしれない。同様のことは、道長自身が、自らの日記『御堂関白記』で行っている。

すでに論じたことであるが（拙著『王朝文学論―古典作品の新しい解釈―』〈新典社　二〇〇九〉、Ⅲ篇　第四章　一条天皇の辞世歌「風の宿りに君を置きて」―「皇后」定子に寄せられた《御志》―）、道長にとって、一条天皇の最期の言葉は、まことに衝撃的な不意打ちであった。よりによって、亡き「皇后」定子に宛てた辞世歌を詠み遺し、行成以下、その場に詰めかけていた多くの人々が耳にしてしまった。それは道長にとって、到底受け入れ難く、決して認め得ない事実であった。道長には、一条天皇の辞世歌を彰子宛てのものとして『御堂関白記』に記すよりほかに方法がなかったのである。（──「速記録」は抹消され、議事は書き変えられた）

その日の道長の日記にしたためられたできごとは、道長にとってかくあるべき〈事実〉であり、それはおそらく彼の記録『御堂関白記』においてはむしろ真実以上に重要な〈事実〉なのである。

かくて、一条天皇の辞世歌は、『権記』ではなく、『御堂関白記』の記録通り、道長の娘・「中宮」彰子に宛てたものとして後世に伝えられ、信じられることとなったのである。事実、『御堂関白記』にそう書いてあるなら、考える余地はない。辞世歌は彰子に宛てたものなのだ」というのが、道長の日記『御堂関白記』に対する、従来的な評価の形なのである。これも、学会発表時の質疑における実際の発言である。

本章第五節において総括したが（199頁）、拙論の発表後、一条天皇の辞世の対象を定子とみなす同様の論考が相次いだ。だが実は、『権記』記載の和歌本文や場面解釈を前提に、まぎれもなく「君＝定子」であることを立証しようとする論考は一つもないのである。定子生前の呼称「中宮」「皇后」の使用例を比較し、それを根拠に、一条天皇の辞世を定子に宛てたものとみなす論を発表した山本氏も（前掲、第五節・(2)山本「『権記』所載の一条院出離歌について」［山本ａ］〈「日本文学」55－9　二〇〇六・九〉及び、(3)山本『源氏物語の時代──一条天皇と后たちのものがたり──』［山本ｂ］〈朝日新聞出版　二〇〇七・四〉）、後には「私（圷注－私こと紫式部）もちらとそれを思わないこともなかった。だが、いや、それは考えまい」と、肝心の点（結論）を曖昧にしてしまう（前掲、第五節・山本『私が源氏物語を書いたわけ──紫式部ひとり語り──』［山本ｃ］〈角川学芸出版　二〇一一〉、二二七頁）。

行成が書き取った辞世歌にいう「風の宿り」にある「君」が、ほかでもない、定子を指すということ以外に、一条天皇の辞世歌が、定子に宛てられたものであったとする根拠は存在しないことになるのであるにも拘わらず、である。行成の内心を忖度する形の説であっても、この点に変わりはない。

当時、論者に対し「答え」を求めた問題について、山本氏自身はその後まず「定子こそが『源氏物語』の原点であり、主題であった」（山本・次掲書『平安人の心で「源氏物語」を読む』［山本ｄ］〈朝日新聞出版　二〇一四〉、二六八頁「中宮定子をヒロインモデルにした意味」）という見解を示し、「私の持論であり、長く主張していきたいと考えているところだ」（同書、二九三頁「あとがき」）と述べている。

その根拠は、主として、定子と桐壺更衣の辞世歌を比較し、

（圷注 - 定子の）辞世は「知る人もなき別れ路に今はとて　心細くも急ぎたつかな（知る人もいない世界への旅立ち。この世と別れて今はもう、心細いけれど急いで行かなくてはなりません）」。一条天皇は悲しみにくれた。

『源氏物語』の執筆が開始されたのは、この出来事のわずか数年後だ。いうまでもなく、桐壺帝は一条天皇に、桐壺更衣は定子に酷似している。更衣の辞世「限りとて別るる路の悲しきに　いかまほしきは命なりけり（もうおしまい。悲しいけれど、この世と別れて旅立たなくてはなりません。私が行きたいのはこんな死出の道ではない、生きたいのは命なのに）」は定子の辞世と言葉が通う。

（山本淳子『平安人の心で「源氏物語」を読む』［山本d］〈朝日新聞出版　二〇一四〉、六頁）

とみることであるようだ。

同じことについて、さらに、前掲、山本「『源氏物語』の準拠の方法」［山本e］（『王朝文学と東ユーラシア文化』武蔵野書院　二〇一五　所収）の結論部では、「小さな明証を示しておく」ということで、

（圷注 - 更衣詠の）第二句の「別るる道」と（圷注 - 定子詠の）「別れ路」はほぼ同語である。また更衣の第一句の「かぎりとて」と定子の第三句「今はとて」もほぼ同意である。何よりも、今生の別れに「本当は死にたくない」との真情を吐露するところが重なる。更衣のこの歌は、明らかに定子の辞世を本歌とすると言ってよい。物語は更衣の、物語中わずか一言だけの肉声の中に、定子を込めたのだと考える。

と述べられている。

しかしながら、定子の辞世歌と桐壺更衣の辞世歌の主旨を同一視する山本氏の解釈には、そもそも、定子辞世の「知る人もなき別れ路」の意味をめぐって大きな誤認がある。

本著のⅡ篇　第三章（第一節）において見ているように、それが、『源氏物語』のフィルターを通した理解である以上、「つまり定子とは、社会的事件だったのだ」（山本・同書『平安人の心で「源氏物語」を読む』［山本d］〈朝日新聞出版　二〇一四〉、二六九頁）として、『源氏物語』について「定子の悲劇的な人生が時代に突きつけた問いを正面から受け止め、虚構世界

の中で、全編をもって答えようとした」（二六八頁）とみるその「答え」に、論者は従いようがない。事態は、むしろまったく反対の方向を指し示している。

　桐壺更衣の歌は〝生き続けようとするものこそは、命である〟という主旨において、〝死出の旅路を知る者がいない〟と詠む定子詠同様、普遍的な真実について詠んだものと解し得るのである。それは後に残される光君の「命」に繋がる詠歌と言えよう。

　仮に「本当は死にたくない」（右掲、山本氏）という主旨であるとするならば、桐壺更衣の辞世歌は、その意味において、定子の辞世歌とは、対極的な存在である。「別れ路」（定子）に対し、「別るる路」（桐壺更衣）、また、「今はとて」（定子）に対し、「限りとて」（桐壺更衣）と、確かに両者の「言葉（ばかり）は通う」が、意味はまったく異なるのである。両者を同質のものとしてみるところから『源氏物語』の主題や執筆の意図について論じても、破綻することになりかねない。私たちは、桐壺更衣の辞世から、死の体験を「この世に理解するもののない、未知の旅路」と表現した定子詠の意図を読み取ることは一切、できないのである。

　「死」を、誰一人、経験したことがないできごととして捉え、詠む、定子の歌には、後に続く生者の「迷い」を捨て去らせる力がある。

　しかし、『源氏物語』が書きあげられた結果、定子の辞世はむしろ「長く理解されない」ものになってしまったのである。山本氏の主張は、辞世に注目する一方、『枕草子』に記された定子と一条天皇の結びつき――『源氏物語』に先立つ、「長恨歌」との関わり――についてまったく顧慮することなく論じられている点も不審である。

　桐壺更衣の辞世歌について、〝物語の和歌〟としての読解を試みるのであれば、その際も「本当は死にたくない」などということではなく、更衣の「いかまほしき―命」を受け継いで、後に遺される幼子・光君の「命」と繋がる意味を見出すべきであろう。これもまた、定子にとっての「あの世」の父母の場合同様、「今それは彼女の心にない」（前掲、山本『源氏物語の時代』［山本ｂ］〈朝日新聞出版　二〇〇七〉、一六八頁）とは決して言い得ない存在である。

　山本氏は、定子辞世「よもすがら」詠について、主として新間一美「桐壺更衣の原像について―李夫人と花山天皇女御忯子」〈森一郎編著『源氏物語作中人物論集―付・源氏物語作中人物論・主要文献目録―』〈勉誠社　一九九三　所収〉。後に新間

『源氏物語と白居易の文学』〈和泉書院　二〇〇三〉に収載、第一部第Ⅱ章）の「指摘」に拠り、「長恨歌を想起させる」（前掲、山本『『源氏物語』の準拠の方法』［山本ｅ］〈『王朝文学と東ユーラシア文化』武蔵野書院　二〇一五　所収〉）ものとして論を進めるのであるが、事実としては、「長恨歌」における玄宗・楊貴妃の誓いも、定子が辞世に詠み込んだ誓いも等しく「七夕」の誓いであったということである。

「長恨歌世界をよく知る人々の中」の「定子から楊貴妃を連想したり、あるいは定子と楊貴妃が重なるかのような幻想を掻き立てられたりする者」が「白居易が楊貴妃を『長恨歌』という作品に昇華させたように定子を作品に昇華させたいという衝動を心に抱いた」、ということを「桐壺更衣誕生の端緒」とみる山本氏の説においては、「長恨歌」と定子詠がともに踏まえる「七夕」の誓いに関する考察を欠くことになっている。定子の辞世について、「つとに新間一美氏により『長恨歌』的な作と言える』との指摘があった」とし、『源氏物語』について、「日本の『長恨歌』たらんことをごく自然に目指した」と述べるが、一首は、新間氏以前、すでに「比翼連理」の誓いを踏まえて理解されていたものである（本著のⅢ篇　第一章　注（11）参照）。「長恨歌」の表現を踏まえる歌をめぐる享受のあり方として、それは、「長恨歌」と辞世歌の主題を直接結びつけるようなものではなかったと言えよう。

なお、定子の存在について桐壺更衣の「準拠」として捉える山本氏の所説自体、桐壺更衣と定子の歌を並記し（前掲、新間『源氏物語と白居易の文学』〈和泉書院　二〇〇三〉、三〇頁）、「従来、桐壺更衣との関連ではあまり注意されていないが」と述べた上で「紫式部も更衣の死の前後の描写については、そこから暗示を受けたに違いない」（新間・同書、三一頁）と述べる新聞論文の当該箇所において、実質的に「つとに指摘があった」ものと言うべきであろう。

またこれは、研究史的な問題になるが、『紫式部日記』に記された『源氏物語』の成立と流布に関わる言説をすべて真に受けて考え続けるべきなのかという疑問もある。『源氏物語』のからくりは、『紫式部日記』に仕掛けられた幾つもの歯車と連動しているのである。実に巧妙な仕掛けである。

例えば、一条天皇の辞世歌は、光源氏の和歌に似ているのであるが（本章前掲、第二節ほか）、『紫式部日記』に記された「御冊子作り」について、その時期等、すべて事実と認めるのでない限り、一条天皇が『源氏物語』を踏まえたのではなく、『源氏物語』が、あえて一条天皇の辞世歌に似る詠歌を作品中に配したと考えることさえ可能なのである。「源氏の物語」をめぐる登場人物のいちいちの反応然り、紫式部の「日記」に書き込まれた事柄がすべてそのまま、歴史的事実であるわけではない。その点は、『御堂関白記』であっても同様である。

いずれにしても、一条天皇が、死の床で光源氏の歌を踏まえた辞世を詠んだとまで断定し得る根拠はない。にも拘わらず、二つの歌はよく似ているのである。

「草の宿り―露」と「墓所」の関係については、須磨下向の前、光源氏が父院の御陵に参る場面等も想起される。

御墓は、道の草しげくなりて、分け入りたまふほどいと露けきに、月も隠れて、森の木立深く心すごし。帰り出でん方もなき心地して拝みたまふに、ありし御面影さやかに見えたまへる、そぞろ寒きほどなり。

（源氏）なきかげやいかが見るらむよそへつつながむる月も雲がくれぬる　（「須磨」二―一八二頁）

『河海抄』等の古注に引用があり、従来、この場面の表現について参観されている『白氏文集』の「続古詩十首　第二首」（二・六六）に、「古墓何代人　不知姓興名　化作路傍土　年春草生」とある。

道長の記録による「草の宿り」も、特に「露」と結びついたとき、それは（結局）死者の在り処として「墓所」を指し示すものにもなることなど、初出の論考（前掲、第五節・(1)）の内容について、研究発表（前掲、第一節・3）で述べ、拙著『王朝文学論』（新典社　二〇〇九）に収めた論考に反映した点である。

論者はまた、前著『王朝文学論』（新典社　二〇〇九）において、和歌解釈をめぐり次のようなことを述べた。

個別的には、こうした〈基本的〉な和歌をめぐり、現時点で比較的穏当と思われる伝統的な解釈を否定し、これを大きく変えようとする説が出されているのも、昨今の傾向であるように思われる。作品としての和歌をいかに読み解いていくか、データとして用例を網羅的に総覧し、言葉の意味を把握する研究手法が普及した今日こそ、個々の歌の文脈に基づく読解の方法が追究されなければならないと考える。　（四一一頁）

これは、小野小町の「花」の歌（「花の色はうつりにけりないたづらにわが身世にふるながめせしまに」）、王朝の物語にゆかりの深い「紫草」の歌（「紫のひともとゆゑにむさし野の草はみながらあはれとぞ見る」）、そして『和泉式部日記』冒頭の「ほととぎす」の歌（「薫る香によそふるよりはほととぎす聞かばやおなじ声やしたると」）の三首を取り上げて新しい解釈を提示した前著Ⅲ篇　第五章「花と鳥の和歌―王朝和歌の新しい解釈―」に記したものである。具体的には、和泉式部詠についての「新説」をめぐる論争（『和泉式部日記　現代語訳付き』〈角川ソフィア文庫　二〇〇三〉における近藤みゆき氏の説と同趣旨ながら、他の用例を提示して論じた山本淳子氏『和泉式部日記』冒頭歌「薫る香に」と古今集歌」〈「いずみ通信」36　二〇〇八・四〉に対し、藤岡忠美氏『和泉式部日記』冒頭歌の解釈―新説をめぐって―」〈「いずみ通信」37　二〇〇八・九〉による反論がなされた。拙著『王朝文学論』〈新典社　二〇〇九〉、四三七頁・注記〈※〉参照）等を念頭に置いたものであった。

それから十年近い時が経つ中で、データ偏重の用例主義的研究手法と無縁とは思われない、解釈軽視の兆候が現れ始めていると感じる。これは指導者がいる学生や若手研究者に限った話ではない。その上でいざ作品解釈を行うとなると、かつて国語の授業で「登場人物の気持ちになって考えましょう」（同様のことは「指導資料」にも書かれている）と教えられた通りのやり方で作品を読み発表し、書く、そのようなケースも見受けられるのではないだろうか。読書感想文と決別する、文学研究のための発想の転換をさせない学部での指導のあり方にまず問題があるのであろうが、いずれにしても、好ましからざる習慣である。

例えば、「清少納言こそ、したり顔にいみじうはべりける人」と断じて始まる『紫式部日記』の清少納言評をめぐっても、紫式部はなぜこのように思ったのか、なぜこのように書いたのか、ということではなく、これが一体何のために書かれたものであるのかということが追究されなければならない。何のために書いたのかという視点で作品の文脈を読み直してみる必要があるのだ（拙著『新しい枕草子論』〈新典社　二〇〇四〉、Ⅱ篇　第三章　追記　紫式部と清少納言）。これは、紫式部が彰子や自分自身について語る部分においても同様、『紫式部日記』全体にわたる事柄である。「反中関白家的価値観・脱中関白家文化という視点」（山本淳子『紫式部日記と王朝貴族社会』［山本ｆ］〈和泉書院　二〇一六〉、第三部第五章）によって示されたものについて、必ずしも、中関白家の「価値観」や「文化」を素直に反映したものとみることはできない。「裏の文意」（山本、同）として中関白家に対する批判が読み取れるというのであれば、それが『日記』の目的であったということである。

また、歌の意味について詳しく吟味することなく、理解しないまま、二つの歌に用いられている言葉が「ほぼ同語」「ほぼ同意」で趣旨が「重なる」との理由から、一方が一方の「本歌」であると判断し、その上で、これを「明証」と位置付けて作品の主題にかかわる事柄について論じることには問題があるだろう。表現の分析とともに歌の意味が明らかになれば足もとから崩れ去る懼れのある主張である。

　ほかにも、歌の解釈を横に置いて、異なる二つの歌の見た目が「非常によく似ている」「酷似する」との理由から、「異伝」や「誤伝の類」として検討する過程も経ず、これを根拠に一層大きな問題に飛躍していったりする論考等に出合うようになった。

　例えば、三角洋一氏の「(駒澤大学仏教文学研究所公開講演会録)『源氏物語』と仏教—経文と仏教故事と仏教語の表記—」(『駒澤大学仏教文学研究所』19　二〇一六・二〈講演会開催　二〇一五・一〇〉)に、「本年秋の中古文学会大会の研究発表要旨の中に、『発心和歌集』は赤染衛門の企てたものと改めねばならないとする新説を見かけましたが、私は現時点では、そちらのほうが誤伝ではないかと思っています」と述べる部分がある。その後まもなく、久保木秀夫氏の論「『発心和歌集』選子内親王作者説存疑」(『中古文学』97　二〇一六・六)が発表された。

　詠歌主体の問題をめぐり、久保木氏が「同じ歌」とみる次の二首については、一見して、目立つ「違い」も認めらる。

　　　五百弟子授記品
　　以無価宝殊　繋着内衣裏　嘿与而捨去　時臥不覚知
　ゑひのうちにかけし衣のたまたまもむかしのともにあひてこそしれ　(『選子内親王集』Ⅲ〈発心和歌集〉三二)
　(廿八品歌の中に五百弟子品の心をよめる)
　　おなじ品の心を
　ゑひのうちにつけし衣の玉ぞともむかしのともにあひてこそきけ　(『玉葉集』釈経・二六五三・赤染衛門)

　選子詠で「たまたま」の語は、まず「玉」の意が掛かることによって「かけ(し)」の縁語となり、上の句にいう「衣に玉を掛けた」ということと、下の句にいう「偶然、友と逢って知る」ということの両意を巧みに繋いでいる。これに対し、縁語・掛詞を一切用いずに詠みなした赤染衛門の一首は、法文歌としてやや説明的ではある。いずれも「昔の友に逢ひてこそ」と詠むものながら、詠歌の目的及び主題を反映する手法の問題において、この二首の「同じ歌」については、それぞれ性質の違いが指摘できるということである。

『公任集』や『長能集』、また『赤染衛門集』には、『発心和歌集』同様、「法華経二十八品歌」が収められていて、従来、考察の対象となっている。赤染衛門の歌としては、問題となる一首（「ゑひのうちに」詠）のほかに同じ「五百品」題による「こころもなる玉ともかけてしらざりきゆめさめてこそうれしかりけれ」（『赤染衛門集』Ⅰ四三四・Ⅱ二七二　三句「しらざりつ」）という歌があり、これは『後拾遺集』「釈経」にも収められている（第四句、異同「ゑひ」）。

こころもなるたまともかけてしらざりきゑひさめてこそうれしかりけれ　　（『後拾遺集』釈経・一一九四・赤染衛門）

他人詠の混入や誤認もしばしば起こり得るところ、ある個人歌集（家集）に見える歌と「同じ歌」が、赤染衛門の歌として一首存在していたとしても、それが赤染衛門の家集であるということにはならない。二つの歌が「似ている」としても、それだけで「同じ歌」と言い得ない場合もあり、「同じ歌」の詠歌主体が常に一人と決まっているわけでもないのである。

仏事を忌避すべき斎院の立場にあって、謂わば和歌表現による心の「出家」としての「発心」を志し、『発心和歌集』を企図した選子にとっては、その作品の開始にあたって最もあらたまった形での前文、すなわち漢文体による「真名序」を置くことには「公的」な意味合いも含めた必然性があったと思われる。一方、他の歌人らと同様、家集に法文歌を収める赤染衛門のように、立場上特段の制約もない者にとって、「法華経二十八品歌」を詠み集めた上でことさら「真名序」を用意して付すだけの必然性は見出しにくい。

久保木氏による結論は『発心和歌集』の作者は、選子ではなく、赤染衛門だった可能性が高いのではないだろうかと思われてくる」「少なくとも文献学的には、このような結論を導き出し得る」ということである。だが、この「結論」に至る根拠として久保木氏が掲げる「外部徴証」こそ実は、かつてこの作品をめぐって、「赤染本文哥、有序、匡衡作云々」という同様の見方を導いた原因そのものだったのではないか。「赤染衛門作者説」に対立する「定家筆本の注記」が、この憶測を明確に否定する「文献学的」な「外部徴証」の一つとして存在しているのもまた事実である。

岡崎真紀子氏の注釈研究における見解等も示されることになり、あらためて同時代の法文歌にみる「表現の類型性」や、それらを「受容した後人」による「混同」等の可能性が指摘されている（岡崎『発心和歌集　極楽願往生和歌　新注』〈青簡舎二〇一七〉、「解説」）。伝来の過程にさまざまな事情を有する古典作品一つ一つの理解のためには、やはり、表現の細部に及ぶ丁寧な分析が欠かせないということになろう。

「決して間違ってはいけない」というのではない。しかし例えば「間違う『権利』はある」（石原千秋「間違う『権利』はある」〈「文芸時評　11月号」二〇一五・一〇・二五〉。ニュースサイト「産経ニュース」におけるタイトル。終局、「正しいことならバカでも言える」という石原氏の主張〈「信条」〉に繋がる）などと開き直ってそれで許されるはずもないのである。間違いに気づいて訂正する「権利」ならあるだろう。他者の論考についてだけでなく、私たちは過去に提出した自説についても常に検証し、見直し、補うべきは補い、論の誤りに気づいたのであれば訂正する義務がある。実際に、研究者の多くはそのようにして、独自の論を世に問うてきているのである。

仮にまた、「切実な誤読は一個の解釈となりうる」（「第五十九回群像新人評論賞選評　選評」〈「群像」70‐11、講談社　二〇一五・一一〉において選考委員の熊野純彦氏が「学術論文なら誤謬は決定的であることもあるが、評論にはまちがう権利があり、切実な誤読は一個の解釈となりうる、と思っている」〈二一六頁〉と述べている。熊野氏は「評論」と「研究」を区別しているようであるが、右掲「時評」のごとく、都合よく切り取られやすいもの言いだと感じる。解釈行為をめぐる意識の問題としてあえてここに取り上げた。「古典の現代語訳を考える」と題した特集、「リポート笠間」59〈笠間書院　二〇一五・一一〉所収の星山建「誤解も理解の王朝物語入門」等の論調にもうかがえる傾向）というのであるとすれば、伝本における書写レベルの「間違い」にも繊細な視線を向けるべきである。そこにも「一個の解釈」が潜み、誤読の例として見ればそこから翻って「原典」に近づく手掛かりが得られるかもしれない。ましてや、異なる二つの作品における歌の言葉が「似ている」からといって、これを直ちに「同じもの」あるいは「本歌」などとみなすことは、到底、できないはずである。

（「付記1」に関し、以下、追記である。）近時刊行された山本淳子『枕草子のたくらみ―「春はあけぼの」に秘められた思い―』（朝日新聞出版　二〇一七・三）［山本g］においても、氏の「読み」の一貫した方向性として、定子の辞世「別れ路」の歌の主旨をめぐり、「定子は死にたくなかったのだ」（二七六頁）と述べることに変わりはない。

また『枕草子』の章段研究に関して、当該山本氏の著書（一般書）の中心には、論者の本著（前章、I篇　第四章）で取り上げている「雪山」の段（九一）の「読み」などもあるようだ。氏は、論者が〝詠まれなかった和歌〟について考えるところから指摘した宗岳大頼の「白山」詠（『古今集』雑下・九七九）を引いている（［山本g］一九〇頁）。この和歌については、古瀬雅義氏も近時刊行の第一単著『枕草子章段構成論』（笠間書院　二〇一六）の書き下ろし論考中に引いているが、拙論には触れていない（本著、Ⅲ篇　第四章の「付記　解釈的発見とその扱いをめぐって」⑴参照）。「これいつまでありなむ」という問いかけに対する「答え」として、晴れて賭けに勝利した暁には、「いつかは雪のきゆる時ある」と詠む宗岳の「白山」詠のような一首が詠まれたことであろうというのが、論者の考えだ。まだ残っていた雪を密かに取り捨てさせ、清少納言の勝ちを奪った定子が、「…さてもその歌を語れ。今は、かく言ひあらはしつれば、同じ事、勝ちにたり。語れ」と言って、たいそう知りたがった歌である。師走の十日ごろに降った雪で作った雪山がそのまま年を越し、さらに冬を越して春まで残るとすれば奇跡的なことであるが、それこそ内裏に現れた、伝説の「雪山」となろう。山本氏は、ここでは宗岳の「白山」詠を挙げる論者の説があることを断った上で、清少納言が賭けの目標とした「日付」について、新たな意味を加えて上書きし、章段全体の読みを〝塗り替え〟ようとする。

「雪山」の段をめぐって山本氏は、男子出産に賭ける一条天皇と、特に定子後宮の（描かれざる）強烈な意志を読み取っていくのだが、重要なことは、そのように読もうと思えば読めてしまう、「多くのほのめかし」（山本）の中でこそ、（そのような事柄のほかに）見定められるべき事実が存しているということである。それが例えば、『枕草子』という作品を読み解く一つの方法でもあるのだ。なお、「豊穣・繁栄」をめぐる指摘は、章段の主題に関わる読み解きとして、当該拙論の「おわりに」において行ったことである（前章、第五節、171頁）。

論者はかつて「長徳の変」時のできごとに材を取る「返る年の二月二十五日に」（八七段）をめぐり、背景となる事実としての「定子の懐妊」を指摘し、定子後宮の視点によって描かれた政変について読み解くことを行った（圷「『枕草子』「長徳の変」関連章段の解釈―後宮の視点によって描かれた政変―」〈『中古文学』71　二〇〇三・五〉初出。拙著『新しい枕草子論』〈新典社　二〇〇四〉、Ⅰ篇　第一章）。また、長保元年（九九九）五月五日の後宮を描く「四条ノ宮におはしますころ」（二二六段）については、日記的章段最後の記事となる主従のやり取りの核心として、「まだ見ぬ御子への予祝」を読み取った（圷「五月五日の定子後宮―まだ見ぬ御子への予祝―」〈『物語研究』3　二〇〇三・三〉初出。拙著『新しい枕草子論』〈新典社　二〇〇四〉、Ⅰ篇　第二章ⅰ）。拙著に関する書評中、津島知明氏が、「重要章段を中心に新見が披露されるわけだが、総じて『懐妊』『出産』『御子』等（作中に正面から描かれていないもの）の痕跡を拾い上げてゆく、その方向性は大きな可能性を感じさせる」(「語文」120 二〇〇四・一二) とすることについて、論者自身は、必ずしも『枕草子』全体を覆う読みの手立てとして捉えるべきではないと考えている。例えば、山本氏による「雪山」の段の読みはそのような種類のものであろう。

すなわち、一歩間違えば、中島和歌子氏がかつて『悲劇の影を幻視』するのも、妊娠一ヶ月の史実を探り当て希望を見出すのも、書かれていない史実を読み取る点は同じである」(中島「枕草子二十五年―「この草子」をどこに置くか―」〈「国語と国文学」82-5 二〇〇五・五〉) と述べたその言葉通り、ただ「悲劇の影を幻視する」というだけのことになりかねないのである。なお、拙論についていえば、章段全文の構成に従い、一言一句も無駄にせず、場面の展開に忠実な読みを実現しようとするとき、これまで見逃されてきた事実にもはじめて気づく――焦点が合ってくるということである。それが解釈研究の理法であり、摂理であるとも言えようが、「希望を見出す」(あるいは「定子の影」を見出す) 等、目的化して捉え、行うところに解釈のひずみやずれが生じてくるわけである。

本著の前章 (Ⅰ篇 第四章) でもすでに論じた通り、長保元年 (九九九) の正月三日、彰子の入内を控えたその時期に、定子の入内を導いたものが何であったかと考えるのであれば、それは定子後宮を発信源とした雪山流行の一件によって証明された、定子後宮の資質・ありようであったということになるだろう。それこそが物事を大きく動かしていく原動力であり、章段の核心となる部分でもあるのだ。こうした状況における定子の機知は、亡き父、関白道隆ゆずりのものでもある。――章段冒頭の「不断の御読経」も、「よほどの願い」(〔山本g〕一九四頁) としての‚出産祈願‘などではなく、目的についてあえて何も書かれていないとすれば、まずは、両親の追善等のためと考えておくのがよいのではなかろうか。

山本氏によれば、清少納言は、定子に対し、「男子を産む夫婦にとって大切な日」の「贈り物」として、餅粥の節句の「十五日」に、同僚女房らが「残るはずがない」と口を揃える消え残りの「雪山を捧げたかった」のだということである。だが、冬を越えて春まで残ってこそ、「君をのみ思ひこしぢのしら山はいつかは雪のきゆる時ある」(『古今集』雑下・九七九・宗岳大頼) と詠まれた「消えぬ思ひ」の――清少納言の思いがこもる、真（まこと）の「白山の雪」である。長徳四年 (九九八) の立春は一月十二日、清少納言が具体的に示した「十五日」という日付は、それ (立春) を越えるものであった。

この時期、あらかじめ、「我が皇統を託す男子を産んでくれるべき后妃として彼 (圷注-一条天皇) が白羽の矢を立てたのが、定子だったというわけだ」(〔山本g〕一八八頁) と考える山本氏の「読み」において、定子が行った雪山作りの文化的な意義、すなわち、人心を解し、事態を好転させた定子後宮らしい発想の重要性については看過されてしまっている。大雪を理由にした役人や公卿らの懈怠により、内裏はその日（「師走の十よ日のほど」）、朝から機能停止状態に陥っていたのだ。「雪山」とともに年が明けた定子後宮の周辺は、正月二日に斎院から届いた「祝ひ」の卯杖や、「にはかに」決まった三日の入内など、春の兆しに満ちていた。

前掲の通り、定子後宮（『枕草子』世界）に対する『源氏物語』のあり方について、論者は「大きく花開くことのなかった『ある一つの文化』の未来を乗り越え、塗り替えてそれに代わるほどのものでなければならなかった」と述べた。今回、山本氏は、「既に潰えた文化の生き残りである清少納言」（［山本g］二九三頁）の「たくらみ」は、定子に関する記憶を「塗り替える」（［山本g］二九〇頁）ことであったと述べている。ちょうど事態を反転させて述べる結果となっているが、山本氏が繰り返す「潰えた文化」というのはその用い方からみてもやや言い過ぎで、当を得ない表現であろう。

定子後宮・中関白家が育んだ文化それ自体は「大きく花開く」（本著、Ⅰ篇　第三章、115頁）機会を失ったものの、決して「潰え」たりしなかったからこそ、『枕草子』という作品が今に伝えられ、読み継がれているのに相違ないのである。政治的・文化的にいかなることを成し得たとしても、道長がそれに満足することはなかったのかもしれない。『源氏物語』について、前掲、引用部分に続けて論者は、「華麗で長大な物語は、消滅し継承されなかった文化のパラレル・ワールドのようでもある」と表現し、「しかし、『言葉』は、読み継がれ、読み解かれながら、その命を保ち、また新しく蘇り続けてきた。新しい文化の結実たる『枕草子』は、今も私たちの目の前にある」と述べた。拙論結末の部分である。だが、それは、定子後宮の文化が「文化遺産」として「作品の中に永久保存されることになった」（山本）という意味ではない。定子後宮の文化は、（例えば）『源氏物語』の中にも受け継がれ、息づいているものなのである。

山本氏が考える「清少納言のたくらみ」とは、結局、「悲劇の皇后から理想の皇后へと、世が内心で欲しているように、定子の記憶を塗り替える。定子は不幸などではなく、もちろん誰からも迫害されてなどおらず、いつも雅びを忘れずに幸福に笑っていたと」（［山本g］二九〇頁）ということであるようだが、つまるところ、〈中関白家没落の悲劇を決して記さぬ「虚構性」に満ちた作品〉とみなす、旧来の『枕草子』観から一歩も抜け出ておらず、『枕草子』研究の歴史を奇妙に〝後戻り〟させただけの話だ。過酷な体験の中で見出された生きる喜びの意味など、文学における普遍的なテーマに対する理解も不足しているのであろう。まず〝塗り替え〟られ、払拭されるべきものは、「悲劇の皇后」云々というレッテルに象徴される「先入観」なのではなかろうか。

文学研究の分野に限らぬ話ではあるが、私たちは仮にも、単なる偶然に（神がかり的な）符牒を見出し、自明の「歴史」にこじつけて、新たな「偽史」を創り出す、そのような癖を身につけてしまってはならない。ノンフィクション・ノベルと「考証」との区別も必要だ。

いまここでは、歴史と文学における、いわば相生・相克の関係をいかに捉えて作品解釈を行うかということが問題になっているのである。『枕草子』の本文に寄り添うことではじめて、私たちは、定子後宮の人々が自らの手で切り拓いていった定子後宮の「歴史」について、知り得ることになるのだ。それは、描かれていない暗部、すなわち「定子の影」を探り続けようとすることとはまったく異なる体験である。『枕草子』の読みの新しい「歴史」もまた、自らの力で切り拓いていくしかないのである。

また、『枕草子』の〈内なる歴史〉に目を向けてみるならば、「今」を相対化する「過去の位相性」というものについても考える必要があるだろう。「蔵人おりたる人、昔は」（四〇）などの章段に象徴的である。『枕草子』の特徴として、「執筆年時」と「事件年時」とがあまり隔たらないという、日記的章段における「現時点性」の高さ（拙著『新しい枕草子論』〈新典社二〇〇四〉、I篇　第三章「南の院の裁縫」の条の事件年時）が認められる一方、享受の様相を反映する部分等、各種の章段に見える追記的な箇所では、作品全体に及ぶ仕掛けとして、「老女房」が語って聞かせる『源氏物語』の設定を先取りするような形も試されている。〝『枕草子』のたくらみ〟などというものが仮にあるのだとすれば、それは、『枕草子』の「古典」化にほかならないということになるだろう。永遠に新しくあり続ける作品としての「古典」である。一例、「蔵人おりたる人」の今昔を対比する章段末尾の、女性の外出について述べた追記的な箇所で、「この草子など出で来はじめつ方は……」という能因本と、「この草子など出で来」の部分がなく、「はじめつ方ばかり……」という三巻本（「説経の講師は」〈三一段〉）とがあり、前者は『枕草子』の執筆開始時を示唆し、後者はその点、当該記事（章段）の執筆に係る書きぶりになっている。能因本では、このあとさらに「書き出でたる人の、命長くて見ましかば」という、謎めいた箇所（三巻本では、「説経聴聞に出た人」〈『新編全集』七六頁・頭注一〉と解される「さし出でけむ人、命長くて見ましかば」）が存する。いずれにしても、従来は、『枕草子』らしい機知的な趣向について見逃してしまっているのである。

拙著『コレクション日本歌人選　清少納言』（笠間書院　二〇一一）で、論者は掲出する歌数に制限がある中、あえて清少納言だけではなく、その著名な和歌以外に、周辺の人々の作品も採用しつつ、一人の歌人のアンソロジーとしては、全体として、和歌のやや特殊な「選び方」を試みている（そこで論者が担当した『清少納言』の「目次」には、独自の「見出し」が設けてある）。今回、山本氏の『枕草子』に関する著書にも『清少納言集』の歌が幾つか引用されているが、それらを含めて、当該拙著の「選択」と近似する箇所等、幾分目立つように感ぜざるを得ない。中でも、拙著『清少納言』のそれぞれ「巻頭」と「巻末」に（論者なりのある思い入れをもって）置いた、一条天皇との連歌風のやり取り（圷『清少納言』三頁）及び清少納言の娘小馬と歌人・藤原範永との贈答（同、九八頁）とが、山本氏の著書のそれぞれ「巻末」と「巻頭」（〔山本g〕「はじめに」ⅳ頁及び、二八八頁）に順序を逆転した形で配されていることなどは、やはり、一種、象徴的な事象のようにも見える。著書の巻頭・巻末は、執筆の意図や姿勢を示し、書物の印象を決定する重要な部分である。

山本『枕草子のたくらみ』（朝日新聞出版　二〇一七）の「母体」だという初出の形は、その最初（第1回）と最後（第26回）に『枕草子』の初段と跋文を配す、その点、平凡なものであり、そもそも和歌を扱う回はごくわずかだ（山本「枕草子はおもしろい」〈『京都新聞（日曜版）』二〇一〇年四月四日～九月二十六日〉）。一首の核心に《まだ見ぬ御子》の存在があるとみる、生前最後の端午節に詠まれた定子詠の解釈等、論者の新見（「五月五日の定子後宮―まだ見ぬ御子への予祝―」〈『物語研究』3　二〇〇三・三〉初出。拙著『新しい枕草子論』〈新典社　二〇〇四〉、Ⅰ篇　第二章 i）の内容をそのままわが物として扱う回も見られる（山本「枕草子はおもしろい」第23回〈『京都新聞（日曜版）』二〇一〇年九月五日〉）。同様のことを学生がレポートで行えば、点はもらえぬはずであるが、それは「なぜか」ということを考えてみなければなるまい。その上で、研究史に照らし、解釈史的な〝発想の転換〟が容易に行えるものでないことを知るべきである。論者の、当該新見の内容については、本著索引トピック「まだ見ぬ御子」、Ⅲ篇　第一章、412頁ほか参照。

また、端午節の一段（「四条の宮におはしますころ」二一六段）をめぐる当該拙論はむろん、山本『枕草子のたくらみ』（朝日新聞出版　二〇一七）のほうで〝要約〟されるごとく、定子の「つわり」や「妊娠」に関する指摘にとどまるようなものではない。清少納言による菓子「青ざし」の献上について、論者は、「つわりのつらい時期、これならばお口に合うのではないかという気持ちからだった」などと「考える」（山本『枕草子のたくらみ』二六三頁）ようなことはしていない。拙論の内容とはまったく異なる記述を行った上で縷縷述べられる山本氏一流の〝ストーリー〟は、本来、章段をめぐって検討すべき問題についてひどく矮小化するものと言わざるを得ない。

『枕草子』がまさしく「素材の選択又は配列によって創作性を有するもの」（著作権法第12条1項）であるとすれば、論者の小著もまた、『枕草子』世界をめぐる独自の読み解きを手がかりに、新しく歌人・清少納言の素顔に迫ろうと試みた「創作性を有する編集物」ではある。

多くの研究者によって積み重ねられてきた「成果」に基づく古典の「小説」化という作業にも、作者にとっての発見の喜びや意義が存しているものと想像する。ただし、そこに加えられた山本氏による「解釈」については、方途としての問題を含め、論証の過程や根拠が不明なものが少なくない。従って、解釈研究のベースに引き戻した上で、あらためて取り上げたり、論評したりすることが難しい面があるのは事実だ。Ⅱ篇　第三章及び、本「付記」において検討したことのほかにも、機会があればまたあらためて考えていきたいが、別に初出の論考が存するものを含めた特徴のようにも思われる。

さて、『枕草子』の執筆に関し、「論者は、七月末から清女がいわゆる「長期の里居」に入り、閏七月と八月を過ごし、その間に第一次期の『枕草子』の執筆を進め、まとめて、定子の臨月である十月を待たず、秋深まった頃、九月中に後宮に戻ったと考える」と述べた（拙著『新しい枕草子論』〈新典社　二〇〇四〉、Ⅰ篇　第一章、四七頁）。久下裕利「生き残った『枕草子』―大いなる序章―」（「学苑」773　二〇〇五・三　※久下『源氏物語の記憶―時代との交差』〈武蔵野書院　二〇一七・五〉に収載）は、「今回の里下がりに終止符をうって帰参した最大の理由を、近づく第一子の出産ではなかったかとしたのは圷美奈子氏であったが」とした上で、「清少納言の謎めいた長の里居の意味するところは、『枕草子』の執筆であり、第一子誕生のお祝いとして、中宮定子に献ずるために騒動の渦中に身を置かず、精根を傾けていたと推測されるのである」とする（久下『源氏物語の記憶』、三七〇頁）。この点、久下氏の論において付け加えられているのは、「第一子誕生のお祝い」という事柄であるが、「お祝い」を用意するために、苦境にある身重の主のもとを離れたというのは、やはり妙な話なのではないか。「定子の第一子が皇女であったためか」献上が見送られ、その後の敦康親王の誕生に関して浄書・献上の機会があったと主張することについては、紫式部が語る『源氏物語』の製本逸話にも似るが、必ずしも、「集成された記事の年時」からそれを推し測ることはできず、むしろ、年時が明らかな日記的章段の内容に鑑みても、蓋然性が高い推察とは言えまい。

論者が「後宮の視点によって描かれた政変」（前掲、圷『枕草子』「長徳の変」関連章段の解釈―後宮の視点によって描かれた政変―」〈「中古文学」71　二〇〇三・五〉初出。拙著『新しい枕草子論』〈新典社　二〇〇四〉、Ⅰ篇　第一章）について読み解いた内容は、歴史の非体験者が決して想像し得ないようなものであった。

さまざま述べてきたが、「作者論」の亡霊のような「歴史読み」もまた「作者論」同様、解釈的発見に繋がるものではない。それは読解の視座を自明の「歴史」等、作品の外側（背景）に置くものとして、本文に寄り添う読みを追究することとは異なる行為であり、論者自身はそうした〝潮流〟からは距離を置くべきだと感じている。

付記２　和歌と記録（本章第四節、195頁）

さて、倉本氏はその後、『藤原行成「権記」（下）』（講談社学術文庫　二〇一二）において、一条天皇の辞世歌の対象に言及する『権記』当該箇所（「其御志在寄皇后」）の訳文に、

その御志は、皇后（藤原定子）に寄せたものである。（二八三頁）

と記し、当該書籍においては、本文の「皇后」について「藤原定子」と断定する形で発表している。さらに、「一条が明らかに彰子に対して詠んだ辞世の歌を、定子に対して詠んだものと記しているのも、その一環であろうか」（「おわりに」四九〇頁）と述べ、定子に対して詠んだものではないにも拘わらず、行成が「定子に対して詠んだものと記している」（と倉本氏がみる）ことについて、「一条と定子・敦康」に対して抱いていた「複雑」な思いがあったとするのは、主旨として、前掲、第五節・⑵山本淳子『『権記』所載の一条院出離歌について』［山本ａ］（「日本文学」55－9　二〇〇六・九）も同様である。

しかしながら、まず、本章第一節に述べたように、日記本文の「皇后」を直ちに「定子」と解すことはできないのである。呼称の「使い分け」についても、前著ですでに示したことであるが、後述の通り、当該箇所における「皇后」が「定子」を指すものであるということの証拠にはならない。

例えばまた、道長は、一条天皇の辞世詠出の場面に限って、平生「宮」と記していた彰子について、わざわざ（「中」の字

を書き加えて）「中宮」と記している。『権記』中、立后の日の記事などあらたまった場面では、彰子について「皇后」という正式な称号が用いられているように、『御堂関白記』同様、辞世詠出の場面における『権記』の「皇后」という表記も、彰子について、日ごろ使用していた「中宮」から一段あらたまった称号を用いたと考える（言う）こともできるのである。

注意しなければならないのは、本章第四節に見た通り、倉本氏（及び、山本氏）の場合、『権記』記載の〝和歌〟について、あくまでも彰子宛ての辞世とみながら、〝本文〟の「皇后」については、定子をさすものと考えているという点である。

すなわち、「皇后」＝「藤原定子」という事実は、ほかならぬ、『権記』記載の和歌本文の解釈によって導かれる「意味」であり、「皇后」の意味内容は、前後の記事本文全体の構成によって読み解かれる「謎」なのである。その新しい解釈なしに倉本氏が「皇后（藤原定子）」と日記本文に直接書き込む（注記する）のは不審であり、読みの根拠がどこにも示されていない以上、すべからく唐突であるという印象が否めない。ちなみに、倉本氏が『藤原行成「権記」（下）』（講談社学術文庫　二〇一二）において提示した辞世歌の訳文は「露の身のような私が、風の宿に君を置いて、塵の世を出る事が悲しい」（一八三頁）というものである。

　　れいならぬことおもくなりて、御ぐしおろしたまひける日、上東門院、中宮と申しける時つかはしける

　　秋かぜの露のやどりに君をおきてちりをいでぬることぞかなしき

（『新古今集』哀傷・七七九・一条天皇）

『新古今集』の詞書にかように記す辞世歌について、こうも急激に通説が覆るとは驚きに値するできごとである。読解の手法や根拠に関する理解が伴わなければ、この新しい知見が学者・研究者の範囲を越え、当該辞世歌の解釈として真に定着するのは難しい。

論者が、辞世歌の新しい解釈をめぐって行った口頭発表（前掲、第一節・3）当日の質疑応答で寄せられた意見はみな、「皇后」＝定子ではあり得ないというものであったが（第一節、177頁）、その中で、山本淳子氏は、後日、「皇后」を定子とみなす論「『権記』所載の一条院出離歌について」［山本ａ］を書かれたわけである（『日本文学』55‐9　二〇〇六・九　※前掲、山本『紫式部日記と王朝貴族社会』［山本ｆ］〈和泉書院　二〇一六〉に収載、第二部第六章）。論者の稿には触れていないが、氏の論の中心は、一点、「中宮」「皇后」等、呼称の使用状況の調査にある。

同じことについては、倉本氏にも「行成は日記の中で『中宮』彰子と『皇后』定子をきちんと使い分けており、一条が辞世を詠んだ対手を定子と認識しているのである」という言及（前掲、第四節、195頁）がある。

だが、ここでにわかに用いられた「皇后」という呼称が、定子を指す称号であることは、実は、「皇后」亡き後の事件であるこの前後の用例（生前から現時点までの）を「証拠」としては、判断できないことなのである。その普通の方法で、これまでに論が成立していないゆえんである。

『権記』の当該の記事における「皇后」は、一条辞世歌の真意が、定子の死と結びつくものであるからこそ、必然的に用いられることになった「符号」として捉えるべきところとみる（拙著『王朝文学論』〈新典社　二〇〇九〉、Ⅲ篇　第四章　一条天皇の辞世歌「風の宿りに君を置きて」―「皇后」定子に寄せられた《御志》―　の注記（１）参照）。

この点（呼称の用例の扱い）については、研究発表（前掲、第一節・3）でも述べたことである。後日、発表された山本氏の論（前掲、第五節・(2)論）が、この「呼称」の使用例の調査一点を根拠として構成されたものであることは、氏自身による「要旨」（前掲、山本『紫式部日記と王朝貴族社会』［山本ｆ］〈和泉書院　二〇一六〉、五頁）の内容「院の二人の皇后である定子と彰子に対して『権記』が使用する呼称を網羅的に調査した」にも示されている通りである（後掲、「抜刷」に添えられた文章中、山本氏が「データ分析の方法を練り直し」たと言っているのがこれに当たろう）。その上で、拙論と同様に一条天皇の辞世歌の対象について定子とみなす説を、氏独自のものとして述べた。多くの言葉を用いて付け加えられた部分について、あらためて拙論の「歌意」と比べてみれば、内容的にも、歌一首の解釈として異例のものであることが明らかになろう。

露の身の風の宿りに君を置きて塵を出でぬることぞ悲しき

圷による解釈（前掲、第一節・2論「一条天皇の辞世歌『風の宿りに君を置きて』」〈二〇〇四・一二〉）

〝この身は消え行くはかない露の身として、風の宿るところ（すなわちこの地上）に君（定子）を残し、（今、死に臨んで）この俗世を出て行くことのなんと悲しいことよ〟

山本氏による解釈（前掲、第五節・(2)『権記』所載の一条院出離歌について」［山本ａ］〈二〇〇六・九〉　※山本『紫式部日記と王朝貴族社会』［山本ｆ］〈和泉書院　二〇一六〉、一八八頁）

（十一年前のお歌のとおり、あなたは草葉の露となった。その）はかない人の身が住む、風にさらされ吹き散らされそうな苛酷な宿りである俗世、（かつてあなたは一度はそこを脱した。だがこの私が引き戻し、再び在俗の身としたのだった。そして）今そこにあなたを置いて、私はこうして一人出家してしまった。そのことが悲しい。

いずれにしても、右、掲出の状況では、先行する他者の論文に示された新見について、論の前提として賛否を示すことはおろか、〝存在していない〟体によって、一切触れ得ないということになるのかもしれないが、結果としては、かえって不自然なことになってしまっている。

論者の示した「歌意」は、一条天皇の歌について、自らの土葬を示唆した定子詠の「草葉の露」を踏まえた辞世として解したものである。定子が土葬を望んだその理由は、まず、後に残される人々の気持ちと関わっていよう（本著、Ⅱ篇　第三章329頁。拙稿引用個所参照）。山本氏の説ではこのことをめぐって、「生前も死後も俗世にとどまった定子」（※山本『紫式部日記と王朝貴族社会』［山本f］〈和泉書院　二〇一六〉、一八八頁）とみて、歌の解釈に「在俗」という言葉が盛り込まれる一方、土葬の件は見過ごされてしまっている。

定子が自ら望んだ「土葬」の意味についていかに捉えるかということが、その十一年後に詠まれる一条天皇の辞世歌の意味を理解する「鍵」なのである。論者による解釈のポイントはそこにある。一瞬の煙となって消え去る「火葬」ではなく、「煙とも雲ともならぬ身」（定子辞世歌）として「土葬」されることが、すなわち、「風の宿り」（一条天皇辞世歌）たる「この世」に残りとどまることになるのだという点について理解できなければ、解くことのできない「謎」である。後に残される人々にとって、定子の死の形がいかなる「意味」を有していたのかということについて、よく考えなければならない。

山本氏の解釈には、定子の「死後」のありようをめぐって、定子詠の主旨たる「土葬」の意味が踏まえられていない。その点、火葬も土葬も何ら変わるものではないという前提に立ちがちなところであるが、読解のためにはやはり、発想の転換も必要であろう。いかに説明したとしても、乗り越え難い「壁」となるのは、この部分である。

そもそも、定子が「とどまった」という、「死後」の「俗世」とは一体、どのようなものなのであろうか。山本氏の現代語訳によれば「人の身が住む（中略）苛酷な宿り」としての、「俗世」とみるしかない。定子について「産死の女性は成仏できない」（山本『紫式部日記と王朝貴族社会』［山本f］〈和泉書院　二〇一六〉、一八七頁）と考えるのだとしても、「出家」との区別がないのであれば、一条天皇の思いについて（自分だけ）「出家してしまった。そのことが悲しい」と解す合理性もない。こうした点においても、氏の説には歌一首の解釈として未整理な部分が存しており、その意味で甚だ難解である。

その他、前掲、第五節・(2)山本淳子「『権記』所載の一条院出離歌について」［山本a］（「日本文学」55-9　二〇〇六・九）の発表に係る山本氏の一連の対応により、学会大会における研究発表や研究論文のプライオリティについて、少なからず毀損されるものがあったと論者が感じていることは事実であり、その点は残念に思っている。

降壇後、論者は山本氏から，一条天皇の辞世歌について関西部会例会で発表をしたものの、理解を得られなかった，ということをうかがい、質疑応答の際の主旨とは一転、今度は「定子宛ての辞世として」考えるための山本氏の質問に対し、時間をかけて答えることになった。同じく、本章第一節に述べた通り、平成十七年（二〇〇五）五月十五日の「中古文学会春季大会」での論者の発表の目的は「一条天皇の辞世歌を、藤原道長の『御堂関白記』の記述通り、中宮彰子宛とみて疑うことのない歴史認識の一端について問題を提起する」ためのものであったが、これも当日におけるその結果（反応）の一つではある。

山本氏は論者のこの発表の翌年、「日本文学」掲載の論考［山本a］について、［本稿は、平成十五年九月に中古文学会関西部会例会にて『権記』・『御堂関白記』所載の一条院出離歌について」の題で発表致しました内容にもとづいております。発表から長い時間がかかりましたが、データ分析の方法を練り直し、ようやく客観的論考として成稿することができました］という文言を添えて、その抜刷を配布しているが、論中、当該の「例会」発表に関する言及はない。先行研究としての拙稿に触れることがない以上、両論の関係につき、事実に反してあえて逆転させかねない言説である。拙論の問題提起に呼応して、これまでに多くの反応を得ていることは何より幸せなことであると考え、新見発表の機会に恵まれたことには、深く感謝するものである。だが、相互に影響し合って議論を深めていくのが研究論文の自然なありようであることを考えれば、その前提となる、他者の論と自身の論との関係性については、事実をありのままに記すことが大切なのだと思う。


近時また、拙稿（前掲、第一節・[2]論　圷「一条天皇の辞世歌『風の宿りに君を置きて』―「皇后」定子に寄せられた《御志》―」二〇〇四・一二）と同様、「定子」と「一条天皇の辞世歌」をダイレクトに結ぶ「藤原定子をめぐって―一条天皇の辞世歌のことなど―」なる題目による講演（中島和歌子氏、紫式部学会平成二十八年度講演会。二〇一六年十二月三日、東京大学）も行われるなど、この件をめぐる「定説」のありようについては、これまでに確かに、大きな変化があったと言うべきであろう。

当該中島氏による講演は、『権記』記載の「皇后」を「彰子」とみる趣旨のものであり、基点となる和歌をいかに理解するかという問題と関わって、解釈研究は容易に〝後戻り〟もすることだろう。いずれにしても、発表や講演の内容を象徴するタイトルは、自身の研究内容を象徴するものでもあるはずだ。また、「一条天皇の辞世歌」本文と「定子」の結びつきは、それ(拙論)以前には、〝客観的事実〟として認識された事柄ではなかった。

講演の内容については、詳しくは、「論文」化を待って言及すべきことと考えるが、例えば、『権記』の「其の意指して知ること難し」(「難指知其意」)という記述の意味をめぐる論者の見解について、「彰子なら不要」(中島「講演資料」)と要約し、山本氏と論者の見解を同一のものとして処理する等のことが見受けられた。前掲、「付記1」冒頭に述べた件に関する事柄である。論者のその「発言」(会話)が、立論の前提となるものでないことは、拙論の構成上も、明らかなことではなかろうか。また、「土葬すれば必ず魂が地に留まる」(中島・同資料)などという要約も、論者の主張とはまったく異なるものである。中島氏自身の立論における主要な問題意識として抽出されたものとしては、いささか疑問が残る形ではあった。

(以下、中島氏の講演に関連する部分は追記である。)その後に発表された、当該講演に基づく中島氏の論考の冒頭、第一文は「ここ十数年間で、『権記』の記手行成は一条院の辞世歌を亡き皇后定子宛だと思ったとする説が、優勢になってきた」というものである(中島「藤原定子をめぐって――一条天皇の辞世歌のことなど――」〈「むらさき」54 二〇一七・一二〉)。

口頭発表(講演)から変わることなく、重要な複数の点において、拙稿の主旨を曲解した上で他と〝一絡げ〟にして処理していることなど、〝彰子宛ての歌だと信じたい〟――すなわち、「私は、二人は浄土で『同じ蓮』にいるのだと信じたい。二人の取り次ぎ役であり天皇や敦康に尽くした行成にも、そう思っていてほしい。院は定子と再び別れるのではなく、再会するのである」とある論考末文のその文字通り、「結論」ありきの展開であると言わざるを得ないだろう。しかしこの「結論」も、一条天皇の辞世歌における「永訣の悲愴感」を受け止めた中島氏の「思い」であることに相違ない。それは、論者が新たに読み解き浮き彫りにした辞世歌の主旨である。

中島氏による論展開のやや強引な点については、すでに述べた通りであり、論者は、「其の意」に「知り難」い部分があるという一条天皇の辞世歌に関して、「彰子宛なら惜別だとすぐわかるので定子宛だ」というようなことも、また、定子の土葬に関して、「定子は成仏できず、現世に留まっている」というようなことも、まったく言っていないのである。当然ながら、それらを論の「前提」にしたこともなく、中島氏による問題設定については、元来その合理的な意味を見出し難い。部分的な形ですら、論者の文章そのものの引用を避け、主旨を変えた〝引用〟が行われている。

その意味においては、古記録を引いて述べる冒頭の項等（ただし、「呼称」の使用例が、辞世歌の対象を特定する根拠にならないことについては、これまですでに指摘してきた通りである）、その〝実証的〟な印象に反し、研究史に言及する当該中島氏の論考は、必ずしも誠実なものとは言えまい。

埋葬された死者に対する思いについても、中島氏は「成仏」云々という考えに囚われているわけである。その点、例えば『日本書紀』に見える斉明天皇の挽歌など、「風の宿りに君を置きて…」と詠む一条天皇の歌について理解するために、ぜひとも参照すべきものと言えよう。

山越えて　海渡るとも　おもしろき　今城（いまき）の内は　忘らゆましじ（其の一）
水門（みなと）の　潮（うしお）のくだり　海（うな）くだり　後（うしろ）も暗（くれ）に　置きてか行かむ（其の二）
愛（うつく）しき　吾（あ）が若き子を　置きてか行かむ（其の三）

（小島憲之・直木孝次郎・西宮一民・蔵中進・毛利正守校注・訳『（新編全集）日本書紀』三−二一五頁）

右、一連の和歌は斉明天皇四年（六五八）五月のことであった皇孫建王（たけるのみこ）の薨去にまつわるものであり、同年十月十五日、紀の湯行幸に際して詠んだ。歌中「置きてか行かむ」という表現については、「建王を置いて行くと。亡き建王なのに生者との離別のごとく歌い、一層その悲しみを増している」（三−二一五頁・頭注二〇）と評されている。天皇は「斯の歌を伝へて、世に忘らしむること勿れ」（二一六頁）と詔し、建王の殯の折には、「今城なる　小丘（をむれ）が上に　雲だにも　著（しる）くし立たば　何か歎かむ」（二一三頁）等の挽歌三首を詠んでいる。定子辞世「別れ路」の歌のその十一年後に一条天皇が詠んだ「風の宿り」の辞世歌は、置き残して行く（「置きてか行かむ」）愛する者を思って詠む斉明天皇の挽歌同様、「君を置きて」と詠む一首であった。みなそれぞれの「旅路」について詠んだ歌である。斉明天皇の和歌の解釈に及んでは、あらためて詳述する機会を設けたい。

なお、中島氏の論考中、上掲『権記』記載の「其の意」云々の部分をめぐって、「圷・山本・土方の三氏は、彰子なら惜別だとすぐわかるので定子宛だとされる」（傍線－圷）と，一括り，にしてまとめられていることについては、拙論発表後のものである山本・土方両氏の論考と、（両氏の論考に言及のない）拙論との「関係」が反映されているわけである。論の先後関係はもとより、それぞれの立論の動機や過程について知る材料となるくだりではある。

他者の論考に関し、その論旨を自分にとって都合のよいように書き変えて「引用」する問題については、別に、本著のⅢ篇　第四章（本文562頁及び、「付記　解釈的発見とその扱いをめぐって」）でも述べたところである。

研究史の把握の仕方や、他者の論考の利用の仕方など、研究の前提となる部分はもとより、その内容についても歪みのないありようが求められる。和歌をめぐる解釈的発見の重要性について理解することなく、これを看過してしまうとすれば、「中古文学」や「和歌文学」の研究上、和歌を扱う際にも、対象となる論考の内容を正確に把握することはできないということである。

論者自身、現在はまた定子の辞世歌の意義に及んで新しい解釈を提示しているが（本著、Ⅱ篇　第三章及び、Ⅲ篇　第四章）、二〇〇四年から二〇〇五年にかけて、初出論考の刊行ならびに学会発表の時点においては、『権記』の記事をめぐり、この二つの要素（「定子」と「一条天皇の辞世歌」）をダイレクトに結ぶ和歌解釈を行うこと自体、大きな挑戦であったのだ。『権記』記載の一条天皇の辞世歌について問題にするならば、それを何度も読み味わって理解する必要がある。

露の身の風の宿りに君を置きて塵を出でぬることぞ悲しき

一首は、人の世に、生別死別以外にも存する、「愛する者との別れ」について、教えてくれることだろう。ここで「死別」とは、相手の死による「別れ」を意味する。その上で、相手の死後にも、「別れ」が存するということである。

生前、一国の帝と后の立場にありながら（それゆに）、彼らの意志で自由に逢うことすらままならず、共に過ごせぬ時を多く経てきた一条天皇と定子は、天の川を隔てて自由に逢い合うことの許されぬ彦星と織姫のごとく、離れている間も常に相手を思い続けて生きたのである。一条天皇と定子もかつて、天上の二星にかけて手を取り合って愛を誓ったことがあったのであり、それは、「長恨歌」世界における玄宗・楊貴妃の生前の誓いに重なるが、一条天皇と定子二人は、死別によってはじめて引き裂かれたのではない。「長恨歌」世界のそれは、「死が二人を分かつまで」以後の物語（虚構）である。

一条天皇に宛てた定子の辞世歌は、〝「七夕」をめぐる死の歌〟（→Ⅲ篇　第一章）であったが、それは、二人の関係が「長恨歌」世界の玄宗・楊貴妃に擬えられているということではない。生前から離れ離れに引き裂かれた状態にあった一条天皇と定子と、（それとはまったく異なる）「長恨歌」世界における玄宗・楊貴妃の関係の違いに留意する必要がある。その違いがあればこそ、あらためて定子詠における「長恨歌」の引用も行われるのであり、もしその違いを踏まえずに述べるのであれば、準拠論、典拠論としては甚だ不十分であるということになる。

前掲、山本「『源氏物語』の準拠の方法」［山本ｅ］（『王朝文学と東ユーラシア文化』武蔵野書院　二〇一五　所収）などに顕著であるが、「要素」として「一致する」、あるいは「重なる」事柄、すなわち両者の「共通点」のみを選んで数え挙げ、「近似性」を重要視する従来的な方法では、抜け落ちてしまう事柄である。こうした常套的かつ常識的な研究手法が、実は、『源氏物語』の設定によって規定され、誘導されたものであることも指摘しておかねばなるまい。

離れている間も常に互いを思い合い、心を通わせ合っていた二人の関係・心の交流は、定子の「死」をも乗り越えて、その後も続いていたのである。生前、そのような人生を歩んだ二人であったことを忘れてはならない。言い方を変えれば、突然訪れた定子の「死」を乗り越えさせるほど、それは過酷な状況であったということである。

一条天皇が自らの死に臨んで、今ここにいない――自らの意志によって、鳥辺野の地にあり、一条天皇の死によってその地に置き残されることになる――愛する定子に、再び「別れ」を告げたということは、疑うべくもない事実である。それが、「風の宿りに君を置きて……」という、藤原行成が書き取った辞世歌の形であったと、論者は考えている。

如上、本著に施す「追記」の作業も終った（はずの）ところで、また同一テーマによる山本氏の新しい書きもの「皇后定子と桐壺更衣―辞世に見る準拠―」（原岡文子・河添房江編『源氏物語　煌めく言葉の世界Ⅱ』〈翰林書房　二〇一八・五　所収〉）［山本ｈ］が刊行され、論者のもとにも早速お届け頂くことになった。一読、例えば、一条天皇と定子二人の辞世歌について、「今わの際という衰弱極まる状態で詠まれる場合、文言が一部伝わりきらなかったり、異伝が生じたりすることがある。しかし定子の辞世はあらかじめ書き置かれていたので、文言は変わらず伝わった」と述べて自説を補強しようとする点、〝聴取されたものの不確実性〟や〝記述されたものの不変性〟など、必ずしも古典作品の実態ならびに研究上の基礎的認識に則らない話によって、論の重要な部分を埋めて行く手法に変わりはない。
また、山本氏がそれを桐壺更衣の辞世歌の「本歌」とみる定子の「別れ路」詠については、「この定子の辞世は、ひたすらに死を見つめている」と言い、この部分に論者が提示した当該辞世歌の新しい解釈に関する注記を付した上で、「当否」の判断については放棄してしまった格好だ（［山本h］の注記（23））。拙論は、定子の辞世歌を「死そのものについて述べた」（本著、336頁）一首として初めて読み解いたものである（→Ⅱ篇　第三章）。辞世の主旨について、［山本b］（『源氏物語の時代』〈朝日新聞出版　二〇〇七〉）では、「今それ（圷注‐「あの世には父もいるし母もいるはずである」ということ）は彼女の心にない」などと言っていたが、［山本h］ではまた、「生はその眼中にない」などという言い方も見られる。しかし、そのようなことではなく、「自らの死に臨んで定子はなお、他者のためにこそ生きようとしているのである」（本著、336頁）。それが、定子の遺した辞世歌群のありようなのだ。

今回の論考［山本h］において、例の「裏の準拠」（［山本e］に見られる言葉。本著のⅢ篇　第四章　注（63）及び「追記(2)‐B」等で取り上げている）論については、山本氏独自の見解が一体どの部分であるのか、その意義を含めて一層分かりにくくなったようだ。結論部の「『源氏物語』作者の、『枕草子』とは全く違った方法で定子を古典化する方法」（［山本h］末文）云々ということについても、『枕草子』の何とどのように「全く違う」のかについては不明のままである。

論者にとっては、『権記』の記事中、行成が一条天皇の辞世歌を聞き取る場面に、命の最後の力をふりしぼり、身を起こして一首詠じる一条天皇の姿が明確に書き置かれていたことについて、特に大切に扱う必要があると痛感するできごとであった（『権記』「御悩無頼、亥剋許法皇暫起、詠哥曰、（和歌）」。『御堂関白記』では「此夜御悩甚重興居給、中宮御々依几帳下給、被仰、（和歌）」。いずれも寛弘八年〈一〇一一〉六月二十一日条。拙著『王朝文学論』〈新典社　二〇〇九〉、Ⅲ篇　第四章参照）。また、和歌解釈をめぐる研究手法としての「データ分析」等のことも、ひとえに、その前段のこととなる「仮説」の立て方ならびにその質にかかっているという点、あらためて自ら戒めとするところである。

Ⅱ篇　和歌を読み解く

第一章　〈歌枕〉の歴史

――「紫草」の生い出でる場所として――

第一節　『伊勢物語』の歌

いわゆる「歌枕」を含む「歌ことば」の意味と解釈の可能性とについて、まずは考えてみる必要がある。研究史的な常識として定説化された「解釈」が、和歌そのものの「意味」であるかというと、必ずしもそうとばかりは言えないのである。

例えば、『伊勢物語』の和歌についてである。『伊勢物語』は『源氏物語』より早く、「紫」の君を登場させた物語であるとも言えるが、本章は、冒頭に述べた問題について、歌物語たる『伊勢物語』の歌を取り上げて始めることにする。副題、「紫草」の生い出でる場所とは、物語や和歌（歌集）という、表現生成の土壌も含むことになる。

『伊勢物語』の中でも、幼な恋に始まる二三段の物語は、高校古典の教材としても長く取り上げられ続け、作品としては謡曲「井筒」の素材となるなど、「筒井筒」といえば、人口によく膾炙した話柄である。

次は、二三段冒頭部における、男女の贈答歌である。

さて、このとなりの男のもとより、かくなむ、

筒井つの井筒にかけしまろがたけ過ぎにけらしな妹見ざるまに

女、返し、

くらべこしふりわけ髪も肩すぎぬ君ならずしてたれかあぐべき

などいひいひて、つひに本意のごとくあひにけり。

（福井貞助校注・訳『新編全集』本　一三六頁）[1]

まず、右の通り、現行の注解付きテキストでは「筒井つの井筒にかけし」あるいは「筒井筒井筒にかけし」と表記される上の句であるが、これは、「つつゐつのゐつつ」（つつ居つの、居つつ）あるいは「つつゐつつゐつつ」（つつ居つつ、居つつ）という表現に、「筒井」や「井筒」が掛けられたものである。伝存する諸本の表記は「つゝゐつの」「つゝゐつゝ」などである。

歌そのものの意味に関わる技法として、すでに指摘したところであるが[2]、当該歌の修辞として、この「掛詞」の存在が考慮されたことはなかった。「つつ」は、和歌に多用される表現であり、気づいてみれば、二三段の全文を通して、冒頭部分の地の文「女はこの男をと思ひつつ」や、高安の女の歌二首にも「君があたり見つつを居らむ生駒山雲なかくしそ雨はふるとも」「君来むといひし夜ごとに過ぎぬれば頼まぬものの恋ひつつぞ経る」などと、「つつ」が繰り返し用いられて、その印象を強めているのである。

「井筒」は、‘「井戸端で一緒に遊んだから」こそ詠み込まれた’という言葉ではないのだ。それは、生まれたとき

から変わらぬ、「ゐつつ」（居つつ）の心を訴え誓う男の歌において、命の根源と結びつく、幼年時代の象徴として機能しているのである。男は、「ゐつつ」の昔にかけ誓って、生涯変わらぬ愛を歌い伝えるのである。

さらに、「まろがたけ―過ぎにけらしな」と詠む部分であるが、これも、求愛・求婚の歌として素直に理解するならば、わが背丈（「まろがたけ」）が、それを越した（「過ぎ」た）であろうものは、久しく逢い見ていない、「妹」の背丈であるはずである。「井筒」の高さではあるまい。しかし、従来の解釈に、この考え方はないのである。

井筒で高さをはかって遊んだ私の背丈も、あなたを見ないうちに、きっと井筒を越すほどに大きく成長したでしょうよ。もう、大人としてあなたに逢いたいという気持です　（『新編全集』一三六頁・現代語訳）

背比べをし合うような幼い時代を前提に、今はもう僕の方が君よりずっと大きくなったに違いない……というのである。男が言わんとするのは「井戸の囲い」より背が高くなりました、というようなことではない。二人が共有する〝幼な恋の記憶〟に基づく詠歌である。

男の歌は、「見ざる間」に育った愛を語って〝しばらく逢わずにいる間に、僕の背丈は、君の背丈を越えてしまった〟と述べるものである。結婚の時が来たのだ。口語訳としては、歌の言葉にない「もう、大人としてあなたに逢いたいという気持です」という部分を補う必要もなかったということになろう。女の歌が、男の歌を受けて「くらべこし」と始まることの意味も重要である。

しかし、解釈上の定説として信じられている意味内容は、「昔、筒井の井筒ではかった私の背丈は、もうその井筒より高くなってしまったようです、あなたと会わないでいる間に――」（石田穣二訳注『新版　伊勢物語』〈角川ソフィア文庫〉、一七九頁)[3]、「筒井を囲う井筒の高さをめざした私の背丈は、あなたを見ないうちに井筒を越してしまったよ」(渡辺実校注『集成』[4]、三九頁)などというものなのである。

「過ぎにけらしな」(過ぎ越してしまったようですよ)というのも、しばらく逢うことがなく、実際に「妹」と比べ合ったりしていないから、そのように推測する言い方に意味が出てくることになるのである。ほぼ間違いなく確実なことであるから、強意の「な」が付くことになる。武田本など「けらしも」とあるのは、「古色をてらったものか」(石田穣二『伊勢物語注釈稿』[5]、三〇〇頁)ともみなされるところであるが、「な」の意味のほうが強いか。小町詠「花の色はうつりにけりないたづらにわが身世にふるながめせしまに」(『古今集』春下・一一三)の詠みぶりと似通う一首である。[6]

二三段冒頭の、

むかし、ゐなかわたらひしける人の子ども、井のもとにいでて遊びけるを……

における「田舎……」という舞台設定も、歌中「ゐつつ」の「掛詞」である「井筒」を〈現実〉のものとして描き出す、この物語の手法と関わっている。「歌物語」としての『伊勢物語』は、《歌の言葉を文字通りに場面化する手法によって、歌そのものとは異なる、新たな主題を持つ物語を創出する》物語なのである。[7]

二三段の物語について、「ゐつつ」の心は、自ら「いとよう化粧じて、うちながめて」、男の、裏切りの道程に心を添わせた、幼な恋の女の行為において結実し、証明される仕組みである。

風吹けば沖つしら浪たつた山夜半にや君がひとりこゆらむ

この歌の言葉通り、男は、「たつた山」を越えて、「大和」と「河内」を行き来する設定になっている。しかし、右の一首は、山越えの旅人を送る詠歌として成立しているものであり、その意味では、詠歌状況として「河内越え」のような経緯に必然性はなく、そのほか、あらゆる物語を添加することが可能である。

よく知られた和歌の重要な部分についても、詠み込まれている「言葉」をめぐる修辞や、三十一文字に結ばれた一首の文脈の解釈について、看過されている事柄があるのである。

「歌枕」をめぐって、《歌の言葉を文字通りに場面化する手法》により、〈現実〉の地理と結びつけてストーリーを展開する、その『伊勢物語』の物語手法から翻って考えてみるべきことは多いと言えよう。

第二節　「百人一首」の例

「歌枕」などの「歌ことば」について考察するとき、歌集としての「百人一首」は基本的な作品と言え、特に重要である。「小倉山」や「逢坂の関」など、主要な「歌枕」を詠み込む和歌の、それぞれ典型を示すものとして受け止められている。

「百人一首」などの歌に詠み込まれる「歌枕」は、国語・古典の基礎的な資料において「日本地図」とともに提示されるのが一般的である。「歌ことば」に関する辞典類でもまず、実際の地理上の情報、所在こそが、それぞれの「歌枕」を理解するための必須条件として示される。

「逢坂の関」と〝恋〟（「行く」「帰る」「別る」「知る」「知らぬ」「逢ふ」）

しかし、「逢坂の関」を詠み込む恋歌が、滋賀は大津の旧関「逢坂の関」の向こうとこちらに住む男女の話であるわけではないように、それは、必ずしも現実の地名として歌に詠み込まれているものではないのである。「逢坂の関」とは、和歌の世界地図の中に存在する「男女の一線」を意味する「名所」である。石山寺に籠もる和泉式部と都の帥宮が交わした贈答歌のウイットも、その意味でこそそのものである。

それは、次の歌の場合も同様である。従来は、出典として『後撰集』の詞書に「相坂の関に庵室をつくりてすみ侍りけるに、ゆきかふ人を見て」とあることを詠歌の必然――この歌の「意味」として理解している。

これやこの行くもかへるも別れてはしるもしらぬもあふさかの関
（『百人一首』一〇・蟬丸）

『後撰集』に入集する形では、第三句は「別れつつ」である（雑一・一〇八九）。『百人秀歌』時点での形も「別れつつ」（一六）。『素性集』にも見え、その第二句は「ゆくもとまるも」である。

あふさかにむろつくりてすみしころ、ゆききの人を
これやこのゆくもとまるもわかれてはしるもしらぬもあふさかのせき
（『素性集』Ⅰ四七）

Ⅱ系統の詞書（五五）は「あふさかに、あかすち（ママ）してすみはべりけるに、道行く人を見て」であり、『後撰集』の詞

書にやや近い。

一首の主旨については、『応永抄』など古注以来、一般に「会者定離」の無常観を表わすものとして受け止められているが、「古抄に会者定離の心といふは発句と結句との首尾に違却せり」（『改観抄』）など、これを否定する見方もある。

しかしながら、従来は、一首がすべて恋歌の言葉を用いて綴られているものであることが見過ごされてしまっているのである。それはすなわち、一首を構成する「行く」、「帰る」（あるいは「とまる」）、「別る」、「知る」、「知らぬ」、「逢ふ」という、恋の行為を表象する語彙である。この点を踏まえて解せば、歌の主旨は自ずと下の句の「知るも知らぬも逢坂の関」の部分に示された、〝知るも知らぬも逢ふ〟という一事に集約されることになる。

『古今六帖』第五「雑思」に次のような歌が見える。

たれはかはしらぬさきより人をしるしらぬ人こそしる人になれ　（『古今六帖』五・雑思「しらぬ人」・二五二六）

確かに、王朝時代の恋の歌群は、「まだ見ぬ人」を思い、「知らぬ人」を恋うる歌から始まるものであった。『古今六帖』の同項（「しらぬ人」題）には、次のような歌もある。

かすが山あさみるくものおぼつかなしらぬ人をもこひわたるかな　（二五二九）

あさぢふにあさゐるくものきえゆけばむかしもいまもみぬ人おもほゆ　（二五三〇）

いずれも、消えやすい朝雲に、はかない恋の思いを重ねて詠むものであるが、例えば、『古今集』に入る紀友則の次の歌、

雲もなくなぎたるあさの我なれやいとはれてのみ世をばへぬらむ　（『古今集』恋五・七五三）

における〈朝雲〉は、〝むなしい〈後朝〉〟の表象として歌のテーマと結びつく有機的な表現である。「いと晴れて」と「厭はれて」の掛詞としてのみ機能しているわけではない。「序詞」の表現的意味合いについても、考究されるべきことは多い。「朝」と「夜」（「世」との掛詞）の対比も表現上の要点となる。

従来、蟬丸の「これやこの」の歌については、「逢坂の関」という「歌枕」をめぐって、実際の地理と結びつけた解釈が示されることになっている。

・これがまあ、行く者も帰る者もみなここで別れ、知る者も知らぬ者も行き逢う逢坂の関なのか。
（工藤重矩『後撰和歌集』〈和泉書院〉、一〇八九番歌・現代語訳[8]）

・行くも帰るも　旅立って東国へ行く人も見送って京へ帰る人も
（片桐洋一『新大系』、一〇八九番歌・語注[9]）

しかし、恋歌の言葉を用いて構成された当該歌の趣向の核心は、

〝「行く」のも「帰る」のも、同様に「別れ」なのであるといえば、また、「知る」のも「知らぬ」のも同様に

「逢ふ」ことにほかならないのである〟

ということであったのだ。端的に言えば〝この世はみんな「逢ふ」なのだ〟という、「会者定離」の無常観とは対立する概念が言い表わされていたことになる。行き帰り別れつつ、私たちは、出逢いに満ちたこの世に生まれ合わせたのである。そこに「ゆきかふ人を見て」（『後撰集』詞書）思念された、「逢坂の関」をめぐる事実である。

「末の松山」と〝形見の袖〟

歌枕「末の松山」をめぐっても、見落とされていることがある。「末の松山」とは、まず〝「行く末」の誓い〟の謂であり、その意味でこそ、それを「待つ間」に波越すことが、裏切りの証となるのだ。かつてそこを「波が越したか越さないか」という事実の前に、問題にされるべき事柄である。

君をおきてあだし心をわがもたばすゑの松山浪もこえなむ
　をとこのもとにつかはしける　（『古今集』東歌「陸奥歌」・一〇九三）
わが袖はなにたつすゑの松山かそらより浪のこえぬ日はなし　（『後撰集』恋二・六八三・土左）

さて、それぞれ、中宮定子と一条天皇の側近として活躍した、清少納言と藤原行成は、互いの関係を〝遠江の浜柳〟と称して了解し合っていた（『全集』五七段「職の御曹司の立蔀のもとにて」）。「とほつあふみ」で、「遠つ逢ふ身」の掛詞となる。ここで「遠い」とは、すなわち「逢えない」ということなのではなく、「末々」の誓いを意味する。恋仲ではないが、立場と姿勢とに応じて深い意味を持つ合言葉だ。

清少納言が詠んだ歌に次のような例がある。

ちかへ君とほつあふみのかみかけてむげに浜名の橋見ざりきや

息子則長とおぼしい「遠江の守の子なる人」[10]の裏切りを疑う「ある女房」に代わって詠んでやった歌である（二九七段「ある女房の、遠江の守の子なる人を語らひてあるが」）。父（橘則光）の名「遠江の守」に「神」かけて誓わせようというのは、一度、「ある女房」と交わしたはずの「忘れじの行く末」の誓いである。

清少納言の父・元輔が詠んだ「末の松山」の歌は、「百人一首」に採られている。

心かはりてはべりけるをむなに、人にかはりて

ちぎりきなかたみにそでをしぼりつつすゑのまつ山なみこさじとは

（『後拾遺集』恋四・七七〇・清原元輔／「百人一首」四二）

「かたみに」の語は、従来は専ら副詞「互（かたみ）に」としてのみ解されているが、一首の構成上、「袖」との縁で、当然ながら「形見」の意が掛かる表現となる。愛する者の「形見」の品として、「衣」や「袖」はその象徴である。『古今集』の例を挙げる。

さくらいろに衣はふかくそめてきむ花のちりなむのちのかたみに　（『古今集』春上・六六・紀有朋）

寛平御時きさいの宮の歌合のうた

梅がかをそでにうつしてとどめてば春はすぐともかたみならまし　（春上・四六・よみ人知らず）

あかずしてわかるるそでのしらたまを君がかたみとつつみてぞ行く　（離別・四〇〇・よみ人知らず）

元輔の「末の松山」の歌は、「形見の袖」を詠み込んで、「待つ間」の誓いが裏切られた嘆きをいや増す。「百人一首」に採られた右近の歌、

わすらるる身をばおもはずちかひてし人のいのちのをしくも有るかな　（「百人一首」三八）

などは、同じことでも女性らしい口吻となる。儀同三司母こと、高階貴子の詠、

わすれじの行すゑまではかたければけふをかぎりのいのちともがな　（五四）

また、崇徳院の、

せをはやみいはにせかるる滝川のわれてもすゑにあはむとぞ思ふ　（七七）

などにおける「末々」の誓いも、命（死）を賭けた思いとして解すべきであろう。

「天の香具山」と〝天（女）の羽衣〟

「天の香具山」の歌を詠む持統天皇は、「百人一首」中、女主人公的な存在である。江戸期の一般的なカルタでは持統天皇の絵札一枚のみ特別仕様となり、男装の絵姿もある。(11)

　春すぎて夏きにけらし白妙のころもほすてふあまのかぐ山　（「百人一首」二）

『万葉集』に載る形との違い（破線部）が知られている。

　藤原宮御宇天皇代　高天原広野姫天皇、元年丁亥十一年譲二位軽太子一、尊号曰二太上天皇一

　　天皇御製歌

　春過而　夏来良之　白妙能　衣乾有　天之香来山　（『万葉集』一・二八・持統天皇）

　（春過ぎて夏来（きた）るらし白妙の衣乾（ほ）したり天の香具山）

一首の解釈においても、また、見過ごされていることがあるのではなかろうか。

「白妙」「天」「衣」と、詠み込まれた言葉に注目すれば、これが、山腹に実際に乾されている人間の着衣などではなく、初夏の山裾にたなびく雲霞を「天女の羽衣」に見立てた歌であることに気づくはずではなかったか。

夫・天武の跡を承けて即位した、女帝持統が見定めたものは、藤原京を囲む大和三山の一つ、天の香具山に降り立つ天女の奇瑞であった。天女が衣を乾すというその意味で、新しい季節を迎えるにあたり、「更衣」の歌が詠まれているのである。[12]

「香具山」は、早く、舒明天皇の「国見」の歌に詠まれている。

高市岡本宮御宇天皇代　息長足日広額天皇
天皇登二香具山一望国之時御製歌
山常庭　村山有等　取与呂布　天乃香具山　騰立　国見乎為者　国原波　煙立龍　海原波　加万目立多都　怜忄可
国曾　蜻蛉　八間跡能国者
（大和には　群山あれど　とりよろふ　天の香具山　登り立ち　国見をすれば　国原は　煙立ち立つ　海原は　鴎立ち立つ
うまし国そ　蜻蛉島　大和の国は）

（『万葉集』一・二・舒明天皇）

現行の諸注、人間の衣を乾す実景としてのみ解してきた一首であったが、「土御門院百首」に次の例が見える。藤原定家の評も注目すべきである。

朝あけの霞の衣ほしそめて春たちなるるあまの香具山　（「土御門院百首」「立春」〈春二十首〉一）

本歌の心をみるべし、姿詞およびがたし、真実真実殊勝、目もくれ候

『古来風躰抄』（上・万葉集）の本文で、当該歌は、より直接的な表現をとって記されている。

はるすぎてなつぞきぬらししろたへのころもかはかすあまのがくやま

天武朝における「天女」降臨の奇瑞は、五節舞の起源譚として知られる。持統天皇は、「天の羽衣」を見て取る歌によって、自らわが国土と治世を寿いだのである。

好忠には、「天の羽衣」を乾す「をとめご」の歌がある。

たごのうらにきつつなれけんをとめごがあまのはごろもさほすらんやぞ
（『好忠集』〈毎月集〉Ⅰ一九四「七月〈はじめの秋〉」）

「田子の浦」は「するがなるたごの浦浪たたぬひはあれども君をこひぬ日はなし」（『古今集』恋一・四八九・よみ人知らず）と詠まれるが、そこには、また「羽衣伝説」で名高い「三保の松原」がある。

後代、「天の香具山」と「霞の衣」を詠む歌が見られる。

百首歌たてまつりし時、山霞を
さほ姫の霞の衣おりかけてほす空高き天のかぐ山
（『新後拾遺集』春上・三五・二条為重）

「建保名所百首」の夏歌「天香九山」題で詠まれた歌などにも、雲霞を衣に見立てて詠む例がある。夏の景物「五月雨」を中心に、天の香具山の「雲霞」と「衣」を詠む。「五月雨」のほか、「ほととぎす」を詠み込む歌もある。

（「建保名所百首」夏十首「天香九山」・三〇一・順徳院）

白妙の衣ほすてふ夏の日の空にみえけるあまのかぐ山　（三〇二・行意）

吹く風に五月雨はれぬ久かたのあまのかぐ山衣かわかす　（三〇三・藤原定家）

五月雨はあまのかぐ山空とぢて雲ぞかかれる嶺のまさかき　（三〇四・藤原家衡）

五月雨はあまのかぐ山おしこめて雲のいづこに在明の月　（三〇五・俊成卿女）

さみだれのをやむ晴間の日影にも猶雲深し天のかぐ山　（三〇六・兵衛内侍）

夏くれば霞の衣たちかへて白妙にほす天のかぐ山　（三〇七・藤原家隆）

夏衣いつかは時をわすれ草日も夕暮のあまのかぐ山　（三〇八・藤原忠定）

見わたせばあさたつ雲の夏衣空にほしける天のかぐ山　（三〇九・藤原知家）

ほととぎすなく一声や過ぎぬらんいまぞ明行くあまのかぐ山　（三一〇・藤原範宗）

さか木ばに夏の色とやさだめおきし緑ぞふかき天のかぐ山　（三一一・藤原行能）

夏のよの雲にはやく行く月のあくるほどなきあまのかぐ山　（三一二・藤原康光）

夏のよの在明の空の月影に雲はのこらぬあまのかぐ山

頓阿は、「五月雨晴」題で次のように詠んだ。

かぎりあれば衣ほすらし霖はけふをはれまの天のかご山　（『頓阿集』Ⅱ〈続草庵集〉一四六）

夏、五月の端午節は、皇太弟時代に「紫草」の歌を詠んだ天武（次節に述べる）や、また持統にとって特に重要な節日であった。それは、「あかねさす」梅雨の晴れ間の行事である。

持統天皇の「春すぎて」の歌をめぐる従来の解釈では、「天の香具山」と「天の羽衣」が結びついていなかった。なぜ「天の香具山」が詠み込まれているのか、主要な「歌枕」をめぐって、その意図が見過ごされていたのである。『枕草子』の「山は」の段に「天の香具山」は挙げられていないが、和歌に関する豊かな素養を前提としつつ、多く「歌枕」を取り上げて展開している『枕草子』の「は」型類聚段の試みについても、あらためて注目してみるべきであろう。

第三節　「紫草」の生い出でる場所

「蒲生野」（史実）

持統天皇の父・天智天皇の即位年、天智七年（六六八）の五月五日のことである。新帝率いる遊猟の苑で披露された、皇太弟・大海人皇子の歌に、「紫草」が詠み込まれていた。

和歌における「紫草」はまず、端午節の「蒲生野」に生い出でたのである。額田王が詠みかけ、大海人が応じた贈答歌である。『万葉集』巻一に収められ、「蒲生野贈答歌」として名高い。

天皇遊二獦蒲生野一時、額田王作歌
茜草指　武良前野逝　標野行　野守者不見哉　君之袖布流
（あかねさすむらさき野行き標野行き野守は見ずや君が袖振る）　（『万葉集』一・二〇・額田王）
皇太子答御歌　明日香宮御宇天皇、謚曰二天武天皇一
紫草能　尓保敝類妹乎　尓苦久有者　人嬬故尓　吾恋目八方
（紫草(むらさき)のにほへる妹を憎くあらば人妻ゆゑにわれ恋ひめやも）　（二一・大海人皇子）
紀曰、天皇七年丁卯、夏五月五日、縦二獦於蒲生野一。于レ時大皇弟諸王内臣及群臣、悉皆従焉。

贈答の場こそ、《世継ぎのための賜宴》として、古代端午節における行事催行の折であった。その意義については、これまでにも、繰り返し述べてきている。[13]『源氏物語』のプロットとしても用いられ、明石の姫君の誕生五十日が端午節にちょうど合う設定になっていることなど、新しい注釈書や事典の類に取り上げられることとなった。[14]

大海人は、このとき、「世継ぎ」（詞書にいう「皇太子」）としての立場で、一世一代の舞を奏上していたのであり、それを、額田王は、あえて愛情表現と〝見立て〟て歌に詠んだのである。大海人の返歌は、兄帝の側近として活躍するもと妻、額田王をそれ――「人妻ゆゑに」讃える、すなわち天智朝の讃歌として成立しているものである。

それが、『日本書紀』天智十年（六七一）五月五日の記録「再二奏田儛一」に先行する「舞」である。天智即位年の端午節に奏上された世継ぎ大海人の舞は、三年後の五月五日には、野から宮中に行事の場を移して「再奏」されることになった。

『日本書紀』によると、天智即位年の翌年、天智八年（六六九）の端午節は、「山科野」で催行されているが、さら

に翌年、天智九年（六七〇）の五月条に端午節の記録はなく、代わりに「童謡」が記されている。

五月に、童謡して曰はく、
打橋の　集落（つめ）の遊びに　出でませ子　玉手の家の　八重子の刀自　出でましの悔はあらじぞ　出でませ子　玉手の家の　八重子の刀自

そのひと月前、四月に全焼したと記載する法隆寺火災に関わるものと目されているが、ちょうど二年前の端午節に披露された大海人の詠歌と似通うところもある。

すなわち、場面として、天智の「遊猟」と童謡の「集落の遊び」が対応し、主人公としての人物「紫草のにほへる妹」「人妻」と童謡の「玉手の家の　八重子の刀自」が対応するとみられるのである。

世継ぎの舞が再奏された天智十年（六七一）の冬十月、大海人は吉野に退く。天智の第一皇子大友は太政大臣となっており、十二月の天智の死後、天武元年（六七二）、「壬申の乱」が勃発することになる。天智九年五月の「童謡」は、法隆寺火災と関わるものでありながら、実質的には、二年後の「壬申の乱」について、大海人の吉野入り前に予言するものになっているのではないか。

「八重」（垣など）に守られた「玉手の家」はすなわち、玉台・王宮等を示すであろうか、〃禁野〃の奥深くにある「刀自」（女性）に対し、「遊び」の場への「出でまし」を呼びかける。それが、「八重に構えた家の内の奥深く、大切にされている女」（『〈全集〉古事記　上代歌謡』四八三頁・頭注一六）[15]というものであるならば、大海人の歌に詠まれた禁野「標野」の「紫草」と対応することにもなる。五月に流布した「女性を誘う歌」（『日本書紀（5）』〈岩波文庫〉三二七頁・補注一五)[16]、童謡は、大海人が二年前に詠んだ端午節の歌のパロディーとしても解し得るのである。冒頭、架け外し可能な「打橋」に始まる意味も、このタイミングでは一層、深長と言えよう。今、天智の王宮に属する額田王について言えば、実際にそのような選択はなかったと思われるが、〝人妻〟となった女性を示唆して「出でましの悔はあらじぞ」と歌う童謡は、巷で流布する時代風刺として機能している。

「八重」(八重垣)、「妻」(妻籠)などの語は、スサノオノミコトの和歌にも詠み込まれていた。

やくもたついづもやへがきつまごめにやへがきつくるそのやへがきを

記紀歌謡筆頭の詠であり、『古今集』仮名序に和歌の初めとする。

平安時代に入ると、端午節は、世継ぎ披露の場としての役割を終えることになる。《世継ぎのための賜宴》としての端午節行事の意味合いは、御子を生し育てる「後宮」に引き継がれることになるが、天智朝における「童謡」流布の翌年から、それは、内裏を中心とした行事として整えられることになったのである。

「武蔵野」(和歌)

王朝の世に至り、「紫草」は「武蔵野」に生い出でることになる。『古今集』に入る次の歌である。

紫のひともとゆゑにむさしのの草はみながらあはれとぞ見る　(『古今集』雑上・八六七・よみ人知らず)

かつて大海人が、兄帝のもとで活躍する「にほへる妹」を喩えて、「人妻ゆゑに」愛おしい（憎かろうはずがあるまい）と詠んだ「紫草」は、いま、その「ひともとゆゑに」、「武蔵野」全体を愛おしく感じさせる存在として歌に詠まれているのである。「武蔵野」は、ここでは実際の関東武蔵野の地そのもののことではなく、〝荒涼たる人生〟――「この世」の謂として捉え得るが、従来この考え方もなかったのである。

例えば、竹岡正夫『古今和歌集全評釈　古注七種集成（下）』[17]は、当該の歌について「人事の歌」「たとへ歌」として「雑歌」中に配されたことを認めながら、「武蔵野の草といえば、全く関心もなく、むくつけき雑草ぐらいにしか思っていなかったのに、その雑草の中に、よく知っている親しい紫草の一茎を見つけたそのときから、それが原因となって、それと一緒に生えている無名の雑草にも紫草と同じ仲間だという、懐かしさと親しさとを感じて見る、というのである」「私の体験でいうと、雑草の茂みの中に、自生の桔梗の一輪咲いているのを見つけて、急にその辺一帯の雑草にも親しみを感じて、そこに腰でもおろしていたい思いになったことがあるが、これに通じる心情であろう」等と解す（六四〇、六四一頁）。

ともに「紫草」の歌として、「人妻」と「ひともと」が対応し、「ゆゑに」の語も共通している。「紫草」詠におけるこの「ゆゑに」こそ、「紫のゆかり」のルーツなのである。

「紫のひともと」の歌における「あはれ」の意味について理解する上で、特に重要な歌がある。『万葉集』に入る、次の「野焼き」の歌である。

おもしろき野をばな焼きそ古草に新草まじり生ひは生ふるがに　（『万葉集』一四・三四五二）

「野焼き」のテーマは詠み継がれて、『古今集』では、

かすがのはけふはなやきそわか草のつまもこもれり我もこもれり
（『古今集』春上・一七・よみ人知らず）

という形を取り、一首は、『伊勢物語』一二段で「武蔵野」の歌となる。

武蔵野は今日はな焼きそ若草のつまもこもれりわれもこもれり

「古草」に「新草」がまじり生う「おもしろき野」は、王朝の和歌では、新たに「春日野」の名をとって表わされることになる。それは、「わか草のつまも我もこも」る「この世」の謂であり、さらに、『伊勢物語』の歌における「武蔵野」は、歌物語における虚構的世界の舞台となる。

野焼きの歌は、『枕草子』にも受け継がれた。次は清少納言の歌である。

みまくさをもやすばかりの春のひによどのさへなど残らざるらむ
（「僧都の君の御乳母、御匣殿とこそは」二九三段）

飼葉小屋から出火して、わが家の「夜殿」に寝ていた妻が焼けてしまいそうになった……と訴える「をのこ」の口上を聞き、清少納言は、そこに「野焼き」詠の類型を見て取ったのである。〃わずかな火種で、どうして、淀野（夜

殿）までもが焼けてしまったりするのだろうか〃と詠んでやった。一首は、万葉以来の「野焼き」詠の愁訴に答える歌として成立しているのである。

ここで歌枕「淀野」は、「つまもこもれり我もこもれり」と歌われた〃人間の営み〃を表象する「夜殿」と重なるものとして、詠み継がれてきた「おもしろき野」「春日野」「武蔵野」を総括した全世界、「この世」の謂となるのである。[18]

「武蔵野」の「紫草」について詠む歌として、『小町集』に次の二例がある。

武蔵野に生ふとし聞きけば紫のその色ならぬ草もむつまし　（『小町集』Ⅰ八二）

武蔵野のむかひの岡の草なれば根を尋ねてもあはれとぞ思ふ　（Ⅰ八四）

「武蔵野」は、「紫のひともと」の歌によって、〃かけがえのない恋人に逢える場所〃として定義づけられたのである。小町の歌は、それぞれ、〃あの武蔵野に生えていると聞いただけで、もう、何色の草でも慕わしい気がする〃（Ⅰ八二）、〃あの武蔵野の向岡の草ということであれば、それこそ、根を分けても尋ね出して愛したい〃（Ⅰ八四）ということである。

しかし、従来は、『源氏物語』の筋書きにおける血縁の関係、「紫のゆかり」を前提として解すので、前者の「その色ならぬ草」については、「あの人に似ていない人」という意味として受け止め、後者については「恋しいあの人の縁者だから」という意味を読み取ることになっている（室城秀之『和歌文学大系（小町集）』）。[19]

「春日野」（物語）

さて、『伊勢物語』（歌物語）における「紫草」はまず、「春日野の若むらさき」として生い出でた。

春日野の若むらさきのすりごろもしのぶの乱れかぎりしられず（男）　（初段）

四一段における次の例は、在原業平詠として、『古今集』に入る（雑上・八六八）。

むらさきの色こき時はめもはるに野なる草木ぞわかれざりける（男）

武蔵野の心なるべし。　（四一段）

それぞれ、《歌の言葉を文字通りに場面化する》この物語一流の手法によって、前者は、『古今集』に入る源融の歌「みちのくのしのぶもぢずりたれゆゑにみだれむと思ふ我ならなくに」（恋四・七二四）、後者は地の文「武蔵野の心」の意味する「紫のひともと」の歌に基づくパロディーとして、作中、仕立て上げられているのである。

「みちのくの」の歌は、『伊勢物語』初段では、四句目が「みだれむと思ふ」ではなく、「みだれそめにし」に〈改変〉されている。恋の成就期を過ぎたころ、男が「みだれ」る心の言い訳を述べたものと解されるが、『伊勢物語』初段は、それを〈初恋〉の歌として用いてみせているのである。四一段の歌は、『古今集』にも採られている（雑上・八六八・在原業平）が、〝縁なき者すべてに及ぶ愛〟を詠んで恋の喜びを歌った「紫のひともと」の歌に対し、縁故ある者への同情という話に転換して描き出している。

『源氏物語』における「紫草」は、まず、「若紫」巻に登場する。

源氏と若紫が交わす次の贈答の解釈については、「紫草」詠の歴史に照らして、従来、問題が多い。

ねは見ねどあはれとぞ思ふ武蔵野の露わけわぶる草のゆかりを（源氏）　（「若紫」一-二五八頁）

かこつべきゆゑを知らねばおぼつかないかなる草のゆかりなるらん（若紫）　（二五九頁）

源氏の歌は、自分にとっての「紫草」、すなわち藤壺の、その姪に当る文字通り「草のゆかり」の幼い少女「若紫」について、藤壺への思いを示すことなく、《得難く美しき恋人（至高の女性）》たる「紫草」の候補者と見立てたものである。「草のゆかり」とはすなわち、未来の「紫草」ということである。

しかし、従来は、源氏詠について「まだ共寝はしないけれども、いとしくてならないことだ、逢おうにも逢えぬ武蔵野の紫草（藤壺）のゆかりの人が」（『集成』[20]）と解すのである。「露分けわぶる」という表現について、「藤壺に逢うのに苦労する意をこめる」と捉え、源氏が、若紫に対して直接「逢いかねている紫草のゆかりのあなたを」（『新編全集』[21]）と詠みかけたように解すのであるが、これは、「紫のひともとゆゑに」の歌について、「紫と血縁、ゆかりを結ぶ原点ともなった歌」（原岡文子『『源氏物語』に仕掛けられた謎―「若紫」からのメッセージ』[22]）として捉えるためである。

『源氏物語』のプロットの基点となっている「蒲生野贈答歌」において、「紫草」は、《至高の女性》の謂であった。源氏が若紫に詠み与えた歌も、まずその意味において成立しているのである。若紫の返歌も、「稚純な少女」（『新編全集』「若紫」、一-二五九頁・頭注欄）であるがゆえに、源氏の歌の〈真意〉に気づかないというようなものではないのだ。「身よりも何もない身です（紫草の候補などではありません）」と述べたものであるが、その詠みぶりは、源氏の言葉や態度の背後にある源氏の〈真意〉に思わず接近して、「いったいどんな草のゆかりなのでしょうか……」と問い返すスリリングな歌になった。

第四節　まとめ

「紫草」は、和歌史における「蒲生野」「武蔵野」「春日野」、そして『源氏物語』における「北山」（若紫を見出した場所）など、あらゆる土地に生い出でるものであった。《至高の女性》の謂として、いつの世にも人が探し求め、得ようと望む存在である。「紫草」は、この世のどこかに生い出でるものであったが、それを本当にわが物とすることは難しい。源氏が生涯かけて追い求め、最後にはすべて失うことになってしまった、かけがえのないものである。文字通り、人生の伴侶と言うべき存在であるのだろう。『源氏物語』「紅葉賀」巻における「袖振る」贈答歌は、〝桐壺帝―藤壺懐妊中の御子（冷泉帝）―光源氏〟という、秘められた皇統譜の成立を予祝するものであった。

もの思ふにたち舞ふべくもあらぬ身の袖うちふりし心知りきや（源氏）
から人の袖ふることは遠けれど立ちゐにつけてあはれとは見き（藤壺）
（「紅葉賀」一 - 三一三頁）

「蒲生野贈答歌」との繋がりは、単に言葉の符合、また、モデルや準拠の問題にとどまらないのである。世継ぎの舞と贈答歌が奏上・披露された「端午節」は、『源氏物語』において、十月の「紅葉の賀」に置き換えられている。古代端午節の《世継ぎのための賜宴》というその意義こそ、『源氏物語』の主題として引き継がれた核心部分なのである。紅葉黄葉輝く紅葉の季節は、日の御子たる皇子の、王者としての資質と運命を象徴し、祝福する舞台であったのだ。源氏が舞った「青海波」の舞の特徴的な所作は、大海人の「袖振る」舞を彷彿する。大海人は、一世一代の世継ぎの舞を二度舞うことになったが、源氏も清涼殿における試楽と朱雀院行幸の日と、二度舞い、「袖振る」贈答歌は、試楽の日の翌朝、藤壺との間で取り交わされた。

光源氏直系の孫「匂宮」のその呼称も、大海人の歌の表現「にほへる」に由来する。「紫草」は、まず、「にほへる」存在として歌に詠まれていたのである。

「紫草」の現れる場所をめぐり、時代とジャンルを越え繋いで把握する試みとして、ここに表を掲げる。

〈歌枕〉の歴史 ―「紫草」の生い出でる場所として―

時代	作品		場所		
			歌枕等	所在（現在の地名等）	文学的意味合い
上代（飛鳥）	和歌	『万葉集』・一巻二〇、二一番歌（六六八年五月五日）	**蒲生野**＝紫野・標野（貴重な紫色の染料を採るための、紫草を栽培する禁野）における舞。	滋賀県。琵琶湖の南東岸に広がる野。	ここでは〝朝廷〟の象徴。その後継（世継ぎ）たる大海人皇子（大皇弟）と、天皇に近侍して活躍する「紫草」（至高の女性）たる額田王を互いに讃え、天智天皇の朝廷を寿ぐ。
	史書	『日本書紀』	山科野→西小殿（宮中）（六六九年）（六七一年）＊六七〇年、法隆寺炎上	＊主要な野で催された端午節行事は、あらためて宮中における行事となり、史書等にも記録されることになる。実質的な始発は、『万葉集』に伝わる。	

中古（平安）			
和歌	『古今集』	武蔵野	関東平野の一部。多摩川流域から荒川流域に及ぶ広大な原野。 ここでは、〃荒涼たる人生〃の象徴。
	『小町集』	武蔵野のむかひの岡	東京都文京区向丘のあたりか。 『古今集』の歌から、〃素晴しい恋人が見つかる場所〃。
物語（作中和歌）	『伊勢物語』・「初冠」	春日野	奈良県奈良市。春日山の山裾の野。 かつての都（古都「ふる里」）、「奈良の京、春日の里」は、虚構世界としての物語の舞台。
	『源氏物語』・「賢木」	雲林院（紫野）	光源氏が、雲林院に籠もって、紫の上・朝顔斎院と贈答歌を交わす。『源氏物語』に「紫野」の例は見えない。
	『源氏物語』・「紅葉賀」	宮中「紅葉の賀」における舞（御所での試楽と、朱雀院行幸の二度）	＊「紫の上」（源氏にとっての紫草であり、同時に藤壺の血縁者である）と、世継ぎの資質を備える「光君」の物語として、「蒲生野贈答歌」以来の、「紫草」をめぐる、歴史的・文学的意味合いを収斂した物語を構想。
歴史物語	『栄花物語』・「紫野」	紫野	最終「紫野」（四〇巻）に、寛治二年（一〇八八）四月の賀茂祭の様子を描く。三九巻「布引の滝」の末尾にも永保三年（一〇八三）四月の賀茂祭「紫野」の記事が見える。
	『大鏡』・冒頭	雲林院（紫野）	雲林院の菩提講における「大宅世継」と「夏山繁樹」による昔語に始まる。
	『今鏡』・冒頭	春日野	「大宅世継」の孫で、かつて紫式部の侍女であったという老婆「あやめ」（五月五日正午の生まれ）の語りに始まる。
随想	『枕草子』・「野は」（一九六段）	春日野　紫野	嵯峨野　いなび野　交野　こま野　粟津野　飛火野　しめし野　そうけ野　あべ野　宮城野　春日野　紫野（列挙順）
	『枕草子』・「見るものは」（二〇三段）	雲林院（紫野）	賀茂祭還立の記事。

さて、最後になるが、『後拾遺集』「羈旅」に入る能因法師の歌、

みちのくにゝまかりくだりけるに、しらかはのせき
にてよみはべりける
みやこをばかすみとともにたちしかど秋風ぞふくしらかはのせき
（『後拾遺集』羈旅・五一八・能因法師）

については、「能因の初度陸奥行を示す作。道のりの遠さを歌う。ただ春から秋への旅程は長すぎることから、袋草紙・雑談では下向の事実を疑い、以後、十訓抄などの説話類では下向そのものを虚構とする逸話を載せる」（久保田淳・平田喜信『新大系』、五一八番歌・脚注[23]）などと解説される。『能因集』の詞書にも「二年の春、みちのくにゝあからさまにくだるとて、しら河の関にやどりて」（Ⅰ一〇二）とあるが、詞書に導かれた解釈の問題については、「百人一首」の歌をめぐって、先（本章第二節）にも述べた。歌の主旨に基づき、詞書の文意に新たな含蓄が加わるような読み方をすべき例もある。

能因のこの歌こそ、「歌枕」たる「白河の関」をめぐり、地理的な事実から離れて詠んだものである。「歌枕」が、実際の地理と異なる世界のものであることを端的に表現した一首として、「道のりの遠さ」ではなく、むしろ、心的距離をこそ主題とした旅の歌なのである。

「歌枕」をはじめとする「歌のことば」については、その意味や機能をめぐってあらためて考えるべきことが少なくない。多く、「言葉遊び」のレベルとして受け止められている表現も含め、和歌一首一首の表現について、一言た

りともおろそかにしない読みが求められるのである。そのとき、古代より営々と詠み継がれ、歌い継がれて来た歌が、いっそう力強く新鮮な姿をとって甦ることになるであろう。

注

（1）福井貞助校注・訳『新編日本古典文学全集　伊勢物語』（小学館　一九九四）
（2）拙著『王朝文学論―古典作品の新しい解釈―』（新典社　二〇〇九）、Ⅱ篇　第一章　『伊勢物語』二十三段「筒井筒」の主題と構成―「ゐつつ」の風景と見送る女の心―
（3）石田穣二訳注『新版　伊勢物語』（角川ソフィア文庫　一九七九）
（4）渡辺実校注『新潮日本古典集成　伊勢物語』（新潮社　一九七六）
（5）石田穣二『石田穣二　伊勢物語注釈稿』（竹林舎　二〇〇四）
（6）前掲注（2）拙著『王朝文学論』（新典社　二〇〇九）、Ⅱ篇　第一章　及び、Ⅲ篇　第五章　花と鳥の和歌―王朝和歌の新しい解釈―
（7）前掲注（2）拙著『王朝文学論』（新典社　二〇〇九）、Ⅱ篇、Ⅲ篇の各論及び、本著のⅢ篇　第二章（また、Ⅱ篇　第二章・第三章、Ⅲ篇　第三章・第四章）など。
（8）工藤重矩校注『後撰和歌集』（和泉書院　一九九二）
（9）片桐洋一校注『新日本古典文学大系　後撰和歌集』（岩波書店　一九九〇）
（10）おぼめかしてはいるが、当該段（二九七段）の「遠江の守」も、「里にまかでたるに」（八八段）の末尾に「とふたあふみの介」と記された橘則光のことと考えてよいだろう。『新潮日本古典集成　枕草子（下）』（新潮社　一九七七）の頭注をはじめ萩谷朴氏の考察が存する。
（11）前掲注（2）拙著『王朝文学論』（新典社　二〇〇九）、Ⅰ篇　第一章　《雑纂》の世界観―『枕草子』と百人一首、注（12）

(12)　拙稿「『源氏物語』と『枕草子』の〈七夕〉―「朝顔」「夕顔」と「玉鬘」―」(『古代中世文学論考　第25集』新典社　二〇一一)→Ⅲ篇　第一章

仮に、鉄野昌弘「万葉研究、読みの深まり(?)～持統天皇御製歌の解釈をめぐって～」(『季刊　明日香風』26-2　二〇〇七・四)のごとく「天の香具山が衣を干している」(傍点-圷)と解すのだとしても、雲霞を衣に見立てる文脈における「天の香具山」の表象性について考えることが必要となるわけである。「この山、昔天女下りて常に衣を干す所也。夏を迎へて、この山のその女の体を云ふ也」(『百人一首米沢抄』)等、古注の言説を含め、新しい読みの発見や定着に繋がらないのは、その点の追究が遅れているからではないかと感じる。

持統天皇詠の「見立て」については、『白妙の衣』が何であったか」ということばかりが問題なのではない。「白妙の衣」が何を見立てた表現であるのか――それが何の見立てであるのかという視点も欠けているのである。藤原定家による「解釈」については、『伊勢物語』の「忘れては」詠など、平安時代の「見立て」の歌の捉え方に及んで追究する必要があるだろう。鉄野氏の論考以前、既に論争(上條彰次「百人一首古注一本―持統帝詠「卯花」説の紹介―」〈『和歌史研究会会報』46　一九七二・八、初出〉と、小林一彦「天の香具山の衣―百人一首古注を窓に持統天皇歌を読む―」〈『魚津シンポジウム』10　一九九五・三〉)のあるところだが、「白妙の衣」をめぐる古注を含む従来の解釈のありようほか、別稿において詳述する。

(13)　拙著『新しい枕草子論―主題・手法　そして本文―』(新典社　二〇〇四)、Ⅰ篇　第二章　ⅱ　〝世継ぎ〟のための端午節―蒲生野贈答歌から『源氏物語』明石の姫君の五十日へ―　ほか。

(14)　山崎良幸・和田明美・梅野きみ子『源氏物語注釈(4)』(風間書房　二〇〇三)、「五月五日にぞ五十日には当たるらむと、人知れず数へ給ひて」の項、「平安朝時代五月五日に誕生三日や五十日の生誕儀礼が重なることを吉瑞と見なす考え方があり、ここでも姫君の将来を予祝する意味で設定されたものかと考えられる。(圷美奈子「五月五日の定子後宮まだ見ぬ御子への予祝」『物語研究』3　二〇〇三年三月)」(二六七頁・注釈)。小町谷照彦・倉田実編著『王朝文学　文化歴史大事典』(笠間書院　二〇一一)、武田早苗「端午節会」の項(二七四頁)など。

(15)　鴻巣隼雄校注・訳『日本古典文学全集　上代歌謡』(岩波書店　一九七三)

（16）坂本太郎・家永三郎・井上光貞・大野晋校注『日本書紀（5）』（岩波書店　一九九五）
（17）竹岡正夫『古今和歌集全評釈　古注七種集成（下）』（右文書院　一九九八）
（18）拙稿『枕草子』「僧都の君の御乳母、御匣殿とこそは」の段の機知―野の草と「つま」―」（「和洋女子大学紀要」52
二〇一二・三）→I篇　第一章
（19）室城秀之『和歌文学大系（小町集）』（明治書院　一九九八）
（20）石田穣二・清水好子校注『新潮日本古典集成　源氏物語（1）』（新潮社　一九七六）
（21）阿部秋生・秋山虔・今井源衛・鈴木日出男校注・訳『新編日本古典文学全集　源氏物語（1）』（小学館　一九九四）
（22）原岡文子『『源氏物語』に仕掛けられた謎―「若紫」からのメッセージ』（角川書店　二〇〇八）、一一〇頁
（23）久保田淳・平田喜信校注『新日本古典文学大系　後拾遺和歌集』（岩波書店　一九九四）

第二章　在原業平の和歌
――『古今集』仮名序「古注」掲載歌三首の解釈――

第一節　はじめに

例えば、業平の春の讃歌は、〃この世に桜というものが一切、なかったならば……〃と、意表を突く始まり方をする。

なぎさの院にてさくらを見て、よめる
世の中にたえてさくらのなかりせば春の心はのどけからまし
（『古今集』春上・五三・在原業平）

春の代表的な景物として、毎年必ず、人が褒め詠む「桜」について、〃それさえなければ、どんなに春の人心はのどやかなことだろうか〃と詠むのである。この世に桜さえなければ……という仮定は衝撃的で、その内容は少し皮肉めいてもいるが、一首は、多くの人の心にまっすぐ響くある真実を捉えている。
桜の姿を歌に詠まず、反対に、「たえてなかりせば」と、この世の桜の存在をすべて打ち消してみせた上で、「春の心」の核心である〝惜春の情〟まで詠み尽くしてしまう。
業平には、ほかにも、これと似た詠みぶりの歌がある。人が折々歌に詠む、季節や景物について、

〝月も春も、もう詠まぬ……それを愛で詠ずるわが身一つはもとのままの私なのだから〟

と詠んだ歌があるのだ。

月やあらぬ春や昔の春ならぬわが身ひとつはもとの身にして

在原業平の歌として、もっともよく親しまれた歌の一つでありながら、またもっとも難解な歌として知られる歌でもある。一首の意味は、言葉通りに解して、

〝月はそうではないのか、春は昔の春ではないのか、私自身は、もとのままの私なのであって〟

ということである。上の句に挙がる「月」や「春」と、下の句にいう「わが身」との関係はすでに明らかであるが、
それをあえて言葉にして示せば、

〝月はそうではないのか、春は昔の春ではないのか、（一方、それを詠む、あるいは観じる）私自身は、もとのままの私なのであって〟

ということになろう。その上で、〝もうすべて歌い尽くした〟という「答え」が読み取られることになる。心のうちに刻まれた「昔」のままの「月」や「春」を褒め、詠ずる名歌と言えよう。

当該の一首に難解な点はなかったのである。ただ、上の句と下の句の間には、あえて言葉に示されない事柄が含まれていて、歌の核心は、一首の文脈と構造全体から必然的に導き出されるものとなる。歌の構造から自ずと導き出されるその意味は、'文字'として歌に示されることはないのである。

それこそが紀貫之をして「心あまりてことばたらず」と言わしめた、業平詠の特徴であると言えるかもしれない。しかし、当該の歌をめぐって、これは従来の解釈にない理解なのである。

本章では、在原業平詠として知られる和歌、次の三首について、新しい解釈を提示する。

月やあらぬ春や昔の春ならぬわが身ひとつはもとの身にして　（『古今集』恋五・七四七・在原業平）
おほかたは月をもめでじこれぞこのつもれば人のおいとなるもの　（『古今集』雑上・八七九・在原業平）
ねぬる夜の夢をはかなみまどろめばいやはかなにもなりまさるかな　（『古今集』恋三・六四四・在原業平）

いずれも、『古今集』仮名序の注（古注）に例示された歌である。いわゆる六歌仙評における、その批判とも関わりの深い歌と言える。

ありはらのなりひらは、その心あまりてことばたらず、しぼめる花のいろなくてにほひのこれるがごとし。

三首はまたいずれも、『伊勢物語』の歌として知られる。それぞれ、四段「西の対」、八八段「月をもめでじ」、一〇三段「寝ぬる夜」に見え、八八段「おほかたは」の歌は〈いと若きにはあらぬ、友だちども〉のうちの「ひとり」の歌として、ほかの二つは、〈昔男〉の歌として描き取られている。

業平詠の新しい解釈を提示する上で、本章冒頭にはまず「月やあらぬ」の歌を掲げたが、この歌については、第四節において、あらためて見ていく。

第二節　「おほかたは月をもめでじ」――一首目

「人の老いとなるもの」

人を老いさせるものとは何か、「歳月」か「もの思い」か……。それを端的に詠み表わした歌が、次の業平詠である。

おほかたは月をもめでじこれぞこのつもれば人のおいとなるもの

（『古今集』雑上・八七九・在原業平）

〝大抵は、月をも眺めたりすまい（普通のときには、月をも愛で眺めたりしないに違いない。人は憂いを抱えて月を見る……)。これこそが、度重なれば、人を老いさせるものであるのだ〟

人間の存在をめぐり、「歳月」と「人の心」と「空にかかる月」の関係について、これほど見事に凝縮して表現した詩文を知らない。ここには、白詩に「莫対月明思往事。損君顔色減君年（月明に対して往事を思ふなかれ。君が顔色を損じ、君が年を減ぜん）」（『白氏文集』一四‐七九六「贈内」詩　三、四句／『千載佳句』「感月」）などということの、その理由・本質が示されていると言える。

たとえ、そのとき、何か憂わしい気持ちでなかったとしても、人がふと月を見上げたとき、人の心は必ずや、記憶と存在の〈郷愁〉にからめとられて、一瞬のうちに多くの感慨が胸に去来するのである。

「月の顔見るは、忌むこと」（『竹取物語』）と言うが、確かに、人は「月」を、あまり眺めやるべきではないのかもしれない。『源氏物語』にも例を見る。匂宮は、夕霧の六の君との結婚の夜、ひとり残される中の君に、こう語った。

「いま、いととく参り来ん。ひとり月な見たまひそ。心そらなればいと苦し」

（「宿木」五‐四〇二頁）

月の賞玩を忌避するもの言いは、勅撰集にも見える。

「月をあはれといふはいむなり」といふ人のありければ

ひとりねのわびしきままにおきゐつつ月をあはれといみぞかねつる

（『後撰集』恋二・六八四・よみ人知らず）

清少納言の「月みれば」の歌は、「月」と「わが身」――「老いぬる身」をぴたりと重ね合わせて詠む。

　　やまのあなたなる月を見て
月みればをいぬる身こそかなしけれつゐにはやまのはにかくれつつ
（『清少納言集』Ⅱ二六）

『玉葉集』「雑五」に入る（詞書「月を見て」、結句「はにやかくれん」二五一二番歌）。月こそは、この世の「名残」の象徴とも言うべき景物であるが、一方、「名残」のみを残して、二度と再び昇らぬ月こそ、人の命の終（つい）の姿なのである。清少納言の歌は、『古今集』に採られた大江千里の「月」の名歌、

　　これさだのみこの家の歌合に、よめる
月見ればちぢに物こそかなしけれわが身ひとつの秋にはあらねど
（『古今集』秋上・一九三・大江千里）

この表現を踏まえながら、また新しく、人生の真実について謳い上げたものである。もの悲しい思いを誘う「月」は、秋の部の中心的な景物となる。

　本節で見ていく「おほかたは」の歌も、本章冒頭に掲げた「月やあらぬ」の歌と同様に、文字にされない核心部分を持つ歌なのである。歌意として（　）を付して補足した箇所、特に「人は憂いを抱えて月を見る」という部分が肝心なところなのだが、歌の言葉としては表わされることがないのである。

「おほかたは月をもめでじ」ということのその理由こそ、「これぞこの」の指す内容なのであるが、それは歌の言葉として表わされることなく、「つもれば人のおいとなるもの」という、謂わばヒントのようなものが示されるのみである。

「月」と掛けて「もの思い」と解く、その心は、「つもれば人のおいとなるもの」……というわけである。〝「もの思い」と解く〟、そのことこそが歌の核心であり、それは、時代を越えて常に新しく発見されるべき部分なのである。

必要な言葉が不足しているのではなく、その意味でいえば、あえて足らない形で示しているということなのである。歌の「心」は、三十一文字の言葉の組み合わせによって構成された歌の全文から読み取られる仕組みである。月を見ようと見まいと人は老いてゆくのであるが、ここで月の賞玩と老いとの関係を歌うとすれば、月を愛で眺める人間の行為にこそ、「人の老いとなるもの」の本質が存していると述べられることになろう。

「嘆けとて月やはものを思はする」とは、「百人一首」にも採られた西行の歌の言葉である。『千載集』「恋五」に入る。

月前恋といへる心をよめる

なげけとて月やは物をおもはするかこちがほなるわが涙かな

（『千載集』恋五・九二九・西行）

つれない恋人など、もの思いの種はほかにあっても、月前にある人は、「月」が嘆きを誘うように涙するのである。

「おほかたは」

業平の「おほかたは」の歌について、従来は次のように解している。

・おほかたは月をもめでじ―たいていのところでは、わたしは、人の賞美する月だって賞美すまい。（語注）

（①【古今集】佐伯梅友校注『大系』〈一九五八〉、八七九番歌）

・一般的な気持でいえば、月を賞美することはすまい。この月こそは、積り積ると人の老齢になるものなのだ。

（②【古今集】小島憲之・新井栄蔵校注『新大系』〈一九八九〉、八七九番歌）

①【古今集】『大系』は、「月をも」の意を汲んで「人の賞美する」という言葉を補っている。②【古今集】『新大系』では、歌の主旨について「陰暦では、月の周期で暦月を数えるので、天体の月のあり方がそのまま年月の経過に重なる」（八七九番歌・脚注欄）ということも言い添えている。

「天体の『月』を暦の『月』と捉え直す機知」（③【古今集】高田祐彦訳注『新版　古今和歌集』〈角川ソフィア文庫　二〇〇九〉、八七九番歌「積もれば」）が、一首の核心として理解されているのである。

・たいていは月を賞美するということはやめておこう。この月こそが積もり積もって人の老いとなるものなのだから。

（③【古今集】『新版』、八七九番歌）

「空の『月』と年月の『月』を重ねる」（④【古今集】小町谷照彦訳注『古今和歌集』〈ちくま学芸文庫　二〇一〇〉、八七九番歌・脚注欄）という、いわゆる表現上の技巧こそが、月の賞玩を避ける理由として、訳出されているのである。

・よく考えてみて、なまはんかな気持で月が美しいなどと賞讃するようなことはやめておこう。これこの月こそは積もると人の老いをもたらすものなのだから。

（④【古今集】『ちくま学芸文庫』、八七九番歌）

上の句の表現「おほかたは月をもめでじ」について、従来の解釈は、「わたしは～すまい」「やめておこう」「止めよう」などと、すべてこれを詠者個人の意志とみなしているのである。言うまでもなく、打消推量の助動詞「じ」は、文法的に、一人称の行為に付くと限られるものではない。

『伊勢物語』の歌としても、一首の解釈は同様である。

・大概な事では月を賞美することは止めよう。この月こそ夜ごとに満ち欠けして一月が過ぎ更に年が廻ってそれが積ると、人が年寄となるものなのだ。

（一六五頁・頭注二五）

（⑤【伊勢物語】大津有一・築島裕校注『大系』〈一九五七〉、八八段）

・だいたいもう、世の人のめでる月も賞美すまい。この月こそ、まあ、これが積り積るとやがては人間の老いとなる、あの月なのだもの

（二三七頁・現代語訳）

（⑥【伊勢物語】石田穣二訳注『新版　伊勢物語』〈角川ソフィア文庫　一九七九〉、八八段）

⑤【伊勢物語】『大系』の和歌の通釈には、「年寄」という言葉も用いられており、「おほかたは」の一首において、

月の賞玩が忌避される理由が詳しく説明されている。「この月こそ、まあ、……あの月なのだもの」とする⑥【伊勢物語】『新版』（角川ソフィア文庫）の通釈も、言わんとする意味は同様と見える。

ただし、初句「おほかたは」の意味の捉え方には違いがあり、⑤【伊勢物語】『大系』は「大概な事では」、⑥【伊勢物語】『新版』では「だいたいもう」としている。「……な事では」として、月を賞玩する機会をめぐるものとしての訳し方と、決意の程度を示して「だいたいもう」などとする訳し方があるということである。『古今集』の解釈でも、「たいていのところでは」という①【古今集】『大系』の訳と、「一般的な気持でいえば」という②【古今集】『新大系』の訳は対立していると言える。

古今歌としても、『伊勢物語』の作中歌としても、従来の解釈では、初句「おほかたは」の意味が一定していないことになる。これは古注以来のことであって、竹岡正夫『古今和歌集全評釈　古注七種集成（下）』（右文書院　一九七六）⑦【古今集】は、解釈の相違について、「A　おおよそ、十のうち七、八も」「B　たいていならば、たいがいな事なら、並たいていのことでは」「C　ぼんやりと、うかうか」「D　よく考えてみた結果」の四種に分類している。古注の解はAあるいはBに属し、契沖『余材抄』の「おほよそは月をも今よりはめでじ」などは前者、賀茂真淵『打聴』の「大氏ならば月をも愛まじ」、本居宣長『遠鏡』の「タイガイナ事ナラモウ月モアマリ賞翫スマイゾ」は後者である。

その後の注は、「たいていのところでは」という①【古今集】『大系』や、次の金子元臣『古今和歌集評釈』（明治書院　一九二七）⑧【古今集】など、Bの形に収斂されていくことになるが、Aと比較して、Bは、月を賞玩する機会を問題にした表現になっていると言えよう。

月は面白い物であるが、大概の事には、さうその月も余り賞翫すまいわ、なぜなれば、この月をめでることがサ、段々とたび重なると、何時か光陰が経つて、この人間の老となるものであつたわい。

（⑧【古今集】『評釈』、八六一頁・現代語訳）

Cに分類される西下経一校注『日本古典全書』（朝日新聞社　一九四八）⑨【古今集】や、Dに分類される小沢正夫校注・訳『全集』（一九七一）⑩【古今集】は、現代注における比較的新しい見解ということになる。

・大方にはめでじ。特によく賞しておかう。／かやうに眺める月が重なりつもつて。空の月を月日の月に通はせる。／老となるのだからなあ。

（⑨【古今集】『全書』、八七九番歌）

・よく考えてみたが、私は人の愛でる月だって愛でることはしまい。このことが積もり積もって人を老いさせる原因になるのだもの。

（⑩【古今集】『全集』、八七九番歌）

前掲の④【古今集】『ちくま学芸文庫』の「よく考えてみて、なまはんかな気持で」はD、『伊勢物語』の歌として、⑤【伊勢物語】『大系』の「大概な事では」はBということになるが、②【古今集】『新大系』の「一般的な気持でいえば」などという訳は、竹岡氏の分類にないさらに複雑な形になっていると言えよう。「一般的」という言葉は、小沢正夫・松田成穂校注・訳『新編全集』（一九九四）⑪【古今集】の訳に見える。

・一般的には、私は人の愛でる月だって愛でることはすまい。このことが積り積れば、人を老いさせる原因になるのだから。

・よく考えてみた結果（「大方は」語注）　（⑪【古今集】『新編全集』、八七九番歌）

「一般的には」と訳しながら、「よく考えてみた結果」であると注記することになっている。

竹岡氏自身の訳は次の通りである。

・大局的見地に立って、月をも賞讃するまい。この月こそが、あの、積もると人の老いとなるものなのさ。

（⑦【古今集】竹岡『全評釈』、八七九番歌）

「おほかたは」の語について、「大局的立場に立ってみた結果」という意味に解し、

即ち、今までは、この月がだんだん積もれば積もるほど、一方では人間に年をとらせているのだという、客観的事実に全く気づかなかったが、今、そういう一般的真理に気づいた以上、もう月なんかめでまい、というのである。大仰な言い方に趣がある。　（「釈」）

と述べている。「今まで人間はどうして年月が積もると老年になるかと思っていたが、実はあの月こそがその張本人だったんだというのである」（釈「これぞこの」）と考えることにおいては、「大仰な言い方に趣がある」とみるにしても、これをそのまま歌の主旨として理解することはできない。

天の「月」と暦の「月」とが同じものだと、今初めて気づいたから、今後「おほかたは」、月の賞玩を避けよう……と言っているのではないのである。当該歌において述べられていることは、天の「月」の賞玩が、なぜ、暦の「月」と同じように、「積もれば人の老となるもの」であるのかという問題についてなのである。そのとき、人は「おほかたは」、月をも愛で眺めることはしないに違いない……そのことこそが、人の老いのもとなのであるという答えが導き出されるのである。

古来、月を詠む歌は数知れないが、月といえば無条件に賞玩すべきものであるという意識を、千年後の私たちも持っているのではないか。「月をもめでじ」と詠む業平詠には、そうした先入観を打ち払う新しさがある。「月をも」という表現については、「人の賞美する月をも、の意」⑭【伊勢物語】福井貞助校注・訳『新編全集』〈一九九四〉、八八段、一九三頁・頭注一一）として解されている。

ほかに『伊勢物語』の注釈書、渡辺実『集成』（新潮社　一九七六）は、「おほかた」について、「細かな注意を払わぬ、大づかみな心を示す語」（一〇七頁・頭注七）と捉えていて、当該歌の解釈としては、竹岡氏の分類によるCに属することになる。

・ありきたりの気持で月を愛でるようなことは、もうやめておこう。出ては沈むこの月の動きが積り積れば、人の老年が来るのだから

「月を讃える通念に対して、こういうふうにして時間が積り積って老人になるのだ、と月に老いを見た歌」（頭注欄）とも述べているが、月の賞玩と老いとの関係については、⑤【伊勢物語】『大系』などと同様の理解である。

従来の解釈では、当該の業平詠は、「その心あまりてことばたらず、しぼめる花のいろなくてにほひのこれるがごとし」というようなものではまったくなく、「大仰な言い方」をした単なる言葉遊びの歌ということになる。

次のように、月の賞玩が「身体ばかりか、心まで生気を失ってゆくのである」という捉え方も、「月」をめぐる「おほかた」の理解としては、納得し難いものと言わざるを得ないだろう。

・まあ、たいがいの折には、月を賞でるなどということはしないにかぎる。この月こそは、何度も眺めているうちにだんだん積って、人間の老いにつながるものだから。（頭注欄）

⑫【古今集】奥村恆哉校注『集成』〈新潮社　一九七八〉、八七九番歌）

・毎月、あるいは毎年、月を賞美しているうちに時間は確実に推移して、人間は老いへと近づく。同時に、月はもの思いにふけらせるもの（一九三参照）。身体ばかりか、心まで生気を失ってゆくのである。『伊勢物語』八十八段にも見える。

「月はもの思いにふけらせるもの」という事項について「参照」を促しているのは、本節前掲、大江千里の「月見れば」の歌である。私たちにとって「月」と「もの思い」の関係については、なお未解明のままである。

竹岡氏は、当該歌について、『伊勢物語』の作中歌としてもまったく同じ意味のものとして解している。

・（これからは）大局的見地に立って、月をもうかうかと賞讃すまいぞ。この月こそが、あの積もると、人の老いとなるものなのさ。

⑬【伊勢物語】竹岡正夫『伊勢物語全評釈　古注釈十一種集成』〈右文書院　一九八七〉、八八段）

「万葉・古今・後撰の『おほかた』の用例」について、総じて、

つまり、今までは一つの事に拘泥して、そればかりに心をとらわれてきたが、今、大局的、一般的な見地から、自分の現状を思い返し、客観的に観察してみると、といった気持で「おほかたは」が用いられているのである。

（⑦【古今集】竹岡『全評釈（上）』、九〇四頁）

と解す結果になってしまうことには、疑問も残る。『伊勢物語』の注釈史においても、古来、当該歌の初句「おほかたは」は、「心得がたき」（牡丹花肖柏『肖聞抄』）ものとして受け止められ、現在に至って説が定まっていない部分であるのだ。

さてしかし、当該の業平詠については、『古今集』の歌としての解釈も、実は、『伊勢物語』の筋書きの中に置かれた場合のありようを反映しているのである。

むかし、いと若きにはあらぬ、これかれ友だちども集りて、月を見て、それがなかにひとり、
おほかたは月をもめでじこれぞこのつもれば人の老いとなるもの

（八八段「月をもめでじ」）

もうそう若くはない（「いと若きにはあらぬ」）登場人物の感慨、言葉として捉えることになるため、月を見るとなぜ老いるのか、その理由があえて追究されないことにもなってしまうのである。しかし、添えられた物語は、歌の解釈

のヒントになっているのである。「老い」（歌）―「いと若きにはあらぬ」（地の文）と、あえて歌の言葉通りに場面化された設定から、逆説的に歌の主旨について感知することが可能である。私たちは、歌の言葉が「詞書」で説明できてしまうだけの、ただそれだけのものでないことを知っているのである。

片桐洋一『古今和歌集全評釈（下）』（講談社　一九九八）⑮【古今集】は、

『古今集』では「題知らず」となっていて作歌の事情は明白でないが、仮に『伊勢物語』の第八八段「昔、いと若きにはあらぬ、これかれ友だちども集りて、月を見て、それが中に一人、」によるとしても、「月の宴」である以上、その宴の主目的が「月」を賞美することにあったことは疑いもない。

として、「おほかたは月をもめでじ」について、「いいかげんな気持からではなく、真剣に月を賞美しよう」との意味で解している。「通釈」としては、「深く考えもしないで月を賞美しないでおこう。これがまあ、積み重なってゆくと、人の老いになるものだから」ということで、積極的な月の賞美を誓うという、前掲の分類では、⑨【古今集】『全書』などと同様のCに属する解釈となる。

また⑮【古今集】片桐『全評釈』は、当該歌第二句について、『月をもめでし』と読む説もある」ことに言及して、幾つかの古注の言説を掲げている。ただし、その場合も、人の老いをもたらすものが、普段から、月を愛で眺めた行為にあるのだと述べていることになり、月を眺める行為が、人間を常に一種特殊な状態に陥らせるものである事実が示唆されることになる。

⑦【古今集】竹岡『全評釈』が用例の最初に掲げた万葉歌、

大方は何かも恋ひむ言挙せず妹に寄り寝む年は近きを　（『万葉集』一二・二九一八）

これも、「普通なら、どうしてこれほど恋い慕うだろうか……」ということで、世の常ならぬ思いを歌う正述心緒の恋歌である。

右の歌の一つ前は、〝夢の逢瀬〟の歌である。

現にか妹が来ませる夢にかもわれか惑へる恋の繁きに　（『万葉集』一二・二九一七）

これを例えば、『伊勢物語』六九段「狩の使」の歌と並べてみる。

君や来しわれやゆきけむおもほえず夢かうつつか寝てかさめてか

こうして見れば、「狩の使」の「女」（伊勢の斎宮）の歌が、物語の筋書き通り、現実に男の居室を訪ねたというような歌ではなく、〝夢の逢瀬〟について詠んだ歌であった可能性がはじめて考えられてくるであろう[(1)]。

そのとき、『古今集』における詞書、「業平朝臣の、伊勢のくににまかりたりける時、斎宮なりける人に、いとみそかにあひて、又のあしたに、人やるすべなくて思ひをりけるあひだに、女のもとよりおこせたりける」（恋三・六四五・よみ人知らず）という形が、歌そのものの意味について示唆する働きを担うものではなく、物語の筋書きを添えて理解させる体のものであることにも気づくことになるのである。

すなわち、『伊勢物語』は、《歌の言葉を文字通りに場面化する手法によって、歌そのものとは異なる、新たな主題を持つ物語を創出する》作品なのである。[(2)]

おほかたは月をもめでじこれぞこのつもれば人のおいとなるもの

この一首についても、「老いの近づく」⑭【伊勢物語】『新編全集』、八八段、一九三頁・頭注欄）、「いと若きにはあらぬ」者たちが「月」を「めで」集う、「月の宴」における詠歌として描き出したのは、『伊勢物語』一流の描き変えによる筋書き（パロディー）であり、歌そのものではないのである。歌とそれぞれ同じ記号を付した箇所が、歌の表現を用い、その言葉通りに場面化された部分である。ただし、「言葉通りに」ということは、歌の本意の通りにということではない。

むかし、いと若きにはあらぬ[b]、これかれ友だちども集りて、月[a]を見て、それがなかにひとり、
おほかたは月[a]をもめでじこれぞこのつもれば人の老い[b]となるもの　（八八段「月をもめでじ」）

例えば、結婚の喜びを謳って「としの三年を待ちわびて」と述べる男の歌は、『伊勢物語』の筋書きでは、「三年来ざりければ、待ちわびたりけるに」という状況の女の歌へと転換される（二四段「梓弓」）。主人公〈昔男〉は、「ついひぢの崩れ」を抜けて女のもとに通ったというが、作中歌は、「よひよひごと」の「人しれぬわが通ひ路」――「夢

の通ひ路」について詠む歌なのである。築地などの「壁」（土壁）は、夢のようにはかないこの世の謂として、和歌に詠み込まれる景物である（五段「関守」）。これまでに、最終一二五段「つひにゆく道」を含め、複数の段について、《歌の言葉を文字通りに場面化する》この作品の、作中歌と物語の関係について新しく読み解いている。[3]

そうした歌物語としての『伊勢物語』に、在原業平の和歌とされるものが多く用いられているとすれば、そこには、業平詠の和歌的特徴に関わる理由があると言えよう。業平詠は、厳選された言葉の組み合わせによってはじめて一つの意味を生じる、すぐれた文脈を有する和歌として、一回性が高く、その必然性について、あやまたず読み取って理解することが求められるのである。

ここに取り上げた「おほかたは」の歌をめぐっては、特にその初句の訳し方を中心に、説が分かれているというよりは、解釈を定めかねて、現時点ではどのように訳してもよいといった状態である。貫之の「心あまりてことばたらず」という批判の意味合いについても、読み深める必要があるのではないか。

「おほかたは」の一首は、月を賞美の対象として詠むものではなく、人が月を賞美することの意味について追究する詠歌である。上の句に示された‚普通いつも月をながめはしない‘という事実をきっかけとして、「つもれば人のおいとなる」、月をながめる際の人間の心理状態が浮き彫りになるのである。[4]

第三節　「ねぬる夜の夢をはかなみまどろめば」――二首目

「寝ぬる夜の夢」と〝寝ぬよ（世）の夢〟

次の歌も、業平詠として、『古今集』仮名序の注に挙がる一首である。

ねぬる夜の夢をはかなみまどろめばいやはかなにもなりまさるかな

歌意は、

〝寝て見る夜の夢をはかないものと思って、今こうしてまどろんでみると、（この世こそまさしく仮寝の夢の世、）いっそうはかない状態になりまさることよ……〟

ということである。

「寝ぬる夜の夢」に対し、もう一つの「夢」として、〝現実の世界〟——「うつつ」があるのである。この歌をめぐる従来の解釈から、まったく、抜け落ちてしまっている事柄である。すなわち、「寝ぬる夜の夢」に対し、「寝ぬ世の夢」があるということである。「寝ぬよ（世）」たる、この世もまた「夢」の世なのだ。

王朝人は、「夢」と「うつつ」（現実）を対立するものとしてではなく、同様に、いずれももろくはかないものとして捉えていたのである。

例えば、和歌に詠み込まれる「かべ」の語は、《夢のようにはかないこの世》の謂である。築地や土壁等の「かべ」と夜の「夢」は、いずれも破れ、崩れやすいものとして繋がり、人為の「かべ」は、無常の世の象徴的景物として捉えられていたのである。(5)

すなわち、「寝ぬ夢」といえば、それは現実世界における日常の謂となるのである。

めの身まかりてのち、すみ侍りける所のかべに、か
　の侍りける時かきつけて侍りけるてをみ侍りて
ねぬ夢に昔のかべを見つるよりうつつに物ぞかなしかりける
（『後撰集』哀傷・一三九九・藤原兼輔）

右の一首は、夢と壁の修辞を用いて、〃寝て見ぬ「夢」、すなわちうつつの「壁」に書かれた生前の妻の筆跡――共に過ごした昔の夢の跡を見てからというもの、生きてあるこの世がなんとも悲しく思われることであるよ〃と述べたものである。『兼輔集』に見える（Ⅳ一〇一　詞書「かたはらなりけるかべにかきつけたりけるてをみて」）。歌中の「昔のかべ」は、すなわち「昔の夢」、過ぎた日の思い出を意味する。[6] しかし、従来は、「寝ぬ夢」について、「眠っていないのに幻のように見える夢」（片桐洋一『（新大系）後撰和歌集』〈一九九〇〉）、すなわち「白日夢」のこととして解しているのである。

『兼輔集』には、「昔のかべ」を詠み込む歌がもう一首ある。

はやうなくなりにける人ともろともにせうゑうせし
ところをひさしくなりてみて
うたたねのうつつにもののかなしきは昔のかべを見れば成けり
（『兼輔集』Ⅰ六一・Ⅱ一六一）

歌意は、〃仮寝のようにはかないこの世に生きて、悲しみを感じるのは、こうして、返らぬ過去の夢を見るからなの

である〟ということである。

「まどろまぬかべ」も、「寝ぬ夢」と同様に、現実世界（うつつ）を指す表現である。

　源のおほきがかよひ侍りけるを、のちのちはまからずなり侍りにければ、となりのかべのあなより、おほきをはつかに見て、つかはしける

まどろまぬかべにも人を見つるかなまさしからなん春の夜の夢　（『後撰集』恋一・五〇九・駿河）

歌意は〝「壁」とは「夢」のことも言うが、果たして、その壁（の穴）に、恋しい人の姿をかいま見た。ならば、この「壁」に見たこと、すなわち「夢」に見たことが、どうか「正夢」になっておくれ〟ということである。

従来は、この「まどろまぬかべ」についても、「寝ぬ夢」と同様、「白日夢のこと。壁に白日夢が見えるのである」と解している（前掲『（新大系）後撰和歌集』）。「うつつ」をも「夢」と捉えて詠ずる王朝的な感覚をここに認めて、理解する必要がある。

すなわち、業平詠における「寝ぬる夜」とは、「共寝した夜」のことではないということである。「寝ぬる夜の夢」という表現も、男女共寝の一夜について、それを「夢」のようだと言ったものではないのである。

さらに言うと、男性による「後朝詠」だと考えられてきたその歌は、「後朝」をめぐる歌として見るならば、実は、「女」の歌としてこそふさわしい一首とみなすべき内容なのである。初句の「寝ぬる夜の」など、〈ストレートな〉物言いが含まれることや、そもそも一首を「後朝詠」とみることなどから、「男」の歌としてのみ捉えられてきた。

一首は、『古今集』の「恋三」、六四四番歌に在原業平詠として採られている。従って、当然「男の歌」であると考えられてきたわけである。同じ歌は、『伊勢物語』一〇三段「寝ぬる夜」にも、〈昔男〉の歌としてあり、「男の歌」であることは、ゆるぎない事実のように思われる。

しかし、愛の一夜を過ごした翌日の思いを詠む「後朝」の歌であるという前提にも、必然性はないのである。

この点も、業平詠の一つの大きな特徴であるとも言える。人間の存在をめぐって、普遍的な意味を捉えた詠歌は、恋愛の場面にこそふさわしい趣を持つ。古歌を利用して紡ぎ出された「歌物語」としての『伊勢物語』の発生や、恋歌、ひいては歌そのものの本質に関わる事柄である。

さて、『伊勢物語』の話柄においては、「寝ぬる夜の」の一首の「きたなげさ」があげつらわれている。帝にお仕えする立場で、親王方の女性と密かに情を通じた上に、かく未練がましい思いを歌に詠むとは、何と「見苦しい」ことかと批難されるわけである。

むかし、男ありけり。いとまめにじちようにて、あだなる心なかりけり。深草の帝になむ仕うまつりける。心あやまりやしたりけむ、親王たちのつかひたまひける人をあひいへりけり。さて、

寝ぬる夜の夢をはかなみまどろめばいやはかなにもなりまさるかな

となむよみてやりける。さる歌のきたなげさよ。

（一〇三段「寝ぬる夜」）

『伊勢物語』当該段における男の行動プロファイリングは、

・実直な上にも実直で、浮わついた気持ちのない人物であった（「いとまめにじちようにて、あだなる心なかりけり」）。
・心得違いをしたのか（「心あやまりやしたりけむ」）、（手を出してはならぬはずの）親王の寵愛を受けていた女性と情を交わしてしまった（「親王たちのつかひたまひける人をあひいへりけり」）。
・詠んだ歌は、見苦しいもの（「きたなげ」）であった。

ということになろう。

男が、女と過ごした一夜を自ら〈はかないもの〉と捉え、それがいっそう「はかな」くなってしまったと詠む歌を〈根拠〉として、如上の人物像とストーリーが創造されたのである。語られている経緯は、歌の言葉や詠まれた内容とぴたりと合うもののようであるが、もっとほかの状況も想像してみることが可能である。

つまり、語られているストーリーは、一首の主旨に鑑みて必然的な事実経緯ではないということである。事実としては、むしろ、そのような一種特殊な機会に拠らず、詠まれ、贈られる可能性のある歌なのである。男はごく普通の男でよく、女の立場もごく当たり前のものでよい。そして、男の行為は「心あやまり」——常軌を逸するようなものではなく、詠まれた歌は、後朝の名残を詠む歌として見事である。あきらめの悪い見苦しい歌、などではない。

言葉の持つ可能性が、こうした描き変え、〝パロディー〟を生み出すのである。

「後朝」の「まどろみ」

「後朝」の文(ふみ)として見るとき、ただ一つ、この歌の「特殊」なところは、後に残された〈女の気持ち〉を詠む「後朝詠」として捉えられるという点である。詠者は男である。

後朝の歌といえば、男が、女と共寝をした翌朝、帰宅ののちに女に詠み贈る文のことである。男にとっては、「朝顔の露落ちぬ先に」（『枕草子』「七月ばかり、いみじく暑ければ」四三段）と、ぜひとも急がれる文である。一方、「こよなき名残の御あさい（朝寝）」にある女は、紐解けたまま「露より先なる人のもどかしさに」という風情である。『枕草子』は、女のもとから帰って来た男が、後朝の文を書く様子を描き取る。

好き好きしくて一人住みする人の、夜はいづこにありつらむ、暁に帰りて、やがて起きたる、まだねぶたげなるけしきなれど、硯取り寄せて、墨こまやかに押し磨りて、事なしびにまかせてなどはあらず、心とどめて書くまひろげ姿をかしう見ゆ。

（「好き好きしくて一人住みする人の」三一七段）

これを怠れば、女性にとってはまったく気の毒なことになるのである。

かしこには、待つほど過ぎて、命婦も、いといとほしき御さまかなと、心憂く思ひけり。正身は、御心の中に恥づかしう思ひたまひて、今朝の御文の暮れぬれど、なかなか咎とも思ひわきたまはざりけり。

（「末摘花」一 - 二八六頁）

末摘花邸から戻った源氏は、ただちに「うち臥し」てしまうが、「こよなき御朝寝」（頭中将の言葉）といっても、源氏は、初めて契った末摘花に対して、もうほとんど興味を失ってしまっているのである。夕方、思い出したように、末摘花に後朝の文を贈る。

男にとっての後朝は、実は「寝ぬる夜の夢」を「はかなみ」、「まどろ」んでいられるようなものではないのだ。それは「暁に帰りて、やがて起きたる」（暁に帰って、そのまま起きている……）という次第であり、「まだねぶたげなるけしきなれど」、男は、直ちに後朝の文をしたためなければならない。，昨夜のことは自分にとっては夢うつつで、あまりの頼りなさに、いっそまどろんでみたところ、かえってその事実が心もとない状態になってしまった，などという歌を贈っている場合ではないのである。

〝後朝のまどろみ〟にあってふさわしいのは、男ではなく、女であるということになる。

業平の「ねぬる夜の」の一首を「後朝詠」として捉えるならば、これは、「女」の歌であったとみる以外にないのである。

いわゆる「又寝のさま」（宗祇講〈宗碩〉『十口抄』）と解して、「暗いうちに別れて帰って来るので、また寝なおすのである」（①【古今集】佐伯『大系』、六四四番歌・頭注）などと考えられ、ほかにも、⑬【伊勢物語】竹岡『全評釈』は、「物語作者」の意図を推察して、

「まどろめば」は、情交の後そのまま女の傍で気を許してまどろむことさえできぬ環境なので、帰宅してから一人ゆっくりまどろみ直している、というふうにこの物語作者は解して、そこからそんな環境の女を親王たちに使われている者と規定して、この物語を作ったのであろう。（一〇三段、当該歌「釈」、一四二三頁）

と述べているが、当該歌について、まず「後朝の歌」として解す前提は他と同様である。⑦【古今集】竹岡『全評釈』（六四四番歌）、⑬【伊勢物語】竹岡『全評釈』（一〇三段）に示した現代語訳通りの歌として受け止めているのである。

『古今集』には、次の形で入る。すでに「後朝」をテーマとした歌が続く中、この歌には特別に「後朝詠」であることを示す詞書が付く格好である。

人にあひてあしたに、よみて、つかはしける
ねぬる夜の夢をはかなみまどろめばいやはかなにもなりまさるかな　（『古今集』恋三・六四四・在原業平）

『伊勢物語』の成立をめぐっては、常に『古今集』との関係が問題にされているが、ことはどちらが先かというような話ではないのではあるまいか。詠歌状況に関する二つの形を比較してみる。

・『古今集』恋三・六四四番歌、詞書
人にあひてあしたに、よみて、つかはしける
・『伊勢物語』一〇三段、地の文
むかし、男ありけり。いとまめにじちようにて、あだなる心なかりけり。深草の帝になむ仕うまつりける。心あやまりやしたりけむ、親王たちのつかひたまひける人をあひいへりけり。さて、……となむよみてやりける。
（さる歌のきたなげさよ。）

片や、多くを語らず、シンプルにただ「後朝」の歌として掲出し、それで十分に鑑賞可能な形である。片や、複雑な事情を語って、歌中の言葉の意味を補う効果があるが、歌を難じる評言を付す。結局、当該の一首をめぐっては、

「後朝詠」として成立しているものに、そのような物語を添えてみることも可能だということが示されることになっている。

また、そうであるならば、ぐっと刈り込んだ形の『古今集』の詞書についても、「後朝詠」と規定するための短い物語として添えられたものとみるべきであるかもしれない。必ずしも、「人にあひてあしたに、よみて、つかはしける」という状況で生まれ、詠まれた歌ではないという可能性があるのだ。『伊勢物語』一〇三段のような事情ではないが、やはり同じく後朝詠として掲出する……という方法が採られているのである。

言い換えれば、これを「後朝詠」として読む・編纂するという姿勢が、『古今集』の詞書には示されているということである。

当該の歌は、『古今集』「恋三」に収められている。恋の成就期における歌としての分類である。同じ「恋三」に見える業平歌群は次の通りである（(4)は「恋四」）。

　　やよひのついたちより、しのびに、人にものらいひてのちに、雨のそほふりけるに、よみて、つかはしける

(1)　おきもせずねもせでよるをあかしては春の物とてながめくらしつ　（『古今集』恋三・六一六・在原業平）

　　なりひらの朝臣の家に侍りける女のもとに、よみて、つかはしける

(2)　つれづれのながめにまさる涙河袖のみぬれてあふよしもなし　（恋三・六一七・藤原敏行）

かの女にかはりて、返しに、よめる

(3) あさみこそ袖はひつらめ涙河身さへ流るときかばたのまむ　(恋三・六一八・在原業平)

藤原敏行朝臣の、なりひらの朝臣の家なりける女をあひしりて、ふみつかはせりけることばに、いままうでく、あめのふりけるをなむ見わづらひ侍るといへりけるをききて、かの女にかはりて、よめりける

(4) かずかずにおもひおもはずとひがたみ身をしる雨はふりぞまされる　(恋四・七〇五・在原業平)

(5) 秋ののにささわけしあさの袖よりもあはでこしよぞひちまさりける　(恋三・六二二・在原業平)

(6) 見るめなきわが身をうらとしらねばやかれなであまのあしたゆくくる　(恋三・六二三・小野小町)

ひむがしの五条わたりに、人をしりおきてまかりかよひけり、しのびなる所なりければ、かどよりしも、えいらで、かきのくづれよりかよひけるを、たびかさなりければ、あるじききつけて、かのみちに夜ごとに、人をふせてまもらすれば、いきけれど、えあはでのみかへりて、よみて、やりける

(7) ひとしれぬわがかよひぢの関守はよひよひごとにうちもねななむ　(恋三・六三二・在原業平)

人にあひてあしたに、よみて、つかはしける

(8) ねぬる夜の夢をはかなみまどろめばいやはかなにもなりまさるかな　(恋三・六四四・在原業平)

業平朝臣の、伊勢のくににまかりたりける時、斎宮なりける人に、いとみそかにあひて、又のあしたに、人やるすべなくて思ひをりけるあひだに、女のもとよりおこせたりける

(9)　きみやこし我や行きけむおもほえず夢かうつつかねてかさめてか　（恋三・六四五・よみ人知らず〈斎宮〉）

返し

(10)　かきくらす心のやみに迷ひにき夢うつつとは世人さだめよ　（恋三・六四六・在原業平）

(2)・(3)、(9)・(10)はそれぞれ贈答の形で入首している。前者は、(2)が藤原敏行の歌、(3)が業平による女の返歌の代作。後者は、(9)が「斎宮なりける人」の歌で、(10)が業平の返歌とされている。

これらの歌は、すべて『伊勢物語』にも見える。(1)は二段（「西の京」）。(2)・(3)は一〇七段（「身をしる雨」）。(4)は、『伊勢物語』では、(2)・(3)の贈答の後日譚における歌として見え、『古今集』では「恋四」に収められている。(5)は二五段（「逢はで寝る夜」）で、『伊勢物語』では、男が、(6)の女の歌と贈答した話になっている。(7)は五段（「関守」）。(8)は一〇三段（「寝ぬる夜」）。(9)・(10)は六九段（「狩の使」）。さらに、(1)と(2)・(3)は、『伊勢物語』においては、作中、ある繋がりが出てくる。(1)は、その主旨から、当該段の中では明らかにされていない、(2)の敏行詠を導いた男の代作歌（「案をかきて、書かせてやりけり」）として捉えることができるのである。[7]

いわゆる女歌があり(3)、(4)、夢の歌も多い(7)、(8)、(9)、(10)。詞書のない(5)は、『伊勢物語』中における並びと一致するものの、(6)の小町詠とは独立した歌として理解し得る形になっている。詞書は、すべて『伊勢物語』の話柄と同

様で、その要約的な内容になっている。業平詠の分類や配列に際して、それらの説明を要したということでもある。『伊勢物語』が、本来辞世の歌ではないものを〈昔男〉の最期の歌として用い（一二五段「つひにゆく道」[8]）、春愁の切情を謳った歌を恋の歌として用い（二段「西の京」[9]）、夢路の逢瀬の歌を〈現実〉の逢瀬をめぐる歌として用いたとき（五段「関守」、六九段「狩の使」[10]）、『古今集』はその辞世の歌ではない歌を哀傷の部に収め、恋の歌ではない歌を恋の部に収めていることになる。『古今集』の恋の部においては、詞書に示唆された物語のエピソードとともに、夢とうつつをクロスオーバーさせた景色が成立しているのである。

「恋」や「死」の部立に組み込まれた業平詠は、それぞれの歌群に、ある普遍的な意味を与える役割を担っているのである。中で、「ねぬる夜」の一首は、女性的な夢の歌として業平らしい一首と言えるであろうが、恋部にあって、「夢」と「うつつ」のありようについて詠み深めた歌として機能している。

その意味では、『伊勢物語』一二五段と、『古今集』における(5)（業平詠）・(6)（小町詠）二首の関係について、「『古今集』に並記されている業平と小町の歌に拠って、これを贈答に仕立てたものとする見方は、動かしがたい」というようなことも、必ずしもその通りであるとは言えず、「初冠本の成立が『古今集』の成立より遅れることを示すほとんど決定的な材料といってよい」⑥【伊勢物語】石田『新版』、補注五二）とは断定し得ないのである。(5)「秋ののに」の一首は、『伊勢物語』作中歌の修辞であった「逢はで寝る」と「濡る」の掛詞を捨て、「来し」の語を用い、同じく「来る」の語を詠み込んで隣接する小町詠との物語的繫がりを示唆することになっている。

「寝ぬる夜の夢」の歌

少々あからさまに感じられる「寝ぬる夜」という言葉であるが、しかし、そこに「共寝」の意を読み取ってきたのは、『伊勢物語』の《歌の言葉を文字通りに場面化することによって、歌そのものとは異なる、新たな主題を持つ物語を創出する》物語手法を真に受ける格好で、歌そのものの意味について解釈した結果であるのだ。

「寝ぬる夜の夢」も「夢」であるならば、「寝ぬよ（世）」たるこの世もまた一炊の夢、いや、この世こそ夢そのものと言うべきなのである。

その「寝ぬる夜」という言葉自体は、女の歌にもよく見られる表現である。次は、『金葉集』に採られた歌で、初句「寝ぬる夜の」による一首。「壁の崩れ」をめぐるこの「夢」と「壁」の和歌には、「寝ぬる夜の夢」ならぬ、「寝ぬる夜のかべ」が詠み込まれている。

をとこのなかりけるよ、ことひとをつぼねにいれたりけるに、もとのをとこまうできあひたりければ、さわぎてかたはらのつぼねのかべのくづれよりくぐりにがしやりて、またの日そのにがしたるつぼねのぬしのがり、よべのかべこそうれしかりしか、などいひつかはしたりければよめる

ねぬる夜のかべさわがしく見えしかどわがちがふればことなかりけり

（『金葉集』二度本　雑上・五七三・よみ人知らず）

詞書によれば、このときは、女性どうしのやり取りであり、「かべのくづれ」をめぐる歌が詠まれた。この歌に

「夢」の語は詠み込まれていないが、下の句に、「夢違え」と掛けた表現が見え、一首は、「夢」と「壁」の修辞を用いた和歌である。「かべ」（壁）とは、《夢のようにはかないこの世》の謂であるのだ。

「ねぬる夜のかべ」というのは、「寝て見る夜の夢ならぬ、かべ」という意味である。歌の内容は、

〝昨夜の「夢」ならぬ「かべ」は、たいへん不穏なものと見えましたが、（私がそれこそ「夢」を）違えて差し上げましたので、無事にすんだことでしたねぇ〟

ということである。

『古今集』の業平詠「ねぬる夜の」の歌、

ねぬる夜の夢をはかなみまどろめばいやはかなにもなりまさるかな

ここでは、「夢」から覚めた「現実」における、「夢」にまさる「はかなさ」が一首の主題となっている。「寝ぬる夜の夢」に対し、「まどろみ」と、さらなる「はかな」さが詠み込まれたゆえんである。

『和泉式部集』にも、初句「寝ぬる夜の」を持つ、男の浮気を夢に見たときの歌がある。

男のほかにある夜、人に物いふさまにみゆれば

ねぬる夜の夢さはがしくみえつるはあふに命をかへやしつらん

（『和泉式部集』Ⅰ六三一）

〝昨夜の夢がただならぬ様に見えたのは、命に換えて、本当にお逢いしたからなのかしら（事実なのでしょうか）〟というのである。こちらは、業平詠と同じ「寝ぬる夜の夢」を詠む。

業平の恋の歌については、前項で、恋の成就期の歌、『古今集』「恋三」収載の歌について見たように、女のための代作や、夢を主題とするものなど、女性的でロマンチックな風情だが、女性の切実な心情を把握し、表現し得てこそのものであるとすれば、やはり言葉以上の心――余情を湛えた名歌であると言えよう。特に、その後朝詠「ねぬる夜の」の一首については、残された女の気持ちを詠んで贈ったものとして、私たちの意表を突くものであるが、男が、後朝の床に置き残された女性に詠み贈る言葉として、これに勝る歌はないかもしれない。

通例、後朝詠は、帰って行く男の気持ちを詠むものとして理解されている。女と別れてひとり行く帰途の嘆きや、女と逢えない昼の間の不安、今宵の訪問の誓いなど、テーマは決まっているのである。末摘花のもとに、夕方になって届いた「後朝」の文は、次のようなものであった。

「夕霧のはるる気色もまだ見ぬにいぶせさそふる宵の雨かな

雲間待ち出でむほど、いかに心もとなう」とあり。（「末摘花」一-二八六頁）

相手の女のつれなさを恨む体のこの歌は、もう、今宵は訪ねないという前触れとして了解するよりない詠みぶりである。末摘花は、侍従に教えられて返事をする。

晴れぬ夜の月まつ里をおもひやれおなじ心にながめせずとも

末摘花の例は気の毒と言うよりないが、業平の後朝詠「ねぬる夜の」の一首は、「おなじ心」をテーマに、残された女を「おもひや」る、後朝詠としては、まさしく理想的なものであったと言えるのではなかろうか。

従来は、当該の歌について、次のように解している。

①【古今集】佐伯『大系』（一九五八）、六四四番歌

・ねぬる夜の夢をはかなみ―あなたといっしょに寝た夜のことがあんまりはかないので。あっけなく暁になったので、夢にたとえて表現した。（語注）

・まどろめば―はっきり夢に見たいと思ってとろとろ眠ったら。暗いうちに別れて帰って来るので、また寝なおすのである。（語注）

②【古今集】小島・新井『新大系』（一九八九）、六四四番歌

・共寝致しました夜の夢のような不確かさがはかないので、その夢をもう一度しっかり見ようとしてうとうとしていると、ますます、まあ、不確かになって行くことですよ。

・夢　その夜見た夢、転じて夢見心地に過した共寝をいう。（語注）

③【古今集】高田『新版』（二〇〇九）、六四四番歌

・共寝をした夜の夢のような時がはかないものだったので、うとうととしていると、いよいよはかないものになってゆくのだった。

・夢　実際の夢ではなく、夢のような一時の意味。（語注）

④【古今集】小町谷『ちくま学芸文庫』（二〇一〇）、六四四番歌

・共寝をした夜の夢のような出逢いがはかなく思われて、うとうとしていると、ますますはかなくなっていくことだ。

⑤【伊勢物語】大津・築島『大系』（一九五七）、一〇三段

・逢い難い人にやっと逢って契った夜は、夢のようにぼんやりしているので、もう一度はっきり夢を見たいと思ってまどろむと、いよいよぼんやりしてしまうことですよ。（一七二頁・頭注九）

⑥【伊勢物語】石田『新版』（一九七九）、一〇三段

・「寝ぬる夜の夢」は、あなたと共寝をした夜のことがまるで夢のように思われる、その夢、の意。（九四頁・脚注五）

⑦【古今集】竹岡『全評釈』（一九七六）、六四四番歌

・あなたと共寝をした昨夜のことがまるで夢のように思われますが、その夢のようなできごとがあまりにもとりとめなく思われますので、――もう一度はっきり夢に見たいと――家に戻って再びまどろみましたところ、いよいよその夢はとりとめもないものになってしまうことです（二四八頁・現代語訳）

・（二人で）寝るようになった昨夜の夢（のような体験）が実感もなくむなしいので、うとうとすると、いよいよむなしくもなっていくことだなあ。

⑧【古今集】金子『評釈』（一九二七）、六四四番歌

・昨夜逢つて二人寝たあの暖い夢がまあ、余りはかないので、たしかに今一度見ようと思つて、トロリと目をね

ぶつて見れば、却つて寝られもせず夢さへ見えずに、いよ〳〵はかない事になり増る事よ。（六六八頁・現代語訳）

・三四句のうつり、意釈の如く詞を入れて見ないと、意がはつきりしない。（六六九頁・評）

⑨【古今集】西下『全書』（一九四八）、六四四番歌

・ねた夜のことがはかなく思はれるので、少しまどろむと、いよいよねた夜のことが、淡くはかなくなる。

⑩【古今集】小沢『全集』（一九七一）、六四四番歌

・夢のようにはかなかった一夜だったが、家に帰ってうとうとしているとそのはかなさがますます胸にこみ上げてくるのである。

⑪【古今集】小沢・松田『新編全集』（一九九四）、六四四番歌

・昨夜、あなたと共寝をした夢のような逢瀬がはかなかったので、家に帰ってついうとうとしていると、そのはかなさがますます胸にこみ上げてくることよ。

⑫【古今集】奥村『集成』（一九七八）、六四四番歌

・あなたと一夜を共にしたゆうべの夢がはかなく覚めたのを恨みながら、うとうとしていますと、いっそうはかない思いがつのってきます。

⑬【伊勢物語】竹岡『全評釈』（一九八七）、一〇三段

・（あなたと）寝た夜の夢中のことが何にも残らずあっけないので、（帰って来て）うとうととまどろむと、いっそう、もう、あとかたもなく空しくなりまさっていくことですなあ。

⑭【伊勢物語】福井『新編全集』（一九九四）、一〇三段

・あなたと共に寝た夜の夢がはかないものなので、もっとたしかに見たいと思ってまどろむと、いよいよはかない夢の中を去来することですね

⑮【古今集】片桐『全評釈（中）』（一九九八）、六四四番歌

・せっかく共寝した昨夜の夢のような逢瀬は、まさにはかないものであったので、帰ってから、その夢の続きを見ようと眠ってみると、今度見た夢は、昨夜以上に、はかないものになったことであるよ。

『古今集』の歌としても、『伊勢物語』の作中歌としても、「寝ぬる夜」については、すべて「共寝の夜」と解すのである。古注以来、「あひ見しことのうつゝともおぼえぬをいへり」（『余材抄』）などと解し、詞書や物語の話柄を反映した訳であるとしても、注釈史上、語注等でも一切、「共寝」の意味を離れてその意味が検討されたことはないのである。

⑧【古今集】『評釈』の「評」に言うように、上の句「ねぬる夜の夢をはかなみ」ということと、下の句「まどろめば」のつながりが「はっきりしない」と感じられるのが事実であり、「たしかに今一度見ようと思つて」（⑧【古今集】『評釈』）、「その夢をもう一度しっかり見ようとして」（②【古今集】『新大系』）、「もう一度はっきり夢に見たいと」（⑥【伊勢物語】『新版』）などと、「まどろみ」の理由について説明する部分を補って訳することになる。

上の句の「はかなみ」は、従来「『はかなし』のミ語法」（②【古今集】『新大系』、六四四番歌「はかなみ」）と解されていて、右に挙げた範囲でも、①【古今集】『大系』、②【古今集】『新大系』、③【古今集】『新版』、⑤【伊勢物語】『大系』、⑥【伊勢物語】『新版』、⑦【古今集】『全評釈』（竹岡）、⑧【古今集】『評釈』、⑨【古今集】『全書』、⑪【古今集】『新編全集』、⑬【伊勢物語】『全評釈』、⑭【伊勢物語】『新編全集』、⑮【古今集】『全評釈』（片桐）など、

原因・理由を表わす部分として、「～ので」と訳されることが圧倒的に多い。④【古今集】『ちくま学芸文庫』は「はかなく思われて」、⑩【古今集】『全集』は「はかなかった一夜だったが」、⑫【古今集】『集成』「はかなく覚めたのを恨みながら」と訳す。

「寝ぬる夜」を〝男女共寝の夜〟として解すとき、その〝はかなさ〟を理由としてなぜ、「まどろ」むのかということについて、必ずしも明確にならないが、「夜寝て見る夢」があまりにはかなかったので、目が覚めた今、もう一度「まどろ」んでみるということであれば、例えば、夢の世界を「憑」む小町の「夢」の歌もあるように、そのまま理解することができる。

思ひつつぬればや人の見えつらむ夢としりせばさめざらましを　（『古今集』恋二・五五二・小野小町）

うたたねに恋しきひとを見てしより夢てふ物は憑みそめてき　（五五三・小野小町）

いとせめてこひしき時はむば玉のよるの衣を返してぞきる　（五五四・小野小町）

⑬【伊勢物語】竹岡『全評釈』は、この点について、

折角念願のかなった二人の逢瀬であるのに、それを「はかなし」と二度も繰り返し、まどろめば、いよいよはかなくなっていくと慨嘆している。そこから物語者は、この男を「まめに、じちようにて。あだなる心なかりけり」——即ち何事によらず実質のあることを主義とする実利主義者であると規定し、さらにこの男の歌を「きたなげ」と評しているのである。　（〔釈〕）

とみている。

しかし、本節冒頭に示したように、「寝ぬる夜」とは、すなわち、「共寝した夜」のことではないのである。「寝ぬる夜の夢」という表現も、男女共寝の一夜について、それを「夢」のようだと言ったものではないのだ。歌そのものの意味と、物語の中に置かれたときの意味の変容について、見逃してはならない。

《歌の言葉を文字通りに場面化する手法によって、歌そのものとは異なる、新たな主題を持つ物語を創出した作品》と定義づけられる『伊勢物語』の、歌物語としての特性を踏まえて、歌と物語の関係について、まず、考えてゆく必要がある。

「寝ぬる夜の夢」に対して、「寝ぬる夜ならぬ夢」としての「うつつ」があるのだ。「夜の夢」よりいっそう、真にはかない「うつつ」（この世）のありようについて詠む歌として、当該の業平詠は、まず、「寝ぬる夜の……」と始まっているのである。

今、『伊勢物語』や『古今集』を通してこの歌に接する私たちがその意味を読み取らなくなったとしても、例えば、次の詞章の類は、織田信長が好んで誦した一節などとして、一般にも知る人が多い。

人間五十年、化天の内を比ぶれば、夢幻のごとくなり。一度生を受け、滅せぬ物のあるべきか。

（幸若舞「敦盛」）

もちろん、それは、平安和歌の中心的なテーマの一つであり、『古今集』にも例を見る。次の「夢」と「うつつ」、

「空蟬の世」を詠み込む哀傷歌三首の表現は実に端的である。

藤原敏行朝臣の、身まかりにける時に、よみて、かの家につかはしける

ねても見ゆねでも見えけりおほかたは空蟬の世ぞ夢には有りける　（『古今集』哀傷・八三三・紀友則）

あひしれりける人の、身まかりにければ、よめる

夢とこそいふべかりけれ世の中にうつつある物と思ひけるかな　（八三四・紀貫之）

あひしれりける人の、みまかりにける時に、よめる

ぬるがうちに見るをのみやは夢といはむはかなき世をもうつつとは見ず　（八三五・壬生忠岑）

よみ人知らずの「雑歌」には次のような歌もあるが、〝夢幻の世〟をテーマとする歌は、実は恋の部に多い。

世の中は夢かうつつかうつつとも夢ともしらず有りてなければ　（『古今集』雑下・九四一・よみ人知らず）

ほととぎす夢かうつつかあさつゆのおきて別れし暁のこゑ　（『古今集』恋三・六四一・よみ人知らず）

次の『後撰集』の恋歌二首は、傍線を施した部分のみの異同で、ほとんど同じ歌と言うべきものであるが、「恋一」のほうは、一夜の契りをはかなむ女の歌として、「恋三」のほうは、女のつれない言葉をはかなむ男の歌として採られている。業平詠「ねぬる夜の」は、女の歌とよく主旨が合致している。

をとこにつかはしける

うつつにもはかなきことのあやしきはねなくにゆめの見ゆるなりけり　（『後撰集』恋一・五九八・よみ人知らず）

女のいと思ひはなれていふに、つかはしける

うつつにもはかなき事のわびしきはねなくに夢と思ふなりけり　（『後撰集』恋三・七〇三・よみ人知らず）

あらためて、これらの和歌と比べてみたとき、「うつつ」の語を直接詠み込まない業平の和歌が、「夢」をキーワードに、〝はかないこの世〟——すなわち「うつつ」に生きる感覚そのものを詠じ表わした歌として見事であったと認めざるを得ない。

ねぬる夜の夢をはかなみまどろめばいやはかなにもなりまさるかな

また、当該歌は、「人にあひてあしたに、よみて、つかはしける」、「後朝」の歌として恋歌の中に置かれたとき、残された女の気持ちとぴたりと重なるものとして読み味わうことが可能である。

『業平集』四系統における詞書の状態は、

女のもとに、つとめて（Ⅰ五〇）

人のもとよりかへりて、またのひやりし（Ⅱ一六）

詞書ナシ……（Ⅲ二五）（Ⅳ一〇）

『古今集』の詞書は、「人にあひてあしたに、よみて、つかはしける」ということであった。『業平集』Ⅰ系統の詞書も同じことと解してよいだろう。一方、『業平集』Ⅱ系統の詞書では、事情が異なり、「後朝」のその朝ではなく、「またのひ」に詠み贈ったものということになる。必ずしも、「後朝」としてでなく解したほうがよい部分があるということであるが、なお、女と契ったあとの男の歌として場面化するならば、『伊勢物語』一〇三段のような特殊な状況をさまざま、考えることにもなろう。

当該の歌をめぐっても、業平の代表歌として「気分だけであらわしているから、どうしても補っていかなければならない」（折口信夫[11]）という見方が一般的であるが、歌物語の先駆たる『伊勢物語』の虚構性について考えるとき、それぞれの歌に添えられた物語を、そのまま、実際の詠歌事情として捉えることはできないはずである。『古今集』が、その筋書きを用いて編纂していることもあり、歌と物語の関係は、いっそう見えにくくなるのである。

第四節　「月やあらぬ春や昔の春ならぬ」――三首目「昔」の「月、春」と「わが身」

本章において扱う三首目の業平詠、次の一首も『古今集』仮名序古注に挙がる歌である。

月やあらぬ春や昔の春ならぬわが身ひとつはもとの身にして

本章冒頭の節において、すでに新しい解釈を提示しているが、「月」や「春」について〝もう詠まぬ〟あるいは〝もう詠んだ〟と言いながら、それら「月」や「春」を讃え得た名歌と言えよう。

〝月や春は、昔の月や春ではないのか、私自身は、もとのままの私なのであって（すでに歌は詠み尽くされた）〟

月の美しさも、春のすばらしさも、また、月の悲しさも、春の切なさも、すでにかつて一度「わが身ひとつ」が感じた通りのものなのである。これ以上に言葉を重ねる必要はない。

この歌は、「善作二倭歌一」（『日本三代実録』）と言われた歌人業平が、歌詠みの営為をある意味において否定する、これもまた衝撃的な一首であったと言えよう。三十一文字の言葉の組み合わせによって新しいただ一つの意味を生じる、和歌という芸術の一回性の高さを示す歌とも言えようが、和歌を詠む行為の本質について捉えた歌でもある。

すなわち、「月」や「春」の美しさは、みなわが身一つの「心」のうちにあるということなのである。さらに言えば、「月」も「春」も、昔から、わが身一つの心のうちに刻まれてあり続け、今もそのままのものなのであるということである。

毎年のように、月を詠み、春を詠ずることも、不要である。月は月なのであろう？　春は昔のままの春なのであろう……？　そして、私は私でそのままの私なのだから。春のすばらしさも、月の美しさも、みなすでに知っているのだ。

一首の核心は、下の句の「わが身ひとつはもとの身にして」にある。それは言い換えれば、

〝空にかかる月も、毎年めぐりくる春も、昔と同じ月や春であって、それは確かに疑いようのないことである。それにしてなお、私のこの身ばかりが、確かに「もとの」ままなのであるよ……〟

ということにもなる。慣れ親しんだものに相対して、今、「わが身ひとつはもとの身」であると言っているのである。馴染み深いものとして、ここでは「月」と「春」とが挙げられている。第二句から三句にかけて「昔の春」という言葉が詠み込まれていて、それら「月」や「春」は、「昔」見た「月」や、「昔」体験した（過ごした）「春」として、いずれも深く馴染んだ懐かしい存在であり、季節であるはずなのだ。

「昔の……」とはそのような意味である。この歌の理解のために、鍵となる言葉である。「月」も「春」も、ずっと昔から慣れ親しんできた「月」や「春」に違いなく、その中にあって今、わが身だけ――自分ひとりだけが「もとのまま」なのだと言っているのである。

「昔」は、個人的な記憶や体験の蓄積の中にあるのである。「昔」見た「月」や「昔」過ごした「春」は、「わが身」のうちにあるのであって、今、空にかかっているものとは異なるのである。「春」もそうである。これまで何度も過ごしてきたはずの「春」は、「春」として「わが身」のうちに刻み込まれたかけがえのない季節なのであり、今、めぐりきたこの「春」と、「わが身」のうちにある「春」とはすでにまったく同じものなのではないのである。心の中の春と、現実の春とは、〝違って〟しまっているのである。

見慣れたもの、特にいつも見ている当たり前の風景に対する違和感……。謂わば〝心の郷愁〟について詠んだ歌が、この業平の「月やあらぬ春や昔の春ならぬ」の歌なのである。それでいて、「月」や「春」と、「わが身」は確かに一体化しているのである。ここには、物質と記憶をめぐるベルクソンの哲学よりも明快かつ端的な論理が示されていると言えるかもしれない。

解釈上の問題点

しかし、従来は、〝変わらぬもの〟の中にあって、「わが身」だけが〝変わらない〟……などということがあるはずがない、という固定的な見方をあてはめて、当該歌について理解しようとしてしまっているのである。歌の素直な理解を阻んでいるものが、一種固定的なその先入観であるということに気づかないまま、「ことばたらず」の部分が補われてきたのである。

従来の解釈について掲げる。まず、①【古今集】佐伯『大系』（七四七番歌）は、

・月やあらぬ春やむかしの春ならぬ―これを反語として、月は昔のままの月だ、春は昔のままの春だ、というように意味をとると、もとのままなのはわが身ひとつではなくなるから、第四、五句が筋の立たないことになるであろう。身ひとつが昔のままであることは、本人としてはっきりしている。月も花も昔と変わらないはずでいて、まるで違っているように感じられるのは、去年の人がいないためであるが、歌では、周囲のものがみな違って感じられるその気持を言っているのである。

と述べている。一首の主旨（主題）について、「あたりの物はみな変わってしまっているような気がする、という嘆き」とみるが、当然ながら、詞書の内容（筋書き）を反映させた考え方である。

五条のきさいの宮のにしのたいにすみける人に、ほいにはあらでものいひわたりけるを、む月のとをかあまりになむ、ほかへかくれにける、あり所はききけれど、え物もいはで、又のとしのはる、むめの花さかりに、月のおもしろかりける夜、こぞをこひて、かのにしのたいにいきて、月のかたぶくまで、あばらなるいたじきにふせりて、よめる

月やあらぬ春や昔の春ならぬわが身ひとつはもとの身にして

（『古今集』恋五・七四七・在原業平）

『古今集』の詞書に掲出された物語は、『伊勢物語』四段「西の対」の筋書きとまったく同じと言ってよいものであるが、『古今集』の詞書のほうには、『伊勢物語』にない、「月のおもしろかりける夜」などという部分もある。『伊勢物語』当該段の本文を掲げ、詞書本文の異同箇所を傍記して示す。

むかし、東〔（ナシ）〕の五条に〔の〕、大后〔（ナシ）〕の宮おはしましける〔の〕西の対に、すむ人ありけり〔すみける人に〕。それを〔（ナシ）〕、本意にはあらで、心ざしふかかりける人〔（ナシ）〕、ゆきとぶらひ〔ものいひわたり〕けるを、正月の十日ばかりのほどに〔あまりになむ〕、ほかに〔へ〕かくれにけり〔ける〕。あり所は聞け〔聞きけれ〕ど、人のいき通ふべき所にもあらざりければ〔え物もいはで〕、なほ憂しと思ひつつなむありける〔（　）〕。またの年の正月〔はる〕に、梅の花ざかりに、〔月のおもしろかりける夜〕去年を恋ひて〔かのにしのたいに〕いきて、立ちて見、ゐて見、見れど、去年に似るべくもあらず〔（ナシ）〕。うち泣きて、

あばらなる板敷に、月のかたぶくまでふせりて、去年を思ひいでてよめる。

月やあらぬ春やむかしの春ならぬわが身ひとつはもとの身にして

とよみて、夜ほのぼのと明くるに、泣く泣くかへりにけり。

物語の本文で「ゆきとぶらひけるを」とあるところが、詞書では「ものいひわたりけるを」であり、一年後の再訪の場面について今度は「かのにしのたいにいきて」と明示する形になっている。「月のおもしろかりける夜」という部分は、詠歌状況を示して「詞書」らしい表現と言える。

月のおもしろかりける夜、あかつきがたに、よめる（『古今集』夏・一六六「詞書」・清原深養父）

月おもしろしとて、凡河内躬恒が、まうできたりけるに、よめる（『古今集』雑上・八八〇「詞書」・紀貫之）

月のおもしろかりける夜、はなを見て（『後撰集』春下・一〇三「詞書」・源信明）

う月ばかりの月おもしろかりける夜、人につかはしける（『後撰集』夏・一五七「詞書」・よみ人知らず）

夏夜、月おもしろく侍りけるに（『後撰集』夏・二一四「詞書」・よみ人知らず）

家に行平朝臣まうできたりけるに、月のおもしろかりけるにさけらなどたうべて、まかりたたむとしけるほどに（『後撰集』雑一・一〇八一「詞書」・源融）

月のおもしろかりけるをみて（『後撰集』雑一・一一〇〇「詞書」・凡河内躬恒）

同じ話柄でありながら、和歌の「詞書」として、よく整ったものと言える。「心ざしふかかりける人」「人のいき通ふべき所にもあらざりければ、なほ憂しと思ひつつなむありける」「立ちて見、ゐて見、見れど、去年に似るべくもあらず。うち泣きて」などという、おもに男の心情に直接触れて説明する部分もない。詠出後の様子が描かれることもない。それらは、掲げられた和歌の読み取り方に関わる部分である。

②【古今集】小島・新井『新大系』(七四七番歌)は、

・月は、そして、春は、昔のままの月であり春であって、自然はやはり変らない。それに反して人は変っていくものなのに、どうしたことか取り残されたように、わたくしこの身だけがもと通りの状態であって……。

と訳出している。自然の不変と人事の移ろいやすさを前提とした解釈を加えた形である。「変るはずの人事の中でさえ、自分だけが変らないで恋しつづける孤独さを述べる」(七四七番歌・脚注欄)とも言うが、古注以来、「これは思人にはなれて後。我心のおもひなしに。かはらぬ物もかはりておぼゆる事也」(北村季吟『栄雅抄』)などと、恋人を失ったために、世界が変わって見えるという意味で解しているのである。

③【古今集】高田『新版』(七四七番歌)は、「自分以外のいっさいが変わってしまったように思われるという絶望と孤独」としている。④【古今集】小町谷『ちくま学芸文庫』(七四七番歌)も、「女がいないため、すべてが変って取り残されたような思いがする」(下の句に対する注)として、「あの人がいない今」ということを補って訳出している。「西の対」の住人を藤原高子に擬することについては、詞書の解説として、〈史実〉と関わらせた注が付されることになっている。

⑤【伊勢物語】大津・築島『大系』(四段)は、

・月も春も皆昔のままなのに、恋しい人だけは昔と違って今は逢えない。それに引きかえて自分の身だけは昔と変らず今ここに在る。昔が恋しい、の意か。（二一三頁・頭注二八）

とした上で、次の解も掲出する。

・頭注は「や」を反語と見た解であるが、一方では、この「や」を疑問に取って、「月は昔の月ではないのだろうか、春は昔の春ではないのだろうか、昔とは変った月、昔とは変った春のように見える。それに比べて自分だけは昔と同じ身で変らないのに」の意に解する説（伊勢物語新釈等）もある。（二九一頁・補注一八）

上の句の「月やあらぬ春や昔の春ならぬ」という表現を「反語」とみなせば、'月や春は不変'、「疑問」とみれば、'月や春が変わってしまった'と解することになる。その上で、いずれの場合も、下の句にいう、'わが身だけ不変'（「わが身ひとつはもとの身にして」）と感じる理由として、'恋人の不在'があるという訳の仕方になっている。前掲の①【古今集】『大系』及び②【古今集】『新大系』も同様であった。

⑧【古今集】金子『評釈』（七四七番歌）は、上の句の表現を「反語」と解し、一首の最後に「しかも身の上が去年と変りはてた事よ」（傍点－圷、七五四頁・現代語訳）と言葉を加えて訳出する。

中で、⑥【伊勢物語】石田『新版』（四段）も、上の句の表現を「反語」とみているが、「自分がすでに愛する人を喪って昔のままの自分ではないのだから、月や春が昔のままの月や春でないのも当然のことだ」（一一〇頁・補注）という意味のものとして捉えている。すなわち、「わが身ひとつはもとの身にして」という下の句の内容を含んだ「反語」として解すというのである。

いずれの場合も、物語地の文「去年に似るべくもあらず」とあることに沿った訳となるのだ。

⑦【古今集】竹岡『全評釈（下）』（七四七番歌）も、「疑問の気持で包んでいる」（四四三頁・釈「月やあらぬ」）と述べているが、歌の意味としては、「今眺めているこの月は、確かにあの人とここにこうして一緒に眺め明かしたあの月だ。今、まるでそんな事は夢としか思えない、でも現実にここであった事だ」（四四五頁・評）と解す。「全く《情》そのものの表現として理解すべきである」との見方である。

⑨【古今集】西下『全書』（七四七番歌）は、昔と「異る」ものを、「月色」や「花の色」と解して、「ただわが身ばかり旧態依然としてゐる」と訳す。

⑩【古今集】小沢『全集』（七四七番歌）は、「月に問いかける意」（語注）の、すなわち「疑問」として解している。

・月よ、お前は去年の月と違うのか。春よ、お前は去年の春ではないのかね。かくいう私の体はたしかにもとのままの体なのだが。

と訳出し、この点、⑪【古今集】小沢・松田『新編全集』（七四七番歌）も同様だが、下の句の解釈として、その初めに「あの人がいなくなったばかりに、すべては変ってしまい、」という部分を加えている。

⑫【古今集】奥村『集成』（七四七番歌）は、「月」や「春」と「わが身」をすべて「変らない」ものとして捉え、「邸」について、「すっかり荒れ果ててしまっている」と訳出している。さらに「あの人はすっかり別世界の人になっ

てしまった、というのである」（頭注欄）と述べている。また、⑬【伊勢物語】竹岡『全評釈』（四段）は、⑦【古今集】竹岡『全評釈』（七四七番歌）に等しく、⑭【伊勢物語】『新編全集』（四段）は、傍線部分の意味を補って訳出している。

・月は昔の月ではないのだろうか、春は昔の春ではないのだろうか、みな移ろい行ったようだ。私の身一つはもとのままなのに、あの人もいないのだ

⑮【古今集】片桐『全評釈』（七四七番歌）は、

・去年傍にいた人が今年はいないという状況の変化に、自分だけを取り残して変わらないはずの月や春までが変わってしまったのではないか、変わらないのは自分だけではないかと疑って見せているのである。

とみて、「他のすべてはすっかり変わってしまった感じであるよ」と訳出している。

「反語」と捉えて解すのは、②【古今集】『新大系』、⑤【伊勢物語】『大系』、⑥【伊勢物語】『新版』、⑧【古今集】『評釈』、⑫【古今集】『集成』。「疑問」と捉えて解すのは、①【古今集】『大系』、③【古今集】『新版』、④【古今集】『ちくま学芸文庫』、⑦【古今集】『全評釈』（竹岡）、⑨【古今集】『全書』、⑩【古今集】『全集』、⑪【古今集】『新編全集』、⑬【伊勢物語】『全評釈』、⑭【伊勢物語】『新編全集』、⑮【古今集】『全評釈』（片桐）である。

しかし、月や春が〝変わらない〟ながら、「変わったように感じられる」として訳出することも、月や春が「すっ

かり変わってしまった」と詠む歌として解すことも、歌に表現された通りの読み取りと言えるのであろうか。

月やあらぬ春や昔の春ならぬわが身ひとつはもとの身にして

ここでは、「わが身ひとつはもとの身」と言っているだけであり、月や春が「変わってしまった」とも、「変わったように感じられる」とも言っていないのである。

「月」や「春」に相対して、なぜ今、「わが身」のみ「もとの身」であると詠むのかという問題である。〈変化〉の問題として捉えることも、また、先入観であるかもしれない。

大胆な仮定と皮肉なロジックによって構成された業平の和歌は、人の世の無常や悲哀など、生きる苦しみとも言うべき事実を扱いながら、むしろ恋歌のような余情を含んで温かく、私たちに直接、語りかけてくる「言葉」であるのだ。

文学的テーマとして

今この瞬間における「月」や「春」についても、本当の「月」や「春」は、心のうちに刻まれた昔のままの「月」や「春」であるということになる。

月やあらぬ春や昔の春ならぬ

——あの月も、この春も昔通りの「春」にほかならない。

わが身ひとつはもとの身にして
——そして、この私ひとりは、確かに、「もとの」ままの私なのだ。

この世にあまねく存在し、必ずめぐりくるものに対して、なお、自分だけが「もとのまま」であると観ずるときとは、人間存在の「孤独」を強烈に実感した瞬間である。

業平のこの一首は、歌うことの意味と人間の存在について端的に捉えて歌い尽くした名歌である。桜の美と春の核心を二つながら端的に捉えて詠んだ歌のように、また、夜の夢と人の生について、天空の月と人の齢（老い）について、業平の歌はいつも普遍的な命題に正面から切り結んで千年後も色あせることのない答え、すなわち一つの真実を提示してみせているのである。

現代の詩人であれば、「二十億光年の孤独」（谷川俊太郎）として表現するかもしれない。また、

智恵子は東京に空が無いといふ、
ほんとの空が見たいといふ。

などと表現するかもしれない。これもよく知られた高村光太郎の詩「あどけない話」（『智恵子抄』）の一節である。「智恵子」にとっては、「阿多多羅山の山の上に／毎日出てゐる青い空が」、「ほんとの空だ」ったのである。忘れもしない、心に深く刻まれた「智恵子」の空である。光太郎にとってそれは、「東京」の、「切つても切れない／むかしなじみのきれいな空」であった。

また別の詩人は、幼年時代をテーマに、「けしきは　新しかったのだ　いちど」と言う。初めて見たその景色が、人にとって一つの大切な意味を持つ、「子供である」ことの「ぜいなくな　哀しさ」を歌った（吉原幸子「喪失ではなく」）。

さて、春は常に春であり、月は常に月である。そうした現実の中にあって突如襲う強烈な孤独感こそが、人の観ずる「無常」の本質ではないのか。人はそれを知って慄然とせざるを得ない。その感覚は、いつ襲って来るか知れない。人が常に心のどこかで感じ取っている何かなのであった。絶対的な孤独感。人が心によって生きる、主観的な生き物であるがためのものである。それは、死よりももっと恐ろしい「感覚」かもしれない。

何ものとも交じり合えない「個」としての人間の存在。「外界」の何ものとも一体化し得ないわれと「わが身」よ。人の生き死に、形あるものの崩壊、時の経過……。「無常」の本質は、そうした外部に拠らない、すべて、孤独である人間の、主観ゆえのものである。

移り変わっていくものの中における自分、あるいは、変わらぬものの中にあって、年を取り、衰え死んでいく自分、というような「対比」とは異なる。変化によってもたらされる感覚ではないのだ。人間にとって、生きることとは、すなわち、「孤独」と向き合い続けることであった。

第五節　おわりに

例えば、ビートルズの大ヒット曲、「イエスタデイ」は、「昨日」という‚過去‘が突然にやって来た驚きと悲しみを歌う。ここで「昨日」とは‚過去‘のできごとであり、すなわち、恋の終わりを意味する。愛する人の不在と愛の喪失が、「昨日」という過去をもたらしたのである。音楽の教科書に取り上げられて、中学校などでよく歌われるが、平安和歌の「歌詞」に、しばしば現代楽曲の表現と重なるものがあることは、言語の違いを越えた和歌文学の普遍性を示していて興味深い。

本章では、現代詩も含め、時代の異なる詞章の引用をして比較を行っているが、和歌研究においては、万葉以来の和歌について、特定の漢詩文によって翻案的に詠まれたものとみなされることがままある。先行する表現に学ぶことはあっても、詠まれている内容こそが一層、肝心なのであり、引用や模倣の意味もそこにある。

「昨日」をめぐる次の歌も、業平の和歌として知られるものである。『古今集』の哀傷部に入り（八六一番歌）、『伊勢物語』では最終段（一二五段「つひにゆく道」）の歌となる。

つひにゆく道とはかねて聞きしかどきのうけふとは思はざりしを

業平あるいは〈昔男〉の辞世歌として理解されているものであるが、古注以来、死に臨んで詠まれた歌としては、例えば「明日をも知れない命」という意味で「今日明日」というのが普通であるところ、なぜ「昨日今日」であるのかということが問題になっている。⑮【古今集】片桐『全評釈』（八六一番歌）は、⑧【古今集】金子『評釈』など、「もはや避けられないという気持を強調して『昨日今日』と言ったとする説」と、⑦【古今集】竹岡『全評釈』など、『昨日から連続している今日』という連続する生活的日常のこととする説」の両説を掲げて、「捨て難い」として前者に傾くが、明確な判断は示されていない。

しかし、一首は、辞世の歌ではなかったのである。そのままに解して、

〝人間、いつか死ぬとは知っていたが、それがなんとなんと「昨日」だったとはね……〟

ということである。それは、昨日ふられた男の歌なのである。「つひにゆく」ということと、「昨日」の転倒にこそ意味がある。それを歌の言葉通り（歌における意味の通りということとは異なる）「つひにゆく」、主人公の最期の場面として物語化したのが、『伊勢物語』の話柄である。

本章で取り上げた業平詠三首について、あらためてその読み解き方についてまとめる。前半と後半の間に、まず、必然的に読み取られるべき部分があり、一首全体の構成（文脈）から、導き出される核心があるということになる。前半と後半の間にある部分が読み取られないとすると、まずここにさまざまな解釈が生じ、歌意について説が定まらなくなる。特に、歌物語としての『伊勢物語』が、描き変え（パロディー）の手法を用いるのは、この部分である。

(1)　『古今集』雑上・八七九・在原業平／『伊勢物語』八八段「月をもめでじ」

【前半】おほかたは月をもめでじ（上二句）

← 「**おほかた**」**でないときに**（**憂いを抱えて**）**月をめでる** ⇑

いと若きにはあらぬ、これかれ友だちども集りて、月を見て、それがなかにひとり、
（『伊勢物語』）

⇐

【後半】これぞこのつもれば人のおいとなるもの（下三句）

【主旨】「もの思い」こそが、人を老いさせるものなのだ

〝大抵は、月をも眺めたりすまい（普通のときには、月をも愛で眺めたりしないに違いない。人は憂いを抱えて月を見

る……)。これこそが、度重なれば、人を老いさせるものであるのだ（もの思いこそが、人の老いのもとなのだ）〃

(2)　『古今集』恋三・六四四・在原業平／『伊勢物語』一〇三段「寝ぬる夜」

【前半】ねぬる夜の夢をはかなみまどろめば（上の句）

　←「**寝ぬる夜**」**の夢に対する、**

　　〝寝ぬよ（世）〟の夢としての〝この世〟

⇑ 心あやまりやしたりけむ、親王たちのつかひたまひける人をあひいへりけり。（『伊勢物語』）／人にあひて、あしたに、よみてつかはしける（『古今集』詞書）

【後半】いやはかなにもなりまさるかな（下の句）

⇐

【主旨】夜の夢よりはかない「人の世」のありよう

〃寝て見る夜の夢をはかないものと思って、今こうしてまどろんでみると、（この世こそまさしく仮寝の夢の世、）いっそうはかない状態になりまさることよ。（夢よりはかないものは人の世である）〃

(3)　『古今集』恋五・七四七・在原業平／『伊勢物語』四段「西の対」

【前半】月やあらぬ春や昔の春ならぬ（上の句）

　←**それを見、感じる（歌を詠み、観じる）**

⇑ 去年に似るべくもあらず（『伊勢物語』）

【後半】わが身ひとつはもとの身にして（下の句）

⇐

【主旨】もうすでに詠み尽くした

〝月は違うのか、春は昔の春ではないのか、(一方、それを詠む、あるいは観じる)私自身は、もとのままの私なのであって。(歌はもう、詠み尽くした)〟

三十一文字という、限られた中で、業平詠にはしばしば表現上の〈繰り返し〉が見られる。(2)「ねぬる夜の」の歌における「はかなみ」と、「はかなにも」、(3)「月やあらぬ」の歌における「春」と「昔の春」、「わが身」と「もとの身」などである。(1)「おほかたは」の歌の場合の「これぞこの」という表現も、'前' を受ける形であるし、(2)「ねぬる夜の」の歌も、「夜の夢」に対するもう一つの〝夢の世〟たるこの世について詠むものである。しかしそれは、繰り返しなのではなく、異なる新しい意味を持つ言葉として、再び短い詩片のうちに詠み込まれているのである。

業平や小町の歌など、より古い時期の王朝和歌には、人間存在の根幹と結びついて歌い上げる精神(主題性)と、おのおの独自性の高い表現手法が存する。技巧的・美的に、観念世界を描き出していく以後の和歌とは異なる訳出の仕方や、新しい解釈の方法が求められるのである。

注

(1) 拙稿「『伊勢物語』の手法—「夢」と「つれづれのながめ」をめぐって(二段「西の京」と一〇七段「身を知る雨」、および六十九段「狩の使」)—」(「和洋国文研究」45　二〇一〇・三)→Ⅲ篇　第二章

(2) 拙稿「『伊勢物語』二十二段「千夜を一夜」の主題と構成—贈答歌の論理—」(「和洋国文研究」43　二〇〇八・三)、拙著『王朝文学論—古典作品の新しい解釈—』(新典社　二〇〇九)に収載、Ⅱ篇　第二章。『伊勢物語』の手法については、拙稿「『伊勢物語』二十三段「筒井筒」の主題と構成—「ゐつつ」の風景と見送る女の心—」(『古代中世文学論考　第19集』新典社　二〇〇七・五)初出、同『王朝文学論』(新典社　二〇〇九)に収載、Ⅱ篇　第一章。

（3）右掲注（2）拙著『王朝文学論』（新典社　二〇〇九）及び、拙稿『伊勢物語』一一九段「男の形見」―絵と物語の手法をめぐって―」（『和洋国文研究』46　二〇一一・三）など。→Ⅲ篇　第三章（また、Ⅱ篇　第三章、Ⅲ篇　第四章）

（4）『白氏文集』「贈内」詩の「莫対月明思往事。損君顔色減君年」（本章前掲、第二節）について、岡村繁『新釈漢文大系　白氏文集（3）』（明治書院　一九八八）は、「ところで、そなたは、月光にやたら往時を偲ばない方がよい。物思いは、そなたの容色を損ない、そなたの寿命を縮めるものだから」（一八六頁・現代語訳、傍線-圷）のごとく、「物思いは」という言葉を加えて読み取っている。ここもあくまで〝対月懐旧〟（月前懐旧）について述べたところではあるが、合理的な解釈と言えよう。

（5）拙稿『夢』と『壁』の和歌―歌ことば・「かべ（壁）」―」（『語文』126　二〇〇六・三）、右掲注（2）拙著『王朝文学論』（新典社　二〇〇九）に収載、Ⅲ篇　第一章。

（6）同右、拙稿

（7）前掲注（1）拙稿

（8）前掲注（3）拙稿

（9）前掲注（1）拙稿

（10）前掲注（2）拙著『王朝文学論』（新典社　二〇〇九）、Ⅱ篇、及び、前掲注（1）拙稿

（11）『折口信夫全集　ノート編　第十三巻（伊勢物語）』（中央公論社　一九七〇）、五五〇頁

第三章　知られざる「躑躅」の歌と、定子辞世「別れ路」の歌

――平安時代の〝新しい和歌〟をめぐる解釈――

第一節　定子辞世「別れ路」の歌

『伊勢物語』風のストーリー

知る人もなき別れ路に今はとて心細くも急ぎたつかな

（『後拾遺集』哀傷・五三七・藤原定子）

『後拾遺和歌集』の哀傷部は、定子の辞世二首を配して始まる。右の歌は、その二首目である。

従来の解釈に拠れば、

(1)　定子が、だれも知る人のいない死出の旅路に、今はもうこれまでと心細い気持のまま急ぎ旅立つというので、

詠んだ歌、

　知る人もなき別れ路に今はとて心細くも急ぎたつかな

ということになるであろう。

あるいは、

(2) 定子が、誰も知る人のいない死出の旅路に、今はこれまでとこの世に別れを告げて心細くも急ぎ出で立つというので、詠んだ歌、

　知る人もなき別れ路に今はとて心細くも急ぎたつかな

また、

(3) 定子が、知る人とてない泉路（よみのみち）への旅路に、今はもうこれまでと心細くも（ただひとり）急いで立つというので、詠んだ歌、

　知る人もなき別れ路に今はとて心細くも急ぎたつかな

(4) 定子が、誰一人として知る人のいない、生と死のこの別れ道で、もはやこれまでと心細いことではあるが急いで旅立つというので、詠んだ歌、

　知る人もなき別れ路に今はとて心細くも急ぎたつかな

など。

当該の辞世歌に付されてきた従来の現代語訳をそのまま用いて（傍線部）、『伊勢物語』の短章段に倣い、詞書と歌だけでできあがっているようなその「型」にあてはめてみたものである。

傍線部はそれぞれ、(1)が①『（新大系）後拾遺和歌集』[1]、(2)が②『（新編全集）栄花物語』（「とりべ野」一－三三九頁）[2]、(3)が③『後拾遺和歌集全釈』[3]、(4)が④『後拾遺和歌集新釈』[4]における当該辞世歌の現代語訳である。

(1)～(4)のいずれの「お話」においても、辞世歌の初句「知る人も」について、自分の、すなわち定子自身の「知る人」という意味で受け止めたものということになっている。この点についてさらに言えば、こういうことである。

死出の旅を「知る人もなき」と言っているが、あの世には父もいるし母もいるはずである。だが、今それは彼女の心にない。思いのすべてを現世に遺しつつ、ひとり逝かなくてはならない孤独、そして無念の情。

（山本淳子『源氏物語の時代—一条天皇と后たちのものがたり—』〈朝日新聞出版　二〇〇七〉、一六八頁）

あの世にはすでに旅立った両親、藤原道隆と高階貴子もいるという考えは定子の心に浮かばなかったようです。それより現世に残していく夫や幼い子供たちのほうに、何十倍も心ひかれていたのでしょう。どんなに心残りな気持ちだっただろうと思います。

（赤間恵都子『歴史読み　枕草子—清少納言の挑戦状—』〈三省堂　二〇一三〉、一七一頁）[5]

つまりは、これこそが、論者のいう『伊勢物語』の物語手法なのである。

歌の文字通りに場面化（解釈）してみせるが、それは必ずしも歌の意味の通りの「お話」であるわけではないのである。

定子辞世「別れ路」詠初句の「知る人」は、定子の「知る人」ではない。「別れ路」を「知る人」である。すなわち、「別れ路を知る人」がいないと言っているのだ。確かに、生者の世界であるこの世に、死出の旅路を見知っている者は誰一人いない。その未知の旅路に出立する気持ちをいま、定子は「心細くも」と表現しているのである。

詠まれている内容は、人の死をめぐるものとして非常に普遍的なものであるが、だからこそ、和歌の歴史においては「革新的」な一首とも言える。それゆえ、誤解も生まれるのである。

「知る人もなき別れ路」という歌の言葉を、〈自分にとって見知った者のないあの世へ行く路〉と解すというのは、そういうことである。

定子は、〝誰も経験のない旅路〟としての死出の旅路に出で立つ気持ちを「心細い」と言っているのであり、あの世にいるはずの「父や母」の存在がこのとき「心にない」からではない。

しかしながら、従来は、ひたすら死を恐れて心弱く力なく、最愛の父母をも忘れ去り、「心細く」息を引き取った定子像が描きあげられてしまっている。

これは、彰子立后の後、定子の崩御の瞬間まで、『栄花物語』「かかやく藤壺」から「とりべ野」にかけて、「心細し」という言葉を繰り返しながら描き出される定子の姿に通じる。「もの心細げに」「なほものの心細く」（「かかやく藤壺」一‐三一一頁）、「いとど、いかにいかにと心細う」「心細くのみ」「心細かる」（三一二頁）、「あはれにもののみ心細く」（三一三頁）、「いとものの心細く」（「とりべ野」三二一頁）、「いと心細し」（三二六頁）。しかし物語は、この間長保二年（一〇〇〇）の八月、今内裏にて定子と一条天皇がともに暮らした日々（二十日間）については、一切触れていないのである。

別れ路の淵瀬（渡り川・三瀬川）

もっとも、各注釈書の現代語訳においては、そこまで踏み込んだ内容が示されているわけではない。現代語訳における「だれも知る人のいない死出の旅路」（①及び②）、「知る人とてない泉路（よみのみち）への旅路」（③）、「誰一人として知る人のいない、生と死のこの別れ道」（④）というのは、実は、そのまま、未知なる「死の体験」としての「別れ路」について端的に表現し得ているのである。(6)

しかし、辞世歌中の「別れ路」について、これまでに「誰も知らない別れ路」という意味で解釈されたことはない。従ってそれぞれの注釈書には「別れ路」をめぐり、

①　新大系『後拾遺和歌集』
・「この世にはかくてもやみぬ別れ路の淵瀬に誰をとひてわたらん」（大和物語一一一段）
・心細い死出の門出。

②　新編全集『栄花物語』（「とりべ野」）
・死出の旅路。

③『後拾遺和歌集全釈』
・『八代集抄』に、「冥土のことなるべし」とある。泉路への旅。「別れ路」は此の世とあの世への岐路のこと。

（「しる人もなき別れ路に」語注）

・「糸によるものならなくに別れ路の心ぼそくも思ほゆるかな」（『古今集』羈旅・貫之）

（「心ぼそくも」語注）

④『後拾遺和歌集新釈』

・ここでは死に別れゆく道。「いとによる物ならなくにわかれぢの心ぼそくもおもほゆるかな」（古今・羈旅　四一五　貫之）。

などの語注が添えられて、行き着く世界（あの世）に「知る人」がいないため、「別れ路」すなわち死ぬことが「心細い」のだという〈意味〉が読み取られ、さらには「孤独、そして無念の情」が導き出されることにもなるのである。「別れ路」すなわち「死出の旅路」は、すべからく「心細い」ものであるという見方が示され、なぜ「心細い」のか詠歌内容に沿って追究しようとするものがない。③・④は類型的に「別れ路の心ぼそくも……」と詠む貫之詠を引き、①は「誰をとひてわたらん」という『大和物語』の歌を引く。

定子の辞世について論者は、自らの土葬を示唆するとみられる歌「煙とも雲ともならぬ身なりとも草葉の露をそれとながめよ」（『栄花物語』「とりべ野」）をめぐって、

火葬が通例であった当時、后妃としての土葬はまさしく異例のことであった。定子が土葬を望んだその理由は従来謎とされているが、一つには、この世に残して行く幼い三人の御子たちと彼らを保護する人々を、同じくは京の地にあって、死後も見守らんとする意志によるものではなかったかと思う。そのために、一瞬の煙と立ちのぼって空のかなたに消え去る方法ではなく、ゆっくりとその身を京の土に帰す方法を選んだのではなかったか。残さ

れた者の気持ちも自ずと違ってくるはずだ。

（圷「一条天皇の辞世歌『風の宿りに君を置きて』―「皇后」定子に寄せられた《御志》―」〈津田博幸編『〈源氏物語〉の生成―古代から読む―』武蔵野書院　二〇〇四・一二　所収、右引用文・二〇五頁〉）[7]

と述べたことがあったが、それは、いわゆる「心残り」や「無念の情」（前掲、山本氏）、また「大きな未練」（赤間氏・前掲書、一七二頁）などとは無縁のものとして受け止めている。

①の新大系『後拾遺和歌集』の語注に挙がる『大和物語』一一一段「別れ路の川」の歌は、三途の川をめぐる「俗信があった」ことを前提として理解されているものである。『源氏物語』にも例があり、典拠として、『河海抄』に挙がる『地蔵菩薩発心因縁十王経』が引き合いに出されてきた。

女は死後、はじめて夫婦の契りをかわした男に手をひかれて三途の川を渡るという俗信があった。

（『大和物語』一一一段「別れ路の川」『新編全集』三三六頁・頭注五「別れ路の淵瀬」）[8]

ただし、『大和物語』当該段の歌の本文には諸本間で異同があり、『新編全集』が底本とする天福本系統本などでは、①の語注に挙がる「淵瀬に誰をとひてわたらん」の形ではなく、

この世にはかくてもやみぬ別れ路の淵瀬を誰に問ひてわたらむ

である。語注に挙がる本文のほうが（伝為家本系統）、従来的な解釈における定子辞世歌の意味に沿って分かりやすい形になっていると言えよう。

'俗信詠'の解釈

だが、当該歌との関係性が認められる『信明集』の贈答歌における「後のふちせとたれにとはまし」（一一五番歌）、「後ははじめの人をたづねよ」（一一六番歌）という表現も、俗信の内容と切り離して読むことは可能である。

行平が三君をたえたるころ、女（Ⅲ系統「おなしおとこに、きむひらかみわすられてのちに」）

わびつつもこのよはへなんわたりがは後のふちせとたれにとはまし

（『信明集』Ⅰ一一五・Ⅲ六三）

かへし

此よをばおひもかづきてわたしてん後ははじめの人をたづねよ

（『信明集』Ⅰ一一六・Ⅲ六四　下の句「のちのふちのせをたれにとはまし（はゝしめの人をたつねよ）」）

「この世のことはともかく、後の世のことは一体誰に聞いたらよいのだろう」と問いかける歌に対し、「この世の（「逢瀬」の）ことならお任せなさい。だが、後の世のことは、それを知る初めの人を探して（、教えてもらって）下さい」と応じたのである。答えの出ない問いかけに対し、和歌における「後」と「初め」の言葉遊びで返す機知である。

詠歌のテーマは異なるが、例えば、定子の贈歌に応じた清少納言の答歌も「のち」（後）と「まづ」（先）の機知に拠る。

元輔がのちと言はるる君しもや今宵の歌にはづれてはをる（定子）
その人ののちと言はれぬ身なりせば今宵の歌はまづぞよままし（清少納言）

「詠歌御免」の一件で有名な『枕草子』「五月の御精進のほど、職に」（一〇四）の段の最後を締めくくる、主従息の合った応酬である。定子詠の初句「元輔がのち」は、「元輔の後継者」というのが表の意味だが、清少納言の答歌の核心は、それを「元輔のあと」、つまり「元輔の次」と取りなして、〃すでに故人たるその人の次に、今宵の歌はどうしたって詠めっこありません〃と言うことにある。(9)

『大和物語』一一一段「別れ路の川」で、歌は、女（公平三女）が詠んだ一首だけであり、男の返歌がない。だが、その地の文には、贈答の形で収められている『信明集』の男（信明）の歌の言葉「はじめの人」と重なる表現として「はじめの男」という言葉が用いられている。

従来の説の中で、田村正彦氏の論考は、『初開男』の俗信」が指摘されている物語の場面や詠歌について、「その時代に俗信がなかったら、という前提」(10)で考察する示唆的な試みである。「渡り川」をめぐる「逢瀬」としての意味合いに注目し、「愛する者同士が越えて行く場所」として捉える。『最初の夫が渡す』と限定的に考える必要はない」と述べ、俗信を前提とした理解については、「近世以降の『源氏物語』研究の影響が大きい」とみている。

一方、論者は「別れ路の淵瀬」あるいは「後の淵瀬」を詠み込む『大和物語』一一一段の歌や『信明集』の贈答歌について、「誰も経験のない旅路」としての意味を踏まえて解すべきものとみている。定子辞世歌の「人知れぬ別れ路」とともに、従来、指摘がないまったく新しい解釈である。

田村氏は、「女を背負って川を渡るイメージ」について、『伊勢物語』芥川段の影響などに加えて『逢ふ瀬』から『負ふ瀬』への連想が働いた可能性」を指摘する。(11)『信明集』の男の返歌については、女の歌に言う「後の淵瀬」に対する今生の「逢瀬」ならぬ「負ふ瀬」ということで、「負ひもかづきてわたしてん」と答えたものと考えられるのではないだろうか。

また、『大和物語』においてすでに「はじめの男」を対象とした歌としての話が成立している以上、俗信の存在が「なかった」と判断することは難しいかもしれない。田村氏は『信明集』の女の歌「わびつつも」詠をめぐり、「本来は贈答歌の形ではなかった可能性」に言及するが、『大和物語』地の文と『信明集』返歌の「鍵語」の一致という点に注目するとき、『信明集』の男の歌について「後人のさかしらによる作」(12)とばかり言い切れない面がある。『信明集』における「歌物語と同質の作為」(13)も指摘されているが、物語化の形はもちろん、「歌物語」たる『大和物語』の本文にも表われている。

本章では、従来、その意味について誤解されたままである定子辞世「別れ路」の歌を取り上げて、歌の本文と付帯説話（解釈）の関係について顕現化することを目的としている。〝俗信詠〟をめぐっても、稿をあらためて詳述するが、例えば、『平中物語』一六段の贈答における「音にのみ人の渡ると聞きし瀬」「音にのみやは聞かむと思ひし」という表現も、ほかでもない、「死」という、「知る人のない」未知の旅路における「渡る―瀬」「渡り川」について詠んだものとみる。従来読み取られていない事柄である。

『大和物語』一一一段「別れ路の川」の歌「この世にはかくてもやみぬ別れ路の淵瀬を誰に問ひてわたらむ」と関わる『信明集』の女の歌（一一五番歌）は、「題知らず」として、『続後撰和歌集』に単独で入り、詠者を中務とする。『万代和歌集』では雑部に収められている。初句及び第四句について、助詞の部分に異同が存する。

わびつつもこのよはへなんわたりがかは後のふちせとたれにとはまし　（『信明集』Ⅰ一一五）
わびつつはこの世はへなんわたりがはのちのふちせをたれにとはまし　（『続後撰集』恋四・八九七・中務）
わびつつもこのよはへなんわたりがはのちのふちせをたれにとはまし　（『万代集』雑三・三三三一・在原行平女）

『信明集』一一五番歌の下の句は「後のふちせとたれにとはまし」であるが、「後のふちせを～」と言うのに比べて、疑いのある内容・事項について問うニュアンスを読み取るべきかと思う。つまり「後のふちせ」というのは、詠者にとって不確かな存在であり、必ずしも自明の事柄ではないということである。

従来の解釈と、新しい読み解き

論者による定子辞世歌の新しい解釈は、次の通りである。

知る人もなき別れ路に今はとて心細くも急ぎ立つかな
（それがどのようなものなのか、）知る人とてない死出の道に、（それゆえ、）心細く思いながらも、今はその時と、急ぎ旅立つのです。

それがいかなる「別れ路」であるか、定子辞世歌における「別れ路」の意味を規定するのは、歌の初めの「知る人もなき」という言葉だ。

従来は、辞世として詠まれた歌であるから、「別れ路」とは当然、(自明の)「死出の旅路」のことなのだとだけ考えて済ませてしまっている。「別れ路」＝「死出の旅路」であることに間違いはないのだが、「死」というものについて詠者がどのように表現しているかということをまず考えていたならば、「あの世に知る人がいない……」などという解釈は生まれにくいはずである。

要するに、「知る人」が想定される「知る人もなき別れ路」などないということである。従来のように解すのであれば、それは、'行った先に知り合いがいない'というその事実がそもそも否定し得ないできごとである場合にしか詠みえない歌ということになり、ここにすでに解釈上の綻びがあるということなのだ。

しかし、そうした誤訳・誤読から紡ぎ出されてくるまた別の「思い」もあるのだろう。それが、古典の享受の実相なのである。

第二節　定子辞世歌に籠められた思い

だが、定子の辞世歌は、わが思いを述べただけの「利己的」なものではないのだ。

知る人もなき別れ路に今はとて心細くも急ぎ立つかな

この一首は、残された人々の死の恐怖を和らげる言葉である。

一条天皇の后にして、幼い御子たちの母でもあり、後宮の主(あるじ)であった定子が出産により崩御したとき、まだ数え年二十四歳の若さであった。それら大切な人々とその後の長い人生を共に過ごし、あらゆる体験を分かち合うということはできなかった。だが、定子のこの辞世は、人々がそれぞれ年老いて……やがて皆に等しく訪れるそのときの孤独や恐怖を取り除くものだったのである。

自らの死に臨んで定子はなお、他者のためにこそ生きようとしているのである。「その涙が慕わしくてならないのです」と詠む定子の辞世歌が、血の涙流す一条天皇を、底知れぬ孤独の闇から救ったように、定子の辞世歌四首はすべて、その死後に、「生きてはたらく言葉」(14)であった。

人々はそのとき、かつて定子もやはり「心細く」思いながら、避けられぬその「別れ路」に一人旅立ったことに思いを馳せるであろう。「先にいらっしゃったのだ」と、定子の辞世の言葉を定子の「声」として鮮明に思い起こすに違いない。定子の辞世は、残された人々に与えられた癒しと慰め、そして救いであった。

定子の辞世を通して死生観を共有し、「共に生き、共に死ぬ」。そのような深く強い絆で結ばれた人々である。あらゆる宗教の始原的存在の意義や究極の目的は、死の恐怖から人々を救うことにあると言えるだろう。しかし、仏の道を説く僧侶など、当時から現代に至って、宗教指導者にとってもそれは容易なことではない。「死」を、誰一人、経験したことがないできごととして捉え、詠む、その歌の力は、時代を越えて生かされるべきものであろう。

定子の辞世は、一条天皇に宛てた一首も、自らの土葬を示唆する一首も、異本系の『栄花物語』に伝わる『枕草子』に事寄せたとおぼしき一首も、そして、死そのものについて述べた「別れ路」の歌も、すべて、後に残される人々を思い遣って、その生涯を支え、励まし続けるものであったのだ。すでに論じたことがある、ほかの三首の解釈を示す。

よもすがら契りしことを忘れずは恋ひん涙の色ぞゆかしき

一晩中二人で言い交わした約束が私の心にはもちろん、帝の心にも深く刻まれて、それを（お忘れたもうべくもなく、）お忘れ下さらないならば、帝が私を恋うてお流しになるその涙の色（すなわち涙そのもの）を深く慕わしく、恋しく思うことでございます。

煙とも雲ともならぬ身なりとも草葉の露をそれとながめよ

（火葬の）煙にも雲にもなることのないこの身ですが、どうぞ草葉に置く露を、私の化身としてながめて下さい。

亡き床に枕とまらば誰か見て積もらん塵を打ちも払はん

この世に〝枕〟が残り伝えられたならば、いつか誰かがそれを見て、私たちが生きた、このときのままの真実について知るでしょう。

「煙とも」の歌の解釈については、前節で述べた。ただはかなく消え去るものとしてではなく、生きとし生けるものの命の化身として、日ごと永遠に結び続ける「露」を詠み込む。

一条天皇に宛てられた「よもすがら」の歌は、本章で新しい解釈を示した「別れ路」の歌とともに『後拾遺集』に採られた、哀傷部筆頭の詠である。七夕をめぐる哀傷歌としては初めて勅撰集に入った。『源氏物語』も、その冒頭「桐壺」巻から「長恨歌」を引用して始まり、最終帖「夢浮橋」巻に至るまで、七夕伝説と無縁でないが、その先蹤は、『枕草子』中に描かれた一条天皇・中宮定子の物語と、この定子辞世歌である。(15)「長恨歌」を踏まえて表現されたその内容は、同じく「長恨歌」を引用して語り出す『源氏物語』に先行する、この世の実事なのであった。「漢皇の楊貴妃へのそれ」(16)にもまして哀切な物語が、『源氏物語』前夜の一条朝に存在したことを忘れるべきではない。紫式部がこれから書き上げる一大叙事詩（『源氏物語』）の筋書きとして、「七夕」の悲恋が不可避であったろうことについては、『源氏物語』と『枕草子』における「七夕」の節会をめぐって論じている。[17]

従来は、下の句「恋ひん涙の色ぞゆかしき」について、「その御涙の色を知りとうございます」との意味で解し、「定子が一条帝に対し、どれだけ自分の死を悲しんでくれるかと、問いかけたもの」（『（新編全集）栄花物語（1）』）として捉えられてきた。

「亡き床に」の歌は、『枕』にする」（「枕にこそはし侍らめ」）と答える機知により、定子から白紙の冊子を譲り受けた、ほかでもない、清少納言に宛てたものとみる。「この世にお前が書いた〝枕〟（『枕草子』）が残り伝えられるならば……」[18]ということである。定子の生前に流布した『枕草子』を、清少納言は定子の死後、定子を主人公とする日記的章段を中心に加筆し、跋文を添えて完成させている。主亡き後の清少納言を励ましたのは、この歌の心であった。

一条天皇と定子、二人の辞世と『源氏物語』

さてまた、俗信に基づくとされる『源氏物語』の用例については、『大和物語』や『平中物語』のストーリーを踏まえた場面化として捉え得るのではないだろうか。死の体験にまつわる永遠の問題を、「はじめの人」をめぐる恋愛譚に仕立てたものである。歌物語の前提には、『信明集』における機知に富んだ贈答があった。

あの世でもまた「逢瀬」があるのかないのか……。

それは、男女間では「生まれ変わってもまた一緒に」という、ある種、誓いの文句である。類似の表現は、現代のJ‐POP音楽のヒットナンバーにおいても繰り返し耳にする、殺し文句的なフレーズとして枚挙に暇がない。「来世、再来世も一緒に」というのがプロポーズの言葉になったりもする。「来世での逢瀬」をテーマとした小説や映画も多く、背景には仏教的な輪廻転生の思想が存すると言えようが、これは日本に限った状況ではない。

つまり、「俗信」を前提としたり、言われているような「処女性へのこだわり」が先行したりするのでもなく、三瀬川をめぐる男と女のやり取りの淵源はもっと身近で普遍的なところにあったと言える。人生最期の局面をめぐって男女関係における「はじめの人」を介在させる応酬は、恋歌贈答ならではの発想と言えよう。

『源氏物語』における光源氏の場合は、重篤な状態に陥った葵の上、故人たる藤壺、そして、他人（鬚黒）の妻となった玉鬘を対象とした用例である。「葵」巻の例は、源氏が、葵の上に憑りついた六条御息所の生霊と対峙することになる場面である。「真木柱」巻の和歌「おりたちて」は、源氏がかつてまだ幼い紫の上（若紫）に詠み掛けた歌「ねは見ねどあはれとぞ思ふ武蔵野の露わけわぶる草のゆかりを」（「若紫」一‐二五八頁）の構造に似るところがある。

そして「朝顔」巻末の場面には、成仏を果たさず、「知る人なき世界」（「朝顔」二‐四九五頁）で一人、「密通」による罪業のために苦しむ藤壺が恨みを述べて〈登場〉する。

（源氏）「……いかなりともかならず逢ふ瀬あなれば、対面はありなむ。……」（「葵」二‐三九頁）

（源氏）なき人をしたふ心にまかせてもかげ見ぬみつの瀬にやまどはむ（「朝顔」二‐四九六頁）

（源氏）おりたちて汲みはみねども渡り川人のせとはた契らざりしを（「真木柱」三‐三五四頁）

「朝顔」巻の例は、表現上も、定子詠「知る人もなき別れ路」と密接に〈絡んでくる〉場面である。「雪まろばし」を眺めながら源氏が語る、亡き藤壺の事跡「雪山作り」は、『枕草子』に描かれた定子の「雪山作り」に発想を得ている。『源氏物語』は、中宮定子と藤壺の存在が二重写しになる「雪山」の場面を描き出し、その巻末で死後、「知る人なき世界」をさまよう藤壺の苦しみに言及する。一見して、定子辞世歌の「知る人もなき別れ路」と重なる表現を用いているのである。

一方、一条天皇の辞世歌は、「この世に置き残してゆく相手」に対して詠んだものであった。死に臨んで今、一条天皇の心を占めるのは、〝この世に残していく〟定子への思いだ。それは、『源氏物語』における藤壺のように、定子も、往生できず、この世をさまよっている、からではない。土葬を示唆する「煙とも」の辞世に籠められた定子の意志を深く理解する一条天皇にとって、自らの意志で地上にその身をとどめた定子の魂はまさしく〝生きて〟いたのだ。定子の心は生きて一条天皇の思いに寄り添い、最期の時まで彼の魂を支え続けたのである。両者の辞世の内容がよく呼応していることが分かる。

（定子）　煙とも雲ともならぬ身なりとも草葉の露をそれとながめよ　（長保二年〈一〇〇〇〉十二月十六日崩御）

（一条天皇）　露の身の風の宿りに君を置きて塵を出でぬることぞ悲しき

『権記』寛弘八年〈一〇一一〉六月二十一日条、翌二十二日崩御）

一条天皇の辞世歌が、仮に、紫の上へ宛てた源氏の贈歌「浅茅生の露の宿りに君を置きて四方の嵐ぞ静心なき」（「賢木」二‐一一八頁）を意識した一首であるとして、人間の死というものをめぐり、必ずしも、『源氏物語』的な論理に従った詠歌とは言えない。むしろ、一条天皇の〈選択〉からは、辞世歌の対象が「知る人なき世界」（「朝顔」巻）すなわち「あの世」ではなく、「嵐」吹く「この世」にあるということが明らかになるだろう。

だがその歌は、聞く者すべてが瞬時にそれと理解する「悲しき」思い、すなわち「亡き人を恋うる歌[19]」であったのだ。それは、ほかならぬ、定子に宛てた辞世なのである。

しかし、『源氏物語』の享受を経て、定子辞世歌の「知る人もなき別れ路」の意味もろとも、後世いよいよ読み取られにくくなるのである。

「朝顔」巻における、「知る人なき世界」をさまよう藤壺の〈登場〉シーンも、定子の最期の事跡である辞世詠出の営為をめぐってなされた一種の〝パロディー〟と言ってよい。その前段、雪の場面に、

「……すさまじき例に言ひおきけむ人の心浅さよ」（源氏）とて、御簾捲き上げさせたまふ。

（「朝顔」二―四九〇頁）

とあるのは、『枕草子』との関係をめぐって特に知られた箇所でもある。『花鳥余情』に「しはすの月夜少納言はよにすさまじきといひしを、式部は色なきものの身にしむといへり。心々のかはれるにや」などと言うのを承けて、「『言ひおきけむ人』が、清少納言をさすとすれば、作者の彼女に対する強い対抗意識をうかがい得る」（四九〇頁・頭注一四《『新編全集』本》）との説明がなされることもある。

『枕草子』「香炉峰の雪」の段（二七八）を彷彿するような源氏のしぐさを描き込みつつ、「すさまじき例に言ひおきけむ人」について批判せしめるこの場面においても、作品の享受に影響を及ぼす形で、『枕草子』世界の韜晦が行われているのである。

『枕草子』の「すさまじきもの」（二二段）は、「すさまじきもの」ながら、それゆえ人の世の、もっとも人の世らしい、数多の事物を拾い挙げて綴る一段である。和歌などの題材にはなり得ない「すさまじきもの」や「にくきもの」

の数々をめぐって「人の心」のありようについて追究するのは、「もの」型類聚章段の手法の一つであるが、こうして「心浅さよ」と言われてしまうと、それ以上の読解が妨げられることにもなる。

なお、勅撰集において「すさまじ」という言葉が見られるようになるのは、『新古今集』以降のことである。それ以前に歌語として用いられた例は稀であり、例えば、安法法師に「おいぬればみなみおもてもすさまじやひたおもむきににしをたのまむ」（『安法法師集』九八）という歌が見える。

第三節　知られざる「躑躅」の歌 ——『伊勢物語』二〇段「楓の紅葉」をめぐる新しい解釈

真っ赤な躑躅

さて、ある春の暮れ方のことである。男が、女に次のような歌を詠み贈った。

君がため手折れる枝は春ながらかくこそ秋のもみぢしにけれ

〃あなたのために手折ったこの枝は、春であるにも拘わらず、かくも美しく「秋の紅葉」をしていることですよ〃

と、こう言っているのであるが、歌だけ見ると、まるで謎々のようでもある。

春ながら「秋の紅葉」とは、これいかに……？「手折る」と言えば、花紅葉だが、答えは、「躑躅」。「ツツジ」だ。

これは、実は、躑躅の歌なのだ。秋の紅葉のごとく、陽の光に照り映える、真っ赤な山躑躅の花の歌である。

さて、一首の主旨は、

〝秋の紅葉のごとく美しい、この山躑躅の花の一枝を、愛するあなたに捧げよう〟

ということである。

俳句の世界で躑躅は暮春の季語だが、王朝和歌の題材として、桜のような春の景物の「定番」とはならなかった。『万葉集』には、「白つつじ」、「丹つつじ」や「丹つつじ」を詠み込む歌がある。

赤い「つつじ花」、「丹つつじ」を詠み込む歌では、「つつじ花　香（にほ）へる君が」（『万葉集』三・四四三・大伴三中）とあり、紅葉詠と同様、美しく「にほふ」様子が謳われ、桜花と並称して「つつじ花　香（にほえ）少女　桜花　栄（さかえ）少女」（『万葉集』一三・三三〇九「人麻呂歌集」歌）、「丹つつじの　薫（にほ）はむ時の　桜花　咲きなむ時に」（『万葉集』六・九七一・高橋虫麻呂）と詠まれている。また「白つつじ」について、妻に見せるため、わが衣にその色よ「染まれ」（にほはね）と詠む歌もある（『万葉集』九・一六九四）。

時移ろって現代の日本においても、春の暮れ方、例えば東京都内の至るところで躑躅が美しく咲き誇っているのを見ることができる。

躑躅は種類も多く、公園の植え込みや、街路樹としても馴染み深い花木であり、桜が散り、本格的な夏にはまだ遠い季節に、明るい色彩で見る者の心を浮き立たせてくれる。

全国の名所では、色とりどりの花を咲かせた躑躅の古木・大株が訪れる人々の目を驚かせ、楽しませている。また、この時期に里山で出合う山躑躅の澄んだ朱色は、次第に色を深めつつある木々の緑と鮮烈なコントラストを見せて印象的である。

春の躑躅こそ、「秋の紅葉」に匹敵するほどの燃え立つ赤が特徴的な花である。小さな葉は密生する先端が五裂する漏斗型の花を枝先に複数つけたその様子も、「紅葉」と似通うかもしれない。花蔭に隠れて、一株全体が真っ赤に染まって見える。

一首は、『伊勢物語』二〇段に見え、「昔男」の歌として知られているものである。

この歌のうまいところは、「つつじ」と言わずに（名を出さずに）、ほかでもない、躑躅の特徴的な美しさについて見事に詠み得ているところにある。その詠みぶりはやはり、在原業平に擬されるのではないかと思う。

『和漢朗詠集』の躑躅の句

『和漢朗詠集』で、躑躅は、「落花」ののち、「藤」と「款冬」（山吹）との間に置かれている。冒頭は、「紅躑躅」を詠み込む白詩の摘句（一三七番）、次にその真っ赤な花を燈火（や火種）と見誤って折り取る……という、源順の詩句が並ぶ（一三八番）。白楽天の作は春の詩ではないが、山間の早秋、白蓮華の蕾と取り合わせて、咲き残る躑躅の赤が際立つ。

晩蘂尚開紅躑躅　秋房初結白芙蓉
（晩蘂なほ開けたり紅躑躅　秋の房は初めて結ぶ白芙蓉）
（『和漢朗詠集』上・躑躅・一三七・白楽天／『千載佳句』早秋／『白氏文集』一六・九四一「題元八渓居」）

夜遊人欲尋来把　寒食家応折得驚

（夜遊の人は尋ね来て把らんとす　寒食の家には折り得て驚くべし[20]）
（『和漢朗詠集』上・躑躅・一三八・源順）

順の詩の下句「寒食の家には折り得て驚くべし」の「寒食」とは、火断ちをしている家のこと。この「折り得て驚くべし」という部分について、必ずしも解釈が定まっていない。「火種に折り取って驚く」（『（集成）和漢朗詠集』[21]）と解す例もあるが、概ね「禁断の火かと思ってはっとすることだろう」（『（新編全集）和漢朗詠集』[22]）との意で理解されている。古注にも「ツヽシノ赤ヲ、火ト思テ取リタレハ、真ノ火ニ非レハ、驚ク故ニ、折得テ驚クト云ヘリ」[23]とするものと、「寒食ノ家ハ、ツヽシノエタヲヽリエテハ、火ヲトモセルカト、ヲトロキナムト云也」[24]とするものと、両様の見方が存する。あるいは、〃火と見て取ろうとし（夜遊の人）、火でなくて驚く（寒食の家）〃ということであろうか。白詩による句題、「山榴艶似火」（山榴は艶にして火に似たり）とする[25]。

順の句は、「款冬」項の摘句とともに、謡曲「雲雀山」の一節にも用いられている。

（サシ）シテ　款冬あやまって暮春の風にほころび、
（上歌）地謡　又躑躅は夜遊の人の折をえて、おどろく春の夢のうち。胡蝶の遊び色香にめでしも皆これ心の花ならずや。

当該の昔男の歌には、「春ながら秋の紅葉をしている」と見る、躑躅の美の発見が、感動をもって謳いあげられている。歌（と山躑躅の一枝）を贈られた女も、「躑躅の花」を「秋の紅葉」と言い切ってみせた男の趣向をそのまま引き取って、

いつのまにうつろふ色のつきぬらむ君が里には春なかるらし
〝いつの間に、移ろう秋の色がついてしまったのでしょう。あなたのところ――心には（春がなくて）「飽き」が訪れたのですね〟

と、上手にいなしている。

躑躅の歌

『和漢朗詠集』で「躑躅」の漢詩句に並ぶのは、季節詠ではなく、恋の和歌である。以下、本章における躑躅の歌の用例に通し番号を付す。

① 思ひいづるときはの山のいはつつじいはねばこそあれこひしきものを　　（『和漢朗詠集』上・躑躅・一三九）

「岩つつじ」（岩間の躑躅）の「岩（いは）」が、「言はで思ふ」恋歌の序詞となる例だ。『古今集』「恋一」に入る（四九五番歌・よみ人知らず）。

勅撰集に春（「春下」）の部立の景物として躑躅が見えるようになるのは、三代集のあとで、『後拾遺集』に、和泉式部と藤原義孝の躑躅詠が載る。

つつじをよめる

②　いはつつじをりもてぞみるせこがきしくれなゐぞめのいろににたれば　（『後拾遺集』春下・一五〇・和泉式部）

③　わぎもこがくれなゐぞめのいろとみてなづさはれぬるいはつつじかな　（『後拾遺集』春下・一五一・藤原義孝）

いずれも、「岩つつじ」の赤い色に、恋人が纏っていた緋色の衣を重ね見て、「くれなゐ染めの色」を詠み込む。②の例、百首歌の本文では「色」でなく、「衣」（きぬ）（『和泉式部集』Ⅰ一九・Ⅳ一九）。

『夫木和歌抄』の春部には、春の躑躅と秋の紅葉の両方を詠み込む、

家集、つつじを

④　岩つつじにほふさかりはあづさ弓はるの山辺も紅葉しにけり　（『夫木抄』春六・二二一九・小弁）

などという、いわゆる「見立て」の歌も見出される。昔男の歌に比べれば、どうしても説明的になる憾みはあろうが、この取り合わせに思い至って一首詠み得たのは、散逸物語「岩垣沼」の作者として知られる小弁である。

このあと、『金葉集』の春部に一首採られた躑躅の歌では、「山下照らす」という表現が、秋の紅葉詠と似て、ようやく『伊勢物語』の歌に〝近づいた〟感がある。摂政家参河が詠んでいる。

晩見躑躅といへることをよめる

⑤　いりひさすゆふくれなゐにいろはえて山したてらすいはつつじかな　（『金葉集』二度本　春・八〇・摂政家参河）

「山照らす」黄葉の歌が、『万葉集』に見え（a）、『古今集』の「秋下」には、黄葉する柞と、それを照らす月の光の取り合わせが見える（b）。また、桂の黄葉と月の輝きの相関関係について詠む歌は、『万葉集』『古今集』の両集に見える（c、d）。

a　味酒（うまさけ）三輪の祝の山照らす秋の黄葉の散らまく惜しも　（『万葉集』八・秋雑歌・一五一七・長屋王）

b　佐保山のははそのもみぢちりぬべみよるさへ見よとてらす月影　（『古今集』秋下・二八一・よみ人知らず）

c　黄葉する時になるらし月人の楓（かつら）の枝の色づく見れば　（『万葉集』一〇・秋雑歌・二二〇二）

d　久方の月の桂も秋は猶もみぢすればやてりまさるらむ　（『古今集』秋下・一九四・壬生忠岑）

一方、『万葉集』中、赤く色づく紅葉は、「したふ」と詠む。挽歌及び相聞に例が見られ、采女の美しさを形容したり（a）、同音反復的に「下」の語を導いたりして用いる（b、c）。『古事記』（応神天皇）には、「秋山之下氷壮夫」（あきやまのしたひをとこ）の例がある。

吉備の津の采女の死りし時、柿本朝臣人麿の作る歌一首

a　秋山の　したへる妹　なよ竹の　とをよる子らは　いかさまに　……　（『万葉集』二・挽歌・二一七・柿本人麻呂）

娘子を思ひて作る歌一首

b　白玉の　人のその名を　……　真澄鏡　直目に見ねば　下檜山　下ゆく水の　上に出でず　わが思ふ情　安からぬかも
（『万葉集』九・相聞・一七九二）

c　秋山のしたひが下に鳴く鳥の声だに聞かば何か嘆かむ
（『万葉集』一〇・秋相聞・二二三九）

王朝和歌における紅葉詠と言えば、「紅葉の錦」の見立てが有名だが、「雨」や「時雨」また「暗し」「曇る」などと対照させて「照りまさる」紅葉が詠まれる（a～e）。「照る」と「暗し」の対照によって「小倉山」や「鞍馬山」の照る紅葉が詠まれる（f、g）。

これさだのみこの家の歌合によめる

a　あめふればかさとり山のもみぢばはゆきかふ人のそでさへぞてる
（『古今集』秋下・二六三・壬生忠岑）

道まかりけるついでに、ひぐらしの山をまかり侍りて

b　ひぐらしの山ぢをくらみさよふけてこのすゑごとにもみぢてらせる
（『後撰集』羈旅・一三五七・菅原道真）

c　かがみやまやまかきくもりしぐるれどもみぢのいろはてりまさりけり
（『素性集』Ⅰ二五／Ⅱ四〇、『後撰集』秋下・三九三・素性　下の句「もみぢあかくぞ秋は見えける」）

延喜御時内侍のかみの賀の屛風に

d　あしひきの山かきくもりしぐるれど紅葉はいとどてりまさりけり
（『拾遺集』冬・二一五・紀貫之）

e　紅葉ばはてりてみゆれど足引の山はくもりて時雨こそふれ

（『貫之集』Ⅰ二六四〈京極の権中納言の屏風のれうの歌廿首〉「冬」）

f　大井がはせきのもみぢにてらされておぐらの山もなきとぞおもふ（ママ）

（『小大君集』Ⅰ一五七）

g　くらま山あきの月夜にみればあかしみねにもみぢやいとどてるらん

（『好忠集』〈毎月集〉Ⅰ二六五「九月中」・Ⅱ一四二　下の句「みねにもいとどてるらん」（ママ））

紅葉詠において、山を赤く照らす様を詠む「山―下照る」という表現は、勅撰集では『金葉集』に冬部筆頭の詠として初めて現れ（a）、続く『詞花集』では秋歌に入り、同時代以降の百首歌にも散見する（c～f）。

承暦二年御前にて殿上の御をのこども題をさぐりて歌つかうまつりけるに、時雨をとりてつかうまつれる

a　かみな月しぐるるままにくらぶやましたてるばかりもみぢしにけり

（『金葉集』二度本　冬・二五七・源師賢）

寛治元年太皇太后宮の歌合によめる

b　ゆふされればなにかいそがむもみぢばのしたてるやまはよるもこえなん

（『詞花集』秋・一三二・大江匡房／『匡房集』Ⅰ一一五　詞書「宇治殿の歌合、もみぢ」初句「くれぬとも」）

c　紅葉するたがはた山を秋ゆけば下てるばかり錦おりかく

（「堀河百首」秋・八五八「紅葉」・藤原顕仲）

d　ゆきやらで秋の山路にくれぬとも下てるみねの紅葉やはなき

（「永久百首」秋・三一二「秋山」・源忠房）

e　神代よりをぐらの山の紅葉ばはしたてるひめやそめはじめけん

（「洞院摂政家百首」秋・七三六「紅葉」・藤原家隆）

f　小倉山入日の色や残るらんおのれしたてる秋のもみぢ葉　（「洞院摂政家百首」秋・七四五「紅葉」・藤原成実）

匡房には、紅葉詠ではないが、ほかに「くらぶやましたてるみちはみちとせにさくなるもものはなにぞありける」（『匡房集』Ⅰ三五〇〈近江　四尺屏風〉「乙帖三四月　蔵部山桃花下有行人」）があり、大伴家持の名歌「春の苑紅にほふ桃の花下照る道に出で立つ少女」（『万葉集』一九・四一三九）に拠る。道に、桃の花の赤い色が照り映える。『万葉集』中、河内女王の「橘の下照る庭に殿建てて酒みづきいますわが大君かも」（一八・四〇五九）は、赤く熟した橘の実について詠む。

紅葉詠と躑躅詠

『後拾遺集』に至って春の部に初めて躑躅が配されることになるが、その躑躅詠二首における「くれなゐぞめのいろ」（②・③）、また、続く『金葉集』の躑躅詠における「山―下照る（照らす）」（⑤）という表現にうかがうごとく、春の躑躅詠は、秋の終わりの紅葉詠にも似た詠みぶりになっていることが分かる。「春下」の躑躅詠と「秋下」の紅葉詠に見られる表現上の類同性は、躑躅の枝差しと花付きの特徴、また花の形状と色彩などから必然的なことであったかもしれない。それが、勅撰集の四季部に組み込まれた躑躅詠のありようである。

「山―下照らす」については以上に見てきた通りであり、「紅染めの色」また「紅染めの衣」については、例えば「紅葉」と「衣」、「袖」また「袂」などを詠み込む、いわゆる「紅涙」の類型がある。次は、紅葉の色と、血の涙に染まる衣（袖・袂）の色とを重ね比べる歌の例。用例は『後撰集』に豊富で、秋の深まりとともに詠まれ（a、b、c）、恋の贈答歌中にも見える（d）。

a　きえかへり物思ふ秋の衣こそ涙の河の紅葉なりけれ　（『後撰集』秋中・三三二・清原深養父）

b　唐衣たつたの山のもみぢばは物思ふ人のたもとなりけり　（『後撰集』秋下・三八三・よみ人知らず）

紅葉と色こきさいでとを女のもとにつかはして

c　君こふと涙にぬるるわが袖と秋のもみぢといづれまされり　（『後撰集』秋下・四二七・源整）

つれなく見えける人につかはしける

紅に涙うつるときき しをばなどいつはりとわが思ひけん　（『後撰集』恋四・八一一・よみ人知らず）

返し

d　くれなゐに涙しこくは緑なる袖も紅葉と見えましものを　（『後撰集』恋四・八一二・よみ人知らず）

花と衣の見立ては和歌に多いが、赤い花を「紅衣」に喩える例などは、『和漢朗詠集』にも見える。蓮の赤い花と緑の葉をそれぞれ「翠扇」「紅衣」の比喩によって描き出す。

煙開翠扇清風暁　水泛紅衣白露秋

（煙は翠扇を開く清風の暁　水は紅衣を泛ぶ白露の秋）

（『和漢朗詠集』上・蓮・一七七・許渾／『千載佳句』下・蓮／『全唐詩』五三三・許渾六「秋晩雲陽駅西亭蓮池」）

秋の紅葉詠における「錦」「唐錦」、また「唐衣」などの語が、紅葉の華麗な赤の比喩とすれば、春の躑躅詠に見る

「せこがきし―紅染めの色」また「わぎもこが―紅染めの色」というのは、脱ぎ置かれた馴れ衣の手触りを想起させるような、着る人物の肌のぬくもりを感じる「赤」の比喩と言えよう。躑躅の美をよく反映した見立てである。

すなわち、三代集において、躑躅の歌が季節詠として扱われることがなかった理由の一つとして、まず、桜が散ったあとの惜春の情調と、躑躅のその燃え立つような赤い色彩が馴染みにくかったためではないかとも思われるのである。四季折々に咲く種々の花の中でも、晩春、その盛りの時期に咲き誇る山躑躅の姿は、自然の持つたくましい生命力に満ち溢れている。『万葉集』においては、桜と並び称される花でもあった（本節前出、六・九七一・高橋虫麻呂、一三・三三〇九「人麻呂歌集」歌）。

漢名で「杜鵑花」とも表記する「躑躅」の歌について、「ほととぎす」の漢名「杜鵑」の故事「吐血」との関係が指摘されている。田中幹子氏[26]は、前掲①の歌について、「血を吐くような『岩つつじ（杜鵑花）』の紅」（傍線－圷）に言及する。例えば、芭蕉の「岩躑躅染る涙やほとゝぎ朱」（『続山井』）は、躑躅の色の「朱」を詠み込んだ一句だが、『古今集』の歌について、ことごとく吐血故事と結びつけ「血を吐くように鳴く」（次掲、『古今集』夏歌）と解したり、「言はで思ふ」恋歌であるところ、「岩つつじも血のような紅色」（前掲①の『古今集』恋歌）とみたりする必要はないように思う。

その点、躑躅詠ではないが、『古今集』夏のほととぎす詠、

思ひいづるときはの山の郭公唐紅のふりいでてぞなく　（『古今集』夏・一四八・よみ人知らず）

この下の句について、「〝山カラ（飛ンデ）出テ来テ鳴ク〟と解すべき語であろう[27]」とする工藤重矩氏の提言はなお

興味深い。当該の一首については、ほととぎすが、山から出て鳴く必然を説いた機智的な歌として解し得る可能性が存するからである。常緑の「常磐」の山と、振り出し染めの「唐紅」を対照させる構造のうちに、〃思い出すそのとき、山のほととぎすが出で来て鳴く〃姿が浮かび上がる仕組みである。昔を思い出したほととぎすは、恋しい人を求めて「山を出る」のであろうから、確かに、「真赤な血を吐きそうなほどに、声をふりしぼって鳴く」[28]と解すのでは不十分であるかもしれない。

『和漢朗詠集』に躑躅の項が存する理由をめぐって、田中氏[29]は、「紫、紅、黄の色彩美で春の終りを飾るという公任が求めた色彩美は、その後の勅撰集に受け継がれた」と述べる。「藤や山吹という紫、黄色の他にこの時代最も流行した紅色を欲した」とみるのである。片岡智子氏の「つつじ色」をめぐる論を挙げつつ、当代における『紅梅』の流行」とも関連づけるが、山躑躅に象徴される聴し色の「朱色系」の紅色と、紅梅の「桃色系」の紅色は区別されるものである。[30]

紛れもない春の「実景」である躑躅が、『古今集』以来、勅撰集の季節詠に採択されなかった理由こそ、まず問われるべきであろう。それは必ずしも「紅や紫のように最も好まれる色彩でなかったから」（片岡氏）ということではなく、紅梅詠の扱われ方にも通底する問題である。

『伊勢物語』一二〇段「楓の紅葉」に伝わる〃躑躅詠〃のような、〃紅葉の見立て〃が再発見されるに至り、躑躅ははじめて、一つの季節の終焉部たる、晩春の光景の中に加わることができたのである。

躑躅の歌に、過ぎゆく季節の陰影を与えているのは、桜のごとく散りゆく定めの紅葉の歌の類型である。

・「秋下」の紅葉詠に類似する、「春下」季節詠としての躑躅の歌

前掲②　いはつつじをりもてぞみるせこがきしくれなゐぞめのいろににたれば
（『後拾遺集』春下・一五〇・和泉式部）

前掲③　わぎもこがくれなゐぞめのいろとみてなづさはれぬるいはつつじかな
（『後拾遺集』春下・一五一・藤原義孝）

前掲⑤　いりひさすゆふくれなゐにいろはえてやましたてらすいはつつじかな
（『金葉集』二度本　春・八〇・摂政家参河）

あらためて、『伊勢物語』が取り上げた、春の「もみぢ」を詠む歌の、時代を先取りする新しさに驚かされるのである。

君がため手折れる枝は春ながらかくこそ秋のもみぢしにけれ

「百人一首」に選び取られた業平の「紅葉」詠に、「紅葉」の語は用いられていない。「紅葉」の語を直接詠み込まず、「色かはる―草木」、「うつろふ―木の葉、森」、「色づく―峰の梢」、「染む―木の葉、野辺」などを詠む例は多いが、業平は、竜田河の見立てのみで表現した。『伊勢物語』においては、一〇六段「龍田河」における〈昔男〉の歌である。

ちはやぶる神世もきかず竜田河唐紅に水くくるとは
（『古今集』秋下・二九四・在原業平／「百人一首」一七）

『枕草子』には、躑躅について、「草の花は」の段に次のような記述がある。

岩つつじも、ことなる事なけれど、「折りもてぞ見る」とよまれたる、さすがにをかし。

（『枕草子』「草の花は」七〇段）

「折りもてぞ見る」というのは、先に触れた「くれなゐ染めの色」を詠み込む和泉式部詠の引歌である。

前掲②　いはつつじをりもてぞみるせこがきしくれなゐぞめのいろににたれば

（『後拾遺集』春下・一五〇・和泉式部／『和泉式部集』Ⅰ一九・Ⅳ一九　結句「きぬににたれば」）

源順の句について、躑躅を「火」と見て手折ったのか、「花」として手折ったのか、「折り得て驚くべし」の意味内容をめぐって両説あることを見た。和泉式部の躑躅を手折る行為について、久保木寿子氏は、「夫の衣の色に似ていると思ったから、手折ったのではない。思わずに手折る行為の深層に夫への思いを見た、と詠っているのである」と説く。(31) 躑躅の色の魅力をよく捉えた詠歌として受け止め得よう。

和泉式部と清少納言は、互いに親しく歌を詠み交わす仲でもあった。同時代の歌人の歌をいちはやく、自分の作品に取り上げたことになる。『紫式部日記』の和泉式部評に「口にまかせたることどもに、かならずをかしき一ふしの、目にとまる詠みそへはべり」（『(新編全集) 紫式部日記』二〇一頁）とある。いかにも紫式部らしい‘褒め方’とみるが、三巻本の本文に、和泉式部の歌句を引く躑躅の条文は存在していない。

第四節　「花」と「装束」の記述をめぐって（『枕草子』）——章段の構成と、本文比較

『枕草子』の解釈史上、三巻本を中心とする研究状況は大きく変わることなく現在に至っているが、問題なしとしない。能因本の躑躅の項は、『源氏物語』本文との関わりが指摘されている「薔薇」の項とともに章段の最後に存する重要な部分である。

『源氏物語』で「躑躅」は、六条院の春の町に植えられた植物の名を列挙する中に、「岩つつじ」が一例見えるのみである。ほかには、和歌の用例も、装束の色目（かさねの色目）としての用例等もない。一方、『枕草子』の場合、三巻本では、「躑躅」について作品中、植物としての実態に一切言及することなく、装束の色目としてのみ挙げていることになる。

まず、能因本が「躑躅」の条文を有する「草の花は」の段について、三巻本の本文状況と比較してみる。列挙された項目及び、評文を有する各条について、能因本の並び方に対する三巻本の並び方を対照する形で分析表を掲出する。

『枕草子』の本文はそれぞれ、能因本は「三条西家旧蔵本」、三巻本は「弥富破摩雄旧蔵本」（二類本。一類本は初段から七十段余を欠く）に拠り、適宜表記等を改めて示す。段数の表示について、能因本は『全集』、三巻本は『新編全集』の通り。後掲、装束関連章段についても同様。

「草の花は」の段の構成と、本文比較

能因本「草の花は」（七〇段）

項目	番号	共通	独自	評価
A	①	なでしこ（唐・大和）		＋
	②	女郎花		
	③	桔梗		
B	①	菊		＊
	②	刈萱		
C	①	竜胆		±
	②	かまつかの花〈雁来花〉		±
	③	かるひの花〈藤の花〉		±
	④	つぼすみれ		±
D	①①	しもつけの花		
	①②	夕顔〈朝顔〉		±
	①③	葦の花		±
	②	薄		±
	③	萩		＊
			唐葵	±
	④	山吹		＊
E			岩躑躅	±
			薔薇	±

まとまり

能因本	なでしこ（A①〜③）	菊（B）	つぼすみれ（C④・D①①）	薄・葦の花（D①③・D②）
三巻本	なでしこ（A〜C①）	萩	夕顔	

三巻本「草の花は」（六五段）

番号	共通	独自	評価
①	なでしこ（唐・大和）		＋
②	女郎花		
③	桔梗		
		朝顔	
②	刈萱		
①	菊		
④	つぼすみれ		
①	竜胆		±
②	かまつかの花〈雁来花〉		±
③	かにひの花〈藤の花〉		±
③	萩	前・堺ナシ	＊
④	八重山吹	前・堺ナシ	
①②	夕顔〈朝顔〉		±
①①	しもつけの花		
①③	葦の花		
②	薄		±

『枕草子』をめぐる問題として、詳細は別稿にゆずることになるが、以下、分析表によって看取される事柄の概要について述べる。
まず、次に掲出する通り、三巻本に比べ、能因本の「草の花は」の段における評文部分が、章段全体にわたってより詳細に書き込まれていることが分かる。「岩躑躅」の項における同時代性、「薔薇」の項に顕著なすぐれた随想性も、本段における評文の豊かさと関わっていよう。

項目・評文における能因本独自本文（傍線部は共通）
菊　―菊の所々うつろひたる。
壺菫　―つぼすみれ。同じやうの物ぞかし。老いていけば、をしなど憂し。
葦の花―葦の花。さらに見所なけれど、みてぐらなど言はれたる、心ばへあらむと思ふに、ただならず。
唐葵　―唐葵は、取りわきて見えねど、日の影にしたがひてかたぶくらむぞ、なべての草木の心ともおぼえでをかしき。
山吹　―花の色は濃からねど、咲く山吹に。
岩躑躅―岩つつじも、ことなる事なけれど、「折もてぞ見る」とよまれたる、さすがにをかし。
薔薇　―さうびは、ちかくて、枝のさまなどはむつかしけれど、をかし。雨など晴れゆきたる水のつら、黒木のはしなどのつらに、乱れ咲きたる夕映え。

項目・評文における三巻本独自本文（傍線部は共通）

朝顔　　―朝顔。（章段冒頭「なでしこ」の条に続く部分）
八重山吹―八重山吹。

能因本の「壺菫」の項、「をしなど憂し」の「をし」は、「押し花のことか」（『枕冊子全注釈　一』[32]）とも考えられている。「押し花」の話題は能因本六七段「草は」にも見えるが、こちらも三巻本では異文となり、存在しない部分である。

表中、濃い網掛け部分は、評文を持つ主要な項目（太字）に、名称のみの項目が続く形をひとまとまりの部分と見たときのその範囲について示したものである。例えば、章段冒頭の部分で言えば、能因本の場合、評文を伴う「なでしこ」の項から、名称のみの項目「女郎花」「ききやう」までをひとまとまりの部分とする。三巻本の場合、第一項目の「なでしこ」以下、「つぼすみれ」まで名称のみの項目が続く。

草の花は　**なでしこ**。唐のはさらなり。やまともめでたし。女郎花。ききやう。**菊**の所々……（「能因本」）

草の花は　**なでしこ**。唐のはさらなり。やまとのもいとめでたし。女郎花。ききやう。朝顔。かるかや。菊。つぼすみれ。**竜胆**は、枝さしなども……（「三巻本」）

また、列挙された項目について、能因本と三巻本の、章段全体にわたる基本的な並びには共通性があり、幾つかのまとまり（A～E）ごとに、その内部における順序の異同が存するという状況であることが分かる。例えば、表中、Bのまとまりの内部で、能因本における項目の並びが「菊」→「刈萱」（仮に、①→②とする）であるところ、三巻本では「刈萱」→「菊」（②→①）であり、順序が逆転しているということになる。

評文を有する「は」型の類聚的章段の特徴として、肯定的な評価を述べるばかりでなく、例えば、「竜胆」の項における「枝さしなどむつかしげなれど」や、「かるひの花」の項における「色は濃からねど」などのごとく、掲げられた項目に関し、あえて否定的な側面に言及しつつ持論を展開していく手法がある。表中、肯定的な評価「＋」、否定的な評価「－」の記号を付してその目安とした。第一項目の「なでしこ」のみ例外で、ほかの評文はすべて「－」の評価を含む内容（「＋－」）になっていることが分かる。「草の花は」の段をめぐって、肯定的な評価による、すなわち無条件の称揚であるか否かという点についても、両系統本には異同が存しているのである。

例えば、類纂本の前田家本と堺本について、能因本の「薄」よりあとの部分がない形と見ると、「薄」で締めくくるところは三巻本と一致している。三巻本は、類纂本にない能因本の「薄」よりあとの部分を章段の中盤に配置した格好であるが、その「萩」の項は、当該の植物（草の花）の特徴を際立たせる描き方によって、実は条件付きの評価（表注「＊」の記号）であるにも拘わらず、無条件の称揚であるように見える、より複雑な表現手法を取っている部分なのである。

なお、能因本で「薄」の項のあとには、「萩」「唐葵」「山吹」「岩躑躅」「薔薇」の各項が展開している。このうち、「唐葵」以外はすべて小低木の類で、「草」（の花）ではないことになる。前田家本と堺本にはこの部分がなく、三巻本には、「萩」の条と項目のみの「八重山吹」がある。

「躑躅」の語は、三巻本では装束関係の用語としてのみ現れる。『枕草子』中、男女それぞれの装束の「色目」を列挙する章段群について、両系統の本文を比較してみる。

なお、三巻本の場合、対象となる女性装束関係の章段はすべて、巻末附載の「一本」に属するものということになる。

装束関連章段の構成と、本文比較

男性装束

能因本	三巻本 【 】＝能因本にない項目	三巻本本文における反復(②、③)
259「指貫は」	263「指貫は」	
紫の濃き。	紫の濃き。	
萌黄。	萌黄。	
夏は二藍。いと暑きころ、夏虫の色したるも涼しげなり。	夏は二藍。いと暑きころ、夏虫の色したるも涼しげなり。	夏は二藍
香染めの薄き。	香染めの薄き。	
260「狩衣は」	264「狩衣は」	
白き。	白きふくさ。	白き
ふくさの赤色。	赤色。	
松の葉色**したる**。	松の葉色。	
青葉。	青葉。	
桜。	桜。	桜
柳。	柳。	
また、**あふき**。藤。	また、**【青き】**藤。	藤
男は何色の衣**も**。	男は何**の**色の衣**をも着たれ**。	
261「単衣は」	265「単衣は」	
白き。	白き。	
昼の装束の紅のひとへ衵など、かりそめに着たるはよし。	昼の装束の紅のひとへ**の**衵など、かりそめに着たるはよし。	
されど、なほ色黄ばみたる単衣な	されど、なほ**白きを**。黄ばみたる	

		女性装束				
	「下襲は」	「唐衣は」	「裳は」		「織物は」	「紋は」
ど着たるは、いと心づきなし。練色の衣も着たれど、なほ単衣は白うてぞ。	冬は躑躅。掻練襲。蘇芳襲。 夏は二藍。白襲。	赤衣。 葡萄染。萌黄。桜。すべて、薄色の類。	大海。 しびら。※装束の種類		紫。 萌黄にかしは織りたる。※色目＋地紋 紅梅もよけれども、なほ見ざめこよなし。	葵。 かたばみ。
	263	299	300		301	302
	「下襲は」	「唐衣は」	「裳は」	「汗衫は」	「織物は」	「綾の紋は」
単衣など着たる人は、いみじう心づきなし。練色の衣どもなど着たれど、なほ単衣は白うてこそ。	冬は躑躅。【桜。】掻練襲。蘇芳襲。 夏は二藍。白襲。	赤色。 藤。 夏は二藍。 【秋は枯野。】	大海。 （ナシ）	【春は躑躅。桜。】 【夏は青朽葉。朽葉。】	紫。 白き。 紅梅もよけれど、見ざめこよなし。	葵。 かたばみ。 【あられ地。】※「地紋」三つ目
	266	一本・7	一本・8	独自章段 一本・9	一本・10	一本・11
	躑躅　桜② 夏は二藍	藤② 夏は二藍②		躑躅②　桜③	白き② 紅梅	

「夏のうは着は」	薄物の。 片つ方のゆだけ着たる人こそにくけれど、… 清らなる装束の織物、薄物など、今はみなさこそあんめれ。… ※難解箇所
303	
「女の表着は」	薄色。 葡萄染。萌黄。桜。**紅梅**。すべて薄色の類。
一本・6	紅梅②

表中、異同箇所は太字で示し、異同を含まない部分に網掛けを施している。

傾向として、能因本から三巻本へ、分かりにくい部分の簡略化及び、三巻本の「反復性」などが指摘できる。まず、「下襲は」の段の冒頭、「冬は」として掲げる第一項目「躑躅」に「桜」が続くのは、三巻本の形である。この「桜」は、「狩衣は」の段に能因本・三巻本共通して見えるものである。

ここで、三巻本の「一本」に現れる反復の状況について抽出してみると次のようになる。

両系統本共通の項目（X）			三巻本における反復（Y）	項目の増減
「指貫は」段 「下襲は」段	夏は二藍	→	「唐衣は」段（一本）	夏は二藍　＋藤＋【秋は枯野】…(3)
「狩衣は」段	白き	→	「織物は」段（一本）	白き　＋能因本「織物は」段　―（マイナス）萌黄にかしは織りたる　…(2)
「狩衣は」段	桜	→	「汗衫は」段（一本）	桜　＋躑躅（躑躅。桜）（三巻本「下襲は」段）＋【青朽葉・朽葉】…(3)
「狩衣は」段	藤	→	「唐衣は」段（一本）	藤
「下襲は」段	躑躅	→	「汗衫は」段（一本）	躑躅（躑躅。桜）（三巻本「下襲は」段）

「織物は」段　紅梅　　↓　「女の表着は」段（一本）紅梅　　＋能因本「唐衣は」段　…(1)

※表中、三巻本「女の表着は」、能因本「唐衣は」の段の該当箇所を線で囲んで示した。

すなわち、X章段における両系統本共通の項目が、三巻本「一本」のY章段に再び現れ、

能因本のY章段の

(1)　内容を伴って、

(2)　その難解な部分を差し引いて、

(3)　三巻本独自本文が加わって、

三巻本「一本」のY章段が成立しているという形である。

三巻本「一本」における項目の「反復」は、対応する能因本の本文に複雑あるいは難解な点がある章段と、三巻本「一本」の独自章段とに見られる。三巻本「一本」の傾向として指摘し得る事柄である。この反復性は、第一項目「躑躅」に「桜」の項が続く、三巻本の二六六段「下襲は」についても指摘し得るものであり、「躑躅→桜」と列挙するこの形は、独自章段である「一本」の「汗衫は」において「反復」されている。

三巻本から能因本へという見方をすれば、単純な記述の複雑化及び、能因本の「一回性」が指摘できよう。「草の花」に対する愛着や「装束」に対する興味関心のありようが、両系統本の本文状況に影響しているものと見る。

三巻本は「色」、また題詞と関わって「地紋」「性別」にこだわりが見え、能因本は連体止めや言いさす表現に特徴

が出ている。両系統本の異同は、女性装束のほうにより多い。

「裳」の模様と「しびら」（裳の一種）について記す能因本の「裳は」（三〇〇）の段に対し、三巻本「一本」には「裳は」の段にこの「しびら」の項がなく、裳着前の童女の装束である「汗衫」の段が続く（「汗衫は」〈一本・九〉）。

また能因本は、季節名として「夏」と「冬」のみを挙げている。基本的に装束は、夏から秋に着用するものと冬から春に着用するもので色合い等を変えるところ、特にその夏と冬に言及している形である。

一方、三巻本は「一本」を含めると、季節名として春夏秋冬すべてに言及があることになり、「汗衫」における春の「躑躅。桜」（冬の下襲と重なる）、「唐衣」における秋の「枯野」を掲出している。「枯野」は、王朝期の装束の色目としてはやや新しい印象がある。『枕草子』の他の場面や『源氏物語』などに用例がなく、『狭衣物語』には冬の装束として見える。三巻本「一本」は春の「躑躅」を掲げるが、両系統本に共通する「下襲」における冬の「躑躅」については、暖かみを感じさせる、季節を先取りする色合いと言えよう。

また、「紅梅」の織物の「見ざめ」について「なほ」（能因本）というのは、いま「すさまじきもの」の例などと考え合わせられよう。時期を外したとたんひどく滑稽に映るのは、「紅梅」が実は「見ざめ」する色味だということでもある。

紅梅もよけれども、なほ見ざめこよなし。（「織物は」三〇一段）
すさまじきもの　昼ほゆる犬。春の網代。三四月の紅梅の衣。……（「すさまじきもの」二二段）

同じ色目の衣裳をいつまでも続けては着られないということである。類聚的章段に挙がる項目（素材）が、テーマの異なる他の章段場面や評文等に利用され、生かされているのも、『枕草子』的な特徴の一つである。[33]

例えば、能因本「紋は」の段（三〇二）の「葵」と並んで挙がる「かたばみ」について、「草は」の段（六七）に「綾の文にてあるも、こと物よりはをかし」とある。「あられ地」が加わる三巻本「一本」（二一段）の題詞は「綾の文」である。

さらに、能因本「狩衣は」の段（二六〇）について、「三条西家旧蔵本」に「またあふき」という部分がある。

狩衣は　香染めの薄き。白き。ふくさの赤色。松の葉色したる。青葉。桜。柳。また、あふき。藤。

男は何色の衣も。

底本原文「あふき」は不審。仮りに「あふち（楝）」（薄い青紫色）に拠る。　（『全集』四一四頁・頭注二一）

『全集』本はこれを校訂して「また、楝。藤。」と読む。

「あふき」の部分は、古活字本の表記に「あふち」とある。三巻本及び前田家本に拠れば「また、あをき」である。しかし、ここは、校訂せずに底本のまま、「あふき」でよいところと思われる。すなわち、改行点を増やして説明すれば、

狩衣は　香染めの薄き。白き。ふくさの赤色。松の葉色したる。青葉。桜。柳。

　　また、扇。
　　藤。
　　男は何色の衣も。

ということで、これは色目の問題を離れて「また、扇。」と言っている箇所なのである。今回は、衣裳の色目に限定して掲出したが、「下襲は」（二六三）の段のあとには、「扇の骨は」（二六四）、「檜扇は」（二六五）の両段が続く。男性が携帯する夏の蝙蝠扇と冬の檜扇について、その色や素材、模様について述べる。章段の末尾に「男は何色の衣も。」という短い文章を置くが、ここでは、理想的な「狩衣姿」には欠かせない携帯品の「扇」に話が及んだ。

　例えば、後朝のできごとを描く「七月ばかり、いみじく暑ければ」（四三）の段に、「二藍の指貫（「指貫は」の段、「夏は二藍」）、あるかなきかの香染の狩衣（「狩衣は」の段、第一項目「香染めの薄き」）」を着た男が登場するが、この短い物語でも「扇」は欠かせぬ小道具となっている。男のしどけない風情は、後朝の男性のふるまいをめぐって展開する「暁に帰る人の」（二八）の段で理想とされるほうのタイプだ。男は、後朝の道すがらのぞき見た女の部屋の「枕がみなる扇」を、「わが持ちたる」扇でかき寄せて見ようとする。「朴に紫の紙はりたる」夜の形見の蝙蝠扇は、「扇の骨は」の段に挙がる扇の意匠に通じる。

　装束の色目や紋の種類について次々に列挙する章段群中、あえて「また、」と言って挙げる部分はほかにない。何気ない筆致ではあるのだが、類聚的章段においても、接続詞「また」は、『枕草子』の文章に思いがけない展開と変化をもたらす重要な役割を担っている。

「狩衣」に「扇」が加わったあと、一旦また色目の項目「藤」を置き、最後は「男はどんな色の衣でも，あり，」と言って、章段が閉じられる。いわゆる褻の装束として自由度の高い「狩衣」ならではの構成と言えよう。

第五節　おわりに ――『伊勢物語』「楓の紅葉」の段の意味

当該、昔男の「君がため」詠をめぐって今回、本章で提示した解釈は、これまでにない、まったく新しいものである。

昔男の歌について、従来は、例えば、「あなたのために手折った楓の枝は、春の季節ですが、こんなに秋のような紅葉の色になってしまいましたよ。私の思いでね」（『〈新編全集〉伊勢物語』）と現代語訳されている。

これは、この歌を収めた『伊勢物語』二〇段、通称「楓の紅葉」に、「三月ばかりに、楓の紅葉のいとおもしろきを折りて、女のもとに、道より言ひやる」と、記されているからであるが、歌そのものの意味に気づけば、当該の歌について、異なる解釈も可能であったはずである。

従来は、物語の説明通り、「楓の紅葉」を手折って贈ったときの歌と信じられているのである。そこに「若葉が紅くなっているものをいう」（『〈新編全集〉伊勢物語』一三一頁・頭注一七「もみじ」）という注釈が付く。この事実が疑われた形跡は、古注の時代にさかのぼっても見当たらない。

楓の枝が「秋のような紅葉の色になってしま」った理由として、現代語訳の最後に「私の思いでね」という意味内容が付け加えられている。これは、なぜ「春ながら、秋の紅葉しにけ」る枝を贈ったのかという問題に対する回答――いささかこじつけめいた――である。男が女に「楓の紅葉」を贈った必然性に関して、最後の部分にもっとはっきり

「私の血の涙がかかって」[34]という言葉を加えて解する例もある。

しかし、それは本来、特別な贈り物であったのだ。実際に春に紅葉することもある「楓の紅葉」を折り取り、ことさら構えて「私の血の涙がかかったものです」などと言ってみせたものではない[35]。

それを、物語は歌の言葉通りに（歌の意味の通りということではない）場面化し、春に紅葉した「楓の紅葉」をめぐる話に仕立て上げたのである。

『伊勢物語』の話柄によれば、「宮仕へ」をする男は、その地で見初め、妻とした大和の女を一人残して、京のみやこへ帰るのであるが、その道すがら、女に歌を贈ったことになっている。

女の返歌は先に見た通り「いつのまに移ろう色のつきぬらん君が里には春なかるらし」というものであった。これは、男が、「京」（地の文）すなわち「君が里」（歌の本文）に帰り着いてから、（文使いが）持って来たという。

ここも物語が、歌の言葉を文字通りに場面化した部分である。しかし、折り取った枝は男の住む「京」ではなく、大和路に生うものであったのだから、「あなたの里には春がない」というのは、的外れな反論となる。

つまり、「君が里」の件は〝嘘〟のダメ押しであるのだが、誰もそうとは気づかない。

『伊勢物語』は、《歌の言葉を文字通りに場面化する手法によって、歌そのものとは異なる、新たな主題を持つ物語を創出する》、この物語一流の手法によって、愛と冒険（旅）の物語を次々に紡ぎ出しているのである[36]。

二〇段「楓の紅葉」の韜晦的な筋書きに組み込まれたとき、女の返歌は、人の心のありようこそが、「秋」の訪れを招く原因なのであるという事実について鋭く指摘する歌として受け止められることになる。

春であるにも拘わらず、男の心変わりによって、色を変えた木の葉。それは、『伊勢物語』二〇段がまざまざと現出させてみせたモノである。

君がため手折れる枝は春ながらかくこそ秋のもみぢしにけれ
'あなたのために私が手折った枝は、春だというのに、この通り秋のものである紅葉をしてしまったのですよ'
いつのまに移ろう色のつきぬらん君が里には春なかるらし
'どうりで浮気なあなたのお里には春がなく、秋（飽き）ばかり…。いつの間にか心の色も移ろってしまって'

「躑躅」の「紅葉」（秋の紅葉のように美しい「躑躅」の花）は、実際は「春ながら」ではなく、「春なればこそ」のものであるところ、それが春における「楓」の「紅葉」をめぐるやり取りであるとき、男が手折って贈り、今、女の手もとにあるものはほかでもない、季節は「春ながら」の、季節の推移に拠らない「紅葉」であるということになる。

そのとき、「君が里には春なかるらし」という女の返歌の言葉は、男の求愛をかわし、いなす恋歌における常套的な手段であることを越えて、男の心の「真実」を言い当てたものとなるのである。そこ、すなわち『伊勢物語』二〇段の物語場面にあるのはあくまでも、（美しい躑躅の花ではなく、）色を変えた楓の紅葉の一枝なのである。秋の紅葉のごとく美しい「躑躅」の花ではなく、本当の「紅葉」を贈ったとする物語における意味である。

歌物語の魁たる『伊勢物語』のその物語手法自体、未だ読み解かれてはいない。それは、規範的な歌集である『古今和歌集』等には採択されない、その他の魅力的な歌の数々を後代に伝え残していく知恵でもあったろう。

本章の前半において扱った定子辞世「別れ路」の歌も、時代を超越する新しさを秘めた一首である。「人は死んだらどうなるのか？」「死ぬとはどういうことなのか？」。また、「死後の世界はあるのか？」等々。学問・技術が高度に発達した現代においても答えの出ない、知る人つまり「理解する者がない」問題である。哲学・心理学・宗教・文学とジャンルを問わず数多の専門書が存在し、公共放送や総合誌に繰り返し特集が組まれ、ネット上にはこの種の質問が溢れて絶えることがない。だが例えば、私たちが王朝期の死生観について考える場合にも、何か抜け落ちていた部分があったのではないだろうか。

知る人もなき別れ路に今はとて心細くも急ぎたつかな

死出の旅路について、それを「誰も知らない」ものとして表現する定子が、神や仏、また来世の存在を信じていなかったということではない。一条天皇に宛てた定子の辞世にいう「夜もすがら契りしこと」とは、生前、定子と一条天皇が七夕の夜にかわした約束――生まれ変わっても絶えることなく続く、比翼連理の愛の誓いである。人の「死」という事実と体験の本質について言い当て、残された人々の人生を支え、生と死と、その最期の瞬間まで寄り添おうとしたのが、定子による辞世の歌群であるのだ。

『伊勢物語』に採られた歌の数々や、また、『枕草子』における詠歌贈答ならびに秀句の応酬など、機知的な構造を持つ歌や言葉は、その意味の新しさゆえ、あるがままに理解されることが難しい場合もあり、その一方、「文字通りに場面化」されやすいものとも言えよう。

解釈行為には、常に誤解や先入観がつきまとう。新たな気持ちと視点を持ってそれらの大切な言葉に向き合わなければならないと、深く胸に刻むところである。

注

（1）久保田淳・平田喜信校注『新日本古典文学大系　後拾遺和歌集』（岩波書店　一九九四）
（2）山中裕・秋山虔・池田尚隆・福長進校注・訳『新編日本古典文学全集　栄花物語（1）』（小学館　一九九五）
（3）藤本一恵『後拾遺和歌集全釈　上』（風間書房　一九九三）
（4）犬養廉・平野由紀子・いさら会『後拾遺和歌集新釈　上』（笠間書院　一九九六）
（5）赤間氏による同内容のＷｅｂ掲載記事『枕草子日記的章段の研究』発刊に寄せて（49）」の日付は二〇一一年四月十九日（「三省堂ワードワイズ・ウェブ」）。
（6）拙著『コレクション日本歌人選　清少納言』（笠間書院　二〇一一）で、当該、定子辞世「別れ路」の歌については、脚注での紹介ということもあり、逐語訳的な通釈を示すにとどめた。新しい解釈をめぐり、本章の論において初めて論じることになる。
（7）定子辞世歌の解釈については、拙著『新しい枕草子論―主題・手法 そして本文―』（新典社　二〇〇四）、Ⅰ篇　第二章ⅰ　五月五日の定子後宮―まだ見ぬ御子への予祝―、同　第四章　枕草子題号新考　及び、拙稿「一条天皇の辞世歌『風の宿りに君を置きて』―「皇后」定子に寄せられた《御志》―」（津田博幸編『〈源氏物語〉の生成―古代から読む―』武蔵野書院　二〇〇四・一二　所収）、拙著『王朝文学論―古典作品の新しい解釈―』（新典社　二〇〇九）、Ⅲ篇　第四章　一条天皇の辞世歌『風の宿りに君を置きて』―「皇后」定子に寄せられた《御志》―（本章引用文該当箇所、三九二頁）など。
（8）高橋正治校注・訳『新編日本古典文学全集（大和物語）』（小学館　一九九四）
（9）右掲注（7）拙著『新しい枕草子論』（新典社　二〇〇四）、Ⅰ篇　第四章　枕草子題号新考（追記1　元輔の娘として及び、右掲注（7）拙著『王朝文学論』（新典社　二〇〇九）、Ⅲ篇　第三章　《見立て》の構造―和歌読解の新しい試みとして―　など。
（10）田村正彦「渡す男と待つ女―古代における三途の川の信仰について―」（「古典文藝論叢」3　二〇一一・三）
（11）田村正彦「三途の川にまつわる『初開男』の俗信」（「国文学　解釈と鑑賞」75-12　二〇一〇・一二）

（12）迫徹朗『王朝文学の考証的研究』（風間書房　一九七三）、四四頁。また、柿本奨氏は、「初めのをとこ」たる信明が「後ははじめの人をたづねよ」と詠んだ心意に思いをめぐらせ、『信明集』の歌は心の表現」であるから、「信明の歌を後人の作と疑っては早計であろう」と述べる（柿本『大和物語の注釈と研究』〈武蔵野書院　一九八一〉）が、あくまでも、「初開の男」の俗信を前提とする理解である。
（13）平野由紀子『信明集注釈』（貴重本刊行会　二〇〇三）、一五六頁
（14）前掲注（7）拙稿「一条天皇の辞世歌『風の宿りに君を置きて』—「皇后」定子に寄せられた《御志》—」（津田博幸編『〈源氏物語〉の生成—古代から読む—』武蔵野書院　二〇〇四・一二　所収）
（15）前掲注（7）拙著ならびに拙稿及び、注（6）拙著
（16）中西進『源氏物語と白楽天』（岩波書店　一九九七）、二〇八頁
（17）拙稿『源氏物語』と『枕草子』の〈七夕〉—「朝顔」「夕顔」と「玉鬘」—」（『古代中世文学論考　第25集』新典社　二〇一一）→Ⅲ篇　第一章
（18）前掲注（7）拙著『新しい枕草子論』（新典社　二〇〇四）、Ⅰ篇　第四章　枕草子題号新考　など。
（19）拙稿「一条天皇の辞世歌—『権記』記載の本文を読み解く—」（「和洋国文研究」47　二〇一二・三）。当該の論では、一条天皇の辞世歌をめぐり、定子に宛てられた辞世と解す拙論（二〇〇四年）の発表後になされた同じ結論による他氏の論考にも言及し、拙論構築の動機等についても述べた。→Ⅰ篇　第五章
（20）引用は、大曽根章介・堀内秀晃校注『新潮日本古典集成　和漢朗詠集』（新潮社　一九八三）による。
（21）同右、『集成』本。
（22）菅野禮行校注・訳『新編日本古典文学全集　和漢朗詠集』（小学館　一九九九）
（23）『和漢朗詠集仮名注』（『和漢朗詠集古注釈集成　二（下）』大学堂書店　一九九四）。ほかに、『和漢朗詠注』（『（同）二（上）』一九九四）、『書陵部本　朗詠抄』（『（同）二（下）』）など。
（24）『和漢朗詠永済注』（『和漢朗詠集古注釈集成　三』大学堂書店　一九八九）。ほかに、『和漢朗詠集見聞』（『（同）二（上）』〈一九九四〉など。

(25)『白氏文集』六二・二九七八「早夏遊宴」第五句。『和漢朗詠集』に採られた「紅躑躅」（本項前掲）ほか、白楽天の詩には、「躑躅」の花について詠む例が多く見られる。

(26) 田中幹子『『和漢朗詠集』とその受容』（和泉書院　二〇〇六）、三四頁。初出は、田中「『和漢朗詠集』躑躅部成立の背景―王朝の色彩美―」（鈴木淳・柏木由夫責任編集『和歌解釈のパラダイム』笠間書院　一九九八　所収）。

(27) 工藤重矩「古今集一四八『唐紅のふりいでてぞ鳴く』の解釈―和歌解釈の方法―」（「文学・語学」103　一九八四・一〇）

(28)『新日本古典文学大系　古今和歌集』、当該歌・現代語訳

なお、一首の解釈上、枕詞「唐紅の」に続く「ふり出でてなく」の意に注目した工藤氏の解釈については、赤羽学氏に「とんでもない誤解」等と難ずる論がある（赤羽「『つつじ』と『ほととぎす』」〈「むさしの文学会会報」41　二〇〇三・一二〉。また、同「『古今集』一四八『唐紅のふりいでてぞ鳴く』の解釈私見」〈「文学・語学」107　一九八五・一〇〉）。反面、「思ひ」の「ひ」に「火」が掛かるとみて解す赤羽説においては、「恋しい人を思い出すときは火のない常磐の山に鳴き出す郭公であって、その唐紅の声が高く叫んで鳴く」ということで、「唐紅」の機能について、郭公の声の比喩として限定的に捉えることになっている。

『古今集』に見える二つの「思ひいづる」詠、すなわち、「思ひいづるときはの山の」を序詞とする「郭公」詠（一四八番歌）と「岩躑躅」詠（四九五番歌）については、従来の解釈についてあらためて検討してみる必要があるところである。

　思ひいづるときはの山の郭公唐紅のふりいでてぞなく

　思ひいづるときはの山のいはつつじいはねばこそあれこひしきものを

後者「岩躑躅」詠の主旨は、山中の躑躅の花の姿をめぐって、これもすなわち「秘すれば花」ということで、文脈上、一首の構成は「思ひいづるときはの山のいはつつじ」も、「恋しきもの」ながら、「いはねばこそあれ」（なのである）、という形になっている。

下の句について、「難解な語法」（高田祐彦訳注『新版　古今和歌集』〈角川ソフィア文庫　二〇〇九〉、四九五番歌「こそあれ」）等とみなされているのも実は、解釈上の問題である。従来は、「『あれ』は、ここでは陳述の機能だけをもっているもので、具体的な意味ある語を補って訳すべきである」などというわけで、「口に出して言わないからこそ人にはわ

からないが」（小沢正夫・松田成穂校注・訳『〈新編全集〉古今和歌集』〈小学館　一九九四〉、四九五番歌・頭注三「いはねばこそあれ」）という意味が読み取られている部分。

　これも比喩的な表現ではあるが、「岩躑躅」の生う場所として「思ひいづるときはの山」とは、色を変えぬ「人の心」を示唆するものとなろう。その点、『古今六帖』歌「こころにはしたゆく水のわきかへりいはで思ふぞいふにまされる」（五・雑思「いはでおもふ」・二六四八）と考え合わせてみると、一首の構造について理解しやすくなるかもしれない。〝いはで思ふ心の色〟をめぐる歌については、本著のⅢ篇　第四章においてみている。

　また、本節（「『和漢朗詠集』の躑躅の句」の項）においてみた「躑躅」の花を「火」と見て作る漢詩句に関しては、これを踏まえ、「火」と「花」（桜花）を取り合わせて詠む和泉式部の歌について考えてみることもできよう。

　　燈の前に花を思と云心

よのほどにちりもこそすれあくるまでほかげに花をみるよしもがな　（『和泉式部集』Ⅰ四五二）

ひにあててみるべき物を桜花いくかもあらでちるぞ悲しき　（Ⅰ四五三）

ともしびの風にたゆたふ見るままにあかで散なん花こそみれ（本ノマヽ）　（Ⅰ四五四）

　すでに述べたように（本節、「真っ赤な躑躅」の項）、「躑躅」は、「桜」と異なり、春の部の中心的な素材となることはなかったわけだが、「躑躅」を「火」に見立てる漢詩句の手法に対し、「躑躅」については「紅染」（の衣）と、「桜」については「火」（燈火）と結びつけて詠む、和泉式部詠におけるいわゆる「実情性」（久保木寿子氏、本著のⅢ篇　第四章　第五節）が、ここにも見て取れるのではなかろうか。和泉式部の「燈の前に花を思ふ」題による連作については、金子紀子「和泉式部の『桜』の歌について」（『東京女子大学紀要論集』67-1　二〇一六・九）などがあるものの、これも、従来指摘のないところである。

(29)　田中・前掲注(26)書、四一頁

(30)　片岡智子『ゆるし色』再考—待賢門院安芸の歌と「つつじ色」をめぐって—」（『ノートルダム清心女子大学紀要　国語・国文学編』17-1　一九九三・一）

(31)　久保木寿子『和泉式部百首全釈』（風間書房　二〇〇四）、四九頁・補説

久保木氏には、「当歌の動態表現に注目したもの」（久保木・右掲書、四八頁・語釈「折り持てぞ見る」）とみる『枕草子』（能因本）の記事について言及があるが、当該、和泉式部の躑躅詠については、「をりもてぞみる」という表現をめぐって、〃ぜひ折り取って、身近に置いて賞翫したい花だ〃という意味のものであることを読み取る必要がある（この点については、あらためて、拙稿『伊勢物語』の和歌と、定子のことば―機知的表象をめぐる新しい解釈―」〈『古代中世文学論考　第33集』新典社　二〇一六・八〉において言及。本著のⅢ篇　第四章、530頁）。

(32)　田中重太郎『枕冊子全注釈　一』（角川書店　一九七二）、五〇二頁・語釈

(33)　津島知明・中島和歌子編『新編　枕草子』（おうふう　二〇一〇）の脚注には、「織物は」の段に見える「紅梅もよけれど、見ざめこよなし」（三巻本、一本・一〇段）について、『紅梅』批判は本書にそぐわない」（二九八頁・脚注9）という見方が示されている。能因本では、三〇二段、この部分の異同としては「なほみざめこよなし」とある（本節上掲の表「装束関連章段の構成と、本文比較」に両系統本の本文を載せる）。本文に対して「そぐわない」と即断するとすれば、そこには、能因本と比べ、〝整った〟印象の強い三巻本の本文状況にも相通じる要因があるように思われる。ほかにも、独自章段「ひかげにおとるもの」（三巻本、一本・二段）の「紫の織物」について、「紫批判は本書にそぐわない」（二九七頁・脚注23）など。対象は「三巻本」の「一本」であるが、こうした注記自体は、三巻本的な「校訂」につながる行為である。

(34)　片桐洋一『伊勢物語全読解』（和泉書院　二〇一三）、一七一頁

(35)　ところで、『枕草子』「木は」の段には、「そばの木」の項に春の「紅葉」に注目した記事がある。

　木は　桂。五葉。柳。橘。そばの木、はしたなき心ちすれども、花の木どもの散り果てて、おしなべたる緑になりたる中に、時もわかず、濃き紅葉のつやめきて、思ひかけぬ青葉の中よりさし出でたる、めづらし。（後略）

（四七段）

三巻本の題詞は「花の木ならぬは」（『新編全集』三八段）。「そばの木」も三巻本では「たそばの木」であり、「はしたなき心ち」は、「しななき心ち」であることなど、異同が存する。題詞に続いて列挙される名称のみの項目も、三巻本は「楓」に始まり、「柳。橘」がない。

「楓」については、別に「木末」（能因本）・「葉末」（三巻本）の「赤み」に言及する評文を伴う独立した項目があり、三巻本の状況はその点、重複的ではある。『枕草子』の記事は、時ならぬ〝春の紅葉〟に寄せる興味のありようがうかがえる部分であり、当該の段には、常緑の「譲る葉」の項に、「紅葉せぬ世や」の引歌表現も見える。

(36)　論者が《歌の言葉を文字通りに場面化する手法によって、歌そのものとは異なる、新たな主題を持つ物語を創出する》と定義づける『伊勢物語』の「手法」については、前掲注（7）拙著『王朝文学論』（新典社　二〇〇九）Ⅱ篇、Ⅲ篇の各論及び、拙稿「『伊勢物語』の手法―「夢」と「つれづれのながめ」をめぐって（二段「西の京」と一〇七段「身を知る雨」、および六十九段「狩の使」）―」（「和洋国文研究」45　二〇一〇・三）**→Ⅲ篇　第二章**　及び、「『伊勢物語』一一九段「男の形見」―絵と物語の手法をめぐって―」（「和洋国文研究」46　二〇一一・三）**→Ⅲ篇　第三章**、「〈歌枕〉の歴史―「紫草」の生い出でる場所として―」（「日本文学風土学会　紀事」36　二〇一二・三）**→Ⅱ篇　第一章**、「在原業平の和歌―『古今集』仮名序「古注」掲載歌三首の解釈―」（『古代中世文学論考　第26集』（新典社　二〇一二）**→Ⅱ篇　第二章**、「わがせしがごとうるはしみせよ―受け継がれ、読み解かれるできごと―」（原岡文子・河添房江編『源氏物語　煌めくことばの世界』翰林書房　二〇一四　所収）など。**→Ⅰ篇　第三章**〈第六節〉、**Ⅲ篇　第一章**〈第五節〉（また、**Ⅲ篇　第四章**　＊本章の初出論文以後の論考）。

Ⅲ篇　物語を読み解く

第一章　『源氏物語』と『枕草子』の〈七夕〉
――「朝顔」「夕顔」と「玉鬘」――

第一節　はじめに

硯ひき寄せたまうて、手習に、

「恋ひわたる身はそれなれど玉かづらいかなるすぢを尋ね来つらむ

あはれ」とやがて独りごちたまへば、げに深く思しける人のなごりなめりと見たまふ。（「玉鬘」三 - 一三二頁）

「恋ひわたる」の一首は、光源氏が、夕顔の遺児（撫子）と対面を果たしたのち、その感慨について詠んだ歌である。「玉鬘」という巻名及び登場人物としてのその〈通称〉も、源氏のこの歌によるが、物語中、彼女が「玉鬘」と称されることはない。「若君」「姫君」などと呼ばれるほか、後の職名である「尚侍」や、鬚黒の「北の方」としての呼称がある。

一方、母「夕顔」の名は、物語中に用いられて、地の文及び源氏と右近の言葉に見える。「末摘花」巻冒頭の一例のほかは、「玉鬘」巻における例となる。「玉鬘」巻の初例も巻冒頭に見られる。「玉鬘」巻は、十七年の歳月を越え、「夕顔」巻のできごとを受けて始まるが、「玉鬘」「末摘花」両巻の冒頭は、夕顔を追慕し回想する源氏の思いを語って、よく似ている。

「末摘花」巻

・思へどもなほあかざりし夕顔の露に後れし心地を、年月経れど思し忘れず、ここもかしこも、うちとけぬかぎりの、気色ばみ心深き方の御いどましさに、け近くうちとけたりし、あはれに似るものなう恋しく思ほえたまふ。（「末摘花」冒頭　一‐二六五頁）

「玉鬘」巻

・年月隔たりぬれど、飽かざりし夕顔をつゆ忘れたまはず、心々なる人のありさまどもを見たまひ重ぬるにつけても、あらましかばとあはれに口惜しくのみ思し出づ。（「玉鬘」冒頭　三‐八七頁）

・（右近）「あな見苦しや。はかなく消えたまひにし夕顔の露の御ゆかりをなむ見たまへつけたりし」（一二〇頁）

・（源氏）「容貌などは、かの昔の夕顔と劣らじや」（一二一頁）

内大臣（頭中将）と夕顔の娘、玉鬘が登場する巻々は、いわゆる「玉鬘十帖」として、物語におけるその「並び」や成立（執筆の順序）の問題をめぐって、『源氏物語』研究史上、特に多くの議論が重ねられてきた部分である。

いま仮に、考察の対象を「朝顔の姫君」と「夕顔」及びその遺児「玉鬘」に限ってみるとき、1「桐壺」から、33

「藤裏葉」まで、『源氏物語』正編・第一部の範囲で、三者それぞれが登場ないし直接関係する巻の状況は、次のようなまとまりとして整理することができる。

図1

※　網掛け＝二人あるいは三人が共通して登場ないし直接関係する巻

1「桐壺」
- 朝顔　2「帚木」―9「葵」10「賢木」19「薄雲」20「朝顔」21「少女」―32「梅枝」
- 夕顔　2「帚木」4「夕顔」6「末摘花」―22「玉鬘」―24「胡蝶」
- 玉鬘　2「帚木」4「夕顔」6「末摘花」―22「玉鬘」23「初音」24「胡蝶」25「蛍」26「常夏」27「篝火」28「野分」29「行幸」30「藤袴」31「真木柱」（・玉鬘十帖）

→ 33「藤裏葉」

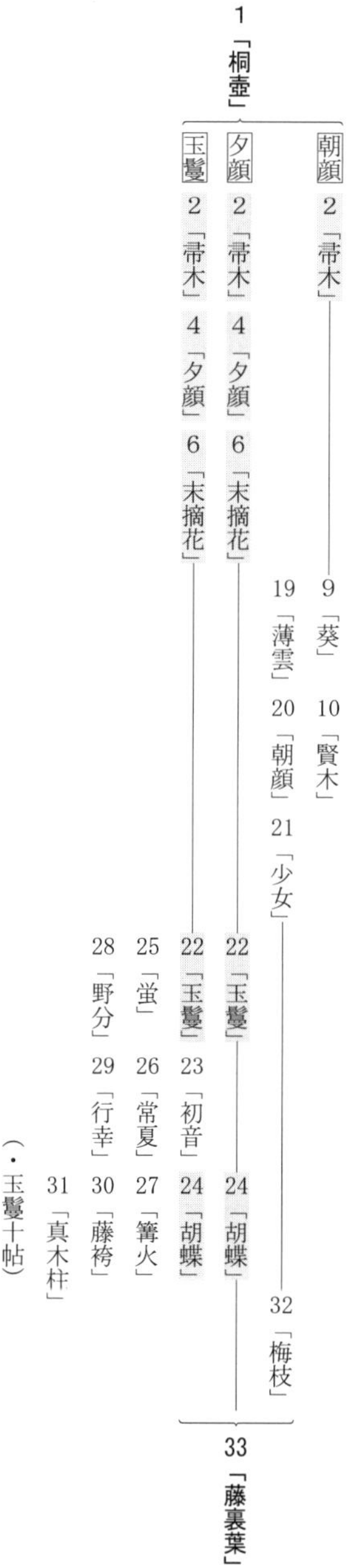

「朝顔の姫君」は、桐壺帝の死にともない、「賢木」巻で朱雀帝代の新斎院となった。父桃園の宮の死に遭い（「薄雲」巻）、「朝顔」巻ではすでに退下している。いまこの図1の形で見ると、朝顔の姫君と、夕顔ならびにその遺児玉鬘について描く巻が、ある対照をなしていることに気づくのである。

三人の存在はつとに「帚木」巻において語られて、以降、朝顔の姫君と、夕顔―玉鬘母娘の人生は整然とした形で明確に描き分けられつつ、「藤裏葉」の大団円に向けて、それぞれの物語を完成させていく仕組みである。

朝顔の姫君については、「藤裏葉」以後、34「若菜上」と、35「若菜下」にその消息が語られている。玉鬘は、第一部の登場人物「夕顔」の娘として、物語の後半（第二部以降）へと繋がってゆく存在であり、34「若菜上」、35「若菜下」、36「柏木」に登場する。その後、夫亡きあとの人生を描く44「竹河」は、鬚黒邸の老女房による問わず語りという設定である。年立の上では、45「橋姫」以降の、いわゆる「宇治十帖」と併行する形で（45「橋姫」、46「椎本」前半部と重なる）、およそ十年に及ぶ物語となる。

図2

33「藤裏葉」以後

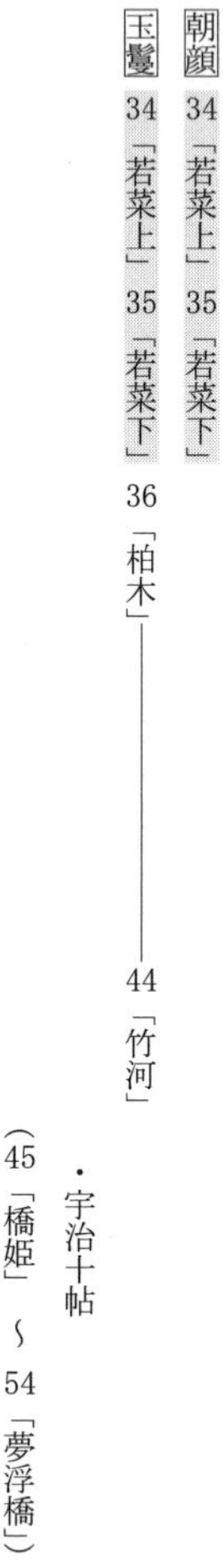

朝顔　34「若菜上」　35「若菜下」

玉鬘　34「若菜上」　35「若菜下」　36「柏木」――44「竹河」

・宇治十帖（45「橋姫」～54「夢浮橋」）

従来、『源氏物語』成立上の問題として〈追加挿入〉の可能性が論じられている巻々のうち、上掲、図1に挙がらなかったものは、3「空蟬」と、15「蓬生」、16「関屋」の三つの巻ということになる。自ずと、伊予介の妻「空蟬」と、故常陸宮の娘「末摘花」の物語ということになる。

図3

空蟬　2「帚木」　**3「空蟬」**　4「夕顔」　6「末摘花」――**16「関屋」**――22「玉鬘」　23「初音」

末摘花――6「末摘花」　9「葵」――**15「蓬生」**――22「玉鬘」　23「初音」

29「行幸」　34「若菜上」

「藤裏葉」巻までのうち、「朝顔の姫君」と「夕顔」「玉鬘」、そして「空蟬」、「末摘花」という五人の女性の人生に関わる巻として掲げた二図、図1及び図3に入らなかった巻を挙げると、1「桐壺」、5「若紫」、7「紅葉賀」、8「花宴」、11「花散里」、12「須磨」、13「明石」、14「澪標」、17「絵合」、18「松風」、33「藤裏葉」の十一巻ということになる。

そして、これらこそ、光源氏を主人公とする、『源氏物語』正編・第一部の主要な主題、〃世継ぎ物語〃の根幹を成して繋がる巻々である。《世継ぎのための賜宴》たる古代端午節の本質を核心として紡ぎ出された、新しい〃世継ぎ物語〃の筋書きである。(1)

図4

1「桐壺」5「若紫」7「紅葉賀」—a
8「花宴」11「花散里」12「須磨」13「明石」—b
14「澪標」17「絵合」18「松風」—c
33「藤裏葉」—d

『源氏物語』の第一部が、光源氏の誕生から、その〈世継ぎ〉たる資質が実現するまでの物語であるとして、7「紅葉賀」では、その筋書きの一つの伏線が示される。藤壺懐妊中の御子の存在を核心とした舞台における、光源氏一世一代の舞、「青海波」のシーンである。古代端午節の蒲生野で、大海人皇子が披露した〃世継ぎの舞〃の本質を捉え、踏まえた構想である。

天皇、蒲生野に遊猟したまふ時、額田王の作る歌
あかねさすむらさき野行き標野行き野守は見ずや君が袖振る　（『万葉集』一・二〇・額田王）
皇太子の答へましし御歌
紫草（むらさき）のにほへる妹を憎くあらば人妻ゆゑにわれ恋ひめやも　（二一・大海人皇子）
紀曰、天皇七年丁卯、夏五月五日、縦二猟於蒲生野一。于レ時大皇弟諸王内臣及群臣、皆悉従焉。
（紀に曰はく、天皇七年丁卯、夏五月五日、蒲生野に縦猟したまふ。時に大皇弟・諸王・内臣と群臣、悉皆に従そといへり）

光君と紫の上（若紫）の呼称は、蒲生野贈答歌における「あかねさす…君」と「紫草のにほへる妹」との対偶を見せ、光源氏は、密通の相手である藤壺と「袖振る」贈答を交わす。（a）

もの思ふに立ち舞ふべくもあらぬ身の袖うちふりし心知りきや（源氏）
から人の袖ふることは遠けれど立ちゐにつけてあはれとは見き（藤壺）　（「紅葉賀」一-三一三頁）

8「花宴」における朧月夜との秘事に端を発した源氏の須磨流離（b）も、二つ目の伏線、14「澪標」における明石の姫君の誕生をもって、この世継ぎ譚の成就をめぐり、主人公自身が確信を得る場面に行き着く。明石の姫君の誕生五十日が、端午節にあたるという事実を、光源氏が自ら確認する場面である。

五月五日にぞ、五十日にはあたるらむと、人知れず数へたまひて、ゆかしうあはれに思しやる。

（「澪標」二―二九四頁）

端午節が、幼児の産養や誕生五十日など、生育儀礼の日にちとちょうど合うとき、その子は、人事を超え、天の摂理によって予祝された存在となる。平安当時、そうした拵えによる寿ぎの歌が詠まれた。

次の『実方集』の贈答は、東宮（後の三条天皇）の第一皇子敦明親王のときのもの。親王の誕生は正暦五年（九九四）五月九日であったが（『日本紀略』）、誕生三日が端午節に当たるものとして詠む。

小一条殿の女御一宮むまれたまうて、三日の夜、五月五日になむありける

いはのうへのあやめやちよをかさぬらむけふもさつきのいつかとをもへば

（『実方集』Ⅱ二八三・実方）

返し、大将

いはふなるいはのあやめもけふよりはちよのはじめにひきはじむべき

（Ⅱ二八四・済時）

「いはのうへのあやめ」「いはのあやめ」は、岩に守られて、地中深くしっかりと根を張って育つ。生まれた子どもの庇護の揺るぎなさを前提に、天にも予祝されたその「ちよ」の命が寿がれる趣向である。

11 「花散里」で登場する花散里は、『源氏物語』中、「五月」を象徴する女性として形作られている。後に、造営成っ

た六条院における花散里の夏の町では、端午節の競射が催される（25「蛍」）。

・殿は、東の御方にもさしのぞきたまひて、「中将の今日の衛府の手結のついでに、男ども引き連れてものすべきさまに言ひしを、さる心したまへ。まだ明かきほどに来なむものぞ。あやしく、ここにはわざとならず忍ぶることをも、この親王たちの聞きつけて、とぶらひものしたまへば、おのづからことごとしくなむあるを。用意したまへ」など聞こえたまふ。（「花散里」三‐二〇五頁）

・未の刻に、馬場殿に出でたまひて、げに親王たちおはし集ひたり。手結の、公事にはさま変りて、次将たちかき連れ参りて、さまことにいまめかしく遊び暮らしたまふ。（二〇六頁）

17「絵合」では、内大臣の娘弘徽殿方と源氏が後ろ見する斎宮の女御方との間で、雌雄を決する催しが行われ、18「松風」では、二条東院が落成し、明石の姫君が紫の上に引き取られるという方向が用意される（c）。「物語の出で来はじめの親なる竹取の翁に宇津保の俊蔭を合はせて争ふ」（「絵合」二‐三八〇頁）など、「蛍」巻の物語論「日本紀などはただかたそばぞかし」（「蛍」三‐二一二頁）などとともに注目すべき言及のある場面である。

33「藤裏葉」でついに、光源氏は「准太上天皇」という地位にのぼりつめることになる。冷泉帝と朱雀院うち揃った六条院行幸は、かつての朱雀院行幸における紅葉賀と重ね合わされ、ここに至って、桐壺―源氏―御子（冷泉帝）三者の関係における《桐壺聖代の皇統譜の誕生と成就》という世継ぎ物語の筋書きは、大団円を迎えるのである（d）。

・源氏と太政大臣（頭中将）の贈答

色まさるまがきの菊もをりをりに袖うちかけし秋を恋ふらし（源氏）

むらさきの雲にまがへる菊の花にごりなき世の星かとぞ見る（太政大臣）

（「藤裏葉」三－四六一頁）

・朱雀院と冷泉帝の贈答

秋をへて時雨ふりぬる里人もかかる紅葉のをりをこそ見ね（朱雀院）

世のつねの紅葉とや見るいにしへのためしにひける庭の錦を（冷泉帝）

（四六二頁）

のちに源氏によって回顧される、桐壺帝の御前における青海波の舞こそ、高麗人の観相通りの彼の運命を象徴するものであった。当時、源氏とともにこの舞を舞った太政大臣の感慨によって、源氏の宿世のありさまが明らかに示され、六条院行幸の意義は、朱雀院行幸当時、《まだ見ぬ御子》として、その秘められた皇統譜の核心であった今上冷泉帝自身の言葉によって確認される。冷泉帝の答歌「世のつねの」に籠められた、朱雀帝には伝え得ない、その深意を読み取らねばならない。

高麗相人の観相（「桐壺」巻）や、宿曜の占い（「澪標」巻）によって予言されたことごとの実現である。

・高麗相人の観相

「国の親となりて、帝王の上なき位にのぼるべき相おはします人の、そなたにて見れば、乱れ憂ふることやあらむ。朝廷のかためとなりて、天の下を輔くる方にて見れば、またその相違ふべし」と言ふ。

（「桐壺」一－三九頁）

・宿曜の占い

宿曜に「御子三人、帝、后かならず並びて生まれたまふべし。中の劣りは太政大臣にて位を極むべし」と勘へ申したりしこと、さしてかなふなめり。（「澪標」二‐二八五頁）

・「観相」の過去にさかのぼる感慨

おほかた、上なき位にのぼり世をまつりごちたまふべきこと、さばかり賢かりしあまたの相人どもの聞こえ集めたるを、年ごろは世のわづらはしさにみな思し消ちつるを、当帝のかく位にかなひたまひぬることを思ひのごとうれしと思す。みづからも、もて離れたまへる筋は、さらにあるまじきことと思す。あまたの皇子たちの中にすぐれてらうたきものに思したりしかど、ただ人に思しおきてける御心を思ふに、宿世遠かりけり、内裏のかくておはしますを、あらはに人の知ることならねど、相人の言空しからず、と御心の中に思しけり。（「澪標」二‐二八五頁）

そのほか、物語の第一部で源氏と直接関わる女性たちとして、葵の上は1「桐壺」、六条御息所は4「夕顔」、源典侍は7「紅葉賀」、筑紫の五節は11「花散里」にそれぞれ初めて登場する人々である。

葵の上を母とする夕霧は、9「葵」に生まれ出で、12「須磨」、14「澪標」、21「少女」、22「玉鬘」、23「初音」、24「胡蝶」、25「蛍」、26「常夏」、27「篝火」、28「野分」、29「行幸」、30「藤袴」、31「真木柱」、32「梅枝」の各巻に登場する。9「葵」、21「少女」、32「梅枝」は、前掲図1「朝顔」関係の巻々であり、12「須磨」、14「澪標」は図4、ほかは図1「玉鬘」関係の巻々である。33「藤裏葉」でついに雲居雁との七年越しの恋を成就させた夕霧は、源氏が「太上天皇になずらふ御位」（「藤裏葉」三‐四五四頁）を得たその秋、中納言に進み、六条院行幸に伺候する。

占いの通り、人臣位を極むべき未来が控えていよう。

図4の巻々による筋書きの中心に、《世継ぎの日》としての「五月」があるとするとき、これらの巻を残してまず整理された図1の巻々の主人公は、「朝顔の姫君」と「夕顔」及びその遺児「玉鬘」の三人であった。つまり、物語第一部の構造については、考察の対象をこの三人に絞ることによって見定められてくる部分があるのではないかということである。

本章で示すこの系列に関する分類は、物語第一部の構成・成立をめぐって、「帚木」巻から始まる、いわゆる「玉鬘系十六帖」(「帚木十六帖」)と、「桐壺」巻から始まる「紫上系十七帖」(「桐壺十七帖」)とに二分して考えてきた従来の見方に対し、さらに大きく、「桐壺」巻から始まって「藤裏葉」巻に至る物語の中に、二つの柱があるという見方である。

すなわち、「五月」の「端午節」に象徴される〝世継ぎ譚〟としての論理構造と、ほかにもう一つ、ある節会に象徴される恋愛譚としての道筋があるとみるのである。「紫上系十七帖」から、朝顔の姫君が登場する「葵」「賢木」「薄雲」「少女」「梅枝」の五巻を除き、「玉鬘系十六帖」中、朝顔の姫君が登場する「帚木」巻をあわせて新しく「玉鬘系十六帖」について捉えるものである。十六帖中、朝顔の姫君と夕顔―玉鬘母娘が登場しない三巻、「空蟬」「蓬生」「関屋」を除いた十三帖のまとまりとして捉える点で異なるところ、これは必ずしも、執筆の順序をめぐる考察ではない。

朝顔の姫君と、夕顔―玉鬘母娘は、図1に示したごとく、構造的にも、互いに対比的な描かれ方をしていると言える。20「朝顔」と4「夕顔」という二つの巻、また朝顔の姫君と夕顔という二人の人物が対になっているとみるとき、両者の間にはまた共通点もある。

花の名を冠する巻名や、女性の呼称はほかにもあるが、「朝顔」と「夕顔」は、互いに「七月」、さらには「七夕節会」と無縁でないということである。物語第一部のプロットにおける二本柱のもう一つ、「ある節会」とは、「七月七日」の「七夕」のことである。

『枕草子』に、

夕顔は、あさがほに似て言ひつづけたる、をかしかりぬべき花の姿にて、にくく、実のありさまこそいとくちをしけれ。などて、さはた生ひ出でけむ。ぬかづきなどいふ物のやうにだにあれかし。されど、なほ夕顔と言ふばかりはをかし。（「草の花は」七〇段）

と言われ、花の形やはかなさなど、似通う部分があるのは周知のことながら、物語の構造における位置を見定めるきっかけとしては不足であったようである。萩谷朴氏は、右の記述について「朝顔との対蹠的な連想から出て来たに過ぎないとしつつ、『源氏物語』との影響関係については、「むしろ、清少納言がここに夕顔を取り上げたことが、紫式部にヒントを与える結果となったものであるかもしれない」と述べる。(2)

論者は、「朝顔」や「夕顔」にまつわる〝七夕のイメージ〟に注目している。王朝文学における「七夕」について考える場合、それは、とりも直さず、「長恨歌」的世界との関わりについて考えることでもあるのだが、さらに、初秋七月の景物としての「朝顔」「夕顔」について、その実態に基づいて捉える必要があるだろう。

そのとき、本章冒頭に引用した源氏の歌に詠み込まれた「玉鬘」こそ、〝葛這ひかかれる〟植物たる「夕顔」のその「葛」のゆかりの果実なのではなかっただろうか。

恋ひわたる身はそれなれど玉かづらいかなるすぢを尋ね来つらむ　（「玉鬘」三－一三二頁）

光源氏と夕顔の出逢いの場面には、冒頭、このような描写がなされていたのである。

切懸だつ物に、いと青やかなる葛の心地よげに這ひかかれるに、白き花ぞ、おのれひとり笑みの眉ひらけたる。「をちかた人にもの申す」と独りごちたまふを、御随身ついゐて、「かの白く咲けるをなむ、夕顔と申しはべる。花の名は人めきて、かうあやしき垣根になん咲きはべりける」と申す。　（「夕顔」一－一三六頁）

第二節　従来の解釈と類例の検討――新しい解釈

さて、いま一度、――光源氏は、なぜ、夕顔の遺児であるその娘を「玉かづら」として、歌に詠み込んだのであろうか。

恋ひわたる身はそれなれど玉かづらいかなるすぢを尋ね来つらむ　（「玉鬘」三－一三二頁）

「玉鬘」巻の主人公、かつての頭中将と夕顔の間の子、「玉鬘」の呼称は、源氏が「手習」にしたこの歌による。「玉鬘」の呼称こそは、ほかでもない、母たる《「夕顔」の蔓のゆかり》の少女であるからであるはずだが、従来、ほとんど見過ごしにされてしまっている事柄である。『詩経』の「葛藟」（王風）に言及したり[3]、まず枕詞としての「玉蔓」の意味合いが参照されたり（後掲、清水氏論）、そのものずばり、前節にも掲げた部分、「夕顔」巻の、

いと青やかなる葛の心地よげに這ひかかれるに、……

などという例が確認されてはいるものの、瓜科蔓性の植物である「夕顔」の姿態と、その名で呼称される人物像、及びその造型手法とが、よく結びついていない憾みがある。そして、瓜科蔓性の植物である「夕顔」が、話型としての「七夕」の物語や天人女房譚の中心的景物であることは、言うまでもない。

早く、紫藤誠也氏『『古今和歌六帖』と『源氏物語』』（一九八四）は、『古今六帖』の歌題「葎」に「玉かづら」が続くことを重視し、次のような新しい見解を示している。

また、「白き花ぞ、おのれひとり笑みの眉ひらけたる」夕顔。庶民には、それと、すぐわかるが、源氏には目新しい。「いと青やかなる葛の心地よげに這ひかかれる」その「葛（かづら）」。『源氏物語』では、ここに一例だけ。（「葛（くず）」は別。）その夕顔の女の忘れがたみ、それは、「玉かづら」。

こう見てくると、今、源氏の歌にいう「玉かづら」は、『古今六帖』第六「草」の部の「玉かづら」である。

（寺本直彦編『源氏物語とその受容』右文書院　所収）

新間一美氏「夕顔の誕生と漢詩文―「花の顔」をめぐって―」（一九八五）も、この点、紫藤氏の説を是とし、登場人

物としての「玉かづら」の名について、「氏の言われる通り『葛』ととる方が良い。巻名の表記も『玉葛』とすべきである」と述べている（『源氏物語の探求　第十輯』風間書房　所収）。

両者の説の引用はないが、後に、清水婦久子氏『源氏物語の風景と和歌　増補版』（和泉書院　二〇〇八）も、『玉かづら』ということばは、源氏にとって夕顔の忘れ形見であるという女君の特性（役割）を的確に表わしていたのである」（三七六頁）と述べている。

・「青やかなるかづら」に「白き花」の夕顔の「ゆかり」ならば、玉鬘巻における「玉かづら」はつる草のイメージが重ねられていると考えなければならない。（三七六頁）

・その対面によって、この田舎育ちの「夕顔のゆかり」は、三稜草でもただのつる草でもなく、「玉」という美称がつけられた「かづら」へと昇格したのである。（三七七頁）

（第五章「源氏物語の和歌表現」第三節「歌枕『玉かづら』と源氏物語」）

しかしながら、「玉鬘」が、「夕顔」の蔓のゆかりの「かづら」であるという説は、これまでに定説たり得ていないのである。

この歌をめぐる従来の現代語訳については、研究諸氏の間で解釈が分かれることもなく、説は一定していると言える。源氏による一首の「手習」の場面について、注解付きテキストの現代語訳を引用する。

一首は、源氏が「手習」にし、口に出して詠んだものではないのであるが、源氏が続けて「独りごち」た「あはれ」の意味内容については、諸注によって捉え方の違いも見られる。⑦（平田氏）のように、「ああ何という縁だろう」

と、一首の主旨をそのまま反映して訳出するのは問題を含むかもしれない。その点、①の旧『大系』（山岸氏）はもっとも丁寧であると言えよう。

①　山岸徳平『日本古典文学大系　源氏物語（2）』（岩波書店　一九五九）

・夕顔を恋い続けて過ごして居る自分（源氏）の身は、もとのそれで（昔のままで）あるけれども、玉鬘は、どう言う因縁（すぢ）をさがして、実の親ならぬ私の所に来たのであろうか。（実の親をこそ尋ぬべきに）。（三六八頁・頭注四）

・「さてさてまあ、本当の父にも知られなくて、ここに来たものであるよ。（これも亡き夕顔の導きであろうか）」と。（三六八頁・頭注五「あはれ」）／（実父にも知られずに此処に来れるよ）（三六八頁・本文「あはれ」に添えた傍注）

・「あはれ」と仰せられるが、なる程その通り、深刻に御思いなされるのであった女（夕顔）の形見（名残）である様に見える。（三六八頁・頭注六「げに、深くおぼしける人の名残なめり」）

②　柳井滋・室伏信助・大朝雄二・鈴木日出男・藤井貞和・今西祐一郎『新日本古典文学大系　源氏物語（2）』（岩波書店　一九九四）

・亡き夕顔を恋しく慕いつづけるこの身は昔のままだが、この玉鬘はどのような筋をたどって、自分を尋ねて来たのだろう、の意。（三六六頁・脚注一）

・母娘二代との因縁を思う。（三六七頁・脚注二「あはれ」）

・なるほど深く情をおかけになった女（ひと＝夕顔）の形見なのだろう。（三六七頁・脚注三「げに、深くおぼしける人の名残なめりと見給」）

③

・玉上琢彌『源氏物語（4）』（角川ソフィア文庫　一九六八）

硯を引き寄せなさって、手習いに、

（源氏）「あれを恋い続けてきたこの身は昔のままだけれども、あの娘はどういう縁を辿って尋ねてきたのだろう。

④

・阿部秋生・秋山虔・今井源衛『日本古典文学全集　源氏物語（3）』（小学館　一九七二）

硯をお引き寄せになって、いたずら書きに、

ほんとにな」と、おっかけて独り言をおっしゃるので、「お言葉どおり深く愛していらっしゃった人の忘れ形見なのだな」とお思いになる。

「恋ひわたる……（夕顔を慕いつづけてきたわが身は昔のままだけれど、あの娘はどういう筋をたどって尋ねて来たのだろう）

ああまったく」と、そのままひとり言をおっしゃるので、上は、なるほど深く情けをかけていらっしゃった方の忘れ形見なのであろうとごらんになる。

⑤

・阿部秋生・秋山虔・今井源衛・鈴木日出男『新編日本古典文学全集　源氏物語（3）』（小学館　一九九六）

硯をお引き寄せになって、手すさびに、

「恋ひわたる……（夕顔を慕い続けてきたこの身は昔そのままだけれど、あの娘はどういう筋をたどってわたしを尋ねてきたのだろう）

ああいとおしい」と、そのまま独り言をおっしゃるので、紫の上は、なるほど真実情けをかけていらっしゃった人の忘れ形見なのだろうとお察しになる。

⑥　石田穣二・清水好子『新潮日本古典集成　源氏物語（3）』（新潮社　一九七八）

・亡き夕顔を恋しく思い続ける自分は昔のままだが、この娘はどのような目に見えぬ縁に引かれて自分の許に頼って来たのだろう。（三二三頁・頭注一五）

・ほんとに深く愛された人の形見なのだろうと。（三二三頁・頭注一六）

⑦　平田喜信（通釈）『源氏物語の鑑賞と基礎知識12　玉鬘』（至文堂　二〇〇〇・一〇）

・源氏の君は、硯をお引き寄せになって、手すさびに、

夕顔を慕い続けてきたわが身は昔そのままだけれど、あの娘はどういう縁をたどって私を尋ねて来たのだろう。

ああ何という縁だろう」と、そのまま独り言をおっしゃるので、紫の上は、なるほど深く愛された方の忘れ形見なのだろうとお察しになる。

諸注、肝心の玉鬘のことは、「あの娘」あるいは「この娘」などとして訳出している。①の旧『大系』のみ、「玉鬘」と和歌本文のまま訳に用いているが、なぜ、その娘が〝玉鬘〟であるのかということは示されておらず、この問題については、やはり、不明である。「玉鬘」の呼称については、歌の現代語訳を挙げた同じ注記（頭注）中、

玉鬘は玉を緒で貫いたものを、頭に掛けて垂れ、装飾としたもの。上代は蔓草も用いられた。それから出て「緒・筋」などの縁語や「掛く」の枕詞などに用いられる。玉鬘の名はこの歌から出た。

と解説されることになり、これは『河海抄』などにも「すちを尋ぬるとは鬘の筋によそへて也」とあって、諸注、同様の考え方である。よって、従来、歌の文脈から、「玉鬘」という呼称の意味を読み取る方法が「不明」だというべきであり、従来、その考え方自体がなかったということなのである。

「玉鬘」こそ、「夕顔」の「蔓」のゆかり――光源氏が長年心ひそかに探し求め、めぐり逢う奇跡を待ち続けていた、その形見の果実である。源氏は、ついに、恋いわたるその身（夕顔の実）を確かに「それ」と見出だしたのであった。

源氏の詠歌に基づく「玉鬘」の名をめぐり、「夕顔」の娘であるからこその「玉鬘」なのであるということは、今までに解釈として定着することがなかった。先に引用した、植物「夕顔」の具体的な描写が、源氏の和歌の解釈に十分に生かし切れていないためでもある。

例えば、謡曲「半蔀」で、舞台上に据えられる作り物「半蔀屋」には、小さい瓢をたくさんつけた夕顔の蔓が絡まり、原典世界の意味を象徴的に示すようである。シテの女は、「夕顔」の霊であると同時にその花の精として、この世に再び現れ出でたのである。

さらに言えば、「玉鬘」の結婚相手となるのが、「鬚黒」であるわけだが、名をたどって、夕顔の「蔓」→玉「鬘」→「鬚」黒という〈縁〉で結ばれているのである。

源氏詠の上の句、「恋ひわたる身はそれなれど」という表現についても、光源氏が自らのことを詠んだ部分として解されているが、密かに探し続け、思い続けてきたその「身」は、ほかならぬ、玉鬘のその身であるのであり、身には「実」が掛かり、それが夕顔の忘れ形見としての「実」そのものであることを言うものである。

その意味で、謡曲「玉鬘」における歌句の改変、

恋ひわたる身はそれならで玉鬘いかなる筋を尋ね来ぬらむ

これも、典拠となる『源氏物語』の場合とは主体が異なり、玉鬘の詠歌とするゆえ、「それならで」となるのである。「それなれど」という表現については、『源氏物語』中、ほかにも例がある。

ほととぎす言問ふ声はそれなれどあなおぼつかな五月雨の空

（「花散里」二－一五五頁）

「中川」あたりに住む女の歌である。五月雨のとぎれに花散里を訪ねるその途上、源氏が詠みかけた和歌「をち返りえぞ忍ばれぬほととぎすほの語らひし宿の垣根に」に答えたものである。贈答について、現代語訳を示す。(4)

・源氏の歌「をち返り」
舞い戻って来て鳴く、ほととぎす。以前、少しばかり恋を語らったあなたの家の垣根のところで、その折に立ち戻って、私は恋しさに耐えきれずにおります

・女の歌「ほととぎす」
ほととぎすが訪ね来て鳴く声は、確かに、あの昔の声。ああ、だけど、五月雨の空に紛れてしまって、はっきりとは……

女が、源氏の訪れについて、「それなれど」――確かにそれと聞き分けながら、五月雨の空模様のせいにして、なお

見分かぬと言ってはぐらかすというシーンである。

源氏が、自らの目で玉鬘の容貌を実際に見て、彼女こそ紛うかたなく、確かにそれ――夕顔の娘であると確信したのが、「恋ひわたる身はそれなれど」なのである。だからこそ、夕顔ゆかりの「玉かづら」と呼称したのである。下の句にかけては、その「かづら」の縁で「筋」を導き、いかなる「筋」を辿り、縁をたよってここまで尋ね来たのだろうかと詠み続けている。源氏詠の新しい解釈を示す。

恋ひわたる身はそれなれど玉かづらいかなるすぢを尋ね来つらむ

〃ずっと探し求めてきた、その人の子こそ確かにあなただけれど、玉鬘さんよ……、まあいったいどういう道筋を辿ってここまで尋ねて来たのでしょうか。（まったく不思議な因縁です。）〃

この点をめぐり、さらに、従来の解釈について挙げておく。

⑧　山崎良幸・和田明美・梅野きみ子・熊谷由美子・山崎和子『源氏物語注釈（5）』（風間書房　二〇〇四）

夕顔を恋しく思う我が身は以前と変わらぬままであるが、玉鬘はどのような筋を辿って私のもとにやってきたのだろうの意。この巻名、及び主人公の呼び名はこの和歌に由来する。（三一四頁・注釈七）

⑨　又江啓恵『歌で読む源氏物語（2）』（武蔵野書院　一九九八）

「身はそれなれど」の「それ」は、「恋ひ渡る」を受ける。「玉鬘」の「玉」は、美称。「鬘」は、つる草や草木の枝・花などを巻きつけた髪飾り。ここでは、「筋」の序として用いられた。（二四四頁）

なお、玉上氏（前掲③『角川ソフィア文庫』一九六八）は、『源氏物語評釈（5）』（角川書店　一九六五）のほうで、「玉かづら」の語釈に、『鬘』のこと。玉は美称。ここでは『すぢ』の序詞になっていて鬘の意味はない」としている。植物の「ツル」としての鬘はもとより、髪飾りとしての意味も否定して解そうとしている。

源氏詠をめぐるこの従来の解釈の前提となっているのは、『後撰集』に入る次の一首である。

中将にて内にさぶらひける時、あひしりたりける女蔵人のざうしに、つぼやなぐひ・おいかけをやどしおきて侍りけるを、にはかに事ありて、とほき所にまかり侍りけり、この女のもとより、このおいかけをおこせて、あはれなる事などいひて侍りける返事に

いづくとて尋ねきつらん玉かづら我は昔の我ならなくに　（『後撰集』雑四・一二五三・源善）

下の句「我は昔の我ならなくに」とは、昌泰四年（九〇一）の菅原道真の事件に連座して出雲へ左遷されたわが身のありようについて述べる。道真が右近の大将であったとき、善も、正装時、冠に「おいかけ（老懸）」をつける武官「中将」の任にあった。ここでは、その「老懸」を「玉かづら」として詠み込む。

⑨又江氏は、源氏詠について、この善の歌をめぐり、

後撰集巻十八雑四の源善の歌、「いづくとて尋来つ覧玉かづら我は昔の我ならなくに」を踏まえ、上下句の配置を逆にし、引き歌の下句の意味も逆にした。これも、さしずめ本歌取りというのであろうか。（二四四頁）

と述べている。

本論に提示したのは、夕顔の娘が「玉鬘」と呼称される必然性について、その名を詠み込む源氏詠の《文脈》の意味するところを根拠に読み解く、新しい解釈である。従来の説は、引かれなかった部分が暗示されるという「引歌」の〈常識〉を大前提に、「玉鬘」の意を、歌の外部に求めるものである。

源善詠の「いづくとて尋ねきつらん玉かづら」と、源氏詠の「玉かづらいかなるすぢを尋ね来つらむ」の部分は、表現的に重なると言えるが、源氏詠の「恋ひわたる身はそれなれど」という部分の意味についても、善の歌の引用されなかった部分「我は昔の我ならなくに」の表現と重なるものとして考え、この場合は、「意味」を「逆にした」とみることになっているのである。

二つの歌の間に、変わり果ててしまったことと、いつまでも変わらないこととの対比はあるとしても、変わらないことの内容について、物語における、今このときの状況を第一として考えることがおろそかになってはいはしなかったか。何よりも、当該源氏詠については、源善の場合とは異なる、「玉鬘」詠（詠「玉鬘」歌）としての必然が読み取られなければならない。そのためにも、まず、和歌本文の素直な読解こそ、なされるべきことであったと思う。

一首の文脈の核心として見出だされてくるのは、人知れずずっと思い続けてきた、愛する女性の忘れ形見としての「恋ひわたる身」の存在である。次は、いずれも源氏の言葉である。

・玉鬘について

「……年ごろもののついでごとに、口惜しうまどはしつることを思ひ出でつるに、……

（「玉鬘」三－一二一頁）

・夕顔及び玉鬘について

「あはれに、はかなかりける契りとなむ、年ごろ思ひわたる。かくて集へたる方々の中に、かのをりの心ざしばかり思ひとどむる人なかりしを、命長くて、わが心長さをも見はべるたぐひ多かめる中に、言ふかひなくて、右近ばかりを形見に見るは口惜しくなむ。思ひ忘るる時なきに、さてものしたまはば、いとこそ本意かなふ心地すべけれ」とて、御消息奉りたまふ。

（一二二頁）

・玉鬘に対して

「年ごろ御行く方を知らで、心にかけぬ隙なく嘆きはべるを、かうて見たてまつるにつけても、夢の心地して、過ぎにし方のことども取り添へ、忍びがたきに、えなむ聞こえられざりける」とて、御目おし拭ひたまふ。

（一三〇頁）

行方が知れぬまま、長い間、忘れることのなかった「恋ひわたる身」こそ「それ」よ、と見出だした今、「夕顔」の娘ゆえ、「それ」――すなわちその「身」（実）を「かづら」と称し得るのである。

この点、紫藤氏が「恋ひわたる身」について、「夕顔の女を今も忘れず恋いわたる身は同じわが身というのである」とし、他の説と同様に解しているのに対し、新間氏は、

「恋わたる身は」の「身」は「実」でもあり、これも縁語となる。ここでは光源氏の「身」ではなく、玉かづらの「身」（実）ととる方が良い。

（前掲、新間氏論　末尾の「注25」中）

と述べるが、これもまた定説たり得ていない部分である。

「身」と「実」の掛詞については、『古今集』に入る次の小町詠など、よく知られた例がある。上の句の「田の実」（稲穂）に「頼み」が掛かり、下の句の「わが身」の「身」に「実」が掛かる。

あきかぜにあふたのみこそかなしけれわが身むなしくなりぬと思へば　（『古今集』恋五・八二二・小野小町）

同じく、『古今集』に入る次の歌も、梅の「実」とわが「身」を掛ける。

梅花さきてののちの身なればやすき物とのみ人のいふらむ　（『古今集』雑体・誹諧歌・一〇六六・よみ人知らず）

和泉式部に次のような歌もある。枝に貫かれた「身」に「実」を掛ける。

地獄絵に、つるぎのえだに人のつらぬかれたるを見

て、よめる
あさましやつるぎのえだのたわむまでこはなにの身のなれるなるらん
（『金葉集』二度本　雑下・六四四・和泉式部）

源氏による歌、「恋ひわたる」の一首は、「手習」にされたもので、口に出したのではなかった。

恋ひわたる身はそれなれど玉かづらいかなるすぢを尋ね来つらむ

しかし、「あはれ」と漏らすその様子から、紫の上は、歌に詠まれた「恋ひわたる身」としての「玉鬘」の存在について、「げに深く思しける人のなごりなめり」と察するのである。
なお、「玉鬘」こそ、夕顔の忘れ形見として「恋ひわたる身」（実）そのものであったわけだが、内大臣自身が尋ねあててしまった外腹の娘は、「恋ひわたる身」ならざる厄介者であった。「常夏」巻に登場する、「近江の君」である。
「常夏」の巻名は、玉鬘に対して詠みかけた、源氏の次の歌による。

なでしこのとこなつかしき色を見ばもとの垣根を人やたづねむ

玉鬘の返歌は、

山がつの垣ほに生ひしなでしこのもとの根ざしをたれかたづねん（「常夏」　三‐二三三頁）

というものであり、かつて、母が詠んだ歌とよく重なる。そのときは、夕顔が「撫子の花を折りて」、当時の頭中将に次の歌を寄越したのであった。

山がつの垣ほ荒るともをりをりにあはれはかけよ撫子の露（「帚木」　一‐八二頁）

近江の君は、夕顔の娘ではないが、その身は、清少納言が夕顔について「実のありさまこそいとくちをしけれ。などて、さはた生ひ出でけむ」（「草の花は」七〇段）と述べたごとくのありさまであった。彼女の特徴である早口とおしゃべり・言葉の多さは、清少納言が「短くてありぬべきもの」（二一〇段）の最たるものとして掲げた、あらまほしき「人のむすめの声」の対極にある。

あはつけき声ざまにのたまひ出づる言葉こはごはしく、言葉たみて、わがままに誇りならひたる乳母の懐にならひたるさまに、もてなしいとあやしきに、やつるるなりけり。いと言ふかひなくはあらず、三十文字あまり、本末あはぬ歌、口疾くうちつづけなどしたまふ。（「常夏」　三‐二四七頁）

『枕草子』「うつくしきもの」（一五五）の段の筆頭に「瓜にかきたるちごの顔」が挙がるが、「夕顔」の実も「瓜」である。「瓜」は人の顔にも見立てられ、子どもとの縁も深い(5)。

さて、「さるをこの者にしないてむ」（「常夏」三‐二四一頁）と呆れ諦めるものの、近江の君の面ざしに、血の繫がりを確信せざるを得ない、父大臣の思いは複雑である。

容貌はひちちかに、愛敬づきたるさまして、髪うるはしく、罪軽げなるを、額のいと近やかなると、声のあはつけさと損はれたるなめり。とりたててよしとはなけれど、他人とあらがふべくもあらず、鏡に思ひあはせられたまふに、いと宿世心づきなし。（「常夏」三‐二四三頁）

「近江の君」の名は、内大臣自身の言葉に見える。

「いづら、この近江の君、こなたに」（「行幸」三‐三二二頁）
「ものむつかしきをりは、近江の君見るこそよろづ紛るれ」（三二四頁）

その他の例は、この後の巻に見える地の文における次の二箇所。

この近江の君、人々の中を押し分けて出でゐたまふ。（「真木柱」三‐三九九頁）
かの致仕の大殿の近江の君は、双六打つ時の言葉にも、「明石の尼君、明石の尼君」とぞ賽はこひける。（「若菜下」四‐一七六頁）

「近江」に「逢ふ身」が掛かることは、周知のことであるはずで、当時の歌に例が多い。

さだときのみこの家にて、ふぢはらのきよふがあふみのすけにまかりける時に、むまのはなむけしける夜、よめる

けふわかれあすはあふみとおもへども夜やふけぬらむ袖のつゆけき（『古今集』離別・三六九・紀利貞）

流れいづる涙の河のゆくすゑはつひに近江のうみとたのまん（『後撰集』恋五・九七二・よみ人知らず）

内大臣にとって、娘たる「近江の君」の場合は、「逢ふ身」の「身」にさらに「子」の意味の「実」が籠められることになる。このあたりの和歌的技法と表現的趣向については、一方の、玉鬘の裳着の日に寄せた祖母大宮の歌に象徴的である。

ふた方にいひもてゆけば玉くしげわが身はなれぬかけごなりけり（「行幸」三－三一二頁）

「わが身」の「身」には「実」が掛かり、「かけご」（懸籠）の「籠」に「子」が掛かる。蓋（ふた）・身・懸籠はみな「玉くしげ」（玉匣）の縁語。物語作者は、源氏の言葉に託して、

「よくも玉くしげにまつはれたるかな。三十一文字の中に、他文字は少なく添へたることの難きなり」と忍びて

笑ひたまふ。（三一三頁）

と述べている。

第三節　王朝物語と〈七夕〉

さて、「夕顔」「玉鬘」母娘についてだけではない。その『枕草子』「草の花は」（七〇）の段に、

夕顔は、あさがほに似て言ひつづけたる、……

と綴られる、「朝顔」についても、同様の問題が残っている。

図1（本章第一節）に掲げた「朝顔の姫君」の登場の仕方について、さらに辿ってみる。

故藤壺の宮の七七日が果ててのち、冷泉帝はにわかに、夜居の僧から、自身の出生の秘密について聞き知らされることになるが、ちょうどそのころ、父式部卿宮の死に遭って、朝顔の姫君は斎院を下りることになる。夜居の僧は、その秘密を「仏天の告げ」によって奏上するのだと言い、冷泉帝は、式部卿宮の死を天の譴咎として受け止める。19「薄雲」、光源氏三十二歳の夏から秋にかけてのできごとである。

19「薄雲」は、33「藤裏葉」で源氏が准太上天皇にのぼりつめる、この壮大な〝世継ぎ〟物語第一部の大団円に続く道の扉がついに開かれた巻と言える。六条院世界の構想が示されるなど、物語の筋書き上、大きな転換点に位置す

る巻である。

その道を開く「鍵」は、源氏が臣下の身分で舞うことになった〈世継ぎの舞〉の場面における中核として〈存在〉していた、藤壺懐妊中の冷泉帝その人であった。光源氏一世一代の舞、7「紅葉賀」における「青海波」披露の場面である。

朝顔の姫君は、19「薄雲」に続き、自らが主人公となる20「朝顔」と、五節の舞姫をめぐる次の21「少女」に登場し、そのあとは、いわゆる並びの巻として「玉鬘十帖」と称される巻々を挟み、再び、33「藤裏葉」を前にした32「梅枝」において、薫物合に「黒方」を調進する人物として描かれる。光源氏は、この春三十九歳になっている。

32「梅枝」の中心事は、東宮への入内を控えた明石の姫君の「御裳着」の準備など、続く33「藤裏葉」における物語第一部の大団円、光源氏の栄華の達成を導く、言わば序曲的な内容である。

薫物合のために、源氏の求めに応じて真っ先に届けられたのが、朝顔の姫君が調合した「梅花香」と「黒方」であった。「黒方」は、ほかに源氏と紫の上も、それぞれ秘伝の調法によるものを出しているが、しっとりとした香りがゆかしい（「心にくく静やかなる匂ひことなり」〈「梅枝」三‐四〇九頁〉）、朝顔調製のものが優れていた。

満を持して、「二条院の御倉」が開かれ、故桐壺院の時代の、高麗人ゆかりの綾錦が取り出されたこの巻では、また、物語の初めから源氏と関わった女性たち、今は亡き六条御息所や藤壺をはじめ、朧月夜や朝顔、紫の上らの〝筆比べ〟も行われる。男性の筆跡については、源氏の兄蛍兵部卿宮と息子夕霧のものが評価される。

32「梅枝」では、薫物の調法に関するくだりの「承和」（仁明天皇）ほか、桐壺代の回顧をはじめ、「嵯峨帝」「延喜帝」などの名を挙げて、光源氏のもとに集約、継承され、築き上げられる世界の正統性が強調される。

初め「斎院」にあり、のちに「桃園」に暮らした姫君は、源氏にとってついに「異郷」(6)の女性であり続けたが、彼女も、天界における天女（織姫）の物語「七夕伝説」と無縁の存在ではないのである。

「朝顔」や「夕顔」をめぐる表現についても、『源氏物語』前夜の王朝世界を描き取って、『源氏物語』に多くの影響を与えた『枕草子』の手法を読み解くことではじめて見えてくる事柄が少なくない。

例えば、『枕草子』独特の「端午節」記事は、《世継ぎのための賜宴》としての古代端午節のありように根差し、やがて、『源氏物語』明石の姫君の誕生五十日を五月五日とする物語の設定と構造の根源について読み解くきっかけともなった。

五月（端午節）と七月（七夕）は、『枕草子』が語る物語において、中心的な役割を担う節会行事と言える。『源氏物語』のプロットにも用いられている《世継ぎのための賜宴》としての古代端午節の意義は、『枕草子』が描きとめた、後宮最後の端午節「四条の宮におはしますころ」（二二六段）の読み解きによって導き出されたものである。[7]

清少納言は、第三子の妊娠三ヶ月目にあたる定子に、青麦で作った菓子「青ざし」を献上した。定子のもとに菖蒲の輿が届けられ、姫宮・若宮の袖に薬玉を付けて人々がかしづくという端午節のあり様であったが、「青ざし」は、定子懐妊中の御子への捧げ物であった。定子は、返礼の歌を詠んだ。

　　みな人の花や蝶やといそぐ日もわがこころをば君ぞ知りける

上の句の「みな人の花や蝶やといそぐ日」とは、まさしく、千年前の〝子どもの日〟のあり様であり、人々は次代を担う存在として、子どもたちの未来を寿いだのである。そして、歌の下の句の「わがこころ」とは、そうした日にこそ母の心を占めるもう一人のまだ見ぬ御子――花や蝶として生い立つ前のお腹の中の御子を思う定子の心である。

「彰子入内によって帝寵の衰えを案ずる皇后の心をうたったもの」（『全集』「頭注」所掲）とみる従来の理解とは異なる解釈であり、定子所生の三人の御子すべてを〈登場〉させ、「いとめでたし」と結ばれる後宮最後の記事の意味について新しく読み解いたものである。

その「端午節」とともに、「七夕」もまた、『枕草子』が描き出す世界における、最も重要な節会の一つである。本章では、『枕草子』の世界を基軸としつつ、王朝文学における「七夕」をめぐって、恋物語に関する新しい考察を展開している。

早く、『源氏物語』「野分」巻の情景描写に見る『枕草子』「野分のまたの日こそ」（一八六）の段の影響関係が指摘され、広く知られているが、[8]『枕草子』には、「朝顔」の花をモチーフに、物語的な世界を描き出した章段もあるのである。

随想の一段「七月ばかり、いみじく暑ければ」（四三）は、初秋、残暑のころの艶めいた後朝の風情を、物語のワンシーンのように描き出す。本段については、「小白川といふ所は」（四二段）における「老いを待つ間の」という表現の解釈を問題とした「朝顔」詠をめぐる考察において、すでに、幾つかの指摘を行っている。

「七月ばかり、いみじく暑ければ」（四三）の段の前半部分について引用する。名残の朝寝をする女の部屋近く、これも後朝の道すがらの男が、ふと来合わせるというシーンである。

七月ばかり、いみじく暑ければ、よろづの所あけながら夜も明かすに、月のころは、寝起きて見いだすもいとをかし。闇もまたをかし。有明はた言ふにもあまりたり。

いとつややかなる板の端近く、あざやかなる畳一枚、かりそめにうち敷きて、三尺の几帳奥の方に押しやりたるぞあぢきなき。外にこそ立つべけれ。奥のうしろめたからむよ。人は出でにけるなるべし。薄色の裏いと濃くて、上は所々すこしかへりたるならずは、濃き綾のいとつやゝかなる、いたくは萎えぬを、頭こめて、引き着てぞ寝ためる。香染の単衣、紅のこまやかなる生絹の袴の、腰いと長く、衣の下より引かれるも、まだ解けながらなめり。そばの方に、髪のうちたたなはりて、ゆるるかなるほど、長さおしはかられたるに、またいづこよりにかあらむ、あさぼらけのいみじう霧り立ちたるに、二藍の指貫、あるかなきかの香染の狩衣、白き生絹、紅のとほすにこそあらめ、つやゝかなるが、霧にいたくしめりたるをぬぎ垂れて、鬢のすこしふくだみたれば、烏帽子の押し入れられたるけしきも、しどけなく見ゆ。朝顔の露落ちぬ先に、文書かむとて、道のほどもなく「麻生(おふ)下草」など口ずさみて、わが方へ行くに、格子の上がりたれば、簾のそばをいささかあけて見るに、起きていぬらむ人もをかし。露をあはれと思ふにや。しばし見たれば、枕がみの方に、朴に紫の紙はりたる扇ひろげながらあり。みちのくに紙の畳紙のほそやかなるが、花くれなゐにすこしにほひうつりたるも、几帳のもとに散りぼひたり。

ここに、紐解けたままの姿で朝顔の化身のごとく登場している女性はあくまでも色めかしいのである。本章段のこのしどけなく危うい風情こそ、無常詠[9]を離れて朝顔をモチーフにした清少納言ならではの趣向であったと考えるが、これを『源氏物語』の「朝顔の姫君」の「こよなうけ遠き」(「朝顔」二-四八九頁)造形と比べてみたときいかがであろうか。

「夕顔は朝顔に似て言ひつづけたる…」(『枕草子』「草の花は」七〇段)と言うように、対になる花の名を冠せられたそのもう一人の女性、「夕顔」の「け近くうちとけたりし」(「末摘花」一-二六五頁)造形と対照をなしていると言える。
紫式部は、『枕草子』の表現を踏まえながら、清少納言が描こうとしなかった、物事のもう一方の面をこそ描き出そうとするのである。
本段は、花山院の退位事件前夜のできごとを描く、前段末尾の引歌（「老いを待つ間の」）に続き、「朝顔」の花をモチーフとして構成されている。章段の後半部分を引用する。

人のけはひのあれば、衣の中より見るに、うちゑみて、長押に押しかかりてゐぬれば、恥ぢなどする人にはあらぬと、うちとくべき心ばへにもあらぬに、ねたうも見えぬるかなと思ふ。「こよなき名残の御あさいかな」とて、簾の内になからばかり入りたれば、「露より先なる人のもどかしさに」といらふ。をかしき事取り立てて書くべきにあらねど、かく言ひかはすけしきどもにくからず。枕がみなる扇を、わが持ちたるして、およびてかき寄するが、あまり近く寄り来るにやと、心ときめきせられて、引きぞくだらるる。取りて見などして、「うとくおぼしたること」など、うちかすめうらみなどするに、明かうなりて、人の声々し日もさし出でぬべし。「霞の絶え間見えぬほどにといそぎつる文もたゆみぬる」とこそうしろめたけれ。出でぬる人も、いつのほどにかと見えて、萩の露ながらあるにつけてあれど、えさし出でず。香のいみじうしめたる匂ひ、いとをかし。あまりはしたなきほどになれば、立ち出でて、わが来つる所もかくやと、思ひやらるるもをかしかりぬべし。

前半の引用部分にあった、男の道すがらを描く部分の「あさぼらけのいみじう霧り立ちたるに」という表現と、『源氏物語』「若紫」巻で、源氏がふと忍び所に立ち寄って詠んだ「あさぼらけ霧立つそらのまよひにも行き過ぎがたき妹が門かな」（「若紫」一‐二四六頁）の関係が近く、注目される。前者、「あさぼらけのいみじう霧り立ちたるに」という箇所は三巻本にはなく、文脈がうまく続かなくなっている部分である。

さらに、本章段終末部の「霞の絶え間見えぬほどにといそぎつる文もたゆみぬる」と、「夕顔」巻の朝顔をめぐる詠歌「朝霧の晴れ間も待たぬけしきにて花に心をとめぬとぞみる」（「夕顔」一‐一四八頁）の表現も近い。『枕草子』のほう、「霞の絶え間」（底本は、能因本系統「三条西家旧蔵本」）とあるところ、諸本では「霧の絶え間」である。ほかに、夕霧から落葉の宮への文についても「朝霧の晴れ間も待たず」（「夕霧」四‐四五四頁）とある。

その「夕顔」巻、六条御息所との後朝の場面は、『枕草子』「暁に帰る人の」（二八段）に理想像として描かれた男の例によく似る[10]。

霧のいと深き朝、いたくそそのかされたまひて、ねぶたげなる気色にうち嘆きつつ出でたまふを、中将のおもと、御格子一間上げて、見たてまつり送りたまへとおぼしく、御几帳ひきやりたれば、御頭もたげて見出だしたまへり。

（「夕顔」一‐一四七頁）

類似の表現は『紫式部日記』にも見え、一条天皇から彰子への後朝の文をめぐる部分では、「またのあしたに、内裏の御使、朝霧もはれぬにまゐれり」（『新編全集』一六〇頁）とある。

第四節　定子辞世歌――「七夕」をめぐる死の歌

「七夕」をめぐる死の歌

一条院の御時、皇后宮かくれたまひてのち、帳のかたびらのひもにむすびつけられたるふみをみつけたりければ、うちにもご覧ぜさせよとおぼしがほに、うたみつかきつけられたりけるなかに

夜もすがらちぎりしことをわすれずはこひむなみだのいろぞゆかしき

（『後拾遺集』哀傷・五三六）

しる人もなきわかれぢにいまはとて心ぼそくもいそぎたつかな

（五三七）

『後拾遺集』に採られた、定子の辞世歌である。

「夜もすがら」の歌は、一条天皇に宛てて詠まれた。「長恨歌」を踏まえた詠であることはよく知られているものの[11]、この一首が、〃七夕をめぐる死の歌〃として、勅撰集に初めて採られた和歌であるという事実は、従来、見落とされがちである。

詞書に「うたみつ」とあるが、「帳のかたびらのひもにむすびつけられたるふみ」としては、並んで採られたこの二首のほかに、もう一首、

　　煙とも雲ともならぬ身なりとも草葉の露をそれとながめよ

という、自らの葬送の方法について示唆する歌が知られ、三首併せて『栄花物語』「とりべ野」に見える。草稿本系の『後拾遺集』伝本には、「煙とも」の歌（第三句「身なれども」）まで三首採られている。

　定子の辞世歌としては、さらにもう一首、『続古今集』哀傷部に入る、

　　　なやみ給ひけるころ、まくらのつつみがみにかきつけられける
　　なきとこにまくらとまらばたれか見てつもらんちりをうちもはらはん　（『続古今集』哀傷・一四六八）

という歌も伝わっている。「まくらのつつみがみ」に書きつけられたものという。『栄花物語』の伝本には、四首とも記しとったものがある。「なきとこに」の一首は、『枕草子』と関わる詠として、定子が、生前よりその完成に期待を寄せていたことをうかがわせる。

　さて、定子が、一条天皇に宛てて詠み遺した一首、

　　夜もすがらちぎりしことをわすれずはこひむなみだのいろぞゆかしき

この歌は、勅撰集に初めて採られた〝七夕をめぐる死の歌〟である。定子が亡くなったのは、長保二年（一〇〇〇）

十二月十六日のこと、第三子の出産による崩御であった。『後拾遺集』五三六番歌というのは、哀傷部筆頭の詠にあたる。

同じ『後拾遺集』には、「雑一」に、周防内侍が詠んだ後冷泉天皇崩御後の七夕をめぐる歌や、後朱雀天皇が詠んだ中宮崩御後の七夕をめぐる歌が採られている。

後冷泉院うせさせたまひて、よのうきことなどおもひみだれてこもりゐてはべりけるに、後三条院くらゐにつかせたまひてのち、七月七日にまゐるべきよしおほせごとはべりければよめる

あまのがはおなじながれとききながらわたらむことのなほぞかなしき

（『後拾遺集』雑一・八八八・周防内侍）

故中宮うせたまひてまたのとしの七月七日に、宇治前太政大臣のもとにつかはしける

こぞのけふわかれしほしもあひぬめりなどたぐひなきわがみなるらん

（八九七・後朱雀天皇）

後冷泉天皇は、治暦四年（一〇六八）四月十九日に崩じ、同年七月二十一日、後三条天皇が即位した。ともに後朱雀天皇の皇子である。周防内侍の歌の「あまのがはおなじながれ」は、七夕詠として皇統を示唆する表現であり、注目される。この周防内侍の歌は、『讃岐典侍日記』中、長子が、堀河天皇崩御後、幼帝鳥羽への出仕を求められた場面に引用されている。堀河天皇の崩御は七月のことであった。

後朱雀天皇の中宮嫄子の死は、長暦三年（一〇三九）八月、嫄子の父は、定子所生の一条天皇第一皇子敦康親王である。

また次は、清原元輔が、村上天皇の忌日法会に女房と詠み交わした贈答の例である。天皇崩御の年、康保四年（九六七）の七月七日は、四十二日の法会にあたるが、ここでは、「御忌はてて」として詠む。

天暦のみかどかくれさせおはしまして、七月七日御忌はててちりぢりにまかりいでけるに、女房の中におくり侍りける

けふよりはあまのかはぎりたちわかれいかなるそらにあはむとすらん

（『詞花集』雑下・三九九・清原元輔）

かへし

たなばたはのちのけふをもたのむらんこころぼそきはわが身なりけり

（四〇〇・よみ人知らず）

のちの『建礼門院右京大夫集』における「七夕歌群」の例も知られ、別離の時の季節的な符合のみならず、七夕の死の歌をめぐっては、当事者の政治的立場や背景が特に重要と言える。その意味でも、『後拾遺集』の哀傷部筆頭に置かれた定子の辞世歌は、七夕詠の転換点となる一首であったが、「長恨歌」を踏まえて表現された詠歌内容は、同じく「長恨歌」を引用して語り出す『源氏物語』に先行する、この世の実事なのであった。

中西進氏は、『源氏物語』「朝顔」巻の、藤壺死後の場面にみる「長恨歌」引用について述べて、

当時最大の愛といえば漢皇の楊貴妃へのそれが世に喧伝されていたから、『源氏物語』の作者も無視できないどころか、むしろそれによりかかるのが得策だった。(12)

と総括する。しかし、「漢皇の楊貴妃へのそれ」にもまして哀切な物語が、『源氏物語』前夜の一条朝に存在したことを忘れるべきではなかろう。紫式部がこれから書き上げる一大叙事詩（『源氏物語』）の筋書きとして、「七夕」の悲恋は不可避であった。

「七夕」の歌は、立秋の歌に続いて勅撰集「秋上」冒頭部に配される季節詠としての印象が強いが、一方で、「死」と結びついたテーマでもあるのだ。

中世和歌の歌題に見える「朝花」「夕花」なども、王朝期の文学に取り上げられた「朝顔」や「夕顔」の属性をルーツに持つと言える。

夕花を

花のうへにしばしうつろふ夕づくひいるともなしに影きえにけり　（『風雅集』春中・一九九・永福門院）

特に、「夕花」詠の類型には、小野小町の花の歌、

花の色はうつりにけりないたづらにわが身世にふるながめせしまに　（『古今集』春下・一一三・小野小町）

ここに詠まれた「わが身世にふる」一生分の時間を、ただ一日の明け暮れに凝縮して表わす新しさが認められよう。

「羽衣」のゆくえ

今見る形の「百人一首」（小倉百人一首）に、哀傷部の歌はないが、「百人秀歌」時点のアンソロジーには、一条天皇に宛てた定子の辞世「夜もすがら」の歌が採られていた[13]。

その「百人一首」の〈女主人公〉といえば、父天智天皇に続き、百首中、第二番に配された持統天皇であると言えるかもしれない。江戸期の一般的な絵札でも、持統天皇の一枚だけは特別仕様となる。その歌、

春すぎて夏来にけらし白妙の衣ほすてふ天のかぐ山

の解釈については、特に「衣」の〈実態〉をめぐって疑義がある。

一首は、『新古今集』に夏部筆頭の詠（「題知らず」一七五番歌）として採られている。『万葉集』に入る形では、第二句と第四句に異同が存することもよく知られている。持統朝筆頭の詠となる。

天皇の御製歌

春すぎて夏来るらし白妙の衣ほしたり天のかぐ山　（『万葉集』一・二八・持統天皇）

従来は、「（青葉の中に）真白な衣が乾してある」（『大系』）景とみて、一首の主旨については「白い衣の乾してある

のによって夏が来るらしいと推定している」ものとする。『新古今集』の形では、「夏が来たらしい」「衣を干すという」ということになる。干されているのが神事の「斎衣」か「更衣」の衣かなど、見方が分かれるところもあるが、諸説、「衣」の描写を実景とする解釈に相違はない。

さらに具体的に「白栲の衣は勿論一枚二枚ではなく、人家を近くにして、数多く目に立ったものと察せられる」「単純な矚目の景物を歌ったのである」（土屋文明『万葉集私注（1）新訂版』筑摩書房　一九七六）などとみられているのであるが、しかし、持統天皇が、新しい季節（夏）を迎えて、「天」の香具山に見定めたものこそは、果たして、この世の者（人間）が着用する「衣」であったのだろうか。

「真っ白な衣が干してある」と詠まれたその「衣」は、実は、天人の衣たる羽衣などではなかったろうか。すなわち、山裾にたなびく霞を「衣」に見立てた歌と解すのである。

後には、「立春」題で、次のような歌が詠まれている。評は定家による。

朝あけの霞の衣ほしそめて春たちなるるあまの香具山　（「土御門院百首」一）

本歌の心をみるべし、姿詞およびがたし、真実真実殊勝、目もくれ候

持統天皇が、天武朝以来の計画を実行して造営・遷都した藤原京は、香具山・畝傍山・耳成山の大和三山に囲まれた都である。新しい都の女帝として、「天の羽衣」を大和の国の実景の中に新しく見て取る――見立てることが一首の本意であったとみる。歌そのものが「見立て」の論理によって成立しているものであるとき、その「見立て」の構造に気づかない場合がある。「雪」を「花」に見立てるなどの例は分かりやすい。(14)

「天女」が降りて舞ったという、天武天皇吉野行幸の故事は、「五節の舞姫」の起源譚として知られている。また牽牛・織女の二星会合を詠む「七夕歌」も、天武・持統朝に活躍した柿本人麻呂の集におびただしい作例が残るが、持統天皇は、特に天武死後の七月に吉野に行幸し、七日に宴を催している。[15]

「天のかぐ山」については、「天降り(あも)つく天のかぐ山霞立つ春に至れば」(『万葉集』一・二五七・鴨君足人)、「天降りつく神のかぐ山うち靡く春さり来れば」(一・二六〇〈或本歌〉)などという表現が見える。次は、人麻呂歌集の歌。

ひさかたの天の香具山このゆふべ霞たなびく春立つらしも　(『万葉集』一〇・春雑歌・一八一二)

織女が織るのは、「天の羽衣」であり「雲衣」である。

七月七日、庚申にあたりて侍りけるによめる

いとどしくつゆけかるらんたなばたのねぬよにあへるあまのはごろも　(『後拾遺集』秋上・二三九・大江佐経)

七月七日、宇治前太政大臣の賀陽院の家にて、人々さけなどたうべてあそびけるに、憶牛女言志心をよみ侍りけるに

たなばたはくものころもをひきかさねかへさでぬるやこよひなるらん　(『後拾遺集』秋上・二四一・藤原頼宗[16])

「長恨歌」で、楊貴妃は死後、天女となるが、生前の彼女の描かれ方こそ、「天女」的であったと言えるかもしれな

い。

雲鬢花顔金歩揺　……　雲鬢半偏新睡覚　花冠不整下堂来
驚破霓裳羽衣曲　……　風吹仙袂飄颻挙　猶似霓裳羽衣舞

謡曲「楊貴妃」の詞章のような理解も可能ということである。

われもそのかみは、上界の諸仙たるが、往昔の因みありて、かりに、人界に生れ来て、楊家の、深窓に養はれ、いまだ知る人なかりしに、君きこしめされつつ、急ぎ召し出だし、后宮に定め置き給ひ、偕老同穴の語らひも、縁尽きぬればいたづらに、またこの島にただ一人、帰り来りてすむ水の、あはれはかなき身の露の、たまさかに逢ひ見たり、静かに語れ憂き昔。

（『（新編全集）謡曲集（1）』「楊貴妃」三五八頁）

天女の「羽衣」こそ、芸能ともっとも結びつきの深い伝承と言えようが、天女はまた水辺と縁が深い。かぐや姫は、竹の中に転生したものであったが、天人女房の異類婚譚は日本各地に流布し、白鳥処女譚は世界的に分布する話型である。

前項、一条天皇に宛てた定子の辞世歌は、自らの死後、一条天皇と悲しみを分かち合うものとして、生きてはたらく言葉であった。一条天皇が、定子を慕ってまさしく、漢皇のごとく「血の涙」（紅涙）を流すそのとき、定子が詠み遺したこの辞世歌によって、彼は、底知れぬ孤独の闇から救い出されたことであろう。

夜もすがらちぎりしことをわすれずはこひむなみだのいろぞゆかしき

〝一晩中二人で言い交わした約束が私の心にはもちろん、帝の心にも深く刻まれて、それを（お忘れたもうべくもなく、）お忘れ下さらないならば、帝が私を恋うてお流しになるその涙の色（すなわち涙そのもの）を深く慕わしく、恋しく思うことでございます〟

「長恨歌」世界で、死後に仙女となった貴妃が方士に託したことを、定子は一条天皇に宛てた辞世歌において、自らの言葉で彼に伝え残したのである。

『枕草子』における定子生前の「七夕」にも、〈天女〉の姿が描き込まれている。

時司などは、ただかたはらにて、鐘の音も例には似ず聞ゆるをゆかしがりて、若き人々二十余人ばかり、そなたに行きて走り寄り、高き屋にのぼりたるを、これより見あぐれば、薄鈍の裳、唐衣、同じ色の単襲、紅の袴どもを着てのぼり立ちたるは、いと天人などこそ言ふまじけれど、空よりおりたるにやとぞ見ゆる。

（「故殿の御服のころ」一六五段）

ここは、定子の父関白道隆の服喪中の記事であり、死と結びつく節会となった。このときは、章段末尾に「八日ぞかへらさせたまへば、七夕祭などにて…」（「三条西家旧蔵本」）とあり、職御曹司からさらに居所を移していた定子は、〝七月七日の再会〟を避けて、八日に内裏に戻ることになったものと思われる。

当時、男女がしばらく離れていた場合など、「七夕」の再会を忌む習俗があったとおぼしい。織女のように、以後なかなか逢えなくなるという〝ジンクス〟を避けようとするものである。次のような歌も詠まれた。

円融院御屛風に、たなばたまつりしたる所に、まが
きのもとにをとこたてり

たなばたのあかぬ別れもゆゆしきをけふしもなどか君がきませる

（『拾遺集』雑秋・一〇八三・平兼盛）

『源氏物語』も、その冒頭「桐壺」巻から「長恨歌」を引用して始まり、最終帖「夢浮橋」巻に至るまで、七夕伝説と無縁でないが、その先蹤は、『枕草子』中に描かれた一条天皇・中宮定子の物語と、「夜もすがら」の定子辞世歌であると言える。

この「故殿の御服のころ」（一六五）の段や、続く「宰相中将斉信、宣方の中将と」（一六六）の段など、『枕草子』における「七夕」は、定子と一条天皇の心の交流と結びつきについて読み解くための重要な場面となっている。後者一六六段には、定子不在の梅壺への、一条天皇の渡御をうかがわせる記述がある。

長徳二年（九九六）の七月七日は、五月の伊周・隆家左遷の後で、長徳の変も道長勝利で決着しようとしているころであった。定子は、その年の二月に内裏を出ている。一条天皇の初御子を身ごもっていた。

源宣方が、清少納言との応酬について一条天皇に奏上すると、天皇が「宮の御方にわたらせたまひて」、清少納言と言葉を交わしたと読める部分があるのである。従来は、年時について一年繰り上げて考え、「作者の思い違い」などとみなされているところである。『枕草子』には、一条天皇と定子が離れ離れに過ごさなければならなかった年々

の、〈七夕〉のころのできごとが記しとどめられている。

光源氏の母「更衣」の職位も、『源氏物語』の「桐壺」巻冒頭の設定において、確かに、「天女」と無縁のものではなかったようである。

いづれの御時にか、女御、更衣あまたさぶらひたまひける中に、いとやむごとなき際にはあらぬが、すぐれて時めきたまふありけり。……同じほど、それより下﨟の更衣たちはましてやすからず。……唐土にも、かかる事の起こりにこそ、世も乱れあしかりけれと、やうやう、天の下にも、あぢきなう人のもてなやみぐさになりて、楊貴妃の例もひき出でつべくなりゆくに、……

（「桐壺」一‐一七頁）

本章で「端午節」に象徴される〝世継ぎ物語〟の筋書きを持つ系列として掲げた巻々（第一節、図4）に登場する女性たちも、「桐壺更衣」をはじめ、「斎宮の女御」や「明石の君」なども、「長恨歌」と関わって「天女」的であると言え、それぞれの〈七夕〉の物語を展開させている。また、『源氏物語』中、「七月七日」という日付は、孤例の表現として、唯一「幻」巻に見えるが、これは、亡き「紫の上」を追慕する光源氏〈最後〉の七夕の場面である（「幻」四‐五四三頁）。

さらに言えば、「手習」巻における浮舟発見の場面にも、「天女」の「羽衣」が描き込まれていたのではないか。

森かと見ゆる木の下を、疎ましげのわたりやと見入れたるに、白き物のひろごりたるぞ見ゆる。

（「手習」六‐二八一頁）

『枕草子』に描かれた中では、「宮の五節出ださせたまふに」（九四段）に特筆された、定子の「舞姫」も忘れられない。「豊明節会」の記事である。

清少納言の初出仕は、正暦四年（九九三）の晩冬（暮れ）のことで、定子との対面は、五年の新春一月ごろのことであったと考えられる。定子十八歳、清少納言は、二十八歳ほどになっていたであろうか。出仕後の盛儀としてまず、二月の「積善寺供養」を体験し、十一月には「豊明節会」に奉仕した。[17] 若き后、中宮定子の趣向は、実に新鮮であった。定子は、「五節舞姫」の介添え役十二人のうち、わが方から女房十人を出し、ほかの二人は、女院詮子と定子の妹原子方から出された姉妹であった。「こと所には、御息所の人出だすをば、わろき事にぞすると聞くに、いかにおぼすにか」とあるが、定子には、この晴れの舞台において、彼女たち女房を主人公とし、後宮全体の結束と、文化のありようについて示す意図があったろう。「豊明節会」の本質に根ざした新しい試みとして、定子後宮らしい工夫である。定子は、舞姫が辰の日の「豊明節会」当日に身につける衣裳を、それらの女房たちの分まで皆、揃いで用意したのである。突如、天女の集団が舞い降りたようであったに違いない。

辰の日の青摺の唐衣、汗衫を着せさせたまへり。女房にだにかねてさしも知らせず、殿上人にはましていみじう隠して、みな装束したちて、暗うなりたるほど持て来て着す。赤紐いみじう結び下げて、いみじく瑩じたる白き衣に、かた木のかたは絵にかきたり。織物の唐衣の上に着たるは、まことにめづらしき中に、童はいますこしなまめきたり。下仕へまでつづき立ちてゐたる、上達部、殿上人おどろ興じて小忌の女房とつけたり。

（「宮の五節出ださせたまふに」九四段）

「五節の局」の扱いに至るまで、定子は、彼女たちに対する細やかな配慮をもって指示している。辰の日当日には、「ある限り群れ立ちて、ことにも似ず、あまりこそうるさげなめれ」というほどの賑わわしさであった。清少納言は、舞の後、「舞姫」を先頭に、定子の上の局（弘徽殿）へ参上したのがおもしろかったと結んでいる。

「一人わろき人なしや。これ家々のむすめぞかし。あはれなり。よくかへり見てこそ、候はせたまはめ。……」とは、その年の春「積善寺供養」の折、まず二条宮に入った定子に対して、道隆が皆の前で述べた〝訓戒〟である（「関白殿、二月十日のほどに、法興院の」二五六段）。

四季折々の情趣、美しさを見事に切り取って表現する『枕草子』中、五月関連章段とはまた違った趣で深い印象を残すのが、「七月」をめぐる随想章段である。『枕草子』における「七夕」は、「端午節」とともに作品世界の根幹を成す節会として重要であるが、七月七日その日に限らず、ほかに、「七月ばかり」という書き出しを持つ章段がある。先（前節）に見た「七月ばかり、いみじく暑ければ」（四三段）と、「七月ばかりに、風の」（五一段）の二段である。

七月ばかりに、風のいたう吹き、雨などのさわがしき日、おほかたいと涼しければ、扇もうち忘れたるに、汗の香すこしかかへたる衣の薄きを引きかづきて、昼寝したるこそをかしけれ。（「七月ばかりに、風の」五一段）

勅撰集の秋部冒頭に配された「七夕」歌同様、〈待つ〉女性の色めかしさが漂う一段である。七夕ではないが、〈待つ〉女と「訪れる男」を寸描するこのような段もある。

心ときめきするもの　雀の子。ちご遊ばする所の前わたりたる。唐鏡のすこし暗き、見たる。よき男の、車とどめて物の案内させる。よき薫物たきて一人臥したる。頭洗ひ化粧じて、香にしみたる衣着たる。ことに見る人なき所にても、心のうちは、なほをかし。待つ人などある夜、雨のあし、風の吹きゆるがすも、ふどぞおどろかるる。

（「心ときめきするもの」二九段）

勅撰集における「七夕」が、秋の初めの歌群を構成する要素としてまず、機能しているとすれば、『枕草子』の「七月」は、「恋」や「哀傷」と結びついた場面を形成していると言えよう。本章では、七月の「朝顔」と「夕顔」をめぐって考えてきたが、ほかにも「七月七日は、曇りて、七夕晴れたる空に、月いと明かく、星の姿見えたる」（「正月一日、三月三日は」八段）、「天の川、このしもにもあなり。『七夕つめに宿からむ』と、業平よみけむ、ましてをかし」（「河は」二三二段）、「星は　すばる。彦星。……」（「星は」二二九段）などと見える。

『枕草子』には、「七夕」あるいは「七月」に関する記事が多く、中には、『源氏物語』の主要なテーマとして用いられたものも少なくない。「朝顔」「夕顔」をはじめ、〝世継ぎ（子ども）の日〟としての「端午節」や〝天女たちの物語〟としての「七夕」など、物語の根幹に関わる節会の意義についても、『枕草子』が描き取って新しく提示した世界は、確かに、『源氏物語』の中に取り込まれ、作品世界の深部に深く根差しているのである。

先に、玉鬘の名をめぐって、母＝「夕顔」の蔓→娘＝（玉）鬘→夫＝鬚（黒）という繋がりについて指摘したが、『枕草子』には例えばこんな一節もある。

また色黒うやせ、にくげなる女のかづらしたる、鬚がちにやせやせなる男と昼寝したる。

（「見苦しきもの」三二〇段）

「題」を提示して、その内容を深めていく形式の章段を有し、また、作品の名自体も「題」にゆかりのある『枕草子』にとって、「題号」とは、その文学性を象徴する形である。そして、『源氏物語』は、巻々の「題号」（巻名）が、自然と浮かび上がるような仕組みによって、これも「題」をめぐる作品として形作られているである。

『竹取物語』は、まず、「天女」の物語としてこそ、「物語の祖」（「物語の出で来はじめの親」〈「絵合」巻〉）たるものなのではないか。『枕草子』には、七夕や五節にまつわる「天女」の話も、『宇津保物語』の「秘琴伝授」の話も、『伊勢物語』の「貴種流離」の話も語り綴られている。また、紀貫之の「歌徳」の話も、不思議な「異類」の話もある。[18]『源氏物語』との関わりでいえば、『万葉集』、『伊勢物語』、『古今和歌集』、そして『枕草子』の時代へと受け継がれ、歌い継がれてきた「紫草」詠のゆかりをたずねてこそ、例えば、源氏─若紫の贈答と、次の、師輔─康子内親王の贈答との関係などについても、はじめて問題にすることができるようになるのである。

・『源氏物語』「若紫」巻の例

（源氏）ねは見ねどあはれとぞ思ふ武蔵野の露わけわぶる草のゆかりを

（若紫）かこつべきゆゑを知らねばおぼつかないかなる草のゆかりなるらん

（「若紫」一－二五八頁）

・『師輔集』の例

との

かれぬべきくさのゆかりをたたじとてねをたへぬると人はしらずや

（『師輔集』〈一類本〉三九・師輔）

返し

つゆしものうへともわかずむさしののゆかりとおもふくさばならねば　（四〇・康子内親王）

論者は、次の「紫草」詠をめぐる新しい解釈を提示して、源氏が若紫に与えた歌における二重の意味について指摘した。

紫のひともとゆゑにむさしのの草はみながらあはれとぞ見る　（『古今集』雑上・八六七）

従来、この歌については、「熱愛する一人の人につながるすべての人をたとえた[19]」ものとみて、「いわゆる紫のゆかりで、『紫』は、血縁関係を表象する[20]」など、〈縁故ある者〉への思いを詠むものと解されているが、歌の本意は、「縁もゆかりもないものまでも、ゆかしく思う」ということである。文句なく「あはれ」な存在と、もともとはそうでない存在とを結びつけるのが、この一首の主旨そのものなのであり、「紫草」と「武蔵野の草」との間に、早くすでに繫がりが存在しているからではないのだ[21]。

すなわち、和歌に詠まれる「紫草」とは、《至高の女性》の謂であって、「血縁」者の意味ではないのである。古代より、人々が憧れ探し求めてきた《至高の女性》としてこそ、康子内親王を「かれぬべきくさのゆかり」とみるのである。それは、初めから、亡き前后・雅子内親王（康子の異母姉）の血縁であるということではないのだ。

従来のように、源氏の歌について、「逢おうにも逢えぬ武蔵野の紫草（藤壺）のゆかりの人」（『集成』「現代語訳[22]」）と捉えていたのでは、『師輔集』の贈答にも目が行かぬはずである。

私たちは、『源氏物語』の中に〈枕草子〉を見出し、『枕草子』を通して〈源氏物語〉を発見することができる。その体験を通してこそ、王朝時代の文化そのものについて迫っていくことも可能になるのではなかろうか。王朝時代の虚構と随想——『源氏物語』と『枕草子』の係わり合いについては、引用や模倣・韜晦等、作品間の影響関係にとどまらない問題として、今後、さらに本格的に考究されていくべきことが多い。

第五節　懲りない心——『伊勢物語』の「玉かづら」詠

「玉かづら」と「絶えぬ心」

「玉かづら」について、例えば次の和歌一首の読解から、私たちは、歌に詠み込まれた言葉「絶えぬ心」が、常に「変わらぬ愛情」や「誠実さ」のみを意味するとは限らないという事実について知ることになる。

たまかづらはふきのあまたありといへばたえぬこころのうれしげもなし（A）

ここで、歌中に詠み込まれた「絶えぬ心」とは、「変わらぬ愛情」等の謂ではなく、通い所を多く持つ、「這ふ木あまた」の浮気な男のその性分のことである。「絶えぬ」といっても、浮気な男の「懲りない心」など、願い下げですよということなのだ。上の句と下の句の間に仮に「そのような」という言葉を入れてみると分かりやすい。[23]そのような「絶えぬ心」（浮気な性分）は「うれしげもなし」だというのが、歌の謂わんとするところである。「絶えぬ心—うれしげもなし」という和歌の文脈が生まれる必然は、ここにある。三十一文字の結構においてはじめて、一つの言葉の意味が決まってくるのである。

また、この「玉かづら」詠を、久しぶりに「忘るる心もなし、まゐり来む」（あなたを忘れたりするような気持ちはございません、今にそちらに参りましょう）などと言って寄越した男に対する、女の返事、

玉かづらはふ木あまたになりぬればたえぬ心のうれしげもなし（B）

という歌として眺めてみると、第二、三句の表現も少し違って、今度は、「変わらぬ愛情」を意味する「絶えぬ心」の頼み難さというものが、一首の主題として見えてくる。詠歌の内容について共感的に鑑賞し得る、感情移入のしやすい状態になったと言えよう。

一方、こうした男女のやり取りの経緯を伴わず、右（B）の歌の本文のみが、「変心」や「裏切り」について詠む歌の並びに配置されたときはどうか。

すまのあまのしほやく煙風をいたみおもはぬ方にたなびきにけり
たまかづらはふ木あまたになりぬればたえぬ心のうれしげもなし（C）
たがさとに夜がれをしてか郭公ただここにしもねたるこゑする
いで人は事のみぞよき月草のうつし心はいろことにして
いつはりのなき世なりせばいかばかり人のことのはうれしからまし

ここにおいてはじめて、右Ｃ（＝Ｂ）の歌の本文そのものが〈独立〉して、頼み難い男の「絶えぬ心」に翻弄される女の詠として享受されることになるのである。「いつはりの」詠の結句「うれしからまし」は、「玉かづら」詠と呼応している。

本項の冒頭に掲げたＡは『古今六帖』に採られた歌であり、Ｂはその『伊勢物語』、Ｃは『古今集』における状態である。

Ａ『古今六帖』五・雑思「ことひとを思ふ」・二六三八

Ｂ『伊勢物語』一一八段（「たえぬ心」）

Ｃ『古今集』恋四・七〇九・よみ人知らず

『古今集』で、Ｃ歌の直前には、著名な「身を知る雨」の歌（七〇五番歌）以下、『伊勢物語』に見える歌四首が並ぶ。特に、次の「大幣」詠（七〇六番歌）は、歌の表現ともども、「玉かづら」詠と重なるところがある。業平に宛てた女の歌ということである。

おほぬさのひくてあまたになりぬればおもへどえこそたのまざりけれ

一つの和歌に詠み込まれた「絶えぬ心」をめぐる表現と意味内容の変遷は、以上のように辿られるのである。つまり、当該の「玉かづら」詠は、「物語」を伴わない「這ふ木のあまたありと言へば」というＡの状態で成立しているものであり、それが、歌の言葉を文字通り場面化する『伊勢物語』独特の物語手法によって、「忘るることなし」と言って寄越した浮気な男に対する女の歌として描き出され、『古今集』恋部の歌群には、その形で収められているということである。詞書などはないものの、『古今集』の注釈書では、下の句「絶えぬ心」について、「あなたの心が私から離れないと言って下さっても」「私との縁が絶えないといっても」等と訳すことになっている。[24] しかし、当該の歌に詠まれた「絶えぬ心」とは、すでに「這ふ木あまたになりにける」、男の心のことである。

『枕草子』や『源氏物語』に先行する『伊勢物語』は、こうしたいわば〝一ひねり〟ある和歌を選んで、新しい物語を創出している。業平詠に代表させて、それを「心あまりてことばたらず」と評することもできよう。「玉かづら」という、歌語として馴染みの深い言葉を初句に置く古歌が、「天下の人の品高き」兼家の、妻の一人となった道綱母の嘆きや、恋物語の主人公「光源氏」と関わった女性たちの苦悩を先取りして言い表わしている。

多くの女性たちのもの思いの種となったのは、光源氏の「例の思しそめつること絶えぬ御癖」（「朝顔」二―四六九頁）、昔を忘れぬ「例の御心」（「花散里」二―一五三頁、「鈴虫」四―三八〇頁）である。源氏の「癖」は、孫の匂宮に引き継がれたらしく、真面目な息子夕霧についても、やがてそうした「癖」が現われる筋書きになっている。若き日の源氏の本性として、それは特に、禁忌の女性たちに対する危険な恋着であった。

清少納言と紫式部、一条朝に活躍した二人の女性の手になる二つの作品と、先行する歌物語『伊勢物語』のありようは深く関わっていると言える。まずは、歌の「意味」をことごとく韜晦し、パロディー化してみせた歌物語の「意味」が問われなければならない。

『源氏物語』と『枕草子』の「かづら」

なお、見たように『源氏物語』における「玉蔓」は、蔓草の名を持つ「夕顔」の娘として「玉鬘」巻に登場する。その物語は、「玉かづら這ふ木あまた」の意味を転倒させたように、多くの男性から求愛される設定になっているが、いつの間にか〈縁〉ある「鬚黒」の妻となる。

「絶えぬ心」の歌は『源氏物語』にもあり、明石の君に対する源氏の詠として、「松風」巻に見える。かつて、再会を誓って自らが置き残した「形見」の琴（きん）をめぐり、「言（こと）」に言い掛けた「琴」の縁語として「絶えぬ心」を詠み込む。

契りしに変らぬことの調べにて絶えぬ心のほどは知りきや　（「松風」二―四一四頁）

一方、『枕草子』は、いわゆる「物の名列挙」の章段にみる歌語との関係も密接で、ほかにも、現代の国語辞書に多く初出の用例を提供する語彙の豊富な古典であるが、作中に「玉かづら」の語は見られない。『枕草子』における「かづら」といえば、「鬘」と「かづら」のカップルも登場しつつ（前掲、第五節「見苦しきもの」三二〇段）、まず、「葛城の神もしばし」の「葛」である。和歌では、「玉かづら葛木山のもみぢばはおもかげにのみみえわたるかな」（『後撰集』秋下・三九一・紀貫之）などと詠む。「葛城の神」とは、和歌では《恋する者》の謂であり、ここは、初出仕当時（「宮にはじめてまゐりたるころ」一八二段）、初々しい羞恥心を見せる清少納言に対して、定子が、思いやりと親愛の情をもって呼びかけたその言葉である。

『源氏物語』では、特に「醜貌の神」としての側面に焦点を当てて、「末摘花」などの滑稽譚が創り出されている。[25]

こうした葛城伝説の扱いが、『枕草子』の読解にも影響を与え、後世における清少納言のイメージを形作っていった。

注

（1）拙著『新しい枕草子論―主題・手法 そして本文―』（新典社 二〇〇四）、Ⅰ篇 第二章 ⅱ〝世継ぎ〟のための端午節―蒲生野贈答歌から『源氏物語』明石の姫君の五十日へ― など。
（2）萩谷朴『枕草子解環 二』（同朋舎出版 一九八二）、八六頁・問題点（四）「夕がほ」
（3）倉又幸良「『源氏物語』玉鬘の物語と漢文学―『詩経』王風「葛藟」の引用―」（鈴木一雄監修・平田喜信編『源氏物語の鑑賞と基礎知識12 玉鬘』至文堂 二〇〇〇・一〇 所収）
（4）坏訳「現代語で読む《花散里・朝顔・落葉の宮》」（室伏信助監修・上原作和編『人物で読む源氏物語 花散里・朝顔・落葉の宮』勉誠出版 二〇〇六）、一二四頁
（5）その点、『源氏物語』の登場人物「典侍」が、催馬楽「山城」を引き合いに「瓜作りになりやしなまし」（瓜作りになってしまおうか――瓜作りの妻となって）と謡うのは、「こころづきなき」ことながら、いかにも好色な老女らしいことではある（「紅葉賀」一－三三九頁）。
（6）松井健児「朝顔の斎院」（今井卓爾・鬼束隆昭・後藤祥子・中野幸一編『源氏物語講座 二 物語を織りなす人々』勉誠社 一九九一 所収）など。
（7）前掲注（1）拙著『新しい枕草子論』（新典社 二〇〇四）、Ⅰ篇 第二章 ⅰ 五月五日の定子後宮―まだ見ぬ御子への予祝―
（8）吉海直人「『源氏物語』の『枕草子』引用」（片桐洋一編『王朝文学の本質と変容 散文編』和泉書院 二〇〇一）などにまとめられている。
（9）前掲注（1）拙著『新しい枕草子論』（新典社 二〇〇四）、Ⅲ篇㊲例（第五章 第一節）で検討している。ここには、本段と『源氏物語』に共通して見られる表現について再掲する。
（10）拙著『王朝文学論―古典作品の新しい解釈―』（新典社 二〇〇九）、Ⅰ篇 第二章「名残」の時を紡ぎ出すしぐさ―『枕草子』「暁に帰る人」の心根― など。

（11）犬養廉・平野由紀子・いさら会『後拾遺和歌集新釈　上』（笠間書院　一九九六）、当該歌・語釈「夜もすがらちぎりしこと」など。
「涙の色」は紅涙・血涙を意味して用いられる言葉であり、松村博司・山中裕校注『日本古典文学大系　栄花物語（上）』（岩波書店　一九六四）や、山中裕・秋山虔・池田尚隆・福長進校注・訳『新編日本古典文学全集　栄花物語（1）』（小学館　一九九五）など、従来、定子辞世「夜もすがら」の歌は、「比翼連理」の誓いを踏まえて解されてきた一首である。

（12）中西進『源氏物語と白楽天』（岩波書店　一九九七）、二〇八頁

（13）前掲注（10）拙著『王朝文学論』（新典社　二〇〇九）、Ⅰ篇　第一章《雑纂》の世界観―「百人一首」と『枕草子』

（14）前掲注（10）拙著『王朝文学論』（新典社　二〇〇九）、Ⅲ篇　第三章《見立て》の構造―和歌読解の新しい試みとして―　など。また、典型的な「雪」と「花」の見立てであっても、よく知られた和歌の中に、従来気づかれていない例が存している（本著、Ⅲ篇　第四章）。

（15）『日本書紀』持統五年（六九一）、六年（六九二）、七年（六九三）。

（16）掲出の例（『後拾遺集』）以前には、『万葉集』巻十の七夕歌群中、「雲の衣」を詠み込む例「天の河霧立ち上る織女の雲の衣の飄る袖かも」（秋雑歌・一〇・二〇六三）が存する。『人麿集』には「天河きりたちわたり七夕も雲の衣にとびあがるかも」（『人麿集』Ⅰ八四〈書陵部蔵五一一・二〉）として見え、「雲の衣」の部分を「天の羽衣」とする本文もある（『新編国歌大観』「人丸集」の底本、書陵部蔵五〇六・八）。「中国七夕詩の『雲衣』の翻訳語」（小島憲之・木下正俊・東野治之校注・訳『新編日本古典文学全集　万葉集（3）』〈小学館　一九九五〉、二〇六三番歌・頭注）とみなされている「雲の衣」についても、関わりの深い「天の羽衣」の歌語としての歴史的・文学的背景に留意して考える必要がある。

（17）初出仕及び「宮の五節出ださせたまふに」（九四）の段の年時については、論者が独自に新しい考証を行っている。前掲注（1）拙著『新しい枕草子論』（新典社　二〇〇四）、Ⅰ篇　第三章「南の院の裁縫」の条の事件年時

（18）拙稿「定子の「傘」と『枕草子』の話型―「細殿にびんなき人なむ」の段の解釈―」（「和洋女子大学紀要」51　二〇一一・三）→Ⅰ篇　第三章

（19）佐伯梅友『大系』（岩波書店　一九五八）、「むさし野の草はみながら」の注。傍点、圷。

(20)　小町谷照彦『古今和歌集と歌ことば表現』(岩波書店　一九九四)、一四二頁
(21)　前掲注(10)拙著『王朝文学論』(新典社　二〇〇九)、Ⅱ篇　第四章「紫草」の表現史―『源氏物語』「紫のゆかり」をたずねて―　など。
(22)　石田穣二・清水好子『新潮日本古典集成　源氏物語(1)』(新潮社　一九七六)
(23)　和歌の上の句と下の句の間に存する、当然読み取られるべき内容について、業平詠と『伊勢物語』をめぐって詳述した。拙稿「在原業平の和歌―『古今集』仮名序「古注」掲載歌三首の解釈―」(『古代中世文学論考　第26集』新典社　二〇一二)→Ⅱ篇　第二章
(24)　引用は、小町谷照彦訳注『古今和歌集』(ちくま学芸文庫　二〇一〇)及び、高田祐彦訳注『新版　古今和歌集』(角川ソフィア文庫　二〇〇九)、七〇九番歌・現代語訳。
(25)　前掲注(1)拙著『新しい枕草子論』(新典社　二〇〇四)、Ⅱ篇　第三章「宮にはじめてまゐりたるころ」の段―「葛城の神」をめぐって―
(以下、追記である。)人々の興味を惹いたのは実は神の〈醜さ〉ではなく、その〝恥じらい〟であった。論者は、「葛城の神」が、「羞恥心」と「夜にのみ行動する」という点により、「恋する者」の謂たる恋歌の言葉として流行したという、和歌史における葛城伝説の享受の様相について明らかにした。その上で、定子が初出仕当時の清少納言に呼びかけた「葛城の神もしばし」という言葉について新しい解釈を提示している。すなわち、《夜間の出仕》と《羞恥心》とが、『枕草子』に特筆された定子の発言の前提なのであり、そこには自ずと親愛の情が籠められていたということである。従って、これは、〈醜さ〉や〈滑稽味〉に帰着していく『源氏物語』における「葛城伝説」受容の形・方向とは明らかに異なっているのだ。両作品の関係につてい考える上でも、見逃すことのできない「差異」である。

この件について、吉海直人「『丈高し』をめぐって」(吉海『源氏物語の特殊表現』〈新典社　二〇一七・一〉、第十三章)が、注記中、「葛城神話を『醜貌』ではなく『羞恥心』とする新見」(注記(2)、二八四頁)と短絡させるのは、和歌的享受をめぐる肝心の部分も抜け落ち、拙論における事実とは異なっている。論者はまた、『源氏物語』「柏木」巻に見える「丈高やかに」(四-二九三頁)という表現と葛城伝説の関係性についても、その享受と変容の様相について考察する上で初

めて指摘することになったが（「平成六年度物語研究会・古代文学研究会合同大会」〈一九九四年八月九日、愛知厚生年金会館〉における、題目「「葛城の神」の言説史―『枕草子』を基軸として―」研究発表及び資料。拙著『新しい枕草子論』〈新典社　二〇〇四〉、三九七頁・注（13）及び、三九九頁・補注②参照）、その点、吉海氏のように、葛城山の聖の「登場の必然性」について、「物語進行における発展的な意味（登場の必然性）を見出しがたい」（吉海・前掲書『源氏物語の特殊表現』〈新典社　二〇一七・一〉、二七六頁）と考えるところからは、そもそも両者の関係について気づきにくいのではあるまいか。仮にそれが「あまりにも見え見えの『葛城の神』引用」（吉海・同書、二八三頁）であったとしても、である。

和歌的享受の様相を踏まえれば、「葛城の神」について、「昼は形みにくし」という『三宝絵詞』の記述により「男女の転換が容易に生じ、醜い女性の喩としてむしろ『日本書紀』神話以上に広範に流布してしまったらしい」（吉海・初出論文「『葛城の神』再考」〈『解釈』41‐6　一九九五・六〉、傍線‐圷）とは言い得ないのである。これについては、前掲注（1）拙著『新しい枕草子論』（新典社　二〇〇四）においてもすでに指摘したところであるが（初出は「「葛城の神」の言説史―『枕草子』を基軸として―」〈『語文』100　一九九七・八〉）、吉海・前掲書『源氏物語の特殊表現』（新典社　二〇一七・一）の同じ箇所は、『源氏物語』においては男女の転換が容易に生じ、末摘花のごとく醜い女性の喩として際だつことになる」（二七九頁、傍点‐圷）と改められている。『源氏物語』における葛城伝説の引用につき、圷が「その重要性を説」くが「やはり発展的な意味は認められそうもない」（吉海・同書、二八三頁）とするものの、初出の論考について、主旨を変える修正もなされているわけである。「発展的な意味」のありようをめぐっては、論中、同じ用例を掲げていても、それぞれに、「必然性」のある指摘（発見）であるか否かを分ける観点の相違が存しているのである。

なお、一九九一年十一月刊行の、小町谷照彦・後藤祥子校注・訳『新編日本古典文学全集　狭衣物語（1）』（小学館）は、「葛城の神」について「平安和歌の世界では、醜貌よりも昼の明るさを厭う恋路の喩に使われる」（一七七頁・頭注三、「巻二」後藤氏担当）と記したが、「葛城の神」の言説史に照らし、その用例に鑑み、「葛城の神」について醜貌の謂ではなく、「恋路の喩」として捉えた論考は、論者による考察が最初のもので、それに先立つものはなかった（拙著『新しい枕草子論』〈新典社　二〇〇四〉、三八六頁・補注①参照）。

第二章　『伊勢物語』の手法

——「夢」と「つれづれのながめ」について（二段「西の京」と一〇七段「身を知る雨」、及び六九段「狩の使」をめぐる考察）——

第一節　『伊勢物語』の手法

『伊勢物語』は、核心となる和歌をめぐって、さまざまな語りを展開させる、「歌物語」と呼ばれる新しい文学ジャンルを切り拓いた。その物語手法について、論者は、《歌の言葉を文字通りに場面化する手法によって、歌そのものとは異なる、新たな主題を持つ物語を創出する》ものとして捉え、これまでに、複数の段に関する新しい解釈を提示してきた。

高校古典の教材としても馴染みの深い、五段「築地の崩れ」（関守）や二三段「筒井筒」、二四段「梓弓」を中心に、二二段「千夜を一夜」、一一九段「形見」、また『源氏物語』に至って関係の深い「紫草」関係の諸段、初段「初冠」や四一段「紫」などである。(1)

折口信夫の発言(2)などを含め、〈古歌〉と物語にまつわる従来の言説は、作品の主題と手法の問題としてこれを明らかに捉えるものではなかった。

例えば、二四段「梓弓」筆頭の詠、女の、

あらたまのとしの三年を待ちわびてただ今宵こそ新枕すれ

という歌は、専ら「女の悲嘆が籠もった歌」として受け止められているが、『伊勢物語』の物語設定と切り離して、歌そのものの意味を問うならば、実は、結婚を喜ぶ男の歌として捉えられるものである。

後には、「新枕」を詠み込んで、「初逢恋」題の次のような歌も詠まれている。結婚に際し、「あふ日うれしきよし」（『道綱母集』七、詞書）を述べる趣旨のものである。

とし月のつもるうらみはわすられてあふようれしき新枕かな　（『後花園院御集』一〇五八）

『伊勢物語』は、それを、「三年」待ちわびた末に、ついに待ち得なかった女の歌として用い、最後には彼女を絶命させて、「あらたまの」詠の主題（問題）ではなかった〝「待つ」ことの意味〟を追究する物語を新しく紡ぎ出したのだ。確かに、「待つ」という行為は、待つために費やした時間を乗り越えることによって、はじめて完結するものなのであった。

すでに述べた各段・各場面の読解について、ここで繰り返すことはしないが、中で、五段「築地の崩れ」（関守）は、歌物語たる『伊勢物語』の虚構性について自ら〈表明〉するものとして、特に興味深く、重要と言える。

男は、女のもとへ通うのに、「門」ではなく、「わらはべの踏みあけたるついひじの崩れ」から入ったのだという。その「ついひじの崩れ」に番人を置かれて詠んだのが、次の歌である。

人しれぬわが通ひ路の関守はよひよひごとにうちも寝ななむ

しかし、「ついひじ」抜けの物語設定と離れて、歌そのものの意味を問うならば、これは、現実の通い路ではなく、「よひよひごと」の夢路の逢瀬について詠んだものである。

すなわち、「築地の崩れ」の話では、「夢の通い路」を意味する「人しれぬわが通ひ路」というのを、「ついひぢの崩れ」を通り抜ける現実の通い路に置き換えたわけである。「築地の崩れ」——崩れがちな土壁こそは、夢のようにはかない「うつつ」の象徴であり、王朝期の和歌には「壁（かべ）」として詠み込まれていたものである。[3]

五段で男が踏み越えた「ついひじの崩れ」は、「夢」を「うつつ」に転じて織りなす物語世界の入り口であった。作品は、読む者を、ここから先いよいよ、「夢」とも「うつつ」ともつかぬ、「昔男」の恋物語の虚構世界へ導いていこうとしている。

しかし、五段「人しれぬ」詠が、実は「夢路」の歌であったということは、従来一般に知られていない。そして、『伊勢物語』に存在する知られざる「夢」の歌は、こればかりではないのである。

第二節　六九段「狩の使」の和歌――「夢」の歌

『伊勢物語』中には、五段「築地の崩れ」のほかにも、「夢」の歌を「現実」のできごととして仕立てた段がある。それが、研究史的にも最も注目されてきた問題の一段、六九段「狩の使」の贈答歌だ。

(女)**君や来しわれやゆきけむおもほえず夢かうつつか寝てかさめてか**
(男)**かきくらす心のやみにまどひにき夢うつつとは今宵さだめよ**

従来の解釈は、〝狩の使として伊勢に下った男のもとに、夜半、斎宮が訪れて一夜を過ごした、その翌朝の贈答〟という物語の筋書きに沿って、あくまでも「現実の逢瀬」をめぐるやり取りとして受け止めるものである。その上で、長く「この話が事実かどうか、議論の分れるところだが」(『集成』本、「解説」)[4]というように、『伊勢物語』最大の謎の一つと目されてきたのだ。〝「鶯鶯伝」(元稹)の翻案〟との見方[5]が支持されるのも、その謎の深さと関わろう。本段から始まるいわゆる「狩の使」本が存在したというが、「伊勢」の地を舞台とする「狩の使」段以下、関連する数段は、まさしく書名『伊勢物語』を象徴する物語群ともみなされるのである。

また、片桐洋一氏は、本段の作者を業平自身とみる立場であり、「対句表現」や「倒置法」など、「業平歌の特徴」が、女(斎宮)の歌にも見られることを主な根拠としている。[6]

しかし、この「夢」の贈答歌も、和歌の表現類型に従って観察するならば、まず、『古今集』「恋二」の冒頭に三首

並ぶ、小野小町の夢の歌、

思ひつつぬればや人の見えつらむ夢としりせばさめざらましを　（『古今集』恋二・五五二・小野小町）
うたたねに恋しきひとを見てしより夢てふ物は憑みそめてき　（五五三・小野小町）
いとせめてこひしき時はむば玉のよるの衣を返してぞきる　（五五四・小野小町）

などが想起されるはずではなかったかということである。夢の歌としてあまりにも有名だが、恋しい人を夢に見るという歌は、すでに『万葉集』にもあり、五五四番歌にうかがう、夢をコントロールしようとするその方法はともかく、テーマとしては、三首とも非常に普遍的なものであると言える。

男女は、古く「夢の逢瀬」の歌を詠み交わしてきた。次は、『万葉集』に収められた湯原王と娘子（をとめ）のやり取りである。自分を思う王の姿が夢に現れて眠ることができないという。

ただ一夜隔てしからにあらたまの月か経ぬると心はまとふ　（『万葉集』四・六三八・湯原王）
わが背子がかく恋ふれこそぬばたまの夢（いめ）に見えつつ寝（い）ねらえずけれ　（六三九・娘子）

次は、大伴家持が娘子に贈った歌。

夜昼といふ別（わき）知らずわが恋ふる心はけだし夢に見えきや　（『万葉集』四・七一六・大伴家持）

家持が坂上大嬢に贈った夢の歌の中には、次のような一首もある。

夢の逢は苦しかりけり覚きてかき探れども手にも触れねば　（『万葉集』四・七四一・大伴家持）

類歌には「愛しと思ふ吾妹を夢に見て起きて探るに無きがさぶしさ」（一二・二九一四）。覚めた後に残る夢の逢瀬の現実感が、逢えぬ悲しみをいやます。家持の「夢の逢は」詠についても、契沖の『万葉代匠記』以来、「遊仙窟」の表現に拠ったとする見方があるが、これらは、典拠がなければ描き得ぬ事実というわけではない。「駿河なるうつの山辺のうつつにも夢にも人にあはぬなりけり」（九段「東下り」）など、『伊勢物語』中にも例がある。

六九段「狩の使」の贈答歌、「君や来し」（女）と「かきくらす」（男）の二首は、「夢路の逢瀬」の歌としてまず、女が、

〝あなたがこちらに来たのか、私がそちらへ行ったのか分からない…〟（女贈歌・上の句）

という状況を歌うことにもなるのであり、夢に見たその逢瀬のあまりのリアルさゆえに、

〝果たして夢だったのか、現実だったのか、眠っていたのか、目覚めていたのかさえ…〟（女贈歌・下の句）

と表現することになるのである。それは結局、男が不在の（訪ねて来なかった）ある夜、独り寝の床で女が見た夢ということになるが、女の歌は、男の、

〃二人の逢瀬が夢なのか現実なのか、今夜、しかとご判断なさい〃（男返歌・下の句）

という、今宵の訪問を誓う歌を導くことになった。男のほうも、訪ねてやらなかった言い訳として、「夢路の逢瀬」にふさわしく、「かきらくらす心のやみにまどひにき」と歌い出す。つまり、

〃（あなたに愛されていないと思っておりましたので）真っ暗に曇り暮らす心の闇に惑って辿り着けませんでした…〃

（男返歌・上の句）

と。『万葉集』中、「君やこし」の類歌、「現(うつつ)にか妹が来ませる夢にかもわれか惑(まと)へる恋の繁きに」（一二・二九一七）は、男の詠。

角田文衞氏など、六九段のできごとをそのまま事実と捉える立場があることも知られるが、[7] いずれにしても、『伊勢物語新釈』（藤井高尚）などの古注を含め、従来は、「夢路の逢瀬」の歌ではなく、「夢のようにはかない、現実の逢瀬」について歌う後朝詠として、類例を探ってきたのである。

《歌の言葉を文字通りに場面化する手法》によって、この「夢路の逢瀬」をめぐる贈答は、新しく、現実の逢瀬をめぐる贈答として描き出されることになった。本章冒頭に掲げた『伊勢物語』の物語手法に関する定義は、六九段

「狩の使」の場合にもあてはまると言えよう。

後半、男女が歌い継ぐ別れの短連歌「かち人の渡れど濡れぬえにしあれば（女）／またあふ坂の関はこえなむ（男）」も、伊勢下向の道程を指して、ちょうど文字通りの形である。二三段「筒井筒」の場合は、「大和人」が、大和から河内へ通うために、歌の言葉通り「竜田山」を越える設定であった。

続いて考究すべきは、《歌そのものとは異なる、新たな主題を持つ物語を創出する》ものとしての、当該段の意義――主題ということになるが、まず、この手法の問題については、『伊勢物語』の構造にうかがうこともできるのである。物語自らが、種明かしをする部分と言えようか。

第三節　一〇七段「身を知る雨」――〝語られぬ和歌〟の存在

つれづれのながめにまさる涙河袖のみひちてあふよしもなし

これは、『伊勢物語』一〇七段「身を知る雨」筆頭の詠である。女の歌に「めでまど」った男、藤原敏行が、感激して女に詠み贈った歌だ。敏行を虜にした女の歌は、実は、「あてなる男」が考えたものであった。この男こそ、物語の主人公であり、通常、業平とおぼしき男として考えられている人物である。

――案をかきて、書かせてやりけり。

さて、「あてなる男」が代作した歌とは、一体どのようなものであったのだろうか。
後半の女の詠（これも主人公の男による代作）「かずかずに思ひ思はず問ひがたみ身をしる雨はふりぞまされる」は、王朝の作品に多く引用されて名高く、本段は、古注以来の厚い研究史を持つが、この点について考察されたことは、かつてなかった。

考えるヒントは二つある。第一に、主人公の男の「案」であるということから、『伊勢物語』中の「昔男」の歌かもしくは、それに類似した歌として考えることができよう。物語は、「あてなる男」の原案によるその和歌について沈黙しているが、なぜ語らないのかということも、考えてみる必要がある。この点については、いわゆる業平詠をめぐって考えていくことになる。第二に、その歌の内容は、敏行の歌の主旨と関わりのあるものであろうということである。女の歌にいたく感動して詠んだ歌が、肝心のその女の歌の主旨と無関係のものであったとは考えにくいのである。

本段冒頭の、語られぬ和歌の推定のためには、まず、場面状況の似通う段を見つける必要があるが、従来、考えられたことはなかった。

敏行の歌の主旨は、「つれづれのながめ」の情趣を中心に、その「ながめ」につのり迫る、叶わぬ恋の悲しみを訴えることにある。上の句の「ながめ」の風情から、下の句の「袖漬（ひ）つ」様態への展開が、一首の見どころと言えよう。つまり、贈られて来た女の歌（主人公の男による代作歌）については、「つれづれのながめ」をめぐる（主題とする）歌であった蓋然性が高いのではないかということである。

そして、『伊勢物語』中の歌の範囲で探すならば、雨降る日の「ながめ」について詠んだ歌は、ほかに一首だけあるということになる。「ながめ」の歌としては、四五段（「行く蛍」）の男の詠「暮れがたき夏のひぐらしながむればそのこととなくものぞ悲しき」や、九九段（「ひをりの日」）の「中将なりける男」の詠「見ずもあらず見もせぬ人の恋しくはあやなく今日やながめ暮さむ」もある。(8)しかし、当該一〇七段と同様、「長雨」とかけて、つれづれの「ながめ暮らし」の様を詠むものは、『伊勢物語』中、二段「西の京」における、次の、男の歌のみである。

おきもせず寝もせで夜を明かしては春のものとてながめくらしつ

一〇七段「身を知る雨」筆頭の敏行詠について、これがどのような歌に対する詠歌（すなわち返歌）であったかということを考えることは、一首そのものの意味と、本段全体の構成及び意義について知るためにぜひとも必要な作業となるであろう。

続いて本章では、「つれづれのながめ」の歌をめぐり、『伊勢物語』の特に二段と一〇七段の比較によって考察を進めていく。

第四節　二段「西の京」と一〇七段「身を知る雨」の比較

一〇七段は、敏行と、「あてなる男」のもとにいた女の結婚前後で大きく二つの場面に分けられる。まず、前半の部分から、冒頭以下敏行詠までのところについて、二段「西の京」の構成と比較してみる。

〔表1〕二段と一〇七段（前半部）の構成　―一二五段本―

段	冒頭	女の個性・状況	男の行動と歌
二段「西の京」	むかし、男ありけり。 奈良の京ははなれ、この京は人の家のまだ定まらざりける時に、西の京に女ありけり。	その女、世人にはまされりけり。 その人、かたちよりは心なむまさりたりける。 ひとりのみにもあらざりけらし。	それをかのまめ男、うち物語らひて、かへり来て、いかが思ひけむ、時は三月のついたち、雨そほふるにやりける。 　おきもせず寝もせで夜を明かしては春のものとてながめくらしつ
一〇七段「身を知る雨」（前半部）	むかし、あてなる男ありけり。 〔敏行の登場〕 その男のもとなりける人を、内記にありける藤原の敏行といふ人よばひけり。	されど若ければ、文もをさをさしからず、ことばもいひしらず、いはむや歌はよまざりければ、	かのあるじなる人、案をかきて、書かせてやりけり。 （男の代作歌） 〔敏行の行動〕 めでまどひにけり。 さて、男よめりける。 　つれづれのながめにまさる涙河袖のみひちてあふよしもなし

〈一〇七段・続きの本文〉

返し、例の男、女にかはりて、

　あさみこそ袖はひつらめ涙河身さへながると聞かば頼まむ

といへりければ、男いといたうめでて、いままで、巻きて文箱に入れてありとなむいふなる。

（後半）

男、文おこせたり。得てのちのことなりけり。「雨のふりぬべきになむ見わづらひはべる。身さいはひあらば、この雨はふらじ」といへりければ、例の男、女にかはりてよみてやらす。

　かずかずに思ひ思はず問ひがたみ身をしる雨はふりぞまされる

とよみてやれりければ、みのもかさも取りあへで、しとどにぬれてまどひ来にけり。

　また、塗籠本の本文によれば、「身を知る雨」の段の女について、「顔かたちはよけれど、いまだ若かりければにや…」（a）とあり、二段の女が「かたちよりは心なむまされりける」人であったことと対照的である。

　さらに、「あてなる男」の案（代作歌）と、敏行詠の関係性についても、その緊密さが一層明らかな形と言える。「さて、返りごとはしけり。ことばいかがありけむ…」（b）とあり、「なまあてなる男」が書いた「文の案」は、敏行への返事としてのもので、その見事さに「めでまど」った敏行が、さらに歌を詠み贈ったという経緯が知られる。女の「返りごと」は、当然、歌を主とするものであったろうが、それについては、「ことばいかがありけむ」と、あくまでおぼめかしく仕立てて、具体的に語られることはない。

　塗籠本による比較表を掲げる。[9]

〔表2〕二段と九六段「身を知る雨」（前半部）の構成 ― 塗籠本 ―

	二段「西の京」	九六段「身を知る雨」（前半部）
冒頭	むかし、男ありけり。みやこのはじまりける時、奈良の京ははなれ、この京は人の家いまだ定まらざりける時、西の京に女ありけり。	むかし、なまあてなる男のもとに、御達ありける。 【敏行の登場】それを、内記なる藤原敏行といふ人よばひけり。
女の個性・状況	その女、世の人にはまさりたりけり。かたちよりは心なむまされりける。ひと所の身もあらざりけらし。	この女、[a]顔かたちはよけれど、いまだ若かりければにや、文もをさをさしからず、ことばもいひしらず、いはむや歌はよまざりければ、
男の行動と歌	それをかのまめ男、うち物語らひて、かへり来て、いかが思ひけむ、時は三月のついたち、雨うちそほふりけるにやりける。 おきもせず寝もせで夜を明かしては春のものとてながめくらしつ	このあるじなる人、[b]文の案をかきて、女に書きうつさす。 （男の代作歌） さて、返りごとはしけり。ことばいかがありけむ、 【敏行の行動】めでまどひて、男よめりける。 つれづれのながめにまさる涙河袖のみひちてあふよしもなし

〈九六段・続きの本文〉

返し、例の、女にかはりて、

あさみこそ袖はひつらめ涙河身さへながると聞かば頼まむ

といへりければ、男いたうめでて、ふみばこに入れてもてありくとぞいふなる。

（後半）

同じ男、あひてのち、文おこせたり。「まうで来むとするに、雨のふるになむ見わづらひぬる。身さいはひあらば、この雨ふらじ」といへりければ、例の男、女にかはりて、

かずかずに思ひ思はぬ問ひがたみ身をしる雨はふりぞまされる

とてやりたりければ、みのがさも取りあへで、しとどにぬれてまどひ来けり。

一〇七段「身を知る雨」の冒頭で、敏行の歌を導いた女の歌がどのようなものであったか、あくまでも謎のうちではあるが、『伊勢物語』中には、「昔男」が、同じく「長雨」とかけて「つれづれのながめ」の歌を人（女）に贈った話が一例だけある。それが二段「西の京」の話であり、二段と一〇七段前半部の構成を比べてみると、一〇七段で、敏行が女に「つれづれのながめにまさる涙河」の歌を詠み贈ることになった理由も了解されてくるのではなかろうか。

つれづれのながめにまさる涙河袖のみひちてあふよしもなし

という、敏行詠については、「上の句と下の句が密接さを欠」くなどとも評されている。「下の句に『河』に関した言葉を欠くため、せっかくの『涙河』の比喩が下の句に及んでいない印象を受ける」（『古今和歌集入門』[10]）とみなされるのである。確かに、現代語訳の容易な歌とは言えず、意味が明確になりにくい面もある。

特に『伊勢物語』の筋書きに沿ったところからは、「かならずしも、まだ会ったことのない二人の間に交わされた歌と決めることはできない」が、地の文の説明と結句の「あふよしもなし」によって、「会えない嘆きを訴えるという側面がクローズアップされ、万策尽きて会えず、相手を恨むという趣の歌になり得ている」などとも考えられている。[11]

敏行詠については、歌中の「〜にまさる」の解釈が問題になる。従来も、この点については、二通りの訳し方が行われている。すなわち、「増す」という意味で解すものと、「勝る」の意味で解すものとがあるのだ。『伊勢物語』の注釈書における解釈の例は次の通りである。

・大津有一・築島裕校注『大系』（岩波書店　一九五七）
　徒然無聊の物思いに耽っているために、いよいよ涙の川の水量が増して袖がぬれるばかりで、思う人に逢う方法もない。「ながめ」は「眺め」と「長雨」とをかけた。長雨で水量が増すということ。（二七四頁・頭注一）

・南波浩校注『日本古典全書』（朝日新聞社　一九六〇　※塗籠本底本）
　あの所在のない長雨のときのやうに、ぼんやりと物思ひにふけつてゐると、悲しい想ひの涙が、長雨にもまさる涙の川となつて、いたづらに袖がぬれるばかりで、あなたに逢ふ手立てもないのは悲しいことです。
（三五〇頁・頭注二）

・渡辺実校注『集成』（新潮社　一九七六）

何も手につかずにあなたへの恋に沈んでいると、私の流す涙の川はこの長雨で水量（みずかさ）がふえた川のようになって、お目にかかるすべもないままに、袖がぬれるばかりです

（一二三頁・頭注七）

・福井貞助校注・訳『新編全集』（小学館　一九九四）

私はなすこともなく物思いにふけっておりますが、その長雨のように、憂鬱な思いにもまして、とめどなく降り落ちる涙は、河と流れ、袖が濡れるばかりで、あなたにお逢いする手だてもありません

（二〇五頁・現代語訳）

こうした傾向については、『古今集』の注釈書における解釈とは異なるものと言えそうだ。

・佐伯梅友校注『大系』（岩波書店　一九五八）

つれづれのながめ（長雨）で川の水がまさるが、そのように、会うこともなくつくねんとしているながめ（物思い）で涙がいよいよ流れるけれど、袖がぬれるばかりで、会うすべもない。

（当該歌『古今集』恋三・六一七）

・小島憲之・新井栄蔵校注『新大系』（岩波書店　一九八九）

続く長雨で水かさの増して行く川のように、独り気もまぎれずにふけるもの思いに、恋心がつのっていよいよ泣けてくる涙、その涙の川で袖だけが濡れるばかりで逢うすべもありません。

（当該歌『古今集』恋三・六一七）

ほかに、片桐氏『古今和歌集全評釈（中）』（一九九八）の現代語訳は、

お逢いできずに一人なすこともなく物思いにふけっていることを「ながめ」と申しますが、その「ながめ」ならぬ「長雨」にもまさる私の涙の河によって袖が濡れるばかりで、その河を渡って行ってお逢いする手段もございません。

（「通釈」）

というものであるが、「語釈」のほうで、「ながめにまさる」については、『長雨によって増水する』の意」としている。掛詞をめぐって、歌の「寄せかた」について分析する竹岡正夫氏の説明も、「長雨」「詠め」に「増さる」、「河」「涙」ということで（『伊勢物語全評釈　古注釈十一種集成』及び『古今和歌集全評釈　古注七種集成（下）』[12]）、増水の意と解す。

女の返し、「あさみこそ」詠（前掲〔表1〕の後に引用）をめぐり、『古今集』歌の解釈として、『大系』は、『袖のみぬれて』は、袖がぬれるばかりでという意味であるが、また、袖だけがぬれてという意味にもとれるので、返歌はそういう意味でしている」（六一七番歌・頭注）、「前の歌の『袖のみ』をわざと曲解して答えた」と注している（六一八番歌・頭注）。

さらに、「こういうのが普通のやり方で」、『源氏物語』における六条御息所に対する源氏の言葉も、「その『袖のみ』にからんだのである」と述べる（六一八番歌・頭注）が、もちろん、「袖のみ」をめぐる応酬として、一〇七段の例が「普通のやり方」であるわけではない。『源氏物語』の例は、次のような応酬である。

・六条御息所の文

「袖ぬるるこひぢとかつは知りながら下り立つ田子のみづからぞうき

山の井の水もことわりに」

・源氏の返事

「袖のみ濡るるやいかに。深からぬ御事になむ。

浅みにや人は下り立つわが方は身もそぼつまで深きこひぢを

おぼろけにてや、この御返りをみづから聞こえさせぬ」　（「葵」二－三五頁）

六条御息所の文に引く「山の井の水」の歌は、次による。

くやしくぞくみそめてけるあさければ袖のみぬるる山の井の水　（『古今六帖』二「山の井」・九八七）

さて、一〇七段「身を知る雨」冒頭の語られぬ和歌（男の案による歌）が、「つれづれのながめ」を詠む二段「西の京」の歌、

おきもせず寝もせで夜を明かしては春のものとてながめくらしつ

などに類するものであったとするとき、当の「西の京」の話が、歌そのものの意味と異なる仕立て方になっているこ

とが明らかになるのである。すなわち、「春のもの」たる憂い――春日遅遅の切情を謳う一首の言葉は、文字通り、「おきもせず寝もせで（つまり、中途半端な状態で）夜を明かし」た翌日の詠として用いられているのである。それは、「ひとりのみもあらざりけらし」という、人妻との逢瀬ゆえのこと、とする設定であった。

「おきもせず」の一首は、生きる切なさにさいなまれ、輾転反側する様を詠む、春愁の名歌と言えようが、一〇七段の敏行詠については、この物語の中に置かれたとき、「つれづれのながめ」に勝る、（あなたゆえの）「涙河」なのであるという、文字通りの読みが可能になることにも気づくのである。

なお、『古今集』への収められ方を見ると、『伊勢物語』二段「西の京」の歌「おきもせず」と、一〇七段「身を知る雨」の歌「つれづれの」と「あさみこそ」は、「恋三」の冒頭に採られて、六一六・六一七・六一八番歌と連続した並びになっている（一〇七段後半の歌、「かずかずに」は、別に恋四・七〇五番歌に置かれている）[13]。片桐氏『全評釈』は、敏行詠の「ながめ」について、「この語によって前歌に続いているのである」（六一七番歌・語釈）と述べ、配列における「まだ見ぬ恋」というテーマの一貫性について指摘しているが（六一六番歌・鑑賞と評論）、『伊勢物語』一〇七段の構成と二段の関係についての言及はない。

第五節　まとめ

『伊勢物語』の離れた二つの段を併せ並べて読み解くということ自体は、享受史に照らして決して唐突な行為ではない。例えば、『大和物語』一六一段「小塩の山」は、『伊勢物語』三段「ひじき藻」と、七六段「小塩の山」を取り合わせた形になっていて、『伊勢物語』七六段末尾の「心にもかなしとや思ひけむ、いかが思ひけむ、しらずかし」

という評言について、「第三～六段と本段を合せ見ると、男の哀感が味わわれる」（『新編全集』本、一七八頁・頭注欄）などとする。

二段「西の京」の男の歌、

おきもせず寝もせで夜を明かしては春のものとてながめくらしつ

これは、「春日遅遅」の心情を謳うものながら、『伊勢物語』一流の語りによって、人妻と過ごした一夜について「おきもせず寝もせで夜を明かし」たと詠んだ歌のごとく、受け止められる仕組みである。しかし、従来は、

男は女と契ったのだが、「起きもせず寝もせず」とあいまいに歌う。これは、昨夜は夢のようでしたという発想なのだが、相手が「ひとりのみもあらざりけらし」だから、常の後朝とは異なる複雑な感慨が、この言い廻しの背後にあったかも知れぬ。そこを「いかが思ひけむ」と評したもの。

などと、あくまでも、こうした場面でこそ成立する表現として理解してきている（『集成』本、一五頁・頭注欄）。

また、『古今集』歌の解釈として、『暮らしつ』は知らぬ間に一日が暮れてしまったという気持、夕刻には、再び出かけたいという気持を託して贈った歌であろう」（片桐『全評釈』、六一六番歌・鑑賞と評論）などということも述べられることになっている。しかし、『伊勢物語』の物語設定と切り離して、歌そのものの意味を問うならば、この歌に述べられているのは、「夜は夜とて眠られず（また起きるでもなく）、そうして昼もひたすらながめ暮らすばかり…」と

いう状況であり、従来解されているように、「誰かと夢のような（あるいは、中途半端な）夜を過ごしたおかげで、日中はながめ暮らした」ということではないのだ。また、小町谷照彦氏の現代語訳は、

あなたを恋い慕って、起きているでもなく、と言って寝ているでもなく、夜を明かして、昼は昼で、春の景物ということで、一日中長雨に降りこめられて、物思いにふけって過ごしました。

（『古今和歌集』〈ちくま学芸文庫　二〇一〇〉、六一六番歌）

というものであるが、「おきもせず寝もせで」という上の句の状態について、恋ゆえの煩悶とみるとき、それは、歌の本文に述べられていない世界の話となる。詞書や部立及び『伊勢物語』の筋書きに拠る注解ということになるが、小町谷氏は、「眺め」について、特に「愛情が叶えられなくて、所在なくもの思いにふけること」（当該歌・脚注欄）と注している。

そして、夢のような一夜の話ならば、『伊勢物語』の最重要段「狩の使」の斎宮の歌、

君や来しわれやゆきけむおもほえず夢かうつつか寝てかさめてか

これこそ、六九段のストーリー通りに、現実のできごとについて「夢のよう」と言った歌ではなく、実はその逆で、夢の中のできごと――逢瀬について謳った歌ではなかったか。『古今集』に載る次の小町詠（本章第二節にも掲出）や敏行詠などの世界である。

思ひつつぬればや人の見えつらむ夢としりせばさめざらましを　（『古今集』恋二・五五二・小野小町）

寛平御時きさいの宮の歌合のうた

住の江の岸による浪よるさへやゆめのかよひぢ人めよくらむ　（恋二・五五九・藤原敏行）

これらの歌とともに、「狩の使」の二首、「君や来し」詠と「かきくらす」詠も、『古今六帖』第四「夢」に採られている。一〇三段「寝ぬる夜」の男の歌「寝ぬる夜の夢をはかなみまどろめばいやはかなにもなりまさるかな」も並ぶ。同題には、次の敏行詠もある。これも「寛平御時后宮歌合」の折の歌である。

こひわびてうちぬるなかにゆきかよふゆめのただぢはうつつならなん　（『古今六帖』四「夢」・二〇三一・藤原敏行）

敏行については、やはり、同じ歌合の歌に、

あけぬとてかへる道にはこきたれて雨も涙もふりそほちつつ　（『古今集』恋三・六三九・藤原敏行）

という印象的な後朝詠がある。

歌の技巧は、ただ技巧としてのみ称揚されるのではない。一〇七段「身を知る雨」の話は、和歌や言葉の応酬・呼

応によってこそ、この世の事そのものが展開していく様を描き出す。

「涙雨」の謂である「身を知る雨」も、ここでは、王朝の精神を象徴する「ながめ」の情緒という価値を越えて、男が実際に通って来る、その事実と関わって受け止められる言葉となっている。『伊勢物語』一〇七段の女の体験（実は、〈業平〉の代作であるが）の中に組み込まれたことにより、この歌句は、一層切実な、生きた言葉となったと言えよう。

本章では、『伊勢物語』の手法をめぐり、歌物語を読み解く鍵語「夢」と、すぐれて王朝的な情趣として、生きる切なさに身を置く姿「つれづれのながめ」を中心に考察してきた。特に、「春のもの」たる春愁の情については、『万葉集』以来、文学（和歌）の主題となってきた主要な情調であるにも拘わらず、従来、まだ十分に考究され尽くしていないところが少なくないと痛感している。人を求める心は、春愁歌のその言外に看取されるものでもあるのだ。論者はほかに、家持の代表歌、

うらうらに照れる春日に雲雀あがり情（こころ）悲しも独りしおもへば　（『万葉集』一九・四二九二）

なども挙げつつ、『枕草子』における「春日遅遅」の贈答歌について新しく読み解いている。[14]『伊勢物語』の場合も、このテーマについては、さらに検討の余地がある。稿をあらためて詳述するが、例えば、九四段「紅葉も花も」における女の詠、

千々の秋ひとつの春にむかはめや紅葉も花もともにこそ散れ

も、歌そのものの主旨としては、春秋の優劣を〝すばらしさ〟において比較するものではなく、実は〝はかなさ競べ〟なのである。ゆえに、「多くの秋」も、（過ぎ行く）「ひとつの春」（のはかなさ）において敵わないということになるのだ。物語は、これも文字通り、現在の夫が前夫に「むかふ」（匹敵する、対抗し得る）ものであるか否かという、優劣論として仕立てて、しかし、「ともに散る」、はかなくあてにならないものとして決着させる。

さて、残された問題として、六九段「狩の使」の主題をいかに見定めるべきであろうか。これについては、後の世の歴史事件、一条天皇代におけるできごとなど、裏面から証するところがあるかもしれない。

藤原行成は、道長女彰子所生の第二皇子、敦成親王の立太子を成就するべく、「故皇后」定子所生の第一皇子、敦康親王の立太子に反対してこう述べた。

故皇后外戚高氏之先、依斎宮事為其後胤之者、皆以不和也、今為皇子非無所怖

（『権記』寛弘八年〈一〇一一〉五月二十七日条）

定子の母方・高階家が、斎宮（恬子内親王）と密通した業平の血筋だという理由だが、これは、見てきた六九段「狩の使」の話である。一話の中核に置かれ、そこで詠み交わされたとする贈答は、元来「夢」の歌なのであった。『源氏物語』における「もののまぎれ」譚の「一夜孕み」や「夢」の贈答の〈典拠〉となった。

しかし、敦康親王の生涯は、然るに「能可被祈謝太神宮也」――伊勢の大神宮に対する懺悔の祈りにこそ捧げられるべきである、と断ずるこの詭弁によってむしろ、守られることになったろう。行成自身が、詭弁を詭弁として、一

言一句漏らさず記しとどめて残した事実をこそ、慮るべきである。[15] 物語世界のできごとに負けず劣らず、人の世のありようとは、実に不可思議なものではないか。とりわけ、勝者対敗者の図式で語られる歴史ほど、嘘偽りの多いものはないかもしれない。まさしく、清少納言の言うように「あやしう、伊勢の物語なりや」（『枕草子』[16]）というわけである。

六九段「狩の使」の贈答「君や来し」と「かきくらす」は、『古今集』「恋三」に採られているが、「かきくらす」詠の下の句は、「夢うつつとは世人さだめよ」（六四六番歌）である。二三段「筒井筒」などの場合と同様、[17]『伊勢物語』と『古今集』それぞれの文脈が示す主題性の違いが問題になる。

各段・各話の主題と手法を明確に捉えるための作業を経てはじめて、『伊勢物語』にまつわる多くの謎についても、先後関係や影響関係から考え始めるのでない読み解きが可能になるのではなかろうか。

注

（1）拙稿「『伊勢物語』二十三段「筒井筒」の主題と構成―「ゐつつ」の風景と見送る女の心―」（『古代中世文学論考 第19集』新典社 二〇〇七）、同「『伊勢物語』二十二段「千夜を一夜」の主題と構成―贈答歌の論理―」（『和洋国文研究』43 二〇〇八・三）、同「古典教育における〈知識〉の〈伝授〉をめぐって―教材『伊勢物語』を例に考える―」（『和洋国文研究』44 二〇〇九・三）、同「《見立て》の構造―和歌読解の新しい試みとして―」（『物語研究』8 二〇〇八・三）、同「「紫草」の和歌をめぐって―「ゆゑ」と「ゆかり」の表現係累―」（『古代中世文学論考 第22集』新典社 二〇〇八）など。以上の各論は、拙著『王朝文学論―古典作品の新しい解釈―』（新典社 二〇〇九）に収載。

（2）六段「芥河」の「男」の和歌をめぐる言及などがある。しかし、「女が涙を流したのだ」（『折口信夫全集 ノート編 第十三巻（伊勢物語）』〈中央公論社 一九七〇〉、五三頁）と述べる結論は、なお、当該段・地の文の語りから離れ得ていない。六段の解釈については、別稿→Ⅲ篇　第四章〈第二節〉。

（3）拙稿「「夢」と「壁」の和歌―歌ことば・「かべ（壁）」―」（「語文」126　二〇〇六・一二）、前掲注（1）拙著『王朝文学論』（新典社　二〇〇九）に収載。

（4）渡辺実校注『新潮日本古典集成　伊勢物語』（新潮社　一九七六）、一八六頁

（5）目加田さくを『物語作家圏の研究』（パルトス社　一九六四）、「詩及び唐代伝奇」（第八章　第一節「歌物語の先蹤」）など。

（6）片桐洋一『古今和歌集全評釈（中）』（講談社　一九九八）、当該歌（六四五）・「鑑賞と評論」、六一四頁（＊本章の論の初出は、圷「『伊勢物語』の手法―「夢」と「つれづれのながめ」をめぐって（二段「西の京」と一〇七段「身を知る雨」、および六十九段「狩の使」）―」〈「和洋国文研究」45　二〇一〇・三〉である。本章に引く片桐洋一『古今和歌集全評釈（中）』〈講談社　一九九八〉の見解について、その主旨は、『伊勢物語』の作中歌をめぐり、二〇一三年刊行の片桐『伊勢物語全読解』〈和泉書院〉でも基本的に変わっていないが、本章第五節に引用した「おきもせず」詠に関する言及部分〈462頁〉はない）

（7）角田文衞『紫式部とその時代』（角川書店　一九六六）、「恬子内親王」（第三部「平安の群像」）。初学者が参照する基本的な図書として、古代学協会・古代学研究所編『平安時代史事典（下）』（角川書店　一九九四）、「高階氏」の項（角田）も然り。

（8）四五段の例は、女の死に遭って「つれづれとこもりをりけり」という状況で詠んだ歌である。塗籠本では、段を分かつが、やはり、「つれづれとながめて」詠んだ歌とされる。なお、「ながめ」の語を詠み込むものではないが、八〇段「おとろへたる家」の歌「ぬれつつぞしひてをりつる年のうちに春はいく日もあらじと思へば」も、春雨に身を濡つ姿である。

（9）塗籠本の本文ならびに段数の表示は南波浩校注『日本古典全書』本（朝日新聞社　一九六〇）により、表記を改めた。

（10）藤平春男・上野理・杉谷寿郎『古今和歌集入門』（有斐閣　一九七八）、当該歌（六一七）解説、一七三頁（上野）

（11）宮谷聡美『『伊勢物語』の物語と和歌―涙河と身を知る雨―』（王朝物語研究会編『研究講座　伊勢物語の視界』新典社　一九九五　所収）。右掲注（10）の『入門』上野氏の見解に基づく。

（12）　竹岡正夫『伊勢物語全評釈　古注釈十一種集成』（右文書院　一九八七）、一四四九頁・釈、及び同『古今和歌集全評釈　古注七種集成（下）』（右文書院　一九七六）、六一七頁・評

（13）　ほかにも、例えば四一段「紫」の末尾は、

むらさきの色こき時はめもはるに野なる草木ぞわかれざりける

武蔵野の心なるべし。

という形であるが、『古今集』には、雑上・八六七番歌に、その「武蔵野」の歌「紫のひともとゆゑにむさしのの草はみながらあはれとぞ見る」が置かれ、続いて「むらさきの色こき時は」（八六八番歌）が収められている。『伊勢物語』と『古今集』歌及び詞書の関係については、前掲注（1）拙稿・拙著（『王朝文学論』〈新典社　二〇〇九〉）にも述べた。

（14）　拙稿「春日遅遅 ―『枕草子』「三月ばかり、物忌しにとて」の段の贈答歌―」（『和洋女子大学紀要』50　二〇一〇・三）→Ⅰ篇　第二章

（15）　前掲注（1）拙著『王朝文学論』（新典社　二〇〇九）、Ⅲ篇　第四章　一条天皇の辞世歌「風の宿りに君を置きて」―「皇后」定子に寄せられた《御志》―　に述べた。

（16）　能因本本文による。「長徳の変」前夜の一件を綴る「頭中将のそぞろなるそら言にて」（八六）の段。原文「いをの物語」として伝わる。三巻本（一類）「あやしく」の部分なし。「いを」は同じ。

（17）　当該歌については、前掲注（1）拙著『王朝文学論』（新典社　二〇〇九）、Ⅱ編　第一章『伊勢物語』二十三段「筒井筒」の主題と構成―「ゐつつ」の風景と見送る女の心―　に述べた。

付記　「夢」と「壁」の和歌

ここには、注記の（3）の拙稿に述べ、後に拙著『王朝文学論―古典作品の新しい解釈―』（新典社　二〇〇九）に収載した、「夢」と「壁」にまつわる新見提示の経緯に触れつつ、この件について振り返っておきたいと思う。以下、拙論の背景に関する実録的な内容の文章であるため、必ずしもまとまりのある話ではないが、「解釈的発見の手法と論理」（本著副題）の原点として、その実例の一つではある。

古来「夢」を「壁」と言うのは、実は、二つのものがいずれも「破れやすいもの」としてこそ、繋がっていたからなのであった。まず「土壁」などを想像してみるのがよいだろう。まさに王朝風、『源氏物語』などでもお馴染みの、はかなげな美女（あくまで想像）が隠れ住む「築地の崩れ」の風情だ。『枕草子』流に言えば、「破れやすきもの。夢。壁。」といったところであろうか。そして、「壁を『塗る』と『寝（ぬ）る』とをかけて」と説明し、「ヌル」繋がりの「掛けことば」として解釈する『広辞苑』などの辞書的な知識についていえば、右の事実にはまったく「気づいていない」ということになる。

この解釈も論者のオリジナル、新見の一つであるが、新解釈誕生のきっかけを与えてくれたのは、一人の学生である。その日の講義で、「夢と壁」について、『広辞苑』の類や和歌の注釈書などに書かれている、いわゆる「従来の説」の通りに説明したときのことであった。いつもとても楽しそうに聴いてくれているその学生の表情が、わずかに翳ったように見え、それが心に残ったのである。兼務先は文学部ではなく、オリエンテーリング時のアンケートに「文学」分野への苦手意識が述べられていたので、講義者として気をつけていたこともあった。

それは論者自身、この「定説」について、「きっと何かが〝違う〟のだな」と感じた瞬間であった。そこで、「夢」と「壁」との修辞的な繋がりという点についてあらためて検討を加え、一週間後の講義で披露したのが、「ヌル」繋がりではない、「はかないもの」繋がりという、この新しい解釈だ。〝厚く堅い〟コンクリートの壁に四方を囲まれた大学の教場内で、意表を突く謎解きが行われたのである。

講義の最後、また別の学生からは、「この世が，はかないもの，だなんて今まで思ったことがなかった」という感想も飛び出し、それはそれで大いにハッとさせられる瞬間であった。つくづく、学生とのやり取りは新鮮でいい。席上、大きな声でこのポジティブな感想を述べてくれたのは、いつも颯爽と教場に現れる女子学生だ。前の週、ただ少し残念そうな表情をのぞかせてこの発見のきっかけを作ってくれた「古典」嫌いの受講者は、皆よりも少し年かさの男性の社会人学生であった。今度は一人一人が明るい表情で何度も頷き、よく納得してもらえたようであった。解釈の正否を判断するには、学生の反応が一番、「確か」だと思う。

あらためて、意味を取りつつ一首通して、通釈としてではなく、現代風に訳してみた。「夢のかけら」とでも題するとよいのだろうか。

いつの間に忘られにけむあふみちは　夢の壁かはうつつなりけり
いつの間に　忘れられてしまったのだろう
僕らの恋は…　通い合う思いは
すべて　はかない夢だと　人は言う
でもほら　このとおり　ここにある
夢のかけら　恋のカタチ
それは　忘れ得ぬ　確かなできごと
僕らの恋は…　通い合う思いは
夢のように　消え去ったりしない
たとえ　君が心変わりして
「もう忘れた」と言ったとしても

歌中、第三句に詠み込まれた「あふみち」は、「近江路」と「逢ふ道」との掛詞になっている。『源氏物語』「若菜上」における朧月夜の歌「涙のみせきとめがたき清水にて行き逢ふ道ははやく絶えにき」（四‐八一頁）は、源氏の贈歌の「逢坂の関」を受けて詠んだものであり、「関守」の場面における源氏の歌「わくらばに行きあふみちを頼みしもなほかひなしやしほならぬ海」（「関屋」二‐三六二頁）を彷彿させる。その折には、空蟬が「逢坂の関」の歌を返している。「壁」は「夢」の異称ではなく、「寝ぬ夢」たる「この世」の異称であったのだ。

そして、もう一つ。

築地の崩れこそ、人にあなづらるるものなれど、女の一人住む家などは、ただいたうあばれて、築地などもまたからず、さびしげなるこそあはれなれ。

また、壁に生ふ「いつまで草」、その生ふる所いとはかなく、あはれなり。まことの石灰など（※漆喰で塗り固めた白壁など）には、え生ひずやあらむ。

これは、『枕草子』の本文を用いつつ、新たに「破れやすきもの」の段として"創作"したものである。「壁」が「破れやすい」だなどと、コンクリートジャングルに住まう現代の都会人にはピンとこない分かりにくい感覚かもしれない。だが、数度にわたる大きな震災を経験し、私たちは、それが必ずしも絶対的なものではないのだと、あらためて知ることになった。

夢の壁かは――

「うつつなりけり。」

うつつの壁のかけらを突きつけて、二人の間にあったことが、「夢」などではなく、忘れ得ぬ現実であったことを訴えようとした、切ない片恋の歌である。一首は、懐紙など紙片ではなく、【壁に見立てた土器片】に書きつけられてはじめて意味を持つ歌なのだ。それこそが、墨書和歌の当該「復元案」が成立するゆえんである。

選ばれたのは比較的平板な、壁に見立てるのにちょうどよい土器片で、彼はたいへんよいモノに目を付けたと言えるだろうが、「夢」と「壁」の繋がりに気が付かなければ、そうと読み解くことはできない。

――ほらっ！　ここにあるじゃん、カベ。ユメとかじゃないし、消えてなくなったりしてないし。現実なんだよ!!

（ほんとうに…。あなたの言うとおり、千年以上ものあいだ、消えなかった。）

そして、三つに砕けはしたものの、千年残ったことはまさしく驚きに値する、奇跡的なことである。従来の定説に従って考えれば、この和歌の「夢の壁」は、「夢の夢」ということで、意味の不明な表現になってしまう。また「夢の壁」が、「この世」すなわち「現実」を意味するものであったとしても、歌の下の句「夢の壁かはうつつなりけり」について、「現実だろうか、いや、現実なのだ！」では意味をなさない。だが、問題の一首が、【壁に見立てた土器片】に書かれていた場合は、どうであろうか。

この一首は「土器片」に書かれていたものである。つまり、素焼きの土器片は、そこに書きつけられた歌の言葉である「壁」、すなわち「土壁」を想起させる「見立て」と考えられるのではないだろうか。

いずれもはかなく、もろいものである「夢」と「恋」とそして「壁」が、一千年余の昔に生きた日本人の機知によって一つに結ばれ、時の流れに打ち勝って、見事、永遠に残されることになったわけである。つまり、「土器片」を「壁」（のかけら）

に見立てる趣向というのも、夢と壁の繋がり同様、当該の出土品をめぐる論者独自の見解ということになるわけである。

この件に関する論者による発言（学会質疑）及び発表（論文）は、もう十年余りも前のことになるが、大きな震災を経た今あらためて、先人たちが言葉に籠めた〝意味〟を読み解くことの難しさと大切さを痛感している。「壁」は決して「白日夢」や「夢」の異称などではないということである。

そして、「夢のようにはかないこの世」の謂であるはずの「壁」が、この和歌によって、今度は、この世の「消えせぬ証」となったことを思えば、これもまた、意味の変革、大転換が行われているのである。「夢と壁」について詠む和歌の伝存最古の例は、世間におけるその「夢と壁」の価値常識をひっくり返してみせる趣向だったと言えよう。

機知に富むこの【壁に見立てた土器片】の趣向には、平安時代の人々の精神の自由と発想の豊かさがよく表現されている。その「心」の証を千年ののちまでよくぞ残してくれたと、誰しも思わずにはいられないのではないだろうか。

論文による自説の発表は平成十八年（二〇〇六）のことであったが、その後、平成二十三年（二〇一一）三月十一日、私たちは未曾有の大震災を経験することになった。

歌の主（ぬし）は、「左兵衛府」に所属していたことのある誰かであるのかもしれない。歌の巧みな、機転の効く、頭のよい人物である。「夢と壁」の和歌のうまい詠み手としては、『後撰和歌集』に採られた藤原兼輔の名が浮かぶ。「堤中納言」と称され、紫式部の曾祖父に当たる人物だ。『源氏物語』作者の肉筆は残っていないが、その曾祖父・兼輔の時代の、兼輔が得意とした「夢と壁」の歌が、詠者の手でしたためられたまま、今に残り伝えられている。

論文による自説の発表は、当該の土器片をめぐって平成十六年（二〇〇四）に口頭発表を行った藤岡忠美氏が、平成十七年（二〇〇五）に論文化なさったあと、平成十八年（二〇〇六）のことになった。

しかし、【壁に見立てた土器片】という発想は、平成十六年のその学会（和歌文学会例会。会場は、日本大学文理学部）における質疑応答で質問に立った際に、独自の解釈として提示したものである。土器片が壁に見立てた趣向のものであるときはじめて、複数紹介された和歌の復元案のうち、一例が成立すると考えたのだ。

和歌復元案の一つである「ゆめのかべかはうつつなりけり」という文脈と、出土土器の状態（形状や用途、出土の頻度など復元土器の特徴や、そこに書かれた文字とその位置など）を勘案すれば、【壁に見立てた土器片】であるという可能性を導く材料が揃っていたはずであるが、そのように考える人がほかにいなかったことは、論者にとってはかえって意外なことでもあった。その場にいたほかの参加者も、論者と同じように考えているのではないかと思ったからである。しかし、質問はすでに出尽くしており、「土器片にはまだ発見されていないほかの部分があり、そこにも文字が書かれていたはずだ」ということで、議論としては、「試案として示されたどの和歌も適当ではない」ということに帰結したところであった。論者自身、そのような状況でなければ、あえてそこで手を挙げることはなかったのである。

その後早速、教場に持ち帰って学生に対し、藤岡氏の取り組みとともに、初めて、【壁に見立てた土器片】の歌について報告したときには、「はかないもの」繋がりという発見には至っておらず、二度目、一週間後の講義に向けて準備をする中で、この点の解釈が成立したということである。

講義の様子について紹介したように、すでに、論者独自の新しい読み解きは成立していたが、まず、この件に関する例会発表者自身による論文化とその発表が済んだ後、これを適切に引用した上で、論者の考えを示すべきだと判断したのである。上述の通り、平成十七年（二〇〇五）の藤岡氏による論文化（藤岡「平安宮跡出土墨書土器和歌を読む―古今集時代の贈答歌・平仮名―」〈「文学」6-3　二〇〇五・五〉）のあと、拙稿の発表は平成十八年（二〇〇六）に行った（坏『夢』と『壁』の和歌―歌ことば・「かべ（壁）」―」〈「語文」126　二〇〇六・七〉）。

拙稿の冒頭は、『枕草子』「草は」（六七）の段に見える、「まことの石灰などには、え生ひずやあらむと思ふ」という「いつまで草」の話から始めている。『枕草子』のこの部分の解釈についても、まず、【壁に見立てた土器片】に書かれた和歌の新しい読み解きに基づいて見出されものである。つまり、

「いつまで草」は、崩れやすい「土壁」に植生するものらしいが、その「壁」こそ、一風変わった和歌生成の、おもしろい土壌なのであった。
（拙著『王朝文学論』新典社　二〇〇九　所収、Ⅱ篇　第一章）

ということである。なお、「まことの石灰」には草も生えない…というのは、漆喰壁の原料である石灰のアルカリ成分によるところもあるのかもしれない。

それから十余年の歳月が流れたが、貞観十一年（八六九）の陸奥大震災を経験した人々のあいだに、当時、「この世＝夢の壁」という認識が生まれていたとしても不思議はないはずだと、あらためて思いを致すものである。

なお、この「土器片」をめぐる藤岡氏の説は、「ゆめのかべ」を「白日夢」として捉え、一首の意味を「あなたとの逢瀬は壁に見える夢のような白日夢にすぎなかったのか。いや確かな現実のものだったのだ」と解すものであり、その後に刊行された『王朝文学の基層―かな書き土器の読解から随想ノートまで』（和泉選書　二〇一一）でも、この結論は変わらず、論者の説には触れていない。二〇〇九年刊行の拙著と、二〇一一年刊行の藤岡氏のこの『王朝文学の基層』とで、それぞれ著書の口絵に同じ土器片の写真を用いることになったが、言及がない以上、「夢」と「壁」の寓意をめぐる論者の見解に対する藤岡氏の判断については、論文上は「不明」であるというほかない。

この点は、ご発表のときの降壇直後、藤岡氏が、（土器片については）「人に送り付けるようなものとしては考えない」とお答えになった通りであるということになろう。相手に対して、実際に土器片を贈るというようなことではもちろんないのであるが。論者は、口絵の写真に新見の要約を添えて示している。瓦解しつつも、書きつけられた和歌とともに謂わば永遠の命を得ることになった「壁」のかけら（土器片）は、王朝文学を読み解く上で象徴的な「景物」であると言えよう。

先行する著書の扱い（関係する部分については、必ず引用した上で反論すべきであることなど）もさることながら、さて、実質的に他者の研究発表を前提とする論については、その旨明記するか、発表者による当該論考の刊行を待ち、それを踏まえて論ずべきであると考える。一方、現状では、未発表の内容に関する発表の場であるはずの学会等における研究発表について、その通りではないことが少なくない。論者については、あえて「一条天皇の辞世歌を、藤原道長の『御堂関白記』の記述通り、中宮彰子宛てとみて疑うことのない歴史認識の一端について問題を提起する」ため、初出論考の刊行後、その発展的な内容として口頭発表を行ったことはあったが（本著、Ⅰ篇　第五章）、昨今のこうした状況が、仮に自説の優先権を意識してのことであるとすれば（何をもって優先権の存する「新説」とみなすべきかという問題もあるが）、いずれ発表の新見性の形骸化は免れないことになり、研究発表の意義の問い直しが必要となってくるだろう。事前に配布される「発表要旨」についても、肝心の結論について必ずしも明解に示されていないことが多い点、仮に懸念される事柄があるとすれば、抜本的な是正を要する事案として、こうした‘慣習’における問題の根は深いと言わざるを得ない。

第三章　『伊勢物語』一一九段「男の形見」
――絵と物語の手法をめぐって――

第一節　『伊勢物語』の絵と和歌

人しれぬわが通ひ路の関守はよひよひごとにうちも寝ななむ

『伊勢物語』五段「築地の崩れ」（関守）の歌である。図1[1]は、教科書や注解付きテキストなどで、この段に添えられる典型的な図様。

主人公の男は門を避け、築地の崩れを抜けて女のもとに通うのだが、家の主（あるじ）が聞きつけて、崩れには番人が置かれることになる。

さてしかし、「人しれぬ」の歌そのものは、「よひよひごと」の夢路の逢瀬について詠んだものである。「百人一首」歌としても馴染みの深い「住の江の岸による浪よるさへやゆめのかよひぢ人めよくらむ」（『古今集』恋二・五五九・藤原敏行）など、夢路の逢瀬について詠む歌は多い。[2]
『伊勢物語』は、これを現実の通い路の話に描き変えたのである。そして、築地――壁（土壁）こそは、「夢」のようにはかないこの世の謂として歌に詠み込まれる景物であり、[3]「夢」を「うつつ」に転じて織りなすこの物語の虚構のありようが、五段「築地の崩れ」の物語によって示されることになる。

主人公が「築地の崩れ」を抜けて通い、家人が（崩れを塞がず）そこに番人を据える……という展開は、いかにも物語的である。夢路について詠んだ歌そのものの意味に照らせばナンセンス・ストーリーと言うべきものであるが、物語絵は、《歌の言葉を文字通りに場面化する手法によって、歌そのものとは異なる、新たな主題を持つ物語を創出する》[4]『伊勢物語』の、その手法の核心部分をめぐって視覚化していくことになる。

図1

物語絵として描き出された景色は、歌そのものの意味とは異なる世界のものであるが、もととなる和歌と物語の関係は、物語絵によって顕現化すると言えるのである。同時に、語られる内容と、歌そのものの意味との違いについて、『伊勢物語』の手法を理解しない場合、絵は、物語の筋書きとともに、〝歌〟に対する誤解を導く要因ともなる。

二三段「筒井筒」の冒頭、「井筒」のある風景も、繰り返し描かれてきた物語絵によって、歌そのものの意味との混同は決定的になった。

図2などは、歌の言葉通り、ここは井桁の高さに及ばぬ背丈の子どもを描き込む。伝存最古の作例「梵字経刷白描伊勢物語絵巻」（鎌倉期）の図様の場合は、「覆い屋」の高い柱に意味がある。

つつゐつのゐつつにかけしまろがたけ過ぎにけらしな妹見ざるまに

（＊「古本」系及び「真名本」等、初句「つつゐつつ」）

初句は、「つつ居つの」（「居つ」の「つ」は完了の助動詞）。第二句は「井筒」に「居つつ」（繰り返す本文もある）が掛かる。求婚の歌として、「居つつ」ある、変らぬ心を「井筒」に懸け誓って詠むものだが、従来は、物語の筋書き通り、あくまでも「井のもとのにいでて遊びける」事実によって詠まれたものとのみ考えられている。「筒井つの」と表記した上で、『つ』は不明。語調を整えるために置いたものか」『の』は誤写によるか」（『新編全集』頭注）などとする。

図２

段中、核心となる和歌と物語の関係について、物語絵から読み取るべきことは多い。「伊勢物語絵」をめぐっては、すでに、一一九段「男の形見」を取り上げ、描き込まれた「形見」の品の変容について検討したことがあるが、[5]本章では、各作例の図様を掲げながら、あらためて、『伊勢物語』独特の手法と構造の問題に及んで考察する。

第二節　一一九段「男の形見」の手法

かたみこそいまはあたなれこれなくは忘るる時もあらましものを

一一九段「男の形見」の歌である。恋人が去り、愛が消えた今、手もとに置き残された愛する者のよすがこそ、自分を苦しめる「あた」――敵なのであると詠む。歌の前には「むかし、女の、あだなる男の形見とておきたる物どもを見て」という短い文が添えられて、歌の本文と詞書のようなごく短い段だが、地の文に語られていることは、歌そのものの意味とは異なるものなのである。

愛の対象が、全き苦しみに一変するという事態は、実は、相手が「あだなる男」であることに拠らず起こる悲劇なのである。ここでも、《歌の言葉を文字通りに場面化する手法》が取られているのである。歌に詠み込まれた「あた」をめぐって、人間の〝徒し心〟まで踏まえ、人の世の真実に迫る新しい主題が打ち出されることになる。

三十一文字に結ばれた歌そのものの文脈の解明こそ重要なのであり、歌集の「詞書」や物語の「前後の文脈」に導かれた読解もなお、それに優先するものではないのである。「歌物語」の先駆、『伊勢物語』の構造について読み解くためには、歌と物語の関係について明確に見定める研究が進められなければならない。

「形見」の歌

王朝期の和歌における「形見」は、まず、離れている間の、愛する者の「よすが」としてのものであった。当該「かたみこそ」の一首は『古今集』に採られ、次掲、「形見」を詠み込む「恋四」末尾の歌群の最後に、「よみ人知らず」の歌として並ぶ（七四六番歌）。

おほぞらはこひしき人のかたみかは物思ふごとにながめらるらむ　（『古今集』恋四・七四三・酒井人真）

あふまでのかたみも我はなにせむに見ても心のなぐさまなくに　（七四四・よみ人知らず）

おやのまもりける人のむすめに、いとしのびにあひて、ものらいひけるあひだに、おやのよぶといひければ、いそぎかへるとて、もをなむぬぎおきていりにける、そののち、もをかへすとて、よめる

あふまでのかたみとてこそとどめけめ涙に浮ぶもくづなりけり　（七四五・藤原興風）

題しらず

かたみこそいまはあたなれこれなくは忘るる時もあらましものを　（七四六・よみ人知らず）

七四五番歌、興風の「あふまでの」の歌の詞書に、女が脱ぎ置いた「裳」のことが見える。「形見」は、「袖」や「衣」など、装束との縁が深い。季節詠もあり、「喪服」としての「形見」の衣も詠む。

あかずしてわかるるそでのしらたまを君がかたみとつつみてぞ行く　（『古今集』離別・四〇〇・よみ人知らず）

寛平御時きさいの宮の歌合のうた

梅がかをそでにうつしてとどめてば春はすぐともかたみならまし　（『古今集』春上・四六・よみ人知らず）

さくらいろに衣はふかくそめてきむ花のちりなむのちのかたみに　（『古今集』春上・六六・紀有朋）

ちちのぶくぬぎはべりけるひ、よめる

おもひかねかたみにそめしすみぞめのころもにさへもわかれぬるかな　（『後拾遺集』哀傷・五八九・平棟仲）

「形見」の語は、必ずしも、「死」と直接結びついて詠まれるものではなかったが、この世の別離について、ときに、死にも等しいほどの切実さをもって受け止めることがあったとは言えよう。また、「百人一首」歌、次の元輔詠などは、再検討の余地があるかもしれない。

心かはりてはべりけるをむなに、人にかはりて
ちぎりきなかたみにそでをしぼりつつすゑのまつ山なみこさじとは
（『後拾遺集』恋四・七七〇・清原元輔）

従来、歌中の「かたみに」を副詞（「互いに」）としてのみ解すが、涙絞って誓った「形見」の袖こそ、一首の表現の核心である。

次節では、いよいよ本段の絵をめぐって見ていくことになるが、愛と敵（あた）について詠む歌に、新しく「あだなる男」という条件を加えて仕立てた「物語」に添えられた「絵」は、その「形見」の物語にさらに〝死のイメージ〟を加えて仕立てられているようなのである。作品解釈として指摘のない事柄である。物語絵について、（大筋で）本文通りに描くものと考えられているためもあろう。

この一一九段の絵によって示された〝死のイメージ〟は、本段を有する伝本における、『伊勢物語』そのものの構造と深く関わるものとみられるのである。「形見」の語を詠み込む歌を核心とする本段は、物語の〝主人公の死〟を暗示する、言わばその伏線として、《歌の言葉を文字通りに場面化》しつつ、《歌そのものとは異なる、新たな主題》を秘めた一段として享受されてきたのである。

第三節　「伊勢物語絵」に辿る「形見」の変容

文具・日用品

物語の本文に種々の異同が存するように、時代を経て、物語絵にも少しずつ、ときには大きな変化が生じる。本文に描かれていないモノの描き込みも多く、絵が、古典の解釈研究・注釈研究のための重要な資料であることは間違いない。

物語は、「形見こそ」の歌の「形見」について、《歌の言葉を文字通りに場面化する手法》により、新しく「あだなる男」のものとして描き出してみせたが、物語絵は、その「男の形見」を具体的にどのようなものとして描いてきたのであろうか。絵に描き込まれた「男の形見」には、また、興味深い変容が見られるのである。

初め、「男の形見」は、恋愛や婚姻（通い婚）にまつわる日用品であったようだ。伝存する「伊勢物語絵」の比較的古いものに見られる特徴である。

図３ａで、独り閨房にあってうなだれる風情の女の前には硯箱が開いた状態で置かれ、扇を手まさぐりにする様子である。

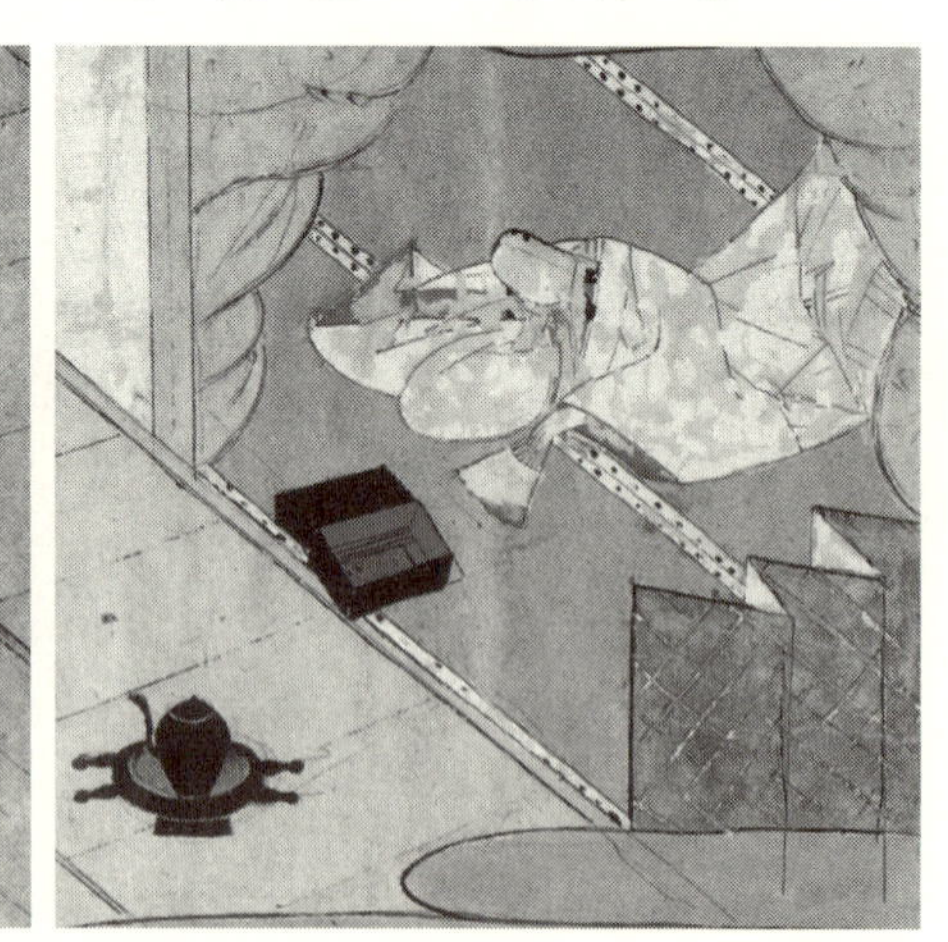

図３ａ

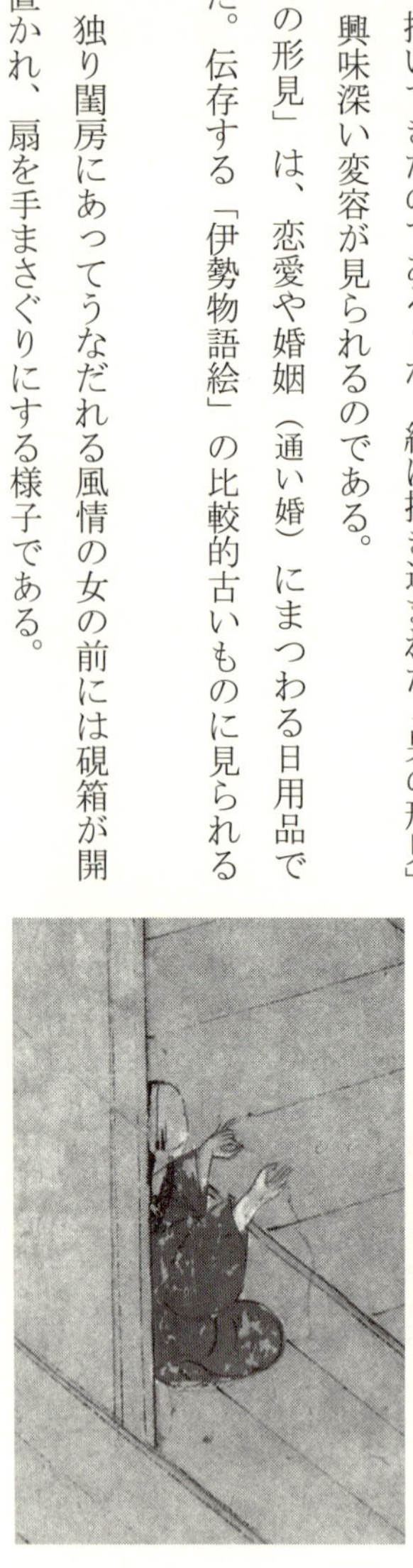

図３ｂ

廂の間には、角盥と半挿が置かれ、さらに侍女らしき女が、両手で糸状のものを掲げて控える（図3b）。これは髻を結うためのものであるらしい。図4も同様の構図だが、細かい描き込みによって、女の前には文殻が落ちる。また、前例のような動作の意味はここでは読み取れないが、この後も、本図の場面に侍女の姿を描くことが類型化していく。

いずれも〈説明的〉ではあるが、愛情を通わせ合う生活があったことを示すさまざまの品物を具体的に描くことにより、女の深い喪失感を伝える図様になっている。

図4

図5

男の装束

前の二作（図3・図4）は室町時代の絵巻の例である。そのころ、室町後期から江戸期にかけて、絵に描かれる「形見」の品に大きな変化が見られるようになる。図5は、大型（枡形）の絵入り本の図様で、ほとんどすべての丁に絵が入り、章段の絵画化率が高い作例となる。

先の二例は、一一九段のあと、最後の一二一段「梅壺」を描いた絵が一つ入り、絵巻最終の絵となるが、本例は、一一九段のあと、最後の一二五段「つひにゆく道」（図6）まで、対応する全図を有する。邸の屋根を描いて、吹抜屋台の手法を用いず、人物名などの画中注記

図6

があるといった特徴を持つ。

一一九段の絵（図5）を見ると、室内の女が手に持つものは、扇ではなく、緒の付いた「烏帽子」で、女（傍らに「きさき」と注す）の前に打ち置かれた一領の衣裳とともに、主人公の男のものであることが分かる。男の形見として「装束」を描くこの図様は、図8以下、後掲、江戸初期の作例に受け継がれていくものである。

室町時代の絵巻の作例として、ほかにも、衣裳を前に、女が冠を膝元に取る図様がある（穂久邇文庫蔵）[6]。本図の場合は、顔を袖で覆って泣くしぐさが、後のものと共通している。

図7・図8の、江戸期の絵入り本の作例については、物語末尾の絵の選択（配置）に注目すべきものがある。本例では、図8ａの、一一九段「男の形見」の絵が、最後の一図となっている。

ただし、その図の上部に取り合わせられている詞は、一二三段「鶉」の本文

図7ａ

図8ａ

（一行目「としをへて」詠）であり、見開き左側、最終丁の表の面には、続く一二四段「われとひとしき人」と一二五段「つひにゆく道」の本文（冒頭部はそれぞれ一行目「むかしおとこいかなる事を…」、五行目「むかしおとこわつらひて…」）が記されている（見開き　図8b）。

図8aの一丁前、図7a上部の詞は、一二一段「梅壺」冒頭の地の文であり、これも絵と詞は一致していない（見開き　図7b）。

泉紀子氏は、『伊勢物語絵本絵巻大成』の「解説」(7)で、図7aについて「章段不明」とする。

　この画面に対応すべく書かれている詞書は、「むかし、おとこ、むめつぼよりあめにぬれて人のまかりいづるをみて」とあり、第百二十一段「梅の花笠」（坏注 - 「梅壺」）である。

　しかし、絵には庭の菊を眺める男が描かれており、章段の内容とも歌の季節や場景ともそぐわず、本来どの章段の絵だったか明らかではない。

（研究篇・一六七頁）

だが、必ず物語の本文内容と対応させようとするならば、これは、一二五段「つひにゆく道」の図様であるということになるのではなかろうか。病床に就く姿では

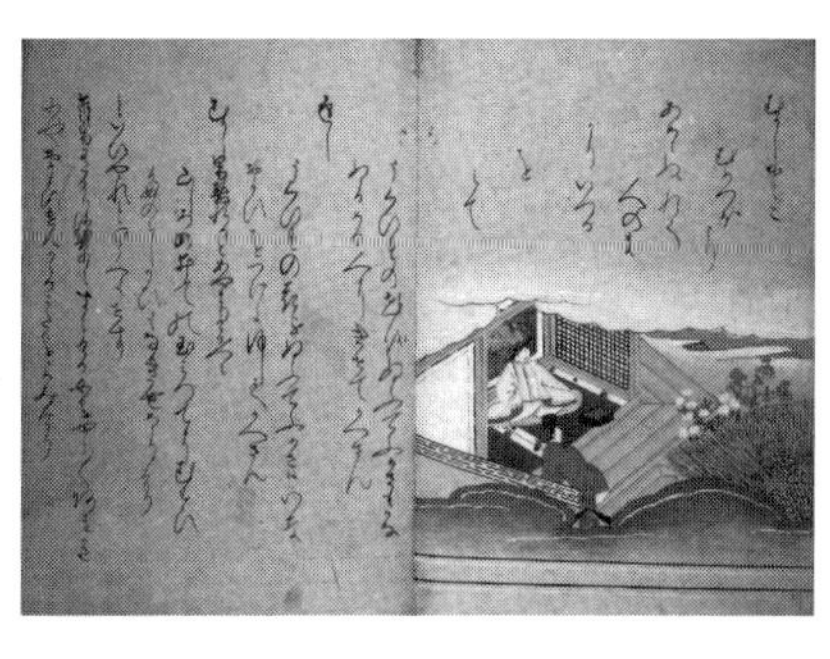

図7b（見開きの状態）

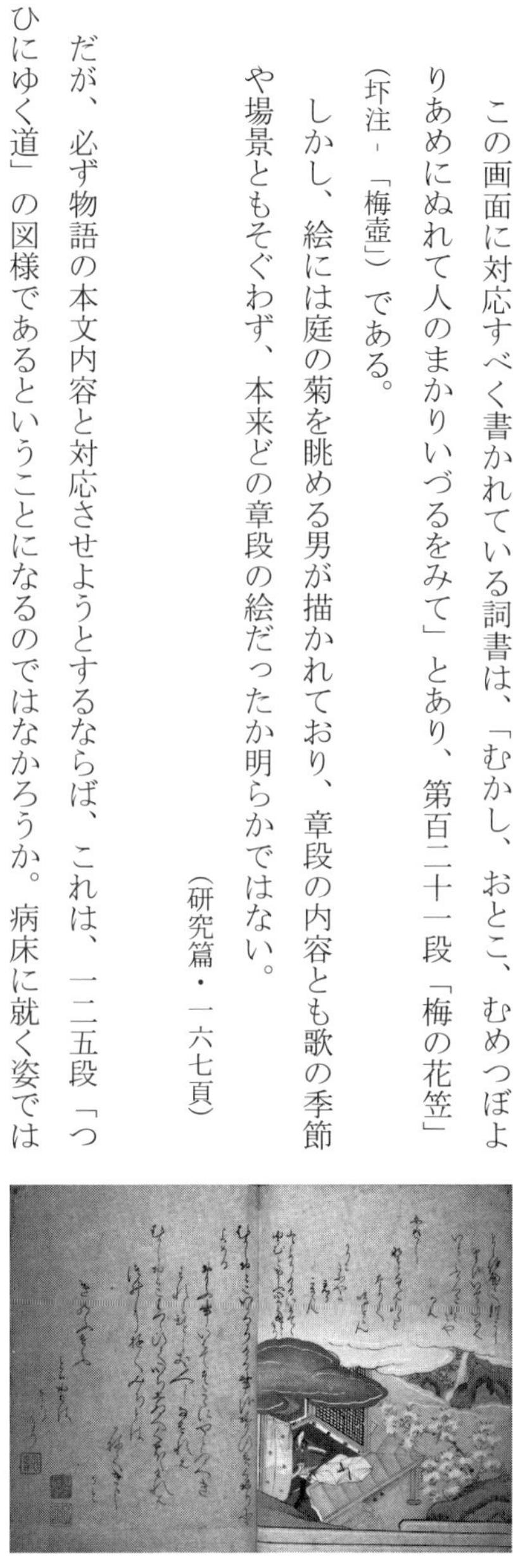

図8b（見開きの状態）

ないが、主人公の前にただ一つ置かれた硯箱こそ、彼が最後の歌を詠む、そのことを示唆する品物と考えられるのである。後掲、図9の作例などとも共通する点である。

そして、本文と厳密に対応させようとすれば、順番が逆転しているように見えるわけではあるが、本作最後の絵となる図8ａ、一一九段「男の形見」の絵こそ、その上着と冠のみを残すことで、〝主人公の死〟を示唆するものとなっているのである。

図8ａについて、泉氏は、「第百二十一段の詞書を伴う章段の不明な前図同様、絵の料紙の貼り間違いか、それとも先行作品における混乱をそのまま引き継いだか」という考えを示しながら、「しかし、この本図を男の人生最後を表現した絵として読むことも不可能ではない。該本も、そのような理解によってここにこの絵を置いた可能性もあろうか」とも述べているが、根拠等は示されていない。本章の考察は、いかにして「本図を男の人生最後を表現した絵として」読み得るか、その点について明らかにしようとするものである。

本例の場合も、昔男の装束は、籠居中の上着を脱いだ姿（四五段「行く蛍」）や、河内越えの場面（二三段「筒井筒」）など、内容に応じて細かい変化が見られるが、基本的には〝白の上着に冠〟と定めて描かれている。図8ａで、女の前に打ち置かれた〝白い衣と冠〟は、まさしく、この物語の「主人公」ものであり、彼を象徴する品物である。実際に辞世を詠む一二五段の絵に代わり、これが絵本最後の図様として選ばれていることからは、一一九段「男の形見」の話を、〝主人公の死〟と結びつけて理解する読み方のあったことが明らかになる。〝衣と冠〟こそ、「初冠」の時代に遡る、昔男の象徴である。

さらに、辞世詠出の一二五段と対応するであろう図7ａが、病床に臥す姿ではないことも、本例が、一一九段をもって〝主人公の死〟を読み取る、そうした享受のあり方に一層沿う形の図様を選び取ったものと解されるのである。

この形の図様は、壮麗な図9の絵巻末尾の一画面に至って、文字通り大団円を迎える。図7a・図8aでは二つの画面で表現された事柄が、今は一つの舞台に収められて物語を締めくくる。場面の〈合成〉は本作例の特徴でもあるが、当該段についての指摘はない。

図9で、上着を脱ぎ、脇息を用いる主人公の男の前には、「硯箱」が置かれている。辞世詠出の場面であることとともに、多くの歌を詠み、恋を重ねてきた男の人生の終わりを象徴する品物である。

傍らで嘆き悲しむ女が手にしているものは、今は、「扇」でも「烏帽子」でもなく、一つの「椀」である。『伊勢物語絵本絵巻大成』の「解説」に「末期の水」かとする（研究篇・一八五頁、田中まき氏）。五九段「東山」には、瀕死の男が「水そそき」をされて息を吹き返したという話があるが、例えば、塗籠本の最終段は、この蘇生譚に続けて、「まことに限りになりける時」における、「つひにゆく」辞世詠出の場面を迎える形である。

図9

また、本図における顔を覆って嘆く女のしぐさは、室町時代の絵巻にも見られ（前出、穂久邇文庫）、もっとも広く流布することになる絵入り版本における一一九段の女の姿と、よく重なるものである。

第四節　「男の形見」と物語の終焉

嵯峨本とその流れを汲む、江戸期の『伊勢物語』の絵入り版本で、一一九段「男の形見」の女は、顔を覆って号泣する姿で描かれる。

居室でうなだれる図様から、物語の終焉を前に、〝男の死〟を暗示する一段としての図様へと、変化のあったことが明らかになった。

描き込まれる「形見」の品は、男の生活の痕跡を示すモノから〝男の死〟を示すモノへと変容したのである。〝男の死〟は、おもに、女の手もとに残された装束、〝衣と冠〟によって表わされていた。

図10（嵯峨本）に描かれた顔を覆って泣く女は、**図9**に見たごとく、愛する男の死に遭って嘆き悲しむ姿と解されるが、これは、従来にない〈絵解き〉となる。絵は、このあともう一つ、病床に就く男を描く、一二五段「つひにゆく道」の図様（後掲、**図14**）をもって最終の画面となる。

図10

さらに、本例**図10**については、注目すべきことがある。男の「形見」として、これまでにない品物が描き込まれていることである。

それは、女の前に置かれた一張の「琴」（箏）の存在である。男の衣は、この「琴」に着せ掛けられた状態であり、その上に冠が載る。**図11**は、嵯峨本の図様を踏襲する江戸期版本「新板絵入伊勢物語」の例。

主人公の「形代」

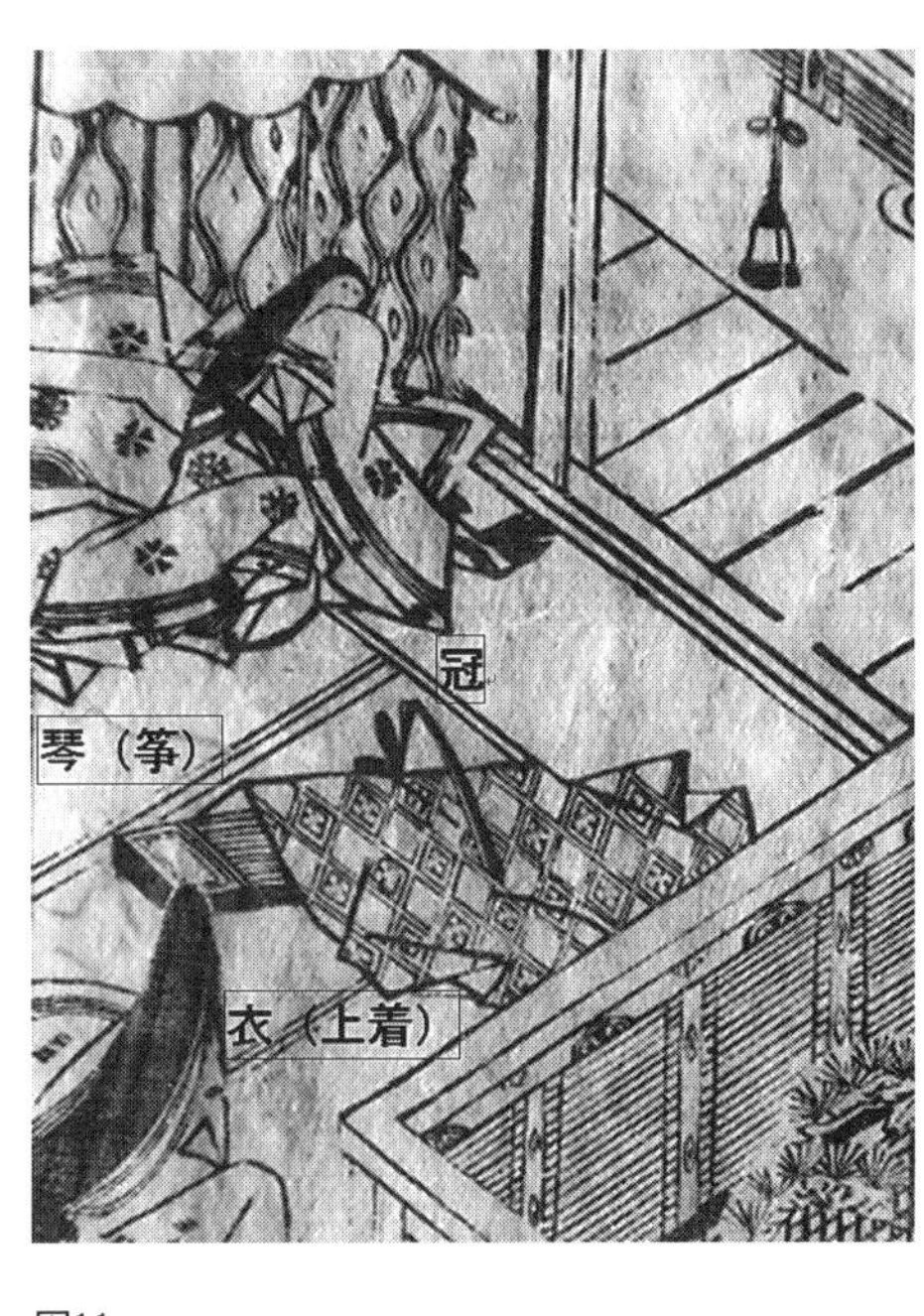

図11

絵入り版本に見る、この一一九段「男の形見」の典型的図様の意味については、すでに考えたことがある。「嵯峨本」に描かれた「形見」の品は、〃装束と琴（箏）〃であり、その後の絵巻や版本の図様もこれを踏襲する。「形見」の品として「琴」のみを描く例もある。

見てきたように、初め、「あだなる男」が無情にも置き残していった「形見」として、種々の品物が描かれていたが、ついには、あだなる昔男自身の「形代」としての「琴」が、女の前に据えられ、場面の意味を暗示することになるのである。

〃男の死〃を示す図様として、注目すべき点はほかにもある。まず、「琴」の描き込みにともなって、これと対照的に配置された「松」の存在である。「松」と「琴」とは、「松風」と「琴の音」が互いによく調和するものとして縁が深い。琴曲「風入松」も知られるが、「ことのねに峯の松風かよふらしいづれのをよりしらべそめけん」（『拾遺集』雑上・四五一・斎宮女御）など、「松風入夜琴」題による歌が詠まれたほか、『源氏物語』「松風」巻の例も印象深い。

変らじと契りしことをたのみにて松のひびきに音をそへしかな（明石の君）　（「松風」二－四一四頁）

光源氏は明石を去る際、わが「形見」の品として、琴（きん）を残し置いて行ったのであった（「明石」巻）。

しかし図10において、生命力溢れる大きな一本松〈臨終〉の場面に描く例もある[8]と、衣を被せられた室内の琴とは、画面上、Z型に配された上長押によって分断される構図であり、二度と響き合うことのないものとして、松のある側

図12

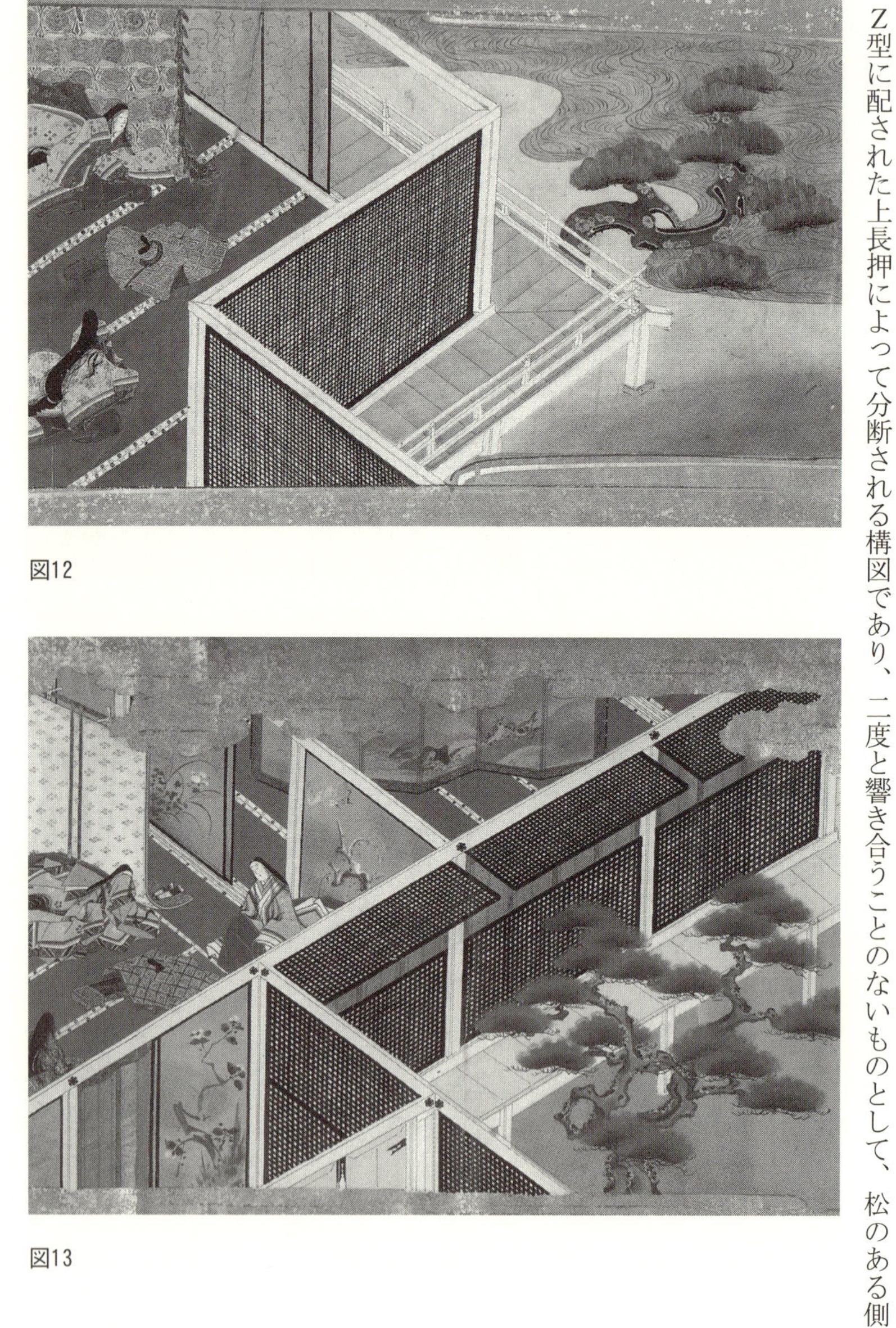

図13

には格子が描かれ、御簾も下ろされている。流布本に、閉ざされた扉などを描く例もあるが、室内の琴と庭の松とは、対比的に生死のありようを示していて、主人公の不在の理由――本図における〝主人公の死〟を印象づけている。

図12・図13は、いずれも嵯峨本の図様を踏襲する絵巻の作例である。衣を着せ掛けられ、冠の載る「琴」は、弾き手、すなわち昔男の身体を象徴するものとして、主人公のいない舞台に据え置かれているのである。必ずしも、松について、掛詞による「待つ」ことの寓意等[9]を否定し去るものではないが、画中では、常緑の松の力強さと、〝冠直衣〟の下の「琴」との関係を考えることが重要であろう。

一一九段の図様に描き込まれる男の「形見」の品の変容の過程を辿っていくと、やがて、「男自身」に行き着くことになる。これは、「男の形見」について語る、本段そのものの意味と関わる事柄である。

男による辞世詠出を描く物語の終焉、最終一二五段を前にして、古く、「形見」をめぐる一一九段から、歌にも本文にも述べられていない〝男の死〟を読み取ることが行われていたということである。

ほかならぬ、物語の構造に導かれた読み――「形見」を〝死の形見〟と見立てるこの読みの形こそ、《歌の言葉を文字通りに場面化する》『伊勢物語』独特の物語手法であった。

図14のように、最終一二五段の図様で、病床に就く男は、首まで衣を引き掛けられた状態で、烏帽子を被って仰臥する。

同じ場面の絵で、第三節前掲、図6など、烏帽子を被らぬ姿として描くものもあった。病いよいよ篤く、最期の時が近づい

図14

ている（傍らの注記は「なりひら御わづらひて」）。その作例、一一九段「男の形見」の絵（図5）で、女が手に取るものは、男の「烏帽子」だった。

本章第二節で、「形見」を詠み込む歌について概観したが、人が肌身につける「衣」は、「形見」の品として象徴的なものであり、喪服の例もあった。一一九段の絵で、「男の形見」として描き込まれるモノも、日常の道具類から装束へと変容することになるのである。

さらに、男性貴族が病床でも他人に髻を見せぬことを思えば、打ち置かれた「衣」のみならず、女がうなだれて「烏帽子」を手にする図様は、やはり〝男の死〟を示唆するものとみられるのである。

第三節前掲、図3bでは、侍女が髻の紐を掲げる図様が見られた。「嵯峨本」以降の〝琴と装束〟の図様については、『讃岐典侍日記』の堀河天皇崩御の場面などにも見られる、死者に着せ掛ける「衣」の例も思い合わせられよう。画面の意味を示唆する容体と言える。

また、謡曲「井筒」の後場の詞章には、「形見の直衣」や、「昔男の、冠直衣」という表現がある。『伊勢物語』二三段「筒井筒」のストーリーを下敷きにしつつ、二四段「梓弓」などの要素や冷泉家流古注に見られる解釈を取り入れて、女主人公「紀有常の娘」――「井筒の女」は、「人待つ女」として造形されている。

後場で、シテの女は業平の装束を身に纏って舞うのであるが、その女は、男の死後も、ずっと回向を続けてきたのである。〝男の死〟を悼む女の姿は、一一九段の図様として、絵にも示されていた。

「琴」は、『源氏物語』における絵の説明や、一三三段の絵で、男を送り出したあとの女の傍らにも描き込まれ、女が詠む「風吹けば」の歌を収める『古今集』の左注（雑下・九九四）にも見える。それは、男の「形見」の最後の形として、やがて彼自身の「形代」となるのである。

なお、謡曲「井筒」の詞章に言う「宿を並べて門の前、井筒に寄りてうなゐ子の、友だち語らひて、互ひに影を水鏡、面を並べ袖をかけ……」という様子は、「井のもとにいでて遊びける」場面として描かれる、二三段「筒井筒」の図様の典型とよく重なる。(10)

第五節　おわりに

例えば、二四段「梓弓」筆頭の詠、

あらたまのとしの三年を待ちわびてただ今宵こそ新枕すれ

これも、物語の、《歌の言葉を文字通りに場面化する手法》が見定められない限り、〈女の悲嘆が籠もる歌〉として捉え、言外に「逆接」の意さえ読み取っていくことになる。しかし、歌そのものの意味は「梓弓」の話と違って、一首は、結婚を喜ぶ男の詠なのである。

得難い女性を得た喜びを歌う名歌は、『万葉集』にもある。

内大臣藤原卿、采女安見児を娶（ま）きし時作る歌一首

われはもや安見児得たり皆人の得難（えがて）にすとふ安見児得たり

藤原鎌足が采女「安見児」を賜った喜びを歌ったものである（二・九五）。このあとには、「真弓」や「梓弓」を詠み込んで展開する久米禅師と石川郎女の婚姻歌が続く。[11]『伊勢物語』の発想源として検討すべき例でもあるところ、「あらたまの」の一首を悲劇の歌として解する以上、両者が結びつくことはなかった。

「梓弓」の絵にも、本文には記されていない事情の描き込みなどが見られて大変興味深く、〈絵解き〉の作業は、この物語の手法の問題について解明する研究とともに進められなければならない。

本章では、『伊勢物語』の絵と物語の手法について、一一九段「男の形見」をめぐって考えてきた。「歌物語」たる『伊勢物語』の、「物語絵」として描き出された世界は、もととなった歌そのものの意味とは大きく異なる世界なのであるが、最終段に先んじて、一一九段の絵が示唆する〝男の死〟は、ほかならぬ、物語そのものの構造に導かれた読みの形であった。

そこに、物語の意図を読み取ることは可能であろう。一一九段の絵のあとに最終段の絵を持たない例や、最後、床に伏せった姿として描かない例においても、当該段の絵の意味は一層、重いと言える。

さて、〝男の死〟を描く、一二五段「つひにゆく道」における物語の手法とはいかなるものであろうか。

つひにゆく道とはかねて聞きしかどきのふけふとは思はざりしを

「むかし、男、わづらひて、心地死ぬべくおぼえければ」という短い文が添えられている。『大和物語』一六五段では事情説明が詳しくなるが、果たして、一首は真実、「辞世の歌」なのであろうか。

歌は、『古今集』の哀傷部に、業平詠として採られ、「やまひしてよわくなりにける時、よめる」という詞書を持つ

（八六一番歌）。末尾六首の辞世の歌の一群中に配され（八六二番歌は、業平の息子滋春の詠）、これが臨終時の詠であることは、もはや疑問の余地のない決定的な事実のように思われるが、しかし、このような歌を人がいつ詠むかということについては、王朝和歌の詠風に照らしてあらためて考えてみる必要がある。

式部卿のみこ、閑院の五のみこにすみわたりけるを、いくばくもあらで、女みこの、身まかりにける時に、かのみこすみける帳のかたびらのひもに、ふみをゆひつけたりけるを、とりて見れば、むかしのてにて、このうたをなむかきつけたりける

かずかずに我をわすれぬものならば山の霞をあはれとは見よ　（『古今集』哀傷・八五七・閑院五皇女）

をとこの、人のくににまかれりけるまに、女、にはかにやまひをして、いとよわくなりにける時、よみおきて、身まかりにける

こゑをだにきかでわかるるたまよりもなきとこにねむ君ぞかなしき　（八五八・よみ人知らず）

やまひにわづらひ侍りける秋、心地の、たのもしげなくおぼえければ、よみて、人のもとにつかはしける

もみぢばを風にまかせて見るよりもはかなき物はいのちなりけり　（八五九・大江千里）

身まかりなむとて、よめる

つゆをなどあだなる物と思ひけむわが身も草におかぬばかりを　（八六〇・藤原惟幹）

やまひしてよわくなりにける時、よめる

つひにゆく道とはかねて聞きしかどきのふけふとは思はざりしを　（八六一・在原業平）

かひのくにに、あひしりて侍りける人とぶらはむとてまかりけるを、みち中にて、にはかにやまひをして、いまいまとなりにければ、よみて、京にもてまかりて、母に見せよといひて、人につけ侍りけるうた

かりそめのゆきかひぢとぞ思ひこし今はかぎりのかどでなりけり　（八六二・在原滋春）

六首中、自己の死の形について詠み、残される人に宛てた遺言的なもの（八五七、八五八、八六二番歌）のほか、おもに〝命のはかなさ〟を主題とする歌もあり、編纂の意図についても考慮する必要がある。

例えば、これも「百人一首」歌としてよく知られた和泉式部の詠、

あらざらんこのよのほかのおもひでにいまひとたびのあふこともがな　（『後拾遺集』恋三・七六三）

は、家集の詞書に「ここちあしきころ、人に」（Ⅰ七四四）とあり、『後拾遺集』の詞書には「ここちれいならずはべ

りけるころ、人のもとにつかはしける」とあって、「恋」部の歌に〈分類〉されている。
「死ぬ前にもう一度だけ逢いたい」と訴えるこの歌は、病状重く、心弱くなったときに詠んだものであるというが、
「辞世の歌」としてではなく、切ない恋の歌としてこそ人々に愛され、その意味での普遍性を持つものと言える。哀
切な訴えの中に熱い恋の思いを秘めて、和泉式部らしい一首である。次のような歌も詠んでいる。

　　このたびばかりとおもふ人にあひて、むねをしぬば
　　かりやみて、をりしもあはれなりしことなどかきて
　　やる

逢事はさらにもいはずいのちさへただこのたびやかぎりなるらん　　（『和泉式部集』Ⅱ〈続集〉・三九二）

「恋」と「死」をめぐっては、万葉以来、「恋死に」について歌う類型があることも、見逃せないところである。

恋ひ死なば恋ひも死ねとか吾妹子が吾家の門を過ぎて行くらむ　　（『万葉集』一一・二四〇一）
今ははやこひしなましをあひ見むとたのめし事ぞいのちなりける　　（『古今集』恋二・六一三・清原深養父）

また、私家集には、男が詠んだ次のような歌も見出される。

けふまでもあるがあやしさわすられし日こそ命の限りなりしか　　（『清少納言集』Ⅰ・五）

これは、清少納言に絶交を宣言された日のことをめぐり、「あなたに忘れられたあの日こそ、私の命の終わりだったのです」と詠む。

〝命の終わり〟を詠む歌は、恋部の歌の一典型でもある。

わびつつも昨日ばかりはすぐしてきけふやわが身のかぎりなるらん　（『拾遺集』恋一・六九四・よみ人知らず）

あすのほどにまでこむといひたるをとこに

きのふけふなげくばかりの心地せばあすにわがみやあはじとすらん　（『後拾遺集』恋二・七〇二・相摸）

王朝の人々にとって、恋の場面こそ、「わが身のかぎり」について詠み交わす、最も重要な機会だったのである。しかし、物語は、王朝人が口にした「死」を、登場人物の〈現実〉の死として描き出す。「消ゆ」とは、まさしく恋詞であるが、「わが身は今ぞ消えはてぬめる」と詠んだ「梓弓」の女は、指の血で書いた歌を残し、絶命した。そして、当該「つひにゆく」の歌そのものは、「昨日今日」の〝恋の終わり〟に遭って詠まれた歌とみる。「つひにゆく」ということと、「昨日」の転倒にこそ意味がある。物語は、それを歌の言葉通り、「つひにゆく」、辞世詠出の場面として描き出したのだ。『源氏物語』にも引かれる表現だが、古注以来、辞世の歌として（今日明日でなく）「昨日」と言うことが問題にされ、解釈が分かれている。[12]しかし、問題は、これを臨終時の歌そのものとみて解することにあるのである。

『伊勢物語』は、「恋」の場面を中心に、その他、春夏秋冬、旅、賀、述懐等、勅撰集的な内容を揃え、歌をめぐってさまざまなシーンを描きつつ、あらゆる角度から、「人の世」の真実について浮き彫りにしてゆく。昔男の最後の歌は、いずれもはかない、「人の世」と「恋」の物語の終焉にふさわしい一首として、選び取られた歌であった。

注

（1）「伊勢物語絵」図様の引用は、羽衣国際大学日本文化研究所編『伊勢物語絵本絵巻大成　資料篇』（角川学芸出版　二〇〇七）による。掲載のご許可を頂き、所長泉紀子氏はじめ関係の方々に心より感謝申し上げます。
以下、各段の絵は、適宜範囲を選択して掲載している。
＊図1「和泉市久保惣記念美術館本伊勢物語絵巻」鎌倉期（和泉市久保惣記念美術館）
＊図2・3「大英図書館本伊勢物語図会」室町後期（大英図書館）
＊図4「小野家本伊勢物語絵巻」室町後期（個人）
＊図5・6「中尾家本伊勢物語絵本」室町後期（個人）
＊図7・8「チェスター・ビーティー図書館本伊勢物語絵本」江戸初期（チェスター・ビーティー図書館）
＊図9「甲子園学院美術資料館本伊勢物語絵巻」江戸前期（甲子園学院美術資料館）
＊図10・14「嵯峨本第一種伊勢物語」慶長十三年（一六〇八）五月刊（国立公文書館）
＊図12「鉄心斎文庫本伊勢物語絵巻　丙本」江戸中期（鉄心斎文庫）
＊図13「大英博物館本伊勢物語絵巻」江戸中期（大英博物館）

（2）ほかにも、六九段「狩の使」の贈答など、『伊勢物語』には、「夢」の歌を用いた段がある。拙稿『伊勢物語』の手法―「夢」と「つれづれのながめ」をめぐって（二段「西の京」と一〇七段「身を知る雨」、および六九段「狩の使」）―」（「和洋国文研究」45　二〇一〇・三）→Ⅲ篇　二章

（3）拙著『王朝文学論―古典作品の新しい解釈―』（新典社　二〇〇九）、Ⅲ篇　第一章「夢」と「壁」の和歌―歌ことば・「かべ（壁）」―

（4）『伊勢物語』の主題と手法の問題をめぐって論じた各段の新しい解釈は、右掲注（3）拙著『王朝文学論』（新典社　二〇〇九）、Ⅱ篇（王朝物語の新しい解釈―『伊勢物語』と『源氏物語』を中心に）を軸として収載。

（5）前掲注（3）拙著『王朝文学論』（新典社　二〇〇九）、Ⅱ編　第三章　古典教育における〈知識〉の〈伝授〉をめぐって―教材『伊勢物語』を例に考える―

（6）伊藤敏子『伊勢物語絵』（角川書店　一九八四）所掲。

（7）羽衣国際大学日本文化研究所編『伊勢物語絵本絵巻大成　研究篇』（角川学芸出版　二〇〇七）、「絵を読む」の項。前掲注（1）は同書「資料篇」。

（8）サントリー美術館蔵「伊勢物語色紙貼付屏風」第四九図（一二五段）。

（9）久下裕利『源氏物語絵巻を読む―物語絵の視界―』（笠間書院　一九九六）の考え。「松」と「琴」の類型については言及がない。一一九段の「形見」について、「死んだ男の遺品ではない」（二三五頁）とするのは、絵も含めてのことのようである。大口裕子「伊勢物語絵百十九段と能〈松風〉―「形見」こその和歌を中心に」（「美術史」55-2　二〇〇六・三）による「中尾本の百十九段の絵画は能〈松風〉のイメージが底流にある」という結論については、文学的必然性をめぐる考究が最も必要なところである。「中尾本の百十九段の絵画」は、「冠直衣」を描き込む作例。本章前掲、第三節・図5参照。

また、一一九段「形見」の絵について、「西行物語絵巻」と「嵯峨本伊勢物語」を比較するところから、「命の別れを暗示する図」（笠島忠幸「描かれた伊勢物語―「宗達色紙」の成立をめぐって―」〈出光美術館展覧会図録「王朝の恋―描かれた伊勢物語―」二〇〇八・一　所収〉）という言及も見られるが、両作の関係について考える上でも、まず、『伊勢物語』の主題や手法に関する問題の解明が重要となる。

（10）詞章の引用は『新編全集』本による。謡曲「井筒」については、前掲注（3）拙著『王朝文学論』（新典社　二〇〇九）、Ⅱ編　第一章。

（11）「心―引く・寄る」と詠む「弓」の歌を中心とする歌群。題詞「久米禅師、石川郎女を娉（よば）ふ時の歌五首」として、男女二人のやり取りが並ぶ。

み薦刈る信濃の真弓わが引かば貴人（うまひと）さびていなと言はむかも　（『万葉集』二・九六・禅師）
み薦刈る信濃の真弓引かずして弦（を）はくる行事（わざ）を知ると言はなくに　（二・九七・郎女）
梓弓引かばまにまに依らめども後の心を知りかねてぬかも　（二・九八・郎女）
梓弓弦緒（つらを）取りはけ引く人は後の心を知る人そ引く　（二・九九・禅師）
東人（あづまど）の荷向（のさき）の篋（はこ）の荷の緒にも妹は心に乗りにけるかも　（二・一〇〇・禅師）

『伊勢物語』二四段「梓弓」の男女は、作中それぞれ「あづさ弓ま弓つき弓年を経てわがせしがごとうるはしみせよ」、「あづさ弓引けど引かねどむかしより心は君によりにしものを」と詠むことになっている。後者「女」の歌については、類歌として『万葉集』の例「梓弓末のたづきは知らねども心は君に寄りにしものを」（一二・二九八五〈一本歌〉）等が参照されている。本著では前者「男」の歌について、Ⅰ篇　第三章でも取り上げている（第六節、「わがせしがごとうるはしみせよ」―親から子へ　の項）。

（12）片桐洋一『古今和歌集全評釈（下）』（講談社　一九九八）は、「もはや避けられないという気持を強調して『昨日今日』と言ったとする説」と、『昨日から連続している今日』という連続する生活的日常のこととする説」の両説（前者は金子元臣『古今和歌集評釈』〈明治書院　一九二七〉、後者は竹岡正夫『古今和歌集全評釈　古注七種集成（上）』〈右文書院　一九七六〉）を挙げ、「捨て難い」と前者に傾くが、明確な判断は示されない（本著のⅢ篇　第四章、581頁・注記（9）参照）。

第四章　物語の創出と機知的表象をめぐる考察
――『伊勢物語』の和歌と、定子の言葉――

第一節　はじめに――『伊勢物語』八三段、及び一二三段・一二四段

「忘れては夢かとぞ思ふ」（『伊勢物語』八三段「小野」）

おもひきや――。確かに、誰もがこれまで思ってもみなかったことである。「雪」ではなく、それが春の「桜」の歌であったとは……。

忘れては夢かとぞ思ふおもひきや雪ふみわけて君を見むとは

右は、高校古典の定番、教材タイトル「小野の雪」の通称で知られる『伊勢物語』八三段の作中歌である。『古今集』に在原業平詠として入る（雑下・九七〇番歌）。

一首は、従来「世を捨てて雪深い比叡山の麓に隠棲した惟喬親王の許に年賀に出かけ、往時を懐かしむとともに、この世の有為転変を嘆いて詠んだ歌である」（片桐洋一『古今和歌集全評釈（下）』[1]）と解されているが、これは『伊勢物語』の筋書き及び『古今集』の詞書に拠る「意味」である。当該歌そのものの問題として、「一首は、雪深い山里に出家の主君を拝するとは思いもかけなかった、としてその突然の出家に驚く気持ちを詠んだ歌である」（鈴木日出男『伊勢物語評解』[2]）とは言い得ないのである。

「雪」をめぐってそれを「花」に、また「花」を「雪」に喩えることは、和歌のレトリックとして、最も基本的かつ典型的なものの一つである。

忘れては夢かとぞ思ふおもひきや雪ふみわけて君を見むとは

という歌が詠まれたとき、王朝和歌の伝統に則って考えれば、今、詠者が「ふみわけて」いるものといえば、それは〝春の桜の落花〟であり、従って、詠者が「忘れ」たものとは、その現実にほかならない。現実を忘れてこの瞬間、彼はそれを「雪」と見るのであった。

彼が今、見ているものは、春の終わりの落花の季節に〝突然現れた、夢のような一面の雪景色〟である。歌を詠むための技巧としての「見立て」を越えた感動（驚き）が歌い上げられている。それが、この一首から読み取り得る事実のすべてである。

論者は、一話の中核に歌を据えて構成された歌物語、『伊勢物語』については《歌の言葉を文字通りに場面化する手法によって、歌そのものとは異なる、新たな主題を持つ物語を創出する》ものとして定義づけ得ると考えている。[3]

八三段「小野の雪」のエピソードは、「忘れては」詠をめぐり、その《歌の言葉を文字通りに場面化する手法》によって、実際に「雪」を踏み分けて「君」に逢う話として創り上げられているのである。

　本章では、当該「忘れては」詠の新しい解釈（第二節）をはじめ、まず『伊勢物語』について、終焉部の章段（本節後掲）、多賀幾子関連章段（第二節）、惟喬親王関連章段（第三節）を中心に、作中歌の新しい解釈を提示する。二〇段「楓のもみぢ」における〝知られざる「躑躅」の歌〟についてはすでに述べたところであるが、(4)『伊勢物語』中、ほかにも（未知なる）「躑躅」の歌が存在している（第二節）。

『源氏物語』に先行する二つの作品、『伊勢物語』と『枕草子』には、古来歌に詠み込まれてきたモノやコトなど機知的表象（「忘れては」詠の場合の「雪」など）を巧みに用いた和歌やその他の言葉（『枕草子』の場合の「秀句」など）が豊富に盛り込まれている点で、共通するところがある。だが、作品の手法の問題とも関わって、和歌や秀句など言葉の表現に沿った読解は必ずしも容易なことではない。

『枕草子』の主人公である定子や作者・清少納言、また『伊勢物語』の主人公〈昔男〉に擬される歌人業平らが何を考え、いかに生きたのか。多く、誤解されたり見過ごされたりしているそれら和歌や用いられた言葉の意味についてあらためて追究していく作業は、一千年後の現代における日本古典文学の新たな発見に繋がるであろう。和歌と言葉の新しい解釈を行いつつ、彼らの表現に学んでいきたい。


「野とやなりなむ」（『伊勢物語』一二三段「鶉」）

〝人の住まなくなった「里」が「野」となるのではなく、草深い「野」に人が住んで「里」となるのだ〟

年を経てすみこし里をいでていなばいとど深草野とやなりなむ

返し

野とならばうづらとなりて鳴きをらむかりにだにやは君は来ざらむ

右の二首は、『伊勢物語』一二三段「鶉」における贈答歌である。前後に地の文があって、短い物語が付くが、いま「返し」の語のみ生かすこととした。従来は、「深草」に住む女に飽き始めた〈昔男〉の歌と、男の心を変えさせた「いじらしい」（竹岡正夫『伊勢物語全評釈　古注釈十一種集成』[5]）女の歌として理解されているものである。

初段以降、「野」と「里」を往き来し、「京」を出でて展開した『伊勢物語』の終結部にふさわしく、ここに再び「野」と「里」の物語が置かれた意義は深い。一二四段「われとひとしき人」と一二五段「つひにゆく道」、二つの章段を残し、当該段では「野」と「里」の和歌をめぐり、あらためて、人の世と心のありようが追究されているのである。

贈答歌は『古今集』「雑下」にも採られている。二首目「野とならば」詠の文言に異同が存し、特に第二・三句について『伊勢物語』の本文が「うづらとなりて鳴きをらむ」であるところ、『古今集』には「うづらとなきて年はへむ」とある。この歌は『古今六帖』第二「野」の項にも見え、『伊勢物語』との相違は結句に存する。『伊勢物語』の本文が「君は来ざらむ」であるところ、『古今六帖』には「人のこざらむ」とある。ここを「人」とするのは、『古今六帖』のみである。

野とならばうづらとなきて年はへむかりにだにやは君か来ざらむ[6]

（『古今集』雑下・九七二・よみ人知らず）

野とならばうづらとなりて鳴きをらんかりにだにやは人のこざらむ　（『古今六帖』二・野「うずら」・一一九一）

「もし人が長年にわたって住んだ里を捨てて出て行ったならば、そこは、それこそ草深い野となってしまうのだろうか」という問いに対し、「野となったならば、鶉にでもなって鳴いていましょう。そうすれば、仮にも――せめて狩にだけでもあなた（人）が来ないことがありましょうか。あなた（人）は必ず来ますよ」と答えている。『古今集』の本文で「鶉」の件は掛詞になっているので、その部分は「野となったならば、野に住む鶉のように『ああ嫌だ辛い』と泣きつつ、また長い年月を過ごそう」ということになる。

やり取りの内容として、'人が出て行った里が野となり、捨てられた者が鶉として鳴く'と解すのが従来のあり方であるが、まさしくその歌の'言葉の通り'のことが世界中で、そして日本でも起きてしまっている。

私たちは、町を、里を、人の住まない草深い荒れ野にしてしまってはならない。古典作品には、読み取られていない重要なメッセージがおそらくまだ無数に残されている。

「われとひとしき人しなければ」（『伊勢物語』一二四段「われとひとしき人」）

論者はすでに、『伊勢物語』の最終段、一二五段「つひにゆく道」の歌について、それが「昨日ふられた男」の歌であることを指摘している。[7]「わづらひて、心地死ぬべくおぼえければ」という「物語」を伴うその歌は、しかし、辞世の歌ではなく、恋の歌である。

つひにゆく道とはかねて聞きしかどきのふけふとは思はざりしを

一首は、『古今集』「哀傷」にも採られ、従来、在原業平の辞世歌として理解されているものであるが、これは実は〃人間、いつか死ぬとは知っていたが、それがなんとなんと「昨日」だったとはね……〃という意味の、「昨日今日」の〃恋の終わり〃に遭って詠まれた歌である。定子辞世「別れ路」の歌の解釈をめぐって読み取った〃音にのみ聞く死出の旅路〃というテーマはここにも現れている。(8)

『伊勢物語』は、あらゆる恋の場面を描き出しつつ、さまざまな角度から人の世の実相に迫り、人の心の真実について浮き彫りにしてゆく。歌そのものについて言うならば、〈昔男〉の最後の歌は恋部のいわゆる「恋死に」の歌である。

「つひにゆく」の一首は、いずれもはかない、「人の世」と「恋」の物語の終焉にふさわしい歌として、『伊勢物語』最終の段に選び取られている。(9)

『伊勢物語』最終三段のうちのもう一段、一二四段「われとひとしき人」についても、歌そのものの意味について考えるならば、詠者あるいは物語作者の知られざるメッセージを読み取ることが可能である。

思ふこといはでぞただにやみぬべきわれとひとしき人しなければ

これは、〃人はきっと思っていることを言わぬまま終わってしまうに違いない。このような私と同じ人間はほかにはいないのだからね〃ということである。

従来は、「男、いかなりけることを思ひけるをりにかよめる」という物語「地の文」に誘導されて歌の意味を考えるため、上の句の「思ふこといはでぞただにやみぬべき」という部分をめぐり、詠者自身について言ったものと解することになっている。

しかし、歌に詠まれているのは、「われとひとしき人」は他に居ない（真理である）から、他の人は「思ふこといはでぞただにやみぬべき」ということである。つまり、「思ふこといはでぞただにやみぬべき」というのは、自分（詠者自身）のことではなく、詠者以外の他の人、「他者」のことであるのだ。

従来は、「われとひとしき人しなければ」という部分について、「自分と同じ人がいない」という意味でなく、「私と同じ気持の人なんていないのだから」（『（新編全集）伊勢物語』[10]当該歌・現代語訳、傍点－圷）と、傍点部を補って解している。物語の筋書き通りの読みとしてはそれでよいのだが、歌そのものの意味に気づけば、異なる解釈が可能であったはずである。またそれは、『伊勢物語』の原点でもあるはずの事柄だ。

物語の筋書きに誘導される読みを脱して、歌そのものの意味について検討してみたとき、私たちは確かに、〈昔男〉の歌の、時代を先取りする新しさと同時に時代を越えた普遍性を有する、斬新かつ型破りな詠風に驚かされるのである。まさしく彼は、類も並びもない、孤高の歌人にほかならない。

第二節　「花」にまつわる歌 —— 八三段・一七段、及び七七段・七八段

「忘れては夢かとぞ思ふ」（『伊勢物語』八三段「小野」）

本章冒頭、『伊勢物語』八三段の「忘れては」詠については、「雪」ではなく、春の「桜」の歌であると述べた。『伊勢物語』や『古今集』の研究史上、これまで、歌そのものの問題として、かように解されたことはなかった。

忘れては夢かとぞ思ふおもひきや雪ふみわけて君を見むとは
（「雪」を踏み分けて今日、あなたに逢うなんて！）

詠者は、「おもひきや」――〝思ってもみなかった〟というのであるが、それもそのはず、季節は今、春の終わりの落花のころ。彼が歩みとともに「ふみわけて」いるものは「桜の花びら」であるのだから。その「現実」を忘れてこの瞬間、詠者は「夢」ではないかと疑いつつ、〝春の雪〟（＝桜）の美しい光景の中で出逢う「君」の姿を眼に焼き付けているのである。

そこに広がっているのは、一面に降り敷き、雪と降り積もる「春の落花」の光景である。詠者はそれをそのまま「雪」と見た。あえて言えばこれも「見立て」の歌であり、和歌における「暗喩」「メタファー」について論じるのであれば、当然、気づいて拾い上げなくてはならない歌の一つである。

例えば、『古今集』「春下」に入る次の歌、

こまなめていざ見にゆかむふるさとは雪とのみこそ花はちるらめ
（『古今集』春下・一一一・よみ人知らず）

などのように、〝花を雪に〟式の見立てである場合、見落とされることはない。

しかし、その見立てが〈言外〉になされている場合や、あるいは、歌そのものが「見立て」である場合は、歌における「見立て」の構造に気づかないことがある。肝心の「見立て」の技法が見過ごされてしまっては、歌の主旨も構

造・論理・手法もすべて正確に読み取ることができなくなる。[11]

〈昔男〉の「忘れては」詠は、一首全体が「見立て」の論理によって成立している例である。早く『万葉集』の歌に見える詠みぶり（詠歌法）であり、いわゆる「蒲生野贈答歌」における次の額田王の贈歌もその一つである。

天皇、蒲生野に遊猟したまふ時、額田王の作る歌

あかねさすむらさき野行き標野行き野守は見ずや君が袖振る

（『万葉集』一・二〇・額田王）

額田王のこの歌は、端午節に披露された大海人皇子の「袖振る」舞のしぐさを、もとの妻（自分）に対する愛情表現とみなして詠んだものである。《世継ぎのための賜宴》たる端午節の主人公にふさわしい、大海人皇子の「答歌」を導く「見立て」である。

皇太子の答へましし御歌

紫草（むらさき）のにほへる妹を憎くあらば人妻ゆゑにわれ恋ひめやも

（『万葉集』一・二一・大海人皇子）

天智天皇即位年（六六八）五月五日のそのとき、大海人皇子は、額田王を禁野の「にほへる」紫草になぞらえて詠み応じた。今は兄帝のもとで生きる額田王を讃える一首は、そのまま天智の御代を讃える「答歌」となる。[12]

またほかに、『新古今集』の夏歌に採られ、持統天皇の歌として伝わる次の一首、

はるすぎて夏きにけらし白妙の衣ほすてふ天のかぐ山　（『新古今集』夏・一七五・持統天皇）

これは、たなびく初夏の山霞を白妙の天女の羽衣に見立てて詠んだものである。[13]『万葉集』巻一・二八番歌に第二句「夏来るらし」、第四句「衣乾したり」として見える。藤原定家の「百人一首」に選ばれて、知らぬ人のない名歌であるが、見立ての構造については従来見過ごされてしまっている。

まずは「小野」の段、「忘れては」詠の内容について「夢じゃないか、雪だなんて」と、そう要約できればよいのであるが、従来は、三十一文字の歌に表現されていないできごとばかりを想像してしまっているのである。「雪」が「夢」なら、「現実」にそこにあるものとは、一体何であろうか？　そう考えれば、これもお馴染みの「花と雪」の見立て（の一種）であったと気づくことになる。[14]

「雪ふみわけて君を見むとは（まったく思いも寄らなかった）」。なぜそのようなことになったのかという問題について考え、その原因を歌の構造の中に見出すとするならば、それはほかでもない、「花を雪と見る」人間そのものにあるということになる。その他の理由の追究こそ、つまりは歌物語の手法である。「雪ふみわけて君を見む」という状況を創り出したものこそは、すなわち「人の心」であったということである。

さらに、《歌の言葉を文字通りに場面化する手法によって、歌そのものとは異なる、新たな主題を持つ物語を創出する》作品として、当該「忘れては」詠を含む『伊勢物語』八三段「小野」の場面においては、花を雪に見立てて歌を詠む、〝人間の生〟というものをいかに表現するかという主題が存していよう。

花と雪の見立ては、『古今集』中、まず「春上」の歌に見える。次の例は、盛りの桜を雪に見立てた一首。

詠む。

寛平御時きさいの宮の歌合のうた
三吉野の山べにさけるさくら花雪かとのみぞあやまたれける
（『古今集』春上・六〇・紀友則）

『古今集』「春下」の最初の例は、『伊勢物語』の登場人物の一人「惟喬親王」の歌に続く一首で、「雲林院」の桜を詠む。

僧正遍昭によみておくりける
さくら花ちらばちらなむちらずとてふるさと人のきても見なくに
（『古今集』春下・七四・惟喬親王）

雲林院にてさくらの花のちりけるを見てよめる
桜ちる花の所は春ながら雪ぞふりつつきえがてにする
（『古今集』春下・七五・承均法師）

八三段「小野」の「忘れては」詠については、歌そのものの問題として、従来、それが「雪」ではなく、春の「桜」の歌であると指摘されることはなかった。だが後代、例えば松永貞徳の門下望月長孝が「暮春山」題で次のような歌を詠んでいる。

忘れては花も夢かと散る山の雪ふみ分けて春やゆくらん
（『広沢輯藻』二一二）[15]

それより早く、「千五百番歌合」には、上の句を「忘れては冬かとぞ思ふ」あるいは「忘れては秋かとぞ思ふ」に作る歌が見え、後者の例は『新続古今集』に採られてもいる。

わすれてはふゆかとぞおもふうの花のゆきふみわくるをののかよひぢ
（「千五百番歌合」夏一・六四七〈三二四右〉・源家長）

千五百番歌合の歌

わすれては秋かとぞ思ふ風わたる峰よりにしの日ぐらしの声
（『新続古今集』夏・三四〇・源通具／「千五百番歌合」夏三・九四九〈四七五右・勝〉）

それぞれ夏に、〝今は冬かと思う〟また〝今は秋かと思う〟という内容で、前者、家長の例は、「小野の通ひ路」の白い「卯の花」を「雪」に見立てて詠む。

一方、過去のできごとをめぐって詠む、初句「忘れては」による恋部の歌は、『新古今集』に採られた式子内親王の歌をはじめとして、以降の勅撰集に散見する。

わすれてはうちなげかるるゆふべかなわれのみしりてすぐる月日を
（『新古今集』恋一・一〇三五・式子内親王）

中務卿宗尊親王家百首歌に

わすれては恋しきものをあひみじといかにちかひし心なりけむ
（『続拾遺集』恋五・一〇五七・鷹司院帥）

忘れてはみしよのかげぞ忍ばるるうきならはしの有明の月
（『新後拾遺集』恋四・一二一三・源頼遠）

鷹司院帥の一首は、第三句以下の部分「あひみじといかにちかひし心なりけむ」が、『続後撰集』に採られた清少納言の恋歌の言葉と重なる。清少納言は、「心」をめぐって「…知らずして」と詠んだが、鷹司院帥は「忘れては」として詠み出だす。[16]

人をうらみて、さらにものいはじとちかひて、のちにつかはしける

われながらわが心をもしらずして又あひ見じとちかひけるかな

（『続後撰集』恋三・八四三・清少納言／『清少納言集』Ⅱ六・Ⅰ四　二句「わが心をば」下の句「又はあはじといひてけるかな」）

業平の「忘れては」詠をめぐり、水原一氏は、動詞「忘る」について『『……を忘る』という常識的用法以前には、目的語不要の、自発的な知覚消滅を言う特異な動詞だったのではないか」とまで考え、前掲の三首、式子内親王らの歌については、「忘るべくもない心でありながら、『忘れては』と歌う、その不条理の声調において業平の『忘れては……』と通うものがあるようである」と述べている。[17]だが、『伊勢物語』の筋書きを一旦離れて考えるとき、業平詠「忘れては」の歌の主旨により接近しているのは、季節をめぐる〈錯覚〉について詠む一連の歌のほうである。

次も、夏に、〝今は秋かと思う〟、また〝今は春かと思う〟ということで、歌材が限られる夏部の歌題を増やす一方、本歌・本説との一致は避けられていると言える。

夏月をよめる

わすれては秋かとぞおもふかたをかのならの葉わけていづる月かげ　（『新勅撰集』雑一・一〇六五・藤原親康）

わすれては春かとぞ思ふかやり火の煙にかすむ夏の夜の月　（『新後拾遺集』夏・二四二・足利基氏）

また、三条西実隆の百首歌に見える一首「わすれてはをののほそ道ふみ分し雪かとぞおもふさける卯の花」（『実隆集』Ⅱ〈雪玉集〉十「百首／夏十五首」・三七七八）は、内容的に前掲「千五百番歌合」に詠まれた源家長の歌「わすれてはふゆかとぞおもふうの花のゆきふみわくるをののかよひぢ」と寸分違わぬ同じ歌のようでもあるが、過去の助動詞「き」（し）を用い、かつて踏みわけて歩いた小野の雪の光景と、眼前の卯の花の光景を重ね合わせる趣向である。『新古今集』に入る、「交野のみ野」を詠む藤原俊成の歌には、「花の雪散る」という表現が見られる。これはいわゆる「制詞」とされる歌句であるが、「またやみむ」の初句にも象徴されるように、八二段「渚の院」のみならず、むしろ、八三段「小野」における邂逅の場面を彷彿させて示唆的である。

忘れては夢かとぞ思ふおもひきや雪ふみわけて君を見むとは　（『伊勢物語』八三段／『古今集』雑下・九七〇・在原業平）

摂政太政大臣家に、五首歌よみ侍りけるに

またやみむかたののみのの桜がり花の雪ちる春のあけぼの　（『新古今集』春下・一一四・藤原俊成）

藤原定家は父のこの一首を『定家八代抄』に収め、秀歌例として『近代秀歌』（近代六歌仙）及び『詠歌大概』に掲げている。結句の「春のあけぼの」は、八二段の桜の場面に、「その木のもとは立ちてかへるに日暮になりぬ」とあり、これはまた、八三段「小野」における詠歌の場面に「夕暮にかへるとて」とあることと対をなすと同時に、物語場面との一致は避けられ、歌には直接詠み込まれていない「時間帯」を提示する形になっている。従来、俊成の一首は、八二段の物語に基づく詠歌と考えられていて、「花」を「雪」に見立てる手法については、「狩」の語との縁などともされる（『美濃の家苞（いへづと）』本居宣長）が、八三段「小野」の「忘れては」詠と比べてみると、それぞれ「君」と「交野の御野の桜狩り」を中心に、双方、対応する要素も認められるようである。[18]

結果として、これら後代の詠作者が、歌によっては『伊勢物語』作中歌そのものの意味に寄り添う歌作を行なっていることに鑑みるとき、[19]他方、物語の筋書きをあえて〈紛れもない事実〉として意味づけていくいわゆる「冷泉家流古注」の荷った役割と意義についても、あらためて考えてみなければなるまい。

『伊勢物語』の現代注の内容ならびに解釈研究の状況は、基本的に古注の手法を継承するものである。『伊勢物語』に描かれていないできごとについて追究し、注釈する行為に〈新しい語りの創出〉としての意義を認めるとしても、私たちが行う解釈研究がそこから脱却し得ていないとすれば、研究史的な課題は非常に大きいと言わざるを得ない。[20]

例えば、『枕草子』中の和歌や清少納言の秀句の特徴は、意表を突く発想と、内容の意外性にあると言えるが、意味について本文上で「説明」されることはない。一つの歌が詠まれ、言葉が生まれた現場に自分もいて、人々の心の動きを自ら体感するように読むのでなければ、肝心な部分は読み取れない。その意味で、歌一首を読み解く行為は、創造性に満ちたものである。『伊勢物語』の和歌の場合、（『源氏物語』のように）物語の筋書きに依拠して読む方法では、その意味を汲み取ることができない。だがしかし、用いられている歌そのものの意味を理解せずに、『伊勢物語』の物語としての解釈研究はついに全うし得ないのではあるまいか。

さて、『新古今集』には、『伊勢物語』八三段の「アンサーソング」というべき、惟喬親王の「返歌」が採られている。

世をそむきて、をのといふ所にすみ侍りけるころ、業平朝臣の、雪のいとたかうふりつみたるをかきわけてまうできて、夢かとぞ思ふおもひきやとよみ侍りけるに

夢かともなにか思はむうき世をばそむかざりけん程ぞくやしき　（『新古今集』雑下・一七二〇・惟喬親王）

「忘れては」詠について、歌そのものの意味が明らかであるとき、「夢かとも」詠の内容は、『伊勢物語』享受の様相とともに成立の謎について示唆するものとなる。そこに「つれづれとしていと物がなしくて」（『古今集』詞書）、「つれづれといとものの悲しくておはしましければ」（『伊勢物語』）という姿はない。

「今日来ずは」（『伊勢物語』一七段「年にまれなる人」）

『伊勢物語』中、ほかに、一七段「年にまれなる人」における「年ごろおとづれざりける人」の詠、「今日来ずは明日は雪とぞふりなまし消えずはありとも花と見ましや」も「花」と「雪」を詠み込むが、これは実は、「桜」について詠んだ歌ではない。一首は、詠者名を「業平朝臣」として当該段の贈歌とともに贈答の形で『古今集』「春下」に入る（六二、六三番歌）。

まず、一七段に「年ごろおとづれざりける人」とあり、『古今集』の詞書では「久しくとはざりける人」とあるのは、贈歌「あだなりと名にこそ立てれ桜花年にまれなる人も待ちけり」の「年にまれなる人」という表現を《文字通りに場面化》した部分にあたる。

歌そのものについて言えば、物語（及び『古今集』詞書）の設定とは異なり、「あだなりと」詠の「年にまれなる人」とは、一年にたった一度、〃花見〃の時期にしかやって来ない、そんな人間一般について言ったものである。[21]定家本等で冒頭、「昔」の語を持たない当該一七段に用いられた歌に詠まれていたのは、「昔」も今もまったく変わらぬ人間のありようである。

そしてまた、「返歌」たる業平詠についても、歌そのものの意味について考えるならば、従来、物語の設定に沿って読み取られ、信じられている解釈とは大きく異なるものとなる。歌意は、次の通りである。

今日来ずは明日は雪とぞふりなまし消えずはありとも花と見ましや

〃もし「今日」、来なければ、いずれ「明日」はこの命、雪とばかりに降り——古びて——、まもなくなくなってしまうだろう。よしんば消え残ったとしても、それを花と見るべくもなかろうよ〃

業平詠「今日来ずは」の歌は、ほかでもない、「わが命」のありようについて詠んだものであったのだ。桜を見る側の、人の命の定めをめぐって、花を雪に見立てる常套的な手段を用いつつ、類型の枠を越えた新しい歌を創出している。

物語がこれを韜晦するために費やした言葉は非常に少ない。物語の冒頭、贈歌の直前に添えられたわずかな部分である。ここにあらためて、章段の全文を掲げる。

年ごろおとづれざりける人の、桜のさかりに見に来たりければ、あるじ、
　あだなりと名にこそ立てれ桜花年にまれなる人も待ちけり

返し、
　今日来ずは明日は雪とぞふりなまし消えずはありとも花と見ましや　（『伊勢物語』一七段「年にまれなる人」）

特に「今日来ずは」詠については、「返し」とあるのみで、

私が今日来なかったなら、その桜花は明日は雪のように降り散ってしまうことでしょう。散った花びらは消えないでいても、消え残った雪も同然、だれがもとの桜花と見るでしょうか
（『（新編全集）伊勢物語』一一九頁・現代語訳）

という読みを誘導する構造なのである。

下の句の解釈をめぐり、第四句「消えずはありとも」について、「たとえ雪のように消え去ることはなくても」（渡辺実『（集成）伊勢物語』三一頁・頭注八）[22]、「花だから雪のようには消えないとしても」（小島憲之・新井栄蔵『（新大系）古今和歌集』六三番歌・現代語訳）[23]という現代語訳も見られる。「雪」のごとく降り散った「花」をめぐって、「雪」のように消え残ると解すものと、「雪」ではないので消え残ると解すものとがあるということである。ほかに、この部分

について「雪」と関わらせずに現代語訳する例もある。(24)

花見に訪れた「桜」の歌とみる従来の説において、解釈が確定しているとは言い難く、結句「花と見ましや」については、「たとえ消えずに残っていても一旦梢から離れた以上みすぼらしくてとても花と見えはしまい」（大津有一・築島裕『（大系）伊勢物語』(25)）などとその理由に言及するものもある。

『古今集』の歌としても、注解付きテキストには「多情と評判の女がちゃんと待っていたと言ったので、業平が明日になればどうだったかわからないと応酬したもの」（小町谷照彦『古今和歌集』(26)）という解説が添えられ、「前の歌と合わせて六歌仙時代の典型的な贈答歌である。主題となっているものが、後世の貴族恋愛よりも古い時代のいきいきとした恋愛である」（小沢正夫・松田成穂『（新編全集）古今和歌集』(27)）などとも考えられている贈答である。

贈歌の主体（「あるじ」）の性別をめぐって両説あり、業平の「今日来ずは」詠については、近時、中野方子氏の「相手の家の〝桜〟に身を変える」(28)歌として解す説なども出されているが、業平詠について考える際には、当該の歌についても、一度、『伊勢物語』の物語設定を離れて眺めてみるという手順は必要なことであるはずだ。

「二首の歌のいかにも気のきいた洒落たやりとりを味わえばそれでよい段」（竹岡『伊勢物語全評釈　古注釈十一種集成』(29)）と受け止める一方、「あらたまの年のをはりになるごとに雪もわが身もふりまさりつつ」（『古今集』冬・三三九・在原元方　詞書「年のはてによめる」）と詠む、和歌表現における基本的な事項であるはずの「降り」と「古り」の掛詞なども見落とされてしまっている。

「降る」のほか、また「消ゆ」は「雪」の縁語として、人事の歌では「思ひ」をはじめ、「命」「身」「心」、また「世の中」等について詠む歌に用いられる、いわゆる無常詠の類型の一つ。「ふる雪に物思ふわが身おとらめやつもりつもりてきえぬばかりぞ」（『後撰集』冬・四九五・よみ人知らず）、「露の命きえなましかばかくばかりふるしら雪をながめましやは」（『新古今集』雑上・一五八一・後白河院　詞書「御なやみおもくならせ給ひて、雪のあしたに」）など時代に拠らず例が多い。

・**「白玉か何ぞと人の問ひし時」（『伊勢物語』六段「芥河」）**

この「消ゆ」の語は『伊勢物語』の作中歌にも例が多く、六段「芥河」の歌は、はかなく消える「露」の身についてて詠む。

　白玉か何ぞと人の問ひし時つゆとこたへて消なましものを

（『伊勢物語』六段「芥河」）

一首は、「涙」をめぐる「露」と「白玉」の見立てがいわば〈言外に〉なされた例である。当該歌をめぐっては、折口信夫に、「この歌は、露の歌ではなく、玉の歌だ」「女が涙を流したのだ。それを『つゆ』ですといって、消えてしまったらよかった、といっている」（『折口信夫全集　ノート編　第十三巻（伊勢物語）』）[30]という発言がある。現行の注解付きテキストにおいても、

　本来は涙の玉にかけて、『それは白玉か、とあの人が尋ねた時、私は、悲しい心で浮ぶ涙を、露と答えて、その露のようにはかなく死んでしまったらよかったのに』という意味の歌らしく、これを用いてこの段は構成された。

（福井貞助『（新編全集）伊勢物語』一一八頁・頭注七）

なお、この歌の「露……消えなましものを」のあたりには、わが身のはかなさを詠嘆する、いかにも女歌特有の

発想がとりこまれているようにもみられる。もともとは女の歌だったかもしれない。

（鈴木日出男『伊勢物語評解』二七頁・評釈）

などと付言されているところであるが、一方で、「なおこの歌、歌だけ独立しては理解に苦しむ態のもので、少なくともこの段の物語を抜きにしては理解しがたいであろう」（『石田穣二　伊勢物語注釈稿』[31]一一三頁・注釈『しらたまか』の歌」）とも考えられている。

いずれにしても、六段「芥河」の「白玉か」詠については、従来、歌に直接詠み込まれていない「涙」（の玉）の歌としての読み取りもなされているということであるが、恋歌の主題として見れば、一首は、次の高階貴子の歌同様、恋の成就期に観ずる〈死〉の詠歌である。

中関白かよひそめ侍りけるころ

わすれじのゆくすゑまではかたければけふをかぎりの命ともがな

（『新古今集』恋三・一一四九・高階貴子）

〈白玉か何ぞと人の問ひし時つゆとこたへて消なましものを（『伊勢物語』六段「芥河」）〉

前掲、石田氏（『伊勢物語注釈稿』）は「伝承歌とすれば、男に名を問われた時のことを詠んだ女の歌ということになろうが、それにしてもなんらかの歌語りとともに在ったことを想定しなくては理解に困難である」と述べている。この解釈も含め、従来は、詠者が過去（「白玉か何ぞと人の問ひし時」）に涙した理由も、今、「消なましものを」（消えてしまえばよかったのに）と思う理由も、一首三十一文字の文脈以外のところに求めてしまっているのである。

・「わが上に露ぞ置くなる」（『伊勢物語』五九段「東山」）

また、『伊勢物語』中には、ほかにも、人の「涙」を「露」として詠む歌がある。五九段「東山」における一首である。

わが上に露ぞ置くなる天の河とわたる船のかいのしづくか

（『伊勢物語』五九段「東山」）

五九段の筋書き通りには、「ものいたく病みて、死に入りたりければ、おもてに水そそきなどして、いきいでて」というわけで、顔に「水そそき」をされて息を吹き返した男が、その水滴について詠んだ歌、というお話になっている。

しかし、一首は「涙」を、「わが上に置く露」として詠む、発想・表現ともに非常に機知的な歌だったのである。「露と涙」の「見立て」の類型を用いいつつ、自然とあふれ出て留めかねる「涙」を、自然に発生していつの間にか（地上に）置く「露」そのものとして詠む。古来、「涙」を「露」に擬えるその本義に立ち返らせる機知である。

山口女王の大伴宿祢家持に贈る歌一首

秋萩に置きたる露の風吹きて落つる涙は留めかねつも

（『万葉集』八・秋相聞・一六一七・山口女王）

露応別涙珠空落　雲是残粧鬢未成

（露は別涙なるべし珠空しく落つ　雲はこれ残粧鬢いまだならず）

（『和漢朗詠集』上・七夕・二一四・菅原道真／『菅家文草』五・三四六「七月七日　代牛女惜暁更　各分一字応製〈探得程字〉」）

『和漢朗詠集』の「七夕」の例は『枕草子』にも見える。長徳二年〈九九六〉三月晦日の詩宴明け、'暁の別れ'の場面での藤原斉信の朗詠は、しかし、季節を違えたものであった（「宰相中将斉信、宣方の中将と」一六六段）[32]。

この「わが上に」詠については、年に一度の逢瀬を待ち望む彦星のように、恋の成就を待ち続ける男性の歌とみる。男が、恋愛の場面で自らの「涙」について詠む歌には、「しら玉かつゆかととはむ人もがなものおもふ袖をさしてこたへむ」（『新古今集』恋二・一一一二・藤原元真）などがあり、すでに見た『伊勢物語』六段「芥河」の歌に拠っている。同様の例は『清少納言集』にも見える。[33]

こよひあはんといひて、さすがにあはざりければ
しらたまはなみだかなにぞよるごとにゐたるあひだのそでにこぼるる

（『清少納言集』Ⅱ三〇）

「わが上に露ぞ置くなる」ではまったく気づかないが、「袂に置く露」であれば、これをめぐって『袖の露』の実体は、言うまでもなく、『涙』である」[34]等と注されることになる。数段前、『伊勢物語』五四段「つれなかりける女」における〈昔男〉の歌「ゆきやらぬ夢路を頼むたもとには天つ空なる露や置くらむ」の例である。作中歌の機知的表象をめぐる一つのパターンでもある。

また『源氏物語』には、「わが上に」詠に拠る引歌表現として、光源氏の須磨下向の海路を描いて「櫂の雫」を

「涙」の意で用いる例があるが、従来、『伊勢物語』の歌の意味に及ぶ「涙」の「見立て」について指摘されたことはない。[35] 出発から須磨の家居の様子まで、業平や白楽天など、和漢の流離者に係る表現を連ねて綴る場面である（うちかへりみたまへるに、来し方の山は霞はるかにて、まことに三千里の外の心地するに、櫂の雫もたへがたし。〈「須磨」一－一八七頁〉）。

さて、「花」と「雪」を詠み込む「今日来ずは」詠（『伊勢物語』一七段「年にまれなる人」）については、これを本歌取りした藤原定家の歌の中に、『新古今集』に入る次の歌がある。俊成は「千五百番歌合」の判詞に「あすはゆきとぞふりなましといへる歌の心をとかくいひなして侍る、詞づかひをかしく侍るにや」と述べて評価している。

　　桜いろの庭の春かぜ跡もなし問はばぞ人の雪とだに見ん

　　　（『新古今集』春下・一三四・藤原定家／『拾遺愚草』一〇一六／「千五百番歌合」春四・四七〇〈二三五右〉）

「今日来ずは」詠を本歌とした和歌について浅岡雅子氏は「新古今入集歌④（圷注－定家詠「さくら色の」の歌）に見られるような四季の歌の中に恋の情趣が仄かにこもる寂寥感を湛えた作も詠出はされてはいるが、多くが四季歌の範疇を越えることがないのは、やはり、本歌の持つ性格が関係しているのであろう[36]」と述べる。

だがしかし、業平の歌に詠まれた〝明日になれば雪と降り、もはや花と見るべくもない〟ものとは、無常の世をかく生き、死ぬ人間の姿にほかならない。

そして、色移ろう命あるものがその「色」を失う様子を描き出してみせる点、定家の「桜いろの」詠は、業平の歌の意味によく添うものであったとも言えるのである。[37] 中世における本歌取りの試みを含め、長い享受の歴史を経て受け継がれていく核心が、業平詠には存しているのだ。それはやがて、西行などの「花の下」の名歌につながる「心」である。

ねがはくは花のしたにて春しなんそのきさらぎのもちづきのころ

（『西行集』Ⅰ〈山家集〉七七）

『風雅集』に次のような歌が見える。「あすありと思ふ（心のあだ桜）」とは、現代にまで伝わることわざの一つだ。(38)

百首歌たてまつりし時

けふくれぬあすありとてもいくほどのあだなる世にぞうきもなぐさむ

（『風雅集』雑下・一九八六・永福門院右衛門督）

『近代秀歌』に「詞は古きを慕ひ、心は新しきを求め…」（『〈新編全集〉歌論書』四五一頁）とする本歌取りの手法と、論者が《歌の言葉を文字通りに場面化する手法によって、歌そのものとは異なる、新たな主題を持つ物語を創出する》ものと定義づける『伊勢物語』の手法との間には、そもそも互いに相通じるところがまったくないとも言えまい。だが、『伊勢物語』の場合それは、和歌の「見立て」をあえて現実のものとして捉え返す（見立てによる「雪」を現実の「雪」と見立てて物語を作る）、「見立て」の反転によって、〈現実〉の風景を作り出す物語手法なのである。物語としての手法はもちろんのこと、「本歌の持つ性格」及び意味の解明を措いて、本歌と本歌取り詠の比較を行うことは困難である。

《歌の言葉を文字通りに場面化する手法によって、歌そのものとは異なる、新たな主題を持つ物語を創出する》ものとして、「年ごろおとづれざりける人」を主人公とする本段（一七段「年にまれなる人」）は、人と花が、また人と人とが「今日」、相見えることの奇跡について描き出す。

古典の〝教材〟

本章冒頭に掲げた「忘れては」詠は、『伊勢物語』八三段、「小野の雪」の通称で知られ、高校古典の教材としても馴染み深い章段中の歌である。昔男・業平と、実在の人物（惟喬親王）の交流を語るエピソードとして、現行の教科書においても、その多くにこの段が採用されている。だがしかし、歌の意味も、これを用いて創作された物語の意図も未だ解明されぬままである。歌に詠まれた豪奢な落花の光景は、当該段において、小野の雪に埋もれる惟喬親王の境遇へと転換され、意味の韜晦がなされているのだ。

「歴史的事実がどうであったか」という問題は措くのだとしても、「単元のねらい」（歌物語）通り、いかに「共感」的に当該エピソードにおける「主従の信頼」等の内容を読み取るべきかという問題が残ることになる。『伊勢物語』について、「歌物語は貴族社会の日常という現実的要素が強く、貴族社会の日常生活という現実に基づき、人間の真情や純粋な愛情の世界が描かれている」[39]と捉えるところから、そのような事柄を導き出すことが果たして可能なのかということである。

「小野の雪」後段に見る惟喬親王の「不遇」は、非体験者が想像する通りの〈歴史的政治的敗者〉が辿る悲劇の筋書きに則って描き出されたものであったと言えよう。

「山のみな移りて今日にあふことは」（『伊勢物語』七七段「春の別れ」）

君がため手折れる枝は春ながらかくこそ秋のもみぢしにけれ

この歌は、春の終わりの真っ赤な躑躅を「秋のもみぢ」に見立てて詠んだ歌である。[40] 従来、「三月ばかりに、かへでのもみぢのいとおもしろきを折りて」、女に贈ったという『伊勢物語』二〇段「楓のもみぢ」の筋書き通り、春に「若葉が紅くなっている」（種類の）楓の紅葉について詠んだ歌だと信じられている一首である。

知られざる「躑躅」の歌は、『伊勢物語』中、二〇段「楓のもみぢ」の歌以外にも、まだある。『伊勢物語』に登場する実在の人物の一人、文徳天皇の女御・多賀幾子に関する章段の和歌二首はいずれも「躑躅」の歌である。

多賀幾子関連章段に用いられた「躑躅」の歌

A　山のみな移りて今日にあふことは春の別れをとふとなるべし　（七七段「春の別れ」）

B　あかねども岩にぞかふる色見えぬ心を見せむよしのなければ　（七八段「山科の宮」）

まず、七七段「春の別れ」について、地の文「山もさらに堂の前に動きいでたるやうになむ見えける」とあるのは、「右の馬の頭なりける翁」が詠んだ、A「山のみな」詠について、「山のみな移りて」という歌の言葉を《文字通りに場面化》した部分である。歌の下の句「春の別れ」について、物語は、地の文「安祥寺にてみわざしけり」と、これも《歌の言葉を文字通りに場面化》し、亡くなった女御・多賀幾子のために行われた春の別れの法要のこととする。

史実として、多賀幾子の死は、文徳天皇が天安二年（八五八）八月二十七日に崩御したその同じ年の冬、十一月十四日のことであった（『日本三代実録』）。

「春の別れ」を詠み込むA「山のみな」の歌の直前、物語は念入りにまた《歌の言葉を文字通りに場面化》して歌意の韜晦を行う。いま「詞書と歌」の関係に倣って示せば、次のようになる。（　）内に、歌意（物語の筋書きに拠らない）を示す。

今日①のみわざを題にて、春の心ばへある歌奉らせたまふ。右②の馬の頭なりけるおきな、目はたがひながらよみける。〈地の文〉

山②のみな移りて今日にあふことは春の別れ①をとふとなるべし〈A〉

（山がみないっせいに色移ろって装いを変え、今日のこの日に相合うことは、逝く春の、最後の別れを惜しみ悼むというのであろう）（――春の終わりに山の躑躅が咲き揃った）

歌の言葉と地の文の対応関係が分かりやすくなるよう、上の句と下の句を分けて表示する。

右②の馬の頭なりけるおきな、目はたがひながらよみける。

山②のみな移りて今日にあふことは〈上の句〉

（山がみないっせいに色移ろって装いを変え、今日のこの日に相合うことは）

今日①のみわざを題にて、春の心ばへある歌奉らせたまふ。

春[①]の別れをとふとなるべし〈下の句〉

（逝く春の、最後の別れを惜しみ悼むというのであろう）（――春の終わりに山の躑躅が咲き揃った）

山で移ろうものといえば、春の「桜」や「山吹」などの花と、秋の「もみぢ葉」だが、「山がみな（いっせいに）移る」ものといえば、山全体を赤く染め上げる春の「躑躅」の花である。秋の紅葉は少しずつ、小高い山の峯の梢のあたりから赤や黄に、薄く濃く、思い思いに色を変えつつ染まっていく。だが躑躅の花は、春の終わりに花期を迎えていっせいに花開く。春の終わりを秋の終わりの紅葉のように真っ赤に染め上げて、春との最後の別れを惜しむ山々の姿である。

春の紅葉たる「躑躅」の歌には、「岩つつじにほふさかりはあづさ弓はるの山辺も紅葉しにけり」（『夫木抄』春六・二二一九・小弁）などの歌があり、『金葉集』にも「いりひさすゆふくれなゐにいろはえてやましたてらすいはつつじかな」（二度本　春・八〇・摂政家参河）という歌が見え、秋の果ての「紅葉」詠と、春の果ての「躑躅」詠は対応関係にあると言える。

勅撰集中、初めて春（春下）の部立の景物として躑躅が見えるのは『後拾遺集』であるが、論者はすでに、勅撰集「春下」における季節詠としての躑躅の歌が、「秋下」の紅葉詠に類似することを指摘している。[41]

また特に、次の和泉式部詠の第二句「折りもてぞみる」については、〝ぜひ折り取って、身近に置いて賞翫したい花だ〟という意味のものであることを読み取る必要がある。「思わず」ふと手折って夫の衣の紅染の色に「似ている」と気づいたのでも、妻の衣の紅染の色に「似ている」と思ってはじめて「親しみ」を覚えたのでもない。人の目と心をして、「せこがきしくれなゐぞめのいろ」、あるいは「わぎもこがくれなゐぞめのいろ」と見せる理由が、その「色」

に秘められているということである。その点、従来の解釈にはいま一歩、踏み込む余地が残されていたと言えよう。

いはつつじをりもてぞみるせこがきしくれなゐぞめのいろにたれば　（『後拾遺集』春下・一五〇・和泉式部）
わぎもこがくれなゐぞめのいろとみてなづさはれぬるいはつつじかな　（一五一・藤原義孝）

「なづさはれぬる」と詠む義孝詠の表現とともに、躑躅の花の赤色に対して私たちが感じる〝シンパシー〟をテーマに据えた詠作である。「火と見誤って…」という漢詩句の表現（「夜遊人欲尋来把　寒食家応折得驚」『和漢朗詠集』上・躑躅・一三八・源順）とはまた異なる切り口であり、清少納言が『枕草子』にこの歌句を取り上げ、『折りもてぞ見る』とよまれたる、さすがにをかし」（「草の花は」七〇段）と注目している。主題の捉え方とその表現の手法に和泉式部らしい機知が冴える。

七七段「春の別れ」の段中、A「山のみな」の歌に詠み込まれた「今日」のその「春の別れ」の日といえば、まさに春が終わる「三月尽日」にほかならない。従来、この歌について『「春の別れ」は三月尽日の『春との別れ』の意と、『春、女御と別れる』意を掛ける」（片桐洋一『伊勢物語全読解』[42]五七二頁・語釈「春の別れをとふとなるべし」）とみられているが、歌中「今日にあふ」とは、三月尽、「春の別れ」のその日に合わせたように、山の躑躅がみないっせいに満開となったことを言ったものである。[43]

「まことお彼岸入の彼岸花」（種田山頭火「草木塔」）という句も知られるところ、種類によっては、暦に合わせたように、毎年ちょうどその時期にいっせいに咲き揃うので印象的な花がある。清少納言は、「楝」（あふち）の花について、五月五日の節句にちょうど咲き合うおもしろさに言及している。「あふち」は、「あふ」との掛詞で歌に詠み込まれる。

木のさまぞにくけれど、楝の花いとをかし。かれわれにさまことに咲きて、かならず五月五日にあふもをかし。
（「木の花は」四四段）

また「今日─逢ふ」といえば、「かみにわがいのりしことやかなふらむけふしもきみにあふひとおもへば」（『高遠集』三〇一）というように、「賀茂祭」の「葵」（あふひ）を詠み込む歌の定型であるが、恋歌の素材である端午節の景物「あやめ草」もまた「あふ」と詠まれる。

なかの夏、五月五日
こまなべてすさめぬさわのあやめぐさ今日にあはずはなほやからまし
（『元真集』九）

五月五日、おなじひと
あやめぐさ（ね）もこころみであふことをいつかとまちし今日はくらしつ
（『元真集』四四）

かへし
まちきけるけふすぎぬればあやめぐさいまはいつかもあらじとぞ思ふ
（四五）

ここには植物にまつわるものを挙げたが、祭や節句など特別な一日、「今日」に逢い合う詠歌がある。

A「山のみな」の歌に詠まれているのは、今日、春との別れの日（三月尽）にいっせいに咲き合って、秋の終わりの紅葉のように山々を赤く染め上げる、春の紅葉たる〝躑躅の花〟の光景である。

・「ぬれつつぞしひてをりつる」（『伊勢物語』八〇段「おとろへたる家」）

「三月のつごもり」の話題としては、八〇段「おとろへたる家」の次の一首も《歌の言葉を文字通りに場面化する手法》によって、意味の韜晦がなされている。

　ぬれつつぞしひて折りつる年のうちに春はいく日もあらじと思へば

物語は「藤の花」を、「雨のそほふるに、人のもとへ折りて奉らすとてよめる」とするのであるが、歌の第二句「しひて折りつる」というのは、歌そのものの意味としては、「しひて居りつる」であって、ここは花を折る話ではない。右、掲載の本文の形については、現行の注解付きテキストの通りであるが、「折」の文字を当てるのは、歌の意味に由来するのではなく、物語の筋書きによって規定されたものである。

あえて言えば、月形半平太の「春雨じゃ、濡れて行こう」のそれである。これはそもそも花の話ではなく、掛詞などとしても「折り」の語は、この際かかわりがない。

もっとも、宇多天皇代における次の「桜の花の宴」の歌に見るごとく、「ぬれつつぞ」詠の背景に、「花の春」における「春雨」と「花」の関係を捉えていくことは可能であろう。藤原敏行が詠んでいる。

　寛平御時、桜の花の宴ありけるに、雨のふり侍りけ

れば

春さめの花の枝より流れこば猶こそぬれめかもやうつると　（『後撰集』春下・一一〇・藤原敏行）

初句に「桜狩」の語を置く次の歌も、春雨による〝花の雫〟に濡れようという主旨である。「花の雫」は、「心から花のしづくにそほちつつうくひずとのみ鳥のなくらむ」（『古今集』物名・四二二・藤原敏行）、「けふ桜しづくにわが身いざぬれむかごめにさそふ風のこぬまに」（『後撰集』春中・五六・源融）などと詠まれた歌語。

さくらがり雨はふりきぬおなじくはぬるとも花の影にかくれむ　（『拾遺集』春・五〇・よみ人知らず）

一首は、『和漢朗詠集』（上・雨・八五）に採られ、『古今六帖』には結句「したにかくれん」として見える（一・天「雨」・四五九）。先に見た（第二節）俊成の「またや見む」詠と関わりのある歌でもある。

「花を折る」歌としては、「むめの花ただにやはみむはるさめにぬれぬれぞなほをりやしてまし」（『躬恒集』二二四）などという歌があり、さらに後代、物語の筋書き通りという意味において、『伊勢物語』八〇段の和歌を本歌として詠む歌は多い。「花」の語あるいは、「藤」や「山吹」などの花の名を直接詠み込んでいる。

次は「暮春雨」題による一首。

暮春雨といふ事を

ぬれてをる藤の下かげ露ちりて春やいくかの夕ぐれの雨　（『玉葉集』春下・二七七・藤原基良）

「ぬれつつぞ」詠は、『古今集』において「やよひのつごもりの日、あめのふりけるに、ふぢの花ををりて人につかはしける」という『伊勢物語』の筋書き同様の詞書とともに、「春下」の最終歌の直前に配されている。すでに「三月晦日の日」を迎えながら「春は幾日もあらじ」というのは矛盾とみて、諸説あるところである。だがしかし、「春はいく日もあらじ」という《歌の言葉を文字通りに場面化》したのが、詞書の「三月晦日の日」にあたる、「三月のつごもりに、その日」（『伊勢物語』）という部分なのである。三月末日であれば、それはまさしく暦日による春季最終の一日。「春はいく日もあらじ」である。もちろん、歌そのものの意味として、これは三月尽当日の話ではない。

・「あやめ刈り君は沼にぞまどひける」（『伊勢物語』五二段「飾り粽」）

いま触れた端午節の景物「あやめ」にまつわる歌は『伊勢物語』にもある。ただし、五二段「飾り粽」の次の歌、

あやめ刈り君は沼にぞまどひける我は野にいでて狩るぞわびしき

これも、物語の筋書き通り「ちまき」の返礼品たる「雉」に添えて詠み贈ったような歌ではない。歌の直後「とて、雉をなむやりける」と言って短い章段が結ばれているが、詠歌に関するこの「なむ」は、『伊勢物語』の《歌の言葉を文字通りに場面化》する手法上、虚構のサインとみてよい。

ここでわざわざ「沼」や「野」に刈り求めるものとして、「あやめ」や「草」（若草・紫草）こそは、女性の表象である。「若草の」は「つま」の枕詞、「こひぢ」の「あやめ」は「軒のつま」でもある。

「若草のつま」については、『伊勢物語』一二段「盗人」の作中歌「武蔵野は今日はな焼きそ若草のつまもこもれりわれもこもれり」がある。『万葉集』以来の野焼き詠に歌われる〝「つま」も「われ」もこもる野〟とは、すなわち、人々が生きる「この世」の謂にほかならない。[44]　一二段の場合「若草のつま」は〈昔男〉のこと、女を盗んだ男が逃げ入った「武蔵野」の話となる。

端午節の薬狩りにちなみ、片や沼に生う「あやめ」（菖蒲草）を、片や野に生うものは「草」――「紫草」を、それぞれ「まどひ」、「わび」つつ苦労して探し求める。「紫のひともとゆゑにむさしの の草はみながらあはれとぞ見る」（『古今集』雑上・八六七・よみ人知らず[45]）とは言うものの、理想の女性の得難いことを述べたもの。

件の「雉」をめぐっては、もう一例、九八段「梅の造り枝」における、「梅の造り枝に雉をつけて奉るとて」とあるのも、作中歌「わが頼む君がためにと折る花はときしもわかぬものにぞありける」の第四句中「ときしも」について《歌の言葉を文字通りに場面化》したもので、そちらは「物名」風のこしらえである。[46]

「あかねども岩にぞかふる」（**『伊勢物語』七八段「山科の宮」**）

『伊勢物語』におけるもう一つの多賀幾子関連章段、七八段「山科の宮」の段の例（B）も、〝知られざる「躑躅」の歌〟の一つである。

B　あかねども岩にぞかふる色見えぬ心を見せむよしのなければ　（七八段「山科の宮」）

B「あかねども」詠の直前、地の文に「右の馬の頭なりける人なむ、青き苔をきざみて、蒔絵のかたにこの歌をつけて奉りける」とあり、直後にも「となむよめりける」と言う。もちろん、歌の内容に照らしてまったくの虚構であるのだが、従来、「あかねども」詠については、

・これで十分というわけではありませんが、あなた様を思う私の心の硬さは、岩で代用して奉らせていただきます。色によって示せない私の心をあなた様にお見せするてだてもありませんので。（五八一頁・現代語訳）／色彩の比喩というよりも、「目で見て確かめられない心」の意。「色見えでうつろふものは世の中の人の心の花にぞありける」（『古今集』恋五・七九七・小町）（五八三頁・語釈「色見えぬ心」）

（片桐洋一『伊勢物語全読解』）

・一首は、色となって外には現れないこちらの、長く慕ってきた深い誠意を、地味な石に代えて献上しようとする、常行の立場に立って詠んだ歌である。（二五三頁・語釈（和歌）「あかねども」）／歌には「石」としかないが、その「石」の「青き苔」にこそ自分の「心」を代弁させようとする意図があった。（二五四頁・評釈）

（鈴木日出男『伊勢物語評解』）

と解されていて、歌と物語の虚構の関係については、従来、明らかにされていない。物語の筋書き通りには、「島好みたまふ」（「岩」好きの）山科禅師に、藤原常行が岩を献上するときの歌ということで、従来、B「あかねども」の歌の意味するところについては、地の文に常行の言葉として「年ごろよそには仕うまつれど、近くはいまだ仕うまつらず」とあることを重ね合わせて理解することになっている。もちろん、ここも《歌の言葉を文字通りに場面化》した箇所である。

歌そのものの意味としては、詠み込まれた「岩」は「言は」との掛詞になっていて、ここも、A「山のみな」詠に

おいては三月尽日「春の別れ」を荘厳した、山々の躑躅の花の歌である。物言わぬ「岩躑躅」のその赤に、愛する人を思う深い心の色を重ねて詠んだ。歌意は、

あかねども岩にぞかふる色見えぬ心を見せむよしのなければ

〝これでもまだ満足ではございませんが、もの言わぬ岩躑躅に代えて、私の心の深い色をご覧下さい。これよりほかに、真心をお見せする方法がございませんので……〟

ということで、これも二〇段「楓のもみぢ」の歌と同様、歌そのものの意味に鑑みれば、岩躑躅の花に添えて贈られた歌である。同じく晩春の花である「山吹」の、「いはでおもふ」思いを読み取る定子の趣向については、本章の第四節で触れるが、後代、

忍恋のこころを
いはでおもふこころのいろをひとことはばをりてやみせんやまぶきのはな　（『続古今集』恋一・九六四・宗尊親王）

という歌も詠まれている。

B「あかねども」詠の主旨については、もっと言えば、一例「この胸を切り開いて　君に見せられるなら　僕の本当の想いを　惜しみなく見せたい」（大橋卓弥「spiral」）ということである。[47]

それを詠んだのが〈昔男〉の次の一首、

思へども身をしわけねば目離れせぬ雪の積るぞわが心なる

『伊勢物語』八五段「目離れせぬ雪」の歌である。この歌については、次節であらためて取り上げる。躑躅の深紅に代えて心（の色）を表現する、B「あかねども」詠に見える趣向は、現代風に言えば（少し古いが）、表現としては「ワインレッドの心」[48]の趣きである。

岩躑躅の花を贈って、自らの赤心を証明しようとした男の思いもろとも、いつの世も変わらぬ人の思いと言葉（表現）とが、古典解釈の歴史の中では、すでにどこかに置き忘れられてしまっている。

ここもまた『伊勢物語』一流の、《歌の言葉を文字通りに場面化する手法》により、「あかねども」の歌に詠み込まれた「岩」（言は―岩躑躅）について、文字通り、庭に据える「岩」を献上した話に仕立て上げたのが、『伊勢物語』七八段「山科の宮」の物語である。有色・有形のものによって代え難く表わし得ない、「飽かぬ」思いを秘めた逸話が誕生した。[49]

第三節　惟喬親王関連章段の歌――八三段・八五段、及び八二段

「枕とて草ひきむすぶこともせじ」（『伊勢物語』八三段「小野」）

あらためて、出家後の惟喬親王を訪ねた際の歌とされる〈昔男〉の詠、

忘れては夢かとぞ思ふおもひきや雪ふみわけて君を見むとや

これも実は、そうと信じ込まれている「雪」ではなく、「桜」の歌である。

〝あたり一面の雪景色なんて！　これは夢ではないかしら……〟ということだ。

詠者がそう思うのは、当然、今が「雪ふみわけて君を見」るような時節ではなく、その身はこのとき、春のただ中にあるからだ。一首は、『古今集』雑下に業平詠として入り、先に見た「鶉」の段の贈答（本章第一節）がそれに並ぶ。

初句「忘れては」とは、今、目にしている世界が現実であるということを「忘れて…」ということである。しかし、「雪ふみわけて君を見」るという〈体験〉によって忘れ去られるものは、実のところ、降り積もり降り敷く（「冬の雪」ならぬ）「春の桜」の情景であるのだ。

「雪」と「花」の見立てという基本的なレトリックであっても、現在、そうと気づく者がない。和歌としての修辞法の痕跡すら残さぬ業平一流の表現手法である。私たちはまず、三十一文字の和歌の構造について読み解かねばならない。

さらには、《歌そのものとは異なる、新たな主題を持つ物語を創出する》ものとして、当該八三段には、〝人間の生〟そのものをいかに表現するかという主題があると述べた（本章第二節）。

これについては、章段前半部分に置かれたもう一首の和歌、

枕とて草ひきむすぶこともせじ秋の夜とだにたのまれなくに

についてもまず、歌そのものの意味について考えてみる必要がある。

従来は、

① 今夜はおそばにいて、枕として草を引き寄せてむすぶ旅の仮寝もいたしますまい。短夜の春ですから、秋のようにせめて夜長を頼みにして、ゆっくりすることさえもできません。すぐに夜が明けてしまいますので（一八六頁・現代語訳）／今夜は御殿で宿直をせずに、自分の家に帰ってやすみたい、との心を詠んだ。（一八六頁・頭注一〇）（福井貞助『（新編全集）伊勢物語』）

② お引きとめ下さっても枕にしようと草を引き結んで旅寝をするようなことはいたしますまい。せめて秋の夜であったら夜長を頼りにゆっくりもいたされましょうが、そうもいたしかねます。短か夜、早々にお暇をいただきとうございます。（秋山虔『（新大系）伊勢物語』一六〇頁・現代語訳[50]）

③ 〈ここで旅寝の草枕を結ぶことはいたしますまい。秋の夜ならば夜長を頼みにゆっくりできますが、春の短か夜ではその頼みも無理でしょうから〉私も久しぶりで早く愛人と枕を交わしとうございますので、すぐのお暇をお許し下さい、という気持であろう。（渡辺実『（集成）伊勢物語』九九頁・頭注一四）

などと解されているものであるが、これらは（当然ながら）すべて物語の筋書きに沿った意味を当てはめた解釈である。このほかに、

④ 旅寝の枕にすると言って草を引き抜いて丸くまとめるようなこともしないでおきましょう。―ここで寝るとい

うこともしないでおきましょう。―秋の夜は永いと言っても、安心していることは出来ないのですが、まして今は春なのですから、寝ないで、共に何時までも語り合いましょう。

（片桐洋一『伊勢物語全読解』六四四頁・現代語訳）

とみるものがある。歌の主旨について「早く帰りたい」という意に解す現在の通説と異なり、「寝ない」という意に解すのは古注以来のことで、『伊勢物語惟清抄』（清原宣賢）に「春宵一尅賈千金ナレハネスシテアカサント云リ」とある。『伊勢物語臆断』（契沖）に「草ひきむすふこともせしとは宮のうちなれは業平のためには旅宿なれは今夜いねしと云意にかく云り」と解き、『伊勢物語古意』（賀茂真淵）には「出家したまはんにやとおもふ心もとなさに今夜はとけて寝べからず」と推し測る言及がある。

④の片桐『伊勢物語全読解』は、

いつもと違うぞ、おかしいぞと思って、結局、一夜を共に語り明かすことになったと述べて、「思ひのほかに」出家剃髪されたという後半部の表現効果をはかっているのである。

（六四七頁「研究と評論」）

と注している。章段後半の事件を見据えて前半部の内容について解す説も含め、いずれにしてもみな物語の筋書き通りの意味をあてがって歌の意味を捉えるものである。

歌物語の嚆矢たる『伊勢物語』の成り立ちについて、歌そのものの意味を知らずに理解することは不可能なはずである。この点、高校古典の授業における「評価の基準」として、『伊勢物語』の作中和歌について「話の展開に沿って解釈する」[51]と記すものがあるが、これも、「正解」として用意された物語の筋書き通りの解釈のほかに、歌意について然るべき解釈が存することを認めた上でのコメントであるわけではない。

前掲、六段「芥河」の例（第二節「今日来ずは」の項）など、『伊勢物語』における作中歌と場面状況の不整合について認める発言はこれまでにもなされてきているが、従来、歌と物語の関係について、これを作品の主題と手法の問題として明確に捉えたものはない。それは、「物語は事実を事実として語るものでない」と言ってしまって済むような問題ではなく、また、手法として、単にもともとあった話と歌を結びつけたり、話に合わせて歌を「創作」したりしたというようなことでもない。

わが国古典の基礎的作品である『伊勢物語』について、歌と物語の関係を明確に見定めていくことが何より必要なのではないか。

さて、一首の意味は、まず〝せめて秋の夜ほどの長さも期待できないので、旅の仮寝すらするまい〟ということである。長いものとされる「秋の夜」を引き合いに、決して長くはないものについて述べるとすれば、それは取りも直さず〝人の命〟について詠む歌であるということになるだろう。

八三段「小野」の筋書きにおける「春の夜」という設定によって、はかなく明ける（終わる）季節と人の命とは、一夜の物語のうちにいま、一つのものとして描き出されることになった。これも「三月つごもり」の話である。

「枕とて」の歌は、『古今六帖』の二箇所、第四「旅」題、及び第五「枕」題にも見えるが、前者については、『伊勢物語』の本文との間に異同が存する。

まくらとてくさむすびてしこともをし秋のよとだにたのまれなくに　（『古今六帖』四・別「旅」・二四二四）

「草むすびてしこともをし」（『古今六帖』四・二四二四番歌）。特に若いころは、人生の時間が永遠に続くかのように感じられて、限りある命を無為に――「旅の仮寝」に費やしがちなものである。「草むすびてし」と過去形を用い、今はそれを「惜し」と詠むのが『古今六帖』「旅」題の歌である。一方、「草ひきむすぶこともせじ」と詠む『伊勢物語』の作中歌においては、そうした人間の「生」とのある決別が述べられることになる点、「いろは歌」の最終二句、「浅き夢見じ酔ひもせず」にも通じるところがあろう。

まくらとてくさむすびてしこともをし秋のよとだにたのまれなくに（『古今六帖』「旅」題）
枕とて草ひきむすぶこともせじ秋の夜とだにたのまれなくに（『伊勢物語』）
〃少しばかり仮寝をするようなことも惜しい（するまい）。人生は秋の夜ほどの長さも期待できないものなのだから〃

物語の地の文「時は三月のつごもりなりけり」とは、歌の下の句「秋の夜とだにたのまれなくに」について、《歌の言葉を文字通りに場面化》して「秋の夜」ではない場面としてこしらえた箇所であり、地の文「親王、おほとのごもらで明かしたまうてけり」とは、歌の上の句「枕とて草ひきむすぶこともせじ」について、これも《歌の言葉を文字通りに場面化》して「一晩寝ずに明かした」と、かようにこしらえた箇所である。これらはあくまでも《歌の言葉を文字通りに場面化》した形であり、描かれている場面は、歌の意味の通りに場面化・立体化されたものではない。

本段前半部の歌について、《歌の言葉の文字の通りの場面化》は、特に歌の直後においてなされている。すなわち、歌とその左注の関係に倣って示せば、次のようになる。（　）内に、歌意（物語の筋書きに拠らない）を示す。

枕[②]とて草ひきむすぶこともせじ秋[①]の夜とだにたのまれなくに〈歌〉

（少しばかり仮寝をするようなこともするまい。人生は秋の夜ほどの長さも期待できないものなのだから）

時[①]は三月のつごもりなりけり。親[②]王おほとのごもらで明かしたまうてけり。〈地の文〉

歌の言葉と地の文の対応関係が分かりやすくなるよう、上の句と下の句を分けて表示する。

枕[②]とて草ひきむすぶこともせじ〈上の句〉

（少しばかり仮寝をするようなこともするまい）

親[②]王おほとのごもらで明かしたまうてけり。〈地の文〉

秋[①]の夜とだにたのまれなくに〈下の句〉

（人生は秋の夜ほどの長さも期待できないものなのだから）

時[①]は三月のつごもりなりけり。〈地の文〉

『伊勢物語』八三段「小野」に用いられた「枕とて」詠は、人生を草枕の旅に見立てる馴染みの主題と手法による一首であったということである。

『公任集』に次のような例が見える。出家したばかりの大江為基（為基新法師）と公任の贈答部分について掲げる。

ためもとしほうしのてなれば、たづねて

あくるまのほどだにもなき露のその世の中の心ぼそさに　（『公任集』四一四・公任）

又かへし

草枕はかなき物とこの世をばなく虫のねや思ひしるらん　（四一五・為基）

竹鼻績氏は為基の「草枕」詠について『草枕』を直接的に「はなかし」と詠んだ歌はない[52]」とするが、『伊勢物語』における当該「枕とて」詠に早く先取りされた主題であったと言えよう。

「身をしわけねば」（『伊勢物語』八五段「目離れせぬ雪」）

思へども身をしわけねば目離れせぬ雪の積るぞわが心なる

『伊勢物語』八五段「目離れせぬ雪」の歌である。『源氏物語』「末摘花」巻頭は、「思へどもなほあかざりし夕顔の露に後れし心地を、年月経れども思し忘れず、……」と重層的な引歌表現によって語り出される。「あかざりし」は『古今集』歌（雑下・九九二・陸奥）、歌語「露に後れし」は『朝忠集』及び『信明集』に例が見え、冒頭「思へども…」については、従来、『古今集』に採られた「伊香子淳行」なる者の詠、

あづまの方へまかりける人によみてつかはしける
おもへども身をしわけねばめに見えぬ心を君にたぐへてぞやる
（『古今集』離別・三七三・伊香子淳行）

という一首によるとされている。

だが、この『古今集』「おもへども」の歌も、前掲『伊勢物語』の作中歌と関わりが存するものである以上、『源氏物語』の引歌表現及び『伊勢物語』享受のあり方について考える際には、新たな問題が生じてくることになるだろう。冒頭二句は、『伊勢物語』の作中歌と同じである。

当該『伊勢物語』の八五段は、八三段「小野」及び、八四段「さらぬ別れ」に続く、スピンオフ的な章段でもあるのだが、作中歌及び『古今集』歌について第二句「身をしわけねば」というのは、従来信じられている「わが身を二つに分けておそばにお仕えすることはできませんので」（『（新編全集）伊勢物語』一八九頁・現代語訳）、あるいは、「この身体の方は分けられないので」（竹岡正夫『古今和歌集全評釈　古注七種集成（上）』[53]八七七頁・現代語訳）ということではないのである。

冒頭二句「思へども身をしわけねば」というのは、〝私がどれほどあなたのことを思っていても、この身体を分け割いてそれを取り出してお見せすることができませんので〟という意味のものである。

次は、「身をわけて」の例。「人の身体を分け、通り抜けて」の意。

秋風は身をわけてしもふかなくに人の心のそらになるらむ
（『古今集』恋五・七八七・紀友則）

「めに見えぬ―心を君にたぐへてぞやる」（『古今集』歌・三句以下）と言ってしまえば、やはり少々あからさまなのであるが、古来、旅行く人に心を「たぐへ」て詠む歌は多い。『伊勢物語』の作中歌によって例を挙げれば、二三段「筒井筒」の大和の女の歌、

風吹けば沖つしら浪たつた山夜半にや君がひとりこゆらむ

などである。「二人越ゆらむ…」と言ったとき、「二人」は文字通りの「二人」ではなくなっているのである。送る者の心が寄り添って、「二人」越え行く思いが、一首の核心となる。旅行く者に、見送る者の真心を添わせる〝心〟を遣る・添える〟歌群の存在と表現の歴史については、すでに論じたことがある。[54]

「目離れせぬ雪」とは、いま謂う所の「遣らずの雨」のことである。『伊勢物語』八五段の物語は、これを《文字通りに場面化》して「雪にふりこめられたり、という題」まで用意している。当該の歌は、『古今六帖』に第四句「雪のとむるぞ」の形で入る（一・天「雪」・七二三）。

「遣らずの雨」の歌としては、『万葉集』巻十「問答」の項、人麻呂歌集所出歌に次のような例がある。『伊勢物語』の歌については、従来、理解されぬままであるが、こちらは、近年話題になったアニメーション映画の「モチーフ」にもなっている。[55]問歌の異伝は『拾遺集』「恋三」に入る。「なる神のしばしうごきてそらくもり雨もふらなん君とまるべく」（八二六・柿本人麻呂）。

雷神（なるかみ）の少し動（とよ）みてさし曇り雨も降らぬか君を留めむ

（『万葉集』十一・問答・二五一三）

雷神の少し動みて降らずともわれは留らむ妹し留めば　（二五一四）

・「**桜花今日こそかくもにほふとも**」（『**伊勢物語**』九〇段「**桜花**」）

〝スピンオフ〟章段といえば、九〇段「桜花」の和歌、

桜花今日こそかくもにほふともあな頼みがた明日の夜のこと

など、歌そのものの意味に鑑みれば、どのような場面であっても女性に贈るようなものではない。それを可能にしているのが、《歌の言葉を文字通りに場面化》する、『伊勢物語』の手法なのである。これは〝明日のうちには色香も何もすべて失われる〟と言っているのだ。詠歌に続けた「といふ心ばへあるべし」という評文も効いている。前出（第二節）、一七段「年にまれなる人」の「今日来ずは」詠と読み比べてみる必要がある。

・「**いづれを先に恋ひむとか見し**」（『**伊勢物語**』一〇九段「**人こそあだに**」）

また、「花」と「人」をめぐる〈昔男〉の詠風についてさらに言えば、

花よりも人こそあだになりにけれいづれを先に恋ひむとか見し

〝花よりも、人（の心）こそはかないものだったのだなあ。まさか、花と人と、どちらを先に失って恋い慕うことになろうなどと、そう思って私は見たりしただろうか。（人の心は花よりはかなく、色移ろってしまったのだ）〟

ということである。恋人を思って「恋ひむ」涙を流すことになるなんて。はかなく、あっけなく色移ろってしまった恋人の心こそは花より「あだ」なるものであったのだ。

当該の一首をめぐっては、従来、下の句「いづれを先に恋ひむとか見し」の意味の読み取りにおいて、誤解がある。〝まさか、花より先に人を失って恋しく思うことになろうとは――〟というのはすなわち、恋人の心変わりによって、恋人を失った男の詠である。これは、恋人や妻と死別して詠んだ歌ではない。

『古今集』には、「さくらをうゑてありけるに、やうやく花さきぬべき時にかのうゑける人身まかりにければ、その花を見てよめる」という詞書を伴い、紀貫之の父・紀茂行（望行）の歌として収められている。茂行詠として伝わる歌はこれ以外にないが、歌の意味に照らして詞書に示された詠歌事情はいわゆる「ナンセンス・ストーリー」である。『伊勢物語』で歌の前に置かれた「むかし、男、友だちの人を失へるがもとにやりける」という地の文と比較したとき、詠者について、「人」に先立たれた男の歌（『古今集』）か、その男に詠み贈った歌（『伊勢物語』）かという違いがある。また『古今集』の詞書では、「人」について、自ら桜を植えてその桜が咲く前に亡くなった「人」であることが説明され、哀傷部の歌としての享受を助ける。だが、歌そのものの意味について言えば、「花よりも」の一首は‘現実の人の死’にまつわる詠歌ではないのだ。人（恋人）を失った嘆きを詠む歌であるが、それは、愛を失ったことに拠る「喪失」である。愛の喪失をめぐって、花よりはかない人間の存在について詠む。

従来、この歌は次のように解されている。

・もろくも散る桜花よりも、人の方がはかなくなってしまいましたね。あなたは、花と人とどちらを先に追慕する

と思いましたか、人を先になど思いもしなかったでしょうね（当該歌・現代語訳）

（『（新編全集）伊勢物語』一〇九段）

・花とははかないものだと思っていたら、人が花以上にはかない結果になってしまった。花と人のどちらが先に遠い存在として恋しく思われることになろうかと、私は予想したことであったろうか。（当該歌・現代語訳）／どちらが先に散って（死んで）、それを私が恋しがると思ったことか。裏に「当然花が先に散るだろうと思った」の意が隠される。（当該歌・頭注四「いづれをさきに」）

（『（新編全集）古今和歌集』八五〇番歌）

用いられている言葉については、例えば『恋ふ』は『あだに（はかなく移ろいゆく）』なったものを恋しく思う」（『（新編全集）伊勢物語』二〇八頁・頭注一二）と注する通りなのであるが、従来、物語の筋書きが関与しない、和歌の文脈に沿う通釈について検討されたことはない。

この歌は、『清少納言集』に、結句「恋ひむとかせし」として収められている。『古今集』詞書には「花を見て」とあるが、「恋ひむとか見し」という結句に比べ、こちらは「恋ひむ」対象としての「人」と繋がりやすい形と言えようか。

『伊勢物語』一〇九段の作中歌、当該「花よりも」の一首については、後掲（第五節）の二一段「おのが世々」における歌、「中空にたちゐる雲のあともなく身のはかなにもなりにけるかな」と併せて詠み味わうと理解が深まるところだ。愛を失い忘れ去られる「恋人との別れ」をめぐり、「死」の表象として、愛の喪失を詠む。しかし、「人の死」とは、忘れ去られることによってもたらされる、確かにそのようなことであるのかもしれない。

・**「花の林を憂しとなりけり」**（『伊勢物語』六七段「花の林」）

また、六七段「花の林」における一首「きのうけふ雲の立ち舞ひかくろふは花の林を憂しとなりけり」も、歌そのものの構造に沿って考えるならば、詠み込まれている「花の林」は、物語地の文の筋書き通り、「梢に降った雪を遠山の桜に見立てたもの」（『新編全集』伊勢物語』頭注）ではない。「花を隠す闇・雲・霞」の類型があるところ、この場合は特に、「憂しと」思って隠すというのが一首の眼目となるわけである。代表作の一つ、「世の中にたえてさくらのなかりせば春の心はのどけからまし」（『伊勢物語』八二段「渚の院」／『古今集』春上・五三・在原業平）などと通じる趣向。

・**「夕暮にさへなりにけるかな」**（『伊勢物語』九一段「惜しめども」）

また、九一段「惜しめども」は、七七段「春の別れ」と同様、「三月尽」題の歌を用いているが、これも見事に韜晦されている。「月日のゆくさへ嘆く男」（地の文）であるがゆえに、「…夕暮にさへなりにけり」（歌）と嘆いたという。

をしめども春のかぎりの今日の日の夕暮にさへなりにけるかな

これも《歌の言葉を文字通りに場面化する》手法によって、

「夕暮にさへ」は、そのうえ晦日も暮れようとしていることをいう。

（『新編全集』一九四頁・頭注五）

という意味のものとして読むよう、誘導されているのである。忘れ去られているのは、古来、詠み継がれてきたテーマたる春の憂愁と夕暮れのわびしさ、人恋しさである。この「惜しめども」詠は、「夕暮」を基点に読み解くべき一首である。その点、『枕草子』初段冒頭、「春はあけぼの」の読み解きに似る。(56)

また、『伊勢物語』について、後藤幸良氏が注目する「冬の段が非常に少なく、また冬にあるべき雪がない」(57)という特徴が指摘できるとすれば、それは、氏の謂う所の「春の雪の章段の〈希望〉」ではなく、むしろ、春愁、〝春の憂鬱〟と関わっていよう。古来、歌に詠み継がれてきた「春日遅遅」の切情である。すなわち、命の芽吹きの季節、その命に終わりのあることを知る人間は、春、瑞々しく新しい命に囲まれながら、そこに死を予感し、われ知らずメランコリックになるのである。

象徴的な例としては、大伴家持の叙情歌として名高い「春愁三首」があり、王朝和歌に至っては「春の日の長き思ひ」（『後撰集』春下・八六・よみ人知らず）という歌の言葉に集約される。家持の三首は「二月」の詠である。

　二十三日、興に依りて作る歌二首

春の野に霞たなびきうら悲しこの夕かげに鶯鳴くも　（『万葉集』一九・四二九〇・大伴家持）

わが屋戸のいささ群竹吹く風の音のかそけきこの夕べかも　（一九・四二九一）

　二十五日、作る歌一首

うらうらに照れる春日に雲雀あがり情(こころ)悲しも独りしおもへば　（一九・四二九二）

「暮らしわづらふ」（定子詠の言葉）ものである「春日遅遅」の切情については、『枕草子』「三月ばかり物忌しにとて」の段（二八〇）の贈答歌をめぐって、すでに論じたことがある。[58]『枕草子』の当該章段についても、それは従来看過され、読み取られていないテーマである。

・「天の河原にわれは来にけり」（『伊勢物語』八二段「渚の院」）

「忘れては」詠を有する「小野」の段の前、八二段「渚の院」も惟喬親王と業平が〈登場〉し、『伊勢物語』から選ばれる高校古典の教材として定番化している章段の一つであるが、その「天の川」の歌、

狩りくらしたなばたつめに宿からむ天の河原にわれは来にけり

これも、従来信じられているごとく、地名「天の川」に寄せて詠んだ歌などではない。これはほかでもない、天空の「天の川」について詠んだ一首である。

しかもそれは、〝夜になって、空に天の河がかかった〟ということであるのだ。歌そのものの意味に従って言うならば、これは、今至り着いた「交野」の地名「天の川」（天野川）について、「天上の『天の河原』を出し、両者をかけて用いている」（『〈新編全集〉伊勢物語』一八五頁・頭注一一）ということではない。結句「われは来にけり」という詠者が至り着いた場所は、天空の「天の河原」そのものなのである。

従来の現代語訳は「狩をして日を暮し、今夜は織女さんにお宿をお願いしましょう。うまいぐあいに、天の河原に私は来たんですよ」（『〈新編全集〉伊勢物語』一八五頁・現代語訳、傍点-圷）というものだが、これは、地上の「天の

河といふ所」に来たと言っている歌ではないのだ。

狩に出た広大な野原、大平原で日が暮れ、やがて空を渡って天の川がかかるころ、地上は漆黒の闇に包まれ、それはまるで自分自身が天の川のほとりに来ているかのように感じられる光景であった。降るほどの星のその輝きの中に降り立ち、地平から地平へ南北に貫流する天の川のほとりに辿り着く。

その奇跡を、千年後の現代、星が少ない都会に生きる私たちも、この歌を通して体験することができる。特に、初句「狩りくらし」の意味するところについて考える必要がある。

それこそ、清少納言が『枕草子』「河は」の段の最終項に特筆した、この世の「天の川」というものであり、「天の川」の和歌なのである。

天の川、このしもにもあなり。「七夕つめに宿からむ」と、業平よみけむ、ましてをかし。（「河は」一二二段）

従来は、『枕草子』の章段についても、地名「天の川」について述べた部分として解されているのであるが、そうではない。

これも実は、天上の「天の川」を「河は」の最終項目に並べ置いたものであり、それが、「このしも」――下界にもあるそうだ、と言っているのである。「天の川」の項の一つ前は「玉ほし河」である。なお、三巻本の「天の川」の項の本文は「天の川原、『七夕つめに宿からむ』と、業平がよみたるもをかし」（「河は」六〇段《『新編全集』》）であり、「このしもにも…」の部分がない。

「山」や「野」や「原」や「市」、そして「星」や「河」など、人がモノに与えてきた名前の数々を通して見えてくるのは、ほかならぬ人間そのものの姿である。『枕草子』の類聚的章段において追究されているのは、つねに「人間とは何か」という命題なのである。

業平の和歌について、「その心あまりてことばたらず」と述べた『古今集』仮名序・紀貫之の批評に先んじて言う、「思ふことといはでぞただにやみぬべき（思っていることを言わぬまま終わってしまう）」（本章第一節）――思うことを言わず無為に、空しく終わってしまう――とは、和歌を詠むための種々の技巧を駆使して（和歌を詠むために）詠む、新しい時代の和歌に対する批判とも取れるが、その意味するところについては、必ずしも、和歌に限定されるものではない可能性もあろう。

また、詠風に関しては、あらためて、

ありはらのなりひらはその心あまりてことばたらず、しぼめる花のいろなくてにほひのこれるがごとし

という貫之による評言も、「歌の主題」すなわち「心」を、言外になされる文字通り「ことばたらず」の見立てによって表現する業平詠の特徴について述べたものとも捉え得るのである。「花を雪に」式に明示する形を取らず、一首全体が「見立て」の論理によって成立している歌――例えば、「忘れては夢かとぞ思ふおもひきや雪ふみわけて君を見むとは」などの詠みぶりを指して、「しぼめる花のいろなくてにほひのこれるがごとし」と評したものとみるのである。

一方、言葉に出せない「言はで思ふ」思いが「言ふにまされる」ものであることもある。

本章ではここまで、論者が《歌の言葉を文字通りに場面化する手法によって、歌そのものとは異なる、新たな主題

を持つ物語を創出する》と定義づける『伊勢物語』に収められた機知的な歌の数々について、新しい解釈を提示した。歌を取り上げた個々の章段については、稿を改めて詳述することになる。

第四節　定子の機知と「山吹の君」

「いはでおもふぞ」

連絡が途絶えてしまった恋人から、ある日突然メッセージが届いて、そこに、「連絡しないでいるときのほうが、ずっと愛情が深いものなのだ！」などと記してあったとする。果たして、あなたは心ほだされたり愛情が深まったりするだろうか？　相手は、そう言って連絡をしてきたのである。

つまり、「言はで思ふぞ言ふにまされる」というのは、このような場合に用いる言葉では決してない、ということである。

さて定子は、「言はで思ふ」ことながら、「言ふにまされる」と言ってしまっているその歌を、それゆえ「にくき歌」として嫌っていた。従来、『枕草子』の章段本文から読み取られていない事柄である。

こころにはしたゆく水のわきかへりいはで思ふぞいふにまされる

（『古今六帖』五・雑思「いはでおもふ」・二六四八）

言ってしまったそばから実を失い〈嘘〉となる歌、ある春の日、清少納言の返歌を「いとにくし」と非難した理由と通底する話である。[59] 機知的な表現としての解釈が必要な部分であるが、その点については、本節次項で詳述する。

「こころには」詠は、『古今六帖』に伝える古歌で、第五「雑思」に「いはでおもふ」題で採られた五首の歌の筆頭。歌中の「したゆく水」というのは「山下水」と同様、人知れぬ恋の激情等、心の奥で滾り続ける思いの喩えで、『万葉集』や『古今集』に例がある。

その定子が一度だけ、この「にくき歌」の言葉を借りて、人に「文（ふみ）」を贈ったことがある。

定子の「文」とは、「山吹の花びら」一枚に、「いはでおもふぞ」の七文字を自らしたためたものだった。定子はそれをそっと紙に包んで、清少納言のもとに届けさせたのである。「山吹の花」は、その梔子色から「口無し」を意味して用いられる。「長徳の変」に触れて始まる日記的章段「故殿などおはしまさで、世ノ中に事出で来」（一四六段）に記されたできごとで、章段内容の新しい解釈については、すでに論じたことがある。[60]

定子からの「文」を開き見た瞬間、清少納言の眼から涙がこぼれた。定子の筆跡で「いはでおもふぞ」と記された「山吹の花びら」は、物言わぬ清少納言の思いを、〝この通り、すべて見て取って理解している〟という、定子からのメッセージであったのだ。

すなわち、「いはでおもふぞ」というのは、定子が見て取った清少納言の「心」であったということである。

このときの清少納言の心を理解するということは、すなわち、黙したまま、定子のもとに帰参できずにいる清少納言の思いを理解し、後宮の主（あるじ）として、〝政変の事実と正面から向き合い、これを乗り越えて進む術を見出した〟ということである。それこそが、清少納言のひたすらな「言えぬ思い」であったのだ。清少納言の心を表現した「山吹の花びら」が、〝すべて任せて、安心して戻るように〟という意味の、帰参を決意させるメッセージとなるゆえんである。

清少納言について言えば、公任から「山吹の君」と呼びかけられたなどと、自ら〝日記〟に書き残したりはしていないが、公任にとって、清少納言は確かに「山吹の君」であった。そして、かつて清少納言は、定子にとっての「山吹の君」にほかならなかった。

定子崩御の後、宮仕えを辞した清少納言に対しては、摂津の国に使いを遣って歌を詠みかけた一条天皇をはじめ、和泉式部や赤染衛門が歌を詠み、藤原公任や藤原道長らも詠み贈っている。おのおの機会を捉え、その復帰を期待し、また促す本意を秘めつつ詠んでいる。一度里下がりを決めた清少納言の決意の固いことは、世の人の知るところであり、定子亡き今、清少納言の帰参はあり得なかった。(61)

清少納言とやり取りした公任の歌に、

くちなしの色にならひて人ことをきく共何かみえんとぞ思ふ　（『公任集』五四二）

という一首があり、「黄なる菊にさし給ひて」詠み贈られた。歌の初めの「くちなしの色」は、『枕草子』にも記された前述「山吹の花びら」のエピソードに拠っている。歌意は、〝「口無し」の君たるあなたに倣って、梔子色の（山吹ならぬ）この菊のように、あなたの言葉を聞くとしても、どうして心の内を見せようなどと思いましょうか。お答えするわけにはまいりません〟ということである。

これより前、父元輔の旧宅がある月の輪に帰り住む清少納言に、公任が歌を詠み贈ったことがあった（『公任集』五三九番歌）。その折、黙して答えなかった清少納言に倣って今は、公任のほうが「口無し」を気取っているわけだが、『枕草子』の話を踏まえた応酬（『公任集』五三九～五四三番歌）には、清少納言に対する公任の変わらぬ思いと評価が見て取れる。

先に述べたように、定子はかつて、里居を続ける清少納言のその心をありありと浮かび上がらせる「山吹の花びら」のメッセージを贈って清少納言の「心」を動かした。「山吹の花びら」一枚に、「いはでおもふぞ」の七文字を記し、黙して答えぬ清少納言の思いをすべて読み取っているということを伝える趣向であった。清少納言の思いを受け止めた定子は、後宮の主として、長徳の変の痛手を乗り越えて進む道を示したのであった。それが、長徳の変を寓した「謎謎合せ」の昔語りである。定子のこの語りについて、

「敗者」たる我が方に擬した「右方」の、その敗因である油断の様子を滑稽に描き出す一方、「勝者」たる敵方「左方」の人々も実は味わっていた恐れや落胆や疑心暗鬼の感情を女房らに悟らせる「語り」なのである。
（圷『新しい枕草子論—主題・手法　そして本文—』〈新典社　二〇〇四〉、Ⅰ篇　第一章「長徳の変」関連章段の解釈—後宮の視点によって描かれた政変—、五四頁）

とみる新しい読み解きについては、すでに論じたことであるが、論者自身にとって、定子の語る寓話の意味は、例えば〝政変の総括〟（津島知明氏）などという言葉では到底、括ることのできない「発見」であった——そのあまりにも過酷な政変の結果を、相手ではなくわが方、すなわち後宮の主たる自らの責任一点において捉え返す語りであったとは……。見出されたものは、私たち自身に大きな〝発想の転換〟を迫るまったく新しい解釈である。

よって、津島知明『枕草子』「殿などのおはしまさでのち」の段を読み解く—「山吹」咲く日の「今まゐり」—」（『古代中世文学論考　第32集』新典社　二〇一五）が、「（圷注・中宮の語りによって）指摘されたのは、あくまでも右方の対応

の悪さなのだ。従って、政変と関連付けるならば、もう少し注意深い読み取りが必要だろう」と述べるのは、実は、右掲出の通り、論者がすでに指摘した内容である。論者はさらに、

主自らが身をもって語るこの語りを聞く女房たちは、敵味方に分かれ、今度は仲間どうしで貶め合うことの愚かしさを痛感したに違いない。そしてこの聡明な若き主をどれほど敬い愛したことであろうか。

（圷『新しい枕草子論』〈新典社　二〇〇四〉、Ⅰ篇　第一章、五四頁）

ということも述べている。

〝注意深い読み取り〟をもってするならば、左右の勝敗と人々の心理は確かにそのように描き分けられていることが分かるのである。もちろんこれは、単なる〝和解譚〟などではない。

定子の語りについて、論者は独自に、主たる両系統の本文、能因本と三巻本全文の分析を行い（圷・同書、四九～五五頁）、「小森潔氏の言うように『主家の正当性を意味づけ』[62]るものであったとは考えにくい」（五四頁）との判断を示した上で、上掲の結論に至っている。「謎謎合せ」の昔語りについては、「自ら、このあまりにも苦しい体験を乗り越えて進む術を見出した」（五五頁）定子の語りとして捉えており、津島氏が拙論について要約するごとく、小森氏の見解に沿って「和解譚」として解すような立場ではまったくない。

清少納言に対する「反目を収めさせる」ことにもなったその「語り」の意義は、あくまでも、政変についていかに捉え、これを乗り越えていくかということにかかっているのである。そのような「語り」としてはじめて、「反目」も収め得たということなのだ。津島氏の論には、拙論の言葉をその主旨に反して切り出して展開する部分がある。

また、定子ではなく、あくまでも「書き手」による「総括」として考えるというのが津島論文の手法なのであるが、肝心なことは、定子の語りに耳を傾ける「聞き手」がその語りをいかに理解したかということである。それは取りも直さず、『枕草子』の「読み手」の解釈にゆだねられた「意味」であり、従ってそもそも、論者が見出した「意味」は、「書き手」による「総括」とは言い得ない内容なのである。

章段末尾の一文「これは忘れたる事かは、皆人知りたる事にや」というのは、そのとき、定子の話に一心に耳を傾けた者の一人である、清少納言の言葉として書かれている。論者はかつて、そこに初めて「長徳の変」の暗示を読み取って示したが、同じことを、今回、津島氏が行ったように「人がみな知っている事件」「誰もが知る事件」として'直訳'してしまえば、〃人の世の争いごと〃というもののありようを写し取った語りとしての意味が矮小化される結果となる。

他者の研究成果につき、その論旨を自分にとって都合のよいように変えて「引用」する例が目立つようになってきていると感じる（→612頁　付記）。

何を目的として研究を行うのか、いつしかその誘惑に負け、'神の手'を以て「発見」の捏造に走るということが、学者の世界にはないわけではない。わが国においてしばしば社会問題化するこの種のできごとが、文学分野で取り沙汰されることはほとんどない。しかし、論者は、積み重ねられてきた解釈研究の歴史が、今後に受け継がれず断絶しかねない事態を危惧するのである。またこの解釈的発見の場合は、一つの論文、一つの問題に関してのみ、突如'単発'的になされるようなものではないのだ。そうした論文は不自然である。

研究史的な新見と認められた他者の論考の結論のみをわが物とするために、不適切な方法で他者の論考を引用したり、そうした問題に注意を払わず、事後的な説を安直かつ無批判に引用したりする例もある。このような行為は、議論の深まりにも発展にも何ら寄与しないだけでなく、故意になされたことが明らかである場合、いずれも許されるべき問題ではない。

研究の目的はあくまでも真実の追究にあるのであり、論文では、そこへ向かう過程が示されることこそ大切なのだ。「新見」の「創出」が目的化してはなるまい。ましてや、他者の先行論文を「裏の準拠[63]」にしてまでそれを行うことなどあってはならない。あえて行うとき、著書に型通り「掲載しなかったすべての先行研究に対する謝辞」を付して済む問題ではないだろう。

「似ている」ように見えても、そこには必ず「違い」があるのである。両者の「違い」は決して「ミリ単位[64]」の微細なものではない。差違の本質を見極めて作品の解釈に当たり、また、研究者の論文について評価していく必要がある。ときに、人々の油断に乗じてあっと言う間に世の中を牛耳ってしまう。例えば、軽侮からくる「無警戒」を巧みに利用したファシズムの心理的戦略[65]と、「謎謎合せ」における「左の一」の戦術とは奇妙に符合するところがある。

話は『枕草子』の章段研究から飛躍するようだが、文学作品が語る歴史は、その享受者たる私たちにとって決して無関係な事柄ではない。定子の寓話は近代文明の痛恨の歴史を予言しているようでもあるが、これはそのまま現代社会に対する警告でもある。『枕草子』は長く、政治的な言及のない、主家の悲劇に対しては目を背けた〈虚構的な作品〉であるとみられてきた。研究者は、これを歴史的政治的敗者たる「凋落の後宮」の産物とみなし、現在に至る歴史や社会と重ねて自ら顧みることがない。

さて、「山吹の花びら」の贈り主として、定子は清少納言の帰参当日、まず、この引歌に触れて話をしている。「御几帳にはた隠れたる」清少納言の様子は、懐かしい初宮仕え当時の「夜々まゐりて、三尺の御几帳のうしろに候ふ」姿にも重なった。「あれは、今まゐりか」と笑って定子は、こう続けた。

「にくき歌なれど、このをりは、さも言ひつべかりけるとなむ思ふを。見つけでは、しばしえこそなぐさむまじけれ」（「故殿などおはしまさで、世ノ中に事出で来」一四六段）

右は、能因本（「三条西家旧蔵本」）の本文である。「見つけでは」以下は、こうして（清少納言を）見つけ出さずには、少しの間もいられないということだが、三巻本では「おほかた見つけでは」とあり、切迫感に幾分差異が感じられる。

「にくき歌なれど、このをりは、言ひつべかりけりとなむ思ふを。おほかた見つけでは、しばしもえこそなぐまじけれ」（「殿などのおはしまさで後、世の中に事出で来」一三七段『新編全集』）

ともあれ、「山吹の花びら」に記した「いはでおもふぞ」の典拠たる古歌を「にくき歌」と述べることには変わりがない。

定子の趣向において、梔子色の山吹の花は、「口無し―梔子」の和歌的技巧としてのものではなく、真実、思いを秘めて精一杯咲く花として捉えられている。それは、深紅の岩躑躅の花を「わが心」の色として「色見えぬ心を見せむ…」と詠み贈った男の趣向に通じるところがあるかもしれない。

論者は、事件年時の考証を経た上で、長徳二年（九九六）の秋に贈られた「山吹の花びら」が、その年の春に採取された山吹の押し花であった可能性について指摘している。定子後宮にとって「山吹の花」は、〝長徳二年の春〟を象徴する景物でもある。また、「押し花」が、当時の女性たちにとって日常的な行為であったことは、和歌の用例や

『枕草子』の他の記事からもうかがわれる。（蓮の幼葉を）「取りあげて、物おしつけなどして見るも、よもにいみじうをかし」（「草は」六七段。三巻本は漢籍摂取による異文）など。今も変わらぬ習慣である。

「にくき歌」（「言はで思ふぞ言ふにまされる」）

「言はで思ふぞ」の古歌について、定子はこれをなぜ、「にくき歌」と言っているのか、「にぐき歌」と述べる定子の言葉に注意する必要がある。すなわち、下の句「いふにまされる」と言いつつ、上の句で「こころにはしたゆく水のわきかへり」と明言しているからである。結局、端（はな）から言っているではないかと、そういうことである。言ってしまったとたん、「まされる」思いも〝水の泡〟だ。

だからこそ、当該場面において「このをりは、さも言ひつべかりける」（能因本）、「このをりは、言ひつべかりけり」（三巻本）となるのである。

この際は、自分の思いを述べるのではない。物言わぬ清少納言の思いを読み取って「いはでおもふぞ」と、「山吹の花びら」の上に書き表わすことこそふさわしい、これ以外にはない機会なのである。

何気ない会話をただ書き取ったように見える短い部分であるが、読者にとって謎めかしい「山吹の花びら」の贈主による種明かしに繋がる言葉として、丁寧に読み取る必要がある。定子らしい機知を含んだ言葉であることを見逃してはならない。

〝わきかへる思い〟についてあからさまにしながら「言はで思ふぞ言ふにまされる」と詠む歌の欺瞞もさることながら、歌に詠んだ瞬間、「言ふにまされる」思いではなくなるという、人の心と言葉の不実。今このときの心を写さぬ歌を嫌う定子が、「言はで思ふ」自らの思いをこの歌句に託して筆を取り、何かに書きつけて送り届けるなどということは考えられない。つまり、「山吹の花びら」は、定子自身の気持ちを表出するようなものではあり得ず、これは、定子が読み取った清少納言の心を表現したものなのである。

近時再び、「言はで思ふぞ」と言いたいがために、定子がわざわざ仰せ事の絶え間を作って「言はで思ふ」期間を演出したとみる旧説の内容が繰り返されるようになっている。だがしかし、花びらに「いはでおもふぞ」と記す前は自ら、ずっと「言って」いたというのであろうか、一度考えてみるべき事柄である。定子はそれまでひたすら帰参を求めてきたその方法を転じ、あえて時間を置いた中で、清少納言の心に向かい合う方法を取った。その間に用意されたのが、清少納言帰参の日に語られることになる、長徳の変を寓した「謎謎合せ」の逸話である。

従来は、定子の〈沈黙〉の意味について、「いはでおもふぞ」と述べるための前提のように解しているのであるが、山吹の花のメッセージ以前の切なる「思い」を否定することによってしか、『日ごろ』の沈黙を自ら演出してみせた中宮のメッセージ」（津島知明氏[66]）は成立しない。これこそ、定子が「憎む」ことそのものである。

定子が贈った花びらに記されていない古歌の部分、結句「言ふ（＝すなわちメッセージ以前）にまされる」状態として、定子あるいは清少納言の「言はで思ふ」姿を捉えようとする読みは、古歌の意味に照らせば、『伊勢物語』の手法と似たナンセンス・ストーリーのようでもある。この点については、従来の説に両様ある通り、定子がわが怒りを知らしめる目的で行った等と考える場合も、同じことである。

こころにはしたゆく水のわきかへりいはで思ふぞいふにまされる　（『古今六帖』五・二六四八）

一首は、心の奥深くに抱かれた人の思いの、一層切実なることを訴えたものであるが、自らの思いについて言うものとしては、言葉にしたとたん自己否定的な話になる。

山吹のメッセージをめぐる旧来の説は、引かれなかった部分が暗示されるという「引歌」の〈常識〉を大前提に、定子と清少納言、主従二人の気持ちをさまざまに憶測するという方法で出されてきたものであるが、本文の素直な立体化こそ、まずなされるべきであったということを、今また、繰り返し述べなければならない。「いはでおもふぞ」という言葉はもとの歌から離れ、完全に独立して機能しているのである。その上の句を思い合わせるまでもなく直ちに了解される新鮮な言葉として、花びらにの上に記されていたのだ。清少納言による上の句の忘却が、このときの主従の対話の見事な成功を証立てている。

今後は、『伊勢物語』と『枕草子』世界の関係についても、さらに考察を進めていくべきであろう。『枕草子』「里にまかでたるに」（八八段）など、『伊勢物語』を模ったと思しき一段もある。前半は、『伊勢物語』一〇四段「賀茂の祭」の和歌と同じ「めくはせ」の機知により、こちらは、最後「かうぶり得てやむ」物語になっている。

本章では、比喩的表現としての機知的表象をめぐって見てきたわけであるが、「えせものの所得るをり」について、『枕草子』の「喩」には、このようなものもある。

えせものの所得るをりのこと。正月の大根。行幸のをりのひめまうち君。六月、十二月のつごもりの節折の蔵人。季の御読経の威儀師、赤袈裟着て、僧の名どもよみあげたる、いときらきらし。宮のへのまげいほども。御読経、仏名などの御装束の所衆。春日の祭の舎人ども。大饗の所のあゆみ。正月の薬の子。卯杖の法師。五節の試みの御髪あげ。節会の御陪膳の采女。大饗の日の史生。七月の相撲。雨降る日の市女笠。わたりするをりのかんどり。（一六〇段）

「似非者。いいかげんな、くだらないもの」が、「時を得てはばをきかせる」ことをめぐって述べた一段（いまこの現代語訳は、『全集』本の頭注〈三〇二頁・頭注二、頭注三〉に拠る。当該の部分は『新編全集』も同じ）。

それは例えば、「大根」や「曲げ庵」（陋屋）、また男女の各種下仕えや下級の役人、僧侶など、さまざまな場面、行事にお目見えする人やモノの数々である。対象となる人や事物を何かに喩えて讃えるのは、「君が代」の「さざれ石」（『古今集』の歌は「わが君は千世にやちよにさざれいしのいはほとなりてこけのむすまで」賀・三四三・よみ人知らず）をはじめ、また歌に限らず常套的な方法だが（和歌が常にそのようなものであるわけではなく、文学における批判的精神ならびに表現手法について見過ごすべきではない）、「えせ者」を対象に即興的な比喩の修辞を列挙した例としてユニークである。

当該の章段についても、諸本によって項目の出入りがあり、三巻本は、右掲本文（能因本に拠る）中、破線を施した項目を持たず、「行幸のをりのひめまうち君」の後に、能因本にない「御即位の御門司」という項目を持つ。いずれにしても本段題詞の平仄は、この点について、多門靖容氏「類聚章段の思考」（多門『比喩論』、9章）[67]が読み取って示すように、「似非者であるのに脚光を浴びる」（傍点‐圷）ということであり、題詞の「前節と後節が逆説関係で結ばれている」章段群の一つである。

『枕草子』の類聚的章段では、主題に応じたさまざまな「喩」の方法が試されている。だがここでも、私たち読み手は、列挙されている事物をもって、それが清少納言の考える「えせもの」なのであった、とする段階で思考を止めてはならないわけである。[68]挙げられているものが、よって「えせもの」なのだという結論ではなく、これらの事物を通して、世にはばかる「えせもの」の姿が浮き彫りにされてくるということなのだ。

「えせもの」とは、「雨降る日の市女笠」ほども役に立たず――つまりどこまでも無能で、ということになろう――、

「わたりするをりのかんどり」ほどの信頼も置けず、到底「梶」を任せることなどできようはずもない、そのような者の謂である。能因本の最終二項目では、あらためて、比喩の対象と比喩に用いられた事物との関係が明らかにされる。「盛者必衰の理」といえばすでにあまりに常識的に過ぎようが、「えせものの所得るをりのこと」という切り口で現状をうかがい、歴史を振り返ってみれば、またそこから学ぶべきことも多いことに気づくのである。

なおこの「市女笠」と「かんどり」（船頭）の項は類纂系の堺本にもあるが、前田家本には見えず、前田家本には途中（「卯杖の法師」の後）、「腹取りの女」に関する独自本文が存する。

・「君ならずしてたれかあぐべき」（『伊勢物語』二三段「筒井筒」）

またこの「かうぶり得てやむ」恋物語ならぬ、『伊勢物語』の「初冠」については、一一九段「形見」の物語絵に興味深い品物が描き込まれていた（本著、Ⅲ篇　第三章）。文具・日用品の類のうち、特に侍女が空しく掲げ持つ紐が男の髻を結うための「元結」などであるとすれば、初段冒頭「むかし、男、初冠して」と始まる、昔男の〝初元結〟に関わると同時に、「ふりわけ髪」の歌（「くらべこしふりわけ髪も肩すぎぬ君ならずしてたれかあぐべき」）が詠まれた男女二人の「結婚」――「髪上げ」の記憶に繋がる物としても注目される。厢の間に置かれた「盥」などは、二七段「たらひの影」に〝登場〟する小道具でもある。物語における女の髪上げと、男の初冠の記憶にまつわる一齣として興味を惹く図様となろう。

歌物語的な左注を伴う歌を収め、古く『伊勢物語』との関係も指摘されている『万葉集』巻十六には、「童女放髪（うなゐはなり）」の歌など、女の「髪上げ」について詠む例がある。

橘の寺の長屋にわが率宿し童女放髪は髪あげつらむか　（『万葉集』一六・三八二二）[69]

「放髪」については、菟原処女伝説に拠る高橋虫麻呂の長歌の冒頭に「葦屋の　菟原処女の　八年児の　片生の時ゆ　小放髪に　髪たくまでに」（『万葉集』九・一八〇九）とある。

一方、『宇津保物語』の源正頼詠「結ぶ人待つ元結は絶えぬれど剃刀をだにあらせざらめや」（『新編全集』「沖つ白波」二-三二三）や『夜の寝覚』の例「え去りがたき元結」（『新編全集』一九三頁）など、「元結」ないし「元結」を「結ぶ人」というのは、いわゆる「正妻」たる人物の謂である。「あげ劣り」「あげまさり」とは、男子元服時の髪上げ姿について言うものであり、「超人的な風貌をあらわす」（「桐壺」一-四六頁、頭注欄）光源氏の「あげ劣りやと疑はしく思されつるを、あさましううつくしげさ添ひたまへり」（「桐壺」一-四六頁）という例をはじめ、『狭衣物語』の例「一の宮の御あげまさりのゆゆしさは」（『新編全集』二-三七九頁）、『とりかへばや物語』の例「御あげまさりのうつくしさ」（『新編全集』一七六頁）などがある。

元服の日、葵の上との結婚をめぐって詠み交わされたのは、光君の〝髪上げ〟をめぐる贈答歌であった。まず桐壺帝が、加冠役たる左大臣に詠みかけ、左大臣が即応して詠じ返した。「初元結」に事寄せ、夫婦の「長き世」を願って詠む。元結を結ぶことに、夫婦の縁を結ぶ意が掛けられている。

いときなきはつもとゆひに長き世をちぎる心は結びこめつや（桐壺帝）

結びつる心も深きもとゆひに濃きむらさきの色しあせずは（左大臣）　（「桐壺」一-四七頁）

『伊勢物語』「筒井筒」の場面について、物語の筋書き通りには、古注以来、結婚を意味する女性の「結髪」（『白氏文集』三・一三四「太行路」）の例が引かれ、「大櫛を面櫛にさしかけて」飯を盛る河内の女（『大和物語』一四九段「沖つ白波」）など、もう一つの滑稽な女性の「髪上げ」姿まで用意されることになる。『伊勢物語』にはまた、結婚にまつわる男性詠を、女性の歌として用いた例がある。すでに論じたことのある二四段「梓弓」の「新枕」詠（「あらたまのとしの三年を待ちわびてただ今宵こそ新枕すれ」）がそれである。(70)

「形見」の品に関連して、これもすでに論じたことであるが（圷『王朝文学論―古典作品の新しい解釈―』〈新典社　二〇〇九〉、I篇　第二章。初出は二〇〇六・五）、論者は、後朝の別れにおける「忘れもの」については、帰っていく男のほかならぬ「心根」が表われる場面であると考えている。

それは例えば、倉田実氏が言う「男が女の家に置いた物は、愛情の誓約を意していた」「物が愛情の表現になる」「『物』に愛情が託されたのである」（倉田『王朝の恋と別れ―言葉と物の情愛表現―』〈森話社　二〇一四〉、第5章、一五一頁及び一六六頁。初出は二〇一〇・五）などということとは少し異なる見方であるかもしれない。

すなわち、愛し合う男女にとって、暁方の別れの場面は、「名残」の情趣に満ちたものであるはずだが、そこに「帰る」ためのしぐさ――枕上に置いておいた扇や懐紙を朝になって騒々しく「もとめ出で」て身につけることなどもその一つ――が持ち込まれてしまえば、「名残」の場面は生み出されることなく終わるのである。『枕草子』「暁に帰る人の」（二八段。三巻本「暁に帰らむ人は」〈『新編全集』六一段〉）について、三巻本だけでなく、構成の異なる能因本の本文も併せて読めば、男性の行動は「（物を探して）立てる音」「（烏帽子の緒を）強く結う心理」「帰り支度（着装行為）」と書き分けられ、「名残」を打ち消す原因が自ずと読み取られてくることになる。

拙論において検討した当該『枕草子』の例をはじめ「文学作品」に描かれた場面について「あたかも儀式のように

行われた後朝の振舞」（倉田・同書、第４章、九四頁。初出は二〇一四・三）として捉える倉田氏の考えと、論者の見方には相容れない部分がある。一方、「元結」その他、「儀式」たる「婚礼」の道具類は、男女の恋のシーンにまつわる品々と相重なるものとして恋部の歌題となり、別れを経て「形見」の品としてながめられ、歌に詠まれることとなる。(71)

第五節　おわりに ―― 業平と定子

これまでに、論者が『伊勢物語』の手法をめぐって、作中歌の解釈及び章段の主題の問題について論じる拙稿(72)において取り上げ、検討してきた以下の諸段、初段「初冠」、二段「西の京」、四段「西の対」、五段「関守」、一二段「盗人」、二〇段「楓のもみぢ」、二二段「千夜を一夜」、二三段「筒井筒」、二四段「梓弓」、四一段「紫」、六九段「狩の使」、八八段「月をもめでじ」、九四段「紅葉も花も」、九七段「四十の賀」、九八段「梅の造り枝」、一〇三段「寝ぬる夜」、一〇七段「身を知る雨」、一一八段「たえぬ心」、一一九段「形見」、一二五段「つひにゆく道」などに加え、今回は、まず、「小野の雪」の通称で知られる八三段の和歌を取り上げて、新しい解釈を提示した。

本章の論を展開する中で、その他の章段として、六段「芥河」、一七段「年にまれなる人」、二一段「おのが世々」、五二段「飾り粽」、五九段「東山」、七七段「春の別れ」、七八段「山科の宮」、八〇段「おとろへたる家」、八二段「渚の院」、八五段「目離れせぬ雪」、八七段「布引の滝」、九〇段「桜花」、九一段「惜しめども」、一〇九段「人こそあだに」、一二三段「鶉」、一二四段「われとひとしき人」などの作中歌についても新しい解釈を提示することになった。(73)

すでに発表したものも含め、『伊勢物語』の和歌解釈に関するこれらの新見は、歌物語の魁たる『伊勢物語』の物語手法について、《歌の言葉を文字通りに場面化する手法によって、歌そのものとは異なる、新たな主題を持つ物語を創出する》ものと定義するところから導き出された、すべて論者独自のものである。

今回、複数の歌を有する章段については、そのすべてに言及していないものもある。和歌の解釈を中心に概要のみ示すにとどめた章段も多く、本章の論において初めて解釈を提示した章段群に関するさらなる詳細は、それぞれ別稿にゆずることになる。残された他の章段も含め、『伊勢物語』の作中歌に見る表現手法は非常に機知的で、その内容も、〈常識的〉な歌に慣れた目には驚くほど新鮮に映る。

論者は、〃知られざる「躑躅」の歌〃について初めて指摘した拙稿において、定子辞世「別れ路」の歌をめぐる新しい解釈も提示している[74]。機知的表象を巧みに利用した和歌や言葉の応酬など、『伊勢物語』や『枕草子』には、その意味の新しさゆえ、研究史上、見過ごされたり長く誤解されたままであったりする、一つ一つかけがえのない「意味」が数多く残されている。

定子の辞世歌と和泉式部の詠作

『和泉式部集』のいわゆる「観身論命」歌群には、定子の辞世歌群に関わるとみられる歌が複数ある。「観身岸額離根草　論命江頭不繋舟（身を観ずれば岸の額に根を離れたる草　命を論ずれば江の頭に繋がざる舟）」の句は、『和漢朗詠集』に入り（下・無常・七八九・羅維）、『枕草子』にも、「いつまで草」の生う場所、すなわち、崩れやすい「土壁」をめぐって「岸の額よりも、これはくづれやすげなり」（「草は」六七段）と見える[75]。

次の三首など、定子詠の表現も摂取しながら、独自の主題によって詠まれた歌とみてよいのではないか。辞世歌と無常詠とでは、表現上必然的に似通う面もあろうが、またほかにも「わが床」（『和泉式部集』Ⅰ二八七番歌）、「露―草葉」（Ⅰ三〇四番歌）や「霜の身」（Ⅰ二七四番歌）、「煙―雲」（Ⅰ二七三番歌）、「契りし事」（Ⅰ三〇〇・三八三番歌）等を詠み込む歌がある。

ちりのゐる物とまくらはなりぬめりなにのためかはうちもはらはん
　　《『和泉式部集』Ⅰ二九二・三七五　初句「ちりつもる」三句「なりにけり」四句「たがためとかは」》

ねしとこにたまなきからをとめたらばなげのあられと人もみよかし
　　《『和泉式部集』Ⅰ三一〇・三九一　四句「なげのあはれと」》

〈亡き床に枕とまらば誰か見て積もらん塵を打ちも払はん〉（定子詠）

・亡き魂ぞいとど悲しき寝し床のあくがれがたき心ならひに（源氏詠《『源氏物語』「葵」一 - 六五頁》）

・君なくて塵積もりぬるとこなつの露うち払ひいく夜寝ぬらむ（源氏詠〈同右〉）

るいよりもひとりはなれてしる人もなくなくこゑんしでの山道
　　《『和泉式部集』Ⅰ三〇八》

〈知る人もなき別れ路に今はとて心細くも急ぎたつかな〉（定子詠）

和泉式部の「るいよりも」詠については、『往生要集』あるいは「魔訶止観」（巻七・上）の記述「冥冥独逝　誰訪是非」と結びつける読みが一般化していて、「一族からも独り離れて誰一人知る人もない中を、泣く泣く越えるのだろう、死出の山道を」[76]等と解されている。だが、歌の内容に鑑みれば、当該歌における「知る人」については、久保木寿子氏の「そのような一つの場面（圷注 - 詠者がひとり「泣きながら死出の山道を越えている」場面）を知るべき人がいない」[77]という意味のものとして捉える解釈が、より正鵠を射たものであるだろう。つまり、

・「冥冥独逝」の記述に沿う'文字通り'の解釈

　るいよりもひとりはなれてしる人（＝私の知る人）もなくなくこゑんしでの山道

・和泉式部詠における意味

　るいよりもひとりはなれて（そのような私を）しる人もなくなくこゑんしでの山道

ということであり、和泉式部の詠作においては、着眼点を変え、「死」をめぐってまた新たな「意味」が詠み出されているのである。和泉式部の歌に詠まれているのは、冥途の旅の孤独などではなく、人に知られずに死ぬ悲しさである。

　近時、論者の前稿「知られざる『躑躅』の歌と、定子辞世「別れ路」の歌―平安時代の《新しい和歌》をめぐる解釈―」（『古代中世文学論考　第32集』〈新典社　二〇一五・一〇〉）を受けるタイミングで、あらためてこの問題に触れて発表された久保木氏の論「和泉式部歌集〝勒字歌群〟の考察―表現の方法と基盤―」（『白梅学園大学・短期大学紀要』52　二〇一六・三）[78]では、定子辞世「別れ路」の歌について「同様の典拠（圷注 - 前掲「魔訶止観」）に拠ろう」とし、「和泉歌に先行する」と述べる。

　だがしかし、定子詠は、久保木氏が当該論文において「世尊・衆生の視座から詠まれることもなく経旨歌などとは全く遠い」ものであると結論づける和泉式部詠に「先行する」ものであり、和泉式部の歌に先んじて、久保木氏謂う所の「実情性」に立脚する詠歌となっていることを見逃してはならない。それこそ、論者が当該前稿において、「私たちが王朝期の死生観について考える場合にも、何か抜け落ちていた部分があったのではないだろうか」と述べた部分である（第五節　おわりに〈本著、Ⅱ篇　第三章・372頁〉）。定子詠の件は、同じテーマで三十五年前に発表された久保木氏の論「和泉式部集『観㆑身岸額離㆑根草、論㆑命江頭不㆑繫舟』の歌群に関する考察」(『国文学研究』73　一九八一・三)には言及のない事柄である。[79]

前掲、「ねしとこに」詠のように、『源氏物語』作中歌との関わりが問題になる例もあり、「御帳の前」の「手習ひ」たる葵の上追慕の源氏詠は、定子の辞世歌群及びその発見の場面と共通する言葉が多い。[80]

定子は、死出の旅路について、それを「誰も知らない」ものとして表現したが、『伊勢物語』には、「この世のことすら人は知らない」と詠む歌がある。

・「世のありさまを人はしらねば」(『伊勢物語』二一段「おのが世々」)

次は、『伊勢物語』二一段「おのが世々」中、筆頭の詠である。当該段は、七首の和歌を収める。

いでていなば心かるしといひやせむ世のありさまを人はしらねば　(『伊勢物語』二一段「おのが世々」)

『伊勢物語』の作中歌「いでていなば」詠は、物語の筋書き上、「夫婦の仲を憂いものに思って、出て行こうと思って」(『(新編全集) 伊勢物語』一三二頁・現代語訳)詠んだ歌ということになっている。従来、歌としても、「夫婦間の内情など他人にはわからぬもの」(鈴木日出男『伊勢物語評解』七九頁・語釈(和歌)「出でて往なば」)と述べた一首と解されている。

だがこれも、歌そのものの意味について考えてみるならば、歌に詠まれているのは、〝「世」の実相について「知らぬ」がために、「人」は、その「世」を捨て出て行く者のことを「軽薄だ」と非難するであろうか〟ということである。そうであれば、これも、「世の中」について詠む雑部の厭世的な無常詠の一つであったということになるであろう。

「いでていなば」詠直前の地の文に「世の中を憂しと思ひて、いでていなむと思ひて、かかる歌をなむ詠みて、物に書きつけける」とあるが、「夫婦間の問題」として読ませる章段冒頭の設定（「むかし、男女、いとかしこく思ひかはして、こと心なかりけり。さるを、いかなることかありけむ、いささかなることにつけて」）によって、ここも見事に韜晦されていたわけである。

本章前掲（第三節）、公任と出家した為基の贈答のきっかけとなったのは、為基が書き置き、残して行った次の一首である。

八何（本ノマヽ）といふ所におはしたりけるに、さしをかせたりける
やどとてものどけくもあらぬ人のよを露はゆゆしと思ふらんやは
（『公任集』四一三）

露も人も、すべてみな「世のありさま」を知らぬからこそ、生死輪廻に身を置き続けているのかもしれない。

・「中空にたちゐる雲のあともなく」（『伊勢物語』二一段「おのが世々」）

二一段「おのが世々」の物語における「いでていなば」詠は、従来「女」の歌と解されているが、一話の構成に鑑みて、論者の見方は異なる。男女それぞれの独詠ならびに贈答歌によって展開する当該段の解釈については、構成及び、詠歌主体の性別の問題をはじめ、検討すべき問題が多い。

また例えば、章段最後の歌、

　　中空にたちゐる雲のあともなく身のはかなくもなりにけるかな

これについても、従来考えられているように、雲に喩えて「わが身も頼る所がなくなった」（『新編全集』一三四頁・頭注三）と訴えるようなものではなく、一首は、恋人に忘れ去られた者の歌である。〝跡形もなく消え去る雲のように、あなたは私を忘れ去ってしまったのですね……〟ということである。

「…雲が、あとかたもなく消えるように、わが身も、はかなくよりどころもないものになってしまいました」（『新編全集』一三四頁・現代語訳）と解すのは、物語の筋書きに誘導されたものであり、歌そのものの意味と、物語が歌に負わせた意味との相違を明確に捉えて章段解釈を行う必要がある。(81)

業平と定子

長保二年（一〇〇〇）十二月のことである。定子崩後三日目に、藤原行成は藤原成房に歌を贈って、次のようなやり取りを行っている。行成の歌は、『権記』に記された唯一の自詠である。返歌を詠んだ成房はこのとき、出家の意志を固めていたが、父に止められ果たさなかった。

　　世の中をいかにせましと思ひつつ起き臥すほどにあけくらすかな（藤原行成）

　　世の中をはかなきものと知りながらいかにせましと何かなげかん（藤原成房）

行成の『権記』に、

〈『権記』長保二年〈一〇〇〇〉十二月十九日条〉

故皇后宮外戚高氏之先、依斎宮事為其後胤之者、皆以不和也、今為皇子非無所怖、能可被祈謝太神宮也

〈寛弘八年〈一〇一一〉五月二十七日条〉

とあるのは、定子所生の第一皇子敦康親王の立太子に反対する理由として、定子の母方・高階家が、斎宮（恬子内親王）と密通した業平の血筋だという理由を挙げるものである。結果的には、荒唐無稽とも思われるこのような詭弁が通用したわけだが、行成が自ら記録したこの詭弁にこそ、実は、必ずしも「血縁」に拠るのではない、ある精神――心根と矜持を共有する人々の「血脈」が述べられていたと言えるであろう。

文化の正統性というものについて、それを精神の血脈として考えるときに、いま『（王朝の歌人3）在原業平』[82]に述べる、今井源衛氏の「自由で豊かな人間性」「正義を守って世間の思惑をかえりみない勇者」という言葉を借りるべきかと思うが、もとより、論者の考えは、「放縦不拘」という業平評一点を拠り所とするようなものではない。

他方、目加田さくを氏は、行成の奏上をめぐり、『斎宮の一件』は、これは、権大納言も、これに反論も否定もしなかった一条帝も、その時点において『事実である』として認定していた何よりの証拠である」[83]（傍線－目加田氏）とみた上で、実際の血縁関係によって受け継がれた「資質」について考えている。

「斎宮の一件」など、『伊勢物語』にあっては《歌の言葉を文字通りに場面化する手法》によって創り上げられた虚

構の典型的な例であり、[84]論者の考えは、二人の関係を実事とみなして展開する目加田氏の研究とは立脚点を異にするものである。だが、業平に関して『伊勢物語』の記事から導き出された「対象をかばい、いとおしみ、もり育てる、といった大いなる生、能動的な生命」、[85]定子に関して『枕草子』の記事から読み取られた「大胆さと気位」「鷹揚、明朗、豪胆、あいぎょう溢れる気質」[86]などという目加田氏の評言については、血縁に係る事実性の問題を越えて、作品享受の歴史が導き出した業平・定子に相通じる「資質」と言ってよい。

第一皇子敦康親王の立太子に関する一条天皇の諮問に答えて、行成はこのときまず、「故皇后…」云々の内容に先立ち、第一皇子惟喬親王ではなく、藤原良房を外戚とする第四皇子が皇嗣となった文徳天皇代の例などを挙げつつ、ときの重臣外戚が後見する外孫の立坊が最も望ましいことであると説いている。しかし、行成の説くこの「道理」が、「無理」を通すための「道理」でなかったとは言い切れまい。そもそも、業平の血筋に係る上掲の部分があることによって、矛盾を来たすような「道理」ではなかったということである。あえて書き残す必要のあった言葉とみる。

「世の中を」の歌を詠み合った成房について、特に「胸の奥の思いを率直に伝え得る相手である（「抽中心難忍之襟、肝胆不隔之人也」）」と記す行成自身の苦悩を慮るのである。

後の世、ことさら『伊勢物語』や『枕草子』に仕掛けられた「謎」について読み解こうとする者もまた、望むと望まざるとに拠らず、その時々に生きる社会においては、すべからく〈放縦〉の血脈に連なることにならざるを得ぬのではなかろうか。それを理解する者も含めて、私たちにとってはむしろ、自ら求めて進むべき道が示されていると信じるべきであろう。

注

（1）片桐洋一『古今和歌集全評釈（下）』（講談社　一九九八）、三四五頁・要旨

（2）鈴木日出男『伊勢物語評解』（筑摩書房　二〇一三）、二七四頁・語釈（和歌）「忘れては」

（3）拙稿『伊勢物語』二十三段「筒井筒」の主題と構成―「ゐつつ」の風景と見送る女の心―」（『古代中世文学論考　第19集』新典社　二〇〇七・五）初出、拙著『王朝文学論―古典作品の新しい解釈―』（新典社　二〇〇九）収載、Ⅱ篇第一章。

（4）拙稿「知られざる『躑躅』の歌と、定子辞世『別れ路』の歌―平安時代の《新しい和歌》をめぐる解釈―」（『古代中世文学論考　第32集』新典社　二〇一五・一〇）→Ⅱ篇　第三章

（5）竹岡正夫『伊勢物語全評釈　古注釈十一種集成』（右文書院　一九八七）、一五六〇頁・評

（6）『古今集』「君か来ざらむ」の本文は『新編国歌大観』の底本、伊達本に拠る。貞応本「君は来ざらむ」。元永本は、『伊勢物語』の歌の本文と一致。

（7）拙稿『伊勢物語』一一九段「男の形見」―絵と物語の手法をめぐって―」（「和洋国文研究」46　二〇一一・三）→Ⅲ篇　第三章

（8）定子詠の言葉「知る人なきもなき別れ路」をめぐる新しい解釈については、前掲注（4）拙稿。

（9）論者は、「つひにゆく」詠について、辞世の歌ではなく恋の歌であると述べた（前掲注（7）拙稿）。片桐・前掲注（1）書『古今和歌集全評釈（下）』（講談社　一九九八）は、死に臨んで「理屈の上では『今日明日』であるべき」表現上の問題について、「もはや避けられないという気持を強調して『昨日今日』と言ったとする説」と、『昨日から連続している今日』という連続する生活的日常のこととする説」の両説を挙げている。業平詠の解釈として「捨て難い」と述べて、前者を支持する形であったが（本著、501頁・注記（12）参照）、同氏『伊勢物語全読解』（和泉書院　二〇一三）では、後者の立場を取っている。『万葉集』の同じ用例「前日（をとつひ）も昨日も今日も見つれども明日さへ見まくほしき君かも」（六・一〇一四）などを挙げつつ、この部分「きのふけふとは思はざりしを」の解釈について、「今、目の前に来たことに愕然としているのである」（『古今和歌集全評釈（下）』、九六頁・要旨）という内容から、「昨日から続く

今日のこの日のことだとは、思いもしなかったのだが…」（『伊勢物語全読解』、九二七頁・現代語訳）ということに変わっている。

また、本章（第二節）でも取り上げている五九段「東山」に見える歌「わが上に露ぞ置くなる天の河とわたる船のかいのしづくか」をめぐる論者の考えは、塗籠本の章段配列に関わって、片桐氏が「次に置かれている『つひにゆく道とはかねて聞きしかど昨日今日とは思はざりしを』という業平真作歌とはあまりにも次元が異なってしまう」（『伊勢物語全読解』と述べることとは、観点を異にするものである（本著、Ⅲ篇　第二章〈第三節〉参照）。

なお、本田恵美「終焉の物語―『伊勢物語』『大和物語』と『源氏物語』―」（高橋亨編『〈紫式部〉と王朝文芸の表現史』（森話社　二〇一二・二）に、一二五段「つひにゆく道」の地の文をめぐり「この『わづらひて、心地死ぬべくおぼえければ』について、恋煩いと捉えることはできないであろうか」との発言がある。地の文（の読み）次第で場面の意味が変わるということであるが、しかしそれでは、「つひにゆく」詠そのものについて、いかに「恋死に」の歌として解し得ることになるのであろうか。

歌物語『伊勢物語』における「歌」と「物語」の関係の解明のためには、歌そのものの意味をいかに読み解くかということが鍵となる。

(10) 福井貞助校注・訳『新編日本古典文学全集（伊勢物語）』（小学館　一九九四）

(11) 和歌生成の論理としての「見立て」の読み解きについては、前掲注（3）拙著『王朝文学論』（新典社　二〇〇九）、Ⅲ篇　第三章《見立て》の構造―和歌読解の新しい試みとして―　など。

(12) 古代端午節の意義については、拙著『新しい枕草子論―主題・手法　そして本文―』（新典社　二〇〇四）、Ⅰ篇　第二章ⅱ〝世継ぎ〟のための端午節―蒲生野贈答歌から『源氏物語』明石の姫君の五十日へ―　に述べた。

『枕草子』をはじめ、日本の古典文学を理解する上で最も重要な節会の一つである端午節については、本著の各篇で言及してきている。古代端午節における《世継ぎのための賜宴》としての意義は、『源氏物語』のプロットとしても用いられ、明石の姫君の誕生五十日が端午節にちょうど合う設定になっている。光源氏が「人知れず」数え上げる誕生「五十日」の日付「五月五日」（「澪標」二―二九四頁）をめぐってこのあたり、英訳や、省略の多い最新の現代語訳においては、

「原作」の意味を汲み取る上で注意を要する部分もある。例えば、アーサー・ウェイリー版の英訳『源氏物語』（The Tale of Genji）には、明石の姫君の誕生を知らせる使者の言葉「十六日になむ、女にてたひらかにものしたまふ」（「澪標」二-二八五頁）について、日付と期間に関する「誤読」が存している。佐復秀樹訳『ウェイリー版 源氏物語2』（平凡社ライブラリー 二〇〇八）は'…and learnt that the event had already taken place sixteen days ago'とある英文をそのまま訳した格好で、「すでに十六日前に子供は生まれていたとわかった」（一九頁）とするが、この点、注記等はない。また同じ箇所について、角田光代『源氏物語 上』（河出書房新社 二〇一七）の「十六日、女の御子で、安産でございました」（四五三頁）という現代語訳等、古典本文の助詞「なむ」の機能ないしニュアンスをあえて捨て去ったところに、「原作」世界の自然な享受を阻む新たな問題も立ち現れてこよう。稿をあらためて詳述する。

（13）拙稿「〈歌枕〉の歴史―「紫草」の生い出でる場所として―」（『日本文学風土学会 紀事』36 二〇一二・三）→Ⅱ篇第一章

（14）早く、『万葉集』巻五に収められた三十二首のいわゆる「梅花の歌」中、八二三番歌・大伴百代の歌については、花（梅）を雪そのものと見て詠む趣向を認めるべきか。本田義彦『「此の城の山」考―城万葉集巻五（八二三）―』（『国語国文』20-1 一九五一・一）に「旅人が下句で『天より雪の流れくるかも』と疑問的に見立てたのに対して、断定的に梅花の散るのを雪が降ると言ひきつた」との指摘があるが、これまでに通説たり得ていない。宴の主催者たる大伴旅人の歌に並ぶ一首。

わが園に梅の花散るひさかたの天より雪の流れ来るかも （『万葉集』五・八二二・大伴旅人）

梅の花散らくは何処しかすがに此の城の山に雪は降りつつ （八二三・大伴百代）

（15）本文の引用は、『新編国歌大観』による。長孝の自筆本『長好師家集（1）』（大阪府立中之島図書館蔵）は、「暮春山」題の前に、「慶安二年三月廿日光明院会に」と記す（巻一・春）。

（16）『続後撰集』に採られた清少納言詠「われながら」の歌については、拙著『コレクション日本歌人選 清少納言』（笠間書院 二〇一一、一〇頁）で取り上げている。

『紫式部集』にも、「心」のありようをめぐって詠まれた歌があるが、「数ならぬ身」ではなく、「数ならぬ心」と詠んだり、「心にかなう身」ではなく、「身にかなう心」について詠んだりと、「身」と「心」の関係性を反転させる逆説的な手法をとっている。主題はあくまでも、「数ならぬ身」と「心にかなう身」であるが、従来、必ずしも明確に読み取られていない部分だ。

身をおもはずなりとなげくことの、やうやうなのめに、
ひたぶるのさまなるをおもひける

かずならぬこころに身をばまかせねど身にしたがふは心なりけり　（『紫式部集』Ⅰ五四・Ⅱ五五）

こころだにいかなる身にかかなふらむおもひしれどもおもひしられず　（Ⅰ五五・Ⅱ五六）

一首目の「かずならぬ」詠について、Ⅱ系統の本文の結句「涙なりけり」（「心」に見セ消チ、傍書「涙」）によれば、清少納言の歌「こころにはそむかんとしもおもはねどさきだつものはなみだなりけり」（『清少納言集』Ⅱ三八）の表現にも近接してくる。主旨は、数ならぬ心も（あるいは「涙も」）、すなわち、（数ならぬ）身に従うものであったのだなあ…、という発見である。二首目の「こころだに」詠の主旨は、一首目の「かずならぬ」詠を受けて、身に従うはずの「心」でさえ、一体いかなる「身」に即応するというのであろうか…、という問いかけである。『拾遺集』「恋五」に入る「かずならぬ身は心だになからなん思ひしらずは怨みざるべく」（九八四番歌）という例が見え、紫式部の「かずらなぬ」詠も、基本的には恋歌の言葉を用いて詠まれた歌である。のちに、『続古今集』の「恋五」に採られている（一三六五番歌）。

〝思い知る〟歌として、「かずならぬ」詠で見出された内容から、〝思い知られぬ〟歌として、「いかなる身にか…」と問う「こころだに」詠の内容へと展開し、それぞれ「身にしたがふ」（一首目）と、「身にかかなふ」（二首目）の使い分けにも工夫が凝らされた連作である。

（17）水原一「業平詠『忘れては夢かとぞ思ふ』」（雨海博洋編『歌語りと説話』新典社　一九九六　所収）

（18）例えば『太平記』などにも、「落花の雪に道迷ふ、交野の春の桜狩り」（巻二「俊基朝臣再び関東下向の事」『新編全集』七四頁）という表現が見える。

なおまた、宗尊親王のごとく「ふみわけて夢かとたれかおもひけんいとふかかりしをののしら雪」（『柳葉集』文永元年十月百首歌・冬・五九九）と詠むのであれば、〈昔男〉の歌における「忘れては」と関わって、「忘却」をテーマに「夢」

の世について詠んだ例ということになる。歌意は、〝たいへん深かった小野の白雪を踏み分けて、（その昔、）夢かと思ったのは誰であったか（今、「忘れては」思うのだ。この世のすべては「夢」のようであるよ）〟という意味のものである。最近の例として、木村尚志「中世和歌における助動詞『き』の表現史」（「和洋女子大学紀要」56　二〇一六・三）に示す「踏み分けて来て（あるいは、踏み分けて来た人を）夢かと思ったのはだれだったのか。とても深かった小野の白雪を」という現代語訳は、「踏み分けて来て…夢かと思った」業平と、「踏み分けて来た人」すなわち業平（の事跡）を「夢かと思った」自分（詠者）の双方を重ね合わせて詠んだものと解すらしいが、分かりにくい。

従来は、〈昔男〉の歌について、物語の筋書き通りの意味のものとしてみた上で、「本歌取り」ほか、作中歌の表現を踏まえた例について考えているのであるが、『伊勢物語』をめぐる物語と史実の混同は、作中歌を踏まえたその後の歌の理解についても、物語ないし史実との撞着を招くことになるだろう。

「雪」と「花」をめぐる定家の本歌取り詠については、例えば、『新古今集』に入る「こまとめて袖うちはらふかげもなしさののわたりの雪の夕暮」（冬・六七一）の一首が、『万葉集』の雑歌「苦しくも降り来る雨か神が崎狭野の渡りに家もあらなくに」（三・二六五・長忌寸奥麿）を本歌とするものであるところ、ほかにも、「雪とのみこそ―散る」桜の歌として、『古今集』「駒なめて」の歌、「こまなめていざ見にゆかむふるさとは雪とのみこそ花はちるらめ」（春下・一一一・よみ人知らず）をも彷彿とさせる構成になっている。〝花を雪に〟式の見立ての例として、本章、第二節の冒頭に掲出した。

(19)　近時発表された田口暢之「藤原顕季の古歌摂取意識―『万葉集』と『伊勢物語』を中心に―」（「和歌文学研究」122　二〇一六・六）は、六条家の始祖・藤原顕季（六条修理大夫）による業平詠等、古歌摂取について考察した論考である。

田口氏は、『古今集』「雑上」に入るよみ人知らず歌「住吉の岸のひめ松人ならばいく世かへしととはましものを」（九〇六番歌）について、『古今集』の校本によれば「詞書・作者・和歌のいずれにも目立った異同はない」（田口論文の注35）とする。

顕季詠（後掲「帰雁」題による一首）に見える「人ならば…問はましものを」という表現と、当該『古今集』の歌の表現が「一致する」と述べる部分での注記であるが、実際には、「問はましものを」の部分に異同が存し、元永本等の結句は「言はましものを」の形である。

「人ならば…言はまし」という形については、『伊勢物語』一四段「くたかけ」における〈昔男〉の歌「栗原のあねはの松の人ならばみやこのつとにいざといはましを」に例がある。この歌の三句以下は『古今集』の東歌「をぐろさきみつのこじまの人ならば宮このつとにいざといはましを」（一〇九〇番歌）と同じである。

『古今集』「住吉の」詠（九〇六番歌）の一首前には「我見てもひさしく成りぬ住の江の岸の姫松いくよへぬらむ」（九〇五番歌）が置かれ、これは『伊勢物語』一一七段「住吉行幸」の歌に「われ見ても久しくなりぬ住吉のきしの姫松いくよ経ぬらむ」とある。『古今集』歌の本文「住の江の」（貞応本）は、元永本・雅経本等「住吉の」とするものも多い。

『古今集』雑上・九〇六番の「住吉の岸のひめ松人ならばいく世かへしととはましものを」という歌は、つまり、『伊勢物語』一四段の歌「栗原のあねはの松の人ならばみやこのつとにいざといはましを」の「栗原のあねはの松」という部分を「住吉の岸のひめ松」（『伊勢物語』一一七段「われ見ても」詠に同じ）に置き換え、「松」に語りかける内容を『伊勢物語』一四段の歌の「（みやこのつとに）いざ」から「いく世かへし」（『伊勢物語』一一七段「われ見ても」詠では「いく世経ぬらむ」）に変えた格好なのである。元永本等に拠れば、結句における「言はまし」の部分も『伊勢物語』の歌と一致することになる。

我見てもひさしく成りぬ住の江の岸の姫松いくよへぬらむ（『古今集』雑上・九〇五）
＊われ見ても久しくなりぬ住吉のきしの姫松いくよ経ぬらむ（『伊勢物語』一一七段「住吉行幸」）
住吉の岸のひめ松人ならばいく世かへしととはましものを（『古今集』雑上・九〇六）
＊栗原のあねはの松の人ならばみやこのつとにいざといはましを（『伊勢物語』一四段「くたかけ」）

「住吉の」詠（『古今集』雑上・九〇六）は、『伊勢物語』広本系の本文に存する付加的な場面に見える歌である。『伊勢物語』と『古今集』の関係について考える際に重要な「ヒント」を与える例である。

「帰雁」題による顕季の歌「人ならばとはまし物をちりぬべき花を見すててかへるかり金」（『顕季集』一九三）については、『古今集』「春上」に入る伊勢の歌「はるがすみたつを見すててゆくかりは花なきさとにすみやならへる」（三一番歌　詞書「春帰雁をよめる」）に拠りつつ、『伊勢物語』九段「東下り」の歌「名にしおはばいざ言問はむみやこどりわが思ふ人はありやなしやと」と同様、「鳥」に「こと問ふ」歌として構成されている。

田口氏は顕季の『伊勢物語』を含めた業平詠を意図的に典拠としない詠作態度」に注目し、その理由については顕季が「業平を尊敬していた」ためと考えている。古歌摂取における「院政期ならではの思考、すなわち古歌を利用して凌駕せんとする考え方」があり、顕季が「業平を尊敬し、業平詠に『詠みまさる』ことなどできないと考えていたからこそ、業平と競合すること自体を放棄した」とみるのである。

しかし、『伊勢物語』の歌と物語の関係について踏まえた上では、顕季による『伊勢物語』摂取の姿勢ないし手法についても、異なる結論になるのではないか。「蛍」題による顕季詠「大井川せぜに隙なきかがり火とみゆるはすだくほたるなりけり」(『顕季集』二一〇)についても同様である。『伊勢物語』八七段「布引の滝」には、「海人の漁火」(地の文)について〈昔男〉が、「星か蛍か」と詠んだという話がある。「晴るる夜の星か河べの蛍かもわがすむかたのあまのたく火か」という歌そのものの意味を反映しているわけではないが、顕季の歌は、「瀬々に隙なき篝火」について、実は「大井川にすだく蛍」であったと解く趣向である。

(20) 前掲注(3)拙著『王朝文学論』(新典社　二〇〇九)、Ⅱ篇　第三章　古典教育における〈知識〉の〈伝授〉をめぐって—教材『伊勢物語』を例に考える—、二六八頁

(21) 『枕草子』には、「風は」の段(一八五)に、桜について、その秋の落葉に目を向けた記事がある。桜の黄葉である。ここにも、随想の文学『枕草子』ならではの自然観照と表現の特徴がうかがえよう。

九月つごもり、十月ついたちのほどの空のうち曇りたるに、風のいたう吹くに、黄なる木の葉など、ものほろほろとこぼれ落つる、いとあはれなり。桜の葉、椋の葉などこそ落つれ。　(「風は」一八五段)

類纂系の伝本には、散り落ちる黄葉をめぐり、季節の設定を初冬から晩夏に移した派生的な章段が存する。

六月二十余日ばかりに、いみじう暑かはしきに、蟬の声せちに鳴き出だしてひねもすに絶えず、いささか風のけしきもなきに、いと高き木どもの小暗き中より、黄なる葉の、一つづつやうやうひるがへり落ちたる見るこそあはれなれ。[A]「一葉の庭に落つる時」とかいふなり。

(前田家本「六月二十余日ばかりに」　*田中重太郎『前田家本枕冊子新註』〈古典文庫〉、二〇六段)

六月二十日ばかりの、いみじう暑きに、蟬の声のみ絶えず鳴き出だして、風のけしきもなきに、いとど高き木ども

の多かるが、小暗く青き中より、黄なる葉の、やうやうひるがへり落ちたるこそ、すずろにあはれなれ。[B]秋の露思ひやられて、同じ心に。　（堺本「六月二十日ばかりの」＊林和比古『堺本枕草子本文集成』〈私家版〉、二〇〇段）

類纂本における「黄なる葉」という本文部分は、三巻本「風は」の段の本文に等しい。前田家本「六月二十余日ばかりに」段の場合は、「風は」段「九月つごもり」条（類纂本で本条の内容は「風は」段から分離されている）の「桜の葉」に言及する一文にあたる位置に、『一葉の庭に落つるとき』とかいふなり」（A）という、白詩句「一葉落庭時」（『白氏文集』一八・一一二一「新秋」）の引用が指摘される記述がある。堺本「六月二十日ばかりの」段の場合は「秋の露おもひやられて、おなじ心に」（B）とある。要するに、「黄なる葉」と同様、来たるべき「秋の露」が想起されると述べて、この場面の「心」について説明を付した部分である。初秋の「風の音」ならぬ、翻り落ちる「黄なる葉」によって、晩夏、酷暑の景の中に秋の到来を予感するということである。

本例について言えば、前田家本と堺本の表現差は、章段の末尾にAの本文を添えるか、Bの本文を添えるかという点に集約されている。類纂の形としては、「風は」の段から、「桜の落葉」の話を含む「九月つごもり」条の内容を切り離し、同じく九月の話題である「秋の露」の「やうやう落つる」様に注目した一段「九月ばかり夜一夜」に続け並べた形である。派生的な一段には、「黄なる葉」の「やうやう落つる」様子が描き出されている。

本段に関する詳細はこれも別稿にゆずることになるが、いまここに、『枕草子』の黄葉と桜の葉をめぐる章段群の関係について整理した表を掲げておく。

『枕草子』の黄葉と桜の葉

雑纂系本文（能因本・三巻本）	類纂系本文（前田家本・堺本）
九月ばかり夜一夜	九月ばかり夜一夜
能　１３３段	前　２１７段
三　１２５段	堺　２１２段
露 ・露の落つるに、	露 ・露のやうやう落つるままに、

風は（「九月つごもり」条）	
185段	能
188段	三
黄葉 ・黄なる木の葉など、ものほろほろとこぼれ落つる、いとあはれなり。（能） ・黄なる葉どもの、ほろほろとこぼれ落つる、いとあはれなり。（三） 桜の落葉 ・桜の葉、椋の葉などこそ落つれ。（能） ・桜の葉、椋の葉こそいととくは落つれ。（三）	

同じ月のつごもり	「六月」段（派生的な章段）	
218段	六月二十余日ばかりに・206段	前
213段	六月二十日ばかりの・200段	堺
桜の落葉 ・ことものよりも、桜の葉ぞいととく落つるかし。（前） ・ことものよりも、桜の葉こそ、いととく落つるかし。（堺）	黄葉 ・黄なる葉の、一つづつやうやうひりがへり落ちたる、見るこそあはれなれ。（前） ・黄なる葉の、やうやうひるがへり落ちたるこそ、すずろにあはれなれ。（堺）	
	前田家本	堺本
	「一葉の庭に落つる時」（白詩）	秋の露

山中悠希『堺本枕草子の研究』（武蔵野書院　二〇一六）は堺本本文「秋の露」の「典拠」として、長恨歌の「秋雨梧桐落葉時」句を挙げるが、論中、「三巻本・能因本にない」前田家本・堺本の両段について、「風は」段に関する言及は見られない。

堺本の「秋の露」ついて、それが『和漢朗詠集』（下・恋・七八〇　白詩句の「雨」を「露」に作る）に載る「日本においてとりわけ親しまれた句」（二一七頁）の引用であるとしながら、前田家本が、その「堺本の記述よりもわかりやすい『新秋』の一節を引いた」（二二〇頁）というのでは、論理的にやや矛盾するようにも思われる。いずれにしても、派生的な一段は、そうした‚典拠‛に沿うものとして整えられた形になっていると言えよう。

山中氏が主張するように、こと堺本について「類纂」でなく「再構成本」と呼ぶようにするのだとして、本例についても、何をどのように「再構成」したものであるのか、主たる両系統の本文による章段解釈を踏まえ、類纂系の本文の性質について、まず、雑纂系の本文との関係を明確に見定めることが必要である。

なお、伝本の「呼称」の問題については、本格的な伝本研究の開始とともに長い研究史を通して用いられてきた「三巻本」の通称を捨てて、『定家本』と改める」べしとの主張も存する（佐々木孝浩『日本古典書誌学論』笠間書院　二〇一六・六）。そのような呼称をあえて用いることになれば、（「三巻本」という呼称が必ずしも「書誌学」的なものでないのだとしても、）未解明の問題たる、「三巻本枕草子」の定家以前の素性（伝来の様相）について、一層見えづらくなってしまうのではないか。それは、「定家本」という呼称に馴染んだ人々にとっては想像しにくいものであるかもしれない。

またこの主張においては、『枕草子』の主たる両系統の本文の、その一方である「伝能因所持本」、いわゆる「能因本」の呼称との関係についても、考慮された気配がない。『枕草子』研究における使用本文の問題は、それこそ佐々木氏が「部外者的な立場から見ると、近時『枕草子』研究はあまり活発でないように見える」と述べる、その原因の一つであるのだ。つまりは、それも〝書誌学〟優先の立場と関わる三巻本偏重の事態である。「三巻本」を仮に「定家本」と呼称するとき、主たる両系統の本文については、今後「能因本」と「定家本」という言われ方をすることになるのであろうか。

三巻本は、定家による勘物や校訂が施される前にすでに、特に漢籍摂取の用例における「原典主義的傾向」等、今見る三巻本の特徴を備えた本文であった。古歌や漢籍の引用をめぐる三巻本の本文状況と、その校訂者と目される定家の校訂態度の関係については、前掲注（12）拙著『新しい枕草子論』（新典社　二〇〇四）、Ⅲ篇において論者が指摘したところであるが、おそらくそれは、「真名書きちらしてはべるほども、よく見れば、まだいとたらぬこと多かり」（『紫式部日記』）というまさに同時代の享受に端を発しているはずの事柄である。『枕草子』の「古歌の引用」や「漢籍の引用」に関し、当該拙論を引き、（「勘物としては出てこない」が）定家は「実際には調べていて、原拠に拠って本文を肯定しているらしい」（講演資料・浅田徹「書き入れ注記から見る定家の古典観」〈「日本女子大学文学部・文学研究科学術交流企画『シンポジウム　定家のもたらしたもの』第三回「定家の築いた『古典』とは」二〇一六・三・一二、日本女子大学」〉）と要約されることがあるが、拙論の主旨は、三巻本の現状について、すべて定家の校訂に由来するものと認めるものではない。いずれにしても、〝三巻本の奥書の記述〟を根拠に、『枕草子』という作品の中身に関わる問題、すなわち伝本のありようについて判断することは容易ではなく、本文の伝来や享受について考える上でも、さらに慎重に検討すべき課題ではあろう。『枕草子』の主たる両系統の本文については、能因本の本格的な読解研究を経ずして、もう一方の三巻本に関する正当な評価を導くことなど望むべくもない話であるはずだ。

研究史的に長く呼び習わされてきた「呼称」自体の問題もさることながら、「呼称」改変の意義についても、もちろん、作品の実態に鑑みて内容の伴うものでなければならないわけである。そのとき、実態の解明が優先されるべきであることは言を俟たない。（※浅田氏の講演に関連する追記）その後にまとめられた浅田氏の論考「書き入れ注記から見る定家の古典観」（日本女子大学日本文学科編『定家のもたらしたもの』翰林書房　二〇一八・三　所収）でも、‘「定家本」とはっきり呼んだ方がよい’と要する佐々木氏の「提言」については、「私もそれでよいと思う」という判断が示されている。如上の事由により、論者として賛同することはできない。

さて、桜の黄葉を取り上げた「風は」の段の真骨頂は、「ほろほろ」という、オノマトペとして擬音・擬態両方の側面を持つ言葉をめぐり、冬の到来を告げる「音」について、あえて視覚的に捉えてみせたところにある。

『古今集』「秋上」冒頭に置かれた立秋の名歌、

秋立つ日よめる

あききぬとめにはさやかに見えねども風のおとにぞおどろかれぬる　（『古今集』秋上・一六九・藤原敏行）

などと比較してみるとよいだろう。

清少納言はここで、強風の中で散り落ちる木の葉の「音」（一例、「木の葉の散りかふ音」〈『源氏物語』「橋姫」五 - 一五六頁〉）に直接言及することをしていない。他に先駆けて落ちる黄葉をめぐり、目には見え、〈聞き分くほどの〉音はせずとも、そこに感じる「いとあはれな」る、心の風景としての冬の到来が描き出されているのである。

〝心の目〟で「音」、すなわち「冬のおとずれ」としての落葉の音を聴く瞬間である。「耳」ではなく、「目」で音を捉えるおもしろさがあり、「もの」という接頭語が付く能因本の「ものほろほろ」という言い方にも、その点での意味が存していよう。いずれにしても、ここは「涙」などではなく、実際に音を立てて落ちる木の葉に係る描写であり、その点、単なる擬態とも異なって、「ほろほろ」という言葉の定石通りの遣い方ではないわけである。

それこそが、清少納言の筆によってフォーカスされ、「風は」の段に写しとどめられた「黄なる木の葉」の落葉のシーンなのである。「ほろほろ」という言葉の特性に注目した、『枕草子』作者らしく感覚鋭い切り口である。桜の黄葉をめぐる本条は、花や雨や木の葉の様子を描き込みつつ、ときに鮮烈に「顔にしみ」て感じる、目に見えぬ「風」の姿を捉えて綴った、当該随想的章段の核心部分でもある。

この点、中島和歌子「枕草子『風は』の段『黄なる葉どものほろほろとこぼれ落つる……』と和漢の伝統―黄葉紛々如涙庭と、文脈のスリカエ―」〈『札幌国語研究』10　二〇〇五・七〉に述べるごとく、「ほろほろと」という表現について、『涙のように』と表現した」ものとみてしまっては、読み取ることができなくなる部分である（副題中の「黄葉」云々も、典拠の例示ではないわけである）。

中島氏は、「風は」段の「桜の葉」について、『黄落』という自然の摂理から、普通誰も問題にしない木の種類による落葉の『はやさ』の違いに話が移って」、『あはれ』から『をかし』に文脈がずらされ」たものと述べる。昨今、しばしば用いられる「ずらし」や「ずれ」という言い方にはそれ自体、曖昧さがつきまとうが、「文脈のずらし、あるいはスリカエ」の傍証ないし類例として、「南の院の裁縫」について極端な虚構を読み取る旧説を引き合いに出し、これが清少納言の「表現者としての特質」であると述べることにはなお、従いにくい。

読む側に求められているのは、発想の転換であり、読み取られるべき事柄は、常識からの「ずれ」などではない。そこから先の、享受者一人一人にとっての「解釈の自由」の問題を仮に「複眼的」な読みだというのだとすれば、必ずしも、実証的な形を取る必要はないのかもしれない。

なお、桜については、『徒然草』一三七段にも「花はさかりに、月はくまなきをのみ見るものかは」と述べる。続く一三八段は、兼好の懐古趣味を象徴し、直接『枕草子』の引用がなされる「後の葵」の段である（前掲注（3）拙著『王朝文学論』〈新典社　二〇〇九〉、Ⅰ篇　第五章『枕草子』の〝随想〟性―「葵」をめぐる記事―）。

その「桜」よりもなおはかないものとして、例えば「朝顔」などは、無常詠の象徴的な景物の一つであり、『枕草子』「小白川といふ所は」（四二）の段末に、花山天皇に殉じた側近・藤原義懐の出家について、

さてその二十日あまり、中納言の法師になりたまひにしこそあはれなりしか。桜などの散りぬるも、なほ世の常なりや。「老いを待つ間の」とだに言ふべくもあらぬ御ありさまにぞ。

と述べる部分がある。義懐は、花山院出家の翌日、寛和二年（九八六）六月二十四日に出家している。

傍線部、能因本に「老いを待つ間の」とあるところ、三巻本では「置くを待つ間の」であり、源宗于の「白露のおくをまつまのあさがほは見ずぞなかなかあるべかりける」(『新勅撰集』恋三・八二〇)に拠る表現とみなされている。宗于の歌について「桜ではなく朝顔だからこその戯言ではないのか」「桜だったら見ない方が良かったとさえも言えない」とみる説が出されているが(今井久代『枕草子』「雪のいと高う降りたるを」段を読む」〈『日本文学』65-1　二〇一六・一〉)、桜よりもはかない「白露の置くを待つ間」の——桜より一層はかない「朝顔」に、人の世のありようを重ね比べて詠む朝顔詠の理解としてはいかがであろう。能因本本文の「老いを待つ間の」については、はかない人生のその老いさえ待たぬ突然の出家にあっけなく散った、義懐のあまりにも短い栄華を表現するものとして捉えられよう。人の命のはかなさ、世の無常と結び付けて詠まれる朝顔詠の類型を背景としたとき、能因本の引用の形が、特に義懐の数奇な運命を端的に表現するものになっていることについてはすでに述べた(前掲注(12)拙著『新しい枕草子論』〈新典社　二〇〇四〉、Ⅲ篇第五章　第一節「老いを待つ間の」)。

論考の末尾、「あれこれと想像できるところ」に『枕草子』読解の意味(「『枕草子』を読む喜び」)を見出す今井氏の論では、自由な読みの姿が模索されているのであろう。その上で、『枕草子』のさまざまな点に関する言及については、疑義も存する。

例えば、論考の主要な部分に関わり、いわゆる「高炉峰の雪」の段の冒頭、「雪のいと高う降りたるを、例ならず御格子まゐりて」(『新編全集』二八〇段・三巻本。能因本〈『全集』二七八段〉の本文は「雪のいと高く降りたるを、例ならず御格子まゐらせて」)の傍線部について、「『ふだんと違って(まだ暗くないのに早々と)御格子をお下ろしして』と読み解かねばなるまい」と述べるが、これは「下ろしたままにしておく」ということで、旧注以来、「こゝにてはおろしをく也」(北村季吟『枕草子春曙抄』〈延宝二、巻一二〉)と解されてきた部分である。今井氏と同様の読みを行うものとして、それぞれ渡辺実、萩谷朴両氏による注釈書の名(「新大系、解環・集成」)が挙がり、今井氏の説は、両者の理解を加え合わせたような格好になっている。今井氏の考えは、『御格子をお下ろししたままで』なら、(中略)『御格子参らで』と表現しよう」というものである。しかし、ここは「例ならず」格子を下ろしたままにしておくことが、すなわち「御格子参らせて」あるいは「御格子参りて」ということなのである。

当然のことながら、御格子を下ろしておくことを、いつも必ず「御格子を上げずに…」と言うわけではない。「御格子を下ろして…」と表現することはあり得よう。今井氏の言う「御格子参らで」ではなく、「御格子まゐらせて」（能因本）、「御格子まいりて」（三巻本）の形である。「窓を閉めておく」ということを、「窓を開けずに…」とのみ表現するとは限らないのと同じことだ。「御格子―参る」ということの意味について、ここで「今まで上がっていたのを下ろす」という意味に限定して考えることはできない。

また、今井氏の当該論考中、これも有名な「山吹の花びら」のメッセージについて、注記の文脈上「主が誰かと問われても答えない清少納言をよそえた」と考える説として拙論を引く箇所は、「山吹の花色衣ぬしやたれとへどこたへずくちなしにして」（『古今集』雑体・誹諧歌・一〇一二・素性／『古今六帖』五・色「くちなし」・三五〇九）という歌と関わらせずに定子のメッセージの意味を読み解いた拙論（拙著『新しい枕草子論』〈新典社　二〇〇四〉、Ⅰ篇　第一章「長徳の変」関連章段の解釈―後宮の視点によって描かれた政変―）の実情と異なっている。定子による「山吹の花びら」のメッセージについては、本章第四節にも述べた。

(22)　渡辺実校注『(集成) 伊勢物語』（新潮社　一九七六）

(23)　小島憲之・新井栄蔵校注『新日本古典文学大系　古今和歌集』（岩波書店　一九八九）。旧大系、佐伯梅友校注『古今和歌集』（岩波書店　一九五八）の解釈「花だから雪のように消えないではあるにしても、それを花と見るだろうかね」（当該歌・頭注「消えずはありとも花とみましや」）を踏襲する。

(24)　竹岡正夫『古今和歌集全評釈　古注七種集成（上）』（右文書院　一九七六）及び、竹岡・前掲注（5）書『伊勢物語全評釈　古注釈十一種集成』（右文書院　一九八七）。また、鈴木・前掲注（2）書『伊勢物語評解』（筑摩書房　二〇一三）、片桐・前掲注（9）書『伊勢物語全読解』（和泉書院　二〇一三）など。ただし、片桐・前掲注（1）書『古今和歌集全評釈（下）』（講談社　一九九八）では、「雪とは違うのだから」と訳出している。

(25)　大津有一・築島裕校注『日本古典文学大系（伊勢物語）』（岩波書店　一九五七）

(26)　小町谷照彦訳注『古今和歌集』（ちくま学芸文庫　二〇一〇）、六三番歌・脚注欄

(27)　小沢正夫・松田成穂校注・訳『新編日本古典文学全集　古今和歌集』（小学館　一九九四）、六三番歌・脚注欄

(28) 中野方子『コレクション日本歌人選　在原業平』（笠間書院　二〇一一）、六〇頁

(29) 竹岡・前掲注（5）書『伊勢物語全評釈　古注釈十一種集成』（右文書院　一九八七）、三九五頁・評

(30) 『折口信夫全集　ノート編　第十三巻（伊勢物語）』（中央公論社　一九七〇）、五二頁及び五三頁

(31) 石田穣二『石田穣二　伊勢物語注釈稿』（竹林舎　二〇〇四）

(32) 斉信の朗詠については、前掲注（12）拙著『新しい枕草子論』（新典社　二〇〇四）、Ⅲ篇　枕草子の本文―典拠引用における能因本と三巻本の表現差―　⑩～⑬例。事件年時の問題については、同書・Ⅰ篇　第一章　注（25）。

(33) 前掲注（16）拙著『コレクション日本歌人選　清少納言』（笠間書院　二〇一一）、七三頁

(34) 片桐・前掲注（9）書『伊勢物語全読解』（和泉書院　二〇一三）、四〇七頁・語釈「行きやらぬ夢路」
同様の例は、『平家物語』巻十「三日平氏」などにも見える。「とわたる舟の櫂のしづく、聖が袖よりつたふ涙、分きていづれも見えざりけり」（『新編全集』二―三一七頁）。

(35) 当該の一首「わが上に露ぞ置くなる天の河とわたる船のかいのしづくか」は、『古今集』においては「雑上」筆頭の詠であり、「題知らず」の歌として入集している（八六三番歌）。『古今集』の歌として、従来、「わが上に―置く」その「露」については、「七夕の夜の雨」や「秋の露」などと考えられている。
例えば、『（新編全集）古今和歌集』（前掲注（27）書）では、「七夕の夜の雨を、彦星が漕ぐ櫂の雫に見立てた歌が『万葉集』二〇五二（この夕降り来る雨は彦星のはや漕ぐ舟の櫂の散りかも）にあるから、それを露に変えたのであろう」（当該歌・脚注欄）、「歌の詠まれた状況が正確に分らないが、作者は着物に露が置いていると、傍らの人に指摘されて読んだものと解する」（当該歌・頭注二）とみて、初句「わが上に」について、「私の衣の上に」（当該歌・頭注一）と注する。小町谷照彦『古今和歌集』（前掲注（26）書）は、「七夕の夜の小雨か」とする（当該歌・脚注⑴）。

『（新大系）古今集』（前掲注（23）書）では、「をくなる」という言い方について、「『なり』は推定の表現。湿める感じを露がおくといった」（当該歌・語注、傍線‐圷）と注する。語釈としては、佐伯梅友『（大系）古今集』（岩波書店　一九五八）に、『なる』は終止形につく『なり』で、しめっているのを露がおいたものと推定した心持を表わす」（当該歌・頭注「わがうへに露をぞくなる」）とあるのと同じ内容で、いずれにしても分かりにくいが、詠歌の対象について「露」

として解すものである。

片桐『古今和歌集全評釈（下）』（前掲注（1）書）は、「要旨」に「秋の露を知覚して、これは牽牛星が天の川を渡る舟の楫の雫だろうかと風流に言いなした」（傍線-圷）とし、「語釈」では「高貴な人からの恵みの露」ということについても考えている。『古今集』に入る当該歌についてまず「ふざけた古歌」とみるのは、竹岡正夫『伊勢物語全評釈　古注釈十一種集成』（前掲注（5）書）、八七六頁・評である。

「歌の詠まれた状況が正確に分らない」というのは、つまり、歌の本文からそれを「読み取ることができていない」ということなのではないだろうか。発想の転換を行わなければならないのは、和歌をめぐって、詠まれた場から離れてしまえば、歌の本当の意味は分からなくなる、などという、根強く見られる固定的な考え方についてである。

『後撰集』「秋中」に「わが袖に露ぞおくなる天河雲のしがらみ浪やこすらん」（三〇三番歌）という例があり、「私の袖に露が置いているよ。天の河にかけた柵（しがらみ）のように見える雲を浪が越してそのしぶきがかかったのであろうか」（片桐洋一『（新大系）後撰集』〈岩波書店　一九九〇〉）等と訳されている。「しぶきが露となって降り注いで来るかのよう」（木船重昭『後撰和歌集全釈』〈笠間書院　一九八八〉）と解すわけである。天の川を見上げる「作者の視覚は、壮大な夢幻の世界に参入している」（木船・同書）のだとして、ではその「波しぶき」による「露」に見立てた「袖の露」の実態とは何か。いかにして袖に置き、そこに発生した「露」であるのかという点については、まったく不明である。

同じく『後撰集』の「秋中」に入る歌、「唐衣袖くつるまでおくつゆはわが身を秋ののとや見るらん」（三一三番歌）などの場合と異なり、「涙」の比喩とみなされない当該「わが袖に」詠については、〈昔男〉の「わが上に」詠との関係を見定める必要がある。『古今集』「雑上」に「題知らず」として入る「わが上に」の一首をめぐって、実は、『伊勢物語』の筋書きに拠る理解が、類歌の解釈にも及んで影響しているということである。『伊勢物語』五九段「東山」におけるもう一首の作中歌「すみわびぬいまはかぎりと山里に身をかくすべき宿もとめてむ」は、『後撰集』「雑一」に第四句「つまぎこるべき」の形で見える（一〇八三番歌）。

なお、紀貫之の『新撰和歌』におけるその特異な配列については、当該「わが上に」詠など、『伊勢物語』の作中歌をめぐって、歌そのものの意味を示唆するごとく、それぞれの歌の主題や手法に関わるものとして新たに見定められることがあるとみる。また貫之詠「春ののにわかなつまむとこしものをちりかふ花にみちはまどひぬ」（『古今集』春下・一一六）について、「現実の風景としては、若菜に降る雪を落花に見立てたものか」などという高田祐彦『新版　古今和歌集』（角川ソフィア文庫　二〇〇九、当該歌・注解）の見方も存するところ、言外の「見立て」をめぐってはまず、業平詠の読解こそが鍵となる。ただし、貫之の当該「春ののに」詠を取り上げた論において、〈うた〉のことばだけでどう解釈できるか」（小林幸夫・品田悦一・鈴木健一・高田祐彦・錦仁・渡部泰明編著『【うた】をよむ　三十一字の詩学』〈三省堂　一九九七〉、高田「中古」〈第四章　一首をよむ〉）と考えたことの意義は大きいと言えよう。

(36)　浅岡雅子『「けふ来ずは」をめぐる一考察―定家の業平受容の一側面―』（『北星学園大学文学部北星論集』46―2　二〇〇九・三）

(37)　従来の解釈の中で、意味上「桜色の庭の」までで区切って「落花に覆われ桜色になった庭」と解す浅岡氏の説（右掲注(36)論）によれば、結局、散った桜がそのまま色を失わず、いつまでも「桜色」であると考えることになる。浅岡氏は、「桜色」の「庭の春風」ではなく、「桜色の庭」の「春風」として解す。通釈は「花吹雪を舞わせていた春風も吹き止み、桜色の庭には、人の訪うた跡もない。もし訪う人がいたら、この花をせめて雪とだけでも見ようものを」とする。

その点、「桜色の庭の春風」について「昨日の春風を『桜色』とした」（峯村文人校注・訳『〈新編全集〉新古今和歌集』〈一九九五〉一三四番歌・脚注欄）定家の「感覚」を評価し、「跡もなし」については「風が吹き止んだ」のではなく、「花を散らし尽くして、春風の色がまったくなくなった」（同書、一三四番歌・頭注三）と解すことのほうが適切であろう。

(38)　なお、「さくら色の―春風」を詠む定家の歌は、『新古今集』で後鳥羽院の歌「みよしののたかねのさくら散りにけりあらしもしろき春のあけぼの」（春下・一三三　詞書「最勝四天王院の障子に、よしの山かきたる所」）に並んで入集しているが、「風の色」については、秋の紅葉をめぐって『古今集』「秋下」の歌「吹く風の色のちくさに見えつるは秋のこのはのちればなりけり」（二九〇番歌・よみ人知らず）に例がある。

(39)　出典は「親鸞聖人絵詞伝」に見える和歌「明日ありと思ふ心のあだ桜夜は嵐の吹かぬものかは」とする。

(40)　『古典B（古文編）指導資料』（明治書院　二〇一六）、一三三頁

前掲注（4）拙稿

(41)　同右、拙稿

(42)　片桐・前掲注（9）書『伊勢物語全読解』（和泉書院　二〇一三）

(43)　また、漢詩で言うなら、杜甫「絶句」の「山青花欲燃」（山青くして花燃えんと欲す）に描き出されているのも、晩春の山に赤々と照り映えて咲く花の姿である。
例えば『和漢朗詠集』には晩春の花である「躑躅」の項が存するわけだが、「三月尽」の描かれ方をめぐって、「春の終わり」の風景から「躑躅」を〝消し去った〟形の『古今集』や、また七七段「春の別れ」の場面ほか、（知られざる）「躑躅」の歌を韜晦的に用いて語る『伊勢物語』については、それぞれ「漢詩文」的なあり方とは異なる新しい世界を構築しようとするものとも言えよう。本著のⅠ篇　第二章に見た『万葉集』における大伴家持の春愁詠や、白詩における「三月尽」の主題（菅野禮行氏による『（新編全集）和漢朗詠集』「解説」〈一九九九〉にも強調されるところ）等含め、この問題については、和歌本文の意味の究明とともに考えていく必要がある。

(44)　拙稿「『枕草子』「僧都の君の御乳母、御匣殿とこそは」の段の機知―野の草と「つま」―」（「和洋女子大学紀要」52　二〇一二・三）→Ⅰ篇　第一章
当該（Ⅰ篇　第一章）の論において、論者は、〝愛する者が住まう世界を慈しみ、その永遠なることを願う「野焼き」詠の主題〟について見出した。「僧都の君の御乳母、御匣殿とこそは」の段に記された〝自然と人間の営みに終わりがないことを告げ知らせる清少納言の「答歌」〟をめぐっては、文学における普遍的なテーマとして、『白氏文集』一三・六七一「賦得古原送別」詩における「野火焼不尽　春風吹又生」等という表現に通じるところもあろう。

さて、兼好法師の『徒然草』について、『枕草子』を継ぎて書きたるもの」と言ったのは正徹であった（『正徹物語』下巻「清厳茶話」）。丹羽博之「正徹『草根集』命名の背景―白詩の利用」（「大手前大学論集」12　二〇一一・三）は、「正徹は定家を崇拝しており、定家が愛読した『白氏文集』を当然読んでいたはずである」と考えるところから、正徹の『草根集』をめぐり、「草庵焼亡という悲劇がなければ、白詩に基づく」その名づけもなかったと述べるが、一条兼良による序文に記す「東山のふもと草のいほりのやけのの原となりにし」（『正徹集』Ⅳ〈草根集〉一件も含め、いま、『枕草子』当該段などとの関係についても考える余地がありそうである。

近時、所在が確認された与謝蕪村の『夜半亭蕪村句集』中、野焼きと野の草を詠み込む「我焼し野に驚や草の花」という句が存しており、これについては、例えば　中村健史氏が「その生命力をうたうことが、一句の主題である」との見解を示している。丹羽氏の説に関する言及もあり、ブログ上での発言ではあるが、引用しておきたい（中村「蕪村の新出句」〈「研究ブログ（http://researchmap.jp/joljpltnb-1950274/）」二〇一五・一〇・二五〉）。

(45)　当該「むらさきの」詠のその表現的核心は、互いに縁もゆかりもない、たった一本の紫草と、その他武蔵野に生う名も知らぬ草々とを、はじめて結びつけることにある（前掲注（3）拙著『王朝文学論』〈新典社　二〇〇九〉、Ⅲ篇　第五章　花と鳥の和歌―王朝和歌の新しい解釈―）。〝縁なき者すべてに及ぶ愛〟を詠んで恋の喜びを歌った「紫のひともと」の歌に対し、縁故ある者への同情という話に転換して描き出したのが、『伊勢物語』四一段「紫」の物語である。↓Ⅱ篇　第一章

すでに述べたように、文学史上の「紫草」は、「蒲生野」「武蔵野」「春日野」など、あらゆる土地に生い出でるものであった。人の世の「縁」なるものも、そこにはじめて創出されていくのであろう。

(46)　拙稿「わがせしがごとうるはしみせよ―受け継がれ、読み解かれるできごと―」（原岡文子・河添房江編『源氏物語　煌めくことばの世界』翰林書房　二〇一四　所収）↓Ⅰ篇　第三章〈第六節〉

(47)　心と心臓のモチーフについて考えるならば、「聖心」にまつわる宗教的なモチーフとして、イエスの心臓を象った図様なども想起される。また、日本の音楽シーンに限ったことではないのだが、「歌詞」についてテレサ・テンのヒット曲からもう一例、「身体からこの心　取り出してくれるなら　あなたに見せたいの　この胸の想いを」（「別れの予感」作詞・荒木とよひさ）。人々に共通の思いとして、目に見えぬ人の心について詠む「あかねども」の歌や、「思へども」の歌に類する表現は多く、都々逸では「竹ならば割って見せたいわたしの心　先に届かぬふしあわせ」（「浮世根問」）などとも。巷にあふれるこうした普遍的な表現の意味について、目の前の「和歌」から読み取れなくなってしまっている現状については、その原因とともにあらためて考えてみる必要があるだろう。

「できることなら、この胸を切り裂いて、どんな気持ちで歌を作ったのか、見せてやりたいよ」という言葉には、表現と向き合い、自らも創造し表現する立場にあって共感する研究者もいるのではないか。解釈的発見の場合もそうである。

引用は、忌野清志郎「発売禁止」（ロックン・ロール研究所編『忌野清志郎画報　生卵』〈河出書房新社　二〇〇九・七新装版〉、二九四頁）より。

なおまた、「一点ものにつき返品交換は受け付けません」というフレーズは、話題になった二〇一五年の楽曲、西野カナの「トリセツ」の歌詞で、恋人に対する要望を「取扱説明書」（トリセツ）に見立て、連ねた内容である。ユニークな歌詞だが、『万葉集』にもちょうど似たような例がある。「男女関係の解消を商取引の違約に準じて非難するところにこの歌の趣向がある」（『（新編全集）万葉集（4）』一〇四頁・頭注欄）と評される歌で、「歌物語の先駆」とも言われる物語的な左注を有する歌を収め、『伊勢物語』との関係も指摘されている巻十五「有由縁併雑歌」に見える。「返品」を難じる「商返し（あきかへし）　許せとの御法　あらばこそ我が下衣　返し賜はめ」（『万葉集』一五・三八〇九）という一首だ。現代における新しく意外な趣向が、万葉の昔にそのまま繋がっていく不思議な一致である。こうした「普遍性」も、古典のありようの一端ではあろう。

(48)「安全地帯」一九八三年の楽曲（作詞・井上陽水）

(49)（※追記）『伊勢物語』七八段「山科の宮」の作中歌、当該「あかねども」詠については、平成二十九年（二〇一七）四月二十二日、立命館大学で開催された「和歌文学会関西例会」（第一二三回）における論者の口頭発表及び資料『伊勢物語』作中歌の解釈―六十五段「在原なりける男」ほか、『古今集』との関係をめぐって―」で取り上げ、すでに論じてきている他の段の作中和歌とともに研究発表を行った。「岩」（言は―岩躑躅）の歌を用いる『伊勢物語』七八段「山科の宮」と、日並皇子（草壁皇子）の庭園「島の宮」の「石つつじ」を詠み込む、『万葉集』「皇子尊の宮の舎人ら慟しび傷みて作る歌廿三首」中の一首「水伝ふ磯の浦廻の石（いは）上つつじ茂（もさ）く開く道をまた見なむかも」（二・一八五）との関係を指摘した。

(50) 秋山虔校注『新日本古典文学大系（伊勢物語）』（岩波書店　一九九七）

(51) 前掲注（39）指導資料、一三七頁

(52) 竹鼻績『公任集注釈』（貴重本刊行会　二〇〇四）、四八一頁・補説

(53) 竹岡・前掲注（24）書『古今和歌集全評釈　古注七種集成（上）』（右文書院　一九七六）

(54) 前掲注（3）拙著『王朝文学論』（新典社　二〇〇九）、Ⅱ篇　第一章『伊勢物語』二十三段「筒井筒」の主題と構成―

「ゐつつ」の風景と見送る女の心―、初出は前掲注（3）拙稿。

(55) 新海誠監督『言の葉の庭』、二〇一三年五月公開。同監督による新作（『君の名は。』二〇一六年八月公開）の「モチーフ」は、今度は小野小町の「思ひつつぬればや人の見えつらむ夢としりせばさめざらましを」（『古今集』恋二・五五二）であるということで、いずれも特定の和歌を引く。重要なことは、そこに詠まれているのが、人の思いや夢見の不思議をめぐる普遍的な事柄であるということだ。

(56) 『枕草子』の初段冒頭「春はあけぼの」については、前掲注（3）拙著『王朝文学論』（新典社　二〇〇九）、I篇　第一章《雑纂》の世界観―『枕草子』と百人一首　など。

(57) 後藤幸良『伊勢物語』の冬物語―雪をめぐって―」（「相模女子大学紀要　A　人文系」77　二〇一三）

(58) 拙稿「春日遅遅―『枕草子』「三月ばかり、物忌しにとて」の段の贈答歌―」（「和洋女子大学紀要」50　二〇一〇・三）

→I篇　第二章

(59) 同右、拙稿。定子が、今まさに「春日遅遅」たる、わが切情について詠み贈ったところ、すっかり心癒され救われた清少納言からは、「春の日」をめぐる切迫感のない答えが返ってくることになったのであるが、これも、二人の応酬が見事に「成功」した例ではある（『全集』本・二八〇段）。

(60) 前掲注（12）拙著『新しい枕草子論』（新典社　二〇〇四）、I篇　第一章「長徳の変」関連章段の解釈―後宮の視点によって描かれた政変―　など。

(61) なお、清少納言には、道長方に出仕し、その長男頼通（田鶴君）に奉仕する娘を批判する歌を詠むことがあったとみられる。娘は、その後も御堂関白家に仕え続け、女院となった彰子に伺候している。

　　めの、「をとどにすむ」ときくころ、「くらづかさの
　　つかひにて、まつりのひ、たゞともろともにのりて、
　　物見る」とききて又の日

いづかたのかざしとかみのさだめけんかけかはしたるなかのあふひを

（『清少納言集』II九・I八）

現代語訳を示す。

娘が、「大殿に住む」と聞くころ、「内蔵寮の使いとして、賀茂祭の日、田鶴と相乗りで、祭見物をする」と聞い
て、翌日

賀茂の神は、あなたをどちらの側の者と決めたのでしょうか。誓い合った仲が逢うという今日であるのに

「中（祭当日、中の酉の日）の葵」と、「…仲の逢ふ日」の掛詞。一首は、恋の歌として味わうことも可能。「たつ」を中心に詞書の解釈が変わる（圷『コレクション日本歌人選　清少納言』〈笠間書院　二〇一一〉に示す。同書、六頁）。
『後拾遺集』中、「枯れた葵」をめぐって詠む次の一首は、小馬の歌として、勅撰集に採られた唯一の例である。

そのいろのくさともみえずかれにしをいかにいひてかけふはかくべき　（『後拾遺集』雑二・九〇八・小馬命婦）

「枯れたる葵」といえば、『枕草子』「過ぎにし方恋しきもの」（三〇）の段中、鍵語となる表現である。終わってしまった恋の象徴として、「枯れた葵」を歌に詠み込む例としては、『実方集』に次の贈答歌があり、三者の表現の関係性がうかがわれるところでもある（初出は、前掲注（12）拙著『新しい枕草子論』〈新典社　二〇〇四〉、Ⅱ篇　第四章。その四三四頁、「小馬」に関して「一方の小馬命婦についても実方やまた元輔との親交が知られている」と述べた部分は、円融院時代の歌人「小馬」に関することであり、本来不要。実方ならびに清少納言の表現が、清少納言の娘・小馬に影響を与えたと考えるべきところ）。

いにしへのあふひと人はとがむとも猶そのかみのけふぞわすれぬ
（『実方集』Ⅰ一二四・Ⅱ一三三　結句「ことぞわすれぬ」・Ⅲ一二）

かれにけるあふひのみこそかなしけれあはれとみずやかものみつがき
（Ⅰ一二五・Ⅱ一三四　四句「あはれともみず」・Ⅲ一三）

長保四年（一〇〇二）ごろの四月とすれば、道長長男頼通（田鶴）十一歳、翌年元服。伊周長男道雅（松君）とは同年。
次は、道長が、寛弘七年（一〇一〇）四月、敦成親王（のちの後一条天皇）を抱いて祭を見物した際、大斎院選子と交わした贈答。『栄花物語』「はつはな」巻にも描かれ、よく知られた場面である。

後一条院をさなくおはしましける時、まつりごらん
じけるに、いつきのわたり侍けるをり、入道前太政

大臣いだきたてまつりて侍けるをみたてまつりての
ちに、太政大臣のもとにつかはしける
ひかりいづるあふひのかげをみてしかばとしへにけるもうれしかりけり
（『後拾遺集』雑五・一一〇七・選子内親王）

かへし
もろかづらふたばながらもきみにかくあふひや神のしるしなるらん
（一一〇八・藤原道長）

(62) 小森潔「枕草子『殿などのおはしまさで後』の段をよむ」（「立教高等学校紀要」18　一九八七・一二）

(63) 「裏の準拠」という言葉自体は、『源氏物語』に関するもので、山本淳子『源氏物語』の準拠の方法―定子・楊貴妃・桐壺更衣―」（小山利彦・河添房江・陣野英則編『王朝文学と東ユーラシア文化』武蔵野書院　二〇一五・一〇　所収）に見られる。意味が曖昧で不可解な術語だが、次のように用いられている。

しかし作者は、物語の表面においては、桐壺更衣は楊貴妃に準拠するものと言いなした。真の準拠は定子であったが、その準拠は明示しなかった。こうして楊貴妃が、多少の飛躍を感じさせつつも《表の準拠》として通行し、定子は《裏の準拠》として潜行することになった。これが桐壺更衣をめぐって『源氏物語』が試みた準拠の方法であると考える。

（右掲書『王朝文学と東ユーラシア文化』二四七頁）

なお、山本氏の所説については、すでに論じたように（本著、Ⅱ篇　第三章）、定子辞世歌の誤読に基づく推論として根拠を欠くものと言わざるを得ない。「長恨歌」を準拠とする人生など存在するわけがないとすれば、『源氏物語』もまた、定子を準拠とした物語などではあり得ないのである。

(64) 例えば、津島知明氏に「悩んだ末の結論は、結局は誰かの解釈と同じだったり、1ミリの差しかないかもしれない」との発言がある（津島「崖っぷちラプソディー」〈「日本文学」65-2　二〇一六・二〉）が、仮に自分の説が他者の新見と九割方符合し、残りの一割程度が違っているとするとき、その自分の説と他者の新見とは本質的に異なるものとみなされるはずである。

(65) 岩崎昶『ヒトラーと映画』（朝日新聞社　一九七五）、五七頁

(66) 津島知明「『枕草子』「殿などのおはしまさでのち」の段を読み解く――「山吹」咲く日の「今まゐり」――」(『古代中世文学論考　第32集』二〇一五)、本章前掲。

(67) 多門靖容『比喩論』(風間書房　二〇一四)、一三八頁

(68) 『枕草子』の類聚的章段の主題と構成をめぐり、その読み解きについては、前掲注(3)拙著『王朝文学論』(新典社二〇〇九)、Ⅰ篇　第六章　〝題〟の草子――『枕草子』などに述べた。

(69) 左注に拠れば、この古歌については「椎野連長年」なる者が批判的な〝校訂〟を行っており、その結果(「決めて曰く」)、第二句「光れる長屋に」という形に改変されている(三八二三番歌)。男子に用いる「弱冠」とは異なる表記で「若冠の女」などと記した上で、女の「著冠」に言及。

(70) 『万葉集』の人麻呂歌集の歌に、「躑躅」を詠み込む「問答」形式による歌がある。反歌を伴う直前の問答二首とともに、『伊勢物語』二三段「筒井筒」や六五段「在原なりける男」との関係も指摘されている歌で、長歌後半、女性の「答」の部分の表現が、「筒井筒」における幼恋の男女二人の贈答に通じる。

　柿本朝臣人麿の集の歌

物思はず　路行く行くも　青山を　ふり放け見れば　つつじ花　香え少女　桜花　栄え少女　汝をぞも　われに寄すとふ　われをぞも　汝に寄すとふ　汝はいかに思ふや　思へこそ　歳の八年を　切り髪の　よちこを過ぎ　橘の　末枝を過ぐり　この川の　下にも長く　汝が心待て

（『万葉集』一三・三三〇九）

「思へこそ」以下が、女の側の「答」にあたる。その美しさを「つつじ花」や「桜花」に喩え、世間の噂を引き合いに、女の気持ちをうかがう男の問いかけに対し、女は、「愛していればこそ、長い年月、私はこうして大人になるまで心に深く決めて、ずっとあなたを待っていた」と告白する。「よちこ」の枕詞である「切り髪の」という表現は、「筒井筒」の女の返歌の「ふりわけ髪」に通じ、「(切り髪の)よちこを過ぎ」「橘の末枝を過ぐり」という表現は、「筒井筒」の男の贈歌の「筒井つの井筒にかけしまろがたけ過ぎにけらしな」に相重なるところがあるだろう。また、詠み込まれた「井筒」は、心の奥深く、子ども時代に遡る根源的な事柄を象徴するものとして、当該「問答」の女の歌の「歳の八年を……この川の　下にも長く　汝が心待て」という枠組みにおける「川の下」にも通じるのではなかろうか。

『大系』は「慕わしいと思っているからこそ、この長の年月、年も行かない時代をすぎ、橘の上枝をこえる背丈になるまで、心の底深く、長いことあなたの気持が私に向くのをお待ちしていましたのに」（『（大系）万葉集（3）』当該歌「大意」）と解す。「橘の上枝を過ぎて」について、『新編全集』は「何かの比喩であろうが、さす所は不明。あるいは女の結婚適齢期の一般的上限を意味するか」（頭注）と述べ、従来、必ずしも解釈が定まっていない部分である。

中島輝賢「『幼恋』と『禁じられた恋』―『万葉集』巻一三・問答の五首と『伊勢物語』第二三段・六五段―」（『早稲田大学大学院文学研究科紀要　第3分冊』42　一九九六・二）は、当該の五首について、「歌とそれに付随している物語」をめぐり、『万葉集』から『伊勢物語』へ、「幼恋」・「禁じられた恋」の変質について」考察する。『伊勢物語』作中歌との比較を行う上では、この「川の下」と「井筒」の関係等、歌語としてそれぞれの言葉が表象する事柄について考える必要がある。作中歌について物語の筋書きから離れ、歌そのものの意味と構造について明確に理解しなければならない。なお、「躑躅」（丹つつじ）を詠み込む高橋虫麻呂の長歌（六・九七一）にも、「白雲の　龍田の山の　露霜に　色づく時にうち越えて　旅行く君は」等、二三段の和歌と通じる表現が見られる。この虫麻呂の歌については、『伊勢物語』の〝知られざる躑躅の歌〟について論じた本著のⅡ篇　第三章（前掲、注（4）参照）でも取り上げている（第三節）。『伊勢物語』の源泉と創意に関わって興味深い問題と言えよう。

（71）「元結」は、入内の際に用意される道具類のうち「御櫛上げの調度」の一つとして、『宇津保物語』「あて宮」巻などに見える。婚礼用の道具を「形見」の品々としてながめることになる話は、中世「お伽草子」の『鼠の草子』にあり、「元結」に添えて「ながき世を結びこめつる元結を見るにつけてもなく涙かな」（絵詞）という歌が詠まれている。

類題集における「調度の歌題」と『鼠の草子』に描かれた品々の一致については、齋藤真麻理「鼠の恋」（鈴木健一編『鳥獣虫魚の文学史―日本古典の自然観1（獣の巻）』三弥井書店　二〇一一）に指摘があるが、当該場面の真骨頂は「婚礼調度づくし」をそのまま〝形見尽くし〟の素材に変えて構成・演出した点にあるのではないか。『古今集』の「よみ人知らず」歌「かたみこそいまはあたなれこれなくは忘るる時もあらましものを」（恋四・七四六）など、古く詠み継がれてきた、愛と仇（敵）をめぐる問題である。〝恋人と別れてしまった今では、愛しい人からの大切な贈り物（形見）が、自分に仇（あだ）をなす敵（かたき）となった〟という意味のものである（前掲注（3）拙著『王朝文学論』（新典社て見える。

(72) 前掲注（3）拙著『王朝文学論』（新典社　二〇〇九）、Ⅱ篇及びⅢ篇。本著、Ⅱ篇　第二章、第三章及び、Ⅲ篇　第一章〈第五節〉、第二章、第三章、第四章の各論。

中で例えば、五段「関守」や、六九段「狩の使」に用いられている歌、

・五段「関守」

人しれぬわが通ひ路の関守はよひよひごとにうちも寝ななむ

・六九段「狩の使」

君や来しわれやゆきけむおもほえず夢かうつつか寝てかさめてか（女）

かきくらす心のやみにまどひにき夢うつつとは今宵さだめよ（男）

これらは、みないずれも「夢路の逢瀬」について詠む歌である。

しかし、一般向けの入門書などでも、六九段「狩の使」については、「中国の伝奇小説『鶯鶯伝』の場面を取り入れたものです」（山本登朗『絵で読む　伊勢物語』〈和泉書院　二〇一六〉、五九頁）と解説されることになっている。『伊勢物語』が、中国の唐代に流行した『伝奇小説』からの影響を受けていることが明らかになった現在」（一二頁）云々というわけで、中古文学研究におけるこうした考え方は、比較文化論的な話ではないのだ。従来、『伊勢物語』の章段について、唐代伝奇小説の「翻案」として捉える見方が存しており、作品の中核たる和歌一首の「意味」よりも、典拠の「知識」が重要視されている現状がある。

当該「狩の使」章段について指摘されている元稹作「鶯鶯伝」との類似も、物語の手法について見えにくくする、その意味で「韜晦」的なものである。典拠としての漢籍偏重の問題に対するむしろ「アンチテーゼ」として、現代の研究状況に及んで機能していると言えよう。

一般の読者にとって、古典に対する理解を阻む要素は多く、それが古典嫌いや古典離れを生み出す原因にもなっていることは事実である。より広い層の享受者に対し、作品の自由な読みを保証するという意味においては、典

拠論に終始することなく、まずは作品の独自性について、本文の構造をめぐって明らかにする必要があるのではないか。

五段「関守」については、「塀の崩れを利用して女性の所に通う話は中国にもあり、内容の一部も似通っています」（一五頁）と説明するが、和歌的な「夢」と「壁」の寓意――王朝文学における「夢」と「壁」（土壁）とは、いずれも「はかない」ものの象徴であり、特に「壁」は、「夢」のようにはかない「この世」の謂である――なども、章段の解釈研究にはまったく生かされていない。

「中国にもあ」るという話については、同氏の指摘に「韓寿説話」があるが（山本「中国の色好み―韓寿説話と伊勢物語」〈永井和子編『源氏物語へ　源氏物語から』笠間書院　二〇〇七　所収〉）、本文は「踰垣而至（垣を踰へて至る）」〈『晋書』四〇・列伝一〇「賈充」／『世説新語』惑溺三五〉）、乗り越える意である。

すでに指摘したことであるが、〈強者〉としての「壁」を鼠が喰い破る類話（『沙石集』所掲の話では「築地」〈「貧窮追出事」〉）などをはじめ、文学作品中の「壁」の寓意をめぐって、あらためて考えてゆくべき材料は多い（前掲注（3）拙著『王朝文学論』〈新典社　二〇〇九〉、Ⅲ篇　第一章）。中国古典小説『聊斎志異』（清代）中の『画壁』に拠る作品として、火野葦平の短編『画壁』も知られるところ、阿部公房の『壁』などもある。「壁」の寓意をめぐり、特定の漢籍との関係に注目するだけでは解明し得ない文学的主題が存している。

文学作品における「引用」や「模倣」は、表現しようとするテーマに応じて選択的になされるものである。『源氏物語』をはじめ、典拠の指摘は研究の基礎として重要なことではある。だが、「準拠」や「引用」について、あたかも、作品に先行するものとして捉えるような「準拠論」には違和感を覚えざるを得ない。先行する表現を受容する側について言えば、典拠をつぎはぎしても、作品は成り立たず、その上で、「準拠」や「引用」は、物語内部でも行われているのである。王朝文学の最も大切な部分である和歌の心（意味）も十分には読み取られていない状態である。

例えば、『源氏物語』の「青海波」であるが、《世継ぎのための端午節》という、『万葉集』と『日本書紀』双方併せて読み解かれた夏・五月の典例の趣旨は、「光」の典例たる冬・十月の「紅葉賀」に舞台を変えて『源氏物語』に「引用」されている。もとは、『枕草子』の主題の一つであり、定子後宮が打ち出した典例再生の試みの一つである。『源氏物語』の歴史においては、これが、二十一年後の冬・十月、「藤裏葉」巻における六条院行幸の典例として捉えられることになる。物語中に名の挙がる近き世の典例や、漢籍由来の典例による準拠に眼を奪われて、『源氏物語』がターゲットとして利用した同時代的な典例・準拠に関する追究が甘くなってしまっているように思われる。その意味で、急がれるのは、「裏の準拠」ならぬ、真の「準拠」の指摘と解明である。

『源氏物語』は日本の『長恨歌』たらんことをごく自然に目指した」と述べる山本淳子氏の論（前掲注（63）論）に先行して示された、新間氏の「李夫人と楊貴妃の物語等唐土の文学から得た発想に、身近に起こった史実、それに最新の歌や願文の文章を重層的に加えて、ようやく源氏物語は、紫式部の脳裏に姿を現わして来たようである」（新間『源氏物語と白居易の文学』〈和泉書院　二〇〇三〉、四三頁）という見方にも、同様の問題が含まれているだろう。この件に関わる山本・新間両氏の説については、本著のⅠ篇　第五章「付記1」に述べた。新間氏が「身近に起こった史実」として注目するのは「花山天皇と早逝したその女御忯子」の件であるが、山本氏はそれを「一条天皇と定子」のこととして考えるわけである。

また、『源氏物語』がなぜ書かれたのか（なぜ、書かれなければならなかったのか）ということについて考えるとき、それは、定子をめぐってひとり桐壺更衣の「裏の準拠」とすることによって『源氏物語』が成立しているというようなことではなく、『源氏物語』全体で何が行われているのかという問題なのである。

山本登朗氏は、前掲書中、『伊勢物語』六五段の「在原なりける人」の章段場面（「みそぎ」）を取り上げ、作中歌「恋せじとみたらし河にせしみそぎ神はうけずもなりにけるかな」について、「和歌の中で言葉の上の譬喩として使われていた表現」が、「ここでは、実際に行われてい」ると述べている（五七頁）。「恋の思いを止めるというお祓いの道具」を「ギャグ」と評すが、これも《歌の言葉を（あくまでも）文字通りに場面化》した話であり、「恋せし」詠者の体験が、添えられたストーリーによって、『伊勢物語』の作中「恋せじと…」という形に生まれ変わったものとみられよう。

（73）（※追記）『伊勢物語』の作中歌については、ほかにもまた、七九段「千ひろあるかげ」の一首、

わが門に千ひろあるかげを植ゑつれば夏冬たれかかくれざるべき

これなども、特徴的な「見立て」の構造が指摘される例であり、従来、歌そのものの意味としての〝樹陰を宿とする〟という主題も含め、歌の手法について、まったく読み取られていない。

『伊勢物語』の〈政治性〉と関わる章段のひとつとして、《歌の言葉を文字通りに場面化する手法によって、歌そのものとは異なる、新たな主題を持つ物語を創出する》ものと定義づけられるこの物語の手法を明確に踏まえた読解が求められるところである。『源氏物語』に関連する章段の解釈とともに、別途詳述の機会を設ける。

また前掲注（49）、「和歌文学会関西例会」（平成二十九年四月二十二日、立命館大学）では、さらに、『伊勢物語』の作中歌について新見を提示した。

従来、物語の筋書き通りの意味のものとみなされている、右掲注（72）に触れた六五段「在原なりける男」の歌のうち、例えば章段最後の一首、

　いたづらにゆきては来ぬるものゆゑに見まくほしさにいざなはれつつ

これは、実は「ゆきては来ぬる」ものとして、古来詠み続けられてきた「行く月」「出で来る月」の、その「月」について詠んだ歌である。空しく「生死」の相を繰り返す月の姿に惹き付けられる人の命のありようについて詠んだもの。無常詠の形に業平らしさがうかがえよう。

(74)　前掲注（4）拙稿

(75)　前掲注（3）拙著『王朝文学論』（新典社　二〇〇九）、Ⅲ篇　第一章「夢」と「壁」の和歌―歌ことば・「かべ（壁）」―

(76)　高木和子『コレクション日本歌人選　和泉式部』（笠間書院　二〇一一）、三四頁

(77)　久保木寿子「和泉式部集『観ㇾ身岸額離ㇾ根草、論ㇾ命江頭不ㇾ繋舟』の歌群に関する考察」（『国文学研究』73　一九八一・三）。また、この件に触れる久保木氏の最新の論考は次掲注（78）論。いずれも本章後掲。

(78)　久保木寿子「和泉式部歌集〝勒字歌群〟の考察―表現の方法と基盤―」（『白梅学園大学・短期大学紀要』52　二〇一六・三）

(79)　論者は、前掲注（4）拙稿に関して久保木氏より頂戴した問いかけ――圷の当該論文を読み、「冥冥独逝」に拠るとされる和泉式部詠には、定子詠の影響があるのではないかと思ったがどうか、という主旨――に対して、まず、和泉式部詠について「冥冥独逝」等の内容に従ったものではないとみる旨、直接、回答させて頂いている。そもそも、「人の死」をめぐる「冥冥独逝」等という仏教的な把握も、「知る人もなき別れ路」（誰も知らない死出の旅路）という、定子の辞世歌

に示された普遍的な事実に先んじて存するものではないのではないか。お送りした拙稿について具体的なご意見を承り、深く感謝申し上げたところであるが、その後発表された久保木氏の論（久保木・右掲注（78）論）では、定子詠に関する指摘を行う一方、和泉式部詠については「経旨歌などとは全く遠い」とする。定子詠の件を含め、拙稿との関係は示されておらず、和泉式部詠については、かねてよりの持論を示されたものと理解しているが、定子詠と和泉式部詠とを結びつけて考えることになった必然的経緯については不明である。それがいかなるものであったとしても、定子詠をめぐる「解釈」に言及することなく、和泉式部詠との関係に言及するのはいささか唐突なことではなかろうか。時期が接していて、相互にプライオリティをめぐることでもあるので、触れざるを得ない。

　その他、すでに存在して深く関わっている特定の論考について、あえて言及を避けるようなことがある場合、仮に「触れる必要がないのだ」と主張するとしても、論の先後関係（それは必ずしも、どちらの発表が「先」かというだけの問題ではない）や成立の問題について徒に混乱させることになる上、結果的に、研究論文としての信頼性を欠くものとなろう。自分の説が、先行する他者の論に〝先立つ〟ものであると主張するごとくの、こうした行為や発言については、当惑させられることが多いが、問題は、対象となる論文に言及すれば、当人が述べている通りには論が成立しなくなるという点にある。すでに発表されている論の新見性に絡んで、しばしば引き起こされる問題である。

　相互のやり取りの後、半年ほどで発表された久保木氏の新しい論における記述も、論者としては偶然気づいたものである。発表直後に、このような形で持論が（そうとは記されぬまま）他氏の論に「これまでに指摘がない事柄」として反映されているのを知ることが時折ある。解釈的発見は、物理的発見と異なり、「誰の目にも見えていたはずのこと」について指摘するものではあるから、「誰でも気づくはずのことであろう」というわけで、このようなことが起こるのかもしれない。だが、いずれも、「気づく」ための論証（すなわち過程）なしに指摘し得ることではなく、そこに発見の意味もプライオリティも存しているのである。

　さて論者は、同じく前稿（前掲注（4）拙稿。本著、Ⅱ篇　第三章）において、定子辞世歌のまったく新しい解釈のもと、「知る人もなき…」と詠み遺した定子像と密接に絡んでくる、「知る人なき世界」を彷徨する「朝顔」巻の藤壺像の造形について指摘したところであるが、この点、「朝顔」巻が踏まえる定子の「雪山作り」の事跡など、従来すでによく知られた事柄を前提に、〈源氏の夢枕に立った〉藤壺と、〈死者たる〉定子をそのまま重ね合わせて論じるようなこともなされるであろう。

この問題をめぐる論者の新しい指摘については、定子詠の表現と『源氏物語』の表現の一致にいかに気づくかということが「鍵」であった。一方、'モデル論'として、〈幼い親王を遺して亡くなったこと〉など、一条朝における定子の死の事実が、物語の読解研究に利用されることがあるとしても、それらは作品の表現以外の事柄を根拠とする方法である。『枕草子』やまた定子の人生について、『源氏物語』に軸足を置き、「影響」や「参照」等の問題として論じようとするとき、両作品の歴史的な関係をめぐって偏りのない判断を下すことは難しいのではないか。これは、『源氏物語』の「背後」に沈んで見えにくい、中関白家の歴史と文化について、あらためていかに見出し、捉え直していくかという課題であるのだ。『源氏物語』と『枕草子』の関係に注目して『源氏物語』生成の謎について明らかにしようとするとき、それは、『枕草子』「摂取」という見方に限定せず、『源氏物語』創出の根本に係る問題として捉えるべき事柄であろうと考える。

(80) さらに、和泉式部詠の影響が指摘される(千葉千鶴子「和泉式部と〈浮舟〉の造形—和泉式部試論—」〈「帯広大谷短期大学紀要」1　一九八四・三〉)、『源氏物語』「浮舟」巻における匂宮と浮舟それぞれの詠歌に繋がっていく。

(匂宮) いづくにか身をば棄てむと白雲のかからぬ山もなくなくぞ行く　(「浮舟」六-一九二頁)

(浮舟) からをだにうき世の中にとどめずはいづこをはかと君もうらみむ　(一九四頁)

(81) なお、この『伊勢物語』二一段「おのが世々」段については、例えば、仮名草子『かなめいし』(浅井了意)下巻・三「妻夫いさかひして道心おこしける事」には、出家する男の歌として「出でていなば」詠が用いられている。ジャンルを限らず、後代の作品の研究に及んで、『伊勢物語』の歌物語としての手法の解明が関与してくることになる。

(82) 今井源衛『〈王朝の歌人3〉在原業平』(集英社　一九八五)、引用個所はそれぞれ七六頁、七七頁

(83) 目加田さくを「サロンの文芸活動—皇后定子とその系統—(I)」(「日本文学研究」23　一九八七・一一)

(84) 拙稿「『伊勢物語』の手法—「夢」と「つれづれのながめ」をめぐって(二段「西の京」と一〇七段「身を知る雨」、および六十九段「狩の使」)—」(「和洋国文研究」45　二〇一〇・三)など。→III篇　第二章

(85) 目加田さくを『増訂　平仲物語論』(武蔵野書院　一九五八)、一九〇頁

（86）目加田・前掲注（83）論

付記　解釈的発見とその扱いをめぐって（本章第四節、562頁）

ここには、拙論に関するものについて、いかにも煩雑ではあるが、論の先後関係や引用のあり方について示す。まず、⑴は松本昭彦氏ならびに浜口俊裕氏による、いわゆる清少納言の秀句「くらげの骨」をめぐる論考で、前掲注（12）拙著『新しい枕草子論―主題・手法　そして本文』（新典社　二〇〇四）、「Ⅱ篇　第一章　i　「中納言殿まゐらせたまひて」の段―「くらげのなり」の意味―」（初出は、拙稿「『枕草子』「中納言殿まゐらせたまひて」の段をめぐって」〈「中古文学」55　一九九五・五〉）を対象に行われた件である。

次の、⑵は畠山大二郎氏の論著『平安期の文学と装束』（新典社　二〇一六）における、『枕草子』「ねたきもの」の段に見える「南の院の裁縫」に関する言説で、同じく拙著『新しい枕草子論』（新典社　二〇〇四）の、「Ⅰ篇　第三章　「南の院の裁縫」の条の事件年時」（初出は、拙稿「『枕草子』「南の院の裁縫」の条の事件年時について（上）（下）」〈「語文」84　一九九二・一二、「語文」85　一九九三・三〉）を対象に行われた件である。

⑴　「くらげの骨」の秀句

浜口俊裕『枕草子』「中納言まゐりたまひて」章段新考」（浜口俊裕・古瀬雅義編『枕草子の新研究―作品の世界を考える』新典社　二〇〇六　所収）及び、松本昭彦『枕草子』「中納言まゐりたまひて」段試考―「海月の骨」の意味と「言い訳」の意図―」（「三重大学教育学部研究紀要」67　二〇一六・三）について

松本昭彦『枕草子』「中納言まゐりたまひて」段試考―「海月の骨」の意味と「言い訳」の意図―」（「三重大学教育学部研究紀要」67　二〇一六・三）は、まず、論の先後関係について敢えて逆転させて記す点で、問題なしと言えない。松本氏は、刊行年次の注記について該当箇所にはこれを示さず、二〇〇四年発表（一九九五年五月初出）の圷論文（後掲①及び②）が、二〇〇六年発表の浜口論文（後掲③）と「同じ例を使って」「ほぼ同様の指摘」をしていると述べている。発表の年次に従っ

て記せば、松本論文のこの部分の記述は「浜口氏も」圷論文と「同じ例を使って、ほぼ同様の指摘をされている」（敬語表現も松本論文のまま）ということになるはずであるが、松本氏は、ことさら事実を歪曲して記したことになる。

二〇〇六年発表の浜口論文については、松本論文においてかえって端的に示されたごとく、あらためて、二〇〇四年発表（一九九五年五月初出）の拙論と「同じ例を使って同様の結論を（わが物として）述べた」論考と言わざるを得ず、論者としてはこの点、非常に残念に思う。

なお、本件の「結論」とは、従来、清少納言による「皮肉」「揶揄」「揚げ足取り」などとして解されてきた「くらげのなり」の秀句について、初めて〝それこそ、文字どおり、あの滅多に見られない奇跡の「くらげの骨」であり、比類なく素晴らしい、有り難いものである〟という意のものと解す圷の新見をさす。清少納言の言葉は、「くらげの骨」について、〈あるはずのないもの〉として発想したものではなく、これは、《非常に珍しく貴重なもの》という意味における秀句なのである。

隆家献上の扇や秀句の意味について、浜口氏は「隆家の形見物」、松本氏は「皇子の将来の即位を〈予祝〉する意味」のものとみている。だがしかし、秀句解釈の「結論」たる《非常に珍しく、貴重なもの》《得難く素晴らしいもの》であるということの意味について真に「わが物」として理解しているかどうかが、付け加えられた意見の価値及び当否を決することになるだろう。

浜口論文（次掲③）は、圷論文（次掲②）から多くを引用しながら、その主要な部分の特定の箇所を引用せず「（中略）」とし、略した内容を浜口氏の自説として扱ったり（浜口論文、所収書の三八三頁と三九九頁の関係）、そのための前提として、同じく「（中略）」として引用した上で、略した内容に関わって「全く等閑に付している」などと断じておいたりする（浜口論文、所収書の三七六頁）という展開になっている。これが、論の先後関係を逆転させて記す松本論文の「引用」のあり方にそのまま反映されることとなった。

① 圷美奈子「『枕草子』「中納言殿まゐらせたまひて」の段をめぐって」（『中古文学』55 一九九五・五）
② 圷美奈子『新しい枕草子論―主題・手法 そして本文』（新典社 二〇〇四年）、Ⅱ篇 第一章 i『中納言殿まゐらせたまひて』の段―「くらげのなり」の意味―」
③ 浜口俊裕「『枕草子』「中納言まゐりたまひて」章段新考」（浜口俊裕・古瀬雅義編『枕草子の新研究―作品の世界を考

える』新典社　二〇〇六　所収）
論文に即して当該箇所について示せば、次の通りである。
浜口論文（③）に引用された圷論文（②）の二箇所について掲げる。傍線部はそれぞれ、浜口論文が「中略」とし、引用しなかった部分である（浜口論文、所収書の三七六頁及び三八三頁）。

章段の場面性を重要視して、事件年時を正暦五年と推定することは首肯し得るものと思う。ただし、扇献上の機会については、隆家の権中納言任官は道隆の辞職、出家に伴うものであるから、話題の時期としてはこれも除かれるべきであろう。さらに、蝙蝠扇＝夏季と限定せず、初秋以降も考えに入れれば、本章段に言われる扇の献上について、例えば、正暦五年八月三十日の隆家従三位叙位に当たっての中宮定子への慶び申しとして検討することもできるかもしれない。

（圷『新しい枕草子論』二六九頁）

特別に誂えられる珍しい品であるというこの扇の性質、すなわち隆家が定子のもとに来て声高に力説するほどの材料を以て作られる扇は、やはり何かの記念など然るべき折に献上すべく用意されたと考えるのがよいのではないだろうか。隆家の意気込みや前評判の高さからも、この時の隆家献上の扇は、中宮の御宝となるほどの品であったと思われる。また、隆家が従三位に叙されるより数日前の同月二十八日には、伊周が内大臣に任じられている。『枕草子』の跋文には、伊周から一条天皇と定子とに多量の料紙を用いて調えた草子を献上したことが見える。この草子の献上について、あるいは内大臣任官の慶び申しという可能性も考えられるが、隆家から定子への扇の献上についても、非常に貴重なものであるがゆえに当時の貴族たちがより上質のものを求めた料紙の価値にも匹敵する程度に、希少なものとしての価値がその扇にあったとは考えられないであろうか。そうした逸品を所有していることは、中宮には特に望まれたことであろう。

（圷『新しい枕草子論』二七八頁）

右掲、二箇所にわたり、傍線部の引用を略した圷論文の内容について、実際には論中、詳細に検討してあるにも拘わらず（「第二節　事件年時に関する提言」及び「第三節　献上の扇について」〈圷『新しい枕草子論』、Ⅱ篇　第一章　i、二六三〜二七九頁〉）、浜口氏は、

また正暦五年説では、隆家の官名「中納言」が史実と異なる問題も生じる。圷氏はこれを執筆時のものとするが、適切

な手続を経た上での結論ではない。正暦五年説に従った結果、そのように処理せざるを得なくなったと言うべきであろうか。正暦五年説は、重大な官称の問題を全く等閑に付している点でも首肯しがたいのである。

（浜口論文『枕草子の新研究』所収、三七六頁）

と、さまざま、拙論の実情とは異なることを述べた上で、料紙（草子）の献上について「想像をたくましくすれば、第一候補が正暦五年八月二十八日の伊周内大臣就任を祝って献上されたもの」（浜口論文『枕草子の新研究』所収、三九九頁）などと、圷論文から略した部分と同様の内容を自説として述べている。

こうした手法を取った上で、浜口氏は、「くらげの骨」の秀句について、独自の見解として、例えば、

清少納言の発言は、「あるはずのない海月の骨だろうと揶揄した」り、「軽くいなしたしゃれ」とか、「例の機知で冷やかした」り、あるいは「得意の隆家の鼻柱を、『海月のななり』の一言でへし折る」と言うような隆家の面目を潰してしまう否定的なものではなく、長生きしなければ目にすることもできないほどの海月の骨にも匹敵するような類い希な扇骨を隆家が入手したことを肯定的に受けとめて、それほどのものであれば中宮定子に進上するのに相応しいものであることを積極的に擁護する立場での秀句であったと解するべきである。

（浜口論文『枕草子の新研究』所収、三九三頁）

と述べている。だがこれも、浜口氏独自の見解などではない。拙論において和歌の用例と従来の説について検討した「第四節　秀句の意味について」（圷『新しい枕草子論』、Ⅱ篇　第一章　i　二七九〜二九一頁）及び、「第五節　まとめ」（二九二〜二九四頁）の内容の要約に過ぎないのである。論の先行関係を逆転させた格好の松本論文でも、その「要旨」に『海月の骨』とは、長生きすれば見られるかもしれない奇蹟・幸運の意味の成句であ」ると述べているのであるが、これらは、圷論文（②）において、従来の説及び用例の検討とともに発表した新見の内容にほかならない。

秀句の意味について、端的にはすでに述べた通りであるが、秀句解釈をめぐる結論に関し、以下、拙論から数箇所あらためて引用を行う。a・b及びcは「くらげの骨」を詠み込む和歌の用例についてそれぞれ検討した上での結論部分とその総括、dは従来の説について検討した上での結論部分、そして、eは秀句の意味について全体のまとめを行った部分からの引用である。

aこの例からは、現実には存在しない「くらげの骨」が、長生きをしたらあるいは見られるかもしれないという、いわば〝奇

跡〟の象徴として詠まれていると考えられる。

（圷『新しい枕草子論』二八〇頁）

※「この例」は、『元真集』に見える贈答歌中、「くらげ骨」を詠み込むの女の返歌の例。

b 増賀の辞世和歌において「くらげの骨」の語は、来迎を目の当たりのものとする《奇跡》の比喩として詠み込まれていると解されよう。

③源仲正の歌は『枕草子』よりの時代の下がるものである。詞書には「家集、恋歌中」とある。倒置表現になっており、〝くらげの骨にあふ夜（恋の成就する夜）があろうかと、空の月ならぬ、海の月をこそ待ちわたるのである〟というのである。「くらげの骨」の語を用いて、世の並の恋とは異なる「我が恋」、夜々待ちわたる我が思いについて詠むことが一首の眼目である。先行の二例では男の求愛を越えるもの（①）に、また来迎に見え（まみ）ること（②）に喩えられていた「くらげの骨」を、仲正は《我が恋の成就》とし、「くらげの骨にあふ夜」を待つこの恋の成就こそ、自分にとっての究極の願い、宿望であると詠んでいるのである。空に懸かる月ならぬ、海の月を待ちわびるのだ、という上の句の表現も、単なる言葉遊びにとどまらず、容易に叶えられない、それだけに切ない恋の真情を吐露するものになっていると思われる。

（圷『新しい枕草子論』二八三頁）

※　①～③の番号は、それぞれ、「くらげの骨」を詠み込む、①藤原元真（『元真集』）、②増賀（『袋草紙』）、③源仲正（『夫木抄』）の歌の例。それぞれ本文は、①「世にしへばくらげのほねはみもしてむあじろのひをはよる方もあらじ」（『元真集』三三二）、②「みづはさすやそぢあまりのおひのなみくらげのほねにあひにけるかな」（『袋草紙』希代歌・増賀上人）、③「我が恋はうみの月をぞ待ちわたるくらげのほねにあふ夜ありやと」（『夫木抄』雑部九・一三一五六・源仲正）。次掲 c も同様。

c　以上にみたとおり、「くらげの骨」を詠み込む①～③のいずれの歌も、希有の出会い、めったにない出会いを望むという意の用例で、それも一生を懸けて望んでも叶えられるとは限らないような希有な出会い、境涯について表現するものである。

これらの例からは「くらげの骨」という言葉が単に〈ありもしないこと〉〈あり得ないこと〉、あるいはもっと端的には〈ない〉ということだけの意味ではなく、《非常に珍しく、それ故ありがたい》《最も珍重すべきもの》という意味をもって用いられた喩えと解される。その発想は〈くらげには骨がない〉という単なる事実としての前提を越えて、《得難いもの》の喩えとして用いられているのであって、その「くらげの骨」にこそ出会いたいものだ、という表現になっている。「くらげの骨」とは、単純に〈この世にないもの〉というような軽い意味で用いられているのではないのである。そして清女の秀句によって、「くらげの骨」の語は、只今、この世の宝とも言うべき隆家献上の扇（の骨）をこそ讃え称する言葉として、新しく掲げられたのである。　（圷『新しい枕草子論』二八三頁）

d　さて、和歌にも詠み込まれた「くらげの骨」という形でなく、「さては（底本―さて）扇のにはあらで、くらげのなり」という清女の秀句は、献上品の扇の骨を希有のものの喩えである「くらげの骨」そのものとする点で、この言葉を用いた表現として特に新鮮なものとなっている。ここで「くらげの骨」はもはや喩的表現としてではなく用いられている。「まあ！　それは〝くらげの骨〟ですね!!」という発見である。

「くらげのなり」の秀句の解釈において、《素晴らしいもの》という意味が従来無視されてきたのは、話題の中心である隆家献上の扇そのものの価値が看過されているためでもなかろうか。そしてまた、こうした秀句洒落が定子後宮で生まれ、評価された過程についてはもう一度読み返してみる必要があると思われる。

清女の秀句は能因本で「くらげのなり」だが、三巻本諸本及び前田家本では「くらげのななり」である。断定「なり」で明快に言い切られる能因本と異なり、「ななり」本文は断定「なる」に婉曲「なり」を重ねた形である。さらに陽明文庫蔵甲本は肝心の秀句を欠いた状態であるが（→前掲258頁）、明らかに単純な欠落と判断されるような形ではなく、文脈は一応成立している。本文異同によって失われてしまうもの、あるいは見えてくるものについて考えさせられる現象の一つである。　（圷『新しい枕草子論』二九一頁）

※「底本」は、ここでは能因本系統「三条西家旧蔵本」をさす。「（→前掲258頁）」は、『新しい枕草子論』の頁数。そこに掲出した秀句を欠く本文については、後述。

清少納言による「くらげのなり」の秀句をめぐる論者の新見は、研究史的な三巻本偏重の見方を脱し、能因本・三巻本併読の見地に立って見出だされたものである。本件に係る浜口論文の問題は、氏の持論たる「能因本本文の劣位」（浜口「『枕草子』前田家本・堺本・伝能因本本文の劣位―「心にくきもの」の章段の場合―　1〜4」〈『日本文学研究』29〜32　一九九〇・二、一九九一・一、一九九二・二、一九九三・二〉などがある）との関係においても、論の整合性について指摘し得る点が存する。萩谷朴氏などによる「能因本の劣位」を前提とする研究の問題については、拙著『新しい枕草子論』（新典社　二〇〇四）においても述べている（Ⅲ篇　枕草子の本文—典拠引用における能因本と三巻本の表現差—　㉜例、及び第六章　まとめ）。

浜口論文（③）には「三巻本最善本の本文の綻び」という項目が設けられているが、（浜口論文、所収書の三七〇頁）、例えば、なぜ、枕草子研究会編『枕草子』（勉誠出版　一九九八、初版）のように、研究史的に見ても甚だ異例かつ異様な形ながら、当該章段に「くらげの骨」に関する秀句がない、「三巻本最善本」たる「陽明文庫蔵甲本」のままの形で掲出するテキストが発行されたのかという問題もある。後に、再版（勉誠出版　二〇〇〇）で秀句に関する本文は補われているが、論者の学位論文『『枕草子』の研究—その同時代的表現をめぐる考察—』（一九九九・三）、第二部　第一章（一七一頁「国立国会図書館デジタルコレクション」）では、あえてその当初の形を記録している（圷『新しい枕草子論』〈新典社　二〇〇四〉では、「陽明文庫蔵甲本」の形として掲出、二五八頁）。浜口論文（③）はこの部分についても、圷論文（②）と同様の掲出を行っている（浜口論文、所収書の三七〇頁）。

e　以上にみてきたことから、「くらげのなり」とは、隆家の気持ちに沿う方向で発想された、《非常に珍しく、貴重なもの》という意味における秀句であると理解される。すなわち〝いまだかつて誰も見たことがないほどの骨〟、ということを即座に、「くらげの骨」に結び付ける機知を働かせ、「扇の骨」を「くらげの骨」に鮮やかに言い換えてみせた清女のこの秀句は、扇の宣伝に夢中になっていた隆家の意表を突くものだったのである。隆家が後刻もしこの表現を用いるとすれば、それは〝それこそ、文字どおり、あの滅多に見られない奇跡の「くらげの骨」であり、比類なく素晴らしい、有り難いものである〟という意のものとなる秀句である。章段全文からこのように読み取ってはじめて、清女の一句は『枕草子』に特筆された定子後宮の一場面に生まれた秀句として味わい得ると考える。（圷『新しい枕草子論』二九三頁）

これらは、従来の説を大きく転換するものとして、圷論文において初めて提示した内容である。圷論文（②）の目的は、高校古典の教科書にもとられ、『枕草子』の享受史上、すでに一般の共通認識となっているこの秀句に対する評価、すなわち「駄洒落」や「揚げ足取り」とみる固定的な解釈に疑義を呈し、反証を挙げて論じることにある。

例えば、初出の論考である圷論文（①）の発表後、浜口氏以前に、拙論の内容を引いて同じ章段について論じた古瀬雅義

『扇』から『くらげ』への展開と構成―清少納言の意図した章段構成と表現―」(『国語国文論集』28　一九九八・二)の主旨は、この点、従来の説の通り、『くらげの骨』という表現には、『すばらしいもの』という意味はない」とみるものである。

この古瀬氏の論については、圷論文(②)の拙著『新しい枕草子論』「Ⅱ篇　第一章　i　「中納言殿まゐらせたまひて」の段―「くらげのなり」の意味―」に、「補注」(「補注③」及び「補注④」、二九七～三〇一頁)を設けた上で詳細な検討を行い、あらためて反論を示している。『枕草子』の章段解釈に関わる古瀬氏の所説については、なぜそのように考え得るのか、論展開上の重要な部分について説明なく進行する箇所が散見される。その意味では、非常に「難解」であると言わざるを得ない。当該の論の場合は、和歌の用例をめぐって「滅多に見ることがないものとして『くらげの骨』が象徴的に用いられた」と認めながら、(従って)『『くらげの骨』という表現には、『すばらしいもの』という意味はないようである」と結論づけてしまうことなどである(ほかに、「草の庵」や、後掲「此の君」などについて。拙著『新しい枕草子論』の三三四頁及び、五六九頁に引用)。

以上、(1)の件は『枕草子』に対する評価や作品解釈が、論者の研究成果によって変化したことを示す事実ではあるが、論文生成の過程を顧みず、その表面をなぞって結論のみ用いる事例に出合うとき、実際には、『枕草子』本文に対する理解も未だ進んでいないのではないかと考えざるを得ない。

拙論の発表以前、浜口氏自身は、「くらげの骨」の秀句を「諧謔」とみて論じている。

　海月には骨がないから、見たこともない骨なら「海月の骨」と洒落たのである。このとっさの巧みな諧謔には、隆家もすっかり感心したようで、自分の発言にしたいと申し出たほどである。作者の発言は、中宮の眼前で時の中納言から秀句と認定されたわけである。清少納言の機知は、この種の諧謔的なものも少なくない。

(神作光一編『中古文学研究』〈双文出版社　一九九九〉、浜口俊裕「第七章　敗れしものの記憶」一九四頁)

この浜口氏の見解は、圷論文で批判・否定した従来の説通りの内容である。

『枕草子』当該章段の解釈をめぐっては、勝亦志織氏に、論者の説ほか、ここに至る近年の研究史的な状況について、浜口・古瀬両氏の論も含め丁寧に整理した論考「『枕草子』「中納言まゐりたまひて」の海月」(鈴木健一編『鳥獣虫魚の文学史―日本古典の自然観4(魚の巻)』三弥井書店　二〇一二)があり、論相互の関係性についても、事実に則って正確に把握されている。「どの解釈を取るにしても海月の骨の珍重さは共通している」と述べることについては、それが単に「珍しい」ということと、真に有難い「奇跡」の象徴であるとすることとの区別についての理解に不足があるようにも感じられるが、『海月には骨がない』という理解を、古典文学の中で最も効果的に利用したのが清少納言であったのは確実である」とすることについては、まったくその通りであろう。勝亦氏の論は、広く「海月」の文化史について見渡しつつ、三巻本と能因本併読の見地から提示した論者の新見について、あらためて能因本本文の形にも注目しながら子細に検証を行ったものと言える。その上で、前述の三巻本系統「陽明文庫蔵本」が、章段中、肝心の秀句部分を欠く事実について『枕草子』の本文を考える上で重要であろう」との見解を示している。かつて、藤本宗利氏は、論者の第一著書を対象とした「国語と国文学」（二〇〇五・八）誌「書評」中、『固定的先入観を排して読み解く』営為によって、必然的に導かれる『新しい』作品観」について評価しつつ、一点、両系統本併読の見地に立つ論者の研究手法について、「旧全集本以外のすべての注釈書が三巻本を底本にしている現状を考えたとき、はたして説の普遍性という面から見ていかがであろうか」と述べたことがあった。しかし、〝便宜的〟に使用本文を一つに限ることによって、実際には、研究者自らが研究の可能性を狭めるような状況を作り出すことになってしまっているのである。「説の普遍性」は、ただ一つの本文によって担保されるべくもないものである。主たる両系統のうち能因本を避け、三巻本の使用一辺倒に偏るあり方は、作品研究上、結果的に見ても本末転倒の事態ではなかろうか。打破すべき因習は、このようなところにも存しているのだ。（※追記）近時、「能因本」系統の校訂本文である『春曙抄』本による全訳『枕草子』上・下巻（島内裕子校訂・訳、ちくま学芸文庫　二〇一七・四）の刊行などもあった。

「海月の骨」を取り上げた勝亦氏の論については、用例をめぐる氏の指摘にあるごとく、「氷魚」に添えられた男の贈歌（『元真集』三三一番歌。前掲三三二番歌「世にしへば」詠は、女の返歌）の「かばね」の語（第四句「おのがかばねを」。同じ贈答歌が見られる『能宣集』では「ひをのかばねは」）による「骨」の連想が仮に認められるとしても、女の返歌は「海月の骨」と「あなたの骨」（勝亦氏。傍点－圷）を並べ比べるようなものではないだろう。詠み込まれているのは「あじろのひを」（前掲『元真集』三三二番歌本文。『能宣集』収載歌に見える「ひをのかばね」は、贈答当時の形と思しい）に擬された男の存在そのものということにほかなるまい。『あなたの骨』など見たくもない」ということではなく、女にとって男の存在は、いま謂う所の「馬の骨」ではないが、珍しくも有難くもない「網代にかかった氷魚」（の屍）のごときものだというわけである。

なお、前掲「くらげの骨」に関する所説を含め、古瀬氏の過去の論考は、近時刊行された『枕草子章段構成論』（笠間書院　二〇一六）に収められている（古瀬氏には、同内容について拙論に触れずにまとめた『くらげの骨』は、なぜ笑えるのか—『枕草子』を支える文化的背景と読者—」〈『高等学校国語科　授業実践報告集　古典編Ⅲ』明治書院　二〇一四　所収〉等もある）。当該古瀬氏の著書中、「書下ろし」にあたる「第二節　雪山章段における表現の対比と効果」（「第一章　主題を活かす章段構成の方法」）には、論者が、雪山の段の解釈をめぐり、これも機知的応酬の一つとして、〝詠まれなかった和歌〟に注目するという発想に拠って考察を行うところから初めて指摘した和歌、「君をのみ思ひこしぢのしら山はいつかは雪のきゆる時ある」（『古今集』雑下・九七九・宗岳大頼）が用いられている（古瀬『枕草子章段構成論』、一九七頁）。

拙稿の初出は、「雪山の記憶—『枕草子』「雪山の段」の新しい読み解き—」（『古代中世文学論考　第28集』新典社　二〇一三・三）。論考は本著のⅠ篇　第四章に収載している。「君をのみ」詠の指摘は本著159頁。章段を成立させている論理を読み解く上では、本論の核心となる部分であり、新見の内容については、先に「読む『枕草子』「雪山の段」を読み解く—和歌をめぐる新しい解釈」（『日本文学』62-1　二〇一三・一）においても明示している。古瀬氏が、『歌枕歌ことば辞典』（笠間書院）の記述を掲げて「ここで注目すべきは、『白山』が『年を越しても消えないというイメージを持っていた』ことである」「『枕草子』当該章段においてもこのイメージを踏まえて話題が展開していく方向が看取される」（古瀬『枕草子章段構成論』、一九七頁）等と述べている点は、本章段の読解上の要点として、論者が拙稿においてすでに「今、『雪山』の雪は、年を渡って残り続け、年を越して永く消えぬものとして歌に詠まれる『白山の雪』にも比況されているのである」と指摘した上で論述した内容と重なっている。章段の構成とこれを読み解く「鍵」（「君をのみ」詠）の関係について、本著のⅠ篇　第四章、「第四節　章段の構成」の副題（本著152頁）に、論文中のキーフレーズ〝詠まれなかった和歌〟を添えて示した。『枕草子』中、読むべき和歌が披露されなかった例としては、「郭公探訪」の話が有名だが、その折には、定子と合作の短連歌が誕生したのであった。論者はまた、『伊勢物語』の構造を読み解く試みとして、〝語られぬ和歌〟をめぐって考察している。

かねて古瀬氏には、「くらげの骨」をめぐる論の先後関係について、「倉田実氏の解釈（引用略）を一歩進めた上で…」という誤認あり、その旨、拙著『新しい枕草子』（前掲、Ⅰ篇　第一章　ⅰ論の「補注」中、「補注②」、二九七頁）であらためて説明している。今回、古瀬氏の著書では、この点について（倉田氏の説を）「圷氏自らが引用し」という部分を加えているが、論者の解釈は、清少納言の秀句について「揶揄」とみなす説を「一歩進めて」成立するような内容ではない。古瀬氏は、論者の結論をあえて二つに分断した上で、「くらげの骨」という表現について論者はただ、『この世にないもの』というような意味ではない」と考えただけであるとみている。「珍しく、貴重なもの」という肝心の部分は倉田氏の説によっていると考え、論者の説について、「この二つ（圷注-，「この世にないもの」ではない，ということと，「珍しく、貴重なもの」である，ということ）を連動させ」たものであるとまで述べるのであるが、他者の行為また、解釈成立の経緯として、古瀬氏がなぜそのように主張し続けるのか不可解としか言いようがない。明示されていない部分を埋めるものは、ここでは、先入観や思い込みの類だということになるのであろう。論者による先の反論を受けて、古瀬氏は、今回、論者が倉田氏の言葉を「自ら引用」していると書き加えたわけだが、言うまでもなく、引用は常に「自ら」行うものである。他方、「引用」せずに書いたり、論の先後関係を逆転させて書いたりしてみても、それで解釈的発見に係る事実が変わるわけではない。

ほかにも、平安当時に存在しない記事を論展開上の主要な根拠とする論考（古瀬氏の「此の君」に関する論「『この君にこそ』という発言―典拠の「空宅」と清少納言―」《『国語と国文学』74-2　一九九七・二。古瀬『枕草子章段構成論』収載》は、『蒙求』は当時の初学者用のテキストでもあったから、殿上人たちは知識として共有していたはずである」という前提に立つものであるが、古瀬論文に引用されているのは南宋の徐子光によるいわゆる徐注本を底本とする『新釈漢文大系　蒙求（上）』〈早川光三郎、明治書院　一九七三〉の本文であり、古注本『蒙求』に「空宅」の記事は存在していない）等があるが、論の先後関係のような自明の問題について、一度書いてしまったことの訂正をしないための「加筆」であるとすれば、論考の主旨は、踏まえるべき事実から一層離れてゆかざるを得ない。

論者の説においては、『枕草子』の章段研究として、「くらげのなり」という清少納言の秀句についてまず、「揶揄」や「揚げ足取り」ではないという読み（判断）があり、用例の検討を経て、「くらげの骨」という言葉が、「〈くらげには骨がない〉という単なる事実としての前提を越えて、《得難いもの》の喩えとして用いられているのであって、その『くらげの骨』にこそ出会いたいものだ、という表現になっている」ことを証明したものである。

「くらげの骨」の秀句をめぐる論者の新見については、初出の論考である圷論文（①）『枕草子』「中納言殿まゐらせたまひて」の段をめぐって」（「中古文学」55　一九九五年五月）刊行の前年、「平成六年度中古文学会秋季大会」（一九九四年十月二十三日、同志社大学）において同題目・同内容による口頭発表を行っており、これに先立って公表される「研究発表要旨」上、『「くらげのなり」』とは、非常に珍しいことの喩として隆家の気持ちに沿うものと解され、『それこそ滅多に見られぬ素晴らしいもの』という清女の真意を読み取って初めて『枕草子』に特筆された秀句として味わい得ると考える」と明確に示している（本要旨の全文は、「中古文学」55　一九九五年五月、七三頁に掲載）。それ以前、この「要旨」については、発表が決定した時点（一九九四年八月）で、論者（発表者）に断りなく「くらげのなり」という（実は）能因本による引用本文が、三巻本による「くらげのななり」に書き変えられた経緯があった（配付・公表された「要旨」は「くらげのなり」に戻してある）。論者が（あえて）用いた本文の形について、「な」を一つ落としたケアレスミスと短絡したものであるが、断定「なり」で明快に言い切る能因本と、婉曲「なり」を重ねる三巻本との異同は、本文研究上、重要な意味を持つことになる部分でもある。発表当時における本段に関する一般的な認識と、本文異同の問題をはじめとした『枕草子』の研究状況を反映するできごとだ。

高校古典の定番として、『枕草子』の中でももっともよく知られた章段であるだけに、研究者にとっては記憶に深く刻まれ、思い込みとともに思い入れの強い章段であるとも言えるだろう。高校の現場で清少納言の性格について批判する際の材料にされることが多いのも、本段の読みの問題に起因したことである。このいわゆる‘われぼめ’譚をめぐり、高校生として、「なぜ好評を博したのか」「おもしろさおかしさ」が分からないというのは、ごく普通の反応である。

研究上、一つの問題をめぐって常に新たな見解が提示され、多様な手法が試されている中でも、述べられていることに従えば、ときに、幾重にも事実を見誤ることになりかねない、そのような書きぶりを有する論考があるのは事実である。むろん、いかに見定めていくかということについては、研究史的な事柄も含め、それぞれの「読解」に係っているわけではある。

また、他者の新見にかかる内容ついて、「自ら引用」しなければ構わないかといえば、もちろんそうではないだろう。雪山章段について論者が初めて指摘した古今歌「君をのみ思ひこしぢのしら山はいつかは雪のきゆる時ある」詠についても、同様であると考える。古瀬氏の著書中、『枕草子』の主要章段を取り上げて論ずる唯一の「書下ろし」であるだけに、また、論全体の構成に鑑みても、ここに至る研究史的な事実を踏まえた上で、明確に自説の位置を示すことが望まれた部分であろう。

(2)　「南の院の裁縫」の条

畠山大二郎『平安朝の文学と装束』（新典社　二〇一六年）について

※以下、畠山氏の文章に適宜傍線を施した。傍線に付した番号は、検討箇所A・Bにわたる通し番号とする。

A　畠山『平安朝の文学と装束』第三章の「注13」について

・畠山氏による注記（第三章・注13）の全文

『枕草子』第九一段「ねたきもの」には「無紋の御衣」（一七九頁）を裁縫する場面がある。表裏がはっきりとしない地質のために縫い違いをするのである。能因本には「平絹の御衣」（日本古典文学全集　第一〇〇段　二一三頁）とあることから、平絹のことを文様のない意で「無紋」と表現したとも考えられる。このように文様がないという意味で解釈できる用例もあるが、大半は無紋綾を意味しているだろう。なお、この『枕草子』の「無紋」について、萩谷朴氏（『枕草子解環』同朋舎出版　一九八二年　二一—三九七頁）や三田村雅子氏（「枕草子の虚構性」『枕草子　表現の論理』有精堂　一九九五年）は、定子の喪服であったとする。対して、圷美奈子氏は喪服説を批判する（「「南の院の裁縫」の条の事件年時」『新しい枕草子論—主題・手法そして本文—』新典社　二〇〇四年）が、[1]無紋や平絹であっても表裏のある生地もあり、[2]平織なら表裏はないとするのはやや早計であろう。圷氏は単仕立ての装束を想定しているが、[3]喪服ではないとすると端処理の「ひねり」を施すであろうから、[4]「ひねり」の向きによって表裏を確認することができる。また、袖の前方に「きせ」をかけることも論拠にしているが、[5]これは袖の内側の縫い代を縫い目で折ることであって、[6]袖下部の縫い目が前外側に見えるということではない。装束のあり様からすれば、ここは萩谷氏や三田村氏の喪服説に従いたいところである。

（三四三頁）

以上、引用元（ここでは拙著）の文章を全く引かずに行われた注記として、やや浮いた部分でもあるが、まず、傍線部2について、平織の織物に、組織上の表裏の区別がないというのは、畠山氏謂う所の論者個人の「早計」ではなく、事実である。その上で「生地裏に糊を引く糊張の処理」（前掲（12）拙著『新しい枕草子論』、一四一頁）等、「無紋や平絹であっても表裏のある生地もあ」（傍線部1）るというのは、実は拙著が指摘したことである。加えて拙著における結論は、単純に「平織なら表裏はない」（傍線部2）などということから導き出されたものではもちろんない。

「南の院の裁縫」の条の事件年時に関する新見は、論者の卒業論文で初めて提示したものであるが、大学院進学ののち、この場面で調製されている布地・衣の用途と縫い違えの問題については、それぞれ、有職故実に関してご指導を頂く機会があった小池一行、仙石宗久両先生にご教示を頂いている（「縫い違え」の実情について、もとは、和裁の経験がある論者の母の話がヒントになったものでもあった）。

なお、畠山氏は「無紋や平絹であっても表裏のある生地もあ」（傍線部1）ると述べるものの、当該書『平安朝の文学と装束』付属の「装束生地見本」の表紙に添付した「平織」の生地の表裏については説明がなく、貼られているどちらの面がどのような理由で「表」なのか、また「裏」なのか、判断の根拠について示していない（同書・第二刷〈二〇一六・一二〉に添えられた新しい「装束生地見本」においても、この点に変わりはない）。

後掲、検討箇所B（畠山『平安朝の文学と装束』第三章の結論について）の畠山氏の記述に『無紋』は平織の平絹と理解されている」（傍線部9）とあるが、必ずしもそうではない。

例えば、論者の考えは、『無文』と『平絹』は同義であるのではなく、『無文』と言った場合は『文様がない』ということ、一方『平絹』と言った場合は、『平織の生地（反物）』であることを意味しているということである。『無文の織物』や『無文の綾』などという例もある」（圷『新しい枕草子論』、一三八頁）ということである。

畠山氏の側にこうした誤認があるとすれば、拙論において「南の院の裁縫」の条で縫われている「御衣」について述べた『平絹』を『無文の衣』に仕立てて賜すという主人の一工夫利かせた洒落た趣向」（圷『新しい枕草子論』、一七九頁）ということの意味は、おそらくまったく理解されないということになるのであろう。傍線部3のごとく、喪服でなければ端処理の「ひねり」を施すという話になるのも拙論とは関わりがなく不審である。

また、畠山氏による傍線部4の主張は、「表裏がはっきりとしない地質」であるところ、その「向きによって表裏を確認することができる」とする、「ひねり」の処理が施されていない喪服であったため、縫い違えをしたということである。しかし、「ひねり」がないのであれば、『ひねり』の向きによって表裏を確認することができる」（傍線部4）とは言えないのではないだろうか。

傍線部5の「きせ」をめぐる畠山氏の記述についても、次掲、拙著本文の通り、実はこれも論者があらかじめ説明している内容である（太線部）。従って論者は、「きせ」について、「縫い目が前外側に見える」（傍線部6）などということは一切述べていない。

この〈袖〉の〈前後〉の区別というのは、平織や綾織などといった生地の地質やまた裏地の有無（単衣などであれば裏がない）などに関わらず存するものである。袖は、長方形の生地を袂の所で輪に縫った状態になっているが、袂の縫い代の部分にはいわゆる「きせ」がかけられるはずである。この袂の裏側の縫い代は、袖の前（正面）方向に「きせ」をかけて倒されるので、表の状態は、縫い目のあるところが折り込まれた形で袖の前面、袂の最下部に折線（折線といっても、実際はその部分の布地が折り畳まれて二重になったように見える）が生じることになる。このとき袖は背面から見るとすんなり垂れ下がる状態になり、美しい仕上がりになる（注10）。着用状態で多く人目に触れるのは袖の後面である。袖について言えば人の自然な所作に従い、その内側（前面）より外側（後面）が表に出ていることになる。

（圷『新しい枕草子論』、一四七頁）

畠山氏は、拙著の右掲本文を読まず、論者が読者の理解を助ける目的で掲載したモデル図（一四八頁）のみを見て「縫い目が見えている」と曲解したことになる。しかし、図に添えた注記にも明示している通り、これは袖下の「きせ」がかけられる箇所の「折線」について分かりやすいよう、線を引いて示したものであって、畠山氏が言う「縫い目」の図などでないことは明らかである。畠山氏が、なぜ「縫い目」として「引用」したのか不明である。事実を違えた〝引用〟はもはや「引用」ですらない。

右掲拙著の本文にあるように（二重傍線部）、論者はさらに注記において、

栗原弘・河村まち子『時代衣裳の縫い方―復元品を中心とした日本伝統衣服の構成技法―』（源流社　一九八四）には、「十二単」の「単」の説明中、袖の縫い方について「袖底の縫い代はきせてかけて内袖へ折る」（一一〇頁）とある。この袂の処理の仕方については当時も同様であったと考えてよいのではないかと思う（裏地のある「表着」などの衣でも袂の部分の仕上がりは同様になるが、裏地のある分、処理の方法は複雑になる）。また、この「南の院の裁縫」の場面に見るような単純な分業で一着を仕上げているとすれば、省筆があることを考慮した上でも、それは裏地のない単仕立ての衣の

調製とみるのが妥当と思われる。（圷『新しい枕草子論』、二〇九頁・注10）

ということも述べている。以上、拙論について述べた畠山氏の注記（第三章・注13）は、拙論の実態とはまったくかけ離れたものである。

B　畠山『平安朝の文学と装束』第三章の結論について

・畠山氏による第三章の要約（全文）

第三章は、『紫式部日記』に描かれる「無紋の青色に桜の唐衣」の形状および実態について論じたものである。寛弘七年〈一〇一〇〉正月一五日に行われた敦良親王の御五十日で、中務の乳母の装いは、「無紋の青色に桜の唐衣」と記され、この装束は従来「無紋の青色」の表着に「桜」襲の唐衣を重ねたものだとされてきた。[7] しかし、一〇世紀の歌合や物語などの用例から、「無紋の青色」[8]に「桜」襲を重ねた「三重襲（表地と裏地の間に中陪をはさんだ仕立て）の唐衣」であったとした。また、「無紋」[9]は平織の平絹と理解されているが、綾織の無文綾であったとした。この唐衣は禁色を犯さない範囲で最大限に苦心する姿を象徴し、儀式の中で存在を誇示するものであったことを明らかにした。（三七四頁）

検討箇所Aの注記（第三章・注13）が付された畠山氏『平安朝の文学と装束』第三章の内容について、ここでは「結」にまとめられた右掲の文章を挙げて検討する。

まず、傍線部7については、「無紋の青色に桜の唐衣」と同様の言い方をめぐって、「桜」にあたる部分を「重袿」として解す例がある。ことこの場面の「中務の乳母の装い」に限定した話なのだとしても、考察の前提となる事実の把握をめぐって正確性を欠くものとなろう。畠山氏の結論に照らして、この件については念頭にないものと見える。

すなわち、傍線部8に述べる結論について、「無紋の青色に桜の唐衣」（傍線部7）という表現をめぐり、「〜の唐衣」の傍線部をそのまま唐衣の説明であるとみる点で、畠山氏の説は従来一般の説と変わりがないということである。論者は、畠山氏が「引用」した当該拙論（すなわち、検討箇所Aの注記に「無紋」の件が「引用」されている、拙著『新しい枕草子論』〈新典社　二〇〇四〉の、Ⅰ篇　第三章「南の院の裁縫」の条の事件年時）の中で、この〝（「青色」または「赤色」に）〜の唐衣〟という類型的な言い方をめぐり、唐衣一着に関する説明ではなく、唐衣と内に着る「五衣」について表現したものとみる解釈を提示している（圷『新しい枕草子論』、一七六頁）。

いま、畠山氏『平安朝の文学と装束』第三章の論点たる「無紋の青色に桜の唐衣」（傍線部7）について説明すれば、「無紋の青色の唐衣」と、内に「桜襲の五重の装束」（五衣）を着用しているということなのだ。いわゆる「裳唐衣」姿のトータルコーディネートについて、主要な部分を大づかみに把握して述べる言い方である。

さて論者は、女房たちが「笑ひののしり」ながら縫い物競争に興じる場面について、道隆薨去の際の、定子着用の喪服調製とみる従来の説に対し、その根拠の一つとされる〝無文・平絹の「御衣」〟が必ずしも喪服に限定されるものではなく（つまりこの記述が「喪服」として「自明なもの」ではあり得ず）、晴れの儀式における下賜の品や、被物としての「法服」などである場合も考えられることを指摘している。「ねたきもの」の段の「南の院の裁縫」の条の事件年時について、『枕草子』中もう一箇所「南の院」滞在時の記事が見える、道隆主催の中関白家最大の盛事「積善寺供養」時の事件である可能性を見出だしたものである（圷『新しい枕草子論』〈新典社　二〇〇四年〉。初出は一九九二年十二月及び一九九三年三月〈「語文」84、「同」85〉）。能因本の「南の院の裁縫」の条には、三巻本にない状況説明等、「積善寺供養」の折の場面状況と一致する記述が存する。

あらためて、検討箇所Aにつき、これが『枕草子』をめぐる歴史認識等の問題とも直結する事柄である以上、「きせ」や「表裏」に関するごく簡単な話題のみで唐突に「装束のあり様からすれば、喪服説に従いたい」と結論づける畠山氏「注記13」（第三章）の見解は、『枕草子』に限らず、古典文学の本文研究ならびに解釈研究の状況に照らして説得力を欠く。

三巻本と能因本の表現差は、特に〈男性的〉な漢籍摂取と〈女性的〉な装束関係の表現において顕著である。〝『枕草子』にも書いてある、貴族女性の一般的な知識〟を示す例として、特に漢詩文や仏典に関する研究上、三巻本の独自本文がしばしば論の前提や根拠として用いられることがある。

それは確かに、『枕草子』をめぐる研究状況の問題でもあるのだが、能因本の本文も併せ読むことで提示した論者の新見に対する、畠山氏のこのような「引用」のあり方については、能因本の用例に一切触れず、その内容を活かすことができていない氏自身の論考のあり方と無関係とは言えまい（試しに一度、インターネットデータベース「ジャパンナレッジ」〈ネットアドバンス〉などのシステムで、検索ワード「能因本枕草子」によって検索し得る「日本語」の具体例とその数――ア行の筆頭

「藍」から最終ワ行の「わろい（わろし）」まで総計四二一件――を確認してみるとよい。『日本国語大辞典』〈小学館〉に初出の例として引かれる古典作品の表現を総覧する上では、「前田家本」「堺本」の用例も含め、この問題について考察すべきことは多い）。要するに、「平安朝の文学と装束」に関する専門書として、『枕草子』については、能因本の用例も含めて検討してみる必要があったということであるのかもしれない。

古典の本文の解釈がままならないとすれば、論文の読解もまた同様ということである。自説を何とか成立させるためという動機があれば、なおさら、論文の読解は歪んだものにならざるを得ない。他者の新見について引用する際に、その新見は自らのものとして採用する一方、その発見者についてしばしば、「本当は違うことを考えているはずだ」と述べることには、一体、いかなる事情があるのであろうか。古典解釈でも同様のことを行っているのではないか。決してそのように書かれてはいないことを、自らの都合で自由に読み取っていくのである。源氏は（夕顔は、柏木は、……）、「このとき、きっとこう思ったに違いない」と。文学とは不即不離の、歴史的な事実に関する解釈においても、同様のことが起こりやすい。

また、本文を横（座右）に置くどころか棚に上げ、借り物の論理もって作品を云々する、あるいは、本文の読解ではなく、本（伝本・写本）や文字の形にのみ重きを置くとすれば、それはあまりに極端だ。書誌学も海外のムーブメントももちろん重要であろうが、何より大切なのは、作品の本文である。原作者の書いた本文が伝わらない以上、本文を読み解くことなど無益だと本気で考える者がいるとも思えないが、しかし、今に伝えられた目の前の本文すら、私たちはまだ読めていないのではないだろうか。

あらゆる学問・研究分野における「発見」が、先入観の排除と発想の転換によってもたらされるものであることを考えるとき、文学研究における「解釈的発見」にこそ、この分野における「物理的」な発見に劣らぬ価値も喜びも存していると言えようが、そうした「発見」ほど実は、プライオリティが守られにくいという現状がある。――ただし、『伊勢物語』の和歌をかく読み解くということに関しては、そうした問題もしばらく起こらないのではないかと思っているところだ。

副題に「解釈的発見の手法と論理」と記した本著各章の内容によって、実はその「手法」も「論理」も、目の前の「作品」に先んじて存在するわけではないということを示すことができたであろうか。「手法」も「論理」も、読み解く作品ごとに一つ一つ、生み出されるものであるのだ。本著ではまた、「解釈的発見」に係る扱い・評価の問題についても、論者の体験に基づきつつ、幾つか言及することになった。学界の歴史に照らして論者の身の上に限った事案でないとすれば、なおのこと問題であろう。

「物有本末、事有終始。知所先後則近道矣（物に本末あり、事に終始あり、先後するところを知ればすなわち道に近し）」（『大学』経一章）などというのは、こうした場合にも当てはまるかもしれない。

文字通りの「裏の準拠」（山本淳子氏の用語。上掲、本章の注（63）参照）を含む剽窃行為のほか、他者の論文を扱う上で現に慎まなければならないのは、当該論文の主張を自由に書き変えて〝引用〟することであるが、これらはしばしば同時に行われるものでもある。すなわち、書き変えによる引用を伴うとき、引用者の主張に剽窃が疑われる場合が出てくるということである。

他者の論考について批判ないし否定等をする場合にこそ、解明すべき課題と当該論文の関係を正確に見極めて行わなければならない。そうでなければ、研究上は否定や批判はおろか、反論したことにすらならない。古典の本文についても、他者の論考についても、「不都合なもの」について論証を経ず、ただ否定して済ませるようなあり方は、新たな事実の発見のために何ら寄与するものではない。

古典の本文についても他者の論考についても、正確な読み（解釈）だけがそれらの正当な評価をもたらすわけである。

初出一覧

Ⅰ篇

第一章　『枕草子』「僧都の君の御乳母、御匣殿とこそは」の段の機知―野の草と「つま」―
（『和洋女子大学紀要』52　二〇一二・三）

第二章　春日遅遅―『枕草子』「三月ばかり物忌しにとて」の段の贈答歌―
（『和洋女子大学紀要』50　二〇一〇・三）

第三章　定子の「傘」と『枕草子』の話型―「細殿にびんなき人なむ」の段の解釈―
（『和洋女子大学紀要』51　二〇一一・三）

第三章　第六節に、一部反映
わがせしがごとうるはしみせよ―受け継がれ、読み解かれるできごと―（第一節及び、第四節）
（原岡文子・河添房江編『源氏物語　煌めくことばの世界』翰林書房　二〇一四・四）

第四章　雪山の記憶―『枕草子』「雪山の段」の新しい読み解き―
（『古代中世文学論考　第28集』新典社　二〇一三・三）

＊　読む『枕草子』「雪山の段」を読み解く―和歌をめぐる新しい解釈―
（『日本文学』62　二〇一三・一）

第五章　一条天皇の辞世歌―『権記』記載の本文を読み解く―
（『和洋国文研究』47　二〇一二・三）

Ⅱ篇

第一章　〈歌枕〉の歴史―「紫草」の生い出でる場所として―
（『日本文学風土学会紀事』36　二〇一二・三）

第二章　在原業平の和歌―『古今集』仮名序「古注」掲載歌三首の解釈―

第三章　知られざる「躑躅」の歌と、定子辞世「別れ路」の歌―平安時代の《新しい和歌》をめぐる解釈―
（『古代中世文学論考　第26集』新典社　二〇一二・四）
（『古代中世文学論考　第32集』新典社　二〇一五・一〇）

Ⅲ篇

第一章『源氏物語』と『枕草子』の〈七夕〉―「朝顔」「夕顔」と「玉鬘」―
（『古代中世文学論考　第25集』新典社　二〇一一・三）

第一章　第五節に、一部反映
わがせしがごとうるはしみせよ―受け継がれ、読み解かれるできごと―（第二節）
（原岡文子・河添房江編『源氏物語　煌めくことばの世界』二〇一四・四）

第二章『伊勢物語』の手法―「夢」と「つれづれのながめ」をめぐって（二段「西の京」と一〇七段「身を知る雨」、および六十九段「狩の使」）―
（「和洋国文研究」45　二〇一〇・三）

第三章『伊勢物語』一一九段「男の形見」―絵と物語の手法をめぐって―
（「和洋国文研究」46　二〇一一・三）

第四章『伊勢物語』の和歌と、定子のことば―機知的表象をめぐる新しい解釈―
（『古代中世文学論考　第33集』新典社　二〇一六・八）

※　特に、Ⅰ篇　第五章の「付記1」「付記2」と、Ⅲ篇　第四章の「付記」及び「注記」中には、書き下ろしの論考部分を含む。その他の論考を含め、初出時に提示した新見の趣旨に変更はない。

主要図表一覧

※　数字は所載の頁を示す。
※　作成・掲載した図表の全てではない。

結びにかえて

解釈的発見とは、生涯にただ一つか二つ、同時代のほかの誰かと相前後して、先陣争いの末に提示されるようなものではない。初めの一つの内容がもし適切なものであれば、それは続く二つめに、さらにまた二つ、四つと、連鎖反応的に範囲を拡大しながら発展し、内容を深めていくものなのだと思う。また、その妥当性（正しさ）は、あとに続く自らの「発見」によって自ずと証明されるものでもあるだろう。その意味で、初めの一つに回帰していくということはあるかもしれないが、「私の持論として、長く主張していきたいと考えているところだ」などと、予めただ一つの'発見'にこだわり、あえてそれのみ主張し続けるような性質のものではないはずだ。

研究論文を書くことは、例えば絵画や彫刻などといった芸術分野の作品を創造することにも似ている。一度「完成」したものの重要な部分に、あとから別の人間が少しでも手を加えたりすれば、そのとたん、作品に籠められた「意味」は見えにくくなってしまう。論文もアートも、同じものはこの世に二つと存在しない、かけがえのないものなのだと思う。

書き上げてから、まず自分で校正の作業をしていると、論文というものも、非常にデリケートなものだと感じることがある。全神経を集中して捉えた「核心」が、時間をかけて反芻しているうちに、どうかすると変質してしまったりすることがあるのだ。手を入れる作業をどこでやめるか、そのタイミングを見計らう必要がある。しばらく放っておいた描きかけのキャンバスを引っ張り出してきて、数年後にようやく一枚を完成させるというような場合もあるかもしれない。それでも、確かにただ時間をかければよいというものでもないのが、論文の不思議なところだ。

書くべきテーマ・材料に応じて、論文のスタイルを考え、変えていく。それが、論文執筆の最もおもしろく楽しみな部分でもある。また、当然のことながら、論証の方法というものは、テーマや材料に沿って工夫し、新たに編み出されるべきものであるから、よく吟味しなければならないところでもある。そうして複数、書き続けているうちに、定型となるパターンができあがってくるものもある。

これはもう昔の話になるが、高校生のころの古典の授業中、その日から『伊勢物語』の「梓弓」を読み始めるということで、開いた教科書に記されていた「新枕」という文字を見たとき、「これは、男の言葉だ」と思った。「あらたまの年の三年を待ちわびてただ今宵こそ新枕すれ」という、『伊勢物語』では「女」の歌として用いられている一首である。《歌の言葉を利用して、主題の異なる新たな物語を創出する》という『伊勢物語』の手法については、その時すでに直観していたものである。

この〝原体験〟については、二〇一一年五月のこととなった拙著『コレクション日本歌人選　清少納言』（笠間書院）の刊行後、同年夏に、研究室で受けたインターネットサイト「ナレッジワーカー」のインタビューなど、時々人に話をしている。

このときも、テンポよく次々に投げ掛けられる問いに促され、さまざまな話をすることになった。当該インタビュー記事について転載の許可を頂き、以下にその全文を掲げる（記事中、テキストリンクされている書籍やＤＶＤに関する情報のみ、一部「※」を付して補足する）。

＊　　＊　　＊

圷先生は、学生に「古典は面白い！　と思ってほしい。長く、古典に対するいい印象・記憶を残してもらいたい」と授業なども工夫されていらっしゃいます。

日本の古典文学を研究するようになったきっかけや、印象に残っている本についてお話を伺いました。

――最近、日本の古典文学に関するやわらかい本が増えていますね。

そうですね。自分で探した本以外に、学生や知人に教えてもらった漫画や洋書などもあります（研究室の書架に並ぶ）。最近注目されている『超訳百人一首　うた恋い。』（※杉田圭著・渡部泰明監修、メディアファクトリー　二〇一〇年）は、付録（第2巻）ＤＶＤの「完成度が高く」（学生談）、大学の「表現コース」の学生たちと一緒に鑑賞したときなど、思わず、涙する人もいました。一つの和歌が生まれた必然をドラマチックに描いていて、歴史の行間を埋めていく作業が、学生たちにとっても、たいへん刺激になったようです。

――百人一首のＤＶＤを見て泣いてしまうというのは、恋が切ないからとかそういうエピソードでしょうか？

私自身は、学生の前なので、泣くのはちょっとこらえましたけれど。恋心の切なさばかりでなく、たとえば、陽成院（当時天皇）が、在原業平の死の事実について、あとから知る……というシーンなどがぐっとくるようです。主人公が、「とりかえしがつかない」という感情に出合う場面です。何度見ても感動しますが、ここは「ネタバレ」になってしまいますね？

――先生が古典に興味をもったきっかけは何でしょうか？

私は、祖父や父と同じような道に進みました。二人とも、教師です。明治生まれの祖父は当時の公民科・国語科、戦後は道徳・国語の先生になった人で、父も国語科です。そのため家には、明治・大正・昭和期の基本的な叢書類が揃っていました。父のころは、「旧大系」などですね。祖父や父が勉強のために、刊行された当時に揃えた本が、身近にあったことが、影響したかもしれません。

――「旧大系」について教えてください。

「旧大系」は、岩波書店の「日本古典文学大系」のことです。「新日本古典文学大系」は最近完結しました（二〇〇五年）。古典研究の基礎的なシリーズというと、小学館の「日本古典文学全集」もあります。

――そういう本を小さい時から読んでいたのですか？

「日本文学叢書」や「有朋堂文庫」の、『万葉集』『古今集』などと書かれた金字の背表紙を見ていました。タイトルだけです。日本のあらゆる古典の「タイトル」だけ、見上げて育ちました。まわりにあるのがまた別の分野のものであったら、興味の対象は違っていたかもしれませんね。環境において、古典に対する「壁」はありませんでした。特に読むように言われたこともありませんでしたが、いつの間にか、自然に手に取るようになっていました。

――大学進学の際は、文学専攻を希望されたのでしょうか？

高校生の時、古典の授業で、『伊勢物語』の「梓弓」の話に入ろうとしたときです。ずっと男性を待っていた女性が、身近で支えてくれた男性と結婚すると決めたその晩に、待っていた男性が帰ってきて、さあ……！　というお話。現代のドラマでも、木村拓哉主演の「プライド」でしたか、少し似たような設定があったかと思います。普遍的なストーリーなんですね。そばにいてくれた相手と新しく歩み出そうと決めた日に限って、数年ぶりに「本命」の男性が帰ってくる……というパターン。

あらたまの　年の三年を　待ちわびて　ただ今宵こそ　新枕すれ

授業では、女性が詠んだ歌として教わることになるのですが、私は教科書のその文字を見て、「新枕（にいまくら）」というのは「男の言葉だ……！」と思いました。男性が詠んだ歌を、ややこしい状況に追い込まれた女性の歌として仕立て上げた〝パロディ〟。高校2年生の、少女らしい直感とでも言ったらよいでしょうか。

女性がそれを言うとしたら、あるいは「手枕（たまくら）」などという言葉かもしれません。これだと「腕枕」のことで、ロマンティックですね。「新枕」をめぐるこの歌は、「やった！ ついに今夜結婚だ〜！」という、男性による結婚の喜びの歌であり、『伊勢物語』は、それを悲劇のヒロインの歌として描き変えてみせた。歌の言葉は一文字も変えることなく。これによって、「待つ」ことの意味を追究する、新しい物語が生まれるわけです。

あひ思はで　離（か）れぬる人を　とどめかね　わが身は今ぞ　消えはてぬめる

「梓弓」のお話の最後で、女性は死んでしまいます。この歌は「今にも死んでしまいそう（死んでしまうに違いない）」と詠うもので、いわゆる「恋死に」をテーマにしています。「死ぬほど愛している」というわけで、本当に死ぬこととは違うのですが、『伊勢物語』は歌の言葉どおりに話が進むので、この歌を詠んだ登場人物は、舞台上で〈殺されて〉しまう。すべて、歌のとおりになるわけです。

ですが、当時こういう考え方はありませんでしたから、当然、そういう「答え」も存在していませんでした。新鮮かつ大胆な『伊勢物語』の手法について、教室で教わることはなかったのです。この時の経験をきっかけに、「勉強は、教わるだけでなく、まず自分でするものなのだな……」と思ったのが、古典への興味の第二段階となりました。特に文学は、自分の力で読み解くことが大切だと実感したできごとです。

――先生は「新枕」と聞いて男性の言葉だと思う素養は、当時からあったんですね。

「素養」ということなのでしょうか？　よくわかりません。そのとき、まだ『伊勢物語』を本格的に読んでいたわけではありませんでしたが、ただまっすぐに、「これは男の言葉だ！」と思った。これだけはブレないし、授業で違うことを教わっても簡単に「上書き」できる感覚ではありません。「圷さん、それは間違いですよ」と言われて、「はい、そうですか」と、ただ納得できるような「知識」ではないのです。

『伊勢物語』のパロディ性、歌の言葉どおりに場面化していく手法（和歌の常識から言えば、「ボケ倒す」感じ？）については、その後（二十年以上経って）、論文にまとめました。『王朝文学論―古典作品の新しい解釈』（※新典社　二〇〇九年）に収めて、その後も毎年、『伊勢物語』の章段を対象に論文を書き続けています。『枕草子』や『源氏物語』に関する新しい解釈をつづった最初の本『新しい枕草子論―主題・手法　そして本文』（※新典社　二〇〇四年）に続く成果をまとめたものです。

もっとも端的に、わかりやすいのは、業平の辞世の歌の例です。

つひに行く　道とはかねて　聞きしかど　昨日今日とは　思はざりしを

これこそ、真実、深い感慨がこもった辞世の和歌とみなされていますが、本当は、昨日ふられた男の歌なのです。これも「恋死に」の話ですね。人間、いつか死ぬとは知っていたが、それがなんとなんと「昨日」だったとはね……という文脈です。そういう歌はほかにもあるので。

固く信じられ、疑われたことさえないものが、実は、ちょっと違っていたかもしれない……というのは興味深いことですね。それらを自分で発見して、提言するというのは、幼い頃からの性格で、私に向いているかもしれません。

しかし、昔の日本人は、みな知っていたのではないか……とも思っています。解釈研究は、長い間に失われた記憶を探り当てる仕事でもあります。

たしかに古典はいろいろと解釈ができるというイメージがありますね。「国語の答えは一つではない」とよく言います。

しかし、私は、さまざまに解釈できるということと、その中から一つ、やはり「正しいこと」を見つけ出すということは違うと思っています。物語や和歌などの古典が、千年の時を越えて受け継がれ、命を保つというのは、それが、ああもこうも解釈できるものであるからではなく、真の意味（核心）は一つなのだと。それを受け止めるときの「吸収の仕方」については、その人その人に応じたふさわしい形があるため、時代や年齢に応じていろんな答えがあるように見えるだけなのではないでしょうか。研究者が指摘しなければならない作品の「核心」は、和歌であれば、常に、三十一文字に結ばれた一つの和歌の文脈の中からだけ見出だされる答えなのです。

――解釈ではなく、真実ということでしょうか。

つまり過去のあらゆる説を否定せず、かつ、歌の言葉の中からのみ見出だされるもの。その意味で、否定しようのない解釈を提示するのが仕事だと思っています。そういう意味では、答えは一つと言えますね。

例えば、小野小町の歌。

花の色は　うつりにけりな　いたづらに　わが身世にふる　ながめせしまに

「花」にはいろんな説があるのをご存知ですか。

――自分の美貌かと思っていましたが……。

小町の美貌という説もありますね。「花」については中世から説が分かれていました。花だ、桜だと言う人もいれば、小町のルックスとかけていると言う人もいますし（これが一般的でしょう）、最近は「男の心」であるというのが学説としては主力になっています。ですが、歌の中からだけ答えを見出だすならば、答えはまず「色移ろうもの」ですね。この答えは揺るがないものです。歌の言葉の中からのみ、見出だされるものですから。

そうしてはじめて、美貌も、桜も男の心も、みな包括的に捉えられます。「男の心」と捉えた方が歌の心を理解しやすければ人はそう感じるし、「美貌」と捉えた方が歌の心を吸収できるとなればそう見るというのが、諸説分かれる理由ですが、私が行うべきことは「花とは、色移ろうもの」ですよ、という、また新しい一つの答えを出すこと。

もしこれが、小町自身、今「それ」を花として発見したという歌であったなら？

人は、「花の歌」を詠んだ小町にとって「花」とは自明のものであったと思い込んでしまっています。しかし、小町が今それを「花」として発見した瞬間であるかもしれないですよね、何か「色移ろったもの」を見て。「ああ、お前も花だったのか」と、色移ろうものを「花」として〝発見〟したからこそ、「にけりな」という、少し特殊な表現が使われてもいる。「にけり」だけでも相当に強調した形であるのに、さらに強意の「な」を付け、しかも和歌全体は倒置法になっている。

まったく思いも寄らなかったことについて、今、はじめて気がついた。「そうか！　花だったんだ」と、「それ」が色移ろったことによって気がついた、そういう歌です。

私の答えの出し方は、歌の文脈の外部に答えを求めるものではありません。さまざまに想像するのとは違って、歌の言葉の組み合わせからのみ導き出すということ。だから、その点での反論は難しいのではないかと思いますが、それでも「すべて単なる思いつきにすぎない」と批判されたりします。「思いつくこと」こそが命なのかもしれません。

――先行研究はあまり気にされませんか。

いいえ、先行研究は徹底的に検討します。新しい解釈について「思いついた」とき、「誰かがすでに言っているはずだ」と考えますから。近い意見はあっても、その核心部分は、手着かずであることが多い。ですから、「誰かが言っているはずだ」と思って、それを尊重すべく、可能な限り、調べ尽くそうと努力します。

何か盲点があるんですよね、必ず。この小町の歌だったら、「〃花の色は〜〃と、花について詠んだ小町自身は〃花〃とは何か知っていた」という思い込みがある。〈千年経ってこちらが現場にいないから、「花」が何なのかわからないだけで、詠んだ本人は、はじめからわかっていた〉という思い込みがあります。

ですが、小町は今それを初めて花として認識したのかもしれない、色移ろうものを見て。それは必ずしも「美しい」ものではないかもしれません。

――先生が、影響を受けた本や研究者はありますか？

好きな本があります。今回は私のほうからの質問も多いですね、たとえば、突然ですが、「母よ、子のために怒れ！」というのはどのような意味だと思いますか？

――お母さんは子どものために、心を鬼にして怒るときは怒らなければいけない、という意味でしょうか。または子どもが無体なことをされたときに盾になって怒るとか。

どちらでしょうね……? これは、〃「は」のカルタ〃なんです。影響を受けた本、よく読んだ本として紹介したいものですし、授業の教材にもしたりしますが、読み取りはそう簡単ではありません。

「は」「母よ、子のために怒れ」

「いいえ、私には信じられない。悪いのは、あなただ。この子は、情のふかい子でした。この子は、いつでも弱いものをかばいました。この子は、私の子です。おお、よし。お泣きでない。こうしてお母さんが、来たからには、もう、指一本ふれさせまい!」
「懶惰の歌留多」(太宰治)

太宰の特に短編が好きなのですけれど、「懶惰の歌留多」などはおすすめです。本当に大切なものは何かということを知るための、発想の転換法について教えてくれる。

発想の転換をさせてくれるものは大事です。すべての書物はそういうものだと思いますが、とくに太宰の短編にはそういうところが顕著であるのと、あと、言葉の選び方とか組み合わせが揺るぎないというか、他の言葉には置き換えられない形で、一つ一つの言葉が選び取られていると感じます。

本に囲まれた環境でしたから、小さい時から近現代の作品も多く読んできたと思います。その中でも太宰の短編は発想の転換をさせてくれる本として影響を受けたし、好きですね。

——発想の転換の大事さとは何でしょう?

先入観をいかにとりはらうかが、大事です。同じ物を見ているのに、「見えているのに見ていない」ことが多い。「バイアスがかかる」とよく言いますが、その中で「あ、言われてみればそうだ」という説を出していくわけですけれど、何か大切なことについて、見えなくしているものがあって、それが先入観であり、時には「知識」のこともある。ですから、調べればわかるような知識だけを詰め込む時代ではなくなったと思っています。

先入観は一番の敵ですよね、私たちにとって。あらゆる差別の原因にも先入観が関わっています。平等・公平であろうと思ったらまず先入観を捨てなければなりません。

文学をやっていると、そういうことばかり考えています。

ほかに太宰の「カルタ」（「懶惰の歌留多」）の「ろ」には、「修身、斉家、治国、平天下」の順番を逆さに考える作品があります。大きなことを言うよりも、まずわが身を律せよというけれど、逆じゃないかと書いてあるんですよね。世界が平和で、国が整っていて、家庭も平和で、それで身が修まるなら、はじめて気持ちが良いことだ、と。文字どおり逆転させているわけですけれど、常識をひっくりかえしたことを言ってみせて、見事に「文章」になるところがすごい。『枕草子』っぽいですよ。

「春はあけぼの」というのも、「春＝（イコール）あけぼの」になるわけですよね、図式化すると。春の方が分量的には多い（大きい）のに、イコールで結ぶ形にすることで、価値としては、とたんに「あけぼの」の方が大きく（重く）なる。春を、あけぼのという一刻（ひととき）のうちに象徴させた表現です。

ですがここで、「をかし」をつけてしまうと、その意味が伝わりにくくなってしまう。「春はあけぼのがいい」「春がすばらしい」になってしまう。書いてあるのは、春という季節はこの一刻のうちに象徴される、だから「あけぼの」の方が重要ということです。

無常思想が世の中を覆い尽くしていたその時代にあって、今生きている瞬間が大事と言える清少納言は相当に「早い」ですよね。

その二〇〇年後、道元が、同じようなことを言っています。

たとへば、春の経歴（きょうりゃく）はかならず春を経歴するなり。経歴は春にはあらざれども、春の経歴なるがゆゑに、経歴いま春の時に成道せり。
『正法眼蔵』「有時」（道元）

道元あたりになるとはじめて評価される。清少納言はそれこそ「思いつき」で言っているだけだと批判されたりしますが、なかなか「春はあけぼの」とは言い切れないですよね。

——清少納言のような描写が良いという人も増えてきた印象があります。

清少納言の表現は、単なる景色の描写ではありません。だから謎になっているということもあります。まず、「春はあけぼの」という構文自体が謎です。「をかし」をつける・つけないで議論されていますし、「をかし」が「ついていない」理由も明らかにされていません。「春イコールあけぼの」、「春は、あけぼのというひと時のうちに象徴される」と読み取る、私のような意見は、過去に出されていません。

日々繰り返されるひとときとしての「あけぼの」の方が一層大切で、その「あけぼの」の良さが最も深く味わえるのが春。朝のすがすがしさを最も鮮烈に味わえるのは冬。「冬は朝が〝良い〟」あるいは「好きだ」とは言っていないんです。季節より、命の一刻に重きを置くのはいわゆる無常観とは対立するかもしれませんし、その意味でも、清少納言の文章の革新的なところと言えます。

清少納言の言葉の選び方こそ、常に過不足がないですよね。「春はあけぼの」という、千年経っても揺るがない言葉を選び取って残す。いろいろ削ぎ落としてあるので、現代の言葉に「訳」をする必要もなく、そのまま伝わります。無駄がない、端的な言葉の選び方というのは非常に優れているし、和歌のような「比喩」でもありません。

清少納言の和歌について本を書いてあらためていろいろ考えましたが、和歌ではなく『枕草子』を残したというのは、和歌で表現できない真実があったのでしょうし、表現できていると思います。

――和歌だと、かけ言葉などいろんな意味を含ませる必要がありますね。

清少納言にとっても、掛詞（かけ言葉）のたぐいはお手のものですが、和歌は何よりもまず、「テーマ」を決めないと詠めません。俳句はそこを解放したから発展したのでしょうが、和歌は「テーマ」を決めてしまう。

清少納言の場合は、「悲しい」とか「さびしい」とか、見た景色の意味を定めることはせず、それが「ただ無性におもしろい」のだと言う。そういう方が清少納言らしいかな。歌は思っているほど真実だけ伝えるものでもないですし、また、伝えるためのものでもありません。

清少納言の表現は俳諧的と言われることもあります。どんどん言葉が出てきて、何々なものは何々……と次々続けていくところと、結びつけられてのことだと思いますが。

『コレクション日本歌人選　清少納言』（※笠間書院　二〇一一年）で書きましたが、「それ」を「ただそのまま描きとってみせる」、清少納言にはそういう部分がありますね。

ある普遍的な真実について描き取る才能は、まさしくエッセイの先駆者たる清少納言の真骨頂ですね。

見ならひするもの。あくび。稚児ども。……

「あくびってうつるよね」と切り取ってみせるのは案外、難しい。聞けば「そうそう」となるけれど、初めて言うのは難しい。それを千年も前に、「何でもないこと」や「一瞬の心の動き」を切り取るというのは、才能というか技術というか、彼女ならではのセンスでしょうか。

端的に切り取るというのはすごいですよね。それらが千年前だったというのは不思議でもあります。

――清少納言は他人をやりこめた話も書いていると言われていますが。

「やりこめる」というのも誤解です。彼女はどちらかと言うと、常にやりこめられていて、やりこめてはいないんです。清少納言が言い返したことこそ、相手が本当に言いたかったこと。彼女が言ってくれたことで、相手が喜んでしまう。相手は一本取られた格好なのだけれど、自分がその名言を引き出してやったのだと。一人勝ちしていることは一つとしてないんですよ。清少納言の心の持ち方と言葉の選び方は才能なんでしょうね。

清少納言は、定子の励ましの言葉がなければ、作品（『枕草子』）を完成させず、途中で筆を折っていたかもしれません。

なき床に　枕とまらば　たれか見て　積らむ塵を　うちも払はむ

書き始める前から、『枕草子』という「タイトル」はすでに決まっていました。「私が近くにいて読んで（聞いて）あげなくても、きっと完成させなさいね」と、この言葉がなかったら、筆を折っていた。彼女はわりと心折れやすいタイプで、また単なる「おしゃべり」でもないようです。黙って世界を観察しているところがあって。清少納言の心をほぐしてくれたのは定子。定子が、ちゃんとどうしたら良いか示してくれなければいけないような、ナイーブな人。

『枕草子』は定子が亡くなった後、仕上げたと思います。特に日記的章段はその死後の執筆だろうと。エッセイ風の段も含め、定子が登場する部分などは多く、その死後に書かれました。

芥川龍之介の「白」というお話、ご存じですか？　白毛だった犬が、友だちの犬を見捨てて逃げた日、体中真っ黒になってしまった。飼い主の姉弟には黒くなった彼が「白」だとはわからず、「白」は叩き出され、放浪し、犠牲的な行いを重ねて戻ってきたときには白色に戻っていた……。シロは人間の言葉を理解して涙を流すんですよね。人間の言葉を理解して涙する犬のお話は『枕草子』の翁丸のエピソードにも似ています。つまり『枕草子』に童話の要素があることに気づかされるのです。定子は幼な子三人を残して逝ってしまいましたので、『枕草子』は残された御子たちのためのものでもあったと思うんですよね。

――『枕草子』を読んだら、お母さんは良い人だったと思いますね。

そうですね。日記的章段の最後は、御子三人を〝登場〟させて終わります。定子晩年の日々はもう少し続くのですが、第三子の妊娠中、三ヶ月目にあたる五月五日が最後の場面。象徴的なシーンです。端午節における御子〝三人〟と母、そして後宮の人々……、御子たちにぜひ伝え残したいアルバムの1ページです。

――『枕草子』で一番好きなシーンはありますか？

面白いのは、清少納言の「もの書き」としての意識が表明されているところです。『枕草子』にはちゃんと「あとがき」がついていて、そこで、人が書いたものをああだこうだと批判する方こそ、品定めされているのだなどと言っています。せっかくの作品が後人によって書き直されるのは残念だとか、ちらちら見える書き手としての意識を残しているのが興味深い。私が『枕草子』に引き付けられるのは、そういう時代を越えた感覚が共有できるところかな。ツボ、かゆいところに手が届くな……という。『枕草子』の一部が広まって（流出して）から、当時の貴族たちは、清少納言と話すとき、『枕草子』に書かれるかな？　と思っていたかもしれませんね。

私もやはり、ものを書くことが仕事の中心なので、そういうコメントを見ると、千年前の人にも親近感のようなものを感じます。言って良いことと悪いことがあるから大変と書く一方で、こんなもの（『枕草子』のことです）誰も見ないから何を書いたって構わないんだと開き直ってみせたり。当時もいろいろ大変だったのですね。千年前に全部書いてくれています。

――書き手の意識というのは、和歌の詠み手の意識と違うのでしょうか。

和歌が詠まれた本当の事情や思いというのは、「詞書」などをとおしても、あまり伝わっていない部分かもしれません。そこのところを書いてくれている『枕草子』は、まさに新しい形態の文学と言えます。想像以上に新しい、現代と変わらない感覚がつづられています。

――たしかに、『枕草子』は和歌の背景が書かれていて面白いです。

勅撰集などの和歌は「完成したもの」として存在しています。「詞書」など、読み解くためのアシスト的なものは添えられていますが、必ずしも、本当の事情ではないかもしれません。
『枕草子』は、こういう流れがあって一つの和歌なり、表現が生まれたという、一首出来上がったところの本当の事情について打ち明けています。稀有な作品です。
いろいろと、当時の実際のやりとりがわかるのは、『枕草子』の特別で、貴重なところですが、必ずしもそのようなものとして深く読み込まれてはいないので、誤解されている部分も多い。つい清少納言がやりこめていると思われてしまいますが、やりこめるタイプではないし、できない人ですね。

――どうして紫式部に悪く書かれてしまったのでしょうか？

紫式部は絶対に褒めない人ですよね。手放しでは。結局、逆説的なんだと思います。人の一番目立つ部分をちょっとけなしてみせているんです。対象人物の個性がかえって際立つ表現として、『古今集』「仮名序」の六歌仙批評と似ています。なぜ、そのように表現しているのかは、よく考えてみないといけませんね。

例えば、清少納言の漢詩の知識は、わざと崩しているところに意味があります。原典の漢詩句をそのまま引用したりせず、現在の状況に合うような表現に言い換えています。「いと足らぬこと多かり」と紫式部は批判していますが、知識が足らないのではなく、あえて足らない形で提示しているから、「今この時」における言葉となり、それはすでに単なる模倣ではない。

例えば、「香炉峰の雪は簾をかかげて見る」という白楽天の漢詩句。定子に「香炉峰の雪はどんなかしら？」と聞かれて、清少納言は何も言わずに御簾を高々とあげるのです。

白楽天の漢詩を知っていて、口で言わずに行動で示したので褒められたと、高校の授業などでは習いますが、原典のほうでは、簾をちょっとはねあげただけで、白楽天の部屋の簾は下ろされたままなんですね。

スガシカオの歌、「サヨナラホームラン」に出てくる「僕の部屋は今日も　カーテンを閉めたまま」という歌詞と重なります。左遷された状況で、鬱々とし、外の景色を眺める気にさえならない。横になったまま、隅のほうをちょっとはねあげて一瞥しただけで、とても簾を上げるような気持ちにはなれない。

そこを清少納言は大転換しています。御簾を高々と上げ切って見せる。

「定子様のもとで、こうしてみな一緒で、わたしたちは今、ほんとうに心晴れやかに、しあわせです！」というのを、問いかけに即応する形で、難しい理屈でなく、瞬時に心のままに表現する。

原典どおりの行動ではないから、「いと足らぬこと」とも言えるけれど、そこにこそ引用の意味があります。むしろ、原典世界の心を尊重する行為とも言えるでしょう。単なる模倣ではない、新しい言動によって、もともとの詩にこめられた白楽天の気持ちも、より深く味わえるようになります。

それが清少納言の個性とも言えます。それを「足らぬ」と決めつけられてしまえば、先入観になりますよね。だけどある意味、一番いいところを逆説的に評価している、逆説的に褒めているとも言えるのです。

あえて足らぬことをやるというのは、女性だからできたことでもあると思います。漢詩をそのまま引用せずに、ちょっと変えてみせるというのは当時の女性のたしなみの一つ。工夫のしどころでもあります。

紀貫之の『土佐日記』も、「女性」として、「女性」の言葉で書く、という体（てい）です。女性なら許されるんですよね、原典どおり「正確に」引用しなくても。男性がするとただの間違い（誤答）になってしまいますが。当時は女性の言葉の方に、一層、日本語としての可能性があったと言えそうです。貫之は、そこに目を付けたわけですね。漢語と和語とが融合した、新しい日本語の文章を創造するために。

――他に影響を受けた本はありますか？

『枕草子』の研究をしながら、さきほど紹介した道元の『正法眼蔵』にたどり着いたときには、そのページから、偶然、祖父の古いメモが出てきました。研究をするようになって、ある時期、いろいろな本を開くと、ときどき祖父のメモが出てきて、同じところに注目している！　と。後を追いかけているような気がしました。

『正法眼蔵』は現代語訳も出ていますが、原文はぜひ音読してみたい。そうすると、心に直接響くような形で理解できるかもしれません。

あとは、『田辺聖子の源氏がたり』（※全三巻、新潮社　二〇〇〇年）なども、おすすめです。田辺聖子には『新源氏物語』（※全五巻、新潮社　一九七八〜一九七九年）がありますが、これは連続講座の書き起こしで、『新源氏物語』を補足するようなところもあって、本当にわかりやすく、愉快です。斬新な新しい解釈ということではありませんが、古典の文章の行間を埋める仕事だなと思います。これはとても創造的なことですね。

――先生は『源氏物語』も研究されていますか？

はい。その主題や筋書き（プロット）、和歌の意味について、新しい解釈を提示しています。その経験からも、『伊勢物語』や『枕草子』をまず読んでみてから、『源氏物語』に取り組んだ方が、『源氏物語』の「素の顔」が見えるように感じます。

『源氏物語』から読み始めると、『源氏物語』にある意味、すっかり取り込まれてしまう。全五十四帖の「通読」にこだわらなくてもいい。解釈する上では、かえってバイアスがかかってしまう気もします。田辺聖子の本は楽しく「通読」をおすすめします。

例えば、『源氏物語』で唯一、誕生日が明らかにされている登場人物は「明石の姫君」で、誕生五十日目のお祝いが、五月五日に当たるように設定されています。その意図については、まず、『枕草子』を読み解くと、わかります。つまり、先ほどお話しした定子後宮最後の場面、五月五日の様子を描いた章段ですね。

明石の姫君の誕生については、端午節をめぐるその「符合」。天に予祝された子として、親たる源氏にわが宿命を確信させる存在であり、その後の源氏の将来を予想させる「伏線」になっているんです。『源氏物語』だけ読んでいたのでは、わからないプロットです。

――今後は、『伊勢物語』や『枕草子』を中心に研究していく予定ですか？

もともとは舞台芸術に興味があって、能や狂言など伝統的なものから、日本の現代の文化、新しい前衛的なものまで含めて興味があって、そういうものを紹介する仕事に憧れていました。ですが、多くの舞台芸術が、古典（昔話）と無縁でないと知って、古典の専門家になりたいというより、日本の文化について評価するには、古典に詳しくなければ……との理由で、卒業論文で古典（『枕草子』）を選んだという経緯があります。

古典には、未解明の部分や謎がまだまだたくさんありますから、『枕草子』や『源氏物語』を中心に、今後も私らしい解釈研究を展開していきたいと思っています。現代の社会状況や文化の様相も常に意識しながら、研究を進めていくつもりです。

古典を研究しながらも、「今」のことは一番の問題として考えていきたいと思っています。

――今日は貴重なお話をありがとうございました。

こちらこそ、ありがとうございました。ぜひ古典は自由に読んでみてください。私は、学生から日々、大いに刺激を受けています。学生はいつも、的確な指摘をしてくれますよ。私に質問することで、謎のありかを示してくれ、授業の感想を述べつつ、もっとも公平な評価を与えてくれる。研究者として、教壇に立ち続けることの大切さを日々、実感しています。

ありがとうございました。

※　以上、記事の引用は、「丸善雄松堂　Knowledge Worker」掲載、「これまでの本、これからの本」第四回の全文（http://kw.maruzen.co.jp/nfc/featurePage.html?requestUrl=oldbook_newbook/04/）に拠る。

＊　＊　＊

引き合いに出した太宰治「懶惰の歌留多」については、選ばれた「いろは」歌の形式に関わって、その働きについても、考えるべきことがあろう。右のやり取りの中に出てくる〝「は」のカルタ〟、「母よ、子のために怒れ」の「母」の意味するものをめぐっては、そう訴える者の思いとして、彼自身の中の、〈内なる母〉の存在を考えるのがよいだろうか。例えば、謡曲「井筒」の舞台にさまよい出た『伊勢物語』「筒井筒」の大和の女が、永遠の時を越えて待ち続けたものは、自分自身の生い立ち・幼年時代と深く関わる、女の〈内なる業平〉、すなわち、己であると同時に己の中の〈業平〉であった（圷・前著『王朝文学論』〈新典社　二〇〇九〉、Ⅱ篇　第一章）。ちなみにまた「道元」については、「眼横鼻直（がんのうびちょく）」（『永平広録』）という禅語も知られ、これなど、『枕草子』中、藤原行成の言葉に「目は縦ざまにつき…鼻は横ざまにありとも」（「職の御曹司の立蔀のもとにて」五七段）とあることとは逆説的な符合を見せておもしろかろうか。

一体何が「古典嫌い」を作り出し、この国の大切な「古典」をつまらないもの（多くの人から、「退屈でおもしろくない」「苦手だ」と言われるようなもの）にしてしまっているのか。――何かを変えるのだとすれば、それは高校の古典の教師の教え方でも教科書でもなく、そのおおもとにある、学会・学者の世界の問題なのであろうと思った。学者ではなく、小説家などであれば、より自由な発想でものを考えたり、書いたりしているように思えるが、実は、そうでもないのではないか。彼らの活動も含めて、そのもとになっているのが、古典研究上、定説化した作品解釈のありようなのである（現在は、多様なメディアを通してマニアックな古典ファンが増え、「入試問題」を前提とせざるを得ない高校の授業内容はともかく、日本の古典作品をめぐる事情は少しずつ変わってきていると思う)。

不遜と言えば大いに不遜であるが、「もとから変えなきゃダメ!」と心に刻んだことは今も忘れていない。当時、一度は胸にしまい込んだ、怒りにも似た強い思いである。通っていた高校は、インタビューの冒頭で触れた祖父や父、そして兄の母校でもある水戸第一高等学校(祖父の時代は水戸中学校)だ。

そのような言葉を用いたいのであれば、「リスペクト」すべき対象はまず「作品」であり、あえて言うならその〈作者〉であって、ほかではない。ところが、「世界文学」として認められた『源氏物語』についてはそもそも「別格」の扱いであるとして、学者の世界に、『枕草子』などの古典作品を不当に過少評価するような風潮があったのは事実である。

最近ではそうした傾向も目立たなくなってきてはいるものの、特に女性である書き手(作者)について、軽侮するような見方・考え方が、当然のように存在していたのだ。有名な「くらげの骨」の一段をめぐって、清少納言の秀句を単なる「駄洒落」や「揚げ足取り」の類とみなす旧来の解釈なども、その典型的な例の一つである。当該の章段に関する論考は、第一著書に収めている(『新しい枕草子論』〈新典社 二〇〇四〉、Ⅱ篇 第一章 i論及びii論)。日記的章段をめぐる「自讃譚」という呼称にも反映されているように、「多くの記事は自讃に充ちて、清少納言が驕慢の性を表はせり」(『国文学史講話(平安朝編 上巻)』改造社 一九四〇、四二三頁〈藤岡作太郎〉)などというわけで、『枕草子』の読みをめぐっては、そこから作者の性格的な問題をあげつらうことも長く行われてきたのである。

その他、これもありがちなこととして、古典を前に、私たちが、今ほど文明の発達していない昔のことだから…、と思うとすれば、それこそ固定観念や先入観というべきものであろうが、その時代に比べ、科学や文明が高度に発達しきった今、世界中で一体、何が起きているのか。

「結局何も変えられなかった」とまでは言い得ないのではないかと思う。だが、それとて、「本当に変えることができた」などとは、毛頭、思っていない。それどころか、ここまで一心に打ち込んできたものの、人生の残された時間を考えれば、著者自身、何一つなし得ぬまま終わるのではないかと懼れるばかりである。

今後も一歩一歩、目の前の問題に対峙しつつ読み解き、書き続け、これまでのように書き溜めていくだけである。「目の前の問題」とは、古典作品そのもののことではない。作品の素直な読みを阻むさまざまな要因のことである。長い歴史とともに、個人としての社会生活や受けてきた教育の中で作り上げられてしまった内なる「先入観」や「偏見」との闘いを、これからも続けていかなければならない。研究者にとって、「変革」の対象は旧説としての他者の考えなどではなく、それはほかでもない、自分自身であるということなのだ。三十年余り昔、高校生時代に抱いた思いは、著者にとってその「入り口」であったわけである。

先に芸術の話を引き合いに出したが、本著の表紙カバーの原画には、ライフ・ワークとしてマイケル・ジャクソンの絵を多数お描きになっている画家の岡本麻美氏の作品を使わせて頂いた。原画の、伏し目がちな少女の表情にひと目惚れしてカバーへの使用をご許可頂いたものである――かつて、著者自身がモデルを務めた作品には、洋画の伊藤清永画伯（一九一一～二〇〇一年）による一連のバレリーナの肖像として「小憩」（「第六四回白日展」一九八八年）や「寸憩」（「第二〇回日展」一九八八年）などがある――。

岡本氏との間では、同世代のそれぞれ表現者・解釈者として、互いに色々な話をする機会があった。その中で、現在、大変精力的に作品を制作している岡本氏が、「若いころは、時間が永遠にあるように感じて毎日を過ごしてしまうものだから…」とおっしゃったことが強く心に残った。確かに、その通りである。このときの思いは、「枕とて草ひきむすぶこともせじ秋の夜とだにたのまれなくに」という『伊勢物語』の歌の、新しい解釈にも反映させている

（本著のⅢ篇　第四章　物語の創出と機知的表象をめぐる考察――『伊勢物語』の和歌と、定子の言葉――、544頁）。

今回三冊目となる著書についても、先の二冊同様ご快諾を賜り、新典社研究叢書としての刊行をお引き受け頂くことができた。少女像の原画データを編集部にお渡ししたのち、当初自分で予定していたより全体の入稿時期が遅れることになってしまったが、筆が進まなかったのではない。出版の計画を立てたあとにも、引き続き新しい解釈を提示する論文のアウトラインを手もとで書き続けており、区切りがつけられなかったという経緯がある。それらは、本著に盛り込むための論考として取り組んだものではなかったが、当然その本質的な部分と関わることであるため、それぞれ一応の結論に至るまで、もとの作業に戻れなかったということである。この期間も含め、編集部の小松由紀子氏と、新著の校正を専ら担当して下さった田代幸子氏のお二人には、細部にわたる実務的な事柄に加えて、大局的かつ重要な見地からいつも懇切にサポートして頂いていた。

また入稿直前まで、第一著書（『新しい枕草子論―主題・手法 そして本文』新典社　二〇〇四）所収の論等、最も早い時期の論考から近時発表したばかりの論考に至って、関連する各氏の新しい論文等が複数発表され続けていたということもある。本著の内容に直接関わることについては、その点、あらためて言及を行うべく追記を施したため、さらに時間を費やすことにもなった。それらの追記は「注記」、また内容によっては、章末に添えた「付記」において行っている。中には、「あいなく、人のため便なき言ひ過ごしなどしつべき所々」もあろうが、今回は、いずれも書かなければならない事柄であった。本著に収めたもののうち年次の最も新しい論考（Ⅲ篇　第四章）では、連続する前年の論考（Ⅱ篇　第三章）の内容も反映し、その点での「注記」の分量も増えた（また、昨年、立命館大学で開催された「平成二十九年度　和歌文学会　関西四月例会（第一二三回）」〈二〇一七年四月二十二日〉における著者の口頭発表及び資料で新たに提示した事柄についても、「追記」の形で同じく「注記」に反映させた）。

これら二編は、いずれも『伊勢物語』ならびに中宮定子にまつわる表現をめぐって、和歌解釈を主軸に論じたものである。和歌解釈の有用性について示す上では、機知的な表現が見られる業平詠や、定子の言葉またその辞世歌などがよい材料となる。しかし、「汎用性」があるのはやはり、『源氏物語』の時代〟に直結する歴史的な事実でもある定子の件についてであろうか。そのあたりは、一条天皇の辞世歌に関する場合と似ている。

だが、従来まったく読み取られていない和歌そのものの意味を読み解くということにおいて、著者が前著『王朝文学論』（新典社　二〇〇九）以来取り組んでいる『伊勢物語』の物語手法をめぐる研究は、和歌の解釈がもし妥当なものであるならば、発震源はたった一地点でも、文学史的な地殻変動を起こすことになり得るテーマである。研究史上、今まで誰もそのように読んでこなかったのだとしても、作品成立の謎に関わる事案について、すべて「なかったこと」にして済まされるはずもない。この作品が同時代以降のあらゆる作品に与えた影響を考えるとき、とても著者ひとりで立ち向かえるような課題ではなく、この先、さらに長い時間が必要になるだろう。

「文学史」それ自体の問題も存している。さまざまなジャンルの作品が誕生した十世紀の文学史についても、和歌や物語など、作品の実態の解明を措いて通史的な事柄について語り綴れるものではない。文学史的には、「写実性」の高い『源氏物語』を王朝文学の最高峰に位置するものと捉え、歌物語の魁たる『伊勢物語』については、物語発生期の作品として、発展途上のより未熟なものであるとする固定的な見方が存している。だが、作中歌そのものの意味及びそれを利用した『伊勢物語』の物語手法の解明を経て、王朝物語をめぐるこうした一方向的・単線的な「発展」史も、その根本的な部分からの見直しが必要となってくる。例えば、科学の進歩には目覚ましいものがあるとしても、人類の歴史が、常に進化の道のりであったとは言えないことにも留意すべきであろう。文学の歴史も例外ではなく、「進歩」の過程で失われた重要なものも少なくない。そうした部分を掘り起こしていくのが、文学研究であり、文学史の役割なのではないだろうか。

また例えば、『伊勢物語』や『源氏物語』の物語手法や主題性については、これらの作品を〝典拠〟（本説）とする能の演目を拝見するところから、新たに気づくことも多い。黒川能も含め、現代に継承され生き続けている舞台を実際に「観る」機会をこれまでも特に大切にしてきている。そのような中で、「つつゐつのゐつつにかけしまろがたけ過ぎにけらしな妹見ざるまに」――この歌について「居つつ」の心を詠んだ一首と解す、前掲「井筒」論（前著『王朝文学論』〈新典社　二〇〇九〉初出）のことなど、最近は、能楽師の方にご説明申し上げる機会もあり、謡曲「井筒」を愛する舞台人の即座の理解と深い共感を得られたことは、解釈研究を行う著者にとって大きな励みとなっている。

そしてこれは二〇〇三年二月の懐かしい思い出であるが、夜を徹して上演される黒川能、「王祇祭」の世界を堪能することができたのは、ひとえに、亡父の東京教育大学における学友である山形県鶴岡市の松田二郎先生と、静子先生ご夫妻のお心尽くしによる。この折は演目の鑑賞のみならず、上演前の一連の習俗に触れ得るまたとない経験をさせて頂いた。

『伊勢物語』の和歌や定子詠に限らず、和歌をめぐる新しい解釈研究に関する提言は、これも前著から行ってきている事柄である。中で、拙論「花と鳥の和歌―王朝和歌の新しい解釈―」（前著『王朝文学論』〈新典社　二〇〇九〉、Ⅲ篇第五章）では、『古今集』の「紫草」にまつわる「よみ人知らず」歌（「紫のひともとゆえに…」雑上・八六七番歌）と小野小町の花の歌（「花の色はうつりにけりな…」春下・一一三番歌）、そして『和泉式部日記』の冒頭の一首（「薫る香によそふるよりは…」）を扱っている。

同題目・同内容による口頭発表も行っているが（「平成二十年度　和歌文学会　第五十四回大会」〈二〇〇八年十月十八日、鶴見大学〉）、字数制限のある投稿論文について、不掲載の由、（独自の解釈を示したいならば）「これまでの、すべての、論考を掲出して反論すべきである」等の審査コメント（「和歌文学編集委員会」）が付いたことについては、前著の注記にも触れた（前著、四四五頁・注（9））。なお、結論についてすべてあからさまに列挙するような内容ではないが、事前に提示した口頭発表の「要旨」は、「和歌文学」第九八号（二〇〇九・六）に掲載されている。

拙論は、古注以来の既存の説の主旨を丁寧に分類整理する方法により、その代表例を具体的に挙げつつ、最新の個別の説に至って網羅する形を取っており、それが当該の論の中心的な「手法」でもある。審査コメントで取りこぼしを指摘された旧説一件についても、実は、論の本文中に明示してあったのであるから、投稿論文について丁寧に「読んでいない」ということなのであろう。

新しい解釈というものは、従来の解釈の詳細な分析を経てようやく完成するものであるに違いない。立論の手続きとしてこれは当該の論考に限らず、著者としても常に研究の大前提に据えている事柄である。経験的な問題なのであろうか、コメントの指摘はそこに矛盾が生じているわけである。また、それこそ単純に「三首の解釈とも、単なる思いつきの提示にとどまる」というものもあった。判定の理由について、「単なる思いつき」云々で済ませるとは、あまりに乱暴である上にも、少なからず不用意なコメントである。もう一つは、研究史的に見ればむしろ違和感のある（旧説の一つに偏った）審査者の持論を前提に著者の説を否定しただけのもので、これも前著の注記に転記引用してある。今ここで繰り返す必要もないのだが、研究の経過について言及する上ではあらためて、触れておく意味もあろう。

もちろん、持論について肯定されればそれでよいというようなことではまったくなく、学術的な批判こそ、最も望むものである。示された和歌解釈の内容に踏み込む指摘が一切なされていない以上は、審査コメントとして、投稿者に再考を促す目的のものではなかったと判断せざるを得ない。和歌文学会監修の前掲、拙著『コレクション日本歌人選　清少納言』（笠間書院　二〇一二）の執筆にあたることになったのは、このすぐ後のことであるが、本件の前後で、和歌解釈に関する著者の取り組みに何ら変わるところはない。

「思いついた」当人でもない者が「思いつき」だと断言するのは滑稽なことでもあろう。誰もが成し得る「単なる思いつき」であるならば、旧説にすでに類例があってもよさそうだ。『伊勢物語』について言えば、著者は、和歌一首の独立した文脈に基づく本来的な意味と、物語の筋書きに依拠して読む際の従来的な意味の両方を謂わば二重写しにして見ているということである。時に、互いに重なり合う二つの意味の分離に苦労することがあるのは事実であり、その違いと関係を説く上で、思いつき思い至ることが必要なのは、その先、歌を利用して創出された物語における「新たな主題」をいかに捉えるかという問題についてである。これは、『伊勢物語』の作中歌に限らず、その他、和歌一首の新しい解釈についても同様であり、作品読解の難しさも、おもしろさもここに存している。

この折、学会大会で披露した著者の試論が、従来の解釈を大きく転換するものであったことは確かである。前著刊行後の「書評」(『物語研究』11 二〇一一・三、松岡智之氏)で当該の和歌解釈(『紫草』の歌)をめぐり、ストレートに「圷氏の述べる通りである」と書かれているのを見た時には、(比べる必要もないことだが)当時の「和歌文学編集委員会」の反応との落差にかえって驚いたほどである。他者の新見について自ら理解し、評価するのは決して容易な仕事ではないはずだ。

さて、本文の内容にもよるが、それでもようやく読み解きの速度が増してきたと感じている。その際、多くの情報を得てそれを統合し、整理・処理する作業も重要であるが、ことの「核心」を捉えるためには、外界からの種々の情報を一度シャットアウトするプロセスも必要である。また、誰しも自らの「考え」にこだわり過ぎると、ことの本質に到り着けなくなるものでもあり、人間の「意識」や脳の働きというものは、実に不可思議なものである。「意識的に考えること」をやめて、示された事象について理解することに専念しなければならない。特に、先入観を排して単純ならざるロジックを構成する解釈研究においては、重要なことのようにも思われる。

そのスピード感については、『枕草子』の章段研究においても同様であるが、本著では例えば『伊勢物語』の作中歌の読解等、収めたその直近二編のうち最新のものとなる一編、前記、Ⅲ篇　第四章の「機知的表象」をめぐる論などによく現れているのではないかと思う。「章」の中に「節」と「項」とさらにその下に、関連して派生的な和歌解釈の「条」がある、一つの論としては、少々複雑な多重構造による一本となった。新しい解釈を提示する「条」の挿入は、最終第五節（「おわりに」）にまで及んだ。この章の論については、「花」の歌を中心に、「人の命」や「涙」などに話題を絞って展開しているのだが、テーマによっては、これまで、発表を後回しにしてきているものも多い。従来の理解をさらに大きく転換するような、少々ショッキング（刺激的）な内容の和歌や、男女間の一層艶っぽい話題のものは、さらによく吟味して（経験を積み）、次の機会にと考えている。これは『枕草子』や『源氏物語』をめぐる問題としても、同様である。また、中心的なテーマを取り巻く部分に関してさらなる「詳述」を加えた論考についても、今後引き続き提示していく必要がある。

初出一覧に明らかであるが、前著に収載した論考に引き続き、平成二十年（二〇〇八）の三月から二十四年（二〇一二）年の三月発行分まで、任期制教員（准教授）として勤務した五年間という限られた期間の中で、毎年必ず二本ずつ、内訳として基本的には学類発行の学会誌に『伊勢物語』の論考、大学紀要に『枕草子』の論考ということで、発表を行ってきた。中で、「一条天皇の辞世歌」をめぐる研究状況の総括（本著のⅠ篇　第五章）については、最後の年に学類学会誌に掲載するよう、かねて企図していたものである。これに先立ち、平成二十二年（二〇一〇）六月開催の学類学会では「一条天皇の辞世歌―歴史の嘘（うそ）と真（まこと）について新しく読み解く―」と題した発表も行っている。一条天皇の辞世歌に関する学会での口頭発表は二度目であったが、この折も、国文学（日本文学）の分野に限らず、専門の垣根を越えて興味を惹く「事件」であると感じた。

その後、著者個人としては新しく研究に専念し得る環境を得て、日常の生活のすべてが古典作品の解釈に結びつく、そのような毎日を過ごせていることにも、あらためて感謝をしなければなるまい。もっとも、人として生きるということは、すべてそのようなものであるのかもしれないが。

つまりは、「人間的な生活」ということである。それは研究の質にも直ちに影響する事柄である。守るべきものを守って（売り渡さずに）、白いものを黒と言わずに生きること――「空気」などという得体の知れないものを読んだり、「世間」などという曖昧なものと折り合ったりせず――常に主体的に「判断する」存在として自律的に生きることだ。そのような生き方だけが、研究の質を担保すると言ってよい。少なくても、著者はそう思っている。

独立して研究を行う「在野研究者」というスタイルも話題になっている。確かに、真に新しい研究を推進するためには、「在野」の志を持つ彼らほどの逞しさが必要なのであろう。学問世界の健全性を保つためにも、重要な立場であるかもしれない。

本著に「書きあつめたる…」、『枕草子』の章段、また業平の和歌や『万葉集』『古今集』などに収められた主要な古典和歌、そして『伊勢物語』や『源氏物語』など王朝の物語をめぐる解釈研究の取り組みを通して、副題に掲げた「解釈的発見」の醍醐味について十分に表現することができたであろうか。一昨年、二〇一六年のノーベル文学賞受賞者であるボブ・ディランは、作詞に関して言えば、すぐれた「解釈」者でもある。代表曲「風に吹かれて」（**Blowin' in the Wind**）も、「競売はたくさんだ」（**No More Auction Block** ＊「奴隷の競り市を題材とした古いスピリチュアル」の楽曲）の、「朴訥とした旋律にディランは、同じテーマを彼なりに再構築した歌詞を乗せた」（萩原健太「連載　ボブ・ディラン―ついに授与された最高の栄誉―」〈「エリス」17　二〇一六・一二〉）そのようなものであるという。今、その一部を取り上げて比較すれば、「俺を競売ブロック（＊競売台。訳詩は、萩原氏による）に立たせないでくれ　もうたくさんだ……何千人もが逝ってしまった」（No More Auction Block for me No more, no more ... Many thousands gone）という〈原曲〉の歌詞と、「どれだけの道を歩けば人は人としてみとめられるのか……どれだけの歳月があれば人は自由になれるのか……」（How many roads must a man walk down / Before you call him a man? ... How many years can some people exist / Before they're allowed to be free?）など、新しい楽曲の歌詞との関係は、この場合も「文学」と「歴史」に対するある一つの「解釈」として受け止められるように思う——その後、ボブ・ディラン本人は、読む「文学」とは異なるものとして、歌われる「歌詞」を「聴く」意義について強調している（二〇一七年六月五日発表「Nobel Lecture」）。「歌」の文学性は、「歌」を成り立たせている「文脈」の味わい方にかかっているのだ——。今回は「詩人」の受賞者のことであるから、話題として少し取り上げてみた。

著者が行っているのは、古典の作品に籠められた普遍的な「意味」を掘り起こす作業であり、かけがえのない「意味」を創出し表現する作品一つ一つの個性を尊重するものである。解釈研究とは、作品について、研究者として独自に新たな意味をあてがって解すようなものではない。

だが確かに、わが国の文学・芸術について考える際も、古典作品の解釈研究は、現代における新たな価値の創出に繋がるものであり、歴史と伝統を受け継ぎつつ、文学分野の未来を切り拓き、前進させる可能性を秘めたものであると言えるであろう。一千年前の作品である『枕草子』や『伊勢物語』、また数多の和歌に凝縮された意味の読解が、常に、広く大きく開かれた世界、——時代を超えて「この世」のありようを捉える叡智、「普遍の真理」に繋がるものであることに気づくのである。時の洗礼を受けて今に伝えられた作品と向き合い、ここから先、後の世代に引き継がれる価値を現代の言葉で紡ぎ出す、そのような研究を心がけていかなければならないと思っている。

最後になりましたが、本著完成のため、全面的にご支援下さった岡元学実社長はじめ、新典社の皆様にあらためて、心より厚く御礼を申し上げます。

二〇一八年　十月

坏　美奈子

索　　引

凡　例

書名・人名・事項索引

＊　類似表現・言い換え語は（　）内に示し、必要に応じて〈　〉内に注記を付した。〈→　〉は参照項目を示し、別の索引等を示すときは太字とした。

＊　配列は、現代口語の発音による五十音順である。ただし、ひらがな表記（歴史的仮名遣い）のものはその表記どおりとする。各項目の配列については、以下も同じ。

和歌索引

＊　本書で扱った主な和歌の初句による索引である。初句が同一の場合は第二句以下も掲出する。ただし、発句等については、全文を示す。

＊『伊勢物語』と『古今集』両方に見える和歌については、『伊勢物語』の項に掲出した上で〈　〉内に注記し、『古今集』入集歌であることがわかるようにした。『古今集』の項にも初句等掲出した上で〈　〉内に注記し、『伊勢物語』の項を参照できるようにした。

＊『万葉集』の和歌については、［　］内に歌番号（旧番号）を記し、その他、必要に応じて〈　〉内に注記を付した。〈→　〉は参照項目を示す。

『枕草子』章段索引

＊『枕草子』の各章段の見出し語（冒頭表現）及び、（　）内に示した段数は、能因本底本『全集』本による。三巻本については『新編全集』本による。

＊　初段と跋文及び奥書については初めに掲げた。章段内の特定の場面・記事に関する見出し（「　」で表記）を設け、まとめて最後に掲出した。

『伊勢物語』章段索引

＊『伊勢物語』の各章段の通称及び段数は、『新編全集』本による。

新しい解釈に関する「定義づけ」等

＊　これまでに提示してきた新しい解釈に関する「定義づけ」等について、主なものを掲出した。新しい解釈に関するその他のキーワード、トピックについては、事項索引にも掲出している。

書名・人名・事項索引

・書名等

あ　行

さ　行

た　行

な　行

は　行

ま　行

や　行

ら　行

わ　行

・人名

あ　行

か 行

さ 行

た 行

な　行

は　行

ま　行

や 行

ら 行

・人名（研究者）

あ 行

か　行

さ 行

た 行

な　行

は　行

ま　行

や　行

わ　行

・事項

あ　行

か　行

さ　行

た 行

な 行

は 行

ま 行

や 行

わ 行

和　歌　索　引

『枕草子』

・日記文学

『和泉式部日記』

『蜻蛉日記』

・物語

『伊勢物語』

『大和物語』

『源氏物語』

『栄花物語』

・古記録

『権記』

『小右記』

『御堂関白記』

・勅撰集

『古今集』

『後撰集』

『拾遺集』

『後拾遺集』

『金葉集』

『詞花集』

『千載集』

『新古今集』

『新勅撰集』

『続古今集』

『玉葉集』

・私撰集

『万葉集』

『古今六帖』

『枕草子』章段索引

初段・跋文・奥書

あ 行

か 行

さ 行

た 行

な 行

は 行

ま 行

や　行

ら　行

章段内の特定の場面・記事に関する見出し

『伊勢物語』章段索引

新しい解釈に関する「定義づけ」等

『枕草子』

『伊勢物語』

和歌

節会〈端午節〉

圷　美奈子（あくつ　みなこ）
1967年6月10日　茨城県水戸市に生まれる
1991年3月　早稲田大学第二文学部日本文学専修卒業
1999年3月　日本大学大学院文学研究科博士後期課程学位取得修了
専攻・学位　中古文学・博士（文学）
職　歴　元和洋女子大学准教授
主著・論文　『新しい枕草子論―主題・手法 そして本文―』(2004,新典社,第十二回関根賞受賞〈2005・9〉),「一条天皇の辞世歌「風の宿りに君を置きて」―「皇后」定子に寄せられた《御志》―」(津田博幸編『〈源氏物語〉の生成―古代から読む―』2004・12,武蔵野書院),「現代語で読む《花散里・朝顔・落葉の宮》」(室伏信助監修・上原作和編『人物で読む源氏物語　花散里・朝顔・落葉の宮』2006・5,勉誠出版),「『伊勢物語』二十三段「筒井筒」の主題と構成―「ゐつつ」の風景と見送る女の心―」(『古代中世文学論考　第19集』2007・5,新典社),『王朝文学論―古典作品の新しい解釈―』(2009,新典社),『コレクション日本歌人選　清少納言』(2011,笠間書院),「在原業平の和歌―『古今集』仮名序「古注」掲載歌三首の解釈―」(『古代中世文学論考　第26集』2012・4,新典社),「雪山の記憶―『枕草子』「雪山の段」の新しい読み解き―」(『古代中世文学論考　第28集』2013・3,新典社),「わがせしがごとうるはしみせよ―受け継がれ、読み解かれるできごと―」(原岡文子・河添房江編『源氏物語　煌めくことばの世界』2014・4,翰林書房),「知られざる「躑躅」の歌と、定子辞世「別れ路」の歌―平安時代の《新しい和歌》をめぐる解釈」(『古代中世文学論考　第32集』2015・10,新典社),「『伊勢物語』の和歌と、定子のことば―機知的表象をめぐる新しい解釈―」(『古代中世文学論考　第33集』2016・8,新典社),他。

新典社研究叢書312

続・王朝文学論（ぞく・おうちょうぶんがくろん）
―解釈的発見の手法と論理―

令和元年5月1日　初版発行

著　者　圷　美奈子
発行者　岡元学実
印刷所　惠友印刷㈱
製本所　牧製本印刷㈱

検印省略・不許複製

発行所　株式会社　新典社
東京都千代田区神田神保町一—四四—一一
営業部＝〇三（三二三三）八〇五一番
編集部＝〇三（三二三三）八〇五二番
ＦＡＸ＝〇三（三二三三）八〇五三番
振　替　〇〇一七〇—〇—二六九三二番
郵便番号一〇一—〇〇五一番

ISBN978-4-7879-4312-5 C3395
http://www.shintensha.co.jp/ E-Mail:info@shintensha.co.jp